John Christopher

Der Fürst von morgen

Roman-Trilogie

Aus dem Englischen von
Ilse Adolph

Mit vielen Bildern
von Karlheinz Groß

W0394677

Otto Maier Verlag Ravensburg

Erstmals 1977 in den Ravensburger Taschenbüchern
Lizenzausgabe mit Genehmigung des
Hörnemann Verlages, Bonn-Röttgen
Dort erschienen in den 3 Bänden
Der Fürst von morgen. © 1970 by John Christopher
Hinter dem brennenden Land. © 1971 by John Christopher
Das Schwert des Geistes. © 1972 by John Christopher
Originalverlag: Hamish Hamilton Ltd., London

Umschlagkonzeption: Manfred Burggraf
Umschlagillustration: Karlheinz Groß

Alle Rechte dieser Ausgabe vorbehalten durch
Otto Maier Verlag Ravensburg
Gesamtherstellung: Ebner, Ulm
Printed in Germany

5 4 3 2 1   81 80 79 78 77

ISBN 3-473-39411-4

Der Fürst von morgen

Vier Schwerter im Kerzenschein

Die Waffenschmiede lag auf der Ostseite des Flusses, in dem Stadtteil, der Chesil hieß. Sie war ein großer, höhlenartiger Bau mit einem uralten Steinboden aus einem Stück, der nur hier und da Risse zeigte. Licht kam nur von der großen Esse in der Mitte, da sprühten die Funken zu dem viereckigen Loch im Balkendach hinauf. Im Halbdunkel rundum regten sich die Zwerge zum hellen Klang von Metall auf Metall. Sie schauten nicht von ihrer Arbeit auf, als ich eintrat. Ich blieb einen Augenblick an der Tür stehen und wartete darauf, daß sich meine Augen an die Finsternis gewöhnten. Der Rüstzwerg stand auf der anderen Seite des Feuers über einen großen Amboß gebeugt. Ich ging zu ihm hinüber.

»Zum Gruß, Rudi«, sagte ich.

Er antwortete nicht sogleich, sondern nahm ein Schwert vom Amboß und hielt es zwischen sich und das Feuer. Er hob es leicht an und senkte es wieder, um am widergespiegelten, hin und her wechselnden Feuerschein zu prüfen, ob es genau ausgewogen sei. Schließlich nickte er und reichte es dem Zwerg, der neben ihm stand – er balancierte die Schneide auf der flachen Hand und hielt dem Gesellen das Heft hin. Dann drehte er sich zu mir um.

»Zum Gruß, junger Herr Lukas. Wie sieht's aus in der Welt draußen? Friert's noch? Deine Wangen sehen aus, als hätte der Frost dich gestreichelt.«

»Mir ist's kalt genug. Immer noch Nordwind.«

»Einen Krug Warmbier, hm?« Er rief seinem Lehrling einen Befehl zu, und der junge Zwerg schaukelte in den Schatten davon. »Komm und setz dich zu mir, junger Herr Lukas, und erzähle mir, was in der Stadt vorgeht.«

Mit den Augen folgte ich dem Schwert, das zum Wetzstein gebracht worden war. Der Zwerg dort trat mit dem Fuß, und der runde Stein drehte sich. Er hielt die stählerne Schneide daran; helle Funken stoben.
»Ist das...«
»Fürs Turnier? Nein, die sind schon geschmiedet und brüniert. Willst du sie mal sehen?«
Er zündete eine Kerze an, indem er den Docht so weit ins Feuer hielt, daß ich mich dabei versengt hätte, und ging damit zur Wand hinüber, an der die Schwerter hingen, die noch abgeholt werden mußten. Die vier für das Turnier geschmiedeten hingen für sich. Sie waren auch kleiner, maßen nicht mehr als zweieinhalb Fuß vom Heft bis an die Spitze. Rudi nahm eins herunter und gab es mir. Das Heft war passend für meine Hand. Ich schwang es leicht durch die Luft.
Rudi beobachtete mich. Er war groß für einen Zwerg, fast fünf Fuß, und nicht von solch auffallend gedrungener Gestalt, wie man es erwartete. Er hatte kräftige Arme, muskulös von der Arbeit, aber von der Hüfte abwärts hätte sein Körper fast der eines Menschen sein können. Sein Gesicht war breit, braun und runzlig, Haar und Bart waren weiß. Er sagte:
»Fürs Turnier ausgewählt zu sein ist auch nicht alles, junger Herr Lukas.«
Ich antwortete nicht, sondern schwang das Schwert noch einmal und gab es dann zurück. Er hängte es behutsam an den Haken.
Natürlich waren das nicht die Schwerter, mit denen beim Turnier wirklich gekämpft wurde. Die waren aus Holz und hatten keine Spitze; mit ihnen konnte man nach dem Gegner stechen oder ihn auch vom Pferd hauen, aber nicht das steife Lederwams, das die Kämpfenden trugen, durchstoßen. Nach dem Turnier jedoch empfing jeder von den Jungen Hauptleuten sein richtiges Schwert, eines von diesen vier. Das mir am nächsten hängende hatte einen roten Stein im Querstück, der im Kerzenschein funkelte. Es war für den Sieger im Turnier bestimmt.
Zwei Krüge Bier wurden uns gebracht. Rudi bot mir seinen eigenen Stuhl an, in dessen hohe Rückenlehne die Gesichter früherer Waffenschmiede geschnitzt waren, aber ich lehnte ab. Ich setzte

mich auf einen Schemel und trank aus dem Zinnkrug. Das Bier war heiß und süß und stark gewürzt. Es wärmte mir Kehle und Magen, nahm mir aber nicht das drückende Gefühl düsterer Niedergeschlagenheit von den Schultern.
Rudi sagte: »Du wärst noch sehr jung dafür gewesen.«
»Nicht jünger als Matthew.«
»Aber dessen Vater ist ein Vetter des Fürsten.«
»Ja.«
Er tat einen langen Zug und reichte dann seinen Krug einem Zwerg zum Nachfüllen. Er wischte sich mit dem Handrücken den Mund ab.
»Du nimmst es zu schwer, junger Herr Lukas – wie so vieles. Das ist eine Schwäche, falls ich das mal sagen darf.«
Von keinem anderen Zwerg hätte ich mir eine solche Zurechtweisung gefallen lassen, aber es hätte sich auch kein anderer damit hervorgewagt. Ich war schon oft mit einem Kummer zu Rudi gegangen, und er hatte mir gute Ratschläge erteilt. Und auch dieser Ratschlag mochte gut sein, aber er tröstete mich nicht.
Das Turnier gehörte mit zum Jahrmarkt, der Mitte März stattfand – er sollte das Ende des harten Winters, das Herannahen des Frühlings bezeichnen. (Obwohl es so aussah, als ob die Kälte von Jahr zu Jahr länger bliebe und die Bäume von Jahr zu Jahr später ausschlügen.) Bei diesem Turnier führten die Söhne von vier Hauptleuten ihre Trupps auf dem Turnierplatz in einer Reihe von Scharmützeln gegeneinander. Wer dazu auserwählt wurde, mußte zwischen dreizehn und vierzehn Jahren alt sein. Ich war vor zwei Monaten dreizehn geworden.
Drei von den vier Turnierteilnehmern standen in diesem Jahr von vornherein fest. Zunächst einmal Edmund, der zweitälteste Sohn des Fürsten; dann Henry, dessen Vater, Hauptmann Blaine, einen hohen Rang im Kriegsrat einnahm, und schließlich Gregory, Hauptmann Hardings Sohn: die Hardings waren den Blaines ebenbürtig. Und nicht nur ihr Rang sprach zu ihren Gunsten. Die Jungen waren auch älter als ich – Henry würde eine Woche nach dem Jahrmarkt schon vierzehn werden –, und sie waren auch als gute Kämpfer bekannt. Matthew hingegen war drei Wochen jünger als ich, und im Fechten und Turnieren schlug ich ihn jederzeit.

Aber sein Vater war eben, wie Rudi gesagt hatte, ein Vetter des Fürsten, während meiner Feldwebel gewesen war, bevor man ihn, den als bürgerlich Geborenen, auf dem Schlachtfeld in den Adelsstand erhoben hatte. Meine Hoffnung auf den vierten Platz war immer recht mager gewesen, aber ich hatte doch gehofft – *bis* der Herold vor drei Tagen die Bekanntmachung am Palasttor ausrief. Matthew sollte der vierte Junge Hauptmann sein und danach das Schwert tragen.

Rudi sagte: »Es hilft nicht viel, wenn man jemandem sagt, daß man Enttäuschungen ertragen muß, aber es ist doch eine Wahrheit, die es zu lernen gilt. Manchem fällt es schwerer als anderen.« Der Krug kam randvoll zurück, und er trank einen Schluck. »Also müssen sie um so mehr lernen, sich zu beherrschen.«

»Du hast gut reden«, sagte ich, »als Waffenschmiedemeister.«

Er nickte. »Waffenschmiedemeister. Und Zwerg.«

»Aber…«

Ich brach ab, seine Worte hatten mich verblüfft. Wäre er ein Polymoff gewesen, hätte ich es verstehen können. Die waren ja schließlich die Niedrigsten der Niedrigen, Diener der Menschen, ohne Land und ohne Besitz, außer dem, den sie der Laune eines Herrn verdankten. Alles dies sonderte sie nicht weniger ab als ihre Mißbildungen, und während viele sich anschmeichelten, blickten manche finster drein. Den Menschen widerwärtig, mußte ihre Lage ihnen selber gewiß verhaßt sein.

Zwerge jedoch hatten ihren Stolz, und zwar nicht nur in Hinsicht auf ihr Handwerk, sondern auch als Rasse. Zum größten Teil vermehrten sie sich rasseecht und konnten ihre Vorfahren über Generationen zurückverfolgen, oft weiter als richtige Menschen. Sie hatten Pferde, Kleinbesitz und Polymoffs als Diener. Sie konnten Reichtümer erwerben und kleideten ihre stummeligen Frauen gern in Seide und schmückten sie mit blitzenden Juwelen und schweren goldenen Ketten. Waffen tragen konnten sie nicht und konnten daher auch nicht geadelt werden, aber sie waren wichtig und wesentlich für das Leben der Stadt – und wußten es auch – als Metall- und Lederhandwerker, als Weber, Brauer, Stallmeister – in allen möglichen notwendigen Gewerben. Sie konnten zu Stellungen von

hohem Rang aufsteigen. Rudi selber hatte seinen Platz bei Staatsbanketten; nicht gerade unter den Ehrengästen, aber noch am Tisch des Fürsten.
Er sagte: »Wenn du nun auch keine Truppe beim Turnier anführst, wirst du doch im nächsten Jahr zum Junker erhoben. Eines Tages bist du Hauptmann, wie dein Vater.«
»Rudi«, sagte ich, »wärst du gern ein Krieger geworden?«
Ich konnte es immer noch nicht glauben. Ich hatte oft Zwergen zugehört, aber dergleichen war niemals auch nur angedeutet worden. Sie betrachteten sich und ihre Art als die Begründer und Erzeuger des Reichtums der Stadt, Krieg aber als eine Krankheit, welche richtige Menschen befiel und den Wohlstand des Landes verwüstete. Einen hatte ich einmal sagen hören, daß alle Städte im Frieden lebten und reich würden, wenn es nur Zwerge gäbe.
Rudi trank seinen zweiten Krug aus und lachte.
»Ein Krieger, junger Herr Lukas? Wo ich Waffenschmiedemeister bin? Und schließlich in meinem Bett sterbe, mit keinen anderen Narben an meinem Leib als den kleinen Narben meines Handwerks? Aber dir würde es wohl schwerfallen, Schwerter für andere Männer zu schmieden. Enttäuschungen gibt es im Leben eines jeden, selbst derer, die ihr Ziel erreicht haben, und für manches wird man auch entschädigt. Du bist jung und stark und lernst, immer besser mit den Waffen umzugehen. Du wirst es noch weit bringen im Dienst des Fürsten und zu Wohlstand kommen. Nicht fürs Turnier ausersehen zu werden, das ist zu verschmerzen.«
Es mochte ja wohl stimmen, aber es nützte mir nichts. Ich schaute an ihm vorbei zu den vier Schwertern an der Wand hin, die sich nur schwach abhoben aus dem Schatten; Licht wanderte unruhig darüber hin, wenn der Feuerschein, vom Blasebalg geschürt, aufflakkerte und wieder in sich zusammensank. In meiner Fantasie hatte ich eins davon schon den ganzen Winter getragen, manchmal das mit dem rot funkelnden Stein im Kreuzstück. Zwar war mir klar gewesen, daß ich für diesen Teil meines Traumes Erfüllung nicht erwarten konnte, der andere jedoch war mir erreichbar erschienen. Daß ich vergeblich geträumt hatte, war bitter.
Rudi warf seinen Krug dem Gesellenzwerg zu und stand auf.
»Ich habe noch zu arbeiten«, sagte er. »Komm, ich zeige dir, wie

man eine Schneide schmiedet – falls dich mal eine Fee im Schlaf berührt und deine Beine kürzer werden.«

Aus der Waffenschmiede ging ich dann über den Fluß. Auf der Brücke herrschte Durcheinander. Karren saßen nebeneinander und hintereinander fest, Männer schrien zornig, ihre Flüche dampften in der frostigen Luft. Ein zu schwer beladener Karren war umgestürzt und versperrte nun die Fahrbahn. Der Fluß, der sich unter heftigem Tosen aus dem Mühlbach ergroß, strömte in der Mitte frei und aufgewühlt, war jedoch an den beiden Ufern zugefroren, und weiter flußabwärts, zwischen den Weiden, erstreckte sich das Eis von einer Seite zur anderen. Noch weiter unterhalb war es sogar dick genug zum Schlittschuhlaufen; jedenfalls war es am Tag zuvor noch dick genug gewesen, und der scharfe Wind ließ ein Auftauen nicht zu. Nachmittags wollte ich hin, aber nun war der Morgen fast um, und ich dachte hauptsächlich ans Mittagessen.

Ich war weiter oben in der Stadt zu Hause, in einem der Häuser, die den Palast des Fürsten umgaben. Aber dahin ging ich nun nicht, sondern bog nach rechts in die Straße ein, die eine Weile am Fluß entlang verlief und Flußstraße hieß. Das Haus, in das ich ging, war klein, aber schmuck; Fensterläden und Tür waren leuchtend blau gestrichen, die Fenstersimse und die Steinplatten darunter gescheuert und geweißt. Bettzeug hing aus den offenen Fenstern im Obergeschoß und würde dort noch bis spät am Nachmittag hängen; dann wurden Matratzen, Laken, Wolldecken und Daunendecken hereingeholt, damit die Betten gemacht und mit den eingewickelten Ziegelsteinen angewärmt werden konnten, die nun hinten auf dem Herd lagen. Alles war blitzsauber und ordentlich. Das Haus gehörte meiner Tante Mary.

Sie war eigentlich nicht meine richtige Tante, sondern die erste Frau meines Vaters. Sie hatten sich schon als Kinder gekannt, und er hatte sie als junger Krieger geheiratet. Sie hatten einen Sohn, meinen Halbbruder Peter, den ich Vetter nannte. Als er dann in den Krieg zog mit dem Fürsten (dem alten Fürsten, dem Vater unseres gegenwärtigen), hatte er eine Bauerntochter gesehen, meine Mutter, deren Schönheit ihn aufs höchte überrascht und verwirrt hatte. Es war in dem Feldzug, daß er zum Hauptmann ernannt wurde und nach einer Eingabe an den Fürsten sich von seiner Frau

scheiden lassen und eine andere heiraten konnte. Er ließ sich von meiner Tante Mary scheiden und kehrte mit seiner jungen Frau in die Stadt zurück, und im Jahr darauf wurde ich geboren.
Er sorgte gut für seine erste Frau und sein erstes Kind. Das hätte er auch getan, wenn es vom Gesetz nicht verlangt worden wäre, denn er war gerecht. Und obwohl er meine Tante Mary nicht mehr liebte, so achtete er sie doch und suchte sie oft auf und nicht nur, um seinen Sohn zu sehen, sondern auch, um sich mit ihr zu unterhalten und sich bei ihr Rat zu holen. Und ich, ich betrachtete ihr Haus schon seit der Zeit, da ich zum erstenmal allein in der Stadt umherstreifte, als mein zweites Zuhause. In mancher Hinsicht zog ich es sogar meinem Elternhaus vor. Es war kleiner, enger, aber sauber und wohlgeordnet und duftete gut. Meine Tante hatte nur zwei Polymoff-Diener, meine Mutter acht oder neun, aber die beiden wurden streng beaufsichtigt, während die acht oder neun meistens faulenzten und murrten. Von Zeit zu Zeit bat meine Mutter in ihrer Verzweiflung meinen Vater, einen oder auch mehrere zu entlassen und ihr neue zu besorgen; sie hielt sich dann in ihrem Zimmer versteckt, während dies vor sich ging, und nahm sich ganz fest vor, daß von nun an alles ganz anders werden würde. Wurde es aber nie. Einmal habe ich meinen Vater erbittert sagen hören, daß er sich so etwas nun wirklich nicht habe vorstellen können – eine Bauerntochter, die weniger von der Hauswirtschaft verstehe als eine Dame aus einer Familie, die schon seit fünf Generationen müßig ging. Da hat sie geweint, und er hat sie getröstet und seinen Ärger darüber vergessen.
Sie war schön. Noch Anfang dreißig hatte sie die Haut, das Gesicht und die Figur eines Mädchens. Ihr Bild hing in einem halben Dutzend großer Häuser, auch im Palast selber: Margry, der Maler des Fürsten, hatte sie viele Male gebeten, ihm Modell zu sitzen. Und doch weckte sie keine Mißgunst und keine Eifersucht unter den Damen am Hof. Alle sahen, daß sie ohne Bosheit war, und darum lockte sie auch keine hervor. Ich hatte sie hin und wieder gereizt gesehen, aber nie ärgerlich. Meistens war sie glücklich, gesprächig, darauf bedacht, andere zu erfreuen und sich selber zu freuen. Sie liebte Sonnenschein und Schoßtiere und bewunderte gern ihre Schönheit im Spiegel.

Meine Tante Mary war ganz anders. Sie hatte graues Haar und ein langes, schroffes Gesicht, in dem Jahre der Arbeit und des Brütens ihre Kerben hinterlassen hatten. Sie empfand tief. Sie zeigte ihre Gefühle nicht – sie sprach wenig und lächelte noch weniger –, aber die Kraft ihrer Empfindungen zeigte sich in kleinen Dingen: in einer kurzen Wendung, mit der sie diesen verdammte, in dem seltenen Wort des Lobes für jenen. Von allen Männern achtete sie meinen Vater am meisten und betrachtete ihn auch weiterhin als den Herrn des Hauses, das er verlassen hatte, als er sich von ihr trennte. Anderen gegenüber hielt sie sich zurück – mit einer Ausnahme, und die Ausnahme war ihr Sohn, mein Vetter Peter. Ihn liebte sie mit der Tiefe und Heftigkeit eines Flusses, der sich zwischen engen Ufern hindurchzwängen muß. Selbst dies versuchte sie zu verbergen, aber es ließ sich nicht verbergen.

Sie hätte mich wohl meines Vaters wegen gelten lassen – es war sein Haus, und ich, sein Sohn, wenn auch von einer anderen Frau, mußte darin willkommen geheißen werden –, aber ich sagte mir, daß sie mich auch davon abgesehen ein wenig gern hatte. Sie war streng, wie in allem, und ich hätte es nie gewagt, mich mit ungewaschenen Händen an ihren Tisch zu setzen, was ich zu Hause manchmal getan habe, aber sie konnte auch freundlich sein zu mir. Und irgendwie lasteten meine düsteren Stimmungen in ihrem Haus nicht so schwer auf mir. Nicht daß sie darauf eingegangen wäre, eher im Gegenteil, aber im Angesicht ihrer aufmerksamen Strenge und Nüchternheit erschien mir mein Elend weniger wichtig.

An diesem Morgen empfing sie mich mit einem Kopfnicken und sagte, daß das Essen fast fertig sei. Ich hatte es schon gerochen, eine Fleischsuppe, von deren Duft mir das Wasser im Mund zusammenlief. Zu Hause verwendete die Polymoff-Köchin das beste Fleisch und die besten Gemüse, aber ihre Suppen waren dünn und fade. Ich ging in die Küche, um mir die Hände zu waschen, und sah eine von den Polymoffs einen Kochtopf scheuern. (Meine Tante kochte selber, aber ihre Dienerinnen hatten immer irgend etwas zu waschen oder blankzuputzen.) Dies war Gerda; sie hatte kurze Arme, und auf ihrer Stirn zeichnete sich ein Auge zuviel ab, das sich allerdings nie geöffnet hatte. Sie nickte mir kurz zu, ohne ihre Arbeit zu unterbrechen. Meine Tante gönnte ihren Dienerinnen eine angemessene Ruhezeit, während der Dienstzeit jedoch verlangte sie gute Arbeit.

Ich saß bereits am Tisch und aß, als Peter hereinkam. Ich hörte ihn schon draußen sein Pferd anbinden, und im Eintreten zog er seinen schweren Ledermantel aus. Gerda brachte eine Schüssel mit heißem Wasser, Seife und ein Handtuch, und er wusch sich in der Diele, wie es sich für einen erwachsenen Mann ziemte. Er war achtzehn, Feldwebel unter dem Kommando meines Vaters, und würde bald zum »Herrn« ernannt werden – so hießen die Unterhauptleute. Als er fertig war, setzte er sich auf den Platz am Kopfende des Tisches, der seiner war, wenn nicht gerade mein Vater hier aß. Er sagte vergnügt zu mir:

»Hast du's schon gehört, Lukas?«

»Was?«

»Matthew Grant hat sich heute morgen beim Schlittschuhlaufen das Bein gebrochen.«

Ich schaute rasch auf und sah ihn lachen. Ich lief rot an und wandte mich wieder dem Essen zu, nach dem mir aber plötzlich der Appetit vergangen war. Tante Mary sagte:

»Hänsel ihn nicht!«

Peter sagte: »Es quält dich doch nicht, oder doch, Lukas? Du hättest sowieso die erste Runde nicht überstehen können. Du wärst gleich in den ersten Minuten vom Pferd gehauen worden und hättest nichts als Hohn und Spott geerntet.«

Er hatte gemerkt, daß der Scherz mich verletzt hatte, und tat nun sein möglichstes, um es wiedergutzumachen. Ich wußte, daß er mir nicht absichtlich weh tun würde. Er war umgänglich und liebenswürdig, das lächelnde Widerspiel zur Strenge seiner Mutter, langsam in den Bewegungen, aber nicht langsam im Kopf; er hatte einen recht scharfen Verstand. Nur da nicht, wo es um Leute ging. Da schaute er nicht unter die Oberfläche, sondern nahm sie so, wie sie waren oder zu sein schienen.

Er war hochgewachsen, breitschultrig, blond, wodurch er meinem Vater sehr viel mehr ähnelte als ich. Ich war nur mittelgroß, untersetzter, von dunklerer Haut- und Haarfarbe. Ich ähnelte wohl mehr meiner Tante, die mit mir nicht blutsverwandt war, als meinen beiden Eltern. Peter hatte wie meine Mutter keine Feinde, und zwar aus ziemlich dem gleichen Grund. Aber im Gegensatz zu ihr war er herzlich in seiner Zuneigung. Er sagte noch dies und das über das Turnier – es werde viel zu wichtig genommen. Er selber sei auch nicht ausgewählt worden, und ob das vielleicht etwas ausgemacht habe? Digby, der in jenem Jahr den Edelstein gewonnen hatte, hänge nun den Soldatenberuf an den Nagel, um eine Kaufmannstochter zu heiraten und einen Laden zu betreiben.

Er verstand eben einfach nicht, daß ich anders war als er und Digby. Es hatte ihm nichts ausgemacht, daß er nicht ausgesucht worden war, es war ihm gleichgültig. Mir aber war es nicht gleichgültig. Für mich wurde es nur noch bitterer dadurch, daß jemand wie Digby, der nun bereit war, den Soldatenstand aufzugeben, die Chance gehabt hatte, das edelsteinbesetzte Schwert zu gewinnen. Eigentlich hätte es auch Peter ärgern müssen.

Aber er besänftigte mich doch so weit, daß der Geruch von Tante Marys Fleischsuppe mich wieder an meinen Hunger erinnern konnte, und ich aß mit einigem Appetit. Zum Nachtisch gab es Apfeltorte, mit Äpfeln gebacken, die im Herbst gepflückt, dann geschält, zu Ringen geschnitten und getrocknet und auf lange Schnüre gezogen auf dem Dachboden aufgehängt worden waren. Danach saßen wir vorm Feuer im Wohnzimmer, bis die Uhr auf dem Kaminsims zwei schlug. Da gähnte Peter und streckte sich und stand auf, wobei er mit seinem blonden Schopf fast unter die niedrige, weißgetünchte Decke stieß.

»Zeit, daß ich mich wieder auf den Weg mache. Das Exerzieren geht weiter – Reiten in geschlossener Formation. Wir sind bestimmt die besten Reiter in geschlossener Formation diesseits des Brennenden Landes. Wenn wir auch nicht kämpfen, so reiten wir doch wenigstens sehr gut.«

Er sagte es nur im Scherz, aber von anderen hörte man ähnliches in einem sehr viel verdrießlicheren Ton. Die Stadt lebte schon seit fünf Jahren im Frieden, und die Männer wurden unruhig.

Darin hatten wir uns von den Bräuchen der zivilisierten Länder getrennt. Die Sommerfeldzüge gehörten ebenso zum Leben wie die Feste im Frühling, im Herbst und im Mittwinter. In der jährlichen Herausforderung ihrer Feinde bewahrte eine Stadt ihren Stolz und mit dem Stolz ihren Zweck. Sie war darüber hinaus die Quelle jeglicher Ehre. Die Zwerge mochten zufrieden sein mit ihrem Handwerk und Gewerbe, aber für den eigentlichen Mann, solange er jung und stark war, lag wahrer Ruhm nur im Kampf für seine Stadt. Fiel er, so wurde sein Leichnam zurückgebracht und bei den anderen Helden in der Zitadelle bestattet; kehrte er als Krüppel wieder, sorgte sein Fürst für ihn bis an sein Lebensende. Und falls er, was öfter der Fall war, unversehrt oder mit nur geringen Wunden nach Hause kam, hatte er seinen Ruhm und konnte Geschichten erzählen und prahlen während der langen winterlichen Muße.

Der Vater des Fürsten, Egbert, war ein großer Kämpfer gewesen; unter ihm, in der grimmigen Schlacht gegen die Männer von Basingstoke, war mein Vater geadelt worden. Unser neuer Fürst, Stephen, war jedoch ganz anders. Jedes Jahr fand er einen neuen Vorwand, warum er unser Heer nicht ins Feld führen wollte. Von Anfang an hatte es Zweifel an seiner Tapferkeit gegeben, und die Zweifel waren gewachsen, als er dann Sommer auf Sommer neue Ausreden erfand. Er war ein großer Mann mit wallendem schwarzen Bart, aber einem eigenartig leeren Gesichtsausdruck: wie ein Gefäß, das man zu füllen vergessen hatte.

Es hielt sich eine Geschichte von einem Ringkampf in seiner Jugend. Das war ein Ringkampf von der Art gewesen, bei der es nicht darum geht, den Gegner zu Boden zu werfen, sondern ihn in die Luft zu stemmen. Stephen, obwohl auch damals schon groß für sein Alter, hatte sich von seinen Gegnern den kleinsten ausgesucht, wohl weil er bei den anderen auf einen Sieg nicht hoffen konnte. Und nach einem heftigen Kampf hatte ihn dieser, der schmalbrüstig und mehrere Daumenbreit kleiner war, nicht nur einmal, sondern gleich zweimal hochgestemmt und den Wehrlosen beim zweitenmal einmal rund durch die Arena getragen.

Also klangen nun seine Entschuldigungen – Krankheit der Fürstin, ungeeignetes Wetter oder der Hinweis, daß die Ernte besonderer Aufmerksamkeit bedürfe, einmal auch eine ihm angeblich im Traum von den Geistern erteilten Warnung, daß Unglück über die Stadt kommen werde, falls das Heer ausrücke – dies alles klang nicht sehr glaubwürdig. Im Jahr zuvor wollte er sich eine Rückenverletzung zugezogen haben, so daß er, wie behauptet wurde, nicht ohne Schmerzen reiten oder auch nur gehen konnte, und er hatte

zwei Monate lang das Bett gehütet. Aber es war angemerkt worden, daß er wieder recht gut laufen konnte, als dann das Herbstfest gefeiert wurde, und auf die Jagd war er danach auch geritten.
Und während all der Jahre sank der Ruf dahin, den sein Vater sich und der Stadt erworben hatte. Das ging nicht von einem Tag auf den anderen: unsere Krieger hatten dafür gesorgt, daß sie gefürchtet und geachtet wurden bis hin nach Guildford und Newbury und Ringwood, und anfangs waren unsere Nachbarn mehr als froh, ihrer Aufmerksamkeit ledig zu sein. Aber in letzter Zeit sprach sich herum, daß sie angefangen hatten, sich über ihn und uns lustig zu machen. Im vergangenen Jahr waren die Männer von Alton in unser Land eingefallen, während Stephen auf seinem Bett lag, Holzklötze an den Füßen, um den angeblichen Knick im Rückgrat zu richten, und hatten über achtzig Stück Rindvieh entführt. Es war wichtig, daß wir in diesem Jahr über sie herfielen und ihnen einen Denkzettel verpaßten, aber keiner glaubte recht daran, daß unser Fürst sich rühren werde. Jahr um Jahr hatte er die Stadtmauern höher gebaut und den Graben davor tiefer ausheben lassen.
Tante Mary sagte: »Es hat doch keinen Sinn zu kämpfen um des Kämpfens willen. Da verwunden und töten sie sich gegenseitig, und es kommt nichts dabei heraus.«
Peter schüttelte den Kopf. »So denken Frauen.«Er lächelte und legte ihr die Hand auf die Schulter, sie schüttelte sie ungehalten ab; sie wollte nicht zugeben, wie gern sie diese Zeichen seiner Zuneigung hatte.
»Es hat mit Männern oder Frauen nichts zu tun«, sagte sie. »Ich bin nicht gegen Kämpfen – oder Töten –, falls es um etwas geht, das der Mühe wert ist. Aber nicht für leeren Ruhm, der mit echtem Tod bezahlt wird.«
Peter lächelte an ihr vorbei mir zu. Was sie da sagte, bedeutete ihm nichts und hätte keinem Krieger etwas bedeutet. Ein Mann kämpfte um des Kämpfens willen, für seine eigene Ehre und für die Ehre der Stadt. Stolz darauf, daß er mit mir sprach als einem, der einmal selber ein Krieger sein würde und verstand, wie ein Krieger dachte, sagte ich:
»Ich möchte mal wissen, wie der Fürst sich in diesem Jahr rausredet. Vielleicht läßt er sich nach Sündkreuz bringen.«

Sündkreuz war das große Haus, in dem die alten Männer lebten, die durch Alter den Verstand verloren hatten. Es war in jedem Fall ein recht dünner Witz, aber als ich Peter nun die Stirn runzeln sah, fiel mir etwas ein. Auch Jüngere wurden dort hingebracht, wenn die Geister ihnen die Sinne verwirrt hatten. So war es vor vielen Jahren, noch vor Peters Geburt, Tante Marys Bruder ergangen, und er war im Wahnsinn gestorben, als er gerade erst zwanzig zählte. Und mir fiel auch wieder ein, daß ich einmal Diener hatte sagen hören, die nicht merkten, daß ich zuhörte: daß man geglaubt habe, dasselbe könne Tante Mary widerfahren, als mein Vater sich von ihr scheiden ließ – so seltsam sei sie geworden und so tief in Schwermut versunken. Ich war grenzenlos verwirrt wegen meiner Gedankenlosigkeit und konnte Tante Mary nicht anschauen. Aber sie schien ohnehin auf meine Bemerkung nicht zu achten. Sie war vollauf mit Peter beschäftigt – sie vergewisserte sich, daß er seinen Schal umband und unter seinem Ledermantel fest um den Körper wickelte, bevor er in die Kälte hinausging. Als Kind, so erinnerte sie ihn zärtlich scheltend, sei er schwach auf der Brust gewesen und müsse sich daher in acht nehmen.

Ich ging mit ihm nach draußen und sah zu, wie er sein Pferd losband. Das Stück Holz, in dem die Stange saß, war ein aus alter Zeit geborgenes Brett. Es waren einmal Buchstaben darauf gemalt gewesen, und obwohl die Farbe längst weggeblättert war, konnte man, wenn die Sonne hell darauf schien, die Umrisse der Wörter erkennen, die dort gestanden hatten. Ich hatte sie einmal mit großer Mühe nachgezogen. RADIO & TV HÄNDL lautete die Nachricht. Verschwendete Mühe: etwas zu finden, das nichts bedeutete.

Peters Stirnrunzeln war verschwunden. Er erbot sich, mich auf dem Sattelbogen den Berg hinauf mitreiten zu lassen, aber ich lehnte ab. Ich mochte ja fürs Turnier nicht ausgewählt worden sein, aber dafür war ich nun wohl doch zu alt. Bis ich mein eigenes Pferd hatte, würde ich zu Fuß laufen.

Bevor ich Schlittschuh laufen konnte, mußte ich nach Hause, um meine Schlittschuhe zu holen, und daher machte ich mich, statt am Fluß entlang, die Hochstraße hinan auf den Weg. Es war nun nicht mehr ganz so kalt, oder vielleicht kam es mir auch nur so vor, weil ich etwas im Magen hatte. Hier und da, wo die Polymoff-Straßenfeger nicht hingekommen waren, lag Schnee in gefrorenen, schmutzgesprenkelten Graten. Der letzte Schnee war vor einer Woche gefallen. Aus dem dunstverhangenen Himmel lugte eine wäßrige Sonne. Der Winter schien die Erde nach wie vor fest im Griff zu haben. Karren knarrten an mir vorbei, einer davon hoch mit Futter beladen. Ich hatte meinen Vater sagen hören, daß die Vorräte sehr geschrumpft seien, auch Getreide sei knapp geworden. Wenn die Kälte nicht bald aufhöre, würde man noch mehr Rinder schlachten müssen, wahrscheinlich auch ein paar Pferde.

Jemand rief mich von hinten beim Namen. Ich erkannte die Stimme, und mich fröstelte unwillkürlich. Ich drehte mich um und sah Ezzard mit langen Schritten auf mich zukommen, den schwarzen Mantel fest um den dürren Leib gerafft. Ich wartete, und während ich wartete, sagte ich mir: du bist kein Kind mehr, dem der Seher Angst einjagen kann. Seine Geister wagen sich nicht aus der Beschwörungshalle heraus, und schließlich hast du ja auch nichts getan, woran sie Anstoß nehmen könnten.

Aber er war ein Mann, der auf jeden Fall Ehrfurcht einflößte. Er war größer sogar noch als mein Vater und hatte ein schroffes Gesicht mit einer Hakennase und buschigen schwarzen Augenbrauen. Seine Augen saßen tief und dicht beieinander und waren kalt und blau. Seine Haut war sehr weiß, so als verbrächte er all seine Zeit im Dunkeln und nicht nur die Stunden, während derer er mit den Geistern in Verbindung trat. Wenn im Sommer das Licht heller war, trug er eine Brille mit dunklen Gläsern; aber auch ohne diese hatte sein Blick etwas eigenartig Ausdrucksloses, Leeres.

Er sagte: »Wo geht's denn hin, Junge?«

Ich hatte es nicht gern, daß man mich mit Junge anredete, und gab ihm daher ziemlich zurückhaltend Antwort, obwohl er doch der Seher war. Aber er schaute mir so durchdringend in die Augen, daß ich den Blick senken mußte.

Er fragte: »Achtest du die Geister?«

»Ja.«

»Es gibt solche in deinem Alter, welche die Geister nicht achten,

sondern sich töricht über sie lustig machen.«
Ich sagte: »Ich habe die Geister gesehen und gehört.«
Er nickte. »Vergiß das nicht. Vergiß auch das nicht: daß die Geister sich derer annehmen, die ihnen die gebührende Ehrerbietung erweisen. Die Toren, die spotten, werden schließlich verspottet. Und Toren sind sie allemal.«
»Ja.«
Er hob die Hand zum Segen, der bei Ezzard fast wie eine Drohung wirkte.
»Dann mal ab zum Schlittschuhlaufen. Genieße es. Es wird das letzte Mal sein in diesem Winter.«
Ich brauchte den Sinn in diesem Rätsel nicht zu suchen. Die Geister sagten ihm das Wetter voraus. Tauwetter war unterwegs, und morgen würde das Eis schon nicht mehr tragen. Es schmeichelte mir, daß er mir das gesagt hatte, als wäre ich einer von den Boten des

Fürsten. Ich nickte und wandte mich zum Gehen. Da legte er mir die Hand auf die Schulter und hielt mich noch zurück.
»Vielleicht überhaupt dein letztes Mal.«
Mich fröstelte wieder. Man lief Schlittschuh, bis man ein Mann wurde, und ein Mann wurde man erst mit fünfzehn.
Manchmal sagten die Geister den Tod voraus.
Aber er lächelte, was bei ihm so gut wie nie vorkam.
»Geh deines Weges, Lukas. Die Geister gehen mit dir.«

Ich stöberte Martin auf, und wir gingen mit unseren Schlittschuhen zum Fluß. Morgens hatte er allerhand Arbeiten erledigen müssen; seine Mutter war Witwe und zu arm, um sich auch nur eine einzige Polymoff-Dienerin leisten zu können. Wir liefen ungefähr zwei Stunden Schlittschuh, und dann merkte man schon den Wetterumschwung; der Wind hatte sich von Nord auf West gedreht, und er kam milde daher. Auf dem Rückweg erzählte ich Martin, was Ezzard zu mir gesagt hatte. Er sagte:
»Er hat oft genug recht. Aber wieso?«
»Durch die Geister. Wie denn sonst?«
»Aber wie?«
Er war nicht mal so groß wie ich und dazu noch dünn. Er hatte eine Haut wie ein Mädchen, zart, fast durchsichtig, und seine braunen Augen waren groß wie Mädchenaugen. Wir waren Freunde geworden, nachdem ich ihn einmal vor anderen Jungen gerettet hatte, die ihn quälten. Der größte von denen war jemand, den ich nicht ausstehen konnte, und mehr deshalb als aus dem Wunsch heraus, Martin zu helfen, hatte ich mich mit ihm angelegt und ihn verdroschen. Erst später und sehr allmählich kam ich dahin, daß ich ihn leiden konnte. Er hatte einen eigenartigen Verstand, ungewöhnlich in seiner Denkweise, ruhelos und grüblerisch. Manchmal bis zum Widersinn. Ich sagte:
»Die Geister kennen die Zukunft so gut wie die Vergangenheit. Und sie teilen sich Ezzard mit, weil er der Seher ist. Daran ist nichts Schwieriges.«
Er antwortete nicht, und wir verfolgten die Sache nicht weiter, weil uns nämlich auf der Verbrannten Gasse ein Reiter entgegengeritten kam und ich Roß und Reiter erkannte. Mein Vater rief:

»Zum Gruß, Sohn! Man hat mir gesagt, du seiest unten am Fluß, und da wollte ich zu dir hin.«
Seine Lippen lachten zwischen dem blonden Bart und dem geschwungenen flachsblonden Schnurrbart. Aus irgendeinem alltäglichen Grund hätte er das nicht getan. Das Herz hüpfte mir in die Kehle, aber ich sagte so gefaßt, wie ich konnte:
»Was gibt es denn Neues, Vater?«
»Der kleine Grant ist krank. Ein Fieber. Er wird am Donnerstag nicht kämpfen. Du hast seinen Platz beim Turnier.«
Ich starrte ihn mit offenem Mund an. Er beugte sich zu mir herunter und hob mich mit Schwung auf seinen Sattelbogen, und ich grollte ihm deswegen nicht. Wir ritten heimwärts; Martin lief neben uns her.
Und ich dachte an das, was Ezzard gesagt hatte. Ein Junger Hauptmann wurde ein Mann genannt, auch wenn er noch nicht fünfzehn war. Ich würde im nächsten Winter nicht mit den Jungen Schlittschuh laufen, sondern als Kriegerlehrling dem Fürsten dienen. So waren es doch zwei Prophezeiungen gewesen.

Die Jungen Hauptleute

Wir hatten nur einen Tag, um uns aufs Turnier vorzubereiten, und es regnete fast ununterbrochen. Mit einem kalten Nieseln fing es an, das aufs Gemüt drückte und einen bis auf die Knochen durchnäßte, und nach zwei Stunden schlittern und rutschen und stürzen auf dem Übungsfeld rief Edmund seinen Trupp zusammen und ritt mit ihm davon. Henry und Gregory schlossen sich ihm an. Wenn sie noch weitermachten, nachdem der Sohn des Fürsten Schluß gemacht hatte, riskierten sie, wegen allzu großem Eifer verspottet zu werden, und ich glaube, sie waren sowieso froh, daß sie nach Hause konnten. Ich holte meinen Trupp vom Feld, ritt aber auf dem Weg zur Stadt recht langsam vor ihm her, und als wir bei der Gabelung am Erlenteich ankamen, waren die anderen, die trockenen Kleidern, heißen Getränken und warmen Feuern entgegengaloppierten, schon längst nicht mehr zu sehen. Am Teich rief ich ihnen zu,

sie sollten nach links abbiegen, weg von der Stadt. Sie machten verwirrt halt. Ich wendete und ritt langsam zurück.
Laurie, mein bester Mann, fragte:
»Warum nach links?«
Ich wartete und ließ sie eine Weile mich anschauen, bevor ich antwortete. Ich sagte:
»Hört zu. Ich bin euer Hauptmann. Wir sind der schwächste Trupp im Turnier. Wißt ihr, wie in den Bierschenken die Wetten gegen unseren Sieg stehen? Fünfzig zu eins, und ich habe gehört, daß manche auch hundert geboten haben, ohne jemanden zu finden, der die Wette angenommen hätte.«
Sie guckten mich an, durchgeweicht und kläglich; die Flanken ihrer Pferde dampften. Ein wenig einnehmender Haufe, auch wenn sie nicht klatschnaß und mit Dreck bespritzt waren.
Zu jedem Trupp gehörten beim Turnier außer dem Jungen Hauptmann noch vier Kämpen. Gerechter wäre es wohl zugegangen, wenn man die Zusammenstellung durch das Los bestimmt hätte, aber das Turnier galt nicht zuletzt auch als eine Prüfung in Führerschaft, und ein Führer wählt seine Leute selber aus. Oder wird von ihnen ausgewählt. Von denen, die mitmachen durften, obwohl sie zwar das richtige Alter hatten, aber nicht aus adliger Familie stammten, wären die meisten natürlich am liebsten mit dem Sohn des Fürsten geritten. Und nicht nur allein wegen der Ehre: er galt als Favorit, und der Trupp, der gewann, erhielt, passend zum edelsteinbesetzten Schwert des Hauptmanns, goldene Münzen zur Belohnung. Die Trupps, die auf den zweiten und dritten Platz kamen, empfingen Silber und Bronze, während der, welcher als erster ausschied, nichts weiter als den Spott der Menge für seine Mühe einhandelte.
Daher waren mir zum größten Teil nur diejenigen verblieben, welche die anderen Führer schon abgelehnt hatten. Martin hatte sich natürlich sofort freiwillig zu meinem Trupp gemeldet. Er war kein guter Reiter und ein noch armseligerer Fechter, aber ich wußte doch wenigstens, daß er hart für mich kämpfen würde. Und was die übrigen anging, so lag doch auch ein gewisser Trost in dem Gedanken, daß sie bei so wenig Aussicht auf Sieg oder Belohnung bereit waren, mitzumachen. Fehlte es ihnen auch an Übung und

Geschicklichkeit, so brannten sie doch darauf, sich zu schlagen.
Ich sagte: »Alle glauben, daß wir ganz bestimmt verlieren. Aber sicher ist gar nichts, weder Sieg noch Niederlage. Geschicklichkeit zählt sehr, aber es zählen auch Vorbereitung und harte Arbeit. Die anderen sind nach Hause geritten. Bald schon stallen sie ihre Pferde ein und lassen sich's gut sein. Wir mögen in mancher Hinsicht schwächer sein, aber wir können stärker sein in der Ausdauer. Wir reiten jetzt nicht zur Stadt zurück, sondern an einen abgeschiedenen Platz, wo wir ungestört und unbeobachtet üben können. Ihr seid naß und müde. Ich auch. Noch nasser können wir nicht werden, und falls wir noch müder werden, können wir heute nacht um so besser schlafen und sind dann morgen frischer. – Laurie!«
»Jawohl, Hauptmann.«
Gut so! Es war richtig, daß er mich mit dem Titel anredete, aber ich hatte geglaubt, ich würde ihn daran erinnern müssen. Ich sagte, immer noch schroff:
»Du hast gefragt: ›Warum nach links?‹ Von nun an, zuerst beim Üben und dann beim Kampf, stellt mir keiner mehr eine solche Frage. Ist das klar?« Meine Augen wanderten von einem zum anderen und zwangen sie zu nicken. »Ich gebe die Befehle. Ihr gehorcht. Falls das gut genug klappt, trage ich morgen das edelsteinbesetzte Schwert, und ihr kriegt Gold.« Ich lenkte mein Pferd von ihnen und von der Straße zur Stadt weg. »Mir nach!«
Was ich ihnen da erzählt hatte, war – da war ich sicher – schierer Unsinn, zumindest was irgendeine Hoffnung auf unseren Sieg beim Turnier betraf. In Wahrheit ging es mir darum, zu vermeiden, daß wir Letzter wurden. Wie gesagt, wurde der Trupp, der als erster ausschied, jedesmal von der Menge mit Hohn und Spott überschüttet, und der Gedanke daran war mir unerträglich. Falls wir es bis in die zweite Runde schafften, würde ich schon glücklich sein. Ich hatte zwei Gründe dafür, daß ich vor meinen Leuten so hoch griff. Der erste: Ich wollte ihren Pessimismus wegblasen, mit dem sie unsere Chancen ganz gewiß betrachteten; der zweite: Ich wollte ihnen Mut machen für die knochenschindende Aufgabe, die uns bevorstand. Denn ich hatte vor, sie heranzunehmen, bis wir und unsere Pferde vor Erschöpfung umfielen. Ich wollte sogar riskie-

ren, daß sie müde ins Turnier zogen. Mir kam es darauf an, daß wir besser vorbereitet waren für die Kniffe, mit denen unsere Gegner vielleicht gegen uns angehen würden, geschickter im Ausweichen oder im Kontern.
Mein Vater war Besitzer eines Bauernhofs, der ein paar Meilen vor dem Osttor lag. Ich ließ den Bauern seine Polymoffs rufen, damit sie das Vieh von einer Weide trieben, und da legten wir dann los. Beim Turnier, wie bei jedem Kampf zu Pferde, kommt es in allererster Linie darauf an, daß man sein Pferd versteht und beherrscht. Die Pferde, die wir hatten, kamen aus den Heeresstallungen und mußten noch eine Menge lernen. Um Reittiere für ihre Trupps zu bekommen, losten die Jungen Hauptleute und wählten dann der Reihe nach. Die anderen hatten sich die größeren Pferde ausgesucht, wie es üblich war; Gewicht war von Nutzen, und das Gelände würde beschwerlich sein nach dem Regen. Ich hatte sie gelassen. Bei einem von den Stallknechten, einem Zwerg, den ich gut kannte, holte ich mir Rat: welche von den kleineren Tieren nach Ausdauer, Schnelligkeit und Behendigkeit die besten seien, und die suchte ich mir aus. Ich hatte schon feststellen können, daß er mich gut beraten hatte. Die Pferde waren tüchtig; nun war es an mir und meinen Leuten zu lernen, mit ihnen umzugehen. Ich teilte sie in zwei Zweiertrupps ein; ich selber machte zuerst auf der einen und dann auf der anderen Seite mit, und wir ritten lauter Scheinattacken gegeneinander.
Das Ziel besteht für jeden Trupp darin, die gegnerischen Hauptleute aus dem Sattel zu stoßen, denn der Trupp, dessen Kapitän nicht mehr beritten ist, scheidet aus. Es gibt Dutzende, ja Hunderte von verschiedenen Taktiken, die angewandt werden können, aber im Kern sehen sie fast alle so aus, daß der Hauptmann zwei verteidigende Reiter hat und zwei angreifende. Davon, so hatte ich beschlossen, mußte ich gleich zu Anfang abgehen. Ich konnte es mir nicht leisten, mich hinter Verteidigern zu verstecken, selbst wenn ich mich auf die Verteidigung hätte verlassen können. Meine einzige Hoffnung lag darin, daß ich absichtlich etwas riskierte.
Im Nahgefecht gab es zahllose Formen des Angreifens und Parierens. Die Holzschwerter waren unsere Angriffswaffe, und zur Verteidigung trugen wir kleine Lederschilde, aber wenn man nahe ge-

nug herankam, konnte man den anderen vom Pferd stoßen oder zerren oder im Vorbeireiten an seinem Steigbügel reißen und ihn so aus dem Sattel kippen. Ich hatte mir die Kniffe der Hauptleute in den Jahren zuvor sehr genau angesehen und mir noch ein paar eigene ausgedacht. Die übte ich nun so lange, bis ich sie beherrschte. Außerdem übten wir noch, auf ein Zeichen hin in verschiedene Richtungen und in verschiedenen Formationen und Figuren zu reiten. Damit kamen wir nur sehr langsam voran; meistens endete alles in Durcheinander und Unordnung.
Nach weiteren zwei Stunden befahl ich eine Pause. Der Bauer hatte uns etwas zu essen und zu trinken zubereitet, und das konnten wir nun wirklich gebrauchen, aber zuerst sorgte ich dafür, daß die Pferde gefüttert und getränkt und abgerieben wurden. Auch warfen wir jedem eine Decke über. Wir langten dann herzhaft zu, und hinterher durften sie sich eine Weile ausruhen. Dann rief ich sie wieder an die Arbeit. Sie stöhnten, erhoben aber keinen Widerspruch. Es goß immer noch in Strömen, allerdings war der Regen nicht mehr ganz so eisig. Wir ritten und attackierten weiter, während es schon allmählich zu dämmern begann. Der graue Himmel hatte sich schon schwärzlich verfärbt, als ich endlich den Befehl zum Aufhören gab. Hundemüde ritten wir langsam zur Stadt zurück.
Bevor wir uns trennten, mußten sie mir schwören, Stillschweigen zu bewahren; falls jemand fragte, hatten wir den Tag des Regens wegen beim Würfelspiel in dem Bauernhaus verbracht. Murri, den Stallzwerg, bat ich auch, nichts zu erzählen. Als er mit mir zusammen die Ponies versorgte, sagte er:
»Du hättest sie lahm reiten können, junger Herr.«
»Habe ich aber nicht.« Ich gab ihm Geld. »Tüchtig Kleie heute abend, mit Starkbier drin, und morgen den besten Hafer, den du finden kannst. Am Nachmittag sind sie dann in Form, oder meinst du nicht?«
»Ganz bestimmt.« Er schaute zu mir auf und lachte. »Ich schreie für dich und feuere dich an, junger Herr Lukas.«
»Setzt du auf mich?«
»Nein.« Er schüttelte seinen breiten Kopf. »Wir Zwerge sind Männer von Gefühl, wie jedermann weiß, aber wir lassen unseren

Verstand nicht von unseren Gefühlen regieren. Und wir glauben nicht an Wunder.«
Ich nickte. Ich war wohl zu müde, um noch zu lächeln.

Ich hatte eigentlich vor, mich heimlich aus dem Haus zu schleichen und mir von einer der Dienerinnen ein Bad bereiten zu lassen. Aber als ich den Hof überquerte, rief mich mein Vater von seinem Fenster, und ich mußte zu ihm hingehen. Er sagte:
»Wo warst du denn, Lukas? Die anderen waren schon am Vormittag wieder zurück.«
»Wir sind rausgeritten zum Bauernhof, Vater. Cooper hat uns zu essen gegeben.«
»Und da seid ihr den ganzen Tag geblieben?«
»Es hat geregnet. Es kam uns sinnlos vor, zurückzureiten.«
»Und was habt ihr gemacht?«
»Gewürfelt. Geredet. Gefaulenzt eigentlich.«
Er guckte mich durch das offene Fenster an. »Hättest du den Tag vor dem Turnier nicht eigentlich anders verbringen können? Besser?«
»Ich bitte um Verzeihung, Vater.«
»Du bist ein merkwürdiger Kerl. Behältst deine Gedanken für dich, sogar vor mir.« Ich wartete. Die Lampe war hinter ihm, trotzdem konnte ich sehen, daß er lachte. »Du kannst dich selber nicht sehen, hm? Oder riechen? Wenn man sich lang genug im Dreck wälzt, gewöhnt sich die Nase daran. Du bist nicht nur mit Schlamm, sondern auch mit Kuhmist bedeckt. Habt ihr draußen auf der Weide gewürfelt, im Regen? Und sind deine Schultern vom Faulenzen gebeugt?«
»Vater...«
Er fiel mir ins Wort: »Ich will dich nicht da im Regen aufhalten. Aber eins muß ich dir sagen. Ehrgeizig zu sein ist richtig, aber übernimm dich nicht. Gestern noch hatte man dich übergangen bei der Auswahl fürs Turnier. Heute bist du einer von den vier Jungen Hauptleuten, und morgen wirst du mit deinen Leuten auf den Kampfplatz reiten. Ich erwarte von dir nur, daß du dich tapfer schlägst. Erhoffe dir nicht zuviel, dann ersparst du dir die Bitternis einer Enttäuschung. Du weißt, wie dich das mitnimmt.«

»Ich werde tun, wie du mich heißt, Vater.«
Das Lächeln war aus seinem Gesicht verschwunden. Er schaute mich noch einen Augenblick an, dann sagte er:
»Wasch dich jetzt und zieh dich um. Wir sehen uns beim Abendessen.«
Er schloß das Fenster und wandte sich ab.

Ich erwachte in den frühen Morgenstunden, kalten Schweiß auf der bloßen Haut, wo ich im Traum das Deckbett weggeschoben hatte. Der Traum war noch ganz gegenwärtig und deutlich. Ich ritt allein auf einem riesigen Feld, das viel größer als der Turnierplatz war, und meine Gegner jagten mich. Ich hatte keine Hilfe, keine Hoffnung und keinen Mut, das eine zu tun, das ich – wie ich sehr wohl wußte – tun mußte: mich umdrehen und mich ihnen stellen. Sie holten mich ein, ergriffen mich aber noch nicht, und ich wußte, daß sie's nur darum nicht taten, weil sie's noch nicht wollten, weil sie mit mir spielten: Wie Katzen mit einer vom Entsetzen gepackten Maus. Von rundherum und sogar aus dem Himmel über mir, so kam es mir vor, ertönte das höhnische Gebrüll der Menge, die meine Gegner anfeuerte und mich laut auslachte.
Ich lag schwitzend und zitternd da, und dann stand ich auf. Im Dunkeln tastete ich nach meinem Wasserkrug und trank. Dann ging ich zum Fenster und riß es auf. Der Regen hatte aufgehört, und die Nacht war sehr still, schwarz, bis auf das Glühen hinter den Bergen im Westen, wo das Brennende Land lag. Weit weg bellte ein Hund, einmal und dann nicht mehr.
Es war ein Alptraum gewesen, eine Plage, wie Ezzard mir erklärt haben würde, mit der jene Geister, die das Reich des Schlafes regierten, unser unbewachtes Inneres heimsuchen. Ich hatte am Abend zuvor zuviel gegessen – in meinem Heißhunger hatte ich einen halben Laib Brot und einen gewaltigen Kanten Käse verschlungen. Außerdem konnte ich dem Gehilfen, dem Akoluth, einen Penny zahlen, damit er die Schutzgeister darum bat, daß sie auf mich ganz besonders achtgaben. Und jetzt mußte ich alles schleunigst vergessen, mich wieder hinlegen, schlafen und am Morgen frisch sein.
Ich legte mich wieder hin, aber ich schlief nicht. Wirre Gedanken

wälzten sich in meinem Kopf – sie hatten nichts mit dem Traum, sondern mit der Wirklichkeit zu tun. Ich stellte mir den Kampf vor, sah ihn mir unter jedem Gesichtspunkt genau an, und unter jedem Gesichtspunkt trieb es mich zu demselben Schluß: wir hatten überhaupt keine Aussicht. In aller Regel konzentrierten sich die drei stärksten Trupps zunächst einmal darauf, den schwächsten zum Ausscheiden zu zwingen. Ich hatte mir zwar Pläne einfallen lassen, wie da zu kontern war, aber jetzt, tief in der Stille der Nacht, wurde mir klar, wie zwecklos sie waren. Jetzt sah ich, daß sie uns nur noch größerem Spott aussetzen würden, wenn sie fehlschlugen.
Mir fielen die mahnenden Worte meines Vaters ein, und ich mußte zugeben, daß er recht hatte. Ich war zu stolz und zu ehrgeizig. Es wäre besser, ich gäbe mich mit dem zufrieden, was ich hatte; beschiede mich mit meinem Los. Schließlich war es ein gutes. Ich war als echter Mensch geboren, nicht als Zwerg oder, Gott behüte, gar als Plymoff. Ich war in dieser Stadt geboren als Sohn eines adligen Vaters – nicht aus altem Geschlecht, aber adlig. Ich war gesund und kräftig und hatte meinen Verstand beisammen. Weil ein anderer krank geworden war, hatte ich nun das Glück, zum Jungen Hauptmann bestimmt zu werden, und würde morgen abend beim Fest ein Schwert tragen, wie immer das Turnier auch ausging. Selbst falls wir unrühmlich geschlagen wurden, ich selber gleich beim ersten Angriff aus dem Sattel ging, würden doch die Niederlage und der Spott, der sie begleitete, das Zischen und das Gelächter ein kleiner Preis sein für das, was ich gewann.
So sah es aus, wenn man es mit Vernunft anschaute. Aber als ich dann an die Menschenmenge und ihr Spottgeschrei dachte, brach mir wieder der kalte Schweiß auf dem Rücken und an den Beinen aus. Ich warf mich heftig im Bett herum und hieb mit der Faust ins Kopfkissen, versuchte, alle Gedanken aus dem Kopf zu vertreiben und den Schlaf herbeizuzwingen. Ich mußte schlafen, um stark zu sein für den kommenden Tag. Aber je mehr ich den Schlaf forderte, desto weiter wich er zurück. Zuletzt verlegte ich mich aufs Flehen. Ich rief die Geister meiner Ahnen an, sie möchten mir helfen. Auch das nützte nichts. Das Fensterrechteck fing schon an, blasser zu werden, als der Erschöpfung endlich gelang, was Fordern und Flehen nicht vermocht hatten, und ich einschlief.

Dann faßte Janet, die Magd, mich sachte bei der Schulter. Es war heller Tag. Ich guckte sie an mit Augen, die sich kaum öffnen wollten; mein Kopf war dumpf und wie in einem Nebel.

»Zeit zum Aufstehen, junger Herr Lukas.«

Ich fragte: »Welcher Tag ist heute?«

Sie lächelte. Sie hatte keine sichtbaren Mißbildungen, trug aber alle ihre Kleider hoch geschlossen. Eine hübsche Frau, aber sie war schon über dreißig und hatte nicht geheiratet, obwohl die meisten Polymoffs heirateten. Die Geister der Zerstörung mußten ihr Werk grausam an ihr verrichtet haben.

»Turniertag, junger Herr Lukas«, sagte sie. »Dein Tag.«

Es regnete den ganzen Morgen, aber der Regen war jetzt warm. Da er geradewegs aus dem Brennenden Land herüberwehte, ließ er einen dünnen grauen Belag zurück. Ich stellte mir vor, wie Tante Mary die Lippen aufeinanderpreßte, weil sie nun zusehen mußte, wie die weißen Fenstersimse und Steinplatten vor ihrem Haus verdreckt wurden. Sobald der Regen aufhörte, würden die Polymoffs sich ans Scheuern machen.

Und gegen Mittag hörte er tatsächlich auf. Am frühen Nachmittag ritten die Jungen Hauptleute an der Spitze ihrer Trupps zur Stadt hinaus, und da waren die Lederwämse trocken, und die silbernen Schulterstücke schimmerten im wäßrigen Sonnenschein. Wir ritten in langem Zug über die Brücke und durchs Osttor. Der Fürst und seine Hauptleute ritten voran, es folgten ihre Damen. Dann kamen Ezzard und die Gehilfen, dann die Jungen Hauptleute nach Rang und Namen. Edmund als Sohn des Fürsten natürlich als erster, danach Gregory und Henry. Ich war der letzte. Hinter uns zogen die angeseheneren Bürger, die Feldwebel und Bauern, die für den Tag in die Stadt gekommen waren. Dann das gemeine Volk, dann die Zwerge. Zuallerletzt kamen die Polymoffs. Es wurde geschwatzt und gelacht und manche Spaziergänger spielten auf und sangen Lieder.

Die Stadt würde fast menschenleer sein; die Mauern, die Fürst Stephen so hoch hatte bauen lassen, standen unbemannt. Gewiß, dies war die Zeit des Frühlingsjahrmarkts, wo allenthalben in zivilisierten Landen kein Krieg geführt wurde. Die Geister hatten es verboten. Aber falls nun jemand den Waffenstillstand brach, würden die

Geister dann die Stadt verteidigen, die sich ungeschützt dem Angreifer darbot? Sie waren launisch, das gaben sogar die Seher zu; weder Strafe noch Belohnung waren sicher. Mir fiel mein eigenes verzweifeltes Flehen um Schlaf ein, das nicht erhört worden war. Turniere dieser Art wurden auch in den anderen Städten ausgefochten. Romsey zum Beispiel, nicht mehr als zehn Meilen gegen Südwest... eine Handvoll Männer, flinke Reiter, konnte die Stadt einnehmen.

Ich gab die Überlegungen auf – sie führten zu nichts. Es war Brauch, bis nach dem Frühlingsjahrmarkt Frieden zu halten. Schon der Gedanke an irgendeine andere Möglichkeit verstieß gegen das Gebot der Geister. Zwar hatten sie mir in der Nacht nicht geholfen, aber in dem bevorstehenden Kampf konnten sie mir vielleicht doch noch beistehen. Und ich hatte Hilfe dringend nötig – soviel Hilfe, wie ich nur eben bekommen konnte.

Wir kamen auf dem Turnierplatz an, und Ezzard segnete die Wettkämpfer im Namen der Geister. Zelte waren an einem Ende des Feldes aufgeschlagen worden für die Edelleute. Ich sah meinen Vater dort und meine Mutter und Peter. Tante Mary nicht. Eine Frau, die einen Edelmann heiratete, wurde eine Dame, aber die Ehefrau, die er beiseite gesetzt hatte, besaß keinen Rang. Ich trabte mit meinem Pferd an den dicht gedrängt stehenden Scharen von Bürgerlichen entlang und fand sie, vorn in der ersten Reihe eingekeilt. Ich saß ab und verbeugte mich vor ihr.

»Zum Gruß, Tante Mary. Wünsch mir Glück!«

Sie nickte heftig. »Das tu ich bestimmt, Lukas!«

Ein Mann, der in der Nähe stand, riß einen Witz über meine Aussichten beim Turnier, und andere lachten. Sie drehte sich mit einem Ruck zu ihnen um, da verstummten sie. Ich stieg wieder auf und ritt zu meinen Eltern hinüber. Meine Mutter sagte:

»Paß auf, daß du nicht verletzt wirst.«

Sie sagte es leise, und es klang bange. Als sie hörte, daß ich zum Jungen Hauptmann berufen worden sei, hatte sie entzückt in die Hände geklatscht. Nun hatte sie Angst um mich. Sie lebte immer nur im Augenblick. Nichts war wirklich für sie, bevor es eintrat, oder spielte hinterher noch eine große Rolle.

Mein Vater sagte: »Ich weiß, daß du mit aller Kraft kämpfen wirst,

also brauche ich dir weiter nichts zu sagen. Die Geister seien mit dir.«
Der erste Gongschlag dröhnte: Zeit, daß wir uns vor dem Fürsten verneigten. Beim zweiten Gongschlag begann das Turnier.

Jeder Hauptmann besetzte eine Ecke des Feldes. Ich hatte die westliche, die der Stadt am nächsten lag, aber am weitesten weg vom Zelt des Fürsten. Ich wartete mit meinen Männern und redete leise mit ihnen: »Denkt daran – wir bleiben stumm.«
Gewöhnlich ritten die Trupps unter laut gebrüllten Drohungen und Verwünschungen aufeinander ein. Um Furcht zu wecken, nehme ich an. Ich sagte mir: wenn den meinen jetzt noch nicht bange ist bei der aussichtslosen Lage, dann kann ein bißchen Geschrei sie auch nicht bange machen. Wenn wir schwiegen, würden wir uns von den anderen absetzen, vielleicht aber nicht zu unserem Nachteil. Auch war ich überzeugt, daß wir uns dann besser konzentrieren konnten und daß es für meine Leute leichter sein würde, auf meine Kommandos zu hören.
Der zweite Gongschlag ertönte.
Die vier Trupps rückten vorsichtig lauernd aus ihren Ecken vor. Ein Turnier konnte auf verschiedene Weise beginnen. Manchmal umkreisten die Trupps eine Weile das Feld, bis schließlich einer zum Angriff auf einen anderen ansetzte. Manchmal trafen sie sofort zu einem hitzigen Handgemenge in der Mitte zusammen. Es gab noch eine andere Möglichkeit, vor der mir gegraut hatte, und mir sank der Mut, als ich feststellte, daß es zu genau dieser kommen sollte. Die anderen drei Trupps schwenkten auf uns ein; sie taten sich zusammen, um den Schwächsten auszuschalten, bevor sie sich an ein Turnier zu dritt machten.
Ich hatte meinen Plan festgelegt und mußte mich nun daran halten. Falls er fehlschlug, würde ich als Dummkopf oder als Feigling dastehen, wahrscheinlich aber als beides. Die Abstände wurden immer kleiner, und ich wartete auf den richtigen Augenblick und lauerte auf die Lücke. Es galt, bis zum allerletzten Moment zu warten, aber der letzte Moment konnte zu spät sein. Sie hatten nun angefangen, Drohungen und Schmährufe gegen uns zu schleudern. Ich sagte zu Laurie links neben mir:

»Stehe, wenn ich ausbreche. Danach liegt alles bei dir!« Sie hatten keine Eile. Edmunds Trupp war ein kleines Stück voraus, und ich sah ihn die Zügel anziehen, damit die anderen beiden aufholen konnten. Sie wollten uns ganz und gar zermalmen und gingen zu dem Zweck so umsichtig wie möglich vor. Jetzt waren sie noch zwanzig Schritte entfernt, jetzt fünfzehn. Die beste Lücke war zwischen Henrys Trupp und dem Zaun. Scharf setzte ich meinem Pony die Sporen und lenkte es darauf zu.

Das Tosen der Menge übertönte einen Augenblick lang die Schreie der Angreifer. Wie ich schon erklärt habe, schied ein Trupp aus, sobald sein Hauptmann aus dem Sattel war. Daß einer aus dem Schutz seiner Leute davonsprengte, das hatte es noch nie gegeben. Ich wußte, daß mein Trupp fest hinter mir stand und sich nicht von der Stelle rührte. Aus dem Augenwinkel sah ich die anderen Trupps verwirrt herumschwenken. Mein plötzliches Manöver hatte sie vollkommen überrascht, aber nun sammelten sie sich wieder, um hinter der Beute herzuhetzen. Sie müssen mich für verrückt gehalten haben oder für kopflos vor lauter Angst. In jedem Fall blieb ihr Ziel das gleiche, und es war nun leichter, es zu erreichen. Sie waren überzeugt, daß sie mich einholen und vom Pferd schmeißen würden.

Einer von Henrys Leuten langte nach mir, als ich durch die Lücke sprengte, bekam mich aber nicht zu fassen. Ich bremste meinen Galopp, um nicht einen zu großen Abstand zwischen mich und meine Verfolger zu legen, und ritt nicht zur schräg gegenüberliegenden Ecke, sondern zur näher gelegenen Nordecke. Das Feld war groß, über vierzig Morgen groß, aber nun kam es mir klein vor. Zum Glück kamen sie nicht auf den klugen Gedanken, auszuschwärmen, sondern ritten im geschlossenen Rudel hinter mir her. Fünfzehn Schritte vor der Ecke warf ich mein Pferd herum und setzte ihm die Sporen zu meinem zweiten Durchbruch, diesmal an ihrer linken Flanke vorbei.

Diesmal entwischte ich ihnen nicht ganz. Ich bekam zwei Schwerthiebe ab, und voraus sah ich einen Reiter, der leicht ausgeschert war. Ich mußte zwischen ihm und seinem nächsten Gefährten hindurch, und als ich dabei war, ritten sie aneinander heran, um mich zwischen sich einzuquetschen. Es gelang ihnen fast. Mein Pferd

schrie auf, als ein großer Fuchshengst ihm mit der Schulter gegen die Kruppe krachte, und von einem grimmig einhackenden Schwerthieb dröhnte mir der Kopf und ich schwankte leicht im Sattel. Aber sie konnten mich nicht halten. Ich war wieder durch, und jetzt hörte ich den Schrei, auf den ich gewartet hatte, Lauries Jubelruf:
»Drei runter! Auf Gregory!«
Das war mein Plan gewesen. Ich hatte darauf gesetzt, daß sie in der Hitze der Verfolgung auf meinen Trupp nicht mehr weiter achten würden, weil sie zu sehr darauf brannten, mich zu erwischen. Mein Trupp aber hatte unter Lauries Kommando die Verfolger verfolgt, mit dem Ziel, Leute aus dem Trupp herauszufischen, der als letzter hinter den anderen herritt. Und die List war gelungen: sie hatten drei von Gregorys Leuten aus dem Sattel geholt, bevor irgend jemand auch nur merkte, was vorging. Als ich nun abermals mein Pferd wendete, ritten sie triumphierend zu mir zurück, während die übrigen, nun wieder verwirrt und unsicher, sich um ihre eigenen Anführer scharten.
Die Unsicherheit dauerte nicht lange. Wir waren nun nicht mehr die Schwächsten, dazu bestimmt, verfolgt und vernichtet zu werden. Drei von Gregorys Leuten humpelten vom Feld, ihre Pferde sprengten frei und ledig umher. Gregory selber zog sich mit seinem letzten noch verbliebenen Gefolgsmann in die Nordecke zurück. Er wußte, was jetzt unausweichlich folgen würde.
Die drei Trupps ritten auf ihn zu, um ihm den Garaus zu machen, aber auch jetzt war unsere Absicht nicht die, welche sie zu sein schien. Wir überließen es den anderen, Gregory aus dem Sattel zu holen, und stürzten uns selber auf Henry. Laurie und ich rissen einen von seinen Leuten vom Pferd, während die anderen drei einen zweiten herunterholten. Dann ritt ich gegen Henry selber an. Mein Schwert krachte gegen seinen Schild. Im raschen Gegenstoß durchbohrte er meinen Schutz und traf mich zwischen die Rippen, wodurch ich scharf nach hinten überkippte. Mit aller Kraft versuchte ich, die Füße im Steigbügel zu halten, da ertönte inmitten eines neuen Aufruhrs in der Zuschauermenge der Gong. Der erste Hauptmann war aus dem Sattel, damit war die erste Runde zu Ende. Henry und ich trennten uns voneinander, und ich sah

Gregory untröstlich zum Zelt der Hauptleute hinübergehen. Die Taktik der zweiten Runde war einfacher. Edmund und ich brauchten uns nicht zu beraten, um den Vorteil zu erkennen, der für uns beide in einem gemeinsamen Vorgehen lag. Unsere Trupps waren noch vollzählig, während Henry auf beiden Seiten nur noch einen Mann hatte. Wir mußten uns zusammentun, um ihn zu vernichten.

Aber obwohl das Ziel einfach war, war es alles andere als leicht zu erreichen. Henry kämpfte wie ein Tiger und klug; immer wieder konnte er von uns wegbrechen und sich eine Verschnaufpause verschaffen. Ich verlor Martin, bevor einer von seinen beiden Männern aus dem Sattel war. Falls wir noch einen verloren, würden wir genauso schwach sein wie er – schwächer noch, weil er die besseren Leute hatte –, und das Blatt konnte sich gegen uns wenden. Ich rief Laurie, und er und ich nahmen uns gemeinsam Henrys linken Flankenreiter vor. Er parierte meinen Hieb. Lauries jedoch, der von der anderen Seite kam, traf ihn so, daß er aus dem Sattel purzelte.

Aber auch jetzt war noch nicht Schluß. Als Henry schließlich allein war, kämpfte er unter dem lauten Beifall der Menge immer noch weiter – endlos lange kam es uns vor. Endlich jedoch trieben wir ihn so in die Enge, daß er uns nicht mehr entwischen konnte, und zogen ihn vom Pferd. Der Gong ertönte, und wir trennten uns erschöpft. Erst jetzt merkte ich, daß noch zwei weitere Leute aus dem Sattel waren, einer aus Edmunds Trupp und ein Bursche mit Namen Carey aus meinem eigenen.

Wir alle waren inzwischen arg mitgenommen; Laurie strömte das Blut aus einer Wunde dicht unterm Ohr. Mir dröhnte der Kopf von den Schlägen, die ich auf meinen Lederhelm abbekommen hatte, und mein Schildarm war steif und so wund, daß er schon schmerzte, wenn ich den Schild nur anhob. (Zwei von den Abgesattelten hatten sich, wie wir nun erfuhren, einen Arm gebrochen, ein dritter hatte sich die Schulter ausgerenkt.) Aber wir hatten trotz ungünstiger Umstände zwei Runden überstanden – Grund genug, stolz zu sein. Wir konnten uns auf den bereits gewonnenen Lorbeeren ausruhen. Ob Edmund uns schließlich überwältigen würde, war nun nicht mehr so wichtig.

Daß er uns überwältigen würde, stand freilich fest. Er hatte vier Leute gegen drei, und die vier waren stärker und bessere Streiter. Mit Tricks und Kunstgriffen hatte es nun ein Ende, es konnte nicht mehr einer gegen den anderen ausgespielt werden. Auch waren unsere Pferde nun müde; ihre anfängliche Behendigkeit hatte sich verloren unter dem Anprall des Kampfes, im zähen, aufgewühlten Schlamm des Feldes. Wir hatten uns besser geschlagen, als irgend jemand hatte ahnen können, und wenn Edmund auch das edelsteinbesetzte Schwert errang, so gebührte ihm doch nicht aller Verdienst.
Aber obwohl ich mich vor dem Turnier mit der augenblicklichen Lage mehr als zufriedengegeben hätte, verlangte mein Ehrgeiz nun ganz entschieden mehr. In einem Zermürbungskampf hatten wir keine Aussicht auf den Sieg, aber wenn... Ich sprach mit meinen mir noch verbliebenen Gefolgsleuten. Laurie schüttelte den Kopf.
»Das kann nicht gelingen.«
»Vielleicht nicht. Aber was anderes auch nicht.«
Der Gong ertönte wieder, und wir kamen aus unseren Ecken. Edmund und seine Leute ritten langsam und dicht beieinander. Auf mein Kommando hin schwenkten meine beiden nach links ab und ich selber nach rechts. Ich sah Edmund unschlüssig seine Leute anhalten.
Er war auf der Hut vor Tricks, aber er konnte hier keinen entdekken. Wir, die schwächere Seite, hatten unsere Streitmacht aufgespalten, und ich, der Hauptmann, entfernte mich von meinen Leuten. Er brauchte nicht lange zu überlegen, wie er darauf reagieren sollte. Er setzte zwei von seinen Leuten auf meine beiden an – sie sollten sie halten, falls sie sie nicht überwältigen konnten. Er und sein Hauptmitstreiter, ein sehr großer, kräftiger Bursche namens Tom, ritten auf mich zu.
Sie trennten sich, als sie näher kamen, um mich in die Zange zu nehmen. Auch das hatte ich vorausgesehen. Zehn Schritte, fünf. Ich nahm die Füße aus den Steigbügeln. Sie stürmten auf mich ein, die Schwerter zum Schlag erhoben. Als Edmunds Pferd genau neben meinem war, warf ich mich aus dem Sattel geradewegs auf ihn.

Er hätte mir widerstehen können, wenn er nicht so verblüfft gewesen wäre, aber er schrak zurück. Ich bekam ihn am Hals zu fassen und zerrte ihn herunter. Tom wollte herum und ihm helfen, aber mein Pferd war ihm im Weg. Edmund und ich krachten zusammen zu Boden.
Nach den Regeln mußten die beiden letzten Hauptleute, falls sie gleichzeitig aus dem Sattel kamen, wieder aufsitzen und zur Entscheidung gegeneinander antreten, aber diesmal ohne Begleiter. Ich sah ihn aus seiner Ecke auf mich zureiten. Ich hatte ja vorher schon geglaubt, mein Schildarm tue mir weh, aber nun fühlte er sich an, als säßen tausend Teufel darauf und hieben ihre Feuerkrallen hinein. Er war stärker als ich und hatte mich schon oft genug beim

Fechten mit dem Schwert geschlagen. Unter normalen Umständen war ich ihm im Einzelkampf nicht gewachsen.
Aber die Umstände waren nicht normal. Schon zweimal hatte ich ihn überrascht an diesem Nachmittag. Außerdem war ich Hauptmann des Trupps, den die anderen geringschätzig gleich zu Anfang hatten ausschalten wollen, und wir waren bis jetzt nicht besiegt. Und er war zurückgewichen, als ich mich auf ihn warf, und er wußte, daß ich es wußte.
Ich war das ganze Turnier hindurch stillgeblieben. Aber als wir jetzt gegeneinander ritten, schrie ich lauthals: ein Schrei des Hasses und des Triumphes. Ich achtete auf seine Augen und sah ihn zusammenzucken. Dann jedoch krachten unsere Schwerter aufeinander, und es war nur noch Zeit zum Kämpfen. Ein paar Minuten lang wich er nicht von der Stelle, und wir tauschten Schwerthiebe. Sein Pferd war schwer genug, um meines zurückzudrängen, doch ihm fehlte der Wille dazu. Statt dessen wich er nun zurück. Ich drückte seinem Pferd mein Schwert in die Flanke. Es bäumte sich hoch auf, und er fiel, geradezu bereitwillig, aus dem Sattel.
Ohne mich noch einmal umzuschauen, ritt ich auf das Zelt des Fürsten zu.

Die Kronenbeschwörung

Zwei Tage nach dem Ende des Frühlingsjahrmarktes bebte die Erde. Es war am frühen Vormittag, und ich ritt gerade draußen über die Weiden mit dem Pferd, das mein Vater mir für meinen Sieg im Turnier geschenkt hatte. Es war ein Rotschimmelwallach, vierzehn Hand hoch, und er witterte das Beben, bevor es kam: er blieb stehen und wieherte vor Angst und stand zitternd da. Als ich dann abstieg und mein Fuß die Erde berührte, schien die Erde sich von mir weg zu bewegen, in einem schwerfälligen Schlingern, das mich taumeln ließ und beinahe hinwarf.
Ich weiß nicht, wie lange die Erde sich schüttelte – mir kam es wie Minuten vor, aber wahrscheinlich täuschte ich mich. Wenn einem plötzlich diese Festigkeit unter den Füßen fehlt, die man für selbstverständlich hält, können einem schon zehn Sekunden wie eine

Ewigkeit erscheinen. Ich stand da und hielt die Zügel, nachdem das Schlingern aufgehört hatte, und wir beide, das Pferd und ich, zitterten, als verklinge das Beben in unseren Nervenenden. Aber es geschah nichts weiter. Hunde, die in der Ferne angeschlagen hatten, verstummten wieder. Die Luft war still. Ich saß wieder auf und ritt in die Stadt, um mir anzusehen, welchen Schaden das Erdbeben angerichtet hatte.

Zum Glück keinen sehr großen. Drei Häuser waren eingestürzt; es hatte zwei Tote gegeben und fünf oder sechs Verletzte. Nach dem Maßstab derer, die sich noch der alten Zeiten entsannen, war das sehr wenig. Aber da die Erde sich nun schon so lange still verhalten hatte – ich konnte mich an so etwas nicht erinnern, obwohl mein Vater mir erzählte, daß es während meiner ersten Lebensjahre mehrere solcher Beben gegeben hatte –, fürchtete man, die bösen Zeiten kämen noch einmal zurück. Ich traf Leute in der Stadt, die davon redeten, daß sie in der kommenden Nacht draußen im Freien schlafen wollten, weg von der Stadt, wie sie das früher getan hatten, und manche luden schon ihre Habe auf Karren. Vor dem Laden des Zelteverkäufers in der Hochstraße standen die Leute Schlange, und es hieß, er verlange zwanzig Pfund für das kleinste Zelt und finde begierige Käufer. Brot war in allen Bäckereien ausverkauft; alle Lebensmittelgeschäfte wurden belagert.

Da es aber im Laufe des Tages zu keinen weiteren Erdstößen kam, legte sich die Panik allmählich wieder. Selbst falls sich noch mehr Beben ereignen sollten, konnte man getrost in der Stadt bleiben, solange sie nicht heftiger waren als dieses. Schließlich waren unsere Häuser so gebaut, daß sie den leichteren Erdverschiebungen widerstehen konnten. (Unsere Vorfahren hatten mit Stein und Metall gebaut, Hunderte von Fuß hoch, und waren gestorben unter dem Schutt ihres zusammengestürzten Hochmuts.) Sie waren aus Holz und die Balken so gelegt, daß sie unter Druck gegeneinander nachgeben konnten, das ganze Gebäude jedoch heil blieb. Manche verließen auch jetzt noch die Stadt, aber nicht viele, und ich sah andere, die sie als Feiglinge verspotteten.

Am Nachmittag jedoch lief ein Gerücht um, das neue Unruhe verbreitete: der Fürst und seine Familie, hieß es, sei unter denen, die ins Freie flüchteten. Andere neigten nun dazu, es ihm nachzutun, und bald wimmelte es von neuem von Leuten auf den Straßen. Dann ritten mein Vater und die anderen Hauptleute mit Trupps zu Pferde aus und brandmarkten das Gerücht als Lüge: der Fürst sei in seinem Palast. Die Leute sollten in ihren Häusern bleiben. Die Geister rieten dazu durch Ezzards Vermittlung.

Vor dem Abendessen ließ mein Vater mich von Ben, seinem Polymoff-Diener, zu sich rufen. Ben war bucklig und hatte nur zwei Finger an der rechten Hand, verdickte – bei einem konnte man zwei Knochen unter der Haut sehen. Mein Vetter Peter war schon bei meinem Vater. Beide schauten sehr ernst drein.

Mein Vater sagte: »Du bist nun alt genug, Lukas, um mit zuzuhören, wenn Dinge besprochen werden, welche die Krieger angehen. Aber du weißt auch, daß du ohne meine Erlaubnis außerhalb dieser Wände nicht über das sprichst, was ich dir gesagt habe.« Ich nickte.

»In der Stadt herrscht Unruhe.«

Ich wartete. Peter sagte: »Das ist vielleicht auch nur ein Gerücht, Vater.«

Mein Vater schüttelte den Kopf. »Man hat sie gesehen. Und die Fürstengemächer im Palast sind leer. Es ist kein Gerücht.«

Ich fragte: »Edmund auch?«

»Ja«, antwortete mein Vater. »Aber für ihn ist es keine Schande. Er gehorcht nur seinem Vater, wie es sich ziemt. Aber daß Stephen einfach wegläuft wie ein verschrecktes Kind...«

»Er wird vielleicht feststellen, daß das Weglaufen leichter ist als das Zurückkommen«, meinte Peter.

»Darüber wollte ich mit euch beiden sprechen. Peter weiß, und du, Luke, hast vielleicht auch schon davon gehört, daß schon lange gemurrt wird über unseren Fürsten, der uns fünf Sommer nicht aus den Mauern herausgeführt hat. Wenn die Hauptleute sich auf einen Nachfolger hätten einigen können, wäre er schon im vorigen Jahr abgesetzt worden. Dies nun hat das Faß zum Überlaufen gebracht. Sie sind sich darin einig – alle außer seinen nächsten Anverwandten und sogar ein paar von denen –, daß ein Ende gemacht werden muß.«

Peter sagte zweifelnd: »Wie? Wir haben ihm alle Treue geschworen. Wir haben die Geister gebeten, Rache an uns zu üben, falls wir unser Gelübde brächen.«

»Wer hat ihn gekrönt?«
»Ezzard.«
Mein Vater nickte. »Im Namen der Geister. Und unseren Eid haben wir dem geleistet, den die Geister durch Ezzard als Fürsten benannt hatten. Ein Name, der gegeben werden kann, kann auch wieder genommen werden.«
»Hat Ezzard das getan?«
»Die Hauptleute haben mit ihm gesprochen, und er hat eine Beschwörung für morgen mittag anberaumt.«
»Und werden die Geister ihm den Namen nennen?«
»Ihr kennt ja Ezzard. Er verspricht nichts. Und das kann er auch nicht. Aber die Geister beschützen die Stadt. Falls sich jemand findet, der Stephens Platz einnehmen kann, wird er morgen abend nicht mehr regieren.«
»Wer hat nachgegeben«, fragte Peter, »die Blaines oder die Hardings?«
Beide waren vornehme Familien; die Hardings konnten die längere Ahnenreihe vorweisen, während es die Blaines in den letzten Jahren zu größerem Reichtum und größerer Macht gebracht hatten. Als mein Vater von der Schwierigkeit gesprochen hatte, die es den Hauptleuten bereitete, sich auf einen Nachfolger für den Fürsten zu einigen, hatte er meiner Vermutung nach an die miteinander im Wettstreit liegenden Ansprüche dieser beiden Parteien gedacht.
Mein Vater sagte: »Bis jetzt noch niemand.«
»Aber wenn keiner nachgibt...«
»Keiner wird die Herrschaft des anderen über sich anerkennen. Aber beide sprechen nun von der Möglichkeit, einen dritten zu akzeptieren.«
»Und zwar wen?«
Mein Vater antwortete nicht sofort. Aus seinem Schweigen glaubte ich schließen zu können, daß es jemand sein müsse, dessen Wahl er nicht billigte. Er sagte langsam:
»Darum wollte ich mich mit euch bereden. Es gibt da Wagnisse – auf dutzenderlei Weise kann es ins Unglück führen; und das Unglück würde die Söhne des Mannes ebenso treffen wie ihn selber.«
Jetzt verstand ich. Ich sagte nichts. Es war sonnenklar, was mein

Vater meinte, dennoch konnte ich es einfach noch nicht glauben. Er war ein vortrefflicher Krieger gewesen, als das Heer der Stadt noch zum Kampf gegen die Feinde auszog, und ich wußte, daß er unter den Hauptleuten wohlgelitten war. Aber er war als gewöhnlicher Bürger geboren und erst geadelt worden, als sein ältester Sohn schon lebte. Man konnte doch wohl nicht daran denken, ihn an Stephens Stelle zum Fürsten zu erheben.

Peter sagte: »Die Ehre ist wohlverdient, Vater. Aber...«

Mein Vater sagte: »Ich habe mir all die Fragen schon selber gestellt. Wollt ihr meine Antwort hören?«

Wir warteten darauf, daß er weitersprach. Er beeilte sich nicht. Er war ein Mann, der langsam dachte, außer mit einem Schwert in der Hand, und seine Worte wägte. Er sagte:

»Ich habe zwei Antworten gefunden. Die erste lautet: Falls die Blaines nicht die Hardings über sich gesetzt sehen wollen und die Hardings wollen die Blaines nicht anerkennen, dann werden auch beide nicht das Knie zum Beispiel vor den Greenes oder den Farrars beugen wollen.« Dies waren beides wichtige Familien in der Stadt. »Dann würden sie schon lieber einen Fürsten haben, dessen Vaters Krummaxtschlag noch an den Balken ihrer Häuser zu sehen ist, an deren Bau er als Zimmermann mitgearbeitet hat. Das schmerzt weniger.«

Ich war nicht ganz seiner Meinung, hielt aber den Mund. Ich dachte an Henry und Gregory, die ich zusammen mit Edmund im Turnier besiegt hatte, und ich war überzeugt, daß es sie härter und nicht weniger hart ankommen würde, falls man meinen Vater zum Fürsten ernannte.

»Die andere Antwort ergibt sich aus der ersten. Ein Fürst aus bescheidener Familie, sagen sie sich vielleicht, wird ein Fürst sein, den sie regieren können. Er hat den Titel, aber die Blaines und die Hardings haben die Macht. Bis zu einem Zeitpunkt, wo der eine oder der andere sich stark genug fühlt zum Handeln. Und dann kann man solch einen Fürsten beiseite schieben: er hat seinen Zweck erfüllt.«

»Die Geister...«

»Wenn die Geister einen Fürsten stürzen, können sie auch jeden anderen stürzen. Ich erweise ihnen Ehre, aber Seher haben schon öfter unter Zwang gehandelt, ohne daß die Erde sich aufgetan hätte. Ich glaube nicht, daß Ezzard die Beschwörung für morgen angesetzt hätte, wenn er nicht ein bißchen gedrängt worden wäre.«

Peter sagte: »Du kannst dich weigern, wenn du willst. Niemand kann behaupten, daß du's tätest, weil's dir an Mut fehlt. Du könntest es für eine zu hohe Ehre halten.«

»Rätst du mir, es abzulehnen?« fragte mein Vater ihn.

Peter antwortete: »Es gibt Gründe für beides – abzulehnen oder anzunehmen. Ganz gleich, wie du dich entscheidest, wir erkennen deine Entscheidung an.«

»Und ich werde mich so entscheiden, wie ich es für richtig halte. Sage mir aber trotzdem, was du denkst.«

»Du hast es selber gesagt: Sie haben vor, dich zu benutzen. Es könnte klüger sein, nein zu sagen.«

Mein Vater guckte mich an. »Lukas?«

»Nimm an, Vater!«

»Du sagst das so heftig.«

»Er ist noch sehr jung.« Peter sah mich lächelnd an, jedoch voller Zuneigung. »Und nachdem er nun sein edelsteinbesetztes Schwert errungen hat, lechzt er nach Taten.«

»Ja«, sagte mein Vater, »eine gute Schwäche, aber eine Schwäche. Dein Rat ist besser, Peter. Du wirst allmählich weise. Trotzdem werde ich das tun, wozu Lukas mich drängt. Ich soll eine Waffe gegen den Fürsten sein, die man wegwerfen will, wenn die Schwierigkeiten behoben sind. Aber das wird sich vielleicht als nicht so ganz einfach erweisen. Vor vielen Jahren, während der Kämpfe mit Alton, habe ich einmal einen Hauptmann gekannt, der war stolz auf sein Schwert: das sei länger und schärfer, behauptete er, als jedes andere im Heer. Es rutschte vom Schild eines anderen ab und traf ihn selber in den Fuß. Es trennte ihm den Fuß nicht ganz ab, das besorgte dann der Feldscher. Waffen können sich gegen einen selber kehren.

Und noch etwas. Unsere Vorfahren waren nur gewöhnliche Bürger, aber sie haben in dieser Stadt gelebt und für sie gekämpft. Die Hauptleute tun recht, wenn sie sich gegen diesen Fürsten wenden. Die Würfel sind gefallen, es muß zum Blutvergießen kommen. Für

das Wohlergehen der Stadt, zum Nutzen der Allgemeinheit, brauchen wir einen Kampf mit schnellem Ende, keine lang hingezogene Rauferei, aus der wir geschwächt hervorgehen.«
Peter sagte: »Wir folgen dir, Herr.«
Er beugte sein Knie so, wie sich nach vorgeschriebener Regel ein Untertan vor seinem Fürsten verneigte. Mein Vater schaute ihn einen Augenblick etwas sprachlos an, dann legte er ihm lächelnd die Hand auf die Schulter.
»Ich habe tüchtige Verteidigung! Zwar hatte ich schon beschlossen, was ich Ezzard sagen will, aber nun sage ich es leichteren Herzens.«
»Ezzard? Nicht den Hauptleuten?«
»Zuerst Ezzard.« Er lachte. »Wir müssen den Geistern genügend Zeit geben, damit sie sich vorbereiten können.«
Ich traf Martin am nächsten Morgen bei den Ruinen. Es gab auch noch andere zerstörte Gebäude in der Stadt, wo die Leute es nicht der Mühe wert erachtet hatten, die Trümmer wegzuräumen und etwas Neues zu bauen, aber diese waren bei weitem die größten, und sie stammten, wie man leicht sehen konnte, von einem einzigen, riesigen Bauwerk. Einmal hatte ich aus Neugierde die Länge des Steinhaufens gemessen und war auf über zweihundert Schritte gekommen. Es überstieg alle Vorstellungskraft, wenn man sich auszumalen versuchte, wie es vor der Katastrophe ausgesehen haben mußte. Natürlich hatten unsere Vorfahren, wie wir wußten, Zauberkräfte benutzt, für die sie schließlich von den Geistern bestraft worden waren: Wie sonst hätte solch ein ungeheuerliches Ding errichtet werden können? Sie hatten ihre Toten in seinem Schatten begraben – es waren noch verwitterte, aufrecht stehende Steine mit Namen und Daten zu sehen –, und es hieß, die Christen hätten an diesem Ort ihren Gebetsdienst verrichtet. Auch das war schwer zu glauben, wenn man an die Christen in der Stadt dachte, eine Handvoll elender Geschöpfe, die fast alle in armseligen Hütten am Nordtor wohnten, so weit vom rechten Wege ab und so tief gesunken, daß sie Polymoffs als Mitglieder in ihre Sekte aufnahmen und als ebenbürtig betrachteten. (Sie hätten auch Zwerge genommen, aber da war nichts zu machen: Zwerge hatten ihren Stolz.)

Obwohl niemand so töricht war und ein Haus aus Steinen baute, wurden Steine doch für Fundamente verwendet, und hin und wieder holten Männer zu diesem Zweck ganze Ladungen aus der Ruine. Dabei waren mit der Zeit Pfade ins Innere entstanden, und einer davon führte zu einer Stelle, wo ein Loch im Boden war und eine Treppe in ein gewaltig ausgedehntes unterirdisches Gewölbe führte. Jungen kriegten hin und wieder andere Jungen mit einem »Traust dich nicht« dazu, daß sie zur Erkundung hinunterstiegen; aber sie drangen nicht sehr weit vor und blieben nicht lange unten.
Auch ich würde mich allein nicht getraut haben, aber Martin brannte darauf, und ich war entschlossen, vor ihm keine Furcht zu zeigen. Wir hatten das Gewölbe zusammen erforscht und seltsame Dinge gefunden – Figuren von Männern und Frauen, lebensgroß in Stein gehauen, verschimmelte Gewänder und Banner, einen kleinen Berg von bunten Glasstückchen. Wir entdeckten auch eine Tür, die, fast verborgen hinter eingestürztem Mauerwerk, in einen kleinen Raum führte, und auf Martins Drängen richteten wir uns hier eine Bude ein – mit zwei hölzernen Stühlen, die wir in dem äußeren Teil fanden –, und wir legten uns einen Vorrat an Kerzen an, damit wir Licht hatten. Hier war es kühl im Sommer und im Winter warm. Wir hatten dort so manchen trüben nassen Tag versessen und verschwatzt, ganz für uns und sicher vor jeder Störung.
Ich wußte, daß Martin auch allein hinunterging; ich aber nicht. Und an diesem Morgen wäre ich eigentlich am liebsten überhaupt nicht hinuntergegangen. Es regnete nicht, obwohl der Himmel bedrohlich grau war. Wir standen da und warfen mit kleinen Steinen nach Zielen in den Trümmern. Ich war alles andere als gelassen, weil ich immerzu an die Beschwörung am Mittag denken mußte und was sich dabei vielleicht ereignen würde. Ich hatte nichts davon zu Martin gesagt, aber er fing selber davon an.
Verblüfft fragte ich ihn: »Woher weißt du das? Es soll doch noch geheim sein!«
Er lächelte. »Die Nachricht breitet sich wie ein Lauffeuer in der Stadt aus. Daß der Fürst abgesetzt und dein Vater an seiner Stelle zum Fürsten gemacht werden soll.«
Verlegen sagte ich: »Entschuldige bitte. Ich konnte dir nichts davon sagen. Ich mußte schwören, Schweigen zu bewahren.«

Er nickte. »Hatte ich mir gedacht.«
Ich an seiner Stelle wäre eifersüchtig gewesen und hätte ihm gegrollt, denn wir hatten nie Geheimnisse voreinander gehabt. Aber er nahm alles leichter als ich. Ich sagte:
»Vielleicht kommt es gar nicht so – daß mein Vater Fürst wird. Bisher ist das nur ein Vorschlag.«
»Doch, es kommt dazu. Alle sind davon überzeugt. Dann werde ich dich von nun an ja nicht mehr so oft zu sehen bekommen.«
»Wieso denn nicht?«
»Als Sohn des Fürsten?«
»Was macht denn das für einen Unterschied?«
»Und Fürst von morgen.«
Das war der Titel, der dem Erben des Fürsten verliehen wurde, welcher in der Regel erwarten konnte, nach ihm Fürst zu werden. Edmund hatte den Titel nicht gehabt, sondern sein älterer Bruder Charles. Ich sagte:
»Aber selbst wenn mein Vater Fürst ist, wird Peter das sein, nicht ich.«
»Deine Mutter, nicht seine, wird Fürstin.«
»Mit den Müttern hat das gar nichts zu tun. Peter ist der älteste Sohn meines Vaters, also wird er Fürst von morgen. Muß er doch.«
Martin zuckte die Achseln. »Die Leute sehen's nicht so. Sie sagen, es war ein Omen, daß du im Turnier das edelsteinbesetzte Schwert gewonnen hast.«
»Dann reden sie Unsinn!«
Ich sagte es zornig, aber ich wußte eigentlich nicht genau, was es war, das mich zornig machte. Ich war verwirrt. Eine Elster flog in die Ruine hinunter, und ich warf mit einem Stein nach ihr, verfehlte sie jedoch um Ellenlänge. Ich wandte mich ab und ging in Richtung Hochstraße. Martin schloß sich mir an. Wir gingen nebeneinanderher, aber wir schwiegen.

Es war immer dunkel in der Beschwörungshalle, da Licht von draußen nur durch ein paar kleine Fenster einfiel, aber da die Geister bei Tag nicht erschienen, waren die Vorhänge nicht zugezogen, und man konnte auch ohne Lampen sehen. Nur die ersten paar

Bankreihen waren besetzt, da man nur Hauptleute und ihre Söhne beordert hatte. Ezzard stand vor uns auf einer erhöhten Plattform, die mit einem schwarzen Teppich belegt und an drei Seiten von schwarzem Samt umgeben war; darüber schwebte ein Baldachin, ebenfalls aus schwarzem Samt. Ezzard trug seine Seherrobe aus schwarzer Seide, die am Hals und den Ärmeln weiß abgesetzt war, und sein weißes Gesicht schaute scharfkantig und wie tot auf uns hinunter.

Er sagte: »Die Geister seien mit euch.«

Wir murmelten zur Antwort: »Und mit dir, Seher.«

»Die Hauptleute dieser Stadt«, sagte Ezzard, »haben sich geleitsuchend an die Geister gewandt, wie vor ihnen auch schon ihre Vorfahren, welche die Geister gebeten haben, ihnen in einer Zeit der Not zu helfen und zu raten. Als Seher habe ich den Rat der Geister gesucht, und sie haben geantwortet: der, welcher Fürst war…«

Unruhe entstand am Eingang. Ezzard unterbrach seine Ansprache. Wir schauten alle hin und sahen Fürst Stephen dort stehen, hinter ihm Charles und Edmund. Nach einer Pause fuhr Ezzard fort:

»Der, welcher Fürst war, soll nicht länger Fürst bleiben. Nachdem er aus Furcht die Stadt verlassen hat, verliert er sein Anrecht auf die Treue der Stadt…«

Fürst Stephen unterbrach ihn. Er rief:

»Ezzard, ich habe die Stadt auf deinen Rat hin verlassen!«

Ezzard betrachtete ihn schweigend. »Auf die Warnung der Geister hin, die mir durch dich zugekommen ist.«

»Nein.«

»Bei den Großen, es ist wahr!« Seine Stimme überschlug sich. »Du hast mir gesagt…«

»Ich habe dir gesagt, daß die Geister Gefahr sähen für dich und dein Haus. Alles andere kam aus deiner eigenen Angst. Und die Geister haben wahr gesprochen durch mich: Die Gefahr ist da, hier und jetzt, aber die Gefahr, die dir droht, hast du dir selber geschaffen; sie rührt nicht aus dem Beben der Erde her.«

»Du hast mich glauben lassen…«

»Der Seher berät den Fürsten; es ist nicht seine Aufgabe, ihn Selbstbeherrschung zu lehren. Selbst wenn Gefahr von Erdbeben

gedroht hätte, hätte ein wahrer Fürst sich dann nicht um sein Volk gekümmert, statt in Panik aus der Stadt zu fliehen?«
Das war ein Vorwurf, auf den es keine Erwiderung gab. Fürst Stephen versuchte es dennoch, stammelnd:
»Du hast gesagt, die Hauptleute würden dafür sorgen...«
»Und das haben sie auch getan.« Ezzard wandte sich von ihm ab und den Hauptleuten zu. »Der, welcher Fürst war, soll nicht länger Fürst bleiben. An seiner Stelle schlagen die Geister Hauptmann Robert Perry zur Billigung durch seine Mithauptleute vor. Sagt jemand nein?«
Niemand meldete sich. Ezzard sagte: »Wer ist dafür?«
Wir riefen alle zusammen, daß es brausend in der Halle widerhallte. Ezzard sagte: »Als Seher erkläre ich daher...«
Fürst Stephen fiel ihm wieder ins Wort:
»Ich bin Fürst, und das ist Verrat. Ich fordere den Verräter heraus, sich mit der Klinge zu beweisen.«
Mein Vater brauchte die Herausforderung zum Zweikampf nicht anzunehmen. Er war von den Hauptleuten durch Zuruf gewählt worden und war daher bereits Fürst. Aber wir sahen, daß er sich erhob. Er sagte:
»Nicht hier im Haus der Geister. Das machen wir draußen ab.«
Ezzard sagte: »Du bist ein toter Mann, Stephen. Niemand kann noch kämpfen, den die Geister im Stich lassen.«
Zwischen der Beschwörungshalle und Ezzards Haus dahinter lag ein freier Platz mit einem hohen Zaun zu beiden Seiten. Dort schauten wir ihrem Zweikampf zu. Nach den Maßstäben, den die Preisrichter im Turnier anwenden, war Stephen ein besserer Fechter als mein Vater, der seine Geschicklichkeit in der Schlacht erworben hatte und nicht bei einem Fechtmeister. Aber mein Vater hatte sehr viel mehr Kraft. Sein Schwert schlug die Stöße und Paraden des anderen mühelos zur Seite. Und wie Ezzard schon gesagt hatte – wer konnte noch kämpfen, wenn die Geister ihn verlassen hatten? Stephens letzter Ausfall war schon aussichtslos, bevor er dazu ansetzte, ein verzweifelter Ausweg aus dem Schicksal, das ihn sonst erwarten würde: ein klägliches Wandern von Ort zu Ort im Exil. Er wich ein paarmal rund um den Kampfplatz zurück und stürzte sich dann ohne Schutzwehr auf meinen Vater. Das Schwert

meines Vaters nahm ihn knapp unterhalb der Rippen. Er zog scharf die Luft ein und fiel vornüber darauf, und Blut schoß ihm von den Lippen.

Ich war im Haus meiner Tante, als mein Vater ihr am nächsten Tag seinen ersten Besuch als Fürst machte. Sie redete ihn mit Hoher Herr an und beugte das Knie, aber er schüttelte lachend den Kopf.

»Das überlaß mal den Höflingen, Mary! Es steht denen besser. Ich komme hierher, weil ich Ruhe und Frieden haben möchte.«
Sie schickte Gerda, Bier zu holen, und kniete selber hin und schnürte ihm die Stiefel auf. Er guckte sich in dem kleinen Raum um, der verraucht war von dem Feuer, das bei dem böigen, hin und her wechselnden Wind nicht brennen wollte, und sagte:
»Aber wir müssen dir bessere Wohnung finden.«
»Dies Haus ist gut genug für mich, Bob«, antwortete sie.
»Aber es ist jetzt alles anders. Du mußt lernen, wie eine Dame zu leben.«
Sie sagte: »Nein, ich bin keine Dame.«
»Das läßt sich leicht beheben. Der Fürst adelt, wen er will.«
»Mich aber nicht.«
»Ich sage doch!«
»Bitte. Laß mich hier bleiben, so wie ich bin.«
Er schaute sie an. »Gibt es denn nichts, was du haben möchtest?«
Sie zog ihm Hausschuhe an. »Nichts für mich. Was ich haben möchte, habe ich.«
In der Nacht leitete Ezzard eine echte Beschwörung. Wir saßen im Dunkeln, während die Geister sich in seltsamen Klängen und Bildern zu erkennen gaben: unheimliche Musik, die hoch oben zwischen den Deckenbalken flötete, klingende Glöckchen, Lichter, die durch die Finsternis über unseren Köpfen wanderten, Gesichter, die plötzlich erschienen, wenn die Geister das Fleisch annahmen, dem sie längst entwachsen waren. Stimmen.
Eine Frau, deren Mann krank war, bat um Hilfe und erhielt Antwort vom Geist ihrer seit zehn Jahren toten Mutter. Sie sollte zu einer bestimmten Zeit an einer bestimmten Stelle Kräuter pflücken und eine Arznei daraus brauen, die den Kranken heilen werde. Ein schwacher Lichtschein fiel nun in die Halle von den Lampen der Gehilfen, die zu beiden Seiten standen, und ich konnte sie sehen, eine kleine magere Frau; sie nickte; sie hatte verstanden und bedankte sich.
Andere schlossen sich an mit ihren Fragen. Einer, ein Bauer, sagte:
»Ich habe sechs Lämmer verloren im letzten Jahr. Ich habe dem Seher Geld gezahlt für eine Audienz, und mir wurde gesagt, es

werde alles gut werden. In diesem Jahr habe ich acht verloren. Was ist aus dem Versprechen geworden?«

Er sagte es geradezu aufsässig. Der Geist, der ihm antwortete, war der des Vaters seines Großvaters. Er sagte:

»Thomas, du bestellst das Land, das ich bestellt habe. Tust du deine Pflicht?«

»Ja.«

»Befolgst du die Gesetze?«

»Ich befolge die Gesetze.«

»Dann hättest du eigentlich Glück haben müssen. Wenn du nicht...«

»Wenn ich nicht was?«

»Wenn du nicht Polyvieh behalten, das von Rechts wegen gleich nach der Geburt hätte getötet werden müssen, und es großgezogen hast, um das Fleisch zu haben.« Eine Pause entstand, aber der Bauer gab keine Antwort. »Du hast gelogen, Thomas, als du behauptet hast, du befolgst die Gesetze. Darum wurde deine Herde das zweitemal von Krankheit heimgesucht. Kein Gold rettet den, der den Geistern trotzt.«

Der Bauer ging schlurfend hinaus. Noch andere hatten Fragen; manche wurden zurechtgewiesen, manche beraten, manche getröstet. Als die Fragen dann vorbei waren, wurden die kleinen Lämpchen heruntergedreht, und es herrschte wieder Finsternis. Und vor uns wuchs ein Gesicht, wie das eines strengen, majestätischen Mannes, aber größer. Eine Stimme rief, tief und widerhallend:

»Ich spreche, Stephen, Fürst dieser Stadt in früherer Zeit, Vorfahre eines Mannes, der meinen Namen entehrt hat und kürzlich dafür gestorben ist. Die Geister, welche diese Stadt beschützen, haben euch einen neuen Fürsten gegeben. Er wird euch gut regieren und eure Krieger zum Kampf gegen eure Feinde führen – zum Kampf und zum Sieg.«

Es herrschte vollkommene Stille, nicht einmal ein Stuhl knarrte. Die Stimme sagte: »Die Geister krönen euren Fürsten.«

Es schwebte von oben herab, sachte, sachte, in Gestalt einer Krone, aber nicht dinglich: eine schwach leuchtende Krone aus Licht. Es senkte sich auf meinen Vater hinunter und verharrte knapp über seinem Kopf.

Dies, obwohl ein Wunder, war das, was man erwartet hatte. Nicht aber das, was nun folgte. Die Stimme hob von neuem an:
»Ein großer Fürst und der Vater eines noch größeren. Sein Sohn wird Fürst der Fürsten werden!«
Eine zweite Krone erschien aus dem Dunkeln. Peter stand rechts neben meinem Vater, und ich wartete darauf, daß es sich auf ihn zubewegte, um über seinem Kopf zu schweben, wie die erste überm Kopf meines Vaters schwebte. Und dann fing mein Herz an zu pochen, das Blut sauste in meinen Ohren, und ich griff nach dem Stuhl hinter mir, um vor Benommenheit nicht hinzufallen. Und meine Augen wurden geblendet von dem Licht, das mir ins aufwärts gerichtete Gesicht schien.

Der Fürst von Winchester

Der Sommer jenes Jahres – eines Jahres, das so unglückselig endete – war die glücklichste Zeit meines Lebens. Und nicht etwa, weil die Geister mich zum Erben meines Vaters ernannt hatten, einem zukünftigen Fürsten der Stadt. Zumindest erschien es mir nicht so, wenn es wohl auch etwas damit zu tun gehabt haben mußte. Aufregung lag in der Luft, und die Stadt war ganz Geschäftigkeit und Erwartung. Der Groll, der sich über all die Jahre gegen Fürst Stephens Politik des feigen Sichversteckens hinter hohen Mauern angesammelt hatte, verwandelte sich in ein Gefühl der Befreiung, das meinem Vater zu einer solchen Beliebtheit verhalf, wie sie die anderen Hauptleute, als sie seiner Wahl zustimmten, wohl kaum hatten vorausahnen können. Wo immer er sich sehen ließ in der Stadt, scharten die Leute sich um ihn, wollten ihn berühren und segneten ihn im Namen der Geister. Als er an der Spitze des Heeres ausritt, riefen sie Hurra wie verrückt: Ich sah einen dikken Mann in mittleren Jahren, der hingefallen war, weil jemand ihn geschubst hatte oder weil er gestolpert war; er lag in der Gosse und jubelte immer noch dem Fürsten zu. Er war natürlich betrunken von Bier, aber die ganze Stadt war betrunken vom feineren Gebräu des Stolzes.

Ich hatte um die Erlaubnis gebettelt, mit ihm ins Feld zu ziehen, aber die Bitte war mir abgeschlagen worden. Er sah mich an und lächelte.
»In zwei Jahren kannst du soviel kämpfen, wie du nur möchtest. Aber selbst mit einem edelsteinbesetzten Schwert bist du den Männern von Alton jetzt noch nicht gewachsen. Und obwohl die Geister dich ganz bestimmt beschützen werden, nachdem sie dir eine Krone, größer als die deines Vaters, versprochen haben, erwarten sie von einem, daß man sich auch selber in acht nimmt. Die Geister schätzen es, daß man sie achtet, aber sie werden leicht ungehalten mit jedem, der sich über alle Vernunft auf ihre Hilfe verläßt. In diesem Jahr bleibst du in der Stadt.«
Peter sagte: »Man muß für alles einen Preis zahlen, Lukas, auch dafür, daß man der Erbe des Fürstentums ist.«
Sie lächelten einander zu und guckten mich an und lachten. Ich war verlegen gewesen in Peters Gegenwart nach der Kronenbeschwörung, weil ich glaubte, er müsse mir grollen, weil ich ihm vorgezogen worden war, wenn es auch die Geister gewesen waren, die mich vorgezogen hatten. Sogar als er mir gratuliert hatte, war ich auf der Hut gewesen und hatte nach verborgenen Anzeichen in seinem Gesicht und in seinem Verhalten gelauert. Aber ich merkte dann, daß da nichts zu finden war. Seine Gefühle für mich waren so herzlich und so freundlich wie je: Er freute sich von Herzen über den Aufstieg unseres Vaters zur Macht und auch über meine Wahl zum Erben.
Wir waren im Palast. Der Raum war recht klein, nur ein Vorzimmer zum Spiegelsaal, in den Stephen sich meistens zurückgezogen hatte. Mein Vater sagte, der sei ihm zu groß: Er höre nicht gern das Echo seiner eigenen Stimme. Auch habe er es nicht gern, wenn ihn von überallher sein eigenes Gesicht anschaute. Darum hatte er den Vorraum mit einfachen Dingen eingerichtet; darunter war auch sein hölzerner Armsessel aus unserem alten Haus. Und hierhin flüchtete er, wenn das höfische Leben ihn so sehr langweilte, daß er's nicht mehr ertrug – was gar nicht so selten vorkam.
Er sagte nun zu Peter: »Für alles einen Preis, du hast recht, und eine Pflicht, aber auf manchen lasten die Pflichten schwerer als auf anderen. Ich bin noch nie ein Schwarzseher gewesen und habe den

Zwergen schon Anweisung gegeben, ein Starbkier zu brauen für eine Siegesfeier beim Herbstfest, aber Unfälle kann es immer geben. Es kann passieren, daß ich vom Pferd falle und das Pferd auf mir herumtrampelt.«

Wir lächelten darüber. Er war ein ganz vorzüglicher Reiter und sein Pferd, ein großer Brauner, das behendeste von allen in den Ställen der Stadt. Er lächelte ebenfalls, fuhr jedoch fort:

»Oder ich sterbe, weil ich Fleisch von Altons kränkelndem Vieh esse. Falls mir irgend etwas dergleichen zustößt, Peter, hinterlasse ich dir eine Pflicht: daß du dich um Lukas kümmerst.«

»Ich kann mich um mich selber kümmern«, sagte ich.

»Daran zweifle ich nicht, aber ein kluger Mann nimmt Hilfe an, wo er kann. Wie ihr wißt, gibt es unter denen, die meiner Wahl zugestimmt haben, solche, die mir nicht wohlgesonnen sind. Denen gefiel es ganz und gar nicht, daß die Geister Lukas gekrönt haben. Im Augenblick verhalten sie sich still, weil ihnen nichts anderes übrigbleibt. Aber wenn ich im Kampf fallen würde...«

Peter nickte. »Ich weiß, was du meinst.«

Ich sagte: »Achte darauf, mit wem du reitest, Vater. Gefahr droht dir vielleicht nicht nur von den Männern von Alton.«

»Ein guter Rat, aber ich paß jetzt schon auf. Das gehört mit dazu zum Fürstsein: Die Augen kommen kaum zur Ruhe. Ganz besonders in meinem Fall: ein Niedriggeborener, der nur darum zum Prinzen erkoren wurde, weil andere mit besserem Anspruch sich nicht einigen konnten.« Er schaute Peter an. »Wirst du dich darum kümmern?«

»Ja, ich kümmere mich darum«, sagte Peter.

Bitter gekränkt durch das, was sich bei der Beschwörung zugetragen hatte, sah sich meine Tante Mary, und sie zeigte es auch. Obwohl sie nichts sagte, wenn ich sie zu Hause besuchte und ich mich wie immer zum Essen an ihren Tisch setzte, merkte ich doch ihre Mißbilligung. Nicht daß sie schroffer mit mir gewesen wäre oder mich weniger angelächelt hätte – sie hatte von jeher eine scharfe Zunge, und ihr Gesicht schien zum Lächeln nicht gemacht –, aber ich spürte Groll und auch Zorn in kleinen, flüchtigen Blicken, mit denen sie mich bedachte. Es überraschte mich nicht. Peter bedeu-

tete ihr alles, seit sie von meinem Vater geschieden war. Peter war der älteste Sohn meines Vaters, ehelich geboren und naturgemäß sein Erbe. Was die Geister sagten, bedeutete ihr überhaupt nichts; Peter zuliebe hätte sie allen Geistern der Welt getrotzt.
Ich nahm an, daß ihre Enttäuschung und ihre Bitterkeit sich mit der Zeit etwas verlieren würden, und setzte daher eine oder zwei Wochen lang meine Besuche so fort, als sei nichts geschehen. Dann kam ich einmal nach einem schweren Regen zu ihr ins Haus. Ich kratzte meine schlammigen Stiefel auf dem Rost draußen vor ihrer Tür ab, aber nicht gründlich genug, und so blieben schmutzige Fußabdrücke auf den blankpolierten Bodenbrettern in ihrer kleinen Diele zurück.
Die sah sie und schimpfte gleich ganz fürchterlich mit mir. Das hatte ich auch vorher schon erlebt, aber es schwang nun etwas anderes mit in ihrem Schimpfen, fast so etwas wie Haß. Und sie sagte:
»Wenn du auch Fürst der Fürsten werden sollst, kannst du dir trotzdem die Füße abputzen, bevor du dieses Haus betrittst. Oder glaubst du schon jetzt, wir müßten alle deine Diener sein und dir auf einen Wink gehorchen?«
Ihr Spott verletzte mich, und ich merkte, daß ich rot wurde. Sie schloß: »Zieh deine Stiefel aus, wasch dir die Hände und komm an den Tisch.«
Gerda, die Polymoff-Dienerin, hatte es mit angehört, und ich war der Sohn und Erbe des Fürsten. Ich schaute Tante Mary an, und auch ich war nun zornig:
»Nein, danke. Ich esse im Palast.«
Und ohne ein weiteres Wort machte ich kehrt und verließ das Haus. Seither habe ich mich oft gefragt, ob nicht alles anders gekommen wäre, wenn ich an dem Tag meinen Zorn beherrscht, die Zurechtweisung geschluckt und an ihrem Tisch mitgegessen hätte – oder am nächsten Morgen zu ihr hingegangen wäre, um es wiedergutzumachen, wie ich es mir vorgenommen hatte. Aber ich sagte mir, daß sie nur von neuem mit mir schimpfen würde, und das würde mein Stolz nicht ertragen. Zwei Tage darauf begegnete ich ihr auf der Straße. Wir kamen aus entgegengesetzten Richtungen aufeinander zu, sahen einander, zeigten es aber nicht, und ich

war hin- und hergerissen zwischen dem Wunsch, zu ihr hinzugehen, und der Furcht, sie werde mein Entgegenkommen mit Verachtung aufnehmen. Wir waren in der Nähe des Butterkreuzes, und ich sah Jungen auf den Stufen sitzen, die ich kannte; die würden alles sehen und wahrscheinlich auch hören. Also ging ich stumm an ihr vorbei und nickte nur ein ganz klein wenig, und sie erwiderte meinen Gruß nicht.

Danach war es natürlich noch schwieriger, die Sache wieder einzurenken, und mit der Zeit wurde es unmöglich. Sie fehlte mir, aber es gab so viel zu tun, daß ich sie meistens vergaß. Für sie jedoch gab es solche Zerstreuungen nicht. Sie war nie viel mit ihren Nachbarn umgegangen. Als ich aufhörte, sie zu besuchen – und wenig später ritten mein Vater und Peter gegen Alton zu Felde –, muß sie sehr einsam gewesen sein, so ganz ohne Gesellschaft, bis auf die beiden Polymoff-Mägde und ihre Katze. Darüber dachte ich zu der Zeit nicht nach, wohl aber später.

Während aber der Triumph meines Vaters für Tante Mary nur Bitterkeit mit sich brachte, genoß meine Mutter den Wandel in vollen Zügen. Sie war immer ein sonniger Mensch gewesen, als »Dame des Fürsten« jedoch war sie glücklicher denn je. Sie ließ sich neue Kleider machen, mindestens ein Dutzend, aus schimmernder Seide und Brokat, und sie nahm sich eine Polymoff, deren einzige Aufgabe darin bestand, sie jeden Tag zu frisieren. Hausfrauenpflichten hatte sie nun keine mehr – ein Oberhofmeister besorgte alles –, und sie brauchte nichts weiter zu tun, als schön auszusehen. Sie war auch vorher schon schön gewesen, aber wie ein kostbarer Edelstein zehnmal so prächtig wird durch seine Fassung, so wuchs die Schönheit meiner Mutter durch all die Sachen, mit denen mein Vater sie verschwenderisch beschenkte. Sie schmückte sich, um ihn zu entzücken, und er zeigte ihr, wie sehr er sich über sie freute. Als sie einmal zu ihm sagte (wohl nicht im Ernst), daß er zuviel für sie ausgebe, hatte er geantwortet, daß er doch nur deshalb Fürst geworden sei.

Obwohl Martin mich nun manchmal nicht begleiten konnte, brachte ich doch immer noch viel Zeit mit ihm zu. Wenn ich mit ihm zusammen war, konnte ich vergessen, daß ich der Sohn des Fürsten war, und sosehr ich auch mein neues Leben genoß, es gab doch Zeiten, wo ich froh war darüber. Wir ritten zusammen – ich besorgte ihm ein Pony aus dem Palastmarstall – und angelten Forellen und erkundeten das Land meilenweit im Umkreis um die Stadtgrenzen. Tief in einem Wald stießen wir einmal auf ein Dutzend schwer mit reifen Früchten beladene Kirschbäume. Obwohl die Bäume schon lange keine Pflege mehr gehabt haben konnten, waren die Kirschen so groß und so saftig, daß wir glaubten, es könnten Polymoff-Kirschen sein, aber wir aßen sie trotzdem mit großem Appetit, und die Folge war nichts weiter als ein ganz gewöhnliches Bauchgrimmen am Abend, weil wir uns ganz schrecklich vollgestopft hatten.

Einmal haben wir uns gestritten, und zwar in unserer Bude unten in der Ruine. Wir hatten uns dort verabredet, und ich verspätete mich. Als ich kam, las er beim Kerzenschein ein Buch. Er schaute auf und grüßte mich. Ich fragte ihn:

»Was hast du denn da?«

Bücher waren etwas Seltenes – nur wenige von den gewöhnlichen Bürgern konnten lesen und auch nicht alle Adligen – und dies sah sehr eigenartig aus. Die Deckel waren nicht steif, sondern biegsam, und auch das Format war merkwürdig: höher und breiter als üblich, aber dünn. Vorne darauf war ein Bild gewesen, das sich durch Feuchtigkeit in sinnlose Farbkleckse verwandelt hatte, aber ich konnte die Schrift am oberen Rand lesen: *Mechanik für Jedermann.* Ich wußte nicht, was »Mechanik« war.

Martin sagte: »Ich habe in den Trümmern hinter Cleggs Haus gebuddelt.« Das war die Bäckerei in der Hochstraße. »Da bin ich auf die Kante eines alten Schrankes gestoßen – ich nehme an, das Erdbeben hat alles runtergefegt, das vielleicht darauf gestanden haben mag –, und ich dachte mir, guckst du doch mal nach, ob was drin ist. Nur Bücher. Die meisten waren verfault, aber dies hier ging noch.«

Es war etwas mir Fremdes in seinem Benehmen – teils Aufregung, teils etwas anderes. Ich ging um ihn herum, um ihm über die Schulter zu schauen. Die Seite, auf der er das Buch aufgeschlagen hatte, trug eine Abbildung. Sie war stark verblaßt, darum konnte ich zunächst nicht erkennen, was es war. Dann jedoch sah ich es, und da wußte ich auch, was dieses andere war. Es war Schuldbewußtsein.

Das Buch stammte aus der früheren Zeit: Die Abbildung war die Abbildung einer Maschine.
Ich wußte nicht, was für eine Maschine es war, und ich wollte es auch nicht wissen. Ich griff über seine Schulter und riß ihm das Buch aus der Hand. Es fiel zugeklappt auf den Boden, und ich stellte den Fuß darauf.
Schroffer, als es sonst seine Art war, sagte Martin: »Laß das sein!«
»Etwas Verbotenes...«
»Ich habe es mir doch nur angeguckt.«
»Das bleibt sich gleich. Das weißt du auch. Sehen ist Denken und Denken ist genauso schlimm wie Tun. Hast du vergessen, wie es dem alten Palmer ergangen ist?«
Palmer hatte in einem kleinen Haus außerhalb der Stadtmauern gewohnt, weit weg von der Straße. Ein Hausierer, dem alles daran lag, seinen Kram loszuschlagen, hatte eines Tages bei ihm angeklopft und hinterher gemeldet, was er gesehen hatte: Dieser Mann, kein Hufschmied oder Waffenschmied oder Schlosser, war dabei, Metall zu verlöten und etwas daraus zu bauen. Die Soldaten ritten hin auf Befehl des Fürsten und ergriffen ihn. Er wurde vor Gericht gestellt, für schuldig befunden und gehängt. Eine Woche lang hing er tot am Galgen vorm Nordtor.
Martin sagte: »Er war dabei, eine Maschine zu *machen.* Und dazu in seinem Haus, wo jeder ihn dabei ertappen konnte. Wir sind die einzigen, die diesen Raum hier kennen. Ich habe dieses Buch sonst niemandem gezeigt und werde es auch sonst niemandem zeigen. Ich verstecke es, nicht mal hier drinnen. Unter Trümmern, draußen.«
»Aber es ist verboten! Ob es herauskommt oder nicht, das ist wahr!«
»Aber warum verboten?«
»Das brauchst du doch wohl nicht zu fragen. Weil unsere Vorfahren Maschinen gemacht haben, und die Maschinen haben die Erde zerstört, indem sie Erdbeben verursachten und Vulkanausbrüche, bei denen die Menschen zu Hunderttausenden umkamen. Darum haben die Geister bestimmt, daß es etwas Verabscheuungswürdiges sei, eine Maschine zu machen.«
»Es mag ja wohl böse Maschinen gegeben haben. Aber vielleicht

auch noch andere. Dies da – ich verstehe die Einzelheiten nicht alle – ist etwas, womit man Gras mähen kann. Wieso kann das Erdbeben und Vulkanausbrüche verursachen?«

»Ich sage dir, die Geister verdammen Maschinen. Alle Maschinen.«

»Die Geister oder die Seher?«

»Die Seher sind die Diener der Geister.«

»Oder ihre Herren.«

»Du bist ja verrückt! Kein Mensch kann über die Geister herrschen, die ewig sind.«

»Falls es sie gibt.«

»Du hast sie doch schon selber gehört und gesehen.«

»Ich habe seltsame Dinge gesehen, im Dunkeln.«

»Das ist Lästerung!«

Ich war zornig. Fast hätte ich ihn geschlagen, ich ging schon einen Schritt auf ihn zu und ballte die Faust. Wir schauten einander an beim flackernden Kerzenschein; dann bückte ich mich und hob das Buch vom Boden auf. Martin ließ es geschehen, daß ich die Seiten in kleine Fetzen zerriß: sie waren kein Pergament, sondern aus einem dünneren, dürftigeren Material. Es waren noch andere Abbildungen darauf, und ich wandte den Blick ab, damit ich sie nicht sah. Martin schaute mir zu, als ich nun die zerrissenen Seiten auf dem Boden zusammenknüllte und die Kerzenflamme an einen Schnipsel hielt. Die Fetzen brannten langsam, weil es da unten keinen Luftzug gab, und rauchten. Als der Berg schwarz verkohlt war, stellte ich den Absatz darauf und zertrat ihn zu Asche.

Ich sagte: »Ich gehe jetzt nach oben. Vielleicht sind Nachrichten von den Kämpfen da. Gehst du mit?«

Er nickte. »Ja, gut.«

Ich wollte ihm erklären, warum ich zornig gewesen war. Nicht wegen der Blasphemie an sich, sondern wegen der damit verbundenen Gefahr. Es stimmte, daß er diese Dinge nur mir gesagt hatte und an einem Ort, wo wir allein waren, aber auch schon das war gefährlich. Was hatte es für einen Sinn, solche Gedanken auszusprechen? Gefahr nahm man ja auf sich, zum Beispiel in der Schlacht, aber nur für einen Zweck, der es wert war. Hier gab es keinen solchen Zweck.

Aber ich sagte dann doch nichts, denn als mein Zorn allmählich verrauchte, hielt ich es für das beste, nicht wieder darauf zurückzukommen, sondern dieses unnütze und gefährliche Thema zu vergessen. Wir redeten dann auch erst Wochen später wieder davon, als wir einmal auf der Nordmauer standen und zum roten Feuerschein des Brennenden Landes hinter den Bergen hinüberschauten. Während wir noch hinguckten, leuchtete ein Fleck hell auf – es war das Zeichen für einen neuen Ausbruch. Martin sagte:
»Wie können die das verursacht haben?«
»Wer?«
»Die Maschinen. Wie kann irgendeine Maschine die Erde dazu bringen, daß sie brennende Berge hervorbringt? Ich habe mal einem Mann zugehört, der sie ganz aus der Nähe gesehen hat. Tausende Fuß hoch, hat er gesagt. Wie soll eine Maschine das schaffen?«
Ich antwortete: »Es ist ganz gleich, wie. Und es lohnt sich nicht, darüber zu reden. Es ist geschehen, und das genügt.« Ich war nun nicht mehr zornig, sondern mir war bange um ihn. Auch um mich selber. Ich konnte Stimmen hören, die der Nachtwind aus einer Bierschänke hinter uns und unter uns herübertrug. Aber er sagte weiter nichts mehr.

Ich konnte zu der Zeit viele neue Freundschaften schließen. Jungen meines Alters und auch ältere erwiesen mir eine Menge Aufmerksamkeit, suchten meine Gesellschaft und schmeichelten mir, wenn sie sie gefunden hatten. Dazu wäre es wohl auch schon allein wegen meines Sieges beim Turnier gekommen, aber es steckte natürlich noch mehr dahinter. Von einem Niemand, dem zweiten Sohn eines unbekannten Hauptmanns, war ich zum Erben des Fürsten aufgestiegen.
Diese Schmeichelei gefiel mir nicht so gut, wie ich früher vielleicht angenommen hätte. Ganz im Gegenteil: Die wenigen Anfälle von Schwermut, die ich in diesem herrlichen Sommer erlitt, gingen unmittelbar darauf zurück; weil es mir alles sinnlos erschien, wenn ich damit überschüttet wurde, und noch mehr als sinnlos: zerstörerisch. Der Sieg im Turnier war echt gewesen und schwer verdient;

die Erhebung meines Vaters zum Fürsten und die mir von den Geistern erwiesene Ehre waren beide etwas Großartiges. Im Mund der Stiefellecker jedoch wurden sie immer billiger, und ich war gezwungen, mich abzuwenden und nicht hinzuhören, bevor sie ihren Wert gänzlich eingebüßt hatten. Zwei- oder dreimal ging ich in mein Zimmer im Palast zurück – nicht einmal Martin wollte ich sehen – und legte mich auf mein Bett, wo schwarze Verzweiflung mich überkam. Was hatte es für einen Sinn, nach irgend etwas zu streben, wenn alles Erreichte letztlich nur gemeinen, hinterhältigen Gemütern als Beute diente? Aber diese Stimmungen kamen nur selten und gingen schnell wieder vorbei.

Ich wußte, was über mich geredet wurde, wenn ich mich abwandte und wegging – daß mir mein Erfolg und der Erfolg meines Vaters zu Kopf gestiegen seien; daß ich zu stolz sei, um mit denen umzugehen, die mir als geringere Sterbliche gälten. Darum biß ich hin und wieder die Zähne aufeinander und gab mir Mühe, mich mit ihnen abzufinden; nicht weil mir viel an ihrer Meinung gelegen wäre, sondern weil sie die Untertanen meines Vaters waren und zu gegebener Zeit meine sein würden. Zwischen einem Fürsten und seinem Volk muß Wohlwollen herrschen oder doch jedenfalls der Anschein davon. Ich weiß nicht, inwieweit ich Erfolg hatte bei meinem Werben um sie. Wohl nicht sehr. Mit dem Herzen war ich nie dabei.

Einer jedoch wuchs mir tatsächlich ans Herz und wurde mein zweiter Freund, und das war seltsamerweise Edmund. Mein Vater war großmütig verfahren mit Stephens Familie. Einige waren dafür eingetreten, daß seine Söhne hingerichtet würden, und viele hatten vorgeschlagen, sie aus der Stadt zu verbannen. Sie hätten zusammen mit ihrem Vater den Geistern getrotzt, und ihre Beseitigung beseitigte eine zukünftige Gefahr. Aber mein Vater wollte nichts davon hören. Sie hatten ihre Pflicht als Söhne getan, als sie zu ihrem Vater standen, und vorausgesetzt, daß sie dem neuen Fürsten den schuldigen Untertaneneid leisteten, sollte ihnen nichts zuleide getan werden: Charles durfte sogar Rang und Titel eines Hauptmanns behalten.

Aber ihre Lage war armselig. Armselig, was das Geld anging – der Besitz ihres Vaters war verwirkt, und sie zogen mit ihrer Mutter in ein kleines Haus, einen besseren Schuppen, in der Salzstraße –, und armselig im Ansehen. Niemand gönnte nun dem toten Fürsten ein gutes Wort, und seine Söhne begegneten derselben Geringschätzung. Die Jungen, die sich um mich drängten, verachteten Edmund, dem sie vor wenigen Wochen noch gehuldigt hatten.

Eines Tages stand ich mit einer Gruppe von Jungen am Butterkreuz, da kam Edmund dazu. Man hatte schon verschiedentlich versucht, ihn zum Ausgestoßenen zu machen, indem man ihm zeigte, daß man nichts mit ihm zu tun haben wollte, aber er hatte sich hartnäckig geweigert, es hinzunehmen. Die Jungen fingen nun wieder damit an, und jemand sagte, es rieche ihm nach Tod und Verrätern. Andere lachten. Ich sah Edmund weiß werden vor Zorn. Er sagte:

»Mein Vater war kein Verräter, sondern ist von einem getötet worden. Einem Verräter aus der Gosse in der Hundegasse – und jetzt leckt ihr ihm die Stiefel!«

Es stimmte, daß mein Vater in der Straße geboren war, einer der ärmlichsten in der Stadt. Die Augen der andern beobachteten mich begierig und gespannt. Was würde ich nun machen? Ich wollte mich hier vor ihnen nicht mit ihm schlagen. Lieber versuchte ich es mit einem Scherz.

»Hundegasse – die führt zur Salzstraße, nicht?«

Sie lachten. Edmund sagte:

»Ja. Die Zeiten ändern sich. Abschaum kommt nach oben.«

Dabei spuckte er mir auf die Stiefel. Jetzt blieb mir nichts anderes übrig, als ihn zu schlagen. Sie bildeten einen Kreis um uns, und wir kämpften miteinander.

Seine Familie war schon so lange adelig, wie man sich in der Stadt überhaupt erinnern konnte – seit der Katastrophe, hieß es –, und die vornehme Abkunft aus altem Geschlecht war ihm auch anzusehen: er war groß und hatte ein langes, schmales Gesicht, schmale Lippen und hochmütige blaue Augen. Aber er war auch stark und kämpfte mit all dem Zorn, der sich seit dem Tod seines Vaters in ihm gestaut hatte. Er warf mich zu Boden und sprang auf mich. Ich wälzte mich zur Seite, kam frei und wieder auf die Füße. Wir rangen miteinander, und er warf mich wieder zu Boden. Er kniete auf mir und versuchte, mir die Arme auseinanderzureißen und auf die Erde zu drücken. Keuchend, ja schluchzend fast, flüsterte er: »Abschaum – Abschaum!«

Ich merkte, daß ich vielleicht verlieren konnte, daß ich schmählich besiegt werden konnte vor all den anderen, und da wuchs mir aus rasender Wut eine Kraft zu, die seiner gleichkam. Ich riß mich los, und als er sich dann wieder auf mich stürzte, bekam ich ihn beim Handgelenk zu fassen und hebelte ihn mit solch einem heftigen Ruck über die Schulter, daß er krachend auf dem Pflaster landete. Die Luft blieb ihm weg von dem Aufprall, aber er war genauso schnell wieder hoch wie ich. Er kam auf mich zu. Ich hielt ihn mir mit ein paar langen Geraden vom Leib. Er zuckte zusammen, versuchte aber, es zu verbergen.

Von da an hielt ich ihn auf Abstand. Obwohl er größer war als ich, hatte ich die längeren Arme. Der Dämon in mir diente mir gut – wie immer. Manche kämpfen in der Hitze des Gefechts unbesonnen und aufs Geratewohl; sie sind selber hitzig, ihr Verstand ist verwirrt. Meiner jedoch wird ganz kühl, und die Gedanken kommen rascher und schärfer. Ich konzentrierte mich auf Körperschläge, auf Treffer an den empfindlichen Stellen zwischen den Rippen und knapp darunter. Die nahmen ihm viel von seiner Kraft. Er kämpfte zwar weiter, und es gelang ihm sogar, mich noch ein drittes Mal zu Boden zu zwingen, aber zu mehr reichte es dann nicht. Ich war schon vor ihm wieder hoch und versetzte ihm einen Boxhieb, während er sich aufrichtete. Von da an war nur noch offen, wie lange er noch durchhalten würde. Es kam mir wie eine Ewigkeit vor, und dabei teilte ich doch die Hiebe aus und empfing sie nicht. Ich hatte meinen Angriff auf sein Gesicht verlagert, das jetzt blutverschmiert war. Schließlich sackte er hin und versuchte nicht einmal mehr, wieder aufzustehen.

Unsere Zuschauer ließen mich hochleben und verspotteten ihn. Ich ging zu dem Pferdetrog unterm Butterkreuz, tauchte mein Taschentuch ins Wasser und ging zu ihm zurück, um ihm das Gesicht zu baden. Es schwoll jetzt schon an – in ein paar Stunden würde es fürchterlich aussehen.

Ich sagte: »Es war ein guter Kampf. Die Geister waren auf meiner Seite.«

Er schaute mich an und sagte nichts. Ich knüllte das Taschentuch zusammen und steckte es ein und hielt ihm die Hand hin.
»Du bist dreckig und ich auch. Komm, wir gehen hier weg von denen.« Mit einer verächtlichen Kopfbewegung deutete ich auf den Kreis der Zuschauer. »Komm mit mir nach Hause, da können wir uns waschen.«
»Nach Hause«, das hieß: zum Palast, der sein Zuhause gewesen war.
Er sagte immer noch nichts, und ich dachte schon, er würde es mir ausschlagen. Schließlich jedoch nickte er ganz leicht. Ich half ihm noch, und wir verließen zusammen den Kampfplatz. Sie traten beiseite, um uns Platz zu machen, und schauten uns stumm und verdattert nach.

Fortan waren wir Freunde. Eines Tages schlenderten wir drei – er und Martin und ich – die Hochstraße entlang und kamen gerade an der Beschwörungshalle vorbei, als der Seher heraustrat. Er blieb stehen und sagte zu mir:
»Du befindest dich in eigenartiger Gesellschaft, Lukas.«
Ich sagte: »Es sind die, die ich mir zur Gesellschaft aussuche, Herr, und die mich aussuchen.«
Die Bemerkung mußte auf Edmund gemünzt gewesen sein – Martin und mich hatte er oft genug zusammen gesehen –, und das mißfiel mir. Es hieß, daß der Seher unter denen gewesen sei, die dafür waren, daß Stephens Söhne hingerichtet würden, und ich nahm an, er war wütend darüber, daß Edmund diesem Schicksal entronnen war, und noch wütender darüber, daß ich mich mit ihm angefreundet hatte. Aber er fuhr fort:
»Es tut gut, Zank beigelegt zu sehen, bevor er sich zu einer Fehde auswächst.« Er wandte sich an Edmund. »Dein Bruder ist beim Heer?«
»Ja, Herr.«
Aus seiner Stimme klang etwas, das man nicht eigentlich als Verachtung hätte bezeichnen können, aber es war doch meilenweit entfernt von der Hochachtung, die man dem Seher zugestand. Ich wußte, daß er seit dem Tod seines Vaters an keiner Beschwörung mehr teilgenommen hatte. Ich nehme an, daß er an die Geister

glaubte und ihre Macht anerkannte; aber er haßte sie. Sein langes Gesicht war ausdruckslos, aber ich sah Geringschätzung in den blauen Augen unter der hohen Stirn.
Ezzard, der darüber hinwegsah, falls er es überhaupt bemerkte, sagte:
»Er hat gut gekämpft in der Schlacht.«
»In welcher Schlacht?« fragte ich.
»In der Schlacht bei Bighton, in der Alton besiegt wurde.«
Ich schaute ihn verständnislos an. »Wir kommen gerade erst von der Zitadelle. Es ist noch keine Nachricht da. Die Tauben haben keine gebracht.«
Ezzard lächelte sein dünnes kaltes Lächeln. »Die Geister brauchen nicht auf die Flügel der Tauben zu warten.«
»Es kommt von den Geistern?«
»Würde ich es euch sonst sagen?«
»Und ein Sieg?« fragte Martin. »Bei Bighton?«
»Die Tauben fliegen schon«, sagte Ezzard. »Vor Sonnenuntergang sind sie im Schlag.«
Es mußte stimmen. Ich fragte:
»Und mein Vater...«
»Der Fürst ist heil und gesund.«
Ich war zu aufgeregt, um noch ein Wort herauszubringen. Aber Martin fragte:
»Wie bringen sie die Nachricht?« Ezzard sah ihn an. »Die Geister? Wenn nicht auf Schwingen, wie dann?«
Ezzard sagte: »Ein kluger Mann oder Junge stellt keine Fragen, die Geister betreffend. Sie sagen ihm, was er wissen muß. Das genügt.«
Es war eine Zurechtweisung, trotzdem ließ Martin nicht locker. »Aber du kennst dich mit den Geistern aus, Herr, da du ihnen ja dienst und mit ihnen redest. Stimmt das nicht?«
»Ich weiß, was man mir sagt, Junge.«
»Aber mehr, als wir übrigen wissen? Zum Beispiel: wie sie ihre Nachrichten ohne Flügel schicken?« Ezzards Blick ruhte auf ihm. »Ich frage nicht, wie sie's machen, Herr – nur, ob du es weißt.«
»Ich weiß so manches«, sagte Ezzard, »und ich behalte mein Wissen für mich und teile es nur mit denen, die ihr Leben in den Dienst

der Geister stellen. Würdest du das tun, Martin? Würdest du ein Sehergehilfe werden wollen?«
Das war eine gute Antwort – und dazu noch eine, die seinem Fragen nun wohl ein Ende machen würde. Der bloße Gedanke war lachhaft, auch wenn ich ihn nicht seine geisterlästerlichen Reden hätte führen hören. Man hätte verrückt sein müssen, um Gehilfe zu werden – ein Gehilfe, auch Akoluth genannt, mußte sich den Kopf kahlrasieren, fasten und den ganzen Tag und die halbe Nacht Gebete zu den Geistern brummeln. Ich rechnete damit, daß Ez-

zards Frage ihn ganz schön in Verlegenheit gebracht hatte. Aber zu meiner Überraschung antwortete er: »Vielleicht, Herr.« Ezzard sah ihn durchdringend an, nickte und ging seines Weges. Edmund und ich machten uns über Martin lustig, sobald er ein Stück weg war. Er machte mit. Es sei nur ein Scherz gewesen; und der alte Dummkopf habe es ernstgenommen! Ich glaubte es ihm, aber ganz sicher war ich nicht. Ich hatte mir nicht nur die Augen des Sehers, sondern auch seine sehr genau angeschaut. Falls der Ernst darin nur Täuschung gewesen sein sollte, war die Täuschung ein rechtes Meisterstück.

Zwei Tage darauf stand ich neben dem Nordtor auf der Mauer und hörte die stürmischen Jubelrufe der Menge, als unser Heer siegreich zurückkehrte. Ein großer Mann auf einem großen Braunen führte den Zug an: mein Vater, der Fürst von Winchester.

Feuer im Winter

Der Sieg über Alton war überwältigend. Fünf Hauptleute wurden bis zur Zahlung des Lösegeldes gefangengenommen, darunter der Neffe des Fürsten von Alton – wahrscheinlich sein Erbe, da er nur einen Sohn hatte, der wegen schwacher Gesundheit kein Krieger sein konnte. Ein sechster Hauptmann war getötet worden, und sie ließen mehr als dreimal zwanzig Männer tot oder schwerverwundet auf der Walstatt zurück. Auf unserer Seite hingegen war nur ein Hauptmann ernstlich verwundet und kaum mehr als zwanzig Männer tot oder schwerverletzt.
Also gab es einen triumphalen Herbst-Jahrmarkt. Sie hatten uns das Dorf Bighton abgetreten und dazu noch alles in allem über vierzigtausend Morgen Land. Über eine Woche lang wurde gefeiert, und das Bier, das mein Vater von den Bierbrauern eigens hatte brauen lassen, ging schon in der halben Zeit über lauter Trinksprüchen auf seine Gesundheit und den Sieg der Stadt aus. (An leichterem Bier war dagegen kein Mangel, und das verstärkten sie nun mit reinem Branntwein; Männer lagen nicht nur des Nachts, sondern

auch am hellichten Tag betrunken auf der Straße herum.) Die Hardings und die Blaines waren still; sie hoben zwar das Glas mit allen anderen, hingen aber zweifellos ihren eigenen Gedanken nach. Und die waren gewiß recht widersprüchlicher Art. Ich zweifle nicht daran, daß sie sich unseres Triumphes freuten, den sie selber mit errungen hatten, aber mit ansehen zu müssen, daß ihrem Lückenbüßer-Fürsten so viel Ehre erwiesen wurde, konnte sie wohl kaum entzücken. Wir vermuteten, daß sie hinter verschlossenen Türen mit grimmigem Gesicht viel zu bereden hatten.
Als der Jahrmarkt vorbei war und man die Gefangenen gegen Gold ausgetauscht hatte, ritt der Hof auf die Jagd. Ich war zum erstenmal mit dabei. Ich bat darum, auch Martin und Edmund mitreiten zu lassen, aber mein Vater wollte nichts davon wissen: zu einer fürstlichen Jagdgesellschaft zu gehören, sei eine große Ehre, die nicht leichtfertig zugemessen werden dürfe. Martin sei ein Bürgerlicher, und es werde Empörung auslösen, falls man Edmund einlüde, den Sohn eines von den Geistern verdammten Mannes. Ich wußte, daß es Martin nicht leid tun würde; er war von Natur aus weder ein Kämpfer noch ein Jäger, wenn er mir auch beim Turnier geholfen hatte. Ich hatte ihn blaß werden sehen, als wir im Schlachthaus einmal zuschauten, wie einem Schwein die Kehle durchgeschnitten wurde. Für Edmund jedoch, obwohl er nichts sagte, war es wie Salz, das man in noch unverheilte Wunden rieb. Es wäre auch sein erstes Jagd-Jahr gewesen.
Was den Sommer auch denkwürdig gemacht hatte, war das Wetter. Es kam nicht nur mir besser vor (wenn man glücklich ist, scheint der Himmel freundlicher): auch andere, sogar die Alten, stimmten darin überein, daß wir schon lange nicht mehr solch ein Glück gehabt hätten. Über einen Monat lang, im Juli und August, wurden keine Feuer angezündet im Palast, außer denen in den Küchen. Sehr oft schien die Sonne klar, manchmal den ganzen Tag lang; nur ein oder zwei Stunden war sie dann hinter Wolken versteckt. Die Ernte war gut; alle Getreidespeicher waren gefüllt, und das Korn häufte sich in den Mühlkästen.
Und die Sonne, die auf meine Streifzüge mit Martin und Edmund und auf den Feldzug meines Vaters geschienen hatte, hatte uns auch jetzt noch nicht verlassen. An einem frischen, aber klaren

Morgen ritten wir zur Jagd aus; Frost knisterte im Gras unter den Hufen unserer Pferde, aber der Himmel war rundherum blau. Ich habe einmal ein Buch gelesen, in dem an manchen Stellen die Tinte auf dem Pergament völlig verblaßt war und in dem stand, daß vor der Katastrophe die Sonne im Sommer fast immerzu geschienen habe. Ich hatte es für Fantasie gehalten, wie einige von den anderen Dingen, von denen dort berichtet wurde – daß zum Beispiel eines von den Wundern, mit denen die Teufel unsere Vorfahren in Versuchung führten, bevor sie sie vernichteten, die Fähigkeit gewesen sei, miteinander zu reden oder sogar einander zu sehen, wenn man hundert Meilen oder noch weiter voneinander entfernt war. Aber nun glaubte ich es fast. Mir tat Edmund leid, der in der Stadt zurückbleiben mußte, aber es war unmöglich, sich nicht an der scharfen Frische der Luft zu erfreuen, an dem Pferd zwischen meinen Beinen, an all der bunten Schönheit des sterbenden Jahres.
Wir ritten am Fluß entlang nach Süden, zum Botleyer Forst. Dort hatte es immer Wildschweine gegeben, und der Forst war schon lange fürstlicher Jagdgrund, aber in letzter Zeit hörte man neue Geschichten von den Landleuten, die am Rande des Waldes wohnten. Tiere von unglaublicher Größe und Verschlagenheit hatten ihre Felder überfallen. Polymoffs, sagten sie, und sie baten den Fürsten dringend, sie zu vernichten.
Es war verboten, Polymoff-Vieh oder Polymoff-Geflügel zu halten: alle mißgebildeten Lebewesen mußten getötet und verbrannt oder begraben werden. (Manche waren mit Polymoff-Kindern genauso verfahren, aber die Geister bestimmten, daß sie leben durften, allerdings getrennt von den richtigen Menschen und als deren Diener.) Wilde Polymoff-Tiere wurden innerhalb der zivilisierten Lande ebenfalls erlegt. Anderswo, an barbarischen Orten, sollten sie angeblich leben und gedeihen, und zwar in allen möglichen seltsamen und ungeheuerlichen Formen: von Ratten, die Häuser bauten, oder doch Erdhügel, in denen sie wohnten, bis zum fürchterlichen Belemott, der alles vernichtete, was ihm in den Weg kam. Von Zeit zu Zeit kamen wilde Polymoff-Tiere in unsere Lande, und dann war es die Pflicht des Fürsten, sie zu vernichten. Nicht daß wir geglaubt hätten, diese Wildschweine seien Polymoffs gewesen: Landleute übertreiben gern und lassen sich bange machen.

Aber eine Wildschweinjagd fand ihre Rechtfertigung sowieso in sich selber.
Wir fanden nichts am ersten Tag. Wir stießen auf ihre Spur – Fährten und Losung –, aber die waren nach Bannocks, des Jagdmeisters Urteil, nicht einmal frisch. Am Abend wurden auf dem Feld beim Dorf Shidfield die Zelte aufgeschlagen. Meinem Vater war Unterkunft angeboten worden, die er aber ausgeschlagen hatte – mit der Begründung, daß er den Dorfbewohnern keine Ungelegenheiten bereiten wolle; aber auch, wie er uns lachend sagte, weil er noch nie eine Unterkunft in einem Dorf gehabt habe, in der er nicht von Flöhen halb aufgefressen worden sei, und zwar von riesenhaften Polymoff-Flöhen. Die Leute aus dem Dorf brachten uns aber Bier und Brot und Käse und Honigkuchen. Alles nicht von sehr hoher Qualität: Es sei das Beste, was sie hätten, sagte mein Vater, und sie verdienten es, daß ihre Steuern wegen ihrer Armut gesenkt würden, aber er war überzeugt, daß es nicht ihr Bestes war. Auch sie waren sich der Schlüsse bewußt, die man vielleicht zog, und darum auf der Hut. Nachdem Fürst Stephen drei Jahre zuvor von ihnen bewirtet worden war, hatte er ihre Abgaben erhöht.
Am zweiten Tag stießen wir auf ein Wildschweinrudel und erlegten zwei Tiere. Es waren tüchtige Exemplare, aber obwohl Bannock sie lange und sorgfältig untersuchte, fand er nichts, das auf Polymoffbildung hindeutete. Eines rösteten wir abends am Spieß, der von zwei im Dorf rekrutierten Küchenjungen gedreht wurde. Das Fleisch war gut und wohlschmeckend. Wir erlegten noch ein Tier am Morgen des dritten Tages, einen alten Keiler, der zwei Hunde verstümmelte, bevor Hauptmann Nicoll ihn mit der Lanze durchbohrte. Am vierten Tag fanden wir den Polymoff.
Wir waren weiter als zuvor von unserem Lager ausgeschwärmt und in einen anderen Teil des Forstes vorgestoßen. Meistens war der Baumbestand licht genug, so daß wir ohne Schwierigkeiten reiten konnten, stellenweise wuchs der Wald jedoch auch dichter. Eine Spur wurde gefunden, die Bannock aufmerken ließ: die Hufabdrücke waren in der Tat sehr groß, desgleichen die Losung. Wir streiften hierhin und dorthin, und schließlich gaben die Hunde Laut. Sie führten uns in dichtes Unterholz. Während die Treiber noch von allen Seiten darauf einschlugen, brach das

Tier aus der Deckung hervor und kam geradewegs auf uns zu. Es war riesig, fünf Fuß, also mannshoch fast, vom Boden bis an die Schulter und entsprechend breit. Und es bewegte sich schnell, eher wie ein Pferd als wie ein Eber. Es durchbrach unsere Linien, während zwei von unseren Leuten vergeblich mit ihren Speeren nach ihm stachen. Wir machten kehrt, um die Verfolgung aufzunehmen, aber als ich mein Pferd halb gewendet hatte, mußte ich zu meiner Überraschung feststellen, daß das Tier mit erstaunlicher Behendigkeit ebenfalls kehrtgemacht hatte und wieder auf uns zu stürmte. Ich überlegte mir nicht lange, wieso und warum, sondern legte meine Lanze ein, gab meinem Pferd die Sporen und preschte ihm entgegen.

Ich sah jetzt nur einen massigen, verschwommenen, grauen und haarigen Fleck, der zwischen den Bäumen auf mich zu raste. Vielleicht sah mein Pferd mehr, oder doch deutlicher. Jedenfalls bäumte es sich voller Angst auf. Beim Versuch, es unter meinen Willen zu zwingen, stieß ich mit der Lanzenspitze in die Erde. Das bockende Pferd und dazu noch der Stoß von der Lanze – das war zuviel; ich konnte mich nicht im Sattel halten. Ich stürzte zu Boden und rollte ab, um den Aufprall zu dämpfen, und dabei verfluchte ich mein Geschick und den Umstand, daß nun wieder eine Lücke in unserer Linie entstanden war, durch die der Keiler ein zweites Mal ausbrechen konnte. Ich schaute mich nach ihm um und entdeckte ihn auch. Er hielt nicht auf die Lücke zu. Er hatte die Richtung geändert: auf mich hin. Jetzt konnte ich ihn recht gut sehen; ich sah rotumränderte Augen und weißschimmernde Hauer. Ich wollte aufstehen, aber ein Schmerz schoß mir ins Bein, und ich merkte, daß ich verletzt war. Stimmen riefen, aber weit weg. Der Keiler knickte einen Strauch wie einen Strohhalm beiseite. Sein Anblick, nun fast schon über mir, und sein Gestank machten mir entsetzliche Angst. Ich würgte, so trocken war meine Kehle. Da auf einmal hörte ich trommelnde Hufe von links. Ich sah ein Pferd und einen Reiter und eine Lanze, die dem Keiler die Flanke aufriß, so daß er unter einem urgewaltigen Schmerzensschrei zur Seite wegbog. Das Pferd sprang über mich weg, der ich immer noch dort lag. Der Reiter war Peter, der während der ganzen Jagd dicht bei mir geblieben war.

Er hatte den Keiler nicht getötet, aber doch so schwer verwundet, daß die anderen ihn in einer knappen Stunde stellten und erlegten. Es war ein furchterregendes Biest, erzählte man mir, weit über mannslang von der Schnauze bis zum Schwanz. Schon durch die Größe allein gab es sich als Polymoff zu erkennen, aber außerdem hatte es noch doppelte Hauer, und sein Kopf war im Verhältnis zum Körper größer als üblich. Eine Polymoff-Beimischung wurde oft für ein Anzeichen größerer Intelligenz gehalten, wie zum Beispiel bei den häuserbauenden Ratten, von denen man sich erzählte, und dieser Polymoff-Keiler hatte ja in der Tat mehr als bloße List verraten, als er kehrtmachte, um seine Feinde anzugreifen, und sich auf mich stürzte, als er mich hilflos auf dem Boden sah. Er soll die anderen ganz schön an der Nase herumgeführt haben, bevor sie ihn erledigen konnten.

Mein Vater sagte, er würde für sein Leben gern den Kopf des Keilers gehabt haben, um ihn an der Palastmauer aufzuhängen: In über dreißig Jägerjahren hatte Bannock noch nichts gesehen, das ihm an Großartigkeit auch nur nahekam. Aber das Gesetz erlaubte es nicht. Sie zündeten einen Scheiterhaufen an und verbrannten den Kadaver. Ich sah von alldem selber nichts, weil ich ins Lager zurückgebracht worden war, nachdem Bannock mir mein beim Sturz gebrochenes Bein geschient hatte.

Zuruckgebracht wurde ich auf einer zwischen zwei ruhige Pferde geschnallten Tragbahre. Dann mußte ich noch zwei Wochen lang mit dem geschienten Bein auf meinem Bett liegen, und danach humpelte ich noch eine ganze Weile an einer Krücke herum. Meine Freunde besuchten mich, um mir die Zeit zu vertreiben. Martin jeden Tag, aber Edmund nicht so häufig. Ich wußte, warum: Es war immer noch eine Qual für ihn, in den Palast zu kommen, und er mußte wohl jedesmal von neuem über seinen Schatten springen.

Der Herbst ging in den Winter über. Das gute Wetter hatte schon während der Jagd aufgehört, und wir zahlten nun für vergangene Milde mit Frost und Nebel und, Anfang Oktober, mit Schneestürmen, bei denen die Flocken dicht bei dicht um die Stadtmauern stoben und der Schnee sich hoch vor den Häusern türmte, die Straßen unpassierbar machte und gegen die Fenster des Palastes wehte, so daß mir die Aussicht über die Stadt hinweg genommen wurde. In früheren Jahren hatte ich den ersten Schnee begrüßt; dann fanden sich Trupps von Jungen zu Schneeballschlachten zusammen, die den ganzen Tag tobten (mit einer Pause nur zur Mittagszeit), hin und her auf den Weiden und sogar bis in die Stadt hinein, wo die Erwachsenen ihnen dann ein Ende machten. Aus dem Alter war ich nun heraus, und auch fürs Schlittschuhlaufen war ich zu alt, und meine erzwungene Untätigkeit unterstrich nur noch die Unmöglichkeit, weiterhin dort mitzumachen, verstärkte aber auch meine Langeweile. Ich spielte Brettspiele mit Martin – Schach und Dame und Gaunerhalma –, aber er gewann zu mühelos bei den ersten beiden und ich zu mühelos beim dritten: Er war ohne Arg und falsche Hintergedanken.

Im November machte mein Vater einen Besuch beim Fürsten von Romsey. Fürst Stephens Weigerung, sein Heer ins Feld zu schikken, sein Vertrauen auf die von Jahr zu Jahr höher gebauten Stadtmauern: beides war Bestandteil eines allgemeineren Sichzurückhaltens, Sichfürsichhaltens gewesen. Seit geraumer Zeit hatte es keine Staatsbesuche gegeben, weder bei uns, noch von uns bei den Nachbarn. Mit der Wahl meines Vaters zum Fürsten, der dann sein Sieg über Alton folgte, war das anders geworden. Nicht nur Romsey wünschte den Besuch des Fürsten von Winchester.

Er nahm natürlich seine Leibwache mit und auch ein paar von seinen Hauptleuten, aber eher, um sich mit ihnen zu zeigen, als zu seinem Schutz. Die Menschen führten keinen Krieg im Winter, und solch ein Besuch stand ohnehin nach dem bei zivilisierten Völkern üblichen Brauch unter den Regeln sicheren Geleits. Wir winkten ihm zum Abschied zu, als er mit seinem Gefolge zum Südtor hinausritt, und wandten uns dann wieder unserem gewohnten Tageslauf zu. Der war ohnehin langweilig zu dieser Jahreszeit – auf halbem Wege zwischen Herbst und dem Weihnachtsfest –, und ich fand ihn jetzt noch langweiliger, da mein Vater nicht da war und die Aufregungen des Sommers allmählich zu bloßer Erinnerung wurden. Die Tage vergingen, und die Abende wurden kürzer, je fester der Winter uns in seinen Griff nahm. Ich wurde die Spiele bei Lampenlicht leid und auch die Belustigung, die meine Mutter und ihre Freundinnen entzückten: die Polymoff-Jongleure und

Polymoff-Clowns, die Guitarristen, die schwermütige Liebeslieder spielten und sangen. Mein Bein war immer noch geschient, also konnte ich nicht reiten. Ich hatte zu nichts Ruhe und Geduld und langweilte mich, weil ich darauf wartete, daß irgend etwas geschah. Aber als es dann geschah, geschah es nicht während des sich hinschleppenden Tages oder an einem eintönigen Abend, sondern in der Nacht, als alles im Palast schlief.

Ich wurde wach von einem Geruch, der so stark war, daß ich ihn geradezu schmecken konnte, und setzte mich hustend auf, mit dem Rauch in der Kehle und in der Lunge. Es war stockfinster. Ich humpelte an mein Fenster und stieß die Läden auf. Kalte frische Luft strömte herein. Die Nacht war dunkel, bis auf den Feuerschein über dem Brennenden Land. Und bis auf ein Licht näher bei, das aus einem Fenster unter mir blühte – und mit ihm das gefürchtete Knistern und Knacken, das nur von einem Feuer herrühren konnte.

»Feuer!« schrie ich laut und stürzte dann sofort zur Tür und weiter zur Treppe. Mein Zimmer lag rechts von der Treppe, die Gemächer meiner Mutter auf der anderen Seite. Aber als ich die Tür öffnete, schwoll das Knistern zu einem Tosen an, und unwillkürlich hielt ich die Hand vors Gesicht zum Schutz gegen das helle Licht und die Hitze. Das Treppenhaus war ein reißender Flammenstrom, der sich weiter ausbreitete und treppauf ergoß. Schon hatte er den Treppenabsatz hinter sich und fraß sich gierig zum Dachboden hinauf.

Wenn ich drüber wegspringen könnte, dachte ich, drüber weg zu ihr hin... Der Arzt hatte gesagt, in ein paar Tagen könne die Schiene abgenommen werden. Ich ging in mein Zimmer zurück. Licht brauchte ich nicht beim gleißenden Schein des Feuers hinter mir; ich fand mein Messer und zerschnitt hastig die Schnüre, welche die Schiene hielten. Mein Bein war schrecklich schwach, und ich mußte die Zähne aufeinanderbeißen, so sehr tat es weh, als ich mein Gewicht darauf verlagerte; aber es hielt. Schnell ging ich zur Treppe zurück.

Es war unmöglich. In der kurzen Zeit, die ich weggewesen war, ein paar Sekunden doch nur, hatte das Feuer sich weiter ausgebreitet und an Kraft zugenommen. Es war schrecklich anzusehen: wie

etwas Lebendiges in seiner wütenden Gier und rasenden Gewalt. Ich konnte nicht dicht heran, ohne versengt zu werden.
Es gab noch eine andere Möglichkeit. Hölzerne Regenrinnen liefen unter den Fenstern an der Außenwand entlang. Ich lief in mein Zimmer zurück und kletterte durchs Fenster und hielt mich zunächst einmal am Fensterbrett fest. Leute versammelten sich über zwanzig Fuß unter mir im Hof. Ich hörte ihre Stimmen; sie riefen, schrien, eine Frau kreischte. Ich versuchte, nicht darauf zu achten. Die Regenrinne war breit und flach, und ich hatte schon vor längerer Zeit mal herausgefunden, daß man in ihr von einem Zimmer ins andere gelangen konnte. Einfach war es nicht – man mußte auf diesem schmalen Sims stehen und sich mit flach gegen die Wand gedrücktem Gesicht entlangtasten –, aber es war möglich. Ich machte mich auf den Weg. Ich achtete nur darauf, wie ich Schritt für Schritt, Zoll für Zoll weiter vorankam, und zwang mich, an sonst nichts zu denken: nicht daran, was ich tun würde, wenn ich bei ihr ankam, und auch nicht an die grauenhafte Möglichkeit eines einzigen falschen Tritts.
Aber wovor ich mich nicht einfach verschließen konnte, das war die immer größer werdende Hitze der Bretter, an die ich mich preßte. Das Feuer, das im Innern schon triumphierte, schlug gegen die äußere Schale an, die es noch einschloß. An einer Stelle, wo die Ritzen zwischen den Bohlen unzulänglich kalfatert waren, erhaschte ich einen Blick auf den Feuerofen dahinter. Aber ich hatte das Schlimmste nun wohl fast hinter mir, das Stück über der Treppe. Ich riskierte einen Blick in die Richtung, in der ich mich vortappte, da war nichts von Flammen zu sehen. Zehn oder zwölf Fuß hatte ich mindestens schon zurückgelegt, und weiter war es nun nicht mehr bis zum nächsten Fenster. Ich hatte einen kühlen Kopf, und meine Zuversicht wuchs. Und ich erinnere mich an nichts weiter mehr, als daß ich im Bett aufwachte, am hellichten Tag und mit rasenden Kopfschmerzen.

Einer von den Pflöcken, welche die Regenrinne hielten, hatte, vielleicht vom Feuer schon angegriffen, nachgegeben, und ich war abgestürzt. Ein Soldat unten in der Menschenmenge hatte noch versucht, mich aufzufangen. Es gelang ihm in etwa – mein gerade

verheiltes Bein brach nicht von neuem –, aber ich schlug mit dem Kopf so auf, daß ich sofort bewußtlos war und mich hinterher, wie es zuweilen vorkommt, an den Sturz überhaupt nicht mehr erinnern konnte.
Wilson erzählte es mir, während er an meinem Bett saß mit seinem langen Gesicht, das man bestenfalls als schwermütig bezeichnen konnte; es war eine ernste Maske. Er war der Wachtmeister, dem die Bewachung des Palastes oblag, ein alter, durch und durch vertrauenswürdiger Gefolgsmann meines Vaters. Als junge Leute waren sie zusammen einfache Soldaten gewesen. Als mein Vater Fürst wurde, hatte er ihn zum Hauptmann ernennen und damit in den Adelsstand erheben wollen, aber davon wollte er nichts wissen. Vor vielen Jahren hatte er eine Frau gehabt, aber die war an gebrochenem Herzen gestorben, nachdem sie ein Polymoff-Kind geboren hatte. Er hatte nicht noch einmal geheiratet und hatte keinen wirklichen Freund außer meinem Vater.
Ich konnte keinen klaren Gedanken fassen mit meinen Kopfschmerzen. Ich setzte mich aufrecht hin, aber da wurde es noch schlimmer. Mit schmerzverzogenem Gesicht fragte ich:
»Und das Feuer? Was ist denn...?«
»Der Flügel ist vollkommen ausgebrannt. Alles übrige konnte gerettet werden.«
Es war wohl sein jammervolles Gesicht, das mich daran erinnerte, was ich vorgehabt hatte. Ich fragte:
»Meine Mutter...«
Er schüttelte langsam, langsam den Kopf. Mehr brauchte es nicht. Ich konnte es nicht glauben, obwohl ich wußte, daß es stimmte. Noch wenige Stunden vorher hatte ich sie gesehen – mit halb geschlossenen Augen hatte sie dagesessen und mit dem Fuß leicht den Takt zu einer Melodie geschlagen, die sie gern mochte. Sie liebte Musik, ich jedoch nicht. Ich hatte mich weggeschlichen, ohne ihr gute Nacht zu sagen, wie mir nun mit einem scharfen, schmerzlichen Stich einfiel.
Ich versuchte mich zu sammeln und stellte Wilson Fragen, die er mir beantwortete. Ich muß ihm wohl merkwürdig erschienen sein, vielleicht gefühllos, daß ich ihm jetzt damit kam; aber mir schien, daß mein Schmerz ganz mir gehörte, etwas Privates war und nichts,

worüber man sprach, auch nicht mit jemandem, den ich so gut kannte und dem ich sosehr vertraute wie Wilson. Tauben, erklärte er mir, seien nach Romsey geschickt worden, um meinen Vater zurückzurufen. Auf meine Frage, wie denn das Feuer entstanden sei, antwortete er, er habe kaum Zweifel, daß es vorsätzlich gelegt worden sei, und zwar mit Mordabsicht. Das war auf jeden Fall wahrscheinlich, denn da wir in Holzhäusern wohnten, wurden die strengsten Vorsichtsmaßnahmen gegen zufällig ausbrechendes Feuer beobachtet. Eine eigene Feuerwache machte jede Nacht die Runde durch den ganzen Palast. Aber es war nicht bloße Vermutung. Einer von den Wächtern hatte einen Polymoff aufgegriffen, der aus einem Versteck das Feuer beobachtete. Er hatte Feuerstein und Stahl bei sich und in Öl getauchte Lumpen. Außerdem war er als Verrückter bekannt, der für sein Leben gern mit Feuer spielte. Es hatte schon einmal Ärger mit ihm gegeben, und schließlich war er verbannt worden; er durfte die Stadt nicht betreten und wohnte in einer baufälligen Hütte am St.-Catherinen-Berg, und sogar die anderen Polymoffs mieden ihn.

Ich fragte: »Wie ist er in die Stadt gekommen?«

Wilson zuckte die Achseln. »Das ist ja nicht schwierig.«

Er hatte recht. Die Torwachen sollten eigentlich jeden kontrollieren, der passierte, aber ich war auch schon hinter ihrem Rücken durchgeschlüpft, wenn ich nicht auffallen wollte.

»Und warum im Palast?«

Wilson sagte: »Das wird untersucht werden müssen.«

»Ist er schon verhört worden?«

»Nein. Wir warten auf die Rückkehr deines Vaters. Aber wir verwahren ihn gut. Ich selber habe die Wachen aufgestellt. Niemand kann an ihn heran, um ihn zu befreien oder ihm den Mund zu verschließen.«

»Und sonst? Keine weitere Unruhe?«

Falls eine Verschwörung dahintersteckte, eine von den Hardings oder den Blaines oder von beiden abgekartete Sache, dann wäre dies nun der Augenblick zum Aufstand: bevor mein Vater zurück sein konnte. Ich sah Wilsons Gesicht an, daß er verstand, woran ich dachte.

»Keine Unruhe. Und wir sind auf alles vorbereitet.«

Mein Vater war noch vor dem Abend zurück. Nachmittags schneite es heftig, und der Schnee deckte die vertrauten Wege und Pfade zu, aber das hielt ihn nicht auf. Vor seiner sich abmühenden Begleitung ritt er durch die Straßen der Stadt und in den Palasthof. Ich hörte von fern den Ruf: »Der Fürst!« und Hufegeklapper auf dem Kopfsteinpflaster und rannte ans Fenster des Zimmers, in dem man mich zu Bett gebracht hatte. Ich sah ihn aus dem Sattel steigen, einen Schneemann von einem Schneepferd, und dastehen und vor sich hin starren, während das Pferd von einem Stallknecht weggeführt wurde.

Er schaute sich den Flügel an, in dem wir gewohnt hatten. Es war ein Anblick, bei dem sich mir das Herz zusammengekrampft hatte. Der Schnee, der auf dem Hof zum größten Teil beiseite gefegt worden war, lag dort dick und in unregelmäßigen kleinen Hügeln, aus denen ein paar schwarz angekohlte Pfosten zum grauen Himmel zeigten. Es war eine Weiße und eine Trostlosigkeit, die einem das Blut gefrieren ließ, eine Wildnis, die ganz besonders grauenhaft wirkte durch die anderen Gebäude rundherum, die noch standen. Ich sah ihn einen Schritt machen, so als wolle er darauf zugehen, und sich dann mit einer plötzlichen Drehung des Kopfes abwenden. Jetzt rief ich ihn vom Fenster aus – leise, aber er hörte mich und schaute zu mir hinauf. Selbst aus der Entfernung und beim schon dämmernden Licht konnte ich den Schmerz und den Zorn in seinem Gesicht erkennen.

Ich zog mir schnell etwas an und rannte, die Einwände der Krankenpflegerin nicht beachtend, die Treppe hinunter nach unten. Ich fand meinen Vater in der Großen Halle mit anderen – Peter, drei von seinen Hauptleuten und eine Anzahl gewöhnlicher Bürger, darunter Wilson. Wilson berichtete gerade über das, was sich zugetragen hatte, und mein Vater hörte zu. Sein Gesicht war nun eine kalte, harte Maske.

Als Wilson fertig war, fragte er:

»Hat der Polymoff schon ausgesagt?«

»Nur verrücktes Zeug.«

»Bringt ihn her!«

Peter sagte: »Vielleicht hat er aus eigenem Antrieb gehandelt. Er ist ja als Irrer bekannt.«

»Ja«, sagte mein Vater, »sehr bekannt sogar. Und daher ein gutes Werkzeug in der Hand eines anderen.«
Weder Blaine noch Harding waren anwesend und keiner von ihren engsten Verbündeten. Falls der Polymoff nicht von ihnen angestiftet worden war, das Feuer zu legen – von wem dann wohl? Vielleicht von beiden. Sie hatten nichts unternommen, aber genau das konnte vielleicht ihr Plan sein: bis zur Rückkehr meines Vaters zu warten und dann anzugreifen, wenn er unter dem Eindruck des ersten Schlages noch wankte. Er sah aus wie ein Mann aus Eisen, als er nun darauf wartete, daß der Polymoff hereingebracht wurde. Falls man glaubte, ein Schlag könne ihn wanken machen, sollte man sich in ihm getäuscht haben. Der Polymoff wurde mit aneinandergeketteten Händen von den Wachen hereingeschubst und warf sich meinem Vater zu Füßen. Ich erkannte ihn: Ich hatte ihn hin und wieder allein durch die Felder vor dem Osttor irren sehen. Die Geister hatten ihn mit einer Hasenscharte gezeichnet – seine Lippe war bis unter die Nasenlöcher gespalten, und wenn er sprach, merkte man, daß er auch einen Wolfsrachen hatte. Er lag auf dem Boden und redete Unsinn; die Wörter selber waren kaum zu verstehen. Ich hörte ihn von Feuer plappern, von den Geistern – Tod – und wieder Feuer.
Mein Vater bückte sich und packte ihn bei den Haaren. Er fragte ihn:
»Wer hat gesagt, daß du das machen sollst?«
Seine Stimme war kalt und schroff; nur aus den Augen blitzte ihm der Zorn. Der Polymoff antwortete etwas, aber auch jetzt wieder nur Sinnloses. Mein Vater schüttelte ihn, und zwar mit solcher Heftigkeit, daß seine Füße über die gebohnerten Dielen wegschlitterten; die Haare aber ließ er nicht los. Der Polymoff heulte laut. Mein Vater sagte:
»Ich schenke dir was, Polymoff. Sage mir, wer dich angestiftet hat, dann stirbst du schnell. Das ist eine gute Belohnung. Ich glaube nicht, daß du auf Schmerzen versessen bist.« Er schüttelte ihn noch einmal – ein Hund, der eine Ratte beutelt. »Da war noch ein anderer. Nicht?«
»Ja!« schrie der Polymoff. »Ja, hoher Herr…«
»Nenne ihn mir!«

»Kein Mann. Es war...«
Mein Vater zerrte ihn hoch und schaute ihm aus nächster Nähe ins Gesicht. »Wehe, du sagst jetzt, es waren die Geister – dann verliere ich die Beherrschung.«
»Nicht die Geister. Es war...«
Ich glaubte zu verstehen, was er sagte, aber er sprach so undeutlich, daß ich nicht ganz sicher war. Und es war auch Unfug. Mein Vater sagte:
»Sag's noch einmal!«
»Deine Dame, hoher Herr.«
»Du Dummkopf!« rief mein Vater. »Willst du mir weismachen, meine Dame hat dir aufgetragen, die Fackel anzuzünden, die sie verbrannt hat? Dafür bekommst du nichts geschenkt. Du wirst...«
»Deine andere Dame, hoher Herr!« Mein Vater ließ ihn los, als sei auch er von einer Flamme versengt worden. »Die in der Flußstraße wohnt.«

Zuerst leugnete meine Tante Mary alles und behauptete, der Polymoff habe das alles nur erfunden, um der Folter zu entgehen. Aber als sie dann einem Landarbeiter gegenübergestellt wurde, der sie von der Hütte des Polymoffs hatte kommen sehen, schwieg sie. Während ihres ganzen Prozesses sprach sie kein Wort mehr, auch nicht, als das Urteil verkündet wurde: Tod durch Verbrennen. Ich war mit im Gerichtssaal und sah ihre Augen zu meinem Vater hin wandern, aber es war nichts Flehendes in ihrem Blick. Wer wegschaute nach einer kleinen Weile, das war mein Vater. Ihr Blick folgte ihm, als die Wachen sie dann abführten.
Die Hinrichtung war auf den nächsten Tag festgesetzt. Abends erhielt ich Nachricht, daß sie mich zu sehen wünsche. Die Nachricht wurde mir überbracht von ihrer Polymoff-Dienerin Gerda. Sie hatte geweint, das war deutlich zu sehen, und fing gleich wieder an zu weinen, als ich zögerte.
»Junger Herr Lukas, ich bitte dich! Nur ein paar Minuten.«
Ich hatte meine Tante immer nur mit ihr schimpfen hören, aber wenn man ihren Schmerz sah, hätte man glauben können, sie klage um eine Mutter. Aber das allein hätte mich noch nicht dazu bringen

können, zu ihr hinzugehen. Was mich dazu brachte, war mein Widerwille. Seit ich die Bezichtigung von den Lippen des hingekauerten Polymoffs in der Großen Halle gehört hatte, packten mich beim Gedanken an meine Tante sowohl Entsetzen wie Angst. Dem wollte ich mich nicht unterwerfen. Ich sagte der Magd, daß ich sie besuchen würde.

Der Feldwebel der Gefängniswache hatte zuerst Einwände und wollte mich nicht einlassen. Als er sich schließlich doch dazu überreden ließ, begleitete er mich hin zur Zelle und blieb dabeistehen, während wir miteinander sprachen. Von Zeit zu Zeit schaute er mit unbehaglicher Miene zu meiner Tante hin, als könnte sie mich, obwohl unbewaffnet und hilflos, durch Zauberei tot niederstrecken.

Sie sah sehr alt aus in dem grauen, sackförmigen Verbrechergewand. Und schwächlich, obwohl ich wußte, daß sie nicht gefoltert worden war. Ihre Augen jedoch blickten so durchdringend und kraftvoll wie eh und je; und immer noch kreisten ihre Gedanken um das, was sie einzig und allein bewegte. Sie fragte mich:
»Wo ist Peter?«
»Unter Bewachung.«
»Was machen sie mit ihm?«
Ich zögerte. Ich wußte es nicht. Es gab keinen Beweis, daß er an dem Verbrechen beteiligt gewesen war, aber für manche galt er schon allein deshalb als gerichtet und verurteilt, weil dieses Verbrechen seinetwegen begangen wurde. Andere sagten, daß man ihm, obwohl er bisher kein Verräter gewesen sei, fortan nicht trauen könne; dem Sohn solch einer Mutter.
Meine Tante sagte: »Leg du ein gutes Wort für ihn ein, Lukas.«
Ich sagte: »Du wolltest mich töten, Tante, nicht? Nicht meine Mutter.«
Sie schüttelte den Kopf, ungehalten, ja geradezu zornig über etwas – so schien es –, das sie für unwichtig hielt. Sie sagte:
»Peter hat nichts davon gewußt. Das mußt du mir glauben.«
»Du wolltest mich töten.«
Sie schaute mir fest in die Augen. »Nur, weil du zum Erben ernannt worden bist. Das war nicht Rechtens. Mein Sohn ist der Ältere, ehelich geboren.«
»Die Geister haben mich ernannt.«
»Es war nicht Rechtens«, wiederholte sie.
»Du würdest es noch einmal tun, wenn du könntest.«
Ich sagte das nicht als Frage, obwohl es für mich immer noch eine Frage war. Ich konnte es nicht glauben, daß sie versucht haben sollte, mich zu töten. Sie schaute mich an.
»Ja.«
»Und du bittest mich, ein gutes Wort für Peter einzulegen?«
»Morgen verbrennen sie mich. Genügt das nicht? Und Peter hat dir auf der Jagd das Leben gerettet.«
»Zu deinem Bedauern.«
»Nein. Ich möchte ihn nicht anders haben, als er ist.«
»Aber du warst bereit zu töten, um ihn zum Erben zu machen.«

Müdigkeit war einen Augenblick lang hinter ihrer Entschlossenheit zu spüren. Sie sagte:
»Was er ist und was ich für ihn tun würde, das sind zwei verschiedene Dinge. Ich werde für meinen Teil morgen in der Frühe zahlen. Lege ein gutes Wort ein für ihn, Lukas.«
Ich ging sofort aus dem Gefängnis zu meinem Vater und bat ihn, Peter freizulassen. Nicht, weil meine Tante es von mir erfleht hatte. Mich hatte sie nur darum gebeten, weil ich ihre letzte Zuflucht war; sie hatte vorher darum gebeten, mit meinem Vater sprechen zu dürfen, aber er hatte es ihr abgeschlagen. Nur insofern hatte es etwas mit ihr zu tun, als ich von ihr daran erinnert worden war, daß Peter mich vor dem Polymoffkeiler gerettet hatte. Wenn ich mich jetzt für ihn einsetzte, würde ich die Schuld begleichen und quitt mit ihm sein.
Mein Vater hörte mich schweigend an, befahl aber Peters Freilassung am Tag darauf, sofort nach der Verbrennung. Ich ging nicht hin, um sie mir anzusehen. Er war dabei und soll wie versteinert dagesessen haben.
Die Verbrennung dauerte nicht lang; dafür hatte er gesorgt. Die Leute schrien »Hurra!«, weil er gerettet war und seine Feindin vernichtet. Ärger machten nur die Christen. Sie waren gegen alles Töten, auch in der Schlacht, und auch gegen die Hinrichtung von Mördern, und machten sich bei solchen Gelegenheiten immer lästig. Die Leute bewarfen sie mit Dreck und beschimpften sie. Und einer, der den Fürsten einen Mörder nannte, wurde von der Wache festgenommen. Er wurde später vor Gericht gestellt, aber nur zu einem Tag im Zwangstock verurteilt. Die Christen waren alle verrückt, wie man sehr wohl wußte, und niemand nahm sie ernst.

Die Maschinen von Petersfield

Es war ein elender Winter. Der Palast war ein düsterer Ort, beherrscht von einem Mann, der nicht lächelte, sondern heftig trank, weil er zu vergessen versuchte, was er nie vergessen würde. Die lastende Schwere der Atmosphäre, solch ein Gegensatz zu der Leichtigkeit, welche die Gegenwart meiner Mutter hervorgerufen hatte, erinnerte schon allein ständig an sie. Und das Wetter stand ganz mit alldem im Einklang. Tag für Tag tobten die Schneestürme, bis die Polymoffs die Straßen einfach nicht mehr freiräumen konnten und der Schnee sich höher und höher an die Häuserwände türmte: die Leute mußten sich zu ihren Haustüren hinunter Stufen hauen. Es war unmöglich, die Pferde zu bewegen, die mit der Zeit unleidlich wurden in ihren Ställen. Selber hatten wir auch keine Bewegung und wurden darüber stumpf und verdrießlich. Das Weihnachtsfest wurde wie immer gefeiert, und mein Vater saß auf seinem Platz am Kopfende des langen Tisches. Aber Hochrufe gab es wenige und wenig lautes Lachen. Es hieß, daß Weihnachten von den Christen eingeführt worden sei, die damit die Geburt ihres Gottes gefeiert hätten, und in diesem Jahr konnte man's leicht glauben; es war alles so traurig und öde. Die Polymoff-Jongleure und Polymoff-Clowns hatten nichts zu tun, auch die Musikanten nicht. Mein Vater sorgte dafür, daß sie nicht zu hungern brauchten, aber sie waren unglücklich, da sie von ihren Gaben keinen Gebrauch machen und keinen Beifall einheimsen konnten. Im neuen Jahr, als eine Woche lang gutes Wetter war, verließen viele von ihnen die Stadt, um sich einen Hof zu suchen, von dem sie sich mehr Beschäftigung versprachen.

Martin und Edmund und ich zankten uns oft vor Langeweile in dieser Zeit, aber wir blieben Freunde. Ich kann nicht sagen, was sie empfanden, aber ich brauchte sie sehr, da mein Vater sich so ganz in seinen eigenen Jammer zurückgezogen hatte und auch meine Gedanken gerade elend genug waren. Seltsamerweise regte sich nun hin und wieder und ganz unerwartet der Wunsch in mir, zum Haus in der Flußstraße zu gehen, den ich doch im Sommer und Herbst völlig verloren hatte. Während irgendeiner alltäglichen Beschäftigung dachte ich plötzlich: jetzt gehst du hin; und ich hörte schon die schroffe Stimme meiner Tante, die mich ermahnte, mir die Stiefel abzukratzen, und sah mich schon zum Mittagessen an dem kleinen Tisch in dem winzigen Zimmer Platz nehmen. Dann fiel mir ein, daß alles das vorbei war und wie es geendet hatte, und ich verspürte einen Schmerz in der Brust wie von einem Messer,

das darin herumgedreht wurde. Der Schmerz verging schneller wieder, wenn die anderen dabeiwaren.
Und Edmund war nun eher bereit, zum Palast zu kommen, fast so, als hätte das, was geschehen war, seinen Groll verfliegen lassen. Mein Vater hatte, wie jedermann sehen konnte, eine schwere Strafe dafür bezahlt, daß er Fürst geworden war. Ich glaube nicht, daß Edmund es als Genugtuung empfand oder sich gar darüber freute. War er meinem Vater mit einem Haß begegnet, den er nicht hatte verbergen können, obwohl er ihn nie zum Ausdruck brachte, so empfand er nun fast so etwas wie Bewunderung für ihn. Eines Tages fragte er mich nach Peter.
»Besucht er jemals deinen Vater, Lukas?«
Ich antwortete wahrheitsgemäß: »Mein Vater empfängt nur wenige Besucher.«
»Aber Peter?«
»Nein.«
Seit seiner Freilassung war er nicht im Palast gewesen. Ich selber hatte ihn ein- oder zweimal auf der Zitadelle gesehen, wo er seinen Pflichten als Hauptmann nachging, wir hatten aber nicht miteinander gesprochen. Edmund sagte: »Er hat Glück gehabt.«
Ich hatte weder mit ihnen noch mit sonst jemandem über meine Begegnung mit meiner Tante gesprochen und auch nicht darüber, daß ich bei meinem Vater für Peter gebeten hatte. Ich glaubte ohnehin, daß meine Bitte den Ausschlag gegeben hatte. Der Kreis derer, denen mein Vater zugeneigt war, war klein, und zwei daraus hatte er schon verloren; er wird nicht gewollt haben, daß er noch einen dritten einbüßte, solange er nicht dazu gezwungen wurde.
Ich sagte: »Er war nicht daran beteiligt.«
»Es gibt welche, die sehen es anders. Er schlief doch gewöhnlich im Palast, in der Nacht jedoch nicht.«
»Weil er Dienst auf der Zitadelle hatte. Meine Tante hat das gewußt.«
»Und ich habe Leute sagen hören, er sei dagegen gewesen, daß der Polymoff verhört würde, und habe immer wieder darauf hingewiesen, daß er ein Irrer sei und aus eigenem Antrieb gehandelt habe.«
»Ich war doch dabei«, sagte ich. »Es war nur eine Bemerkung, wei-

ter nichts. Es hatte weiter nichts zu bedeuten, und er hat nicht ›immer wieder‹ darauf hingewiesen.«

Wir waren im Ostflügel des Palastes, in einem Zimmer im ersten Stock. Dieser Teil hatte jahrelang leer gestanden und war nicht gemalt worden. Die Wände waren schmuddelig und überall gerissen. Strohan, der Oberhofmeister, hatte meinen Vater gefragt, ob er die Räume von den Polymoffs renovieren lassen sollte, aber mein Vater hatte nein gesagt. Edmund und ich spielten Schach. Martin, der sowieso für beide von uns viel zu gut spielte, las ein Buch. Er schaute davon auf und sagte:

»In der Stadt schwirren lauter Gerüchte herum. Da die Leute nicht raus können, bleibt ihnen nichts anderes zu tun, als immer nur zu reden.«

»Und meistens Unfug«, sagte ich.

»Es lohnt sich trotzdem, hinzuhören«, antwortete Edmund. »Wenn es auch Unfug sein mag, so ist es doch nützlich zu wissen, welcherlei Unfug die Leute glauben.«

Das leuchtete mir ein; nur überraschte es mich, daß er das sagte. Aber er hatte sich in den vergangenen Monaten gewandelt, wie wir alle. Er dachte mehr nach, und gründlicher. Und obwohl wir Freunde waren, wußte ich doch, daß ich nicht all seine geheimsten Gedanken kannte, ebensowenig wie er die meinen.

Martin sagte: »Es wird sogar behauptet, er wolle Christ werden.«

Ich fragte erstaunt: »Peter?«

»Man hat ihn mit denen zusammen gesehen.«

»Falls er's wird«, sagte Edmund, »bist du vor ihm sicher, Lukas. Christen dürfen nicht töten, also könnte er sich nicht rächen.«

»Rächen?« frage ich. »Wofür?«

»Dafür, daß seine Mutter auf dem Marktplatz verbrannt wurde. Das vergißt man nicht. Man sagt, dein Vater muß ein Narr sein, daß er ihn verschont hat. Ich glaube das nicht. Ich glaube, daß er seine eigene Stärke kennt. Er ist wie ein Hund, den ich einmal in eine knurrende, kämpfende Meute habe kommen sehen. Sie machten ihm Platz, und obwohl sie über ihn zusammen hätten herfallen und ihn zerreißen können, als er ihnen den Rücken zukehrte, trauten sie sich nicht einmal, die Zähne zu fletschen. Aber du wirst dich vielleicht mehr in acht nehmen müssen.«

»Ich gebe schon acht.«
»Trotzdem wäre es einfacher für dich, wenn er Christ würde. Und er müßte auf seine Hauptmannschaft verzichten.«
»Daran sieht man doch, was für ein Blödsinn es ist. Nichts als Rederei! Er würde doch niemals sein Schwert ablegen.«
Während wir uns unterhielten, hatte Martin sein Buch hingelegt und war unruhig im Zimmer herumgegangen. Er blieb nun vor einem Bild stehen, das an der Wand hing. Es war sehr alt und zeigte Tiere in einem Käfig, aber Tiere, wie wir noch nie welche gesehen hatten. Eins war bräunlichgelb und sah einer Katze ähnlich, hatte aber eine Mähne hinterm Kopf; und ein Vergleich mit einem Mann auf dem Bild ergab, daß es mindestens hundertmal größer war, als irgendeine Katze sein konnte. Ein anderes, das in großen Zügen einem Menschen ähnlich sah, war abgrundhäßlich: flache Stirn und zurückweichendes Kinn, behaart und mit einem Schwanz versehen. Und in der Nähe des Käfigs führte ein zweiter Mann eine Art Pferd am Halfter, nur daß es über und über mit schwarzen und weißen Streifen bedeckt war.
Martin sagte: »Das muß aus der Zeit vor der Katastrophe stammen. Aber es wird behauptet, daß die Polymoffs, Tiere und Menschen, erst nach der Katastrophe aufgetaucht seien, als Strafe für die Schlechtigkeit unserer Vorfahren.«
»Vielleicht stammt es nicht aus der Zeit vor der Katastrophe«, meinte Edmund. »Wir wissen ja nicht, wie alt es ist.«
»Aber es sind wilde Polymoff-Tiere darauf zu sehen, voll ausgewachsene, und Männer dabei, also stimmt jedenfalls irgend etwas nicht.«
»Vielleicht sind alles nur Fantasiegebilde des Malers«, gab ich zu bedenken.
»Sie sehen nicht wie Fantasiegebilde aus.«
Edmund sagte: »Nimm es mit zu Ezzard und frage ihn.«
»Er würde es wahrscheinlich vernichten. Ich nehme an, es hat überhaupt nur überdauert, weil kein Seher es bemerkt hat.«
»Sieh dich vor, wenn du vom Seher sprichst«, sagte Edmund, »sonst nimmt man dich nie an als Akoluth.«
Der Scherz war längst abgenutzt, trotzdem lachten wir alle. Wir brauchten etwas, worüber wir lachen konnten.

Eines Tages, während des milderen Wetters, als die Gaukler und Musikanten und Jongleure die Stadt verließen, fiel mir plötzlich wieder einmal das Haus in der Flußstraße ein: ein freudiger und schmerzlicher Gedanke zugleich. Ich war gerade allein in der Unterstadt, zwischen Butterkreuz und Fluß. Eigentlich hatte ich vorgehabt, zur Waffenschmiede auf der anderen Flußseite zu gehen, aber einer plötzlichen Eingebung folgend, schlug ich eine andere Richtung ein. Ich ging die altvertraute Straße entlang, in der ich nun schon so lange nicht mehr gewesen war. Die Polymoffs hatten die Hochstraße vom Schnee freigeräumt, aber hier lag er noch, festgetrampelt in der Mitte und in hohen Verwehungen an den Häuserwänden entlang. Ich kam an ihrem Haus an und blieb davor stehen. Wie vor den anderen Häusern, waren auch hier Stufen in den Schnee gehackt worden, und aus dem Schornstein stieg Rauch. Ich überlegte, wer nun wohl hier wohnen mochte, aber eigentlich war es mir gleichgültig. Es hatte mir nichts genützt, daß ich hergekommen war; besser wohl, ich blieb weg.
Ich wandte mich zum Gehen, da stand er fast vor mir: Der Schnee hatte seine Schritte gedämpft. Wir schauten einander an, eigentlich zum erstenmal seit dem Feuer, und ich sah die tieferen Falten in seinem Gesicht, Zeichen des Kummers und langen Nachgrübelns. Er sagte:
»Zum Gruße, Lukas. Wolltest du zu mir?«
Ich sagte benommen: »Zu dir? Hier? Wohnst du denn hier?«
»Warum nicht? Hier bin ich zu Hause.«
Wir wußten beide, daß er das Haus im vergangenen Sommer verlassen hatte, um zu meinem Vater in den Palast zu ziehen, als Tante Mary das Angebot eines größeren Hauses ausgeschlagen hatte. Ich hatte angenommen, daß er aus dem Palast in die Zitadelle umgezogen sei, wo die Unterkünfte der anderen unverheirateten Hauptleute lagen.
Ich sagte: »Du hast keine Frau, die dich versorgt.«
»Ich habe die Mägde.«
»Polymoffs...«
Er zuckte die Achseln. »Sie kümmern sich um alles.«
Ich hatte noch nie gehört, daß ein Mann, der nicht verwitwet und alt und gänzlich ohne Angehörige war, ohne die menschliche Für-

sorge und Gesellschaft einer Frau, Mutter, Schwester oder irgendeiner weiblichen Verwandten lebte. Daß er es tat, zeigte, wie schlimm ihn das, was geschehen war, getroffen hatte – und es ließ den Gedanken, daß er vielleicht Christ werden wollte, schon ein bißchen weniger unglaublich erscheinen. Aber ganz abgesehen von seiner Einsamkeit – wie konnte er es ertragen, weiter mit solchen Erinnerungen zusammen zu wohnen, wie sie ihm das Haus doch beständig ins Gedächtnis rufen mußte? Mir war es schon schlimm genug, daß ich auf die schneebedeckten Trümmer des Nordflügels des Palastes schauen mußte. In dem Haus zu wohnen – die Uhr tikken zu hören, die sie jeden Abend aufgezogen hatte, die Topfpflanzen zu betrachten, auf die sie so stolz gewesen war – hieß doch einen Schmerz suchen, dem jeder vernünftige Mensch eher aus dem Weg gegangen wäre.
Während ich noch zögerte, weil ich nicht wußte, was ich antworten sollte, sagte er:
»Kommst du mit rein?«
»Nein. Ich habe... eine Verabredung.«
Wir sahen einander an. Ich weiß nicht, was er dachte – vielleicht, daß ich aus Schadenfreude gekommen sei –, aber ich wußte, daß ich nichts sagen konnte, um den Abgrund zwischen uns zu überbrücken. Wir nannten einander Vetter und waren sogar Halbbrüder. Wir waren einmal Freunde gewesen. Fremde konnten wir nicht füreinander werden. Blieb nur noch eins: Wir mußten Feinde sein.
Der Winter schied endlich mit Tauwetter, das von schweren Regenfällen begleitet wurde und den Fluß über die Ufer treten ließ; das Wasser stieg hoch, daß es auf der Hochstraße gegen den Steinsockel schwappte, auf dem immer noch die abgebrochenen Beine eines ehemaligen Standbildes standen – Standbild eines Großfürsten vergangener Zeiten, wurde behauptet. Als der Regen dann aber aufhörte und der Westwind sich legte, kam hin und wieder die Sonne heraus, und überall fingen die Bäume an zu knospen und schlugen so stürmisch aus, als wollten sie die verlorene Zeit wieder wettmachen.
Es war wieder Frühlings-Jahrmarkt, wieder Turnier. Kein gutes: der Favorit war Mark Greene, und er gewann ohne große Mühe

und errang das edelsteinbesetzte Schwert. Ich saß unter den Zuschauern, mein eigenes Schwert am Gürtel, und hörte die Leute darüber reden, wieviel besser das Turnier doch im Jahr zuvor gewesen sei. Sie machten allerlei schmeichelhafte Bemerkungen, und ich gab verlegen Antwort. Hinterher sagte Edmund, der neben mir gesessen hatte, zu mir:
»Man könnte meinen, du hörst nicht gern Lob, so unbeholfen nimmst du es entgegen.«
»Den Gedanken an Lob habe ich gern«, sagte ich, »aber wenn ich wirklich gelobt werde, macht es mich verlegen.«
Er lächelte: »Du mußt noch lernen, darüber hinwegzukommen. Oder es doch wenigstens nicht zu zeigen.«
»Lob hat seinen Wert, wenn es von einigen wenigen kommt. Von denen, auf deren Urteil man etwas gibt.«
»Und wenn *ich* dir sage, daß wir im vorigen Jahr ein besseres Turnier hatten?«
Wir lachten. Ich sagte: »Und es wäre noch besser gewesen mit einem anderen Ausgang?«
»O ja!« Er hielt inne. »Wenn ich dich nicht dermaßen unterschätzt hätte... Ich habe es hinterher immer noch einmal in Gedanken nachgefochten, und mir war klar, daß ich dich hätte besiegen können. Ich hätte gern noch eine zweite Chance gehabt.«
»Zweite Chancen gibt es nicht.«
»Nicht beim Turnier, nein.«
»Bei nichts, was einem wichtig ist.«
Er schüttelte den Kopf. »Das lasse ich nicht gelten, Lukas. Das lasse ich nie und nimmer gelten.«
Es war um diese Zeit, daß mein Vater aus seiner Betäubung aufwachte, die ihn so viele Monate lang gefangengehalten hatte. Befehle wurden erteilt und ausgeführt. Die Ruine des Nordflügels wurde von Polymoffs abgetragen, und dann kamen Bauzwerge, und den ganzen Tag lang wurde gesägt und gehämmert. Andere arbeiteten im übrigen Palast, wo sie reparierten, saubermachten und malten.
Und damit war die neuerwachte Geschäftigkeit in der Stadt nicht etwa zu Ende. Die Zwerge waren auch in der Rüstschmiede fleißig bei der Arbeit und nähten Zaumzeug. Die Leute hatten schon be-

hauptet, da der Fürst in Schwermut versunken sei, werde es in diesem Jahr keinen Feldzug geben. Nun wußten sie's anders. Er lächelte auch jetzt noch nicht, aber er schien von einem rasenden Zorn besessen, der ihn zum Handeln trieb. Er war bei Tagesanbruch auf den Beinen und betrieb den ganzen Tag Vorbereitungen für den Feldzug. Mitte April ritt das Heer nach Südwesten aus.
Ich ritt mit. Als Krieger allerdings nicht, obwohl ich mein Schwert trug, sondern als Gehilfe des Feldwebels, dem der Troß unterstand. Das waren die Leute, die im Feld den Fürsten und die Hauptleute versorgten, indem sie Zelte aufschlugen, sich um die Ausrüstung kümmerten, kochten, und so weiter. Solche Arbeit wäre in der Stadt von Polymoffs verrichtet worden, aber kein Heer nahm Polymoffs mit, auch nicht für die niederen Dienste. Die Troßknechte waren Männer, die aus diesem oder jenem Grund zum Krieger nicht taugten, aber gern beim Heer mitzogen. Sie waren ein rauher Haufen und ungebärdig, wenn sie getrunken hatten, aber der Feldwebel, ein graubärtiger Mann namens Burke, der von einer alten Schwertwunde ein Humpelbein zurückbehalten hatte, verstand sie zu regieren.
Wir stellten einen Packzug zusammen; die Ausrüstung wurde auf Maultierkarren verladen. Wir nahmen nicht immer denselben Weg wie das Heer – zwar waren die Maultiere hufsicher in jedem Gelände, aber die Karren selber konnten nicht immer dort fahren, wo Pferde gehen konnten. Das war ganz besonders der Fall bei diesem Feldzug, denn wir ritten gegen Petersfield, das in einer Mulde auf der anderen Seite des Hügellandes lag. Das Gelände, das wir durchqueren mußten, war wellig und oft genug unwegsam. Wir schlugen uns zu vorher vereinbarten Treffpunkten durch und mußten hetzen, weil wir den längeren Weg hatten.
Ich lernte eine Menge, angefangen von der besten Methode, auf hartem Boden zu schlafen mit nur einer Decke gegen die Kälte, bis zu den verschiedenen Techniken, einen jungen Stier zu töten, abzuziehen und zu zerlegen: Sobald wir unser eigenes Gebiet verlassen hatten, lebten wir, wie Heere auf dem Kriegspfad immer lebten – aus dem Land, in das wir einfielen. ich hatte mich auch vorher schon für gesund und gut in Form gehalten, bald jedoch fühlte ich mich noch sehr viel besser. Meine Hände bekamen zuerst Blasen

und dann Schwielen vom Maultiertreiben, Laden und Abladen und von den Stricken, mit denen ein steckengebliebener Karren aus dem Morast gezogen werden mußte.
Oft genug wünschte ich, ich könnte beim Heer selber sein und hoch oben über einen Hügelkamm reiten, während wir uns da unten abplagten, aber es war auf jeden Fall schon besser, als mit der Wache in der Stadt zurückbleiben zu müssen.
Unsere Grenze verlief bis West-Meon am Fluß entlang. Dort setzte das Heer über und rückte dann auf der breiteren südlichen Straße durch das Hügelland vor, und zum erstenmal in meinem Leben schaute ich auf ausländische Äcker. Sie kamen mir nicht anders vor als unsere eigenen; Weizen und Kartoffeln waren darauf angebaut, Vieh sah man nur wenig. Milchwirtschaft wurde zum größten Teil näher bei den Städten betrieben, weil die Tiere dort nicht so leicht Opfer eines feindlichen Überfalls werden konnten. Wir zogen durch einen Weiler, der nur eine knappe Meile von der Grenze entfernt lag. Die einzige Straße war leer; die Fenster hatte man mit den Läden dicht verschlossen, es herrschte Stille, nur ein Hund bellte irgendwo. Aber wir wußten, daß man uns beobachtete und daß die Tauben aufsteigen und die Nachricht von unserem Herannahen nach Petersfield überbringen würden.
Die Schlacht fand eine Woche später statt, und ich bekam sie ganz zu sehen. Wir waren vom Ackerland in höher gelegenes Gelände gekommen, wo die Schafe weideten, und hatten dort haltgemacht. Ein Quellbach versorgte uns mit frischem Wasser, und die Schafe lieferten uns frisches Fleisch. Mein Vater wartete darauf, daß der Fürst von Petersfield ihm entgegenzog. Die Späher meldeten sein Kommen an einem trüben grauen Morgen, an dem uns ein riesiger Ostwind Regenschauer ins Gesicht peitschte. Unser Lager befand sich im Windschatten eines runden Hügels, der mit seiner Baumgruppe obenauf unserem St.-Catherinen-Berg ähnelte. Ich sagte Burke, daß ich da hinaufgehen wolle, um zuzuschauen.
Er antwortete: »Wenn du willst, junger Herr. Ich habe schon genügend Kämpfe in meinem Leben gesehen, aber du bist noch jung genug, um den rechten Appetit darauf zu haben.«
»Du brauchst ja nicht mitzukommen.«
Er schüttelte den Kopf. »Ich muß dich wohlbehalten nach Hause

bringen, falls es schiefgeht. Und das ist nicht ganz einfach. Die Ratten mögen ja wohl ganz still liegen in ihren Löchern, wenn man auf dem Vormarsch durchzieht, aber sie kommen mit gewetzten Zähnen raus und stürzen sich auf jeden Nachzügler beim Rückzug.

Er sorgte dafür, daß unsere Rucksäcke mit Proviant wohlversehen waren und unsere Feldflaschen mit Wasser gefüllt. Die Geister hatten durch Ezzard einen Sieg für Winchester prophezeit, und zwar noch einen größeren als im Jahr zuvor, aber Burke meinte, ein alter Soldat könne ja vielleicht an die Geister glauben, aber so dumm, daß er ihnen Leib und Leben anvertraue, sei er nun doch nicht. Falls unser Heer zersprengt wurde, würde der Packzug verlorengehen, und es war auch so schon schwierig genug, durch feindliches Land zu entkommen, ohne dabei auch noch Hunger und Durst zu haben. Wir führten unsere Pferde bergan und banden sie in dem kleinen Hain an. Der Wind heulte in den Kronen und schüttelte die Äste, aber der Regen hatte aufgehört. Wir wickelten uns fest in unsere Mäntel und guckten nun zu, wie die beiden Heere gegeneinanderritten.

Zuerst ging es nur sehr langsam voran. Unser Heer, über fünfhundert Mann zu Pferde, stand um die blaugoldene Standarte gruppiert, in deren Nähe ich die hochgewachsene Gestalt meines Vaters auf seinem Braunen erkennen konnte. Vom Helm blitzte die fürstliche Eisenspitze. Die Petersfielder rückten langsam von Osten vor, in einer Keilformation, mit ihrem Prinzen und seiner grünen Standarte tief im Innern des Keils. Von Zeit zu Zeit machten sie halt. Hänseleien und Hohngeschrei von beiden Seiten drangen zu uns herauf, allerdings nur dünn und leise. Einmal schrie ich laut auf vor Begeisterung, weil es so aussah, als wollte der Feind kehrtmachen und Reißaus nehmen, aber Burke schüttelte den Kopf. Es gehörte mit zum Ritual, erklärte er mir, und sei kein Rückzug, sondern solle Geringschätzung ausdrücken: so verächtlich kämen wir ihnen vor, wollten sie uns bedeuten, daß sie uns den Rücken zeigen könnten.

»Wenn wir jetzt angriffen...«

»Würden wir ihnen nur recht geben.«

»Aber wir würden vielleicht siegen.«

»Vielleicht. Wenn man, was ohne Ehre gewonnen wurde, einen Sieg nennen kann.«
Ich sagte: »Wir haben den Wind gegen uns.«
»Er weht von ihrer Stadt her.«
»Aber wenn wir den Kamm zur Rechten besetzt hätten – da hätten sie uns nur quer zum Wind angreifen können, und dazu noch bergauf. Oder wäre das ebenfalls unehrenhaft?« Er lachte. »Nein, soviel ich weiß. Aber dein Vater ist eher ein starker Kämpfer als ein listiger. Er glaubt, daß er solche Hilfe nicht braucht.«
»Aber wenn *sie* den Kamm besetzt hätten...«
»Dann wäre es schwieriger geworden für uns. Paß jetzt auf! Ich glaube, es geht los.«
Die beiden Streithaufen ritten in immer schnellerem Galopp aufeinander zu. Ich hatte die Hände zu Fäusten geballt, und meine Nägel brannten sich in die Handflächen ein. Der Keil rückte gegen unsere gezackte Linie vor, und als er nun hineinstieß, sah ich selbst bei diesem trüben Licht die Schwerter blitzen. Unsere Linie gab in der Mitte nach und bog sich an den Enden, um ihre Flanken zu umfassen. Dann war es nur noch ein einziges Handgemenge, nicht mehr zu übersehen, mit den schwankenden Standarten als einzigem Anhaltspunkt, verwirrend für Auge und Ohr. Der Lärm, obwohl weit weg, war schauerlich: Schreie und Rufe der Männer, schrilles Wiehern der Pferde, Klirren und Zusammenprall der Schwerter.
Der Kampf dauerte eine Dreiviertelstunde lang. Dann entwirrten sich die Seiten allmählich: die Petersfielder wichen. Die grüne Standarte wankte davon auf einer zurückwogenden Flut.
»Ist es vorbei?« fragte ich. »Haben wir gewonnen?«
»Wir haben dieses Gefecht gewonnen«, sagte Burke. »Es wird wohl nicht das letzte gewesen sein. Nach solch einem geordneten Rückzug ist man noch nicht bereit, um Frieden zu bitten.«
»Wenn wir sie einmal geschlagen haben, können wir sie auch noch einmal schlagen.«
»Gewiß. Allerdings stehen sie das nächste Mal näher bei ihrer Stadt.«
»Was hat denn das zu sagen?«
»Ein Heer kämpft um so härter, je näher die eigene Stadt ist.«

Aber sie stellten sich uns nicht noch einmal in den Weg. Wir nahmen Ost-Meon ein und zogen weiter – endlich bergab – in das tiefer liegende Land, wo, westlich von Rother-Fluß, Petersfield selber lag. Wir schlugen unser Lager unter ihren Mauern auf, gerade weit genug entfernt, daß Pfeile uns nicht erreichen konnten, und warteten darauf, daß sie entweder um Frieden baten oder herauskamen, um mit uns zu kämpfen. Wir lagerten zwischen ihren stadtnahen Höfen und hatten genügend zu essen. Sie mußten etwas unternehmen, wenn sie ihre Ernte nicht einbüßen wollten.
Des Nachts wurden Wachen eingeteilt, obwohl dann ein Angriff unwahrscheinlicher war. Die Dunkelheit begünstigt den Verteidiger, vorausgesetzt, er ist gewappnet; wir hatten Pfähle gesetzt und Gräben gezogen. Eines Morgens dann, als der Himmel im Osten gerade heller zu werden begann, wurde ich wach von einem lauten Krachen, das ich für Donner hielt. Während ich mir noch Mühe gab, ganz wach zu werden, hörte ich wieder solch ein Krachen und jetzt auch Schmerzensschreie. Ich zog meine Stiefel an und stand auf. Im Lager herrschte Durcheinander. Es krachte zum dritten Mal. Es hörte sich anders an als Donner, und am Himmel standen auch nur kleine, hohe Wolken. Ich schaute zur Stadt hin und sah nun, unmittelbar vor dem nächsten Krachen, einen rot aufblitzenden Lichtschein über der Mauer.
Allmählich entstand einige Ordnung. Die Feldwebel scharten die Leute um sich. Ich ging zum Zelt meines Vaters und fand ihn dort mit seinen Hauptleuten. Einer sagte: »Ich habe schon mal von diesen Dingern gehört. Sie schleudern Metall über große Entfernungen. Aber es sind Maschinen. Die Seher verbieten sie.«
Harding sagte: »Sie bellen mehr, als sie beißen. Zwei Männer sollen verletzt sein.«
»Bis jetzt«, sagte ein anderer. »Aber wenn sie lange genug damit weitermachen...«
Harding sagte: »Wir können das Lager zurückverlegen. Ich weiß nicht, welche Reichweite die Dinger haben, aber die muß ja begrenzt sein. Und wir sind trotzdem noch in ihrem Land.«
»Wenn wir einmal zurückweichen, kriegen sie Mut. Und falls sie diese Maschinen mitbringen... Ob unsere Leute uns immer noch folgen, falls wir gegen Donner anreiten, der Stahl ausspeit?«

Harding zuckte die Achseln. »Es bleibt uns keine andere Wahl, als uns zurückzuziehen. Wir könnten noch einmal gegen Alton reiten oder nach Süden gegen Chichester.«
Blaine, ein stämmiger, untersetzter Mann mit rotem Gesicht und kleinen, stechenden Augen, fragte: »Was sagt denn der Fürst?«
Weder er noch Harding würde es bedauern, wenn der Feldzug gegen Petersfield abgebrochen werden sollte. Mein Vater würde zwar nicht darüber stürzen, aber es würde doch wohl sein im Jahr zuvor erworbenes Ansehen kräftig mindern und dazu beitragen, seine Macht zu unterhöhlen. Ich sah, wie sie ihn beobachteten.
Mein Vater sagte: »Sie benutzen Maschinen. Nicht einfach nur die Seher, sondern die Geister verbieten sie.«
»Trotzdem können sie töten.«
»Die Geister haben uns den Sieg versprochen«, sagte mein Vater. »Und diese Leute trotzen ihnen. Also greifen wir an.«
Harding fragte: »Wie? Wenn sie doch nicht rauskommen wollen.«
»Wir greifen die Stadt an.«
Sie starrten ihn ungläubig an. Stephen war nicht zuletzt darum ausgelacht worden, weil seit über einer Generation keine Stadt in den zivilisierten Landen in die Hände des Heeres einer anderen gefallen war. Taunton war gefallen, vor drei Jahren, aber Taunton war eine Grenzstadt, und Barbaren aus dem Westen hatten sie eingenommen. Die Heere kämpften, je näher sie ihrer Heimatstadt waren, desto härter, wie Burke mir erklärt hatte, und gewannen oder verloren, und dann schloß man Frieden, und Lösegelder und Tribut wurden gezahlt; die Städte jedoch blieben sicher und unangetastet. Was mein Vater da sagte, klang nicht nur tollkühn, sondern geradezu nach Ketzerei.
Blaine konnte seinen Hohn nur mit Mühe verbergen, als er fragte: »Die Stadt angreifen? Und sie einnehmen? Was wohl besonders leicht sein soll, weil wir die Maschinen gegen uns haben? Es mag ihnen ja möglich sein oder auch nicht möglich sein, sie im Feld gegen uns einzusetzen, aber beim Großen! Wir wissen, daß sie da oben auf den Zinnen stehen. Sollen wir wie Fliegen an der Mauer hochlaufen und denen geradewegs in den Schlund?«

»Warum nicht?« fragte mein Vater. »Da die Geister doch mit uns sind.«
Alle schwiegen, und ich sah, wie die Hauptleute einander anschauten. Wenn einer jetzt dagegen sprach, würden sich vielleicht alle anderen um ihn scharen. Aber es war mein Vetter Peter, der Antwort gab. Er sagte:
»Warum nicht? Wenn der Fürst führt, haben seine Hauptleute Angst, ihm zu folgen?«

Es schien aussichtslos. Sie mußten zu Fuß vorrücken, während die Maschinen, drei im ganzen, von oben auf sie herunterfeuerten. Aber auch so wäre einem eine Erstürmung der Mauern schon unmöglich vorgekommen. Wegen der Erdbebengefahr waren sie von lockerer Bauart, aber steil, fast senkrecht, und über dreißig Fuß hoch, dazu mit Bogenschützen bemannt, welche die ankriechenden Angreifer mit Leichtigkeit nacheinander abschießen konnten. Einer von den Hauptleuten hatte vorgeschlagen, an einer anderen Stelle anzugreifen, wo vielleicht keine Maschinen waren, aber mein Vater hatte abgelehnt. Wir stünden unter dem Schutz der Geister und würden gegen die Maschinen vorrücken, deren Gebrauch die Geister verböten.
Ich guckte vom Lager aus mit Burke zusammen zu. Die Maschinen dröhnten und dröhnten, und ich sah unsere Männer fallen, denen der heiße Stahl den Leib aufriß. Sie waren nun auch für die Bogenschützen erreichbar, und die Pfeile forderten ebenfalls ihre Opfer. Mein Vater führte die Leute an. Unter keinem anderen Hauptmann wären sie wohl bei so widrigen Umständen noch weiter vorgerückt. Wenn er fiel, würden sie auseinanderstieben und fliehen, und ich konnte mir denken, daß das feindliche Feuer sich auf ihn konzentrieren würde. Selbst wenn er durch ein Wunder unversehrt blieb – würden sie nicht kehrtmachen, als nun ihre Kameraden an ihrer Seite hinsanken und starben?
Da geschah das größere Wunder. Von der mittleren Maschine ertönte wieder ein Krachen, lauter jedoch nun als vorher, vernichtender, und unter ihr und rundherum zerbarst unter Getöse die Mauer. Punkte schossen durch die Luft: aus Stein, aus Metall, aus den Gliedern und Leibern von Menschen. Als Staub und Schutt

sich dann allmählich legten, konnte man sehen, daß eine Bresche in die Mauer geschlagen war. An der Stelle war sie nur noch ein Trümmerhaufen mit einer zehn Fuß breiten Lücke darüber.
Ein Kampfruf stieg auf von den Leuten von Winchester, und sie rückten schneller vor und rannten und stolperten den steinigen Hang hinauf. Dann waren sie durch die Lücke hindurch und in der Stadt.

Die Hohen Seher

In dem Jahr hatten wir beim Herbst-Jahrmarkt ungewöhnliche und vornehme Gäste: Die Hohen Seher besuchten die Stadt.
Sie kamen zu dritt, in schwarzem Mantel auf schneeweißen Pferden, und die Stadt versammelte sich am Nordtor, um sie zu begrüßen. Es war keine Begrüßung von der Art, wie sie dem Heer zuteil geworden war, als wir mit der Petersfielder Kriegsbeute zurückkamen. Da hatten die Leute dem Fürsten und seinem Gefolge zugejubelt, und sogar ich, der ich mit Burke den Troßknechten voranritt, hatte meinen Namen von der Stadtmauer widerhallen hören. Die Hohen Seher wurden schweigend empfangen, aber mit einem Schweigen, das vielleicht größeren Eindruck machte als jeglicher Lärm, weil es nämlich von Ehrerbietung erfüllt war.
Von den verrückten Christen einmal abgesehen, hatte es immer schon Leute in der Stadt gegeben, die den Geistern und Ezzards Fähigkeiten als Vermittler und Deuter ihres Willens mit Mißtrauen begegneten. Vielen, möglicherweise der Mehrheit, gelang es, zwischen Glauben und Unglauben ein zweifelhaftes Gleichgewicht zu halten. Da war etwas, sagten sie sich, aber sie wußten nicht genau, was es war, und auch nicht, wieviel Macht es über uns hatte und wo die Grenzen dieser Macht lagen. Zu diesen gehörte wohl auch ich. Zwar war ich zornig gewesen auf Martin, als er die Geister lästerte, aber hauptsächlich, weil mir wegen der Reaktion der Menschen darauf bange war, und nicht, weil ich Angst hatte vor dem, was die Geister vielleicht tun würden. Teils glaubte ich an die Geister – schließlich hatten sie meinen Vater zum Fürsten ernannt und

mich selber zu seinem Erben, einem künftigen Fürsten –, teils zweifelte ich.
Aber es fiel mir schwer, nach dem Sieg über Petersfield noch weiter zu zweifeln. Mein Vater hatte die Geister um Hilfe angerufen und seine Leute zum Angriff gegen Mauern geführt, die für sich allein schon mächtig genug waren und dazu noch teuflische Maschinen trugen, die Tod über große Entfernungen schleudern konnten: das Lager, in das der erste Stahl fiel, war fast eine halbe Meile entfernt gewesen. Falls es keine Geister gab oder falls sie keine Macht zu helfen besaßen, war das Unternehmen lächerlich, ja wahnwitzig. Aber die Geister hatten ihre Gegenwart und ihre Macht bewiesen, indem sie die Maschine genau in dem Augenblick zerstörten, als sie Tod ausspie, und durch diese Zerstörung unseren Männern einen Weg freisprengten, durch den sie in die Stadt eindringen und die entsetzten und völlig mutlos gewordenen Verteidiger überwinden konnten.
Zum Dank hatte mein Vater den Bau einer neuen Beschwörungshalle angeordnet, die dreimal so groß werden sollte wie die alte. Die Hohen Seher waren gekommen, um die Fundamente zu weihen, und die Stadt hieß sie in Ehrfurcht willkommen. Jede Stadt hatte ihren Seher mit den dazugehörigen Gehilfen, aber die Hohen Seher waren immer in ihrem Heiligtum hinter Salisbury geblieben. Dort sollten sie nicht nur hin und wieder und immer nur eine Stunde lang mit den Geistern in Verbindung stehen, wie Ezzard, sondern ununterbrochen, ja sie sollten sogar aus unserer wirklichen Welt in jene fremde, unsichtbare Ebene hinübertreten, in der die Geister ihr Dasein hatten. Es war wunderbar, daß sie ihr Heiligtum verlassen hatten und den weiten Weg gekommen waren, mindestens fünfunddreißig Meilen, um uns zu ehren.
An dem Abend saßen die Hohen Seher zur Rechten meines Vaters am langen Tisch in der Großen Halle. Ihnen gegenüber hatten andere Seher Platz genommen: Ezzard und die Seher von Petersfield und Romsey. Es war ein großes Aufgebot von Heiligkeit, und das Festmahl unterschied sich daher, zumindest am Anfang, doch sehr von anderen, gewöhnlichen Banketts: es fehlten der Lärm und die lauten Scherze und das ungestüme Lachen. Die Männer aßen und tranken in feierlicher Stille; knarrte plötzlich ein Stuhl,

dann wandten sich die Köpfe vorwurfsvoll dem zu, der dort saß. Die Seher aßen und tranken sehr mäßig, die Hohen Seher aßen am allerwenigsten. Ich hörte jemanden flüstern, daß sie das bißchen, das sie aßen, nur aus Höflichkeit zu sich nähmen; gewöhnlich lebten sie von der Nahrung der Geister, die gewöhnliche Sterbliche weder anfassen noch sehen könnten. Was immer ihr gewohntes Essen sein mochte, es nährte sie offenbar gut; sie selber waren recht sichtbar, und zumindest einer, der zwischen den beiden anderen saß, war dick und fett und hatte einen stattlichen Bauch.
Sie verließen die Tafel, bevor die Süßigkeiten aufgetragen wurden, und alle, auch mein Vater, erhoben sich voller Hochachtung von ihren Plätzen, als sie zusammen aus der Halle gingen. Sobald sie draußen waren, lief eine Art Aufseufzen durch die lange Reihe der Gäste, und dann brach alles vor Erleichterung in lärmendes Geschwatze aus. Mit den Süßigkeiten kamen die Spaßmacher herein, und die Schankmägde füllten die Krüge mit dem starken, dunklen Bier, das, ebenfalls süß, nach Fleischgängen getrunken wurde. Ich ließ mir auch einschenken, trank aber nur vorsichtig. Ich hatte oft genug mit angesehen, wie das Bier die Leute verrückt machte im Kopf, und nahm mich daher beim Trinken in acht. Ich konnte nie verstehen, warum es Leuten Vergnügen machte, sich dumm und dämlich zu trinken. Mir war es etwas Verhaßtes, keine Gewalt über Körper und Verstand zu haben.
Mein Vater leerte seinen Krug in einem Zug und rief gleich nach einem neuen, aber er konnte starkes Gebräu vertragen: selbst wenn er heftig trank, wirkte er auf mich nicht anders als sonst. An diesem Abend erhob er sich nach seinem zweiten Krug. Die noch verbliebenen Gäste standen ebenfalls auf, aber er bat sie, sitzen zu bleiben und weiter zu feiern; er entschuldigte sich, er habe noch zu tun. Er ging hinaus, während alle ihn erneut hochleben ließen: »Fürst von Winchester, Sieger von Petersfield!« Nur wenig später kam unauffällig ein Diener zu mir. Mein Vater wolle in seinem Privatgemach mit mir sprechen.
Als ich eintrat, saß er in dem alten hölzernen Armsessel. Er hatte die Stiefel ausgezogen und streckte die Füße zum Feuer hin aus. Er nickte, als ich ihn von der Tür her mit einem kurzen Zurückwerfen des Kopfes grüßte.

»Setz dich, Lukas. Du hast hoffentlich nichts dagegen, daß ich dich vom Fest habe wegholen lassen.«
»Nein, Vater«, sagte ich.
»Du bist noch jung, aber es gibt da etwas, worüber ich mit dir reden möchte. Teils, weil es dich ebenso wie mich betrifft.« Er zuckte die Achseln. »Und teils wohl auch, weil ich mit niemandem sonst darüber reden kann.«
Früher hatte er meine Mutter gehabt, die dann lächelte, während sie mit halbem Ohr zuhörte und ihm sagte, sie sei überzeugt, daß alles, was er tat, richtig sei, und daß es ihm gelingen werde, weil er es tue. Und meine Tante, die scharfsinnigere Anmerkungen machte. Und Peter. Peter hatte für ihn Partei ergriffen vor den Mauern von Petersfield und sich in der dann folgenden Schlacht großen Ruhm errungen, indem er mit einem tollkühnen Mut kämpfte, der von jedermann gepriesen wurde. Aber ich wußte, daß er genausowenig wie ich mit Peter reden konnte – ihn nicht anschauen konnte, ohne sich an das zu erinnern, was er von ganzem Herzen zu vergessen wünschte. Blieb Wilson, aber der mochte ja wohl ein alter Kampfgefährte sein, dem er vertraute: manches konnte er trotzdem nicht mit ihm bereden.
Ich wartete. Er sagte:
»Ich habe dein Gesicht gesehen, als ich vor dem Angriff auf die Mauer mit den Hauptleuten sprach. Hast du mich für verrückt gehalten, Junge?«
»Nein, gar nicht, Vater...«
Er schüttelte ungehalten den Kopf. »Oder für unbesonnen, oder was weiß ich. Jedenfalls hast du geglaubt, es könne uns nicht gelingen. Wie die anderen auch. Sie haben mitgemacht, weil sie sich sonst hätten schämen müssen; dazu habe ich sie gebracht. Keiner von euch hat den Geistern vertraut.«
Ich wollte wieder etwas antworten, aber er fiel mir wieder ins Wort.
»Laß uns mal über Glauben sprechen«, sagte er. »Es ist etwas Seltsames. Bevor man den Glauben hat, muß man etwas glauben, und bevor man glaubt, braucht man irgendeinen Beweis, der den Verstand überzeugt. Glaube, das ist: sich an diesen Beweis erinnern und ihn allem entgegenhalten, das ihm zu trotzen oder zu wider-

sprechen scheint. Und manche Beweise sind stärker als andere und bedeutsamer. Ich glaube, daß mir mein Essen morgen gebracht werden wird; aber ich glaube es nicht so fest, daß ich lange an einem leeren Tisch sitzen würde.«

Er schwieg. Ich war nicht sicher, ob er wollte, daß ich etwas sagte, und wußte ohnehin nichts zu sagen. Bedächtig fuhr er fort:

»Du weißt, wie meine Stimmung war im vergangenen Winter, und du weißt auch, warum. Ich glaube, ich habe weitergelebt, weil es zu große Umstände machte, den Tod zu suchen. Ezzard hat mich zu trösten versucht, indem er mir sagte, daß deine Mutter nun ein Geist sei bei den anderen Geistern, daß sie in deren Welt noch lebe und daß ich ihr eines Tages wiederbegegnen würde. Er brachte mir Mitteilungen, die von ihr stammen sollten. Es war kein Trost darin. Ich habe ihn immer wieder weggeschickt.

Dann, als der Winter endete, überredete er mich schließlich dazu, ihn in der Beschwörungshalle aufzusuchen. Niemand wußte davon, und niemand sonst war anwesend; nicht einmal ein Gehilfe. Nur der Seher und ich. Und in der Dunkelheit dort habe ich ihre Stimme gehört. Sie hat mit mir gesprochen, in menschlicher Sprache.«

Er sah mich an, und ein Lächeln leuchtete auf in seinem Gesicht, was nun nur selten vorkam.

»Ich verlange von dir nicht, daß du das glaubst, weil du's ja nicht gehört hast, und die Ohren können einen täuschen. Aber ich *weiß*, daß ich mich nicht getäuscht habe. *Die* Stimme würde ich immer wiedererkennen. Ich habe sie sprechen hören.«

Ich fragte: »Was hat sie gesagt, Vater?«

»Daß es ihr gutgehe, daß ich mich nicht grämen sollte, weil ich sie verloren habe; wir würden uns wiederbegegnen. Es war ja nicht, was sie sagte, sondern *daß* sie es sagte. In dem Augenblick wußte ich, daß Ezzard mir die Wahrheit gesagt hatte: es gibt eine Geisterwelt und sie lebt darin.

Das ist noch nicht alles. Bevor ich das Heer gegen Petersfield führte, sagte Ezzard zu mir, wie der Feldzug verlaufen werde. Er sagte, sie würden sich uns im Felde zum Kampf stellen und sich dann hinter ihre Mauern zurückziehen. Er sagte, ihr Fürst sei ein Mensch, der den Geistern trotze; er habe alte Kriegsmaschinen ge-

funden und werde sie benutzen. Ich war also nicht überrascht, als an dem Morgen Donner von ihren Mauern krachte. Er sagte, wenn wir gegen sie anstürmten, würden wir gewinnen.«
Er betrachtete lange Margrys Gemälde von meiner Mutter, das an der gegenüberliegenden Wand hing. Es zeigte sie lächelnd, Sonne auf dem Haar und im Gesicht, kleine Hunde in einem Korb zu ihren Füßen und Blumen hinter ihrem Kopf: mit allem, was sie am liebsten hatte. Er sagte: »Eins hat Ezzard mir nicht versprochen: daß ich selber heil wieder zurückkommen würde. Er sagte nicht, daß es nicht so sein werde, aber so habe ich ihn verstanden. Er sprach eindringlich von der Notwendigkeit, dich, meinen Erben, zu schützen. Aber vielleicht war es mein Wunsch, der mich da irreführte. Denn auf solche Weise zu sterben, im Kampf für die Geister, das mußte ja bedeuten, daß ich sofort zu ihr kommen würde in die Geisterwelt.«
Er saß schlaff in seinem Sessel und ließ die Schultern hängen, und zum erstenmal kam er mir alt vor: ein Mann mit einer Last, die nun keine Spur von Freude mit sich brachte.
»Alles ist so gekommen, wie Ezzard es vorausgesagt hatte. Und ich kam zurück im Triumph, und ich glaube, weder die Blaines noch die Hardings werden uns in Zukunft noch Ärger machen. Ich weiß nicht, wie viele Jahre ich noch zu leben habe« – er sprach wie einer, der an eine lange, beschwerliche Reise denkt –, »aber wenn ich sterbe, wird das Volk wollen, daß ein Perry einem Perry folgt. Du wirst Fürst dieser Stadt werden. Auch das hat Ezzard uns auf Geheiß der Geister eröffnet, aber auch ohne ihre Hilfe würde es so kommen. Und da du der Fürst von morgen bist, muß ich dir noch etwas sagen. Ezzard hat mit mir über Petersfield gesprochen. Es ist der Wunsch der Geister, daß wir kein Lösegeld fordern, sondern uns diese Stadt einverleiben, das heißt, sie und alle ihre Ländereien zu einem Teil unseres Winchester-Reiches machen.«
Nun war ich doch mehr als erstaunt, trotz allem, was er mir schon erzählt hatte. Die Städte waren die Städte, jede ein Gemeinwesen für sich und unabhängig. Man konnte die andere im Krieg besiegen und Tribut fordern, draußen liegendes Land vielleicht auch, wie wir von Alton, aber am Ende eines jeden Feldzuges zogen sich die Heere hinter ihre eigenen Mauern zurück.

Ich fragte: »Geht das denn?«
»Die Geister befehlen es.«
»Aber werden die Männer von Petersfield es hinnehmen? Oder willst du den ganzen Winter ein Heer dort lassen?«
»Falls nötig, ja, aber es wird nicht nötig sein. Ihr Seher und Ezzard haben sich darüber geeinigt. Er wird es den Leuten verkünden, und seine Macht ist groß, da ihre Stadt eingenommen wurde, weil sie den Geistern getrotzt hatten. Ich werde einen von ihren eigenen Hauptleuten zu meinem Statthalter ernennen. Der Seher von Petersfield hat mich bei der Wahl gut beraten.«
Es sah sehr danach aus, als ob die Seher nun entschiedener in unsere Angelegenheiten eingriffen: sehr viel entschiedener. Es gefiel mir eigentlich nicht. Aber es stimmte, daß sie im Namen der Geister sprachen und daß die Geister ihre Macht gezeigt hatten. Und es stimmte auch, daß sie ihre Macht bisher zu unseren Gunsten eingesetzt hatten. Es würde nicht klug sein, sie zu erzürnen.

An dem Tag, an dem die Entscheidung über Petersfield verkündet wurde, war ich bei Edmund zu Hause. Seine Mutter hatte Geburtstag, und ich hatte ihr ein Geschenk mitgebracht, rosa Bänder, zu einer Art Rose geschlungen, die man ans Kleid heften konnte. Als ich sie ihr gab, merkte ich sofort, daß ich einen Fehler gemacht hatte. Es war eine von diesen kleinen Nichtigkeiten, die zu meiner Mutter gepaßt hätten, aber Edmunds Mutter war selbst als Fürstin eine recht biedere Frau gewesen, die für Flitterkram nichts übrig hatte, und kleidete sich nun genügsam und unelegant in Braun und Dunkelblau. Schlimmer noch, fiel mir ein: daß ich etwas in Gestalt einer Rose gewählt hatte. Ihre einzige große Freude, als sie im Palast wohnte, war der Rosengarten gewesen. Es war wohl auch der einzige Luxus, den sie wirklich vermißte, als sie in die Salzstraße zog. Das Geschenk würde sie vielleicht daran erinnern; vielleicht glaubte sie gar, daß es das sollte.
Sie dankte mir herzlich, aber ich war verlegen und konnte ein Unbehagen nicht loswerden. Meine Stimmung wurde nicht gehoben durch Edmunds Schwester, die ebenfalls da war. Sie war ein Jahr älter als Edmund, ein dünn aufgeschossenes Mädchen mit einer scharfen Zunge. Auch im günstigsten Fall war ich nicht unbefangen

im Umgang mit Mädchen, aber die spöttischen machten mir noch schwerer zu schaffen als die, die nur in den Ecken die Köpfe zusammensteckten und kicherten. Sie sagte nun etwas über das Geschenk, das ich mitgebracht hatte; ich verstand es nicht ganz, aber es klang spöttisch. Dann sprach sie über die Petersfielder Proklamation. Was für ein großer Fürst ich eines Tages sein würde. »Wer weiß, wie viele Städte dein Vater noch erobert?«

»Ja, wer weiß?« entgegnete ich. »Vielleicht auch Romsey. Dann bringe ich dir ein Geschenk von dort mit. Vielleicht eine Lilie.«

Ihr schmales Gesicht wurde hochrot. Sie war mit dem Sohn des Fürsten von Romsey verlobt gewesen, aber nach Absetzung und Tod ihres Vaters war die Verlobung natürlich aufgehoben worden. Lilien trug die Braut bei der Hochzeit. Sie sagte:

»Eins weiß ich, das wirst du keiner Dame jemals mitbringen, und das ist Höflichkeit. Dazu gehört vornehme Abkunft, Lebensart, und daran wird es dir immer fehlen – und wenn du Fürst sämtlicher Städte der Welt würdest.«

»Nun laß gut sein, Jenny. Du hast ihn gehänselt.«

»Ein Herr beleidigt eine Dame nicht, auch nicht, wenn sie ihn gehänselt hat.«

»Es hat damit nichts zu tun«, sagte ihre Mutter. »Manche Männer sind ungezwungen im Umgang mit Frauensleuten, manche nicht. Du weißt, daß Lukas zu letzteren gehört, und du solltest ihn nicht reizen.«

Ich sagte: »Es tut mir leid, gnädige Frau.«

Sie lächelte. »Ich weiß.«

Dann kam Edmund herein, zusammen mit Charles, dessen Arm immer noch in einer Schlinge war wegen einer Wunde, die er in Petersfield davongetragen hatte. Sie drehte sich zu ihnen um und lächelte wieder, aber es war ein anderes Lächeln. Es verwandelte ihr sonst so nichtssagendes Gesicht in ein Gesicht von großer Schönheit. Einen solchen Ausdruck hatte ich nie im Gesicht meiner Mutter gesehen. Die beiden lächelten zurück, und da wußte ich, wo Edmund die Kraft hergeholt hatte, um über seine Enttäuschungen und über seinen Groll hinwegzukommen. Ich war neidisch auf ihn.

Es war fast Essenszeit. Sie luden mich ein, mit ihnen zu essen, aber meine Verlegenheit, das Bewußtsein, daß ich mich ins Unrecht gesetzt hatte, war so groß, daß ich die Einladung ausschlug. An dem raschen Blick, den Jenny mir zuwarf, merkte ich, daß ich dadurch alles noch schlimmer gemacht hatte. Sie glaubte – und wahrscheinlich glaubten es die anderen auch –, daß ich aus Überheblichkeit ablehnte.

Ich wußte, daß es nicht stimmte, konnte aber nichts dagegen machen. Ich war in düsterer Stimmung, als ich die Salzstraße entlang nach Hause ging. Nein, es war nicht Überheblichkeit, sondern Verlegenheit. Und Neid? Hier wollte ich lieber nicht weiterforschen. Ich ging zum Essen in den Palast zurück; mein Vater und ich saßen einander schweigend gegenüber. Er war immer weit weg in Gedanken neuerdings, wenn es nicht gerade um Krieg und Staatsgeschäfte ging. Und mein Trübsinn hielt an; er wurde nicht weniger bedrückend dadurch, daß es ein Zustand war, an den ich mich längst gewöhnt hatte. Ich nahm an, daß er den ganzen Tag dauern werde; und das tat er auch.

Bevor die Hohen Seher die Stadt wieder verließen, wurde ich zu einer Privataudienz bestellt. Ezzard brachte mich zu ihnen – die Audienz fand statt in einem Zimmer seines Hauses hinter der Beschwörungshalle. Vom Fenster aus konnte man die Handwerker, Zwerge und Menschen, fleißig an der neuen Halle bauen sehen, die sich bereits neben der alten zu erheben begann. Meine Augen waren jedoch den Hohen Sehern zugewandt, die ich zum erstenmal aus nächster Nähe sah.

Das Unbehagen kroch mir prickelnd den Rücken herauf, als ich mich vor ihnen verbeugte. Ich sagte mir noch einmal, daß sie mir nichts zuleide tun würden: soviel ich wußte, hatte ich die Geister nicht erzürnt, und mein Vater war von ihnen in höchstem Maße begünstigt worden. Man wollte mir wohl. Und dennoch bekam ich eine Gänsehaut, als nun der oberste Hohe Seher, ein kleiner, gänzlich eingeschrumpfter Mann mit einem vor Alter braungefleckten Gesicht, mir seine Hand hinhielt, damit ich den Ring an seinem kleinen Finger küßte. Es war ein goldener Ring mit sieben Smaragden: Ezzards Ring hatte nur einen einzigen grünen Stein. Dies hier wa-

ren die Großen, die wahren Vertrauten und Diener der Geister. Obwohl ich wußte, daß sie mir wohlgesonnen waren, fürchtete ich mich vor ihnen.
»Du bist also Lukas«, sagte der oberste Hohe Seher, »der Fürst von morgen, Erbe von Winchester und Petersfield.«
»Ja, hoher Herr.«
»Du hast deinen Katechismus bei Ezzard gelernt? Sage mir denn, Junge, was sind die Geister?«
»Es gibt zwei Arten, hoher Herr: die Geister der Menschen und die Ewigen.«
»Beschreibe sie.«
»Die Geister der Menschen sind die, die auf der Erde gelebt haben. Ihre Aufgabe ist es, über ihre Nachkommen zu wachen, die noch im Körper sind. Sie sind von niederem Rang. Den höheren Rang bilden die Ewigen, die immer waren und immer sein werden. Beide Ränge dienen dem Großen Geist, dessen Name und Wesen Geheimnis sind.«
»Was ist die Pflicht des Menschen?«
»Den Geboten des Großen Geistes zu gehorchen in allen Dingen.«
»Woher kennt der Mensch diese Gebote?«
»Sie werden ihm von den Geistern durch die Seher offenbart.«
Er nickte; dabei sah ich ein bißchen von seinem kahlen Kopf unter der schwarzen Kapuze, auf dem die Haut im Gegensatz zu seinem runzligen Gesicht glatt und straff war.
»Nicht übel. Sind die Geister gut oder böse?«
Ich zögerte. Es war keine einfache Frage, und sie gehörte nicht zu denen im Katechismus, die man auswendig beantwortete. Ich sagte:
»Manche erscheinen den Menschen böse, die von ihnen gestraft werden. Aber das Übel ist die Schlechtigkeit des Menschen. Die Geister handeln nur auf Geheiß des Großen Geistes.«
»Und ist der Große Geist gut oder böse?«
Hier kam der Katechismus mir wieder zu Hilfe. »Er ist jenseits von Gut und Böse. Er ist, und alle Dinge dienen ihm.«
»Und du, Lukas, gehorchst du den Geistern und verehrst du den Großen Geist?«

»Ja, hoher Herr.«
»Die Geister sind gut zu denen, die ihnen dienen. Wie zum Beispiel dein Vater. Sie haben ihn reichlich belohnt. Nicht wahr?«
Ich mußte daran denken, wie er gewesen war als einfacher Hauptmann; sein Lachen fiel mir ein, das sich angehört hatte, als käme es tief aus seinem Bauch – und dann, wie ich ihn an dem Morgen gesehen hatte, schweigend in seinem Sessel, den Blick auf das Bild an der Wand gerichtet. Aber es stimmte, ihm war Reichtum und Macht gegeben worden, Herrschaft nicht nur über eine, sondern über zwei Städte. Und er selber beklagte sich nicht über die Geister.
Ich nickte. Der Hohe Seher sagte:
»Vergiß das nie. Alle Menschen sind den Geistern eigen, aber einige wenige wählen sie aus, damit sie ihren Willen auf besondere Weise erfüllen. Dein Vater ist ein solcher, und ein anderer bist du. Die Geister haben einen Auftrag für dich.«
Die Neugierde wurde stärker als meine Befangenheit, und ich fragte: »Was für einen Auftrag, hoher Herr?«
»Es ist noch nicht an der Zeit, ihn zu enthüllen. Aber die Zeit wird kommen. Und wenn die Zeit kommt, mußt du gehorchen, ohne zu zögern, von ganzem Herzen und mit deiner ganzen Seele. Versprichst du das?«
»Ja, hoher Herr.«
»Du mußt gehorchen, wie immer die Befehle auch lauten mögen. Einige werden dir seltsam erscheinen. Denke dann daran, daß die Menschen wohl an die Gesetze der Geister, die Geister aber nur an die Befehle des Großen Geistes selber gebunden sind. Sie können die Gesetze ändern, die sie gemacht haben, wenn es ihnen tunlich erscheint.«
»Ich werde daran denken, hoher Herr.«
»Gut. Dir ist ein großes Schicksal bestimmt. Die Geister werden dir helfen, viel jedoch hängt von dir selber ab. Wir freuen uns, daß wir dich gesehen haben und daß du gute Anlagen zeigst. Wir nehmen gute Nachricht mit zurück zum Heiligtum.«
Falls die Geister alles wußten und sie solch enge Vertraute der Geister waren, wie konnten sie dann irgendeine Nachricht mitbringen, die nicht schon bekannt war? Vielleicht war es jedoch

nicht wörtlich gemeint, sondern nur als eine Art Lob, weil ich die richtigen Antworten gegeben hatte. Ich küßte ihm wieder die Hand, bevor ich ging, und den anderen Hohen Sehern auch. Der Dicke, der mir beim Festmahl aufgefallen war, sah dicker denn je aus, wie ein Bauer, dem es fast schon zu gut ging, und ich wunderte mich erneut darüber, daß er solche Leibesfülle mit Geisterspeise nähren konnte. Zu meiner Überraschung lächelte er mich an.
»Kannst du mit dem Schwert umgehen, Lukas?«
Ich antwortete vorsichtig: »Ich habe mit dem Schwert kämpfen gelernt und lerne noch.«
»Du wirst einmal ein Schwert besitzen, auf das du stolz sein kannst. Ein Geisterschwert.« Ich muß ihn wohl ziemlich unsicher angeschaut haben, denn er fuhr fort: »Nein, nein, ein echtes – zäher und härter und schärfer als irgendeins, das die Zwerge schmieden können. Ein Schwert für einen Fürsten der Fürsten.« Er lächelte wieder. »Wir kehren nun zurück, um darauf zu achten, daß es geschmiedet wird.«

Ich hatte mich hinterher mit Edmund und Martin verabredet. Sie fragten mich, wie es gewesen sei, und ich erzählte ihnen einiges von dem, was sich begeben hatte, aber nichts von dem, was über große Schicksale und ein Geisterschwert gesagt worden war. Edmund sagte: »Also der übliche Hokuspokus. Ist doch ein Jammer, wo die Geister solch eine große Macht haben, daß sie solch einen Unfug reden.«
Ich schalt ihn nicht wegen seiner Geisterlästerung, wie ich einmal Martin gescholten hatte. Ich wußte, daß er die Geister, an die er halb glaubte, von ganzem Herzen haßte; das blieb, obwohl er sich nun anscheinend mit dem, was geschehen war, abgefunden hatte: damit, daß mein Vater Fürst war und ich sein Erbe. Es bekümmerte mich, daß er sich in solche Gefahr begab, wußte aber, daß ich es nur noch schlimmer machen würde, falls ich ihm das sagte. Ich rechnete damit, daß Martin etwas nicht ganz so Eindeutiges, dem Sinne nach aber recht Ähnliches sagen würde: sie steckten sich dabei gegenseitig an. Zu meiner Verblüffung sagte er aber:
»Ich habe heute auch mit einem Seher gesprochen. Mit keinem Hohen Seher. Nur mit Ezzard.«

»Warum? fragte ich ihn.
»Ich werde Akoluth.«
»Du machst einen Witz!« rief Edmund ungläubig. Martin sagte: »Nein, es stimmt.«
»Willst du damit sagen – du glaubst das alles? Du willst dein ganzes Leben damit hinbringen, daß du zu den Geistern betest? Weil eine Maschine explodiert ist und Lukas' Vater Petersfield eingenommen hat, statt selber umzukommen inmitten seines in die Flucht geschlagenen Heeres, wie es eigentlich hätte kommen müssen?«
»Nein«, antwortete Martin, »weil ich's herausfinden will.«
»Was?«
»Die Wahrheit über die Geister. Die Seher müssen sie ja kennen, wie immer sie aussehen mag.«
»Und wenn's da gar nichts herauszufinden gibt?«
Er lächelte. »Dann weiß ich doch *das,* nicht?«
Wirst du's uns erzählen?«
»Vielleicht.«
Ich sagte aufgebracht: »Ein Akoluth ist durch heilige Schwüre gebunden. Falls er sein Gelübde bricht, ist sein Leben verwirkt, und er stirbt in Folterqualen.«
Martin lächelte wieder. »Oder vielleicht auch nicht. Es kommt darauf an.«
»Du mußt nicht so reden. Es ist schon gefährlich, so etwas nur zu denken.«
Beide lachten. Edmund sagte: »Armer Lukas! Du darfst nicht vergessen, daß er seine Geister sehr ernst nimmt. Und warum auch nicht? Täten wir vielleicht auch, wenn sie so gut für uns sorgen würden wie für ihn. Soll ich mit dir zusammen Sehergehilfe werden, Martin? Nein, lieber nicht. Ich würde mit kahlgeschorenem Kopf noch dämlicher aussehen als du.«

Noch etwas ereignete sich vor dem Weihnachtsfest: Mein Vetter Peter heiratete. Er heiratete ein Mädchen von den Christen, die er auch weiterhin besucht hatte. Aber er wurde selber nicht Christ, und seine Eheschließung erregte kein großes Aufsehen. Der Glaube einer Frau wurde nicht weiter für wichtig gehalten, und sie

war auch keine von der fanatischen Sorte, sondern ein stilles, wohlerzogenes Mädchen. Eine Schönheit auch nicht gerade, aber er schien zufrieden zu sein mit ihr.
Sein Verhältnis zu den anderen Hauptleuten wurde dadurch nicht beeinträchtigt, eher im Gegenteil. Mit der Heirat fand er seine alte Liebenswürdigkeit wieder, und er war wieder unbefangen im Umgang mit ihnen, und so waren auch sie es im Umgang mit ihm. Zu dem Ansehen als Krieger, das er sich im Sommer erworben hatte, trat nun noch Beliebtheit. Er galt als guter Kerl; man sah ihn nicht mehr von Verbrechen und Hinrichtung seiner Mutter überschattet.
Aber als mein Vater ihm als Hochzeitsgeschenk ein Haus anbot, lehnte er höflich ab und sagte, er wolle lieber auch weiterhin in der Flußstraße wohnen. Und wenn er und ich uns begegneten, grüßten wir einander zwar, blieben aber nicht stehen, um uns zu unterhalten.

Im Dezember gab es einen Staatsbesuch. Fürst Jeremy von Romsey kam, um den Besuch meines Vaters im Jahre zuvor zu erwidern, der so plötzlich abgebrochen worden war. Er brachte seinen ältesten Sohn mit, und sie blieben zum Weihnachtsfest.

Fürst Jeremy war ein dicklicher, kleiner, untauglich aussehender Mann mit rötlichblondem Bart und Schnurrbart, die beide aufs eleganteste getrimmt waren. Sein Polymoff-Barbier reiste mit in seinem Gefolge, und jeden Morgen brachte er eine volle Stunde mit ihm hinter verschlossenen Türen zu und kam dann geölt und wohlduftend heraus. Meinem Vater gegenüber gab er sich ehrerbietig, ja geradezu unterwürfig, indem er immerzu nach seiner Meinung fragte und seine eigene nur äußerte, wenn man ihn ausdrücklich darum bat. Dabei lohnte es sich durchaus, seine Meinung zu hören. Obwohl er schwach und verweichlicht wirkte, hatte er doch einen scharfen Verstand.

Der Sohn, James, war ein bißchen älter als ich, aber ein gutes Stück größer und schon erwachsener im Aussehen; wenn er manchmal vergaß, sich zu rasieren (was wohl eher aus Absicht geschah als aus Zufall oder Schludrigkeit), standen ihm blaue Stoppeln ums Kinn. Mich verblüffte seine Haltung gegenüber seinem Vater: Herablassung, ja fast Geringschätzung; und fast noch mehr verblüffte es mich, daß sein Vater es sich gefallen ließ.

Mir kam er anfänglich mit derselben Herablassung. Ich machte ihm klar, daß ich mir das nicht bieten lassen würde, und da legte er sich für den Umgang mit mir eine recht ölige Leutseligkeit zu. Er lief dauernd hinter mir her. Obwohl mir sehr wenig an seiner Gesellschaft lag, konnte ich ihn mir nicht für längere Zeit vom Hals schaffen, ohne unhöflich zu sein. Und unhöflich sein konnte ich nicht: Es war ein Staatsbesuch, und ich hatte eine Pflicht zu erfüllen. Ich ließ ihn nicht ausreden, wenn er seinen Vater kritisierte, ansonsten jedoch mußte ich sein Gejammer erdulden. Er war neidisch auf Winchesters Reichtum und Wohlergehen, und wenn er sich lobend und preisend darüber erging, dann nur, um gleichzeitig die Ärmlichkeit seiner eigenen Stadt und des Palastes seines Vaters zu beklagen. Sie hatten keinen Maler, der sich mit Margry vergleichen ließ, ihre Musiker waren zweitklassig, ihre Häuser klein und dürftig, verglichen mit unseren – selbst die Hunde konnten sich neben unserer Winchester-Rasse nicht sehen lassen. Alles das mit seinem kaum verhüllten Neid und Groll wurde im Laufe der Zeit immer ärgerlicher, und ich wurde von Tag zu Tag vertrauter mit seinen vielen Beschwerden.

Aber so schlimm es schon war, wenn ich seine Gesellschaft allein erdulden mußte – noch schlimmer wurde es, wenn Martin und Edmund dabei waren. Martin übersah er praktisch; er betrachtete ihn als nicht anwesend; höchstens, daß er milde verwundert tat: weil ich mich mit einem Bürgerlichen abgab. Edmund begegnete er mit Schadenfreude. Zwar zeigte er's nicht offen – er sagte nichts, woran man hätte Anstoß nehmen können –, aber ein Zweifel war nicht möglich. Schließlich hatte er Edmund als Fürstensohn gekannt, und er weidete sich sichtlich an dem Verlust seines Glücks und der neuerlichen Armut der Familie.

Edmund nahm es eine Weile hin und antwortete mit gleicher, wenn auch schweigender Verachtung, von der James in seiner Dummheit aber wohl nichts merkte. Er verlor seine Fassung erst, als wir eines Tages Edmunds Schwester Jenny auf der Straße begegneten. Sie erkannte James nicht gleich und blieb stehen, um eine häusliche Angelegenheit mit ihrem Bruder zu besprechen: Ein Abflußrohr am Haus sei verstopft, sagte sie. Erst ein paar Augenblicke später sah sie James, und da versagte ihr die Stimme. Ihr Gesicht, das schon kräftig gerötet war von der frostigen Luft, wurde noch roter.

James sagte kühl und – so kam es mir vor – mit einem Anflug von Spott im Ton:

»Zum Gruße, Fräulein. Ich glaube, wir haben uns schon einmal gesehen.«

Ja, und zwar, wie wir alle wußten, vor zwei Jahren aus Anlaß ihrer Verlobung: die Tochter des Fürsten von Winchester und der Erbe von Romsey.

Sie sagte: »Ja, Herr.«

Er sah sie lächelnd an. »Falls du mal nach Romsey kommst, mußt du uns besuchen.«

Der beleidigende Tonfall war nicht zu überhören. Ihre Blicke begegneten einander, und er mit seinem grausamen Hochmut brachte sie dazu, daß sie die Augen niederschlug. Ich hatte nie geglaubt, daß sie mir würde leid tun können, aber jetzt tat sie mir leid. Sie murmelte etwas und machte kehrt und ging sehr schnell über den festgetrampelten Schnee davon. James rief ihr noch nach: »Meine Empfehlungen an deine Frau Mutter!« Jenny antwortete nicht und drehte sich auch nicht noch einmal um. »Sage ihr, ich bedaure es, daß es mir nicht möglich sein wird, sie in ihrem neuen Heim zu besuchen.«

Nun konnte Edmund nicht mehr an sich halten. Er ballte die Fäuste und trat auf James zu. Er holte schon zum Schlag aus, da fiel ich ihm in den Arm, und Martin hielt ihn von der anderen Seite fest. Keine Provokation konnte zur Rechtfertigung dafür dienen, daß man den Sohn eines in der Stadt zu Besuch weilenden Fürsten schlug: Er mußte vor Gericht gestellt und überführt und öffentlich ausgepeitscht werden. James war nicht entgangen, was Edmund vorgehabt hatte. Er lächelte.

Edmund sagte: »Laß mich los. Ich will...«

»Nein.« Ich umklammerte seinen Arm fester, damit es richtig weh tat und er es auch merkte. »Es lohnt sich nicht.« Wir schauten einander in die Augen. Jetzt war er auch zornig auf mich, und ich verstand schon, warum. Ich sagte: »Geh du, und kümmere dich um Jenny! Ich regele das hier.« Er versuchte sich loszureißen. Ich flüsterte: »Wenn du ihn schlägst, muß ich ihn verteidigen. Ich habe keine andere Wahl. Und dann... Willst du, daß er zuguckt, wenn sie dir mit der Peitsche Striemen über den nackten Rücken ziehen?«

Er guckte mich nur kurz an. Ich ließ ihn los, und er ging. Ich gab Martin mit einer Handbewegung zu verstehen, er möge mitgehen und mich mich James allein lassen. James sagte:

»Schade, daß du ihn nicht gelassen hast.«

Ich fuhr ihn so wütend an, daß er erschrocken zurückwich: »Ich habe es seinetwegen getan, nicht deinetwegen. Aber wenn du noch einmal einen von meinen Freunden in meiner Gegenwart beleidigst, dann schlage ich dich persönlich zusammen, Staatsbesuch hin, Staatsbesuch her!«

Und damit machte ich kehrt und ging zum Palast zurück. Er kam

hinter mir her und beteuerte, daß alles ein Mißverständnis sei: er habe niemanden beleidigen wollen. Ich gab ihm keine Antwort. Er holte mich ein und sagte:
»Trotzdem – meinst du, es ist klug, daß du so einen zum Freunde hast?«
Ich antwortete schroff: »Ich brauche keinen Rat, wie ich meine Freunde aussuchen soll.«
Er lachte hoch und dünn. »Natürlich nicht! Aber ich mache mir Sorgen um dich, Lukas. Du bist zu vertrauensselig.«
Ich schwieg. Ich wollte keine Ratschläge von ihm, gleich welcher Art. Und es stimmte auch nicht. Ich kannte mich selber gut genug, um zu wissen, daß bei mir Vertrauen nie fest und unveränderlich war, sondern etwas, das ebbte und flutete. Ich mochte einigen wenigen trauen, wenn ich guter Laune war, aber wenn die Schwermut auf mir lag wie eine schwarze Wolke, traute ich niemandem. Diesem da jedoch, dem würde ich unter gar keinen Umständen trauen.

Als ich abends mit meinem Vater allein war, fragte ich ihn, wie lange sie noch bleiben würden. Er sagte:
»Wird der junge James dir lästig?«
Ich knirschte mit den Zähnen. »Er ist kaum noch zu ertragen!«
Er lächelte. »Ich habe bemerkt, wie sehr du dich beherrscht hast, und bin stolz auf dich deswegen. Man kann verstehen, warum manche Knaben unangenehm sind – dieser hat seinen Vater schon regiert, als er noch in der Wiege lag –, aber daß man es weiß, heißt nicht, daß man sie weniger unausstehlich findet. Aber es wird sich vielleicht zeigen, daß es sich gelohnt hat.«
»Ich wüßte nicht, wieso, Vater.«
»Ich will's dir erklären. Der Vater ist in mancherlei Hinsicht ein schwacher Mensch, aber gleichzeitig auch schlau. Er ist beeindruckt von unserem Erfolg in den letzten beiden Sommern. Er sieht sich im klaren darüber, daß wir die Hilfe und den Segen der Geister hatten. Er ist auf ein Bündnis aus.«
»Aus Furcht, daß wir ihn als nächsten angreifen?«
»Zum Teil, aber nicht nur aus Furcht. Er verspricht sich Vorteile davon.«
»Was für Vorteile?«

»Wie über alles, was in diesem Zimmer geredet wird, darfst du auch darüber mit niemandem sprechen.« Ich nickte. »Er schlägt vor, daß wir im kommenden Sommer gemeinsam Andover angreifen sollten.«
Andover lag genau nördlich von Romsey, vielleicht fünfzehn Meilen entfernt. Die beiden Städte wetteiferten von jeher miteinander, aber in den letzten Jahren waren die im Norden bei weitem stärker gewesen. Romsey hatte eine Menge Tribut gezahlt und wertvolles Land aufgegeben. Ich sagte:
»Ich verstehe, warum er Hilfe sucht. Aber es bringt uns nicht viel Ehre ein, wenn wir Andover mit Romseys Hilfe besiegen.«
»Das habe ich auch gedacht. Aber es geht dabei um mehr als nur um Ehre. Oder um ein Lösegeld, das man sich teilt. Rundum sind Ehrgeiz und Begierde gewachsen, seit wir Petersfield erobert haben. Er sagt, er kann Andover ebenfalls einnehmen.«
»Wie?«
»Da ist ein Feldwebel in Andover, der wird dafür sorgen, daß eins der Tore geöffnet wird. Gegen Bezahlung.«
»Aber das ist doch Verrat! Darin wäre keine Ehre...«
»Nun hör mal zu«, sagte mein Vater. »Es gibt Zeiten, da wandelt sich die Welt, die Bräuche von Generationen zerbrechen, und die Dinge sind nicht mehr fest und unveränderlich. Ezzard hat mir gesagt, daß wir in einer solchen Zeit leben. Darum ist ein Mann von niederer Abkunft Fürst von Winchester geworden. Andrew von Petersfield hat Maschinen gegen uns eingesetzt. Wir wiederum haben eine Stadt erobert; und auf Geheiß der Geister haben wir sie behalten. Die Veränderungen sind noch nicht beendet. Wenn Fürst von zwei Städten, warum dann nicht von dreien?«
»Aber falls Jeremys Heer an der Seite unseres Heeres kämpft – falls er es ist, der den Schlüssel zu dem Tor hat...«
»Er ist ein ängstlicher Mensch – recht scharfsinnig, aber es fehlt ihm an Mut. Er ist ein kleiner Hund, der einen großen Hund braucht, dem er sich anschließt, und wird daher dem großen Hund überlassen, was der haben will, und sich selber mit den Abfällen begnügen. Er hat mir die Stadt angeboten, ohne daß ich sie verlangt hätte; er wird mit Stockbridge und dem umliegenden Land zufrieden sein. Und mit unserer Freundschaft.«

Ich sagte: »Ich kenne andere, die ich lieber zum Freund haben würde.«
»Ich auch. Aber ein Fürst ist der Politik verpflichtet, nicht dem, was ihm gefällt. Und den Geistern. Ezzard unterstützt diesen Plan. Er hat mir gesagt: Ich werde Fürst vieler Städte sein – du, falls die Geister dich führen, Fürst von allen Städten im Land.«
Ich schwieg. Ich dachte daran zu fragen, ob wir solch ein Reich denn überhaupt auch wünschten. Aber ich erriet die Antwort, die ich erhalten würde – daß es unwichtig sei, was wir wünschten oder nicht wünschten. Die Geister verlangten es. Bisher hatten sie uns gut gedient, aber ihr Zorn, falls wir sie enttäuschten, konnte uns so schnell vernichten, wie ihr Wohlwollen uns hatte aufsteigen lassen. Uns blieb keine andere Wahl.

Edmund hielt sich fern, solange der Besuch noch andauerte, und auch noch eine Weile hinterher. Schließlich suchte ich ihn in dem Haus in der Salzstraße auf und überredete ihn dazu, mit mir zu den Ställen zu gehen. Wir waren jetzt nur zu zweit. Martin wurde schon für seinen Dienst als Akoluth vorbereitet und hatte an dem Morgen zu tun.
Wir gingen zunächst schweigend nebeneinanderher. Es herrschte eine gewisse Gespanntheit zwischen uns: die Erinnerung an den letzten Abschied. Schließlich sagte ich: »Es tut mir leid, daß ich dich zurückgehalten habe. Ich hätte gern zugeschaut, wie du ihn verprügelst. Ich hätte ihn selber gern gehauen.«
Er antwortete nicht sofort, so daß ich glaubte, er grolle mir immer noch. Dann sagte er:
»Nein, du hast recht gehabt. Es wäre der Mühe nicht wert gewesen, ihn zusammenzuschlagen. Dieser widerliche Kerl und Speichellekker! Du glaubst ja nicht, wie er um mich scharwenzelt ist – früher.«
»Oh, und ob ich das glaube!« sagte ich.
»Und Jenny – ihr hat er die ausgesuchtesten Komplimente gemacht und ihr immerzu versichert, daß er ihrer nicht wert sei. Da hatte er ja vollkommen recht, aber man konnte ihm ansehen, daß er's selber nicht glaubte. Sie verabscheute ihn auch da schon, aber natürlich mußte sie unserm Vater gehorchen. Wenn ein Trost liegt

in dem, was geschehen ist, dann der, daß die Stadt dieses Bündnis vom Hals hat.«
Ich dachte daran, was mein Vater mir erzählt hatte, schwieg aber. Edmund fuhr fort:
»Sie hat mir gesagt, nach der Begegnung, daß ihr gerade erst ganz klargeworden sei, welches Glück sie habe, daß sie ihn nicht heiraten muß. Nun kann sie heiraten, wen sie will, oder auch gar nicht heiraten, falls sie das vorzieht. Es hat auch seine Vorteile, nicht mehr fürstlich zu sein. Ich hätte auch aus Gründen der Politik heiraten müssen, und das wäre mir widerwärtig gewesen.«
Ich sagte: »Macht das soviel aus? Es gibt doch Wichtigeres.«
»Meinst du?«
»Man bringt doch gar nicht so viel Zeit in der Gesellschaft von Frauen zu. Da ist das Reiten und die Jagd, der Kampf und Kampfspiele – die Gesellschaft der anderen Männer.«
Edmund schüttelte den Kopf. »Mir wäre es wichtig.« Er lachte, und nun war er endlich wieder ganz der gute Freund. »Um so besser, wenn's dir nichts ausmacht, denn du wirst ja den Vorschriften gehorchen müssen. Übrigens haben Jenny und ich vorige Tage mal überlegt, wer denn wohl am wahrscheinlichsten die Dame des Fürsten der Fürsten werden wird. Wir waren für Maud von Basingstoke.«
Sie war vor ein paar Jahren einmal in Winchester gewesen, als ihr Vater, Fürst Malcolm, Staatsbesuch bei uns machte. Sie war dunkelhaarig und von dunkler Gesichtsfarbe und sehr klein von Gestalt. Es wurde behauptet, daß sie eigentlich Zwergin genannt werden müsse, aber ihre Mutter habe bei ihrer Geburt so lange den Seher angefleht, bis der ihr erlaubte, sie als Mensch durchgehen zu lassen.
Ich boxte im Spaß nach ihm, und er parierte den Hieb und lachte. Es tat gut, daß alles wieder wie früher war zwischen uns. Auf dem Weg zu den Ställen formten wir Schneebälle und bewarfen uns damit wie Kinder.

Wieder ließ der Frühling lange auf sich warten. Vor den Mauern lagen die Felder bis Mitte April unter Schnee, und auch dann taute es nur sehr zögernd. Der Himmel war grau verhangen, und ein rau-

her Wind wehte von Osten. Bauern, die zum Frühlingsjahrmarkt in die Stadt kamen, klagten darüber, daß die Erde immer noch zu hart sei zum Säen; so schlimm hätten sie es noch nie erlebt.
Ich war zu sehr mit dem neuen Feldzug beschäftigt, um mir viel Gedanken darum zu machen. In diesem Jahr würde ich nicht dazu verdammt sein, über den Troß zu wachen. Zwar durfte ich noch kein Krieger sein, aber Späher und Edmund mit mir. Wir ritten mit unseren Pferden weit hinaus und übten uns im Beobachten an den Schafen im Tiefland.
Es war geplant, daß das Heer von Romsey zuerst zu uns kommen sollte, um unter dem Befehl meines Vaters mit unserem Heer zusammengefaßt zu werden; die vereinigten Streitkräfte sollten dann nordwärts gegen Andover ziehen. Die Romseyer trafen an einem Spätnachmittag ein, und wir sahen sie ihre Zelte auf dem Turnierplatz und dem freien Feld rundherum aufschlagen. Das war der Platz, den man ihnen für ihr Lager zugewiesen hatte. Fürst Jeremy selber hatte ihn vorgeschlagen – selbst wenn man Unterkunft für seine Leute in der Stadt finden könne, sei es doch klüger, wenn sie draußen blieben, hatte er gesagt. Unsere beiden Städte seien nun ja miteinander verbündet, dennoch könne es zu Reibereien kommen, wenn man so dicht aufeinander wohne. Mein Vater, der ähnlich gedacht hatte, pries den Vorschlag als ein Beispiel für Jeremys gesunden Menschenverstand. Es stecke mehr in ihm, wiederholte er, als seine dickliche Geckenhaftigkeit vermuten lasse.
Jeremy kam mit einer Handvoll seiner Hauptleute zur Beratung in die Stadt. Er brachte auch James mit. Er hatte sich nicht zu seinem Vorteil verändert in den Monaten seit unserer letzten Begegnung – immer noch dieselbe Mischung von Hochnäsigkeit und verschlagener Unterwürfigkeit, derselbe gierige Neid auf das, was er als unser größeres Glück betrachtete. Unsere Pferde waren in besserer Verfassung als ihre und sahen fixer aus, unsere Zwerge schmiedeten bessere Schwerter.
»Und unser Leder«, sagte Edmund zu mir, als ich James' Gesellschaft eines Tages hatte entfliehen können und ihm alles dies berichtete, »unser Leder wird wohl von Kühen mit dickerem Fell stammen. Der Kerl widert mich an. Hast du gesagt, er soll für sie kundschaften? Doch hoffentlich nicht mit uns zusammen?«

»Nein«, antwortete ich. »Da habe ich mich vergewissert. Die beiden Heere trennen sich am zweiten Tag. Die Romseyer reiten voraus und schwenken nach Osten. Sie sollen das Andoverer Heer auf sich ziehen. Dann stoßen wir in Richtung auf die Stadt selber vor, wo das Südtor offenstehen wird.«
Der Plan war den Hauptleuten eröffnet worden, also konnte ich wohl Edmund davon berichten; was gesagt worden war, war in der Großen Halle gesagt worden, nicht im Gemach meines Vaters. Edmund runzelte die Stirn und sagte:
»Das gefällt mir nicht. Das ist keine gute Art zu kämpfen.« Genau das hatte ich ja zu meinem Vater gesagt, und ich hatte auch jetzt noch meine Zweifel. Ich unterdrückte sie und sagte:
»Die Geister sind einverstanden.«
»Oh, die Geister...!«
Wir hörten jemand kommen. Wir saßen in unserem Unterschlupf in der Ruine, den wir nach und nach recht behaglich eingerichtet hatten mit Möbeln und Teppichen aus Räumen des Palastes, die nicht benutzt wurden. Zur Beleuchtung dienten uns nun Öllampen. Martin kam herein. Seit kurzem trug er das Weiß eines Sehergehilfenlehrlings, und seinen kahlgeschorenen Kopf bedeckte ein breitkrempiger weißer Hut. Ich hatte mich noch nicht an sein verändertes Aussehen gewöhnt.
Edmund sagte: »Wir können den Fachmann um Rat bitten. Wie kommt das, Martin, daß die Geister, die den Männern früher aufgetragen haben, ehrenhaft zu kämpfen, uns nun dazu drängen, auf Verrat zu bauen?«
Martin antwortete: »Nix Fachmann. Ich bin noch nicht einmal Gehilfe, noch ein ganzes Jahr lang nicht.«
»Na schön. Aber sage uns, was du dazu meinst, als einer, der vorhat, sein Leben im Dienst eben dieser Geister zuzubringen. Haben sie sich anders besonnen? Hat der Große Geist neue Anweisungen erlassen?«
Er sagte es lächelnd, aber Martin lächelte nicht, als er antwortete. Stammelnd zwar, aber ernst sagte er: »Ohne Wissen kann man nichts verstehen. Und Wissen ist immer begrenzt. Was ich meine, ist... es ist eigentlich nicht so sehr so, daß Dinge sich ändern, sondern eher so, daß sie sich auf andere Art ereignen.«

Edmund sagte verdutzt: »Ich glaube, den haben sie schon bekehrt.«
»Ich kann nicht sehr gut erklären, was ich meine.«
Edmund sagte: »Aber du hast dich auch geändert, wie die Geister, nicht? Du nimmst es jetzt ernster.«
»Ach ja?« Er schien es nicht gern zugeben zu wollen. »Vielleicht, auf eine Art.«
»Dann hat man dir also schon etwas erzählt?«
»Nicht viel. Eigentlich so gut wie nichts.«
»Erzähle es uns. Wir beurteilen das dann selber.«
Martin machte ein immer noch unglücklicheres Gesicht. »Er hat ein Gelübde abgelegt, das weißt du doch auch. Er darf nicht reden über die Geheimnisse seiner Kunst, und wir dürfen ihn nicht danach fragen.«
»Er soll selber antworten«, sagte Edmund. »Ist das deine Meinung, Martin?«
Martin druckste herum. »Ich habe eigentlich nichts zu sagen.«
Edmund betrachtete ihn neugierig. »Du glaubst jetzt an die Geister – ist es das?«
»Ja«, sagte er. Aber es klang, als hätte man ihm das Wort entwunden. »Ich glaube an sie.«

Einen Tag, bevor wir auf Andover marschieren sollten, rückten wir aus der Stadt aus und schlugen unser Lager dem Romseyer Heer gegenüber in den Feldern auf der anderen Straßenseite auf. Und zwar deshalb, weil Fürst Jeremy unsere Leute eingeladen hatte, am Vorabend unseres gemeinsamen Feldzuges zusammen mit seinen Leuten zu speisen. Obwohl es klug gewesen sei, die beiden Heere in der Stadt nicht zusammenkommen zu lassen, sei es doch, meinte er, ebenfalls klug, wenn sie sich vor dem Aufbruch einmal träfen und ein bescheidenes gemeinsames Mahl einnähmen. Auf diese Weise würden sie einander kennenlernen und Vertrauen zueinander gewinnen. Meinen Vater überzeugte der Vorschlag zwar weniger als der vorhergehende, aber er sagte doch auch, daß es nichts schaden könne. Das Mahl würde jedoch auf jeden Fall in bescheidenem Rahmen bleiben müssen, vor allem, was das Trinken angehe, da wir am nächsten Morgen reiten müßten.

Als wir dann zu ihnen hinübergingen, hatte ich natürlich wieder James am Hals. Er ging mit mir durch die Reihen, wobei er sogar seine Leute herabsetzte, was mir unverzeihlich schien. Sie seien nicht so kräftig wie unsere, sagte er, aber sie lebten eben auch nicht so gut. Ich ging nicht darauf ein, sondern fragte ihn nach etwas anderem, das mir seltsam vorkam: sie hatten Bogenschützen dabei, mindestens hundert. Ich verstand nicht, was die bei einem Heer im Felde sollten. Bogenschützen gehörten zur Stadtbesatzung, zur Garnison; sie waren zur Verteidigung da. James sagte: »Eine Idee meines Vaters.« Er schüttelte den Kopf. »Wird wohl nicht klappen.«

»Trotzdem verstehe ich es nicht! Selbst wenn sie einen berittenen Trupp zum Kampf stellen könnten, würden die Reiter doch außer Schußweite galoppieren, bevor es den Schützen gelingt, irgendwelchen nennenswerten Schaden anzurichten.«

»Es hat etwas zu tun mit einer List. Der Feind soll in einen Hinterhalt gelockt werden, wo die Bogenschützen ihn dann zusammenschießen. Aber wie gesagt, es wird sich als nutzlos erweisen.«

»Aber unterdessen sind eure eigenen Mauern in Romsey ohne Verteidigung.«

Er lachte hoch auf. »Die Frauen können auf jeden, der angreift, ihre Putzeimer ausschütten. Darüber hinaus müssen die sehen, wo sie bleiben. Die Bogenschützen verteidigen die einzige Romseyer Haut, die kostbar ist. Zumindest in den Augen meines Vaters.«

Ich antwortete ärgerlich: »Ich glaube nicht, daß das stimmt, es sei denn, du meinst deine eigene Haut. Er macht sich mehr Gedanken um dich als um sich selber; und vielleicht mehr, als du verdienst.«

»Was verdient er denn? Verdient ein Schwächling irgend etwas?«

»Ein Sohn schuldet eine Pflicht.«

»Du hast gut reden«, sagte er bitter, »bei einem Vater wie deinem.« Er schaute mich an, diesmal mit Haß in den Augen: Da war nichts mehr von der üblichen Leutseligkeit, mit der er sich sonst einzuschmeicheln suchte. »Du kannst deinen Vater achten!«

Es lohnte sich nicht, darauf zu antworten. Wir gingen weiter durchs Lager, und er zeigte mir die Pferde, wobei er mich auf ihre Schwächen aufmerksam machte. Kurz bevor wir uns trennten, kam er jedoch noch einmal auf das Thema zurück. Er sagte:

»Du wirst wohl trauern, wenn dein Vater stirbt?«
»Ja, aber bis dahin wird wohl noch viel Zeit vergehen.«
»Es könnte schon auf diesem Feldzug soweit sein. Er kämpft an der Spitze, nicht? Nicht von hinten wie der Fürst von Romsey?«
»Aber er kämpft gut. Ihn vom Pferd zu stechen – da müßte schon ein tüchtiger Mann kommen.«
Er lachte – ein freudloses Kichern.
»Gute Krieger sind schon des öfteren von listigen geringeren bezwungen worden.«
Ich sagte nichts darauf, sondern ging und ließ ihn stehen.
Das Mahl war so, wie Jeremy es versprochen hatte: bescheiden; sogar mehr als bescheiden. Das Fleisch reichte kaum hin, und das Bier, das sie aus irgendeinem unerforschlichen Grund ihr »Starkes« nannten, war verglichen mit dem, was unsere Leute gewöhnlich tranken, dünn und sauer. Hier und da wurde denn auch gemurrt, aber die Feldwebel meisterten die Lage und kriegten die Leute dazu, recht früh schon in unser eigenes Lager zurückzukehren, indem sie ihnen dort ein Maß anständiges Bier in Aussicht stellten. Es war nicht gerade ein glückverkündender Anfang für unser gemeinsames Unternehmen, aber es hätte schlimmer kommen können: Es war nicht gerauft, ja, nicht einmal gezankt worden.
Mein Vater kam nicht mit uns ins Lager zurück. Jeremy lud ihn ein, die Nacht in seinem Zelt zu verbringen, einem prunkvollen Ding, viermal so groß wie das meines Vaters und mit Seide gefüttert: hier zumindest konnte James mal nicht über Romseys Armut jammern. Jeremy sagte, er wolle sich noch ein letztes Mal unter vier Augen über den Feldzug unterhalten. Ich glaube, mein Vater sagte sich, daß er wohl eher nervös sei und Zuspruch brauche. Wie auch immer – er nahm die Einladung an.
In unserem Lager herrschte noch eine ganze Weile ein lautes Stimmengewirr, wie es stets zu der Aufregung gehört, von der die ersten paar Tage im Feld begleitet werden. Im Laufe der Nacht verstummte es allmählich. Ich selber lag noch sehr lange wach und wälzte mich trotz meiner Müdigkeit hin und her. Das hatte nichts mit dem harten Boden unter mir zu tun – an diese Art Leben hatte ich mich im Sommer zuvor gewöhnt –, sondern mit einem Anfall

meiner altvertrauten Schwermut, für den ich keinen Grund finden konnte. Als ich dann endlich doch einschlief, träumte ich schlecht: Ich konnte mich nicht erinnern, was ich geträumt hatte, aber zweimal wachte ich voller Angst auf, trotz der recht kühlen Nacht in Schweiß gebadet.

Danach schlief ich tief und erschöpft. Edmund mußte mich schütteln, damit ich zu mir kam. Ich blinzelte zu ihm auf und fragte: »Was gibt's denn?«

»Sie sind weg…«

»Weg? Wer? Wie meinst du – weg?«

Jetzt hörte ich Stimmen draußen, Rufen; ein Gemurmel, bange und aufgestört, wie von einem Bienenschwarm, den ein ungeschickter Imker hat entweichen lassen.

»Das Romseyer Heer. Sie haben in der Nacht das Lager verlassen.«

»Mein Vater…?«

»Ich weiß nicht.«

Ich zog mich schnell an und rannte mit Edmund hinaus, um die Hauptleute zu suchen. Auch sie waren aufgeregt und redeten fast alle gleichzeitig. Sie nahmen keine Notiz von mir. Es dauerte eine Weile, bis ich mir ein Bild machen konnte. Die Romseyer Zelte standen noch, auch der Troß und das schwere Gerät waren noch da. Keine Spur jedoch von Männern oder Pferden. Bis auf sechs Mann. Die Leibwache meines Vaters lag mit durchgeschnittener Kehle vor dem Zelt des Fürsten von Romsey. Von meinem Vater war nichts zu sehen.

Blaine erhob die Stimme über den allgemeinen Tumult: »Sie können noch nicht weit sein. Wir können sie einholen, bevor sie zu Hause ankommen.«

»Falls sie nach Hause unterwegs sind.«

Der das sagte, war ein Hauptmann namens Greene, ein Mann, der nicht viel sagte, aber was er sagte, hatte gewöhnlich Hand und Fuß.

»Wohin denn sonst?« fragte Blaine.

»Sie haben ihre Zelte und ihre Ausrüstung zurückgelassen«, antwortete Greene. »Hätten sie das wohl getan, wenn sie nicht sicher gewesen wären, daß sie die gegen Besseres würden eintauschen können?« Es entstand eine Stille, in der ich weit entfernt in der Dämmerung einen Hahn krähen hörte. »Eins von den Toren von Andover sollte durch Verrat gestürmt werden. Es gibt Tore, die näher liegen als Andover.«

Noch während er es sagte, wußten wir, daß er recht hatte. Blaine fluchte, aber nur leise, ohne sein übliches Geprahle. Dann befahl Greene einem der Feldwebel, einen Trupp zusammenzustellen. Die Hauptleute ritten mit und ich auch. Ich wurde nicht dazu eingeladen, aber es wurde mir auch von keinem verwehrt. Fast schweigend ritten wir die Straße zum Osttor entlang, an dem verlassenen Romseyer Lager vorbei.

Hinter uns hellte sich der Himmel allmählich auf, aber viel sehen konnten wir noch nicht. Wir waren schon fast am Osttor angelangt, als Blaine fluchend sein Pferd anhielt und nach oben zeigte. An der Stange über dem Tor wehte eine Fahne, und ihre Farben waren nicht Winchesters Blau und Gold, sondern Romseys Gelb und Schwarz. Ungläubig starrten wir darauf. Da zischte etwas durch die Luft, und ein Mann schrie auf; sein Pferd bäumte sich auf und schleifte ihn weg mit einem Pfeil in der Kehle. Nun wußten wir, warum Jeremy seine Bogenschützen mitgebracht hatte.

Blaine befahl den Rückzug. Wir machten kehrt, aber nicht bevor ich noch etwas gesehen hatte, das auf einem Speer über dem Tor steckte: die Romseyer Fahne flatterte darüber hin und her. Es war der Kopf eines Mannes. Aus der Entfernung und bei dem noch wenigen Licht konnte man das Gesicht nicht erkennen, aber ein Zweifel, wessen Kopf es sein mochte, war nicht möglich. Er trug die Pickelhaube des Fürsten von Winchester.

Peter der Kühne

»Wenn ich den erwische«, sagte Blaine, »lasse ich ihn eine Woche lang jeden Tag geißeln, und zwischendurch wird er nackt in ein Salzbett gelegt. Dann lasse ich ihm die Brust aufreißen und die Rippen einzeln nach außen biegen, bis er aussieht wie ein blutiger Adler. Ich lasse ihn...«

»Erwische ihn erst mal«, sagte Harding trocken. »Dann kannst du uns zeigen, wie einfallsreich du bist.«
Sie sprachen über den Wachtmeister, dem die Wache am Osttor unterstand und der aller Wahrscheinlichkeit nach das Romseyer Heer eingelassen hatte. Er hieß Gray und hatte, wie man sich nun erinnerte, gegen Alton und Petersfield tapfer gekämpft. Er war mit Gold belohnt worden, hatte die Belohnung jedoch nicht für ausreichend erachtet. Zusammen mit seiner ehrgeizigen Frau hatte er auf die Erhebung in den Adelsstand gehofft. Aber Erhebungen in den Adelsstand waren selten, da mochte einer noch so tapfer kämpfen, und seine Frau mißfiel den Damen der Stadt.
»Robert hätte ihm die Torwache nicht anvertrauen dürfen«, sagte Blaine. »Er hätte draußen bei uns im Feld sein müssen.«
Greene antwortete: »Seine Frau ist schwanger, und ihr letztes Kind war Polymoff. Sie rechnet damit, noch in diesem Monat niederzukommen. Darum hat er darum gebeten, in der Stadt zurückbleiben zu dürfen, und es wurde ihm gestattet. Man konnte nicht wissen, daß er Verrat üben würde.«
»Ein Fürst müßte dergleichen wissen«, meinte Blaine, »oder doch Vorkehrungen dagegen treffen.«
»Falls ihn eine Schuld trifft«, entgegnete Harding, »dann war er der erste, der dafür gezahlt hat.«
Wir waren in unserem Lager, im Beratungszelt. Es war ein kalter Morgen, und es hatte zu regnen angefangen. Der Regen trommelte schroff aufs Zelttuch. Ich stand in einer Ecke, wo niemand von mir Notiz nahm. Meine Haut war feucht von kaltem Schweiß, meine Gedanken drehten und drehten sich in nutzlosen engen Kreisen und hefteten sich immer wieder auf den Anblick, den ich für immer aus meiner Erinnerung auslöschen wollte. Aber er ließ sich nicht verscheuchen; je heftiger ich es versuchte, desto eindringlicher kam er zurück.
Greene sagte: »Von Jeremy sich täuschen zu lassen war der größere Fehler. Aber, beim Großen, ist der ein Fuchs! Verspricht Robert Andover und benutzt dieselbe List, um Winchester einzunehmen! Ich hätte nicht geglaubt, daß er den Mumm dazu hatte! Der mit seiner Seide und feinem Parfüm!«
Blaine sagte bitter: »Das kommt davon, wenn man einen Mann wie

ihn zu unserem Fürsten macht. Man muß von Adel sein, um einen Menschen beurteilen zu können.«

»Hättest du Jeremy treffender beurteilt?«

»Ich habe ihn nie gemocht.«

»Robert auch nicht«, sagte Greene. »Ein Fürst muß seine Verbündeten nicht mögen. Und die Geister haben den Plan unterstützt.«

»Die Geister seien verflucht!« brauste Blaine auf. »Ich hätte gern Ezzards Kopf neben seinem überm Tor gesehen. Die haben uns schlimmer verraten als Jeremy!«

Alle schwiegen. Nach einer kleinen Weile polterte Blaine weiter: »Es gibt Geister und Geister. Wißt ihr noch, was Marinet immer gesagt hat?« Er war vor Ezzard Seher gewesen und besser gelitten, wenn auch Ezzard mehr gefürchtet wurde. »Es gibt Geister, die machen sich einen Spaß daraus, Menschen ins Unheil zu führen, was der Große als eine Form der Prüfung erlaubt, und die zu erniedrigen und zu demütigen, die sich über Gebühr mit ihren Taten brüsten. Sie fangen an mit Geschenken und Versprechungen, aber sie hören auf mit Zerstörung. Waren es nicht diese Geister, die unsere Vorfahren blindlings in die Katastrophe geführt haben? Und haben sie nun nicht dasselbe mit Robert gemacht? Will das jemand leugnen?«

Harding sagte: »Mag ja sein.« Er war klein und drahtig und redete weniger als Blaine, konnte ihn aber gewöhnlich zum Schweigen bringen. »Vielleicht haben wir an den langen Winterabenden Muße genug, um uns darüber zu unterhalten. Aber jetzt gibt es Dringenderes zu tun. Jeremy hat unsere Stadt. Wir müssen einen Entschluß fassen, was wir nun unternehmen sollen.«

»Er hat unsere, aber seine ist schlecht geschützt.« Charles sagte es, Edmunds Bruder, Sohn des Fürsten Stephen, den mein Vater gestürzt hatte. »Falls wir so schnell, wie wir können, auf Romsey reiten, können wir die Stadt vielleicht einnehmen und haben dann etwas zum Tauschen in der Hand. Seine Bogenschützen sind hier.«

Greene sagte: »Bestimmt nicht alle seine Bogenschützen. Wenn er verschlagen genug ist, um das hier auszuhecken, hat er auch an seine Verteidigung zu Hause gedacht.«

»Wir könnten es aber wenigstens versuchen.«

Der Vorschlag löste keine Begeisterung aus. Ein Heer, dessen ei-

gene Stadt in den Händen des Feindes war, und das nun eine Feste angriff – der Gedanke flößte wenig Hoffnung ein. Ein Hauptmann namens Ripon sagte:
»Für euch mag das ja angehen. Aber wir haben Frauensleute als Geiseln in der Stadt.«
»Ich auch«, sagte Charles. »Meine Mutter und meine Schwester.«
»Mütter und Schwestern!« sagte Ripon. »Wir haben Frauen und Töchter.«
Während Blaine meinen Vater schmähte, hatte das kalte Entsetzen, von dem ich wie gelähmt gewesen war, dem Zorn Platz gemacht. Der Zorn richtete sich zunächst einmal gegen Blaine, aber ich wußte, daß es sich um ihn nicht lohnte. Es ging um Jeremy, der meinen Vater hinters Licht geführt und ihn hingeschlachtet hatte, als er als Gast in seinem Zelt weilte.
Ich sagte: »Warum warten wir noch?«
Alle guckten zu mir hin. Blaine sagte höhnisch:
»Der Balg hat Ratschläge für uns. Na, dann mal raus mit der Sprache, du, der du Fürst der Fürsten werden solltest. Was meinst du, was wir machen sollen?«
»Nicht hier herumstehen und reden!« Ich sah wieder den Kopf meines Vaters mit der Romseyer Fahne darüber, die ihn im Flattern streifte, und die Erinnerung daran machte mich zorniger, als ich sagen kann. »Wir sollten unverzüglich die Mauern stürmen! Das hätten wir sofort tun sollen, anstatt uns von zwei oder drei Pfeilen in die Flucht schlagen zu lassen.«
Blaine lachte. »Die Mauern stürmen – der lustige Knabe! Die Mauern, die Stephen in jedem Jahr noch höher gebaut hat, bis sie die höchsten im ganzen Land waren. Geh hin und mach es selber, Junge – du brauchst unsere Hilfe nicht. Die Geister werden dir Flügel verleihen oder vielleicht auch die Mauern zum Einstürzen bringen. Falls du nicht weißt, wie man sie herbeiruft, dann geh zu dem Kopf oben auf dem Osttor und bitte ihn, daß er's für dich tut.«
Ich stürzte mich blindlings auf ihn. Er lächelte und streckte mich mit einem einzigen Schlag zu Boden. Er war sehr stark, und all seine Kraft war in dem Hieb: auch ihn trieb sein Zorn. Benommen hörte ich Harding sagen:

»Wir verschwenden unsere Zeit mit Gerede über Fantastereien. Es hat keinen Zweck, irgend etwas zu unternehmen, bevor wir von Jeremy hören. Ich glaube nicht, daß er uns lange warten läßt.«

Der Herold kam eine Stunde darauf, allein und unbewaffnet. Er ritt auf einem schwarzen Pferd, von dessen Zügel durchnäßt die weiße Fahne des Waffenstillstandes hing. Er wurde zum Beratungszelt gebracht, und da stand er dann und wischte sich mit dem Ärmel den Regen aus dem Gesicht.

Er hieß Grant und war der sympathischste von den Hauptleuten gewesen, die Jeremy bei seinem Besuch zu Weihnachten begleitet hatten. Er hatte den Eindruck eines anständigen und vernünftigen Mannes gemacht, besonnen und nüchtern. Er sah nicht so aus, als ob ihm sein Auftrag Freude machte. Harding sagte:

»Zum Gruße, Hauptmann. Einen großen Empfang wirst du nicht erwarten, da wir ja alle wissen, was dich herführt. Bringst du eine Nachricht von deinem Herrn?«

»Ja«, antwortete Grant. »Ich bringe eine Nachricht. Er heißt euch, in Frieden in eure Stadt und eure Häuser zurückzukehren.«

Harding war von den anderen zum Sprecher ernannt worden. Er sagte:

»Unter welchen Bedingungen?«

»Feldwebel und Männer werden in Gruppen zu je zwanzig eingelassen, und unbewaffnet. Sie werden als Gefangene unter Bewachung gehalten, aber nur, bis der Friede ausgehandelt ist. Hauptleute dürfen ihr Schwert behalten.«

»Warum? Um unsere Ehre zu retten?« Grant nickte. »Gibt es denn noch Ehre nach einem solchen Verrat, wie ihr ihn begangen habt?«

»Es ist nicht Verrat, dem Verrat zuvorzukommen. Durch die Einnahme eurer Stadt hat unser Fürst nur seine eigene verteidigt.«

»Willst du damit sagen, daß wir genau solche hinterhältigen Schurken sind wie ihr – daß wir vorgehabt hätten, Romsey anzugreifen und nicht Andover? Falls ja, dann weiß jedermann hier, daß du lügst und wie wenig man daher irgendwelchen neuen Versprechungen des dicken Jeremy trauen kann.«

»Vielleicht nicht in diesem Jahr, aber unser Fürst ist vorausschau-

end. Robert hat im vergangenen Sommer Petersfield eingenommen und, entgegen jedem Kriegsbrauch, behalten. Er sollte auch über Andover noch dazu herrschen. Wo hätte das geendet? Hat es nicht geheißen, sein Sohn solle Fürst der Fürsten werden, Herrscher über alle Städte im Land? Wäre Romsey, das so nahe bei Winchester liegt, diesem Schicksal entgangen? Wäret ihr Hauptleute von Romsey gewesen, hättet ihr guten Grund gehabt, die Zukunft zu fürchten. Kann das jemand von euch hier leugnen?«
Harding sagte: »Und darum sollen wir statt dessen die Herrschaft eures Fürsten hinnehmen und danach die dieses jammernden und kichernden Söhnchens?«
»Nein. Unser Fürst stellt die alten Bräuche wieder her. Es wird natürlich Tribut gefordert werden, aber ihr dürft eure Stadt behalten und einen Fürsten wählen, der sie regieren soll. Auch Petersfield wird frei sein. Der Fürst von Romsey wünscht keine Regierungsgewalt über Länder außerhalb seines eigenen.«
Harding antwortete nicht sofort. Ich sah mir die Gesichter der anderen Hauptleute an; alle waren sehr nachdenklich.
Harding fragte: »Ist das alles, was er verlangt?«
Grant zog die Schultern hoch. »Kleinigkeiten werden noch diskutiert werden müssen. Aber ihr bekommt eure Stadt zurück und euren eigenen Fürsten. Das verspricht er euch.«
Ich sagte: »Wie er uns versprochen hat, mit uns gegen Andover zu kämpfen? Wie er meinem Vater Freundschaft versprochen hat?«
Grant schaute kurz zu mir hin, gab aber keine Antwort. Er sah unglücklich drein, als hätte das, was ich gesagt hatte, ihn vom sicheren neutralen Boden des Verhandelns zurückgeholt in die näher bei der Hand liegende, rauhere Wirklichkeit entweihter Gastfreundschaft, verratenen Vertrauens. Wer antwortete, war Blaine:
»Halt den Mund, Junge. Schweig still in Gegenwart von uns Älteren und Höheren. Du bist hier nur geduldet; reize uns also nicht noch weiter!«
Grant fragte: »Welche Antwort gebt ihr mir an meinen Fürsten mit?«
Harding antwortete: »Sage ihm, daß wir seine Botschaft erhalten haben. Wir werden darüber beraten und ihm Nachricht schikken.«

Grant verbeugte sich. »Ich werde es ihm melden. Ich hoffe, daß wir bald zusammen trinken können – beim Friedensfest.«
Niemand antwortete ihm. Blaine sagte halblaut etwas, das sich nach einem Fluch anhörte. Grant verließ schweigend das Zelt, und wir hörten das Zaumzeug klirren, als er dann sein Pferd bestieg und davonritt.

Die Hauptleute stritten sich bis zum Essen, ohne zu einer Einigung zu gelangen. Einige, darunter Blaine, waren dafür, Jeremy Trotz zu bieten, konnten aber keine Vorschläge machen, wie das gehen sollte, oder doch jedenfalls keine, die Aussicht auf Erfolg gehabt hätten. Andere, und die waren weniger an Zahl, vertraten den Standpunkt, daß wir die Bedingungen annehmen müßten, da wir keine andere Wahl hätten. Mir gelang es, den Mund zu halten, wenn auch nur mit Mühe. Es stimmte, was Blaine gesagt hatte: ich war dort nur geduldet, und nichts konnte sie davon abhalten, mich hinauszuwerfen. Es war wichtiger, daß ich wußte, was vorging, als Meinungen zu äußern, die ja ohnehin nur mit Verachtung aufgenommen werden würden.
Gegen Mittag wurde uns Essen gebracht. Es war harte Kost: Suppe, Pökelfleisch, harter Zwieback, ein kleines Maß Bier. Das Heer hatte seine Rationen, aber es herrschte nicht gerade Überfluß. Wir hatten damit gerechnet, uns aus Andovers Vorräten zu verpflegen. Es würde uns kaum beliebt machen, wenn wir jetzt bei unseren eigenen Bauern plünderten. Der Regen rauschte immer heftiger nieder und floß in kleinen Bächen zwischen den Zelten hindurch; die Pferde stampften kläglich und zerrten an ihren Pflökken, und die Männer waren mißmutig und murrten. Ein kalter Wind blies eisig von der Stadt herüber, deren Mauern, einstmals unser Schutz, uns nun verhöhnten.
Als die Beratungen dann fortgesetzt wurden, geschah es in veränderter Atmosphäre. Harding sprach nun mehr. Nachdem der Herold zurückgeritten war, hatte er meistens nur zugehört, um die Meinungen der anderen zu erkunden. Nun versuchte er mit Geduld und Geschicklichkeit, die Hauptleute für seine Ansicht zu gewinnen, und das hieß, wie sich immer deutlicher herausstellte, dafür, daß wir Jeremys Angebot annehmen sollten.

»Und falls wir's annehmen«, rief Blaine zornig, »welche Sicherheit haben wir, wenn unsere Leute entwaffnet sind und bewacht werden? Er läßt uns unsere Schwerter, ja? Und was nützen zwanzig Schwerter gegen ein ganzes Heer? Selbst der Tölpel von Junge da« – seine kleinen Augen schossen in meine Richtung – »hat das gesehen. Seine Versprechungen sind nichts wert. Überhaupt nichts! Wird er bei den Geistern schwören? Wenn er ihnen doch sowieso schon getrotzt hat?«

»Er hat den Geistern Trotz geboten, die Robert Perry in die Irre geleitet haben«, sagte Harding. »Also wird er wohl von anderen Geistern begünstigt, die mächtiger sind. Oder aber Robert wurde fallengelassen, und es ist alles ein Spiel. Du hast selber gesagt: es gibt Geister und Geister. Aber falls er beim Großen Geist selber schwört, wird er seinen Schwur wohl nicht brechen; oder falls doch, glaube ich nicht, daß seine Leute ihm folgen werden.«

Zustimmung wurde gemurmelt: ein Schwur unter Anrufung des Großen Geistes müsse wohl bindend sein. Harding sagte:

»Wir dürfen uns doch nichts vormachen: er hat uns in der Hand. Er kommt uns jetzt sanft, weil er auf einen Frieden unter seinen Bedingungen hofft. Aber falls wir uns ihm widersetzen, gebe ich nichts für die Sicherheit unserer Frauen. Und die Leute wären nicht gerade beruhigt beim Gedanken daran, daß ein Romseyer Heer ungehindert durch unsere Straßen streift. Ich bin nicht sicher, ob sie uns folgen würden, falls wir uns zum Kampf entschlössen. Und wie sollten wir denn auch kämpfen? Blaine hat es ganz richtig gesagt: die Mauern, die Stephen gebaut hat, sind die stärksten im ganzen Land. An denen würden wir uns die Knochen brechen.«

Er sprach ruhig und besonnen und daher überzeugend. Ich sah verschiedene nicken, darunter auch Greene. Er fuhr fort:

»Wenn wir uns jetzt ergeben, ergeben wir uns ja nicht für immer und alle Zeit. Er läßt uns unsere Schwerter, aber keiner von uns wird wohl jemals vergessen, was sich heute morgen zugetragen hat. Die Zeit wird kommen, wo wir von neuem kämpfen. Nicht für einen Fürsten, mit dessen Ehrgeiz es nun zum Glück vorbei ist, sondern um unsere Ehre.«

»Er wird uns vielleicht in einem Friedensvertrag zur Treue verpflichten«, gab Greene zu bedenken.

»Ganz bestimmt sogar. Und wir werden uns an den Vertrag halten, solange er sich daran hält. Aber wer hat schon einmal von einem Friedensvertrag gehört, von dem die andere Seite hätte behaupten können, sie habe ihn in allem eingehalten? Und wenn sie ihn brechen, sind wir frei.«
Er gewann sie allmählich, und nicht nur für seinen Vorschlag, wie es nun weitergehen sollte. Ich merkte wohl, daß seine Arbeit tiefer reichte. Die Stadt brauchte einen Fürsten und er meldete seinen Anspruch an. Blaine hatte sich unbesonnen gezeigt, und die Hauptleute, die es schmerzte, daß man sie überlistet hatte, wollten nun einen Mann, der sich auf Arglist und kluge Vorausschau verstand. Sie hatten Harding bereits als Sprecher für die Verhandlung mit Jeremys Herold gewählt. Falls sie sich ihm nun anschlossen, würden sie ihn noch vor dem Abzug der Romseyer zum Fürsten ausrufen.
Es war auch klug berechnet von ihm, die Hoffnung auf Rache zu wecken, nachdem er zunächst einmal deutlich gemacht hatte, wie unausweichlich die Kapitulation sei. Ripon rief sofort:
»Bestimmt werden sie ihn brechen! Und beim Großen, wenn sie das tun, dann...«
Andere Stimmen erhoben sich, in denen sich auf gleiche Weise Groll mit neugewonnener Zuversicht mischte. Plötzlich sagte jemand: »Wartet!«
Es war Peter, mein Vetter. Er hatte während der ganzen Unterredung nichts gesagt. Ich hatte öfter zu ihm hingeschaut und mir gesagt: Was geschehen ist, hat ihn betäubt, vielleicht schlimmer noch als mich. Aber er sprach nun kraftvoll und zuversichtlich. Mit dem einen Wort brachte er alle dazu, daß sie ihm zuhörten.
Er sagte: »Ich kann euch sagen, wie wir die Stadt zurückgewinnen können, ohne einen einzigen Mann zu verlieren.«
Blaine wollte etwas sagen, brach aber gleich wieder ab. Harding sagte:
»Der ist verrückt geworden. Wir wissen ja, welches Blut in seinen Adern fließt.«
Peter nahm keine Notiz von ihm und sagte zu den anderen Hauptleuten:
»Oder würdet ihr lieber das Knie vor Jeremy beugen, ihm Gold

zahlen und zusehen, wie er Winchesters Vieh nach Romsey treibt und seine Karren mit dem Schmuck eurer Frauen belädt?«
»Falls du nicht verrückt bist«, sagte Greene, »dann sage uns, wie wir's machen sollen.«
»Ich habe zuerst Bedingungen.«
»Du nennst Bedingungen!« entfuhr es Blaine. »Ein Perry, als Bürgerlicher geboren, nennt uns Bedingungen!«
Er sah Blaine fest an. »Ja, ich nenne Bedingungen.« Er sagte es nüchtern und sachlich, ohne Zorn, aber mit Bestimmtheit. Greene antwortete:
»Falls es ein Witz sein sollte, Perry, kannst du dich darauf verlassen, daß wir ihn nicht sehr spaßig finden werden. Schnell, laß deine Bedingungen hören!«
»Ich habe zwei«, sagte Peter. »Die erste: es wird Lösegeld gezahlt, aber nicht an Romsey. Wir werden den Christen Gold geben, damit sie ihrem Gott eine Kirche bauen können.«
Ein Tumult erhob sich, es wurde protestiert, ungläubig gelacht. Ich hörte Harding sagen: »Verrückt, ich habe es ja gesagt. Braucht ihr noch mehr Beweise?« Peter ließ sie eine Weile gewähren. Dann sprach er weiter, und alle wurden sofort wieder still:
»Und zwar deshalb, weil mit Hilfe der Christen die Stadt wiedergewonnen wird.«
»Na, wie denn sonst?« rief Blaine. »Diese tollen Krieger haben wir ganz vergessen. Ich sehe sie schon vor mir, wie sie die Männer von Romsey mit ihren Kreuzen über die Hochstraße scheuchen!«
Peter nahm keine Notiz von ihm. Er sagte:
»Ihr wißt, daß man sie in Winchester verachtet, aber man tut ihnen nichts zuleide. Das ist nicht überall so. In manchen Städten werden sie von Sehern verfolgt, die sie foltern oder töten lassen, weil sie sich weigern, die Geister anzubeten. Und selbst dort, wo sie im Augenblick sicher sind, vertrauen sie nicht darauf, daß die Sicherheit immer bleiben wird. Ezzard verfolgt sie nicht, vielleicht aber der nächste Seher von Winchester. Also treffen sie ihre Vorsichtsmaßnahmen.«
Er machte eine Pause, bevor er fortfuhr. Alle hörten ihm nun aufmerksam zu, sogar Blaine.
»Ich habe den ganzen Tag schon darüber nachgedacht. Wie ihr

euch denken könnt, habe ich es von meiner Frau erfahren. Sie hat gelobt, das Geheimnis zu wahren, aber mir hat sie davon erzählt. Ihr Vertrauen in mich bindet mich ebenfalls. Falls ich dagegen verstoße, und ich glaube, daß ich es muß, dann verlange ich einen Tribut für ihren Gott, um seinen Zorn abzuwenden. Bekomme ich den von euch?«
Harding betrachtete ihn kühl und abschätzend. Greene sagte:
»Wenn die Sache es wert ist, bekommst du ihn.«
»Sie ist es wert. Es ist ein Tunnel, der unter Stephens hohen Mauern hindurchführt. Eng und schmutzig, aber man kann hindurchkriechen. Es war der Fluchtweg für die Christen und kann der Zugang in die Stadt sein für Männer, die das Nordtor im Handstreich besetzen und es unserem Heer öffnen. Ich weiß, wo der Tunnel anfängt. Gebt ihr ihnen Gold und das Recht, ihre Kirche zu bauen?«
»Beim Großen!« sagte Greene. »Ja! Ja! Und ich glaube nicht, daß irgendeiner dagegen sein wird.«
Ich hörte beifälliges Stimmengewirr und keinen einzigen Einwand.
Peter sagte:
»Das ist eine Bedingung.«
Blaine fragte: »Und die andere?«
»Mein Vater ist tot. Er ist durch Verrat gestorben, von seinem Gastgeber ermordet. Dafür stirbt Jeremy. Es wird kein Lösegeld genommen für den Fürsten von Romsey.«
Sie brüllten laut ihre Zustimmung, und er hob die Hand, um sie zum Schweigen zu bringen.
»Das ist nicht die Bedingung. Ich hatte nicht angenommen, daß irgendeiner von euch ihn leben lassen wollte. Mein Vater war ein großer Fürst. Sein Geist verlangt mehr als nur Rache; sein eigen Blut muß ihm in der Nacht nachfolgen, sein Sohn gehört in die Große Halle.«
Alle schauten zu mir hin. Blaine sagte:
»Er ist noch ein Knabe, zu jung, um sich selber zu regieren, geschweige denn eine Stadt wie die unsere.«
Peter schaute mich ebenfalls an und lächelte. Ich sah das Lächeln, konnte aber nicht deuten, was sich dahinter verbarg. Er sagte:
»Du verstehst mich falsch, Blaine. Mein Vater hat zwei Söhne gehabt. Ich bin als erster geboren. Ich beanspruche seinen Platz.«

Wieder entstand eine Stille, und sein Blick wanderte von einem zum anderen, fest und zuversichtlich. Da rief Greene laut: »Mache es so, wie du's sagst, Perry, und du hast meine Stimme!« Die anderen schlossen sich ihm an. Selbst Blaine und Harding wurden gezwungen, beizupflichten. Blaine gab seine Zustimmung widerwillig, Hardings Ton jedoch blieb sachlich und verriet seine Empfindungen nicht.

Gegen Abend hörte es auf zu regnen. Der Himmel über der Stadt war scharlachrot und orange gemalt. Gewaltige Wolken hingen über den Mauern, zuerst rot und lila, schließlich schwarz vor einem dunkelblauen Himmel. Dann und wann zeichnete sich die Silhouette eines Kopfes auf den Zinnen ab: einer von Romseys Leuten. Erst als es vollkommen finster war, rückte das Heer leise und auf allerhand Umwegen aus, um vor dem Nordtor Stellung zu beziehen.

Ich schaute mit Edmund zu. Peter war mit zwei Hauptleuten, darunter Greene, und einem Trupp ausgesuchter Männer zu der Hütte aufgebrochen, einem halb verfallenen Schuppen, der seit Jahren für unbewohnt gehalten wurde: Darunter begann der Tunnel. Herauskommen würden sie im Hause des Priesters, wie der Führer der Christen genannt wurde, in der Nähe des Nordtors, und von dort aus würde es ein Leichtes sein, von hinten über die Romseyer herzufallen, die das Tor verteidigten. Unser Heer wartete auf das Signal, eine im Tor geschwenkte Fackel: das Zeichen, daß der Weg frei war.

Die Zeit schleppte sich hin – Minuten, die einem wie Stunden vorkamen. Wir redeten nicht viel miteinander. Beide waren wir mit unseren eigenen Gedanken beschäftigt. Meine waren wirr und bitter. Am Morgen hätte mich der Gedanke, daß ich Jeremys Kopf statt dem meines Vaters dort oben aufgespießt sehen würde, mit solcher Freude erfüllt, daß mir darüber alles andere unwichtig erschienen wäre. Das war nun nicht mehr so. Düstere Verzweiflung hatte mich von neuem überfallen, das Gefühl, daß alles sinnlos sei: Man konnte nicht leben ohne Hoffnung, aber immer wieder wurde man von der Hoffnung betrogen.

Es war kalt, obwohl der Regen aufgehört hatte. Ich fing an zu zit-

tern, aber wohl eher von meiner Schwermut als von der Nachtluft. Ich versuchte es zu unterdrücken, damit Edmund es nicht bemerkte, aber es gelang mir nicht. Er rührte sich neben mir und sagte:
»Lukas.«
»Ja.«
»Wenn das hier vorbei ist, was hast du dann vor?«
»Weiß nicht.«
Ich antwortete kurzab, damit er mich nicht mit den Zähnen klappern hörte. Er sagte:
»Falls du daran denkst, die Stadt zu verlassen, vielleicht nach Norden zu gehen, würde ich mitkommen.«
Ich gab ihm keine Antwort, und er sagte weiter nichts mehr. Ich war zu verbittert und unglücklich, um mir ganz klarzumachen, was er mir da anbot: daß er, nachdem er selber Schmerz und Enttäuschung überstanden hatte, dennoch ins Exil gehen würde als mein Gefährte in meinem. Später verstand ich es. Freundschaft bedeutete ihm viel mehr, als sie mir jemals bedeuten konnte.
Wir warteten, und ich zitterte an allen Gliedern. Ich biß die Zähne aufeinander, bis mir Kinnlade, Hals und der ganze Körper von der Anstrengung schmerzten. Dann leuchtete das Licht vor uns auf, dumpfes Fußgetrappel zog an uns vorbei; wir schlossen uns dem Heer an, und bald hörten wir in einiger Entfernung Kampfgetümmel. Nicht lange. Wir waren im Vorteil, weil wir überraschend kamen und unsere Leute in ihren eigenen Straßen kämpften. Nach knapp einer halben Stunde hatte der letzte Romseyer Krieger die Waffen niedergelegt. Nach knapp einer Stunde krönte Dickwanst Jeremys Kopf das Palasttor.

Am Abend ging ich mit Edmund zu dessen Haus in der Salzstraße; schlafen konnte ich allerdings nicht. Am nächsten Morgen schlich ich mich nach dem Frühstück ohne etwas zu sagen davon und ging zum Palast. Hätte ich Edmund etwas davon gesagt, hätte er darauf bestanden, mich zu begleiten; darum sagte ich nichts. Was mich dort erwarten mochte, ging nur mich an, ganz allein mich. Also würde ich allein hingehen.
Eine Weile blieb ich inmitten der Menschenmenge stehen, die zu

Jeremys Kopf aufschaute. Die Leute waren in festlicher Stimmung, manche schon betrunken, und von Zeit zu Zeit brüllten sie nach ihrem Fürsten, Peter, der sollte kommen und sich ihnen zeigen. Ich sah Christen dort und Männer, die ihnen kameradschaftlich auf die Schulter klopften, während sie sie benommen und ungläubig anschauten. Ein Musikant sang ein Lied, das er rasch gedichtet hatte:

»Unter der Mauer kam Peter der Kühne,
Mit der Fackel in der Hand er das Tor aufbrach,
Machte gut seines Vaters Schmach...«

Das Lied ging unter in Jubelschrei, als Peter auf dem Balkon erschien. Ich schlich mich davon und zu einer Seitentür herein. Ich kam an Polymoff-Dienern vorbei, und manche grüßten mich mit dem gewohnten Kopfnicken, aber andere nicht. Zwei Soldaten starrten mich mit offenem Mund an, und einer lachte hinter meinem Rücken. Ich ging in mein Zimmer und harrte der Dinge, die nun kommen würden.

Martin fand mich dort, wie ich aus dem Fenster starrte auf nasse Dächer unter einem grauen Himmel. Er sagte: »Lukas«, und ich drehte mich zu ihm um.

»Ezzard will mit dir sprechen.«

»Er wird mich hier finden.«

»Das ist zu gefährlich.«

»Armer Ezzard.«

»Für euch beide. Du mußt mitkommen.«

»Ich muß nicht«, sage ich. »Ich habe genug von diesem ›Du mußt!‹, vom Schicksal persönlich.«

»Denk daran, was die Hohen Seher gesagt haben: daß du einen Auftrag hast und gehorchen mußt, wenn die Zeit kommt. Du hast es versprochen.«

»Das habe ich dir nie erzählt.«

»Ich weiß es aber.«

»Und du glaubst diesen Unfug immer noch?«

»Mehr denn je.«

Leidenschaft sprach aus seinem schmalen Gesicht. Es mußten schlaue Kniffe gewesen sein, mit denen Ezzard ihn für sich und seinen Glauben gewonnen hatte. Wir stritten uns eine Weile, aber seine Argumente klangen überzeugender als meine, der ich auf, ich wußte nicht was, wartete, nur, daß es nicht gut sein konnte, das wußte ich. Ich ging mit ihm, durch den Palast, dann auf die Straße hinaus. Jemand lachte höhnisch hinter uns her. Martin führte mich nicht zur Beschwörungshalle. Wir machten halt vor einem Haus in der Nähe einer Schänke, und nachdem er sich rasch nach allen Seiten umgesehen hatte, zog er mich hinein.

Ezzard wartete in einem Zimmer im Obergeschoß. Er sah bleicher und hagerer aus denn je. Er sagte:

»Gut gemacht, Martin. Laß uns jetzt allein.« Nachdem die Tür sich hinter Martin geschlossen hatte, fügte er hinzu: »Wir müssen dich hier rausschaffen, Lukas, und zwar schnell.«

Ich sagte: »Ich bin nur aus einem Grunde mitgekommen. Um die Geister zu verfluchen, die meinen Vater in den Tod geführt haben, und den Seher, der in ihrem Namen gesprochen hat.«

Er wurde nicht zornig. Mit ruhiger Stimme sagte er:

»Tu das, wenn du willst, aber mache, was ich dir sage. Dein Leben ist hier keinen roten Heller wert. Selbst wenn Peter es nicht befiehlt, wird jemand dich umbringen lassen, weil er denkt, er tut ihm einen Gefallen. Du bist zum Erben ernannt worden und zum künftigen Fürst der Fürsten. Solange du lebst, bist du eine Herausforderung für ihn und seine Macht. Später mag das alles anders aussehen, aber dies sind nun Tage der Ungewißheit und des Mordens. Auch wenn man mal ganz von Peter absieht, gibt es genügend Leute, die es lieber sähen, wenn nur ein Perry übrig wäre und nicht zwei. Du hast nur eine Hoffnung: Flucht.«

»Ich fliehe nicht.«

Hör zu, Junge. Du bist zwar ein Dummkopf, aber kein völliger Dummkopf, sonst wärst du nicht ausgewählt worden. Obwohl dein Vater nun tot ist – würdest du seinen Willen tun?«

»Wenn ich wüßte, was sein Wille ist. Willst *du* es mir vielleicht sagen, ohne den er noch leben würde?«

»Hat er den Tod gefürchtet?« Ich zögerte. »Du weißt es genau. Er hat ihn *gesucht.* Falls die Geister die Hand der Mörder lenkten, hat er ihnen mit seinem letzten Atem gedankt. Habe ich nicht recht?«

Ich schwieg. Er sagte: »Dein Vater hat gelebt, um seine Pflicht zu tun und deine Nachfolge vorzubereiten.«
»Meine Nachfolge!« Ich lachte. »Als Fürst der Fürsten!«
»Ja. Und die Prophezeiung lebt, solange du lebst. Die Hauptleute wissen das. Auch der Geist deines Vaters weiß es. Kannst du das leugnen? Falls du mich nicht fragen willst, was sein Wille gewesen wäre, dann ziehe deine Erinnerung an ihn zu Rate. Noch ist sie frisch.«
Ich sah ihn vor mir, wie er in seinem Armsessel saß, dem Bild meiner Mutter gegenüber. Seine Augen ruhten auf mir. War alles vergebens, alle Hoffnung und alle Anstrengung, schlug alles fehl, ging alles in Scherben? Ich konnte es nicht anders sehen, aber er hatte es anders gesehen und war vielleicht mit diesem Glauben gestorben, der im Sterben Schmerz und Verrat mehr als aufwog. Ich schuldete ihm etwas.
Ich fragte: »Wohin soll ich gehen?«
»Zum Heiligtum. Wohin sonst?«
Ich nickte. »Ich gehorche dir, Seher.«

Fürst von morgen

Ich verließ die Stadt, in der ich geboren war, auf beschämende Weise. Ezzard besorgte mir Lumpen zum Anziehen und band mir einen Lumpenbuckel auf den Rücken, so daß ich wie ein Polymoff aussah. Er selber zog Frauenkleider an, einen zerschlissenen grauen Mantel und einen spitzen Hut, und ging langsam und wie vom Alter gebeugt. Aber es war eine gute Verkleidung. Ich sah mehrere Leute, die mich erkannt hätten, aber sie nahmen keine Notiz von uns, außer daß einer, ein Sohn des Drachenbauers in der Weststraße, mir mit einem Stock eins überbriet, weil ich nicht schnell genug in die Gosse sprang, um ihm auf dem Bürgersteig Platz zu machen.
Wir gingen durchs Osttor hinaus, weil dort mehr Verkehr herrschte als am Nordtor. Ein paar von den wachhabenden Soldaten waren betrunken und sangen. Ich drehte mich noch einmal um, als wir

draußen waren, halb befürchtend, daß der Kopf meines Vaters immer noch dort oben aufgespießt sei, aber er war heruntergenommen worden. Danach schaute ich nicht mehr zurück.

Der Troß des Romseyer Heeres war schon in die Stadt geschafft worden. Der Turnierplatz lag leer da, aber zertrampelt und morastig von dem Lager. Ich dachte an meinen Ruhmestag dort und an diesen letzten Angriff auf Edmund, der mir das edelsteinbesetzte Schwert eingebracht hatte. Das hing nun in meinem Zimmer im Palast. Wer würde es bekommen?

Ich hatte Ezzard gefragt, ob ich mich von Edmund verabschieden könne, war aber nicht überrascht gewesen, als er es mir abschlug. Ich hatte selbst Martin nicht noch einmal gesehen, nachdem er mich mit dem Seher allein gelassen hatte. Schon zu der Zeit konnte mein Verschwinden aus dem Palast bemerkt und Befehl gegeben worden sein, nach mir zu suchen. Was würde Edmund wohl sagen, wenn sich herausstellte – und es mußte sich schon bald herausstellen –, daß sowohl Ezzard als auch ich verschwunden waren? Daß ich, nachdem ich sein Angebot zu fliehen, ausgeschlagen hatte, hilfesuchend zu den Geistern gerannt sei, immer noch in der Hoffnung, sie würden mir mein Erbe gewinnen? Ich hätte ihm gern erklärt, daß es so nicht war. Aber es war eigentlich auch gleichgültig. Alles war gleichgültig. Es fing wieder an zu regnen. Auch das noch.

Als wir ein Stück von der Stadt entfernt waren, machten wir im Schutz eines kleinen Wäldchens halt, und ich konnte nun endlich meinen Buckel abnehmen, und wir zogen beide die gewöhnlichen Kleider an, die ich zu einem Bündel verschnürt unterm Arm getragen hatte. Wir sahen nun wie Feldarbeiter aus, vielleicht auch wie Landstreicher. Wir aßen dort, bevor wir unsere Reise fortsetzten – einen Kanten Brot und Käse mit einer Zwiebel –, und löschten unseren Durst an einem Bach in der Nähe.

Wir hatten schlichten Proviant für drei Tage bei uns. Fünfundzwanzig Meilen im Vogelflug waren es bis zum Heiligtum, wahrscheinlich noch einmal um die Hälfte weiter auf der Straße und mindestens doppelt so weit auf der Zickzackstrecke, der wir folgen mußten, um einen großen Bogen um jeden Ort zu machen, wo wir vielleicht gesucht wurden. Die Tauben, wenn sie nicht jetzt schon flogen, würden bald aufsteigen mit dem Befehl in der Kapsel, uns zu ergreifen; und wir konnten nicht sicher sein, daß der nur für Winchesters Lande gelten würde. Die Fürsten von Andover und Salisbury wurden vielleicht gebeten, die Flüchtlinge aufzuspüren, und konnten es für sehr ratsam halten, der Bitte zu folgen: kam sie doch von dem Mann, der Jeremys Kopf an sein Palasttor genagelt hatte.

Wir wanderten stetig nach Westen, folgten Straßen oder Pfaden, versteckten uns aber sofort, wenn jemand des Weges kam, und hielten uns von Dörfern fern. Wir gingen schweigend, sprachen nur das Notwendigste. Es war mir nicht leid darum. Nicht daß ich mit meinen eigenen Gedanken zufrieden gewesen wäre: im Gegenteil, die drehten sich in einer Tretmühle aus Zorn, Groll, Neid und Verzweiflung. Bestimmte Augenblicke und Ereignisse kehrten immer noch einmal wieder und ließen mich von Mal zu Mal mehr erstarren, bis ich fast ganz ohne Empfindung war. Der Kopf meines Vaters auf dem Spieß über dem Osttor – die Hauptleute, wie sie Peter ihre Stimme gaben, während der Regen gegen die Wände des Beratungszeltes trommelte – die vor dem Palast nach ihm schreiende Menschenmenge... Aber ich wußte, daß keine Unterhaltung, mit Ezzard oder sonst jemandem, diese Bilder oder mein Gefühl schwarzer Hoffnungslosigkeit verscheuchen würde. Da erlitt ich sie besser schweigend.

Die Straße nach Stockbridge führte durch hügliges Gelände, Stockbridge selber jedoch lag im Tal des Flüßchens. Ein paar Meilen vor der Stadt bogen wir von der Straße nach Norden ab. Am frühen Abend konnten wir ins Tal hinunterschauen und in der Ferne die Stadt sehen und den Fluß, der durch sie hindurchfloß. Mir fiel ein, daß wir ihn überqueren mußten, und hätte gern gewußt, wie Ezzard sich das vorstellte. Selbst aus einer Viertelmeile Entfernung sah er reißend aus und hoch angeschwollen vom Wasser der Frühlingsschneeschmelze. Hinüber schwimmen? Und die Nacht schlotternd in durchnäßter Kleidung zubringen? Ich fragte Ezzard.

»Siehst du den Hochweg, der auf dieser Seite entlangführt?« Ich nickte. »Zwei Meilen von hier nach Norden überquert er den Fluß.«

Wir stapften quer über ein Feld auf den Hochweg zu. An dieser Stelle war er übrigens nicht sehr hoch, nur ein paar Fuß über dem umgebenden Gelände. Wir gingen an ihm entlang, bis wir auf ihm gehen mußten, um über den Fluß zu kommen. Es dämmerte nun schon sehr, und wir sahen niemanden. Der Weg führte mit einer Metallbrücke über den Fluß. Ezzard sagte plötzlich:

»Hast du dich schon jemals gefragt, Lukas, warum unsere Vorfahren die Hochwege gebaut haben?«

Es gab zwei davon in der Nähe von Winchester; sie bildeten eine Ellipse, welche die Stadt umschloß. Ich schüttelte den Kopf.

»Nein, Seher.«

»Dein Freund Martin aber.«

»Der denkt merkwürdige Gedanken.« Mir fiel ein, daß das als Kritik aufgefaßt werden und ihn in Gefahr bringen könnte, da er ja Akoluth war, also fügte ich rasch hinzu: »Damit meine ich nicht unfromme.«

Ezzard schien es nicht zu beachten. Er fuhr fort:

»Oder warum sie so gebaut sind, wie sie gebaut sind? Wir nennen sie Hochwege, weil sie manchmal hoch über die Felder hinausragen. An anderen Stellen aber, zum Beispiel bei Shawford, laufen sie durch Täler, die in die Berge hineingeschnitten wurden. Hast du schon mal darüber nachgedacht?«

Ich verneinte. Er bückte sich und zeigte auf einen von den dicken, flachen, nur wenig aus der Erde hervorstehenden Balken, die man stellenweise noch auf den Hochwegen finden konnte, obwohl die meisten als Brennholz weggeholt worden waren.

»Oder wozu die dienten?«

Ein Stück von dem einen Ende des Balkens entfernt saß eine Metallfassung, die so aussah, als hätte sie etwas gehalten, eine Stange vielleicht, eine Schiene, die quer zum Balken verlief. Ich sagte:

»Ich nehme an, sie hatten etwas mit Maschinen zu tun.«

Ich hatte ein Schuldgefühl, nur weil ich das Wort in Gegenwart des Sehers ausgesprochen hatte, aber er hatte mir schließlich auch eigenartige Fragen gestellt. Er sagte:

»Und diese Maschinen – waren die so sehr viel schwächer als ein Pferd, daß sie nur auf ebenem Wege fahren konnten? Und mußten darum die Hochwege entweder angehoben oder gesenkt werden,

so daß sie sich nicht der Landschaft anformten, durch die sie führten?«
Ich sagte: »Ich weiß es nicht, Seher.«
Ich war verlegen. Solche Überlegungen waren doch ganz gewiß verboten. Bei den Sehern, die den Geistern dienten, mochte es ja vielleicht anders sein, aber ich hatte kein Recht, dergleichen zu denken.
Er schwieg eine ganze Weile. Dann sagte er:
»Du mußt auf seltsame Dinge im Heiligtum gefaßt sein, Lukas.«
»Ja, Seher.«
Natürlich mußte es dort Seltsames geben – das wußte ich. Zum Beispiel die Beschwörung, die vielleicht immerzu im Gange war und nie aufhörte: Dunkelheit mit Lichtern und Glocken und den tönenden Stimmen der Geister. Ezzard sagte:
»Es gibt dort seltsame Dinge zu sehen und seltsame Dinge zu lernen. Manche werden dich in Erstaunen setzen.« Er wartete, aber ich sagte nichts. »Du hast deine starken Seiten, aber Wißbegierde gehört nicht dazu. Ist wohl auch nicht nötig. Aber es wäre besser gewesen, wenn wir mehr Zeit gehabt hätten, um dich vorzubereiten.«
Ich wußte nicht, was er meinte, aber es interessierte mich auch nicht so sehr, daß ich es unbedingt herausfinden wollte. Ich war müde und hungrig, und meine Füße waren wund vom vielen Laufen. Ich war froh, als wir an eine von den halb verfallenen Hütten kamen, die man noch hier und da an den Hochwegen findet, und Ezzard sagte: »Hier machen wir halt.«

In der zweiten Nacht schliefen wir in einer Scheune. Es war Stroh darin vom Drusch des vorhergehenden Jahres, das gab ein warmes Bett ab – in der Hütte war es kalt gewesen ohne Decke –, aber ich schlief schlecht. Eine Ratte lief mir über den Arm, und als ich wach lag, hörte ich sie umherhuschen. Ich empfinde Furcht und Abscheu vor diesen Tieren seit der Zeit, als ich zwei oder drei war und eine alte Katze von uns, eine Jägerin, mir eine brachte und, während ich schlief, aufs Kopfkissen legte. Als ich erwachte, sah ich beim schwachen Schein des Nachtlichts ihr totes Gesicht dicht vor meinem. Schließlich stand ich auf und ging nach draußen. Die Nacht war fast klar, überall standen blanke Sterne, und die Feuer des Brennenden Landes leuchteten heller, als ich sie jemals hatte leuchten sehen. Wir waren natürlich näher daran. Ich kauerte mich an die Scheunenwand und schaute zu ihnen hin, während meine Gedanken wieder den immer gleichen Rundgang durch Erinnerung und Zorn und Schwermut machten. Schließlich schlief ich trotz der Kälte und meiner verkrampften Haltung ein. Ich wurde

wach, als Ezzard im ersten Morgenlicht meinen Namen rief. Ich antwortete, und er kam zu mir nach draußen.
»Ich dachte schon, ich hätte dich verloren, Lukas«, sagte er erleichtert.
»Ich konnte da drin nicht schlafen.«
Ich wollte ihm nichts von den Ratten und meiner Furcht vor ihnen sagen. Er sagte:
»Heute nacht schläfst du in einem Bett.«
Ich nickte. »Darauf freue ich mich, Seher.«
Aber ich freute mich nicht mehr, als er am späten Nachmittag vorauszeigte und ich die Steine des Heiligtums erkannte. Sie standen wie gezackte Zähne am Horizont; winzig, aber da sie noch viele Meilen entfernt waren, winkten sie mit riesiger Größe. Winkten oder drohten. Ich hatte diese Reise angetreten aus Pflicht gegenüber dem Andenken meines Vaters, ohne an ihr Ende zu denken. Undeutliche Vorstellungen von den Hohen Sehern hatte ich gehabt, von Beschwörungen; aber da war nichts Greifbares gewesen, nichts, das wirklich etwas bedeutete. Diese Pfeiler in der Ferne waren nun wirklich und verhießen mir nichts Gutes. Sie waren von verlassenem Hügelland umgeben, wo nur Karnickel ästen. Kein Mensch traute sich in die Nähe, kein Schäfer würde seine Schafe in ihrem Schatten weiden lassen. Es war der Ort der Hohen Seher, furchtbar und heilig, und dieses Furchtbare berührte mich, so daß ich umkehren wollte in die Welt der Menschen. Lieber hätte ich es mit Peter und seinen Hauptleuten aufgenommen, als nun noch einen Schritt weiterzugehen. Aber ich war so weit gekommen, daß ich den Weg nun auch zu Ende gehen mußte. Und wieder zeigte ich Ezzard meine Furcht nicht.
Es war ein langer Weg zu ihnen hin. Die sinkende Sonne war hinter Wolken hervorgekommen und warf Schatten von den Steinen, die sich uns wie schlanke Finger entgegenstreckten. Ich konnte sie nun deutlicher sehen. Sie bildeten ungefähr einen Kreis, große, grob behauene Keile, mehrere Mannslängen hoch und entsprechend breit. Sie standen mit Abstand voneinander, einige jedoch wurden miteinander verbunden durch gewaltige Steine, die auf ihnen und zwischen ihnen ruhten.
Im Innern des Kreises war nichts weiter als das von den Karnickeln

kurzgenagte Gras. Wieder wurde mir bange, diesmal auf andere Art. Konnte diese Leere das Heiligtum sein? Ich hatte ein mächtiges Gebäude erwartet, vielleicht eine Burg. Wo wohnten die Hohen Seher? Da waren nur die großen verwitterten Steine und Gras. Gab es in einem der Steine eine Tür, durch die man die Welt der Geister betrat? Oder stieg man eine unsichtbare Leiter zu einer Feste in den Wolken hinauf?

Wir überquerten einen schmalen Graben, und nun ragten die Steine dicht vor uns auf. Wir gingen zwischen zweien hindurch, die in Wind und Regen nicht von Jahren, sondern von Jahrhunderten gealtert schienen. Der äußere Ring bestand aus weiteren Steinen, von denen manche standen, andere jedoch umgefallen waren. Neben einem von diesen, zur Mitte hin, stand eine Art Pilz, ebenfalls aus Stein, aber der Stein war weißer und weniger genarbt als die großen. Er erhob sich nur wenige Fuß über den Boden. Ezzard ging darauf zu, griff mit der Hand darunter und suchte nach etwas. Ich stand neben ihm und versuchte meine Glieder zu zwingen, nicht zu zittern. Wir warteten schweigend ungefähr eine halbe Minute. Und dann sprach der steinerne Pilz:

»Wer kommt?«

Der Seher beugte sich zu dem Pilz hinunter:

»Ezzard – mit dem Fürsten von morgen.«

Ich kann nicht sagen, was ich erwartete: Donner und Blitz, einen feurigen Wagen aus den Wolken, einen festen Regenbogen, der in ein Zauberland führte. Statt dessen knarrte es leise, und auf der anderen Seite des Pilzes bewegte sich die Erde und tat sich auf. Aber nicht Finsternis wurde enthüllt, sondern Licht, ein weißeres, helleres Licht, als ich jemals gesehen hatte, und eine abwärts führende Treppe.

Ezzard sagte: »Komm, Lukas.«

Ich zögerte. Es war eine ganz gewöhnliche Treppe, aber sie machte mir Angst. Und das Licht – war es das Licht der Geister? Mir fielen alle Ereignisse wieder ein, die sie in Gang gesetzt hatten. Vielleicht hatten sie mir geholfen, das edelsteinbesetzte Schwert zu gewinnen, und meinem Vater zur Fürstenwürde. Aber danach – meine Mutter gemordet, meine Tante dafür hingerichtet, der Kopf meines Vaters über dem Osttor aufgespießt, wo jeder ihn verspotten

konnte. Und ich selber als Polymoff verkleidet aus der Stadt vertrieben. Das Böse, das sie getan hatten, überwog ganz gewiß das Gute.
Alles wahr. Wahr aber auch, daß ich nun endlich vor ihrer Feste stand. Mehr als mich umbringen konnten sie nicht. Mein Leben war auch so schon so gut wie nichts wert; würde ich jetzt zu fliehen versuchen, war es ganz sicher um mich geschehen. Ich stieg vor Ezzard in das Loch hinab.
Nach einem Dutzend Stufen kam ein Absatz, wo die Treppe wendete und dann noch tiefer ins Innere der Erde hinunterführte. Ezzard, der hinter mir ging, blieb stehen, also blieb ich auch stehen. Er drückte auf einen Knopf an der Wand. Es ertönte ein Surren, dann das Knarren, das ich oben an der Oberfläche schon gehört hatte, und ich sah, daß die Lücke über uns sich schloß und den Himmel auslöschte. Ich merkte nun, daß sich unter dem Gras und der Erde Metall befand, das sich hob: eine Falltür, um die Öffnung oben an der Treppe zu verschließen. Ich war weniger beunruhigt als verwirrt, weil ich etwas zu begreifen versuchte, das nicht geleugnet werden konnte und doch unmöglich war. Das Licht, das ich sah, kam aus langen Glasröhren. Ezzard drückte auf einen anderen Knopf, und da flammten noch weitere auf und beleuchteten die Treppe nach unten.
»Ezzard!« rief ich. »Diese Lichter...«
Er sah mich an. Ich konnte mich kaum dazu bringen, es auszusprechen, aber zu schweigen war mir auch unmöglich.
»Das sind nicht die Lichter der Geister... Und die Falltür, die ist auch nicht Geisterwerk. Das sind alles Maschinen!«
»Ja«, antwortete er. »Habe ich dir nicht gesagt, daß es Seltsames zu lernen geben werde für dich?«

Ich saß zu Abend mit Ezzard und den Hohen Sehern. Sie trugen keine weiten Mäntel, sondern schlichte Kleidung – Hose und Hemd – wie Ezzard auch; und von Ezzard abgesehen, trugen sie auch die Haare nicht kurzgeschoren, sondern in normaler Länge. Bei dem, der von den dreien, die Winchester besucht hatten, der älteste gewesen war, war es vom Alter schütter und weiß, aber der Dicke hatte einen dichten schwarzen Schopf. Und mir fiel auch auf,

daß er nicht mit der spatzenhaften Selbstbeschränkung aß, die er beim Festmahl meines Vaters an den Tag gelegt hatte, sondern kräftig zulangte wie einer, dem sein Essen schmeckt. Wie die geschorenen Köpfe und die weiten schwarzen Mäntel war auch das nur Theater gewesen.
Eigenartig war es auch, sie in ungezwungenem und gar nicht gemessenem Tonfall sprechen zu hören – sprechen und sogar lachen. Sie waren gewöhnliche Männer, und ich wußte nur noch nicht, ob mich diese Erkenntnis erleichterte oder enttäuschte. Ich schwieg und stellte keine Fragen und antwortete nur kurz, wenn man mich etwas fragte. Viel fragten sie mich nicht: Ich sollte mich wohl erst allmählich an alles gewöhnen; mein Verstand sollte sich von dem Schock erholen. Ich erfuhr ihre Namen: Der kleine Weißhaarige hieß Lanark, der dunkelhaarige Dicke Murphy.
Nach dem Essen trug jeder seinen eigenen Teller in die Küche, wo sie in einer Maschine gestapelt wurden, die sie abwusch: man konnte das Wasser hinter der geschlossenen Tür rauschen hören. Diener schien es keine zu geben – ich nahm an, weil es dort keine Polymoffs gab. Einer von den Männern bediente eine Maschine, die mit jaulendem Geräusch über den Boden hin und her fuhr und dabei Krümel und Staub in sich hineinsaugte. Die anderen gingen in einen großen Raum mit vielen Sesseln und Sofas voran. Die Wände waren mit Landschaftsbildern bemalt – eine Waldlichtung, ein Garten, Felsen und Meer, und auf der vierten Wand sah man die Straßen einer Stadt mit Männern, Frauen und Kindern und einem Hund, der sich im Staub kratzte. Die Bilder sollten die Männer, die wie Maulwürfe unter der Erde lebten, daran erinnern, wie die Welt aussah.
Wir setzten uns. Lanark sagte:
»So, Lukas, was möchtest du denn jetzt wissen?«
Es gab so viel zu fragen, daß ich nicht wußte, wo ich anfangen sollte. Nach einer Weile sagte ich: »Die Maschinen – wie bewegen sie sich? Ich meine: wovon werden sie bewegt?«
»Von Elektrizität.«
»Was ist das?«
»Eine Kraft. Es ist schwer zu erklären. Etwas, das unsichtbar ist, aber genutzt werden kann.«

»Unsichtbar? Wie die Geister?«
Er lächelte. »Nein.«
Ich gab mir einen Ruck und fragte kühn: »Gibt es die Geister?« Halb rechnete ich auch jetzt noch damit, wegen Geisterlästerung verdammt zu werden. Aber Lanark sagte:
»Falls ja, dann haben sie sich uns jedenfalls noch nicht gezeigt.«
»Die Beschwörungen… die Lichter und Klänge…«
»Alles Schwindel, um die Macht der Seher über die Seelen der Menschen zu erhalten.«
»Die Prophezeiungen…«
»Prophezeiungen erfüllen sich oft, weil die Erwartung sich das Erwartete selber schafft. Wo sie sich nicht erfüllen« – er zuckte die Achseln – »kann man das, was nicht paßt, gewöhnlich wegerklären.«
Ich schüttelte den Kopf. Von Zweifeln und Ungewißheit war ich wie benommen. Ich sagte:
»Ich verstehe das nicht.«
Lanark antwortete: »Ich weiß, daß es nicht einfach ist. Vielleicht ist es das beste, wenn wir ganz von vorn anfangen. Du weißt, was über die Katastrophe erzählt wird?«
»Daß unseren Vorfahren Kräfte verliehen wurden von Geistern, die sie in die Irre geführt und schließlich zerstört haben, indem sie ihre Städte in Trümmer legten und die Erde selber Flammen speien ließen.«
»Es ist was Wahres dran. Unsere Vorfahren besaßen tatsächlich große Macht; sie bauten Städte, in denen tausend Winchesters hätten verlorengehen können; sie hatten Maschinen, mit denen sie durch die Luft fliegen konnten – in weniger als einem Tag um die ganze Erde –, und andere, mit denen sie sahen, was Tausende von Meilen entfernt geschah. Sie flogen zum fernen Mond. Dann kam die Katastrophe.
Das seltsame ist, daß viele Menschen sie erwartet hatten, wenn auch nicht in der Form, in der sie sich dann ereignete. Unter den Maschinen nämlich gab es Maschinen für den Krieg: Durch einen Druck auf einen Knopf eine halbe Welt entfernt, konnte ein Mensch eine von diesen Städten zerstören, mit denen verglichen Winchester nur ein winziger Weiler ist. Man glaubte, diese Zerstö-

rungsgewalt werde früher oder später einmal entfesselt werden und die Erde dann in Barbarei zurückfallen, falls sie nicht ganz und gar ausgelöscht würde. Später brachte man das, was man erwartet hatte, mit dem durcheinander, was wirklich geschah.«

Ich fragte: »Was geschah denn?«

»Die Erde selber lehnte sich auf. Nur kann man es so natürlich eigentlich nicht ausdrücken: Die Erde ist leblos, ohne Willen oder Verstand. Aber eine Art Leben besitzt sie doch. Sie kann sich verändern, und zwar äußerst heftig. Die Menschen wußten, daß es in der Vergangenheit, in der unglaublich fernen Vergangenheit, bevor der Mensch selber existierte, Erderschütterungen gegeben hatte, bei denen riesige Länder wie Pergament zerknüllt und Berge zum Himmel emporgestoßen worden waren und Vulkane Feuer und geschmolzenes Gestein gespien hatten. Es gab immer noch ein paar Vulkane und hin und wieder auch ein Erdbeben. Von Zeit zu Zeit wurde eine Stadt in Trümmer gelegt, mußten ein paar hundert Menschen ihr Leben lassen. Das waren Launen der Natur, unerwartet und bald wieder vergessen.

Da plötzlich brachen die Feuer der Erde, die Milliarden von Jahren nur geschwelt hatten, von neuem aus. Wir wissen nicht, warum. Manche nehmen an, daß es etwas mit der Sonne zu tun hatte, auf der kurz zuvor unerklärliche Anzeichen beobachtet worden waren – eigenartige Strahlungsausbrüche, von dunklen Flecken auf der ganzen Sonnenoberfläche begleitet. Jedenfalls bebte die Erde, und überall stürzten die Städte der Menschen ein, und die Menschen starben in ihren Ruinen. Das Schlimmste dauerte nicht sehr lange, eher Tage nur als Wochen, aber es genügte, um die Welt der großen Städte und Maschinen zu vernichten. Die wenigen Überlebenden durchstreiften das zerstörte Land und kämpften gegeneinander um die wenige noch verbliebene Nahrung.

Allmählich kamen sie wieder zusammen. Sie bauten sich Häuser zum Schutz gegen die Witterung – aus Holz, nicht aus Stein, und so entworfen, daß sie möglichst gut den Erdstößen widerstanden, die immer noch nicht aufgehört hatten, wenn sie auch in immer größeren Abständen kamen. Sie kehrten in ihre alten Heimatorte zurück, zumindest in die Dörfer und die Kleinstädte. Nicht in die großen – die ließ man als Trümmerhaufen liegen. Sie machten das,

was sie früher gemacht hatten – bestellten den Acker, züchteten Vieh, trieben Handel, übten Handwerke aus und kämpften. Aber sie wollten nichts zu tun haben mit Maschinen, weil sie Maschinen gleichsetzten mit dem uralten Stolz ihrer Vorfahren und der Abrechnung, die darauf folgte. Wer dabei ertappt wurde, daß er sich mit Maschinen befaßte, wurde getötet – aus Furcht vor erneuter Vernichtung.
In früherer Zeit hatten die Menschen viele Religionen. Eine hatte es mit den angeblichen Geistern der Toten zu tun, und diese breitete sich nun wie ein Lauffeuer aus. Beschwörungshallen wurden gebaut, und in ihnen, im Dunkeln, sollten die Geister angeblich mit den Menschen reden und sie führen und beraten.
Aber es gab einige wenige Menschen, eine Handvoll nur, die gaben sich nicht zufrieden; die wußten, daß Maschinen an sich nicht böse waren, ja, uns sogar zur Zivilisation zurückverhelfen konnten. Sie wagten es nicht, den Legenden Trotz zu bieten – wer es tat, wurde vom Pöbel in Stücke gerissen –, aber sie konnten sie für ihren Zweck benutzen. Sie wurden Seher und übernahmen die Beschwörungshallen. Sie predigten gegen die Maschinen und taten sie in den Bann, bewahrten aber insgeheim Maschinenwissen auf, während sie ständig nach geeigneten Schülern Ausschau hielten.«
»Martin...«, sagte ich.
»Ja, wie zum Beispiel Martin. Und an bestimmten Orten, sogenannten Heiligtümern, die so heilig waren, daß niemand in ihre Nähe kam, bauten sie Maschinen und arbeiteten damit. Hier und noch anderswo. Verstehst du's jetzt?«
»Zum Teil«, antwortete ich. »Aber nicht, warum man mich hierher gebracht hat. Damit ich an den Maschinen arbeite?«
Lanark lächelte. »Da hätten wir uns eher Martin geholt. Mit dir haben wir etwas anderes vor – ganz etwas anderes. Erinnerst du dich noch, was ich dir gesagt habe, als wir in Winchester miteinander gesprochen haben?«
»Du hast gesagt, die Geister hätten einen Auftrag für mich.«
»Es gibt keine Geister, soviel wir wissen, aber einen Auftrag gibt es. Ich sagte, daß die Menschen sich von der Katastrophe erholt hätten, aber das waren nur wenige Menschen, an ein paar begünstigten Orten. Diese Lande hier gehören dazu. Rundherum sind

Wüsten und Einöden und Tiere wie Ungeheuer. Auch Wilde. Sie vermehren sich schnell, und der Hunger treibt sie in die zivilisierten Lande. Die Winter sind länger und härter geworden, weil die Sonnenstrahlen schwächer wurden wegen des Staubes, den die Vulkane zum Himmel geschleudert haben. Die Städte selber bekommen die Beschränkungen schon zu spüren, weil die Bauern weniger ernten und weniger Vieh großziehen. Vor vier Jahren ist Taunton gefallen. Dorchester wurde den ganzen vergangenen Sommer belagert, und nun stehen die Barbaren schon wieder vor den Mauern. Und wenn eine Stadt von diesen Feinden erobert wird, gibt es keinen Austausch gegen Lösegeld – nur Plündern und Morden und dann Feuer und völliger Untergang.

Wir haben mit Menschen in fernen Gegenden der Welt gesprochen, die dasselbe Ziel wie wir verfolgen: Die Zivilisation wiederherzustellen. Nicht mit Hilfe der Tauben; wir haben Maschinen, wie unsere Vorfahren sie hatten, die das können. Früher einmal haben sich viele Stimmen gemeldet, aber es wurden immer weniger. Seit einem Jahr haben wir nun schon keine Antwort mehr bekommen auf unsere Rufe.

Durch die Katastrophe sind die Menschen auf sich selber und ihren engsten Umkreis zurückgeworfen worden. Die Städte, als sie dann wiederaufgebaut wurden, bekriegten einander aufs heftigste; jede blieb unabhängig und für sich und verharrte in feindseliger Haltung gegenüber allen anderen. Es hat früher auch schon ähnliche Zeiten in der Geschichte der Menschheit gegeben. Aber wenn die Städte sich den Barbaren widersetzen wollen, bleibt ihnen nur eins: sie müssen sich miteinander verbünden; einzeln sind sie verloren.«

Ich sagte: »Als Ezzard also meinem Vater erklärte, die Geister wollten, daß er entgegen jeglichem Brauch die Stadt Petersfield behielt...«

»Das gehörte mit zu dem Plan. Eine Stadt mußte dasein, welche die anderen beherrschte und vereinigte. Winchester war dazu am besten geeignet. Es liegt günstig, in der Mitte der zivilisierten Lande, und es ist reich; und man erinnert sich daran, daß vor vielen hundert Jahren einmal ein großer Fürst von dort aus regiert hat. Aber nachdem wir die Stadt ausgesucht hatten, brauchten wir einen Fürsten. Stephen taugte für unsere Zwecke nichts, ein furchtsamer Mensch ohne Ehrgeiz. Sein Sohn Edmund wäre vielleicht geeignet gewesen. Falls nicht noch ein besserer dagewesen wäre, hätten wir ihn nehmen müssen. Aber Ezzard fand dich, und als du unter widrigsten Voraussetzungen den Preis beim Turnier gewannst, stand unsere Wahl fest.«

»Aber es war doch nur ein Zufall, daß ich überhaupt an dem Turnier teilgenommen habe! Wenn Matthew nicht krank geworden wäre...«

»Kein Zufall«, sagte Lanark. »Keine große Kunst ist nötig, um jemanden an einem Fieber erkranken zu lassen.«

Ich erinnerte mich an meine Begegnung mit Ezzard auf der Hochstraße: wie er mir geraten hatte, noch einmal tüchtig Schlittschuh zu laufen, weil es vielleicht mein letzter Winter dafür sein könne. Ich sagte:

»Und alles danach... daß mein Vater Fürst wurde, die beiden Lichtkronen bei der Beschwörung... das war alles abgekartet und vorausbedacht?«

»Deinen Vater zum Fürsten zu wählen, dazu gehörte schon einiges Geschick. Die Lichtkronen dagegen waren ein einfacher Trick.«

»Aber die Maschine, die geplatzt ist und dabei die Mauern von Petersfield zum Einstürzen gebracht hat – daß *das* passieren würde, konntet ihr aber doch nicht wissen!«

Lanark lächelte. »Nein? Wenn man etwas von Schießpulver versteht, ist es nicht allzu schwierig, eine Kanone hochgehen zu lassen. Der Seher von Petersfield hat dafür gesorgt.«

Ein Rest eines Zweifels blieb immer noch bei mir zurück; und Enttäuschung. Ich glaubte, den Verlust eines von den Geistern vorhergesagten Geschicks nun hingenommen zu haben, aber etwas in mir sträubte sich doch noch dagegen. Ich sagte:

»Bei der Kronenbeschwörung... da war ein Bauer, der sich darüber beklagte, daß er dem Seher Gold gegeben hätte, damit er seine Lämmer beschütze, und trotzdem habe er sie alle verloren. Und der Geist des Vaters seines Großvaters bezichtigte ihn, durch die Aufzucht von Polyvieh gegen die Gesetze verstoßen zu haben. Er konnte es nicht leugnen. Also war es doch bestimmt ein Geist, der zu ihm gesprochen hat, und zwar wahr gesprochen hat?«

Ezzard antwortete: »Im ganzen Land gibt es keinen einzigen Bauern, der diese Sünde nicht schon begangen hat. Wer soll noch feststellen können, wie viele Hörner eine Kuh hatte, wenn sie als Fleisch auf den Markt kommt? Ich konnte meiner Sache sicher sein, als ich ihn verdammt habe.«

»Und mein Vater – er hat mir erzählt, daß er deinen Befehlen gehorcht habe, weil er durch deine Vermittlung die Stimme meiner Mutter nach ihrem Tod gehört habe. War das auch ein Trick?«

»Zum Teil, aber er hat tatsächlich ihre Stimme gehört. Mit Hilfe einer anderen Maschine unserer Vorfahren. Worte werden auf einer Art Band festgehalten, das man dann zerschneiden und wieder neu zusammensetzen kann, so daß sich der Wortlaut ergibt, den man haben will.«

Ein neuer, schrecklicher Gedanke befiel mich. »Der Tod meiner Mutter...«

Lanark schüttelte den Kopf. »Das war nicht unser Werk. Wir können nicht alles steuern, wie die Eroberung der Stadt durch Jeremy gezeigt hat. Wir haben ihn nur benutzt, um deinen Vater an uns zu binden. Trotzdem war es ein Schlag, ein bitterer Schlag. Dein Halbbruder wurde dadurch zu deinem Feind. Darum hat Ezzard mit dir fliehen und dich herbringen müssen.«

»Euer Plan war aber doch schon fehlgeschlagen, als Jeremy die Stadt einnahm.«

»Eigentlich nicht. Wir hätten auf ihn einwirken können. Er hätte dich an deines Vaters Stelle Fürst werden lassen. Du seist ja nur ein Knabe und machtlos, hätte er sich gesagt.«

Ich erwiderte zornig: »Glaubt ihr etwa, ich hätte es angenommen aus seinen blutigen Händen?«

»Ja – wenn Ezzard dir Hoffnung auf Rache gemacht hätte. Du bist ein guter Hasser.«

Ich wußte, daß er recht hatte. Ich sagte:

»Aber es war alles umsonst. Peter hat die Stadt, und ich bin hier im Exil. Also ist euch doch nicht gelungen, was ihr vorgehabt habt.«

Lanark schüttelte den Kopf. »Wir haben eine Schlacht verloren, aber es kommen noch mehr. Solange du lebst, bist du immer noch der Fürst von morgen.«

»Ein leeres Versprechen«, sagte ich, »von Geistern, die es nicht gibt.«
»Nicht nur das«, sagte Lanark. »Auch eine Hoffnung, die Hoffnung aller heute lebenden Menschen.«

In den nun folgenden Wochen lernte ich vielerlei. Zum Beispiel, was für eine Bewandtnis es mit Polymoffs hatte. Das Wort kam von einem älteren her, das »von mannigfaltiger Gestalt« hieß. Solche Mißgeburten hatten nach der Katastrophe zugenommen, und man glaubte, daß sie auf eigenartige Strahlungen der Sonne zurückzuführen seien, wahrscheinlich dieselben, von denen man annahm, daß sie die tiefen Feuer der Erde wiedererweckt hätten. Manche, wie zum Beispiel die Zwerge, hatten rasseechte Nachkommen, die meisten jedoch nicht. In den zivilisierten Landen hatten die Menschen ihr möglichstes getan, um alle mißgestaltet geborenen Tiere auszurotten, aber Mütter wollten ihre Babies nicht töten lassen. Also hatte man sie leben lassen, die Zwerge als Rasse für sich, die Polymoffs als Dienstpersonal für normale Menschen. In den Landen der Wilden jenseits des Brennenden Landes gab es überhaupt keine Kontrolle, weshalb Mißgestaltetheit sich dort wuchernd ausbreitete.
Ich erfuhr auch, was es mit den Sehern auf sich hatte. Das Heiligtum unter den großen Steinen war weder das einzige noch das wichtigste. Ein anderes befand sich in den Ruinen der großen Stadt, die London geheißen hatte. Man erklärte mir, daß diese Stadt sich über mehr als sechshundert Quadratmeilen erstreckt habe und daß über acht Millionen Menschen darin gewohnt hätten: Zahlen so groß, daß man sich die Wirklichkeit dahinter nicht vorstellen kann. Die Seher hatten unter den Trümmern einen Ort gefunden, wo alles Wissen der Alten in Büchern aufbewahrt war, und dort schürften sie ihre Kenntnisse.
Auch ich erwarb einiges von ihrem Wissen: nicht viel, denn ich besaß nicht die nötigen geistigen Fähigkeiten, um es zu begreifen. Meine Aufgabe, erklärte man mir, sei eine andere: mitzuhelfen, die Bedingungen zu schaffen, unter denen das Wissen aus den Verstecken hervorgeholt und die Städte sicher gemacht werden könnten gegen das anbrandende Meer der Barbarei, das rundum schon

überschwappe und sonst steigen und sie verschlingen müsse.
Und ich sah auch die Maschinen, die größere Wunder tun konnten als die, welche man den Geistern zugeschrieben hatte. Maschinen, mit denen man über große Entfernungen hinweg sehen und hören konnte; Maschinen, die einen Wagen zehnmal so schnell vorwärts treiben konnten, als ein Pferdegespann ihn zu ziehen vermochte; Maschinen, die Metall unter der Erde aufspüren konnten, die Fleisch froren und ihm den ganzen Sommer über seine Frische erhielten, ohne daß es gepökelt werden mußte, die einem die eigenartigsten Tiere zeigten, die im allerkleinsten Wassertropfen lebten... Dutzende und noch mehr Wunder.
Und eines Tages zeigte mir der dicke Murphy einen sogenannten Induktionsofen. Er erklärte mir, wie er arbeitete: mit dieser Kraft, die Elektrizität genannt wurde. Er sagte: »Darin wird Stahl zu Hartstahl verstählt. Man bekommt dann eine Oberfläche von einer Härte, wie sie in keiner gewöhnlichen Schmiede erzielt werden kann.«
Ich nickte. Mehr oder weniger verstand ich, was er meinte. Er fuhr fort:
»Du hast das edelsteinbesetzte Schwert zurückgelassen, Lukas, das du im Turnier gewonnen hast. Aber erinnerst du dich noch, was ich dir versprochen habe: daß du eines Tages ein Schwert von den Geistern bekommen werdest? Wenn es auch keine Geister gibt, dein Schwert bekommst du doch: Wir werden es hier schmieden, und ich verspreche dir, kein von Zwergen geschmiedetes Schwert wird ihm eine Kerbe schlagen können. Es wird alles hinmähen, was sich ihm entgegenstellt, falls deine rechte Hand stark genug ist.«
»Wann?« fragte ich. »Wann schmiedet ihr mir das Schwert?«
»Wenn es Zeit ist.«
»Aber wie lange dauert es bis dahin? Ich bin es leid, unter der Erde zu leben, ohne Wind, ohne Sonne, mit Tag und Nacht nur, die wir uns selber machen.«
»Wir sind es alle leid«, antwortete Murphy, »aber wir müssen warten. Wir müssen warten auf den richtigen Augenblick zum Eingreifen: zu früh oder zu spät, und es mißlingt uns. Und falls es uns mißlingt, ist alle Hoffnung dahin. Du mußt dich in Geduld üben, Lukas.«

Er legte mir die Hand auf die Schulter, und ich nickte, wenn auch widerstrebend. Es juckte mich, auf einem Pferd zu sitzen und durch die Wiesen am St.-Catherinen-Berg zu reiten und die Mauern von Winchester vor mir aufragen zu sehen. Aber er hatte recht; und Ungeduld war doch wenigstens leichter zu ertragen als Verzweiflung. Vielleicht würde es noch sehr lange dauern, bis die Zeit kam – aber sie würde kommen.

Hinter dem Brennenden Land

Ausritt vom Heiligtum

Das Heiligtum lag in offenem, hochgelegenem, unbesiedeltem Land – gewöhnliche Menschen wagten es nicht, sich solch einer geweihten Stätte zu nähern. Der nächste Ort war Amesbury im Avontal, drei Meilen nach Osten, und dort wurden die weißen Pferde gehalten, auf denen die Hohen Seher ritten, wenn sie Anlaß hatten, sich auf Reisen zu begeben. Die Pferde standen in den Ställen des Sehers von Amesbury, der stets zur richtigen Zeit den Stallknechten Anweisung gab, sie zu satteln und reisefertig zu machen. Für die Leute im Ort war dies Beweis für den Zauber der Geister, der dem Seher gehorchte. Denn wie anders als durch Zauberei konnte der Seher von Amesbury wissen, wann die Hohen Seher ihre Reittiere benötigten? Kein Bote war übers öde, leere Land im Westen gekommen, und Tauben hatte er keine. Ganz offenbar hatten ihm also die Geister die Nachricht in der Beschwörungshalle überbracht, in deren düsterer Stille der Seher und seine Akoluthen ihre Andachten hielten.

Solcherart war ihr Glaube, und die Seher bestärkten die Leute nur zu gern darin. In Wirklichkeit wurden Nachrichten über Funk weitergegeben. Der Hauptsender befand sich im Heiligtum unter der Erde; das Sendekabel führte raffiniert versteckt zu einer Antenne oben auf einem der gewaltigen Findlingsblöcke, die über der Erde einen teilweise eingestürzten Kreis bildeten. Der Nebensender stand in einem einbruchsicher verriegelten Raum im Seherhaus, zu dem nur der Seher und sein Oberakoluth einen Schlüssel besaßen. Denn die Funkgeräte, Radios, waren natürlich Maschinen, und die Geister verboten Maschinen; wer eine baute oder benutzte, wurde mit dem Tode bestraft. Und zwar auf Geheiß der Seher.

Wir lebten in den Ruinen einer Welt, die einstmals großartig gewesen war. Die Wunder, die mir die Seher zeigten, waren ja recht interessant, aber doch nur ein trostloser Ersatz für das Leben an der frischen Luft oder das Reiten, Turnieren, für Soldatenschwatz und Soldatenlachen. Ich kannte die Seher nun als Menschen, als Männer, und ich mochte sie gern, aber ihre Unterhaltung ging oft über meinen Kopf, und es fehlte mir der kräftige Lager- und Kasernengeruch.
Deshalb und weil mich Eingeschlossenheit und Untätigkeit ganz offensichtlich immer ungeduldiger machten, wurde noch ein weißes Pferd mehr gesattelt und vom Seher von Amesbury und zweien seiner Akoluthen über die verschneite Ebene geführt. Es war Brauch, daß die Hohen Seher zum Weihnachtsfest Salisbury besuchten und dort eine Beschwörung abhielten. (Salisbury besaß als die Stadt, zu der das Heiligtum formell gehörte, gewisse Vorrechte, die es eifersüchtig hütete; und der Weihnachtsbesuch war eins davon.) In diesem Jahr würde der Besuch statt aus drei aus vier Gestalten im schwarzen Umhang bestehen.
Der stämmige, schwarzhaarige Murphy ermahnte mich vor dem Aufbruch.
»Wir waren uns nicht einig, ob es wohl klug sei, Luky. Schließlich bist du für uns alle ein kostbarer Besitz, und es ist unvernünftig, den aufs Spiel zu setzen.« Er lächelte. »Aber wenn wir dich noch viel länger eingesperrt halten, besteht die Gefahr, daß du platzt. Also wirst du als unser Sonderakoluth mit Lanark und Tanner und mir zum Fest nach Salisbury reiten. Achte darauf, daß du dich so besonnen aufführst, wie man es von einem Sonderakoluthen erwarten darf, und daß du immer ein blasses und heiliges Gesicht zur Schau trägst. Und beim Festmahl wirst du selbstverständlich so wenig wie möglich essen und trinken, nur gerade genug, um nicht unhöflich zu scheinen, denn wie alle Menschen wissen, leben wir Hohen Seher von der Luft und der Ausstrahlung der Geister. Wir speisen dann hinterher im Haus des Sehers. Der hat einen guten Koch und sehr ordentliches Bier.«
Ich versprach ihm, auf alles zu achten, hörte aber eigentlich kaum, was er sagte. Vor lauter Unruhe war ich wie in einem Fieber und rieb mich mehr denn je an den Beschränkungen dieser von Men-

schen erbauten Höhle wund. Als wir dann endlich aufbrachen, mußte man mich gewaltsam daran hindern, immer zwei oder drei Stufen auf einmal zu nehmen. Auf dem obersten Treppenabsatz mußten wir warten, während Lanark auf den Knopf drückte, der die Falltür öffnete. Sie hob sich knarrend über uns. Das Tageslicht war femd und wunderbar nach dem künstlichen elektrischen Licht, und meine Nase schnupperte kalte frische Luft.
Wir ritten über Amesbury, wo die Leute ebenfalls ein Anrecht darauf besaßen, die Hohen Seher zu sehen und zu verehren, und bogen dann auf der Talstraße nach Süden ab. Unsere weiten Mäntel waren aus dicker Wolle: dennoch fröstelte uns. Der Schnee lag hoch, und der Fluß war von Eis gesäumt. Es war ein recht klarer Tag; hier und da zeigte sich ein Fleckchen Blau, wenn der Horizont in unse-

rem Rücken auch rußig war vom Qualm aus dem Brennenden Land.
Die Winterlandschaft hatte nicht viel Interessantes zu bieten, aber einfach nur im Freien zu sein genügte mir schon. Das Pferd war auch nicht gerade das, woran ich gewöhnt war – ein breitrückiges, sanftes Tier, das so ausschritt, wie es sich für einen Trupp von Sehern ziemte. Aber dasselbe galt auch hier: Ich freute mich, wieder im Sattel zu sitzen, selbst bei dieser gemächlichen Gangart. Wir brauchten drei Stunden für die siebzehn Kilometer von Amesbury zur Hauptstadt. Die Hohen Seher unterhielten sich miteinander, und ich dachte an die beiden Freunde, die ich in Winchester zurückgelassen hatte. Martin, der Akoluth, würde jetzt zweifellos über seinen Büchern sitzen, Edmund jedoch würde man an einem solchen Nachmittag wohl eher auf dem Turnierplatz finden, oder er ritt mit seinem Falken nach Wildenten. Ich hätte gern gewußt, ob sie sich wohl immer noch in dem Versteck trafen, das Martin und ich unter der großen Ruine hinter der Beschwörungshalle entdeckt hatten.
Salisbury liegt an einer Stelle, an der mehrere Täler zusammentreffen – das wird wohl der Grund sein, warum es hier gebaut wurde. Die Nachricht von unserem Kommen war uns vorausgeeilt, und eine Menschenmenge hatte sich auf der Mauer am Nordtor und davor versammelt. Als die Hohen Seher nach Winchester gekommen waren, hatten die Einwohner sie mit ehrfurchtsvollem Schweigen empfangen, die Leute von Salisbury jedoch empfingen uns mit Beifall und lauten Hochrufen. Für sie war es natürlich etwas Gewohnteres. Sie drängten sich dicht an uns heran, als wir dann durch die Straßen, die die Polymoffs vom Schnee freigefegt hatten, zum Palast des Fürsten ritten, und ich fing Menschengeruch auf: beizend, geradezu betäubend nach der gefilterten Luft im Heiligtum, aber auch aufregend. Ich hätte ganz gern auf die Zurufe der Leute geantwortet; aber dann fiel mir doch gerade rechtzeitig wieder ein, wer ich sein sollte, und ich hielt den Blick gesenkt und die Lippen fest verschlossen.
Fürst Harold kam aus seinem Palast, um uns seine Hochachtung zu erweisen, und hielt persönlich Lanarks Pferd am Zügel, während Lanark absaß. Dieser Fürst war ein dürrer, dunkelhaariger

Mann, der sich einigen Ruhm als Krieger erworben hatte, aber nun schon seit mehreren Jahren kränkelte. Sogar mitten in seiner Begrüßungsansprache zwang ihn ein Hustenanfall abzubrechen, und ich bemerkte, daß das weiße Taschentuch, das er an die Lippen führte, rot vor Blut war, als er es wieder wegnahm. Seine beiden Söhne waren auch da – ehrerbietig im Hintergrund. Lange werde es nun nicht mehr dauern, hatten die Seher gesagt, bis einer von ihnen an seiner Stelle regierte. Es war vorgesehen, daß die Geister den jüngeren proklamierten, der sich als zugänglicher für ihre Führung erwiesen hatte.

Vom Palast gingen wir ins Seherhaus, in dem wir wohnen sollten. Der Fürst hatte uns in der vorgeschriebenen Form angeboten, seine Gäste zu sein, und wir hatten in der vorgeschriebenen Form abgelehnt. Die Hohen Seher waren zu heilig, um in enge Berührung mit gewöhnlichen Menschen zu kommen; und mit dem Essen wäre es auch schwierig geworden. Im Seherhaus gab es keine Polymoff-Dienerschaft: die Akoluthen bedienten uns. Wir bekamen ein tüchtiges Abendessen vorgesetzt. Hätte die Bevölkerung wie ich Murphy dabei erlebt, wie er in seine dritte Portion Wildbretpastete einhieb, hätten ihre Hochrufe vielleicht anders geklungen. Ich selber hielt mich auch kräftig ran, und das Bier war so vorzüglich, wie er's mir versprochen hatte.

Nach dem Essen saßen sie beieinander und unterhielten sich. Es wurde mir bald langweilig. Lanark, als er es bemerkte, sagte: »Frische Luft macht müde, Lukas. Und morgen haben wir einen langen Tag vor uns – die Feierlichkeiten und die Beschwörung und abends das Festmahl. Geh lieber zu Bett. Es geht nicht an, daß unser Sonderakoluth gähnt, wenn wir die Geister herbeirufen.«

Ich sagte nur zu gern gute Nacht und ging in das Zimmer, das für mich zurechtgemacht worden war. Es war ein kleines Zimmer im ersten Stock, das gewöhnlich einem der Akoluthlehrlinge gehörte, der vermutlich für die Dauer unseres Besuchs zu einem anderen hatte umziehen müssen. Es enthielt außer dem schmalen Bett noch einen Stuhl und einen kleinen Tisch, einen Schrank und eine sehr grob gezimmerte Kommode – unsere Tischlerzwerge in Winchester hätten sich geschämt, irgend etwas von solch armseliger Qualität aus der Werkstatt zu lassen.

Hier konnte man wirklich nichts anderes tun als zu Bett gehen – das einzige Buch, das ich fand, war ein Standardwerk über Beschwörungsfeiern –, aber meine Müdigkeit war wie verflogen, sobald ich von den Hohen Sehern und ihrer Unterhaltung über Wissenschaft und nichts als Wissenschaft weg war. Ich nahm die Öllampe und guckte mir mal an, was Schrank und Kommodenschubladen zu bieten hatten. Der Schrank war leer, die beiden obersten Schubladen der Kommode ebenfalls. In der untersten Schublade lag etwas, aber nur Kleidung. Ich stellte die Lampe hin und guckte sie mir genauer an. Wollene Hose und Wollkittel, die Hose rot, der Kittel blau und grau. Keine Akoluthenkleidung, denn die war schwarz wie die der Seher. Höchst wahrscheinlich waren es die Sachen, in denen der Lehrling ins Seherhaus gekommen war, und sie wurden nun hier aufbewahrt, bis er seine erste Lehrlingszeit beendet und das Gelübde abgelegt hatte.
Ich hielt mir die Hose an die Beine. Sie paßte ziemlich genau; der Akoluth mußte ungefähr so groß sein wie ich. Ich hätte gern gewußt, ob er sich wohl schon an die ernst-düstere Tracht seines Berufs gewöhnt hatte: *ich* war überzeugt, daß ich mich in fünfzig Jahren nicht daran gewöhnen würde. Ich hatte nicht viel übrig für die, die wie die Pfaue in Schals und buntem Putz herumstolzierten, aber ein Kriegsmann brauchte einfach ein bißchen Farbe in seiner Kleidung.
Durch das kleine viereckige Fenster neben der Kommode sah ich ein Licht aufscheinen. Ich schaute hinaus, weil ich sehen wollte, was es war. Nichts besonderes: Ein Mann (oder, was wahrscheinlicher war, ein Polymoff-Diener) überquerte die Straße mit einer Fackel. Das Zimmer lag zur Straße hin und keine zwölf Fuß darüber. Ich öffnete die Doppelscheibe mit einiger Mühe. Die kühle Nachtluft kam herein und mit ihr die Geräusche der Stadt: fernes Stimmengemurmel, ein heulender Hund, ein Mann, der sang.
Sie klangen mir lieblich und verlockend, diese Laute aus einer Welt, von der ich abgeschnitten war. Wenn ich mir die Hose und den Kittel anzog – auf die Straße runter, das war eine Kleinigkeit. Und wie kam ich zurück? Ich beugte mich hinaus und entdeckte eine Regenröhre, an die ich mit der Hand heranreichte. Das dürfte nicht allzu schwierig sein.

Meine Begeisterung erhielt einen Dämpfer durch einen Windstoß, der mir kalt an den Schädel fuhr. Wir hatten uns alle den Kopf kahlgeschoren vor dem Aufbruch aus dem Heiligtum, und dadurch würde ich mich noch deutlicher verraten als durch die schwarze Kleidung. Ein Akoluth, der des Nachts durch die Straßen streifte: einfach undenkbar.
Widerstrebend legte ich die Hose in die Schublade zurück, aber dabei verschob ich den Kittel, und mein Blick fiel auf etwas, das darunter lag: eine von diesen Rundmützen, bei denen nur vorn das Gesicht freibleibt, rot mit blauer Quaste. Die würde meinen ganzen Kopf verdecken und einen Teil des Gesichts auch noch. Ich streifte sie über und schob und zupfte sie zurecht. Sie lag eng und warm an. Ich stieg in die Hose und band sie um die Hüften mit einer Kordel fest. Der Kittel vervollständigte den Anzug; ich knöpfte ihn überm oberen Rand der Hose und dem unteren Rand der Rundmütze zu. Ich hätte mich gern im Spiegel betrachtet, aber da es in dem Zimmer keinen gab, mußte ich mich mit einer Überprüfung dessen zufriedengeben, was ich von mir auch ohne Spiegel sehen konnte. Das sah gar nicht übel aus. Der Kittel war ein bißchen zu eng, aber das würde man wohl kaum für ungewöhnlich halten bei einem jungen Burschen, dessen Eltern das Geld fehlte, um mit seinem Wachstum Schritt zu halten.
Das Fenstersims war niedrig. Ich stieg hinauf, kauerte mich einen Augenblick hin, bis ich mein Gleichgewicht gefunden hatte. Dann sprang ich auf die Straße hinunter.
Es war ruhig an der Stelle, wie meistens in der Umgebung eines Seherhauses. Ich ging schnell auf die Geräusche zu, die ich gehört hatte, und auf einen Lichtschein. Nach ein paar Minuten kam ich auf eine der Hauptstraßen der Stadt. Hier ging es lebhafter zu als gewöhnlich, da es der Abend vor dem Weihnachtsfest war. Zusätzliche Öllampen waren aufgehängt worden, und die Leute schlenderten plaudernd durch die Lichttümpel und die dazwischenliegenden Schatten. Sie bewegten sich zum größten Teil in einer Richtung, und ich schloß mich dem Strom an. Die Straße machte eine Biegung und mündete dahinter auf einen Platz, auf dem Buden aufgebaut waren. Hier brannten noch mehr Lampen, da jeder Stand mindestens eine hatte, und eine große Menschenmenge war

versammelt. Hier wurde wahrscheinlich der Viehmarkt abgehalten; ja, am hinteren Rand des Platzes standen auch jetzt noch Kühe zum Verkauf, und mehrere Männer interessierten sich dafür und feilschten. Aber es gab auch Buden, an denen Essen und Trinken verkauft wurden – süße Kuchen und Punsch, den man aus dampfenden Terrinen in kleine Zinnbecher goß – und Spielzeug und Flitterwerk und Tannenbäume fürs Weihnachtsfest. Und an anderen spielte man ein Spiel, um einen Preis zu gewinnen – was selten gelang; die Chancen standen schlecht für den Spieler. Und dann waren da noch zwei Zelte, vor denen Leute darauf warteten, eingelassen zu werden. In einem sollte es offenbar Ringkämpfe zu sehen geben und in dem anderen Mädchen, die nach Musik tanzten, und Spielleute und Gaukler.

Ich hatte kein Geld in der Tasche und konnte daher nichts kaufen, aber das machte mir gar nichts. Mir genügte es, das Geschrei der Höker, das Gesumme und das Lachen der Menge und das feine Zischen der Naphthalampen zu hören. An einem Stand verkaufte ein Mann junge Hunde. Die jaulten, als er sie hochhob, und eine Frau schalt ihn wegen seiner Ungeschicklichkeit. Da hob er einen anderen hoch, einen mit goldbraunem Fell, und der heulte noch lauter als die anderen, und ich guckte zu, wie er ihn der Frau für fünf Shilling verkaufte, womit er weit überbezahlt war.

Nach den vielen Monaten des Eingesperrtseins war alles interessant. Ich kam vor einem anderen Zelt an, und als ich einen Blick durch den Eingang warf, sah ich, daß es als Schenke aufgebaut war. Schankleute boten Getränke hinter Bocktischen feil, und auf Bänken saßen Männer und tranken. Kohlenpfannen glühten rot. Die Männer redeten und lachten mit Gesichtern, so rot wie die Öfen. Bald würden sie zu singen anfangen.

Ich wollte gerade weitergehen, da packte mich von hinten jemand beim Arm. Schnell drehte ich mich um und sah mich einem Mann in Schafsfelljacke, eckigem schwarzem Hut und blanken Gamaschen gegenüber: ein Bauer wahrscheinlich, und zwar einer, der wohlhabend aussah. Er sagte:

»Falls du auf der Suche nach einem Krug Bier bist, mein Junge, dann hinein, und hol ihn dir. Versperr durstigeren Männern nicht den Weg!«

Ich sagte: »Ich wollte gerade gehen, Herr.«
»Ein tüchtiger Schluck Warmbier wird dir das Herz wärmen an solch einem Abend wie heute.«
Ich schüttelte den Kopf.
»Was wolltest du denn dann hier, nur mal schnüffeln?«
Mir lag nun sehr daran, von ihm wegzukommen, und noch mehr daran, keinen Verdacht zu erregen. Darum sagte ich rasch:
»Ich habe nach meinem Vater gesucht, aber er ist nicht hier.«
»Hast du auch richtig geguckt?« Ich nickte. »Dann komm rein und warte. Die Aussicht, daß du ihn findest, ist genauso groß, wenn du hier auf ihn wartest, als wenn du herumläufst. Ein ordentlicher Schluck wird dir guttun.«
Ich wollte mich von ihm losreißen, aber er hatte fest zugepackt.
Ich sagte: »Aber ich habe kein Geld bei mir...«
»Dann hast du Glück, daß es bei mir anders ist! Ich habe heute fünf Kühe verkauft, und zur Abwechslung kann ich mich über den Preis mal nicht beklagen.« Mit der freien Hand ließ er Münzen in seiner Hosentasche klimpern. »Du trinkst jetzt mit mir, bis dein Vater kommt; wenn er will, kann er mir dann einen Krug spendieren. Und wenn nicht, dann macht's auch nichts. Die Geister sind einem Menschen nicht wohlgesonnen, der sich am Abend vorm Weihnachtsfest hartherzig zeigt.«
Ich sagte: »Danke schön, Herr. Aber ich muß...«
Er schob mich vor sich her durch den Zelteingang und steuerte mit mir auf einen Tisch in der Mitte zu. Ich konnte nun feststellen, daß es nicht die erste Schenke war, die er seit dem Verkauf seiner Kühe aufgesucht hatte. Er rief nach Warmbier – einen halben Liter für sich und einen kleinen Becher für mich. Andere Männer waren um uns herum, und er stand zwischen mir und dem Ausgang. Im Augenblick war also nichts zu wollen.
Ich rechnete damit, daß er mich nun ausfragen würde: wer ich sei, wo ich wohnte; alles recht natürliche Fragen, aber eine ungefährliche Antwort darauf zu finden würde nicht so einfach sein. Zu meiner Erleichterung guckte er mir aber nur zu, bis ich den ersten kleinen Schluck von dem heißen, gewürzten Bier genommen hatte, und wandte seine Aufmerksamkeit dann den anderen Männern zu, die mit uns am Tisch saßen. Sie redeten über einen Skandal, in den

ein Hauptmann der Fürstlichen Wache verwickelt war, und mein Bauer hatte einiges dazu zu sagen, und er sagte es laut. Ich saß still neben ihm. Wenn ich meinen Becher ausgetrunken hatte, würde ich mich davonmachen. Er war so in Fahrt, daß er es vielleicht nicht bemerken würde.

Da ich hauptsächlich daran dachte und mich auch nicht sehr für den Klatsch am Ort interessierte, merkte ich anfangs nicht, daß man das Thema gewechselt hatte. Ich wurde erst darauf aufmerksam, als mein Begleiter plötzlich: »*Das* glaube ich nicht!« polterte – so laut, daß ich mich trotz der Wollmütze über den Ohren im Sitzen aufrichtete. »Niemand kann das Brennende Land durchqueren!« erklärte er.

»Wer das behauptet, der lügt!«

»Aber der, der's mir erzählt hat, hat den Mann mit eigenen Augen gesehen!«

Es war ein dürrer alter Kerl mit ledriger Haut, der das sagte; ein ehemaliger Soldat, der langen Narbe auf der einen Wange nach zu urteilen. Der Bauer entgegnete:

»Und daß es wirklich so war, das sah er bestimmt an den Flammen, die ihm aus den Stiefeln schossen, und an der Asche in seinem Bart!«

Der alte Soldat erwiderte störrisch: »Es gibt da einen Paß. Der liegt genau nördlich von Marlborough.« Das war eine Stadt im Oxforder Gebiet und der Ort, der am dichtesten am Brennenden Land lag. »Er mußte durch heiße Asche, hat er gesagt, und er hat sich tatsächlich die Stiefel darin angesengt. Aber er ist durchgekommen. Seine Stadt liegt hoch im Norden, hinter dem Land der Wilden.«

»Der spinnt kein schlechtes Garn«, sagte der Bauer. »Aber Lügner hat es immer gegeben, und an Dummköpfen, die ihnen glauben, wird's nie fehlen auf der Welt.«

Er lachte, und ein paar andere lachten mit. Der Dürre sagte: »Der es mir erzählt hat, der hat in Dutzenden von Feldzügen an meiner Seite gekämpft. Der ist kein Lügner und kein Dummkopf.« Er stand auf und sah den Bauern fest an. »Willst du das behaupten, Freund?«

Es wurde plötzlich sehr still an unserem Tisch. Der Veteran mußte wohl fünfzehn Jahre älter sein als der Bauer und war kaum halb

so groß, aber seine Stimme hatte einen scharfen, drohenden Unterton. Der Bauer lachte noch einmal, aber längst nicht so ungezwungen.
»Also – es wird Zeit, daß wir noch was trinken! Wir alle. Du auch, alter Soldat.« Er winkte dem Schankwirt. »Und ich bezahle die Runde. Und einen für deinen Kameraden, falls er kommen sollte, und einen für den Reisenden von jenseits des Brennenden Landes!«
Er tat sein möglichstes, um das, was er gesagt hatte, als Scherz erscheinen zu lassen, aber ich merkte, was auch all die anderen merkten: daß er aus Angst vor einem älteren und dazu noch kleineren Mann einen Rückzieher machte. Der Veteran sagte nichts, sondern guckte ihn nur sehr kühl an. Der Bauer sagte:
»Beim Großen, hier ist es heiß!« Er knöpfte seine Jacke auf. »Ich schwitze wie ein Schwein. Und guckt euch mal den jungen Kerl hier an!« Mir war klar, daß er von sich ablenken wollte. »Sitzt da und schmort in einer Rundmütze. Zieh sie aus, Junge, und mach's dir bequem.«
»Nein, Herr«, sagte ich. »Ich möchte sie nicht...«
»Ich sage, du sollst sie ausziehen!« Er hatte jemand gefunden, auf dem er gefahrlos herumhacken konnte, und davon wollte er sich jetzt nicht abbringen lassen. Er riß meinen Kittel oben am Hals auf und griff nach dem unteren Rand meiner Rundmütze. Ich versuchte, ihn daran zu hindern, aber es fehlte ihm weder an Kraft noch – gegenüber einem Jungen von der Straße – an Mut. Er zerrte mir den Wollhelm grob übers Gesicht und vom Kopf.
Ich hörte erschrockenes Gemurmel, als nun mein kahlgeschorener Schädel sichtbar wurde. Der Bauer sagte:
»Was haben wir denn da?« Es klang angewidert und zugleich triumphierend. »Na, das ist aber ein schöner Anblick – ein Akoluth in einem Bierzelt am Vorabend des Festes! Mal sehen, was der Seher dazu sagt!«

Der Zwangstock stand auf dem offenen Platz vor dem Palast des Fürsten. Arme und Beine wurden mir durch Löcher im Holz gesteckt und die Planken runtergeklappt und fest verkeilt. In der Nacht hatte es scharf gefroren, und der Frost hielt sich auch jetzt

noch in einem naßkalten weißen Dunst. Aber ich hatte nicht viel Zeit, um mir noch Gedanken über die Kälte zu machen. Schon bevor ich unter Bewachung eingetroffen war, hatte sich eine Menschenmenge versammelt, und die schickte sich unverzüglich an, mir zu zeigen, was sie von einem Akoluthen hielt, der sich verkleidet aus dem Seherhaus schlich und in Bierzelten zechte.
Es herrschte keine Knappheit an verfaulendem Gemüse und ähnlichen Abfällen, und man hätte glauben können, die Hühner von Salisbury seien darauf abgerichtet gewesen, eigens zu diesem Zweck monatealte Eier zu legen. Ein Wachtmeister stand dabei, um dafür zu sorgen, daß keine Steine geworfen wurden, aber ein Kanten altbackenes Brot kann hart genug sein, wie ich nun erfuhr. Mehrere knallten mir an den Kopf, und vor einem konnte ich mich nicht rasch genug wegducken, so daß er mir durchs Gesicht ratschte und Blut zu fließen begann.
Aber die Schmerzen und körperlichen Beschwerden waren nichts verglichen mit der Demütigung, und die Demütigung wurde noch übertroffen vom Haß – Haß, der sich nicht so sehr gegen die Werfenden als vielmehr gegen die Hohen Seher richtete, die es zuließen, daß ich diese Strafe erlitt. Ich war so erbittert, fühlte mich so verraten, daß ich große Lust hatte, die Wahrheit über sie und das Heiligtum laut hinauszuschreien – diesen Leuten, die mich verhöhnten, zu erzählen, daß sie selber verhöhnt wurden; daß die Geister ein Schwindel waren und die Beschwörungen feingesponnene Gaunerei.
Es hätte natürlich nichts genützt. Ich wäre lediglich außer für ruchlos auch noch für verrückt gehalten worden. Mir blieb nichts anderes übrig, als das Gespött und den Dreck schweigend zu ertragen.
Als ich zu diesem Schluß kam, stellte ich fest, daß sich doch jemand zu meiner Verteidigung bereit fand. Es erschien eine Gruppe von Leuten, die an dem auf ihre Kleidung gestickten Kreuz deutlich als Christen zu erkennen waren. Sechs oder sieben mochten es sein, und die machten nun denen Vorhaltungen, die mich mit Abfällen bewarfen. Wegen des Lärms konnte ich der Auseinandersetzung nur mit Mühe folgen, aber das Wesentliche bekam ich mit. Der Zwangstock, erklärten sie, sei in jedem Fall ein übler Brauch, an diesem besonderen Tag jedoch, dem Geburtstag ihres Herrn, sei

es schändliche Gotteslästerung, ein anderes Lebewesen zu martern.
Ich wußte nicht, von welchem Herrn sie redeten – ich hatte angenommen, daß sie außer ihren Priestern keine irdische Autorität anerkannten –, aber ich begrüßte die kleine Verschnaufpause, die meine Quäler mir gönnten. Klein wahrhaftig: sie ließen sich auf kein langes Hin und Her ein, sondern warfen von neuem. Da trieben die Christen ihre Torheit noch ein Stück weiter, indem sie sich in einer Reihe wie zu einer Schutzwehr vor mich hinstellten. Ich empfand weniger Dankbarkeit dabei als Verachtung für soviel Dummheit. Kein Wachhabender konnte einfach dastehen und eine solche Einmischung in eine von oben verfügte Bestrafung dulden, schon gar nicht, wenn diese Bestrafung nicht nur vom Fürsten angeordnet, sondern von den Hohen Sehern persönlich gefordert worden war.
Der Wachtmeister erteilte seine Befehle. Die Christen leisteten keinen Widerstand, als die Wachen sie nun in den Stock schlossen, um sie ebenfalls der Menge preiszugeben. Es war nur noch für drei weitere Platz im Stock; darum fesselte man die übrigen an Händen und Füßen und ließ sie dann einfach neben uns im Schnee liegen. Der ganze Vorgang brachte die Menge so recht in Stimmung, und da die Ziele sich nun so reichlich vermehrt hatten, kam ich in der restlichen Strafzeit etwas glimpflicher davon.
Die Christen sangen während der ganzen Zeit ihre Lieder. Sie sangen immer noch, als die Wachen mich freiließen und wegführten.
Im Seherhaus empfing Murphy mich. In Gegenwart der Soldaten behandelte er mich kühl und distanziert, als sie dann aber gegangen waren, sagte er:
»Na, Lukas, hoffentlich war's nicht allzu schlimm.«
Ich starrte ihn sprachlos an. Ich war über und über mit Dreck beschmiert, und der Kopf drohte mir zu platzen. Die Schramme unter meinem Auge begann anzuschwellen.
»Gerade schlimm genug, Herr. Es ist freundlich von dir, daß du dich danach erkundigst.«
»Also hör mal zu«, sagte er, »es war töricht von dir, gestern abend auszugehen. Man hat dich erwischt und bestraft. Das muß man hinnehmen.«

»Man hat mich hergebracht. Es war nicht nötig, mich ihnen zurückzugeben und zu verlangen, daß man mich in den Stock schließe.«
»Nein? Ich glaube doch. Du bist deinem Alter nach eindeutig ein Lehrling, noch zu jung, um schon das Gelübde abgelegt zu haben, und also noch ohne den Schutz, den unser Kleid gewährt. Es ist wichtig, daß das gemeine Volk Achtung vor diesem Kleid hat. Da du ihm in ihren Augen Schande gemacht hast, war es notwendig, daß sie mit ihren Augen Zeuge deiner Bestrafung waren. Das Geringere muß dem Größeren dienen.«
Ich antwortete: »Auch mir stehen gewisse Dinge zu. Mein Vater war Fürst einer größeren Stadt als dieser hier. Bestrafung – gut. Aber mußte ich dem Pöbel zur Belustigung dienen?«
»Es verletzt deine Würde?«
»Ich bin zum Kämpfen erzogen worden«, erwiderte ich, »Verwundung und Tod ins Auge zu sehen, auch einem Tod durch Hinrichtung. Aber nicht dazu, das Gespött von Straßenkötern zu erdulden. Ich habe Polymoffs über mich grinsen sehen.«
»Deine Würde ist unwichtig. Das mußt du nun mal lernen.«
»Aber die Würde der Hohen Seher ist wichtig?«
Murphy schüttelte den Kopf. »Nein. Wichtig ist die Wiederherstellung menschlicher Ordnung und menschlichen Wissens. Diesem Ziel muß alles dienen.«
Ich sah ihn zornig an und schwieg. Er fuhr fort: »Vergiß nicht, daß wir deinen Vater zum Fürsten gemacht haben und dich zum Fürsten von morgen. Wir haben dich aus Winchester herausgeschafft, als ein gutes Dutzend Leute nur darauf brannte, dich umzubringen – im Vertrauen darauf, daß der neue Fürst, dein Bruder, es ihnen danken werde, und in jedem Fall darauf erpicht, schon mal einen Perry weniger unter den Lebenden zu wissen. Wir haben dich im Heiligtum versteckt gehalten und werden dir vielleicht noch einmal diese Würde wiedergeben, an der dir soviel liegt.«
»Vielleicht noch einmal! Wann? In fünf Jahren? Zehn Jahren? Vielleicht in fünfzig Jahren?«
»Ich hoffe, schon früher.« Er lehnte sich zurück und lächelte. »Würdest du gern das Heiligtum verlassen und nach Winchester zurückkehren, Lukas?«

Ich schüttelte den Kopf. »Verhöhn mich nicht, Herr!«
»Kein Hohn. Ich habe ein Weihnachtsgeschenk für dich. Dein Bruder will, daß du zurückkommst, und gibt sein Ehrenwort, daß dir nichts zustoßen wird.«
Ich traute meinen Ohren nicht.
»Das ist kein Witz?«
»Die Nachricht traf heute morgen ein, als du im Stock warst. Wie du weißt, ist dein Bruder mit einer Christin verheiratet. Der Mann, von dem sie behaupten, daß er ein Gott gewesen sei, ist, wie sie ebenfalls behaupten, an diesem Tag heute vor über zweitausend Jahren geboren. Vielleicht hat sie es sich von ihm erbeten. Die Ideen dieser Christen waren wunderlich.«
Ich mußte an die Christen denken, die sich zwischen mich und den Pöbel gestellt hatten. Ob sie immer noch im Stock waren? Und immer noch sangen?«
»Stimmt das wirklich?« fragte ich. »Wann soll ich aufbrechen?«
»Du brennst darauf, uns loszuwerden«, sagte Murphy. »Wir kehren morgen ins Heiligtum zurück, und ein paar Tage später brichst du dann auf.«
Nun glaubte ich es und vergaß meinen Zorn und meine blauen Flecken. Ich vergaß sogar den Dreck, mit dem ich beschmiert war. Murphy mußte mich erst wieder daran erinnern. Er schnupperte und sagte dann:
»Was im Augenblick mehr drängt, ist, daß du ein Bad nimmst und saubere Wäsche anziehst. Fürs erste noch unser ernstes Schwarz. Wegen deines unwürdigen Verhaltens wirst du jedoch an keinem Zeremoniell teilnehmen und auch nicht in feierlicher Haltung an der großen Festtafel sitzen. Noch ein Glück, das du deinem heutigen Mißgeschick verdankst.«

Trinksprüche beim Festmahl

Ezzard begleitete mich bei meiner Rückkehr nach Winchester. Peter ließ gelten, daß an den Tagen nach der Ermordung unseres Vaters und seiner eigenen Thronbesteigung mein Leben in Gefahr war und die Seher daher richtig gehandelt hatten, als sie mich wegbrachten. So lautete die offizielle Erklärung, aber ich vermutete, daß noch etwas anderes dahintersteckte. Obwohl Peter eine Christin geheiratet hatte, war er Spiritist, soweit er überhaupt etwas war, und seine Hauptleute waren ebenfalls Spiritisten. Und selbst für einen starken Fürsten war es nicht einfach, den Sehern lange Zeit zu trotzen.

Wir reisten zu Pferde und in aller Öffentlichkeit, Ezzard im Sehergewand und ich in der meinem Rang gebührenden Kleidung. Ich trug auch ein Schwert, ein Abschiedsgeschenk der Hohen Seher: das Geisterschwert, das mir versprochen worden war, als sie nach der Einnahme von Petersfield nach Winchester kamen. Als Murphy es mir überreichte, sagte er:

»Stahl, im Induktionsofen gehärtet. Du wirst kein Metall finden, das da heranreicht, und keine Klinge, die es mit dieser an Kraft und Schärfe aufnehmen kann. Gib acht darauf, dann wird es dir gute Dienste erweisen.«

Wir machten unterwegs in mehreren Städten halt. Überall ließ Ezzard die Leute wissen, daß ich auf Einladung meines Bruders zurückkehrte, um ihn auf diese Weise noch fester auf sein Ehrenwort zu verpflichten. Wahrscheinlich sei diese Vorsichtsmaßnahme überflüssig, meinte er, aber es sei wohl das beste, sich da auf keinerlei Gefahr einzulassen. Trotz meiner Ungeduld sputeten wir uns daher nicht gerade auf unserer Reise.

Endlich jedoch brachen wir von Andover auf, wo wir die Nacht als Gäste des Fürsten verbracht hatten, und ich hegte die Hoffnung, daß wir noch am Abend dieses Tages Winchester erreichen würden. Das Wetter machte diese Hoffnung zunichte: aus einem leichten Schneefall am Vormittag wurde nachmittags ein peitschender Schneesturm. Wir hatten Headbourne Worthy, das nächstgelegene Dorf im Norden der Stadt, schon hinter uns und nur noch knapp zwei Meilen vor uns. Die Entfernung war verlockend und quälend gering, aber der Wind heulte und blies uns den Schnee so ungestüm ins Gesicht, daß wir nichts mehr sehen konnten, und so mußte sogar ich zugeben, daß es besser war, Schutz zu suchen. Wir fanden ihn in einem Bauernhaus, wo wir mit Hochachtung empfangen und gut versorgt wurden, und ich lauschte begierig den Neuigkeiten aus

der Stadt, mit denen die Leute aufwarten konnten. Der Bauer und seine Frau hatten einen Sohn, der zwölf Jahre alt war. Der erzählte mir, er habe mich das Ehrenschwert im Turnier gewinnen sehen, und schilderte den ganzen Hergang in allen Einzelheiten. Er träumte davon, Krieger zu werden, und ich sagte ihm, er möge zu mir kommen, wenn er das Alter erreicht habe, und ich würde ihn in meinen Trupp aufnehmen. Er war zutiefst dankbar für diese Zusage, von der ich glaubte, daß sie wohl auch mir zum Vorteil gereichen werde. Er war ein kräftiger und tüchtiger Bursche und hatte offensichtlich das Zeug zu einem Soldaten. Seine Mutter freute sich weniger darüber, da er ihr einziger Sohn war, aber sie würde sich wohl damit abfinden, daß sie ihn verlor: sie mußte gewußt haben, daß er keiner war, den es auf dem Hof halten würde, wenn er heranwuchs.
Da der Schneesturm immer noch heulte, als wir uns zu Bett begaben, befürchtete ich schon, daß wir mehrere Tage in dem Bauernhaus eingeschlossen sein würden. Aber es zog ein klarer Morgen herauf; der Himmel war zwar noch grau, doch es drohte kein neues Unwetter, und nachdem die Knechte einen Weg durch die Schneewehen zum Stall freigeschaufelt hatten, konnten wir aufbrechen. Unsere Pferde strauchelten hin und wieder an Stellen, wo der Schnee nur locker lag, dennoch kamen wir einigermaßen flott voran. Selbst in dieser wie in weiße Laken gehüllten Landschaft erkannte ich bestimmte Wahrzeichen wieder: Wherrys Mühle, eine Gruppe Föhren, die sich wie tuschelnde Verschwörer zueinander neigten, ein rostiger, verfallener Schacht, der aus der alten Zeit stammte und von den Kindern gemieden wurde, weil Gespenster darin hausen sollten. Und dahinter, so lieb und so vertraut, die Mauern meiner Heimatstadt. Ich war wieder zu Hause. Ich wandte meinen Kopf zur Seite, damit Ezzard es nicht sah, als ich mir mit dem Ärmel über die Augen wischte.

Letzte bange Zweifel, wie man mich wohl empfangen werde, wurden zerstreut vom Freudenschrei der Wache am Nordtor. Der Wachtmeister hatte im Trupp meines Vaters gedient, als mein Vater noch Hauptmann war, und hatte mir, als ich fünf oder sechs war, das Fechten mit Holzschwertern beigebracht, wie ich mich noch gut erinnerte. Er grüßte militärisch, und seine Leute jauchzten mir aus voller Kehle zu. Das gewöhnliche Volk stimmte in die Rufe ein und lief uns auf unserem Ritt zum Palast durch die Straßen nach. Und die Nachricht von unserem Kommen mußte uns vorausgeeilt sein, als wir nämlich am Palast eintrafen, waren im Vorhof viele von den Hauptleuten versammelt. Ich sah Greene und Meredith und Nicoll, den wachsamen kleinen Harding, den hitzköpfigen Blaine und Edmunds Bruder Charles. Und schließlich sah ich meinen Bruder, der den Titel führte, den die Geister mittels eines von Ezzards Täuschungsmanövern *mir* versprochen hatten: Fürst von Winchester.

Ich saß ab und gab einem Soldaten mein Pferd zu halten. Ich ging auf ihn zu, wobei meine Füße im Schnee einsanken, den die Polymoffs noch nicht hatten wegschaufeln können. Ich neigte den Kopf und sagte:

»Zum Gruße, Herr.«
Peter legte mir die Hand auf die Schulter. Lächelnd sagte er: »Keine Förmlichkeit unter Brüdern! Komm rein, Lukas, wir wollen auf dein Wohl trinken!«

Der Tag meiner Rückkehr war zum Festtag erklärt worden, und am Abend sollte ein Festmahl veranstaltet werden. Unterdessen wimmelte es um mich her von Leuten, die mich begrüßten. Einige meinten es ehrlich, andere, wie ich sehr wohl wußte, nicht. Blaine, der den Geistern aus vollem Herzen dafür dankte, daß sie mich beschützt hatten, hätte mir am liebsten einen Dolch zwischen die Rippen gestoßen. Harding, ein listigerer Mann, hätte es vorgezogen, ihm oder irgendeinem anderen dabei zuzuschauen. Aber da war auch zum Beispiel der Wachtmeister Burke, der sich auf meinem ersten Feldzug um mich gekümmert hatte, und Wilson, der beste Kamerad meines Vaters – *ihre* Freude war echt und unmißverständlich. Und Ann war da, die Fürstin.
Als ich ihr meine Aufwartung machte, war eine einzige Dienerin ihr ganzes Gefolge – meine Mutter hatte nie weniger als ein halbes Dutzend um sich herum gehabt. Diese eine entließ sie nun auch noch – falls Entlassen das richtige Wort ist für etwas, das eigentlich nicht mehr ist als die bescheiden geäußerte Bitte, uns allein zu lassen. Sie sagte:
»Laß dich anschauen. Haben sie sich auch gut um dich gekümmert, deine Hohen Seher? Du bist blasser als früher. Und größer. Und sie haben dir den Kopf geschoren, aber das Haar wächst bald wieder nach. Noch vor dem Frühjahr werden wir diesen störrischen schwarzen Schopf wieder zu sehen bekommen.«
Es überraschte mich, daß sie mir solch große Aufmerksamkeit widmete und sich so gut erinnerte. Und ihr Lächeln überraschte mich mit seiner Wärme und durch die Art, wie es ein Gesicht verwandelte, das ich für nichtssagend und unbedeutend gehalten hatte. Ich gab irgendwie Antwort, und sie fuhr fort:
»Ich kann dir gar nicht sagen, wie froh ich bin, daß du wieder hier bist, Lukas. Nicht nur deinetwegen, sondern auch Peters wegen. Er konnte nicht froh werden, solange er dich im Exil wußte – im Exil aus Furcht vor ihm. Er hätte dir nie etwas zuleide getan, und diese

Versöhnung erfreut sein Herz. Er ist soviel glücklicher, seit er die Seher gebeten hat, dich zurückzuschicken, und die Seher eingewilligt haben.«

Und auch, vermutete ich, seit er das getan hatte, was dem seltsamen christlichen Gewissen seiner Frau wohlgefällig war. Ich hatte nicht den geringsten Zweifel, daß sie am stärksten dazu gedrängt hatte, mich zurückzurufen. Ihr Einfluß auf ihn war sichtlich groß, und ich tat gut daran, dies auch in Zukunft zu bedenken. Zwar begriff ich nicht, warum das so war – warum ein Mann sich von einer Frau leiten ließ –, aber daß man etwas nicht begriff, gab einem noch keine Veranlassung, die Auswirkungen nicht zu erwägen. Es würde nicht oft vorkommen, daß Peter ihren Wünschen zuwiderhandelte.

Ich sagte: »Ich bin froh, daß ich wieder hier bin, hohe Frau.«

Sie schüttelte den Kopf. »Nenn mich Ann, deine Schwester. Ich mag den Titel ohnehin nicht. Er steht nur einer zu – der Mutter unseres Herrn.«

Wobei sie mit dem Herrn, wie Murphy mir erklärt hatte, den Christengott meinte. Ich wußte nicht, was ich von einem Gott mit einer Mutter halten sollte, hielt es aber für das beste, keine Fragen zu stellen. Wir unterhielten uns noch eine Weile und küßten uns beim Abschied wie Bruder und Schwester.

Ich hatte Edmund und Martin Nachricht geschickt, daß ich um vier Uhr nachmittags an unserem gewohnten Treffpunkt sein würde. Ich kam kurz vorher bei der Ruine an, stieg die Treppe hinunter, zündete mir eine Kerze an und ging durch den Geheimgang zu der verborgenen Tür, hinter der unser Versteck lag. Ich fand darin eine Öllampe, die ich anzündete. Es kam mir immer noch seltsam vor, daß ich nicht durch das Knipsen eines Schalters das helle, beständige Licht der Elektrizität herbeibefehlen konnte; die Beleuchtung durch die Lampe war trüb und fleckenhaft: In den Ecken blieben Schatten. Aber selbst bei ihrem schwachen Schein konnte ich sehen, daß der Raum schon lange nicht mehr benutzt worden war. Auf allem lag eine dicke Staubschicht. Auf dem Schachbrett waren Figuren aufgestellt, und eine Spinne hatte über sie hinweg ihr Netz gesponnen. Das bedeutete wohl, daß Martin als letzter hier gewe-

sen war. Er war es, der sich für Schachprobleme interessierte, und Edmund hätte auf jeden Fall vor dem Weggehen aufgeräumt: Er konnte Unordnung nicht ertragen.
Ich hörte Schritte. Die Tür wurde aufgestoßen, und Edmund trat ein. Er sagte:
»Du bist schon vor mir hier, Lukas.«
Wir schauten einander einen Augenblick an, bevor ich ihm meine Hand hinstreckte und er sie ergriff und fest drückte. Mir fiel ein, daß er sich erboten hatte, mit mir in die Verbannung zu gehen, und daß ich ihm keine Nachricht gegeben hatte, als ich statt dessen mit Ezzard geflohen war. Aber die Befangenheit zwischen uns rührte nicht von ihm her, sondern von mir. Ich hatte mich so sehr darauf gefreut, ihn wiederzusehen, wußte aber nicht, was ich sagen sollte. Verlegen begann ich:
»Du kommst jetzt also nicht mehr her?«
»Nicht mehr, seit du nicht mehr da warst.« Er sah sich in dem Raum um. »Martin wohl anscheinend auch nicht.«
»Hast du Martin gar nicht gesehen?«
Er zuckte die Achseln. »Hin und wieder, zufällig. Er studiert fleißig, und ich mußte mich um so manches kümmern.«
Wir unterhielten uns, aber die Verlegenheit blieb. Ich glaube, wir waren beide froh, als wir Martin kommen hörten. Er ging auf mich zu und schüttelte mir auch die Hand. Edmund wollte sich vor Lachen ausschütten.
»Was ist denn?« fragte ich. »Ein Witz?«
Er brauchte eine Weile, um sich so weit zu beherrschen, daß er sprechen konnte. Japsend sagte er:
»Wie ihr beiden ausseht – gleich zwei kahlgeschorene Köpfe ...«
Martin guckte mit Eulenblick zu ihm hin: Er trug neuerdings eine Brille, und dazu die lange schwarze Kutte eines Akoluthen – er sah wirklich ein bißchen komisch aus. Mir wurde klar, daß ich wohl fast ebenso sonderbar wirkte, wenn nicht noch sonderbarer, im Lederwams eines Kriegers, aber mit kahlem Schädel, und fing auch an zu lachen. Martin fiel ein. So standen wir da, und der kleine Raum hallte wider von unserem Lachen, und das Gefühl der Fremdheit und Unsicherheit löste sich darin auf.
»Dem Großen sei Dank, daß du deinen nur vorübergehend hast«,

sagte Edmund, immer noch lachend, zu mir. »Ich hätte mich wirklich und wahrhaftig im Stich gelassen gefühlt, wenn ihr beide Akoluth geworden wärt. Und die Möglichkeit konnte man ja nicht ausschließen, Lukas, da du bei den Hohen Sehern im Heiligtum gelebt hast. Die hätten dich doch leicht dazu beschwatzen können!«
»Da hätten sie aber mächtig schwatzen müssen«, sagte ich.
»Und außerdem gibt es so etwas wie Eignung. Ich glaube nicht, daß die Hohen Seher jemals einen Anwärter für ihren Orden in mir gesehen haben.«
»Aber sie haben dir die Haare geschoren!«
»Das hatte einen bestimmten Grund.«
Ich war drauf und dran, hinzuzufügen, daß sie selber das Haar auch kurzgeschoren trügen, dachte aber gerade noch rechtzeitig daran, mich zurückzuhalten. Edmund warf sich auf einen von den Stühlen, und rückwärts rittlings darauf sitzend, sagte er:
»Aber wie ist es denn da? Stimmt es, daß man über einen Regenbogen klettert, um ins Heiligtum zu kommen? Und daß man Wolken ißt und Schmetterlingsmilch trinkt? Was hast du denn in der ganzen Zeit gemacht?«
Martin sagte rasch: »Er kann es uns nicht erzählen. Es ist verboten, daß er etwas erzählt und daß wir zuhören.«
Am selben Ort hatte Edmund Martin, als der gerade Akoluth geworden war, nach den Geheimnissen gefragt, die er erfahren hatte, und ich hatte in seinem Interesse ungefähr dasselbe gesagt, was er nun sagte. Ich hatte keine Ahnung gehabt, was für Geheimnisse das sein mochten und wie bald ich selber darin eingeweiht werden würde. Ich fragte mich vergeblich, wieviel Martin selber wußte; selbst mit ihm wagte ich nicht, offen über das zu sprechen, was ich gesehen hatte.
Ich sagte: »Sowieso alles langweiliger Kram. Erzählt mir lieber, was sich in meiner Abwesenheit hier in Winchester getan hat.«
Sie erzählten es mir. Soundso war bei der Jagd gestürzt und hatte sich das Bein gebrochen; jemand anders hatte Blaines Sohn Henry einen raffiniert ausgeklügelten Streich gespielt und bösen Ärger gekriegt, als Blaine selber darauf hereinfiel; einer von den Münzschlägerzwergen an der Fürstlichen Münze war beim Verfälschen

des Goldes ertappt worden, aber geflohen, bevor man ihn bestrafen konnte. Sie erzählten mir, wer befördert worden und wer in Ungnade gefallen war und wer die Schlittenwettfahrt gewonnen hatte, die alljährlich nach dem ersten Schneefall auf der Hochstraße veranstaltet wurde. Da ich mich monatelang mit der langweiligeren Unterhaltung der Hohen Seher hatte begnügen müssen, hörte ich mit frisch geschärftem Interesse zu. Martin sagte: »Das wirklich Interessante ist aber gerade erst vor zwei Tagen passiert, als nämlich der Höker ankam.«
»Der Höker?« fragte ich.
Edmund sagte: »Er hat Kram zu verkaufen, aber ebensogut wie einen Höker könnte man ihn wohl einen Lügner nennen. Er will durchs Brennende Land gekommen sein, aus einer Stadt hoch im Norden.«
Ich nickte. »Ich habe von ihm gehört. Du meinst, er lügt?«
»Was denn sonst? Niemand kann das Brennende Land durchqueren. Höker und Hausierer erzählen immer Märchen. Die denken sie sich für die Frauen aus, um sie so richtig zu fesseln, damit sie ihnen dann irgendwelchen Flitterkram zu Fantasiepreisen andrehen können. Dieser hat sich eben nur ein noch unwahrscheinlicheres Märchen als die meisten anderen ausgedacht.«
»Er ist seltsam gekleidet«, warf Martin ein.
»Ja, und er behauptet, das sei die Tracht seiner Heimat. So was könnte ich mir auch entwerfen. Vielleicht mit einem Beutel knapp über der Hüfte, um den Regen von meinem Kopf fernzuhalten, wenn ich ihn unterm Arm trage!«
Die Männer mit dem Kopf unterm Arm, die aus dem Brennenden Land kommen würden, war eins von den Hirngespinsten, mit denen Polymoffmägde manchmal unartige Kinder schreckten. Er und ich lachten, aber Martin sagte:
»Nicht nur seine Kleidung ist anders; auch die Sachen, die er verkauft. Ich habe mir eine Halskettte angeschaut, die meine Base gekauft hat. Diese Art Arbeit habe ich noch nie gesehen.«
»Bei Halsketten gibt es immerzu neue Moden«, sagte Edmund. »Das hat nichts zu bedeuten.«
»Aber falls die Feuer im Brennenden Land tatsächlich zu verlöschen beginnen, und man könnte also hindurch...«

»Würde man nichts weiter antreffen als Wilde und Polyfaunen. Was denn sonst?«
»Vielleicht eine andere Stadt, wie er behauptet.«
»Na, wenn schon, aber wen interessiert das?« sagte Edmund. »Wir haben genug mit dem zu tun, was in der Stadt geschieht.« Er wandte sich mir zu; das Thema war für ihn erledigt. »Lukas, ich freue mich, dich wiederzusehen. Aber droht dir hier wirklich keine Gefahr?«
»Ich glaube nicht. Und die Hohen Seher hätten mich nicht hergeschickt, wenn sie anderer Ansicht wären.«
»Die Geister haben nicht Peter, sondern dich zum Fürsten von morgen ernannt. Und sie haben dir Ruhm verheißen. Daran wird man sich erinnern, und manch einem wird die Erinnerung wie ein übler Geruch in die Nase stechen.«
»Ich vertraue meinem Bruder. Und er hat sein Ehrenwort gegeben.« Und er will das, fügte ich in Gedanken hinzu, was das Gewissen der Fürstin ihm gebietet. Aber das sagte ich nicht. Edmund fragte mich:
»Kennst du die Geschichte von Donald dem Roten?«
»Nein.«
»Die habe ich mal von einer Polymoffmagd gehört, einer alten Frau, die zur Zeit meines Großvaters zum Gesinde im Palast gehörte.« Zu einer Zeit also, als *mein* Großvater ein einfacher Zimmermann war mit einem kräftigen Sohn, der danach lechzte, die Axt mit dem Schwert zu vertauschen. »Er war Hauptmann, dieser Donald, und kämpfte vortrefflich auf den Feldzügen und war bei den anderen Hauptleuten beliebt. Als einmal in zwei aufeinanderfolgenden Jahren das Heer schlecht abschnitt, errang er persönlich große Erfolge. Bald ging die Rede davon, ihn durch eine Verschwörung zum Fürsten zu erheben, und dann hieß es, er solle des Hochverrats bezichtigt werden, bevor der Putsch gelingen konnte. Mein Großvater wollte von einer Anklage nichts wissen, obwohl seine Freunde ihm dringend dazu rieten. Aber während des nächsten Feldzuges fiel der Rote Donald, und es hieß, daß die Wunde in seinem Rücken war. Mein Großvater hatte nichts damit zu tun, aber der Mann starb. Dein Bruder könnte Freunde haben, die ähnlich denken.«
Das stimmte, und es stimmte auch, daß Anns christliches Gewissen

ihrem Mann nicht die Schuld an einem von anderen geplanten Mord geben konnte, einer Tat, von der er nichts wußte. Natürlich genoß ich den besonderen Schutz der Seher; aber den hatte auch mein Vater genossen, und das hatte ihn nicht retten können. Ich lächelte und sagte:
»Vielen Dank für die Warnung! Aber ich glaube nicht, daß mir irgendwelche Gefahr droht.«
»Trotzdem«, sagte Edmund. »Wenn ich du wäre, würde ich scharf auf meinen Rücken aufpassen.«

Das Festmahl fand in der Großen Halle statt. Ich saß zur Rechten des Fürsten und trank als Ehrengast mit ihm zusammen aus dem großen goldenen Pokal, der unserem Vater gehört hatte und davor Fürst Stephen und Fürst Egbert. Frauen waren natürlich nicht anwesend. Die Hauptleute saßen an der Spitze der Tafel, es folgten dann andere Würdenträger, und ihnen schlossen sich Gäste von niederem Rang an. Ich entdeckte meinen alten Freund Rudi, den Rüstzwerg, und als er aus der Entfernung sah, daß ich ihn gesehen hatte, hob er seinen Becher zum Gruß.
Nach dem letzten Fleischgang und bevor die Nachspeisen aufgetragen wurden, oblag es mir, einen Trinkspruch auszubringen. Ich stand auf, und die Gesellschaft erhob sich mit mir. Ich trank auf die Gesundheit des Fürsten. Der Zuruf hallte am Tisch entlang wider, und wir tranken alle.
Mein Bruder stand auf, als ich wieder Platz nahm. Er sagte: »Ich hätte gern, daß ihr noch einmal trinkt. Diesmal auf Lukas, meinen Bruder.«
Er blieb danach noch stehen und fuhr fort:
»Und ich habe eine Neuigkeit für euch und für ihn. Heute abend ernenne ich ihn zum Hauptmann.« Mit erhobener Hand beschwichtigte er das überraschte, beifällige Stimmengemurmel. »Er ist noch jung für diesen Rang, aber durchaus schon tauglich, und er verspricht noch tüchtiger zu werden. Und ich möchte noch etwas sagen.«
Ich guckte zu ihm auf, wie er da neben mir stand. Obwohl ich noch wuchs, wußte ich, daß ich niemals so groß wie er werden würde, der zwei Zoll über sechs Fuß maß. Er hatte das blonde Haar meines

Vaters und dessen breites Gesicht und breiten Brustkorb. Der brütende Ausdruck, der früher seine Züge verunstaltet hatte, war verschwunden und hatte einer ungezwungen lächelnden Zuversicht Platz gemacht. Er war ein wahrer Fürst. Ich wollte, ich hätte mich mehr darüber freuen können.

»Ich brauche euch nicht an das zu erinnern«, fuhr er fort, »was zwischen uns gestanden hat, und ich möchte mich auch nicht länger dabei aufhalten. Aber bei einer von diesen Sachen ist es besser, daß darüber gesprochen wird, als daß sie im dunkeln bleibt. Nach der Ernennung meines Vaters zum Fürsten hat es eine Beschwörung gegeben, in der mein Bruder hier zum Fürsten von morgen bestimmt und ihm eine große und ruhmreiche Zukunft verheißen wurde. Dennoch bin ich Fürst von Winchester, obwohl von keinem Geist dazu ernannt, und er ist's nicht.«

Er machte eine Pause. Alles schwieg und wartete gespannt. Mein Bruder schaute auf Ezzard hinunter, der auf der anderen Seite neben ihm saß.

»Wie der Seher selber bestätigen wird, sind die Prophezeiungen der Geister nicht immer das, was sie zu sein scheinen. Lukas kann auch jetzt noch Triumph bevorstehen – in einer anderen Stadt, vielleicht sogar in einem anderen Land. In unserer Stadt regiere ich und werde ich regieren. Aber hört mich an: Nach meiner Frau ist mir mein Bruder der allerliebste. Ich gelobe bei meiner Fürstenehre, beim Großen Geist und bei jedem anderen Gott, den es geben mag, daß ich ihn beschützen und für ihn sorgen werde. Und noch eins: Falls ihm ein Leid geschieht, werde ich den Mann zu finden wissen, der es ihm antut, und ihn mit meinen eigenen Händen umbringen.«

Einen Augenblick lang herrschte Schweigen, bevor sie in Hochrufe ausbrachen und mit den Bechern auf den Tisch trommelten. Er stand lächelnd da. Als der Lärm sich endlich legte, sagte er:

»Es wird keinen Zwist geben zwischen uns Brüdern. Durch seine Rückkehr erklärt Lukas dies ebenfalls und verzichtet auf die Ansprüche, die andere für ihn erhoben haben. Ich fordere ihn nun also auf, den Vertrag zu besiegeln, wie ich ihn besiegelt habe. Ich fordere ihn auf, beim Großen Geist mir und meinen Erben Treue zu geloben.«

Nur mit der größten Mühe konnte ich die Empfindungen verbergen, die mich bestürmten. Vor allem war ich verblüfft: Ich hätte ihn solcher Arglist nicht für fähig gehalten. Hatte der Christenpriester ihn vielleicht beraten? Oder Ann? Ich konnte es nicht glauben. Ich hätte gern gewußt, was Ezzard in diesem Augenblick dachte; was es auch sein mochte – sein Gesicht verriet nichts. Ich zwang mich zu einem Lächeln, als ich mich nun erhob und die beiden langen Reihen von Gesichtern ins Auge faßte. So kraftvoll, wie ich konnte, sagte ich:
»Im Namen des Großen Geistes gelobe ich Peter, dem Prinzen von Winchester, und seinen Erben die Treue.«
Hochrufe erklangen, aber in Blaines Gesicht (er hatte ein Stückchen weiter unten am Tisch seinen Platz) glaubte ich Verwirrung zu lesen. Harding, der ihm gegenübersaß, schaute teilnahmslos drein wie immer.
Mein Bruder legte mir die Hand auf die Schulter. Ich empfand ihr Gewicht als schwer und bedrückend und hätte sie gern abgeschüttelt. Er sagte:
»Von einem Streit zwischen uns wird nun keine Rede mehr sein. Lukas steht zu meiner Rechten und wird immer dort stehen. Die Stadt ist gut bewacht. Sollte ich in den Kämpfen des kommenden Sommers oder in irgendeinem Sommer danach fallen, wird Lukas für alles Sorge tragen, bis ein Sohn von mir alt genug ist, um ein Schwert zu führen.«
Es war da etwas Eigenartiges – nicht in seinen Worten, sondern in der Art, wie er sie sprach. Zwar ziemte es sich für einen Krieger, dem Tod leichten Herzens ins Auge zu sehen, aber der Jubel in seiner Stimme bedeutete mehr als nur das. Auch andere mußten das gespürt haben. Ich sah Blaine sich vorbeugen und aufmerksam zu meinem Bruder hinschauen.
Mein Bruder sagte: »Daher also noch eins: noch einen Trinkspruch! Und zu diesem Trinkspruch werden wir uns alle erheben, da wir nämlich auf jemanden trinken, der nicht hier ist – nicht in diesem Raum und noch nicht auf dieser Welt.«
Er hob den goldenen Pokal, der zwischen uns stand.
»Die Fürstin ist guter Hoffnung. Trinkt auf meinen zukünftigen Sohn – euren zukünftigen Fürsten!«

Am nächsten Morgen saß ich bei Ezzard im Wohnzimmer. Dort wurden nicht viele Besucher empfangen, dennoch war es, wie bei Sehern üblich, elegant möbliert. Stühle, Schemel und Tisch, Anrichte und Bücherbord waren aus dunkler Räuchereiche und die langen Vorhänge an den Fenstern aus schwarzem Samt. Von gegenüberliegenden Wänden starrte eine ausgestopfte Eule mit kleinen Glasaugen in unveränderlichem Zorn auf einen ausgestopften Adler. Auf einem Bord an der Seite waren drei Totenköpfe und ein dick in weißes Kalbsleder gebundenes »Buch der Geister«. Mitten auf dem Tisch stand auf einem Ebenholzsockel die Kugel aus milchigem Kristall, mit deren Hilfe Ezzard angeblich Nachrichten von den Geistern und von den Hohen Sehern im Heiligtum empfing.

Der Senderempfänger, der in Wirklichkeit die Nachrichten übermittelte, befand sich in einem kleinen Raum über diesem. Ezzard zeigte mir die Holzfüllung in der Wandverkleidung, auf die man an einer bestimmten Stelle drücken mußte, um zu der dahinterliegenden, zum Funkraum führenden Treppe zu gelangen. Ich fragte ihn:

»Und gibt es diese Sachen in allen Seherhäusern? Aber wie könnt ihr euch darauf verlassen, daß die Handwerker nichts ausplaudern?«

»Wenn ein Seherhaus gebaut wird«, antwortete Ezzard, »wird manches von den Zwergen gemacht, aber nicht alles. Was den Geistern heilig ist, bleibt dem Seher und seinen Akoluthen vorbehalten, und die Zwerge nehmen das hin. Um diesem Orden zu dienen, Lukas, bedarf es mehr als nur einer Fähigkeit, Bücher zu lesen und ein ernstes Gesicht zu machen und den Anschein zu wecken, als bete man: *viel* mehr. Sogar der feierliche Ernst und das Beten sind wahrscheinlich nicht ganz so einfach, wie du denkst, aber es müssen auch Fertigkeiten erworben werden, und ihre Anwendung bedeutet nicht selten harte Arbeit.«

Ich nickte. »Offensichtlich.«

Er lächelte. »Aus dir wäre nie ein Akoluth geworden, aber das ist auch nicht deine Aufgabe in unserem Unternehmen.«

»Habe ich denn noch eine Aufgabe? Seit gestern abend sind eure Pläne, die ihr für mich gehabt habt, doch wohl hinfällig, oder nicht?«
»Weil eine Frau guter Hoffnung ist? Es wird Sommer, bevor das Kind überhaupt erst einmal geboren wird.«
»Es bestimmt jetzt schon die Zukunft.«
»Und wird vielleicht ein Mädchen.«
»Ziemlich unwahrscheinlich. In der Familie meines Vaters gab es immer nur Söhne, und die Frau meines Bruders war das einzige Mädchen unter vier Brüdern, mit Onkeln, aber ohne Tanten. Und selbst wenn das erste ein Mädchen wird, kommen noch andere. Sie kriegen bestimmt Söhne, und ich habe mich verpflichtet, ihnen zu helfen und zu dienen.«
»Ein erzwungenes Gelübde«, sagte Ezzard, »ist nicht bindend. Es ist schon einmal vorgekommen in dieser Stadt, vor langer, langer Zeit, daß ein Fürst durch den Bruch eines solchen, auf heilige Reliquien geschworenen Eids auf den Thron gelangt ist.«
Ich schüttelte den Kopf. »Ich brauche keine Präzedenzfälle für Verrat. Ich habe den Eid geschworen, und ich werde ihn halten. Meine Ehre erfordert es. Es würde keine Freude mehr machen zu leben, falls ich ihn bräche.«
Ezzard schaute mich eine Weile schweigend an. Seine blauen Augen blickten kalt aus dem schroffen, weißen Gesicht. Er sagte:
»Was glaubst du denn, Lukas, was für Freude es in meinem Leben gibt? Meinst du etwa, ich hätte Vergnügen an dieser Schwärze, die mich umgibt? Nicht nur die Schwärze der Möbel und der Kleidung. Mein ganzes Leben ist ein einziger Betrug, und das muß so sein. Jeder Tag muß der Täuschung, muß weiteren Lügen gewidmet werden. Wenn nun meine Ehre Forderungen erheben würde? Die Sache, der wir dienen, ist größer als so eine Kleinigkeit wie die Ehre eines einzelnen Menschen.«
Ich entgegnete störrisch: »Ich bitte um Verzeihung, Herr, aber das kann ich nicht gelten lassen. Vielleicht denke ich anders als du. Ich werde euren Zielen dienen, soweit ich kann, aber meine Ehre geht vor.«
»Ja.« Er schwieg. »Ja. Und du dienst uns am meisten, indem du

der bist, der du bist. Ich kenne dich, Lukas, und weiß, was man von dir erwarten kann. Das ist eine Menge. Aber ich weiß auch, was man von dir nicht erwarten kann, und das werde ich also von dir nicht verlangen. Was die augenblickliche Lage betrifft, so wollen wir uns deswegen mal noch nicht zu sehr den Kopf zerbrechen.«
Er holte tief Atem – ein Seufzer, falls man sich so etwas bei solch einem nüchternen Mann vorstellen konnte.
»Wir müssen alle Geduld haben. Und du und ich, Lukas, dürfen nicht zuviel miteinander umgehen. Man weiß, daß die Seher dich beschützt haben, aber, wie du gestern abend gehört hast, ist die Zeit dafür nun vorbei. Die Leute achten die Seher, wie es not tut, aber sie sind auch auf der Hut vor ihnen. Der Geruch dieses schwarzen Tuchs darf nun, da du wieder im Palast bist und Hauptmann im Heer des Fürsten, nicht an dir haftenbleiben. Komm also nicht wieder her, falls ich dich nicht ausdrücklich rufen lasse.«
»Ich werde mich aber mit Martin treffen. Er ist mein Freund.«
»Ja. Das ist einzusehen. Aber auch ihn wirst du jetzt weniger oft zu sehen bekommen. Ein Akoluth hat, wie gesagt, außer Studieren und Beten noch anderes zu tun. Er wird nicht viel Zeit zum Faulenzen in dieser Zelle unter der Ruine übrig haben.«
»Hat er dir davon erzählt?«
»Nein«, sagte Ezzard. »Das war nicht nötig. Wir haben dich immer im Auge behalten, Lukas. Und das müssen wir auch. Wir setzen all unsere Hoffnung auf dich. In dem Punkt hat sich nichts geändert.«

Der Höker war ein Mann Anfang dreißig, von mittlerer Größe und Statur. Körperlich hatte er nichts Ungewöhnliches an sich: Er hatte schwarzes Haar und einen schwarzen Bart, aufmerksame Augen, die Haltung eines Menschen, der sich viel auf schlechten Straßen hinschleppt. Aber seine Kleidung war nicht so, wie Höker sie gewöhnlich trugen. Sie war bunter und nach einer Mode, die wir nicht kannten. Unter einem roten Mantel, der ungewöhnlich kurz war, aber einen Teil hatte, der mit Perlknöpfen befestigt war und heruntergelassen werden konnte, trug er bauschige Hosen von

einem leuchtenderen Grün, als ich es jemals bei Kleidern gesehen hatte, und lederne Gamaschen über den Schuhen. Die Schuhe selber waren schwarz und blank und hatten vorn eine Silberschnalle.
Er machte Peter während einer Zusammenkunft der Hauptleute seine Aufwartung. Er verneigte sich tief, wobei er eine Hand hinten ins Kreuz drückte – eine solch komische Gebärde, daß manch einer lächelte –, und stellte sich mit einer barbarischen Aussprache vor. Er heiße Yews, sagte er, und komme aus der Stadt Klan Gothlen im Lande der Wällisen. Er überreichte dem Fürsten ein Geschenk für die Fürstin.
Das war eine neue Erfindung in Gestalt eines kleinen, gebrochenen Reifens, der mit lauter blanken Steinen besetzt war. Er werde vorn auf dem Kopf getragen, erläuterte er, und machte es gleich vor, indem er ihn aufklappte und lächerlicherweise für einen Augenblick auf seinen eigenen schwarzen Schopf steckte.
Mein Bruder dankte ihm mit ernstem Gesicht. Er fragte ihn, wie er denn den weiten Weg hinter sich gebracht habe, wo doch überall Gefahren lauerten. Und wie er es fertiggebracht habe, das Brennende Land zu durchqueren?
Sie seien zu mehreren gewesen, erklärte der Höker. Schon seit langem hätten seine Leute Handel in den Landen der Wilden getrieben. Das sei mit gewissen Risiken verbunden – er zog ausdrucksvoll die Schultern hoch –, aber auch mit Gewinn. Und schon seit Jahren habe man gewußt, daß das Brennende Land abkühle: Es gebe jetzt schon weniger Berge, die Feuer spien, und die Feuer selber mit dem herausfließenden geschmolzenen Gestein seien kleiner. Man kenne einen Paß, und andere seien schon früher einmal ein Stück auf diesem Wege vorgedrungen, dann aber zur Umkehr gezwungen gewesen. Auch seine Begleiter seien umgekehrt. Er jedoch habe sich weitergewagt im vielleicht etwas leichtsinnigen Vertrauen darauf, daß er durch sein werde, bevor die Hitze aus der Erde ihm den Garaus machte. Er habe es denn auch geschafft, aber tatsächlich nur um Haaresbreite.
Peter warf einen Blick auf seine Schuhe mit den blinkenden Schnallen und sagte: »Deine Stiefel haben's gut überstanden. Ihr müßt gutes Leder haben im Land der Wällisen.«

»Der Höker schüttelte den Kopf. »Ich habe die weggeworfen, die ich getragen habe. Die waren fast durchgesengt.«
»Und dein Pferd? Hast du dafür Ersatzhufe mitgehabt?«
»Nein, Herr. Aber ich habe ihm Stiefel aus Leder gemacht und sie, wie meine eigenen auch, mit einem Tuch umbunden, das es in meinem Land gibt. Es ist aus einem Gestein namens Chrysotil gewebt, das gegen Hitze schützt.«
Ein Tuch, aus Stein gewebt? Aber gerade die Unwahrscheinlichkeit verlieh seiner Geschichte Überzeugungskraft. Mein Bruder stellte ihm noch andere Fragen, die er ebenso bereitwillig beantwortete. Seine Heimatstadt liege in einem gebirgigen Land, und es fehle ihr an dem Reichtum an Wiesen und Äckern, den wir für selbstverständlich hielten. Ihre Schafe lieferten Wolle minderer Qualität und zäheres Fleisch; das bißchen Getreide, daß sie hätten, wachse nur schütter und mit kleinen Ähren. Ihre Handwerker jedoch verfertigten seiner Ansicht nach Dinge, die den Leuten bei uns wohl gefallen würden. Er hoffe, noch einmal wiederzukommen und anderes mitzubringen.
»Was du erzählst, klingt interessant«, sagte Peter. »Falls wir eine Gesandtschaft zu deiner Stadt schickten, würde sie in Frieden aufgenommen?«
»Warum denn nicht?« fragte der Höker. »In Frieden und mit großer Freude. Wir sind ein zivilisiertes Volk.«
Peter entließ den Höker mit einem Geschenk in Gold, das seine Augen aufleuchten ließ. Er entließ dann auch die Hauptleute, bat mich aber, noch zu bleiben. Wir gingen zusammen in das kleine Zimmer, in dem mein Vater so gern gesessen hatte, abseits vom Lärm und der Förmlichkeit des Hofes. Er nahm in dem alten Sessel meines Vaters Platz und drehte den Schmuck, den der Höker ihm geschenkt hatte, hin und her.
»Kupfer«, sagte er, »wenn auch glänzender poliert, als bei uns üblich. Und die Steine sind hübsch, aber keine Edelsteine. Ein paar sind Glas.«
Ich sagte: »Von einem Höker erwartet man kein kostbares Geschenk. Du warst mehr als großzügig mit deiner Gegengabe.«
»Es ging mir dabei um mehr«, sagte Peter, »als nur um die Erwiderung eines Geschenks.« Er betrachtete den Kupferreifen und lä-

chelte. »Für die Fürstin! Kannst du dir Ann mit so einem Ding vorstellen? Sie trägt keinen Schmuck, obwohl es mir eine große Freude wäre, ihr welchen zu schenken. Ich wollte, sie würde welchen tragen. Ich habe deine Mutter so gern gesehen in ihrem feinen Putz: ein Vogel in prächtigem Gefieder. Ich denke oft an sie.«

Ich war verblüfft. Verblüfft über das, was er da sagte, aber noch verblüffter darüber, daß er es so ungezwungen sagte. Der Vogel in

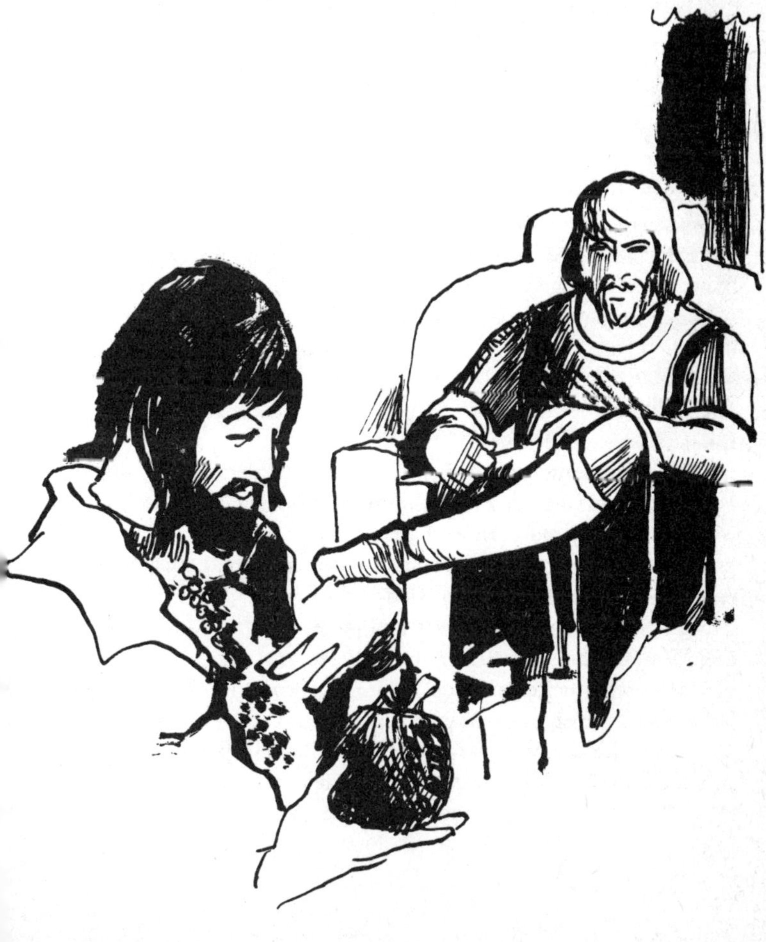

prächtigem Gefieder war schließlich in einer Feuersbrunst umgekommen, und seine Mutter, meine Tante Mary, hatte auf dem Platz vor dem Palast, in dem wir saßen, mit dem Leben dafür bezahlt. Das war die Wurzel der Bitterkeit zwischen uns gewesen.
Er warf den Reifen auf den Tisch und schaute mich an.
»Ich bin froh, daß du wieder hier bist, Lukas.«
Das hatte er schon einmal gesagt, aber hier in diesem Raum mit seinen Erinnerungen klang es anders. Margry, der Hofmaler, war inzwischen an der Ruhr gestorben, aber an der gegenüberliegenden Wand hing sein bestes Bild: meine Mutter in einem Sonnenstrahl, mit jungen Hunden zu ihren Füßen und Blumen hinter ihrem Kopf. Ich wußte, daß er's ehrlich meinte, und wußte darum auch, daß der Verdacht, den ich gehegt hatte – er habe es mit den Trinksprüchen beim Festmahl darauf abgesehen gehabt, mich zu überlisten – unbegründet war. Ausgeburt meiner eigenen Veranlagung zur Eifersucht. Mir wurde auch klar, daß ihn kein schlechtes Gewissen plagte, weil er nun den Platz einnahm, auf den ich gehofft hatte. Früher hatte er, obwohl der ältere, seinen minderen Rang ohne Murren hingenommen. Dann – so mußte es ihm wohl erschienen sein – hatte das Schicksal die Waagschalen umgekehrt und damit die natürliche Ordnung wiederhergestellt. Die Reihe war nun an mir, dies hinzunehmen. Die Treuegelübde an der Festtafel sollten öffentlich Bekräftigung der Erneuerung brüderlicher Bande sein: mehr nicht.
»Meine Hautpleute dienen mir zu meiner Zufriedenheit«, sagte Peter, »und mit meiner Frau ist mir ein größeres Glück zuteil geworden, als ich jemals erhofft hatte. Aber du hast mir gefehlt. Es hat drei Perrys hier in unserer Stadt gegeben; dann plötzlich nur einen. Es ist gut, daß es jetzt wieder zwei gibt.«
Er sprach dann noch über dieses und jenes, ziemlich genauso, wie mein Vater mit mir geredet hatte, und das Vertrauen, das er mir bewies, schmeichelte mir. Die Pläne, mit denen Ezzard und die Hohen Seher mich bekannt gemacht hatten, kamen mir entlegen und unwirklich vor. Was war ihre kalte Wissenschaft verglichen mit dem hier? Ich war froh, Ezzard darauf hingewiesen zu haben, daß ich mich an Intrigen gegen meinen Bruder nicht beteiligen würde. In jeder anderen Weise würde ich ihnen helfen, wie die Pflicht es

erforderte, soweit es in meiner Macht lag, aber sie mußten ihn als Fürsten gelten lassen, wie ich es tat.
Der Vorschlag, eine Gesandtschaft zu der Stadt zu schicken, aus der der Höker kam, war offenbar nicht nur so hingesagt, sondern sehr genau überlegt worden. Er besprach mit mir die Form, in der sie stattfinden sollte: ein berittener Trupp unter einem Hauptmann. Kein großer Trupp, aber ausgesuchte Leute, die uns in den Augen von Ausländern zur Ehre gereichen würden. Und welcher Hauptmann? Wir diskutierten ihre Verdienste und Vorzüge. Nicoll oder Greene, meinte er. Ich neigte mehr zu Greene, der zwar keine so eindrucksvolle Erscheinung war – Nicoll war ein großer, breitschultriger, gutaussehender Mann –, dafür aber größere Besonnenheit und ein besseres Urteilsvermögen besaß. Peter nickte.
»Ganz recht. Und obwohl Mut und Kraft bei einem Soldaten genügen, braucht ein Hauptmann vor allem Urteilskraft. Ich werde Greene schicken.«
»Kann ich mit? Ich würde gern das Brennende Land durchqueren und diese Stadt im Norden sehen!«
Er legte mir die Hand auf die Schulter, lächelnd, und diesmal tat mir ihr Gewicht wohl.
»Dich jetzt schon wieder verlieren? Nein. Es wird zweifellos noch zu weiteren Expeditionen kommen. Fürs erste kann ich dich nicht entbehren.«

Rudi sagte. »Zum Gruß, Hauptmann.« Er rief einen seiner Lehrjungen heran. »Nimm dem Hauptmann den Mantel ab. Und bring uns jedem einen Krug Bier.«
Die Waffenschmiede hatte sich nicht sehr verändert, und, soweit ich das beurteilen konnte, Rudi, der Waffenschmied, auch nicht. Seine Arme waren genauso muskulös, seine Haare und sein Bart so weiß wie eh und je. Mit dem Kopf reichte er mir inzwischen allerdings nur noch bis knapp unter die Schulter, aber das lag daran, daß ich gewachsen war. Die Zinnkrüge mit dem heißen, gewürzten Bier wurden von dem Lehrlingszwerg gebracht; wie gewöhnlich bot Rudi mir seinen eigenen Sessel an, der mit den geschnitzten Bildnissen früherer Waffenschmiede geschmückt war, und wie gewöhnlich lehnte ich ab. Wir saßen beieinander in der Wärme der

großen Esse in der Mitte der Schmiede, von der Flammen zur hohen Decke emporzüngelten. Rudi hob seinen Krug.
»Auf deine Rückkehr, Hauptmann! Und auf deinen neuen Rang.« Er lächelte. »Es kommt mir wie gestern vor, daß du da gesessen und dein Pech bejammert hast, weil man dich nicht als Junghauptmann für's Turnier ausersehen hatte. Und jetzt bist du richtiger Hauptmann und dienst deinem Bruder, dem Fürsten.«
»Schmiedest du schon die Schwerter fürs diesjährige Turnier?«
»Noch nicht.« Er deutete mit dem Kopf auf das Schwert an meinem Gürtel. »Und wie ich sehe, brauche ich dem neuen Hauptmann auch keins zu schmieden; er ist schon versorgt.«
»Die Hohen Seher...«
»Ich habe davon gehört«, sagte Rudi. »Ein Geisterschwert. Darf ich es mir mal anschauen, Hauptmann, oder ist es zu heilig und darf von gewöhnlichen Sterblichen nicht angerührt werden?«
Er scherzte, wie wir beide sehr wohl wußten. Er hatte noch nie in Mißachtung von Sehern oder Geistern gesprochen, aber ich glaube nicht, daß er sie ernst nahm. Zwerge interessierten sich für Wirkliches: für Waren und Lebensmittel und ihr eigenes handwerkliches Können. Die Geister gehörten wie die Feldzüge des Heeres zu den Angelegenheiten, mit denen sie sich nicht befaßten.
»Der Zweck des Schwertes«, sagte ich, »ist es, zu verwunden oder zu töten – ganz gleich, wer es schmiedet. Da es also zuschlagen soll, wird man es auch berühren dürfen.«
Ich schnallte das Schwert ab und gab es ihm. Rudi zog langsam die Klinge aus der Scheide. Er hielt sie ans Licht, das vom Feuer herüberfiel, die eine Hand unterm Heft, die andere nahe an der Spitze. Dann kippte er es leicht auf und ab, so daß die Schneide blitzte. Schließlich umfaßte er das Heft fest mit seiner rechten Hand und zupfte sich mit der linken ein Haar aus seinem Bart. Er schnippte die Klinge ein klein wenig in die Höhe, und das Haar teilte sich in zwei Stücke.
»Sind die Geister Zwerge?« fragte er.
Das war keine Frage, auf die er eine Antwort erwartete. Er wog und drehte das Schwert in der Hand.
»Ist es gut, Rudi?« fragte ich ihn.
Er nickte mit aufmerksamem Blick. Dann sagte er:

»Wir schmieden hier Schwerter, die sind so gut wie in jeder anderen Stadt im Land und sogar besser als in den meisten. Das ist keine Prahlerei: Unsere Vettern in Romsey und Basingstoke und Alton erkennen es an. Aber so etwas wie das hier, das schmieden wir nicht und können wir auch nicht schmieden. Die Härtung des Stahls... Die Verarbeitung... Ich würde einiges darum geben, wenn ich die Schmiede sehen könnte, in der diese Klinge gehämmert worden ist.«

Ich versuchte ihn mir in den Laboratorien und Werkstätten des Heiligtums vorzustellen. Vermutlich würde er keinen Schock kriegen und nicht verwirrt sein wie ich, als ich sie zum erstenmal sah. Ich konnte ihn mir vorstellen, wie er Murphy Fragen stellte und über die Antworten gründlich nachdachte. Von den Zwergen würde kein Widerstand kommen, falls die Seher erklärten, die Geister wollten, daß wieder Maschinen gebaut würden. Obwohl es ihnen an Fantasie fehlte, um dergleichen von sich aus anzustreben, würden sie es bereitwillig aufgreifen. Aber natürlich galt das, was Zwerge dachten, als unwichtig.

Ich wechselte das Thema und fragte ihn nach seinen Kindern. Er hatte drei Söhne, von denen zwei schon erwachsen waren und tüchtige Metallhandwerksgesellen, allerdings nicht im Rüsthandwerk. Der dritte, wesentlich jünger als die beiden anderen, hieß Hans, und ich wußte, daß Rudi hoffte, er werde in seine Fußstapfen treten und vielleicht eines Tages seine Stelle als Waffenschmiedemeister einnehmen.

Ich sprach davon, aber Rudi schüttelte den Kopf.

»Er will nicht.«

»Das tut mir leid. Aber was möchte er denn statt dessen?«

Rudi schwieg einen Augenblick, bevor er antwortete: »Er war immer schon eigenartig und ist immer noch eigenartiger geworden. Erinnerst du dich noch, daß du mich einmal gefragt hast, ob ich gern hätte Krieger werden wollen?«

Ich erinnerte mich noch sehr gut daran: ein kalter Wintermorgen, nicht viel anders als dieser, ein paar Tage vor dem Turnier. Ich sagte: »Du hast mich daran erinnert, daß du ja der Waffenschmiedemeister seist. Es war eine dumme Frage.«

»Dumm nicht. Auch ein Zwerg lächelt nicht den ganzen Tag und jeden Tag; und sogar ein Zwerg mag seine vergeblichen Träume haben. Aber es stimmt, daß ich alles in allem zufrieden bin. Falls du aber dieselbe Frage meinem Sohn stelltest, würde die Antwort anders lauten.«

»Aber er weiß doch, daß so etwas unmöglich ist.«

»Gewiß. Das hält ihn nicht davon ab, den Soldaten mit neidischem Herzen zuzuschauen. Und er will sich einfach zu keinem Handwerk schicken.«

»Das kann noch kommen.«

»Hoffentlich. Er ist fast so alt wie du.« Er zögerte. »Hauptmann, darf ich dich um einen Gefallen bitten?«

»Um jeden, der in meiner Macht steht. Zum Krieger kann ich ihn nicht machen.«

»Das weiß ich. Aber du reitest doch im kommenden Sommer mit dem Heer aus, nicht?«

»So die Geister wollen.«

»Das Heer nimmt Polymoffs nicht mit, nicht einmal als Knechte. Aber Zwerge sind schon hin und wieder beim Troß mitgezogen. Falls Hans das erlaubt werden könnte...«

»Du meinst, ein Feldzug könnte das Fieber in seinem Blut kühlen?«

»Schon möglich. Und falls nicht, würde es ihn doch glücklich machen. Oder doch wenigstens ein bißchen glücklicher. Er ist mein Jüngster.«

»Ich werde dafür sorgen, Rudi.«

»Ich danke dir, Hauptmann. Ich würde dir ja meinen Dank dadurch bezeugen, daß ich dir ein Schwert schmiede; aber mir scheint, dir hat schon größere Kunstfertigkeit, als sie mir zu Gebote steht, zu deinem verholfen.«

»Falls dieses Schwert bricht, lasse ich mir mein nächstes von dir schmieden.«

Er schaute zu, wie ich nun die Klinge in ihre Scheide zurückstieß. »Falls die bricht, wirst du wohl keine neue mehr brauchen. Aber sie wird wohl nicht brechen.«

Ich machte Edmunds Mutter, die Fürst Stephens Frau gewesen war, in ihrem neuen Haus meine Aufwartung. Ihr älterer Sohn,

Charles, hatte Beute gemacht beim Feldzug gegen Petersfield und mit den anderen Hauptleuten das Lösegeld geteilt, das Romsey für sein Heer und den Sohn seines toten Fürsten gezahlt hatte. Dadurch war es ihm möglich gewesen, seine Mutter aus dem winzigen Haus in der Salzstraße zu holen und ihr ein Haus einzurichten, das ihrem Rang eher entsprach.

Es war auch nicht gerade groß, kleiner, als das, in dem wir wohnten, bevor wir in den Palast umzogen, aber ihr lag nichts an äußerem Gepränge. Sie war nicht besonders intelligent, und daß sie nie eine Schönheit gewesen war, konnte man kaum übersehen, aber ihre beiden Söhne und Jenny, ihre Tochter, liebten sie innig. Sie tadelte sie nicht oft, aber wenn sie's tat, wurde ihr Tadel beachtet. Sie begrüßte mich herzlich und umarmte mich. Jenny sagte:

»Du mußt ihn mit größerer Hochachtung behandeln, Mutter, er ist jetzt Hauptmann.«

Dieser spöttische Unterton war mir vertraut und konnte mich immer noch leicht aus der Fassung bringen. Sie war nicht mehr ganz so schmal im Gesicht, schien mir, ihre Figur war freundlicher geworden. Sie war über ein Jahr älter als ich. Ich versuchte, es ihr im Spötteln gleichzutun, und sagte: »Nicht sie, sondern du solltest mir Achtung bezeugen.«

Sie machte einen Knicks vor mir. »Ich bitte um Verzeihung, Herr. Und falls du die Zeit finden könntest, mich feines Benehmen zu lehren, würde ich dir versprechen, sehr gut aufzupassen.«

»Laß ihn in Frieden, Jenny«, sagte ihre Mutter. »Er ist noch keine zwei Sekunden wieder hier, da ärgerst du ihn schon wieder. Und im letzten Sommer, als er nicht hier war, da wurde hier Trübsal geblasen und immerzu gefragt, wo Lukas denn wohl sein könne und ob es ihm auch gutgehe und an nichts fehle.«

Zu meiner Überraschung wurde sie rot, während sie empört alles abstritt. Ich war genauso verlegen wie sie, wenn nicht noch verlegener, und suchte schleunigst ein anderes Thema. Ich redete von dem Höker, von dem die ganze Stadt redete, und von den angeblichen Wundern von Klan Gothlen im Lande der Wällisen. Inzwischen war allgemein bekannt, daß Peter eine Gesandtschaft hinschicken wollte und den Höker dafür gewonnen hatte, ihr als Führer und Herold zu dienen. Edmunds Mutter sagte: »Man wird ja bestimmt einen Grund dafür haben, aber ich sehe nicht recht, welchen. Unser Land und unsere Stadt sind doch gut genug, würde ich meinen; was sollen wir da nach anderen suchen? Aber Männer sind eben ruhelose Wesen.«

Jenny sagte: »Ich würde mitgehen. Nichts lieber als das!«

»Wohin?« fragte ihre Mutter.

»Zur Stadt des Hökers, wenn ich dürfte.«

»Heute ist ein Tag der Wunder«, sagte ich. »Ein Zwerg, der Krieger sein will, und ein Mädchen, das sich auf die Jagd nach fremden Städten machen möchte.«

»Und Lukas«, sagte sie, »der sich überhaupt nie ändert – und weder Zwerg noch Mädchen, sondern Hauptmann des Heeres ist. Und stark und tapfer und klug und ohne das winzigste Quentchen Fantasie. Glücklicher Lukas!«

Wir saßen, Peter und ich, bei Ann in deren Zimmer. Es war dies nicht der Salon, den meine Mutter benutzt hatte. Das Zimmer enthielt viel weniger Schmuck und Flitterkram, und die Bilder an den Wänden hatten alle etwas mit ihrer Religion zu tun. Eins zeigte diesen Gott, dem sie anhing, einen dürren, melancholischen Mann mit einem goldenen Teller hinterm Kopf, wie er seine Jünger segnet; während er auf dem anderen mit verrenktem Körper an einem Holzkreuz hing. Sie waren schon ein griesgrämiger Haufe, diese Christen, und es kam mir seltsam vor, daß Ann selber solch ein warmherziger Mensch war.

Wie unter Familienangehörigen üblich, sprachen wir über Familienangelegenheiten. Peter redete von dem Kind, das nun bald zur Welt kommen würde. Er war voller Pläne für den Jungen – daß es ein Junge werden würde, stand für ihn fest –, und er redete fast so, als wäre er schon unter uns. Ann und er stritten sich, wenn auch nur sachte, wegen seiner Erziehung. Für Peter war es natürlich notwendig, ja, unvermeidlich, daß er zum Krieger erzogen wurde. Ann widersetzte sich dem nicht gerade – wie sollte sie? –, ließ aber keinen Zweifel daran, daß sie ihre Meinung sagen würde in allen Dingen, die sie für wichtig hielt: und sie hielt vieles für wichtig.

Ich fragte mich, wie er wohl werden würde, mein ungeborener Neffe. Würde er zwischen seinem auf Strenge pochenden Vater, den eisernen Regeln, die ein Fürst seinem Sohn auferlegen mußte, und der liebevollen Zärtlichkeit seiner Mutter zu einem schwachen, schwankenden Mann heranwachsen, weichlich und nachsichtig und bösartig wie James von Romsey? Aber vielleicht – und das hielt ich für wahrscheinlicher –, würden nicht ihre Schwächen ihn formen, sondern ihre in ihrer Liebe zueinander vereinigten Stärken und so einen starken und doch edelmütigen Krieger aus ihm machen, einen Fürsten würdig des Fürsten, dem er nachfolgte.

Ann schaute auf die Uhr an der Wand, an der schwere Gewichte hingen. Sie war mit dem holzgeschnitzten Bild einer Wildschweinhatz geschmückt und der von den Hunden verbellte Eber hatte winzige blinkende Hauer aus Elfenbein. Sie sagte:

»Ich muß euch jetzt allein lassen. Man wird mir mein Bad bereitet haben.«

Peter sagte, sie neckend: »Also ich habe noch nie jemanden gekannt, der so versessen auf's Baden ist. Jeden Tag und manchmal sogar zweimal am Tag.«

»Es ist eine Schwäche«, sagte sie. »Schöne Kleider, feines Essen, höfischen Putz, alles das könnte ich gut entbehren, falls du mir den Laufpaß geben solltest, aber meine Bäder, die würden mir fehlen. Ich beichte es ja auch dem Priester, daß ich dieser Sünde fröne, aber ich komme einfach nicht davon los.«

»Dann geh nur schnell«, sagte Peter. »Nimm dein Bad, das vielleicht dein letztes sein wird, falls ich morgen früh beschließe, dich wegzuschicken und mir eine neue Frau zu nehmen, die nicht so große Anforderungen an die Palastöfen stellt.«

Sie lächelten und küßten einander, und sie ging. Er und ich plauderten ebenso zwanglos weiter, aber nun über andere Dinge. Das Problem, wie der Trupp den durchs Brennende Land führenden Paß hinter sich bringen sollte, war noch nicht gelöst. Der Höker hatte sein Tuch, das vor Hitze schützte; aber es reichte nicht für einen weiteren Mann und ein Pferd, geschweige denn für rund zwanzig. Ich hatte mit Edmund und Martin darüber gesprochen, und Martin hatte einen Vorschlag gemacht. Die Zwerge könnten Stiefel für die Pferde nähen, wie sie der Höker gehabt habe, und statt des Zaubertuchs könnten sie eine Vorrichtung bauen, die es

erlaube, aus einem vorn am Sattelknauf befestigten Balg Wasser über die Stiefel rieseln zu lassen. Auf diese Weise würden sie kühl gehalten.
»Dein Freund Martin hat Köpfchen«, sagte Peter. »Als Akoluth steht er am falschen Platz. Aber Krieger wäre er wohl sowieso nicht geworden.«
»Er wird kämpfen, wenn es erforderlich ist. Er hat ja auch beim Turnier für mich gekämpft.«
»Und war bald am Boden.«
»Erst in der zweiten Runde. In der ersten hat er seinen Gegner aus dem Sattel gehauen.«
Peter lachte. »Du hältst deinen Gefolgsleuten die Treue, das freut mich. Laß uns vom Feldzug im nächsten Sommer reden. Ich wüßte gern, was du von einem Plan hältst, den ich mir überlegt habe...«
Ich weiß nicht, wie lange wir uns unterhielten. Peter war es, der schließlich innehielt und sagte: »Von Tag zu Tag läßt sie sich länger einweichen. Sie wird sich noch einmal in eine Wassernixe verwandeln oder mir einen Sohn mit Schwimmhäuten zwischen den Zehen gebären.« Er wandte sich mit einer raschen reumütigen Gebärde an die Geister, womit er seine leichtfertige Rede verwarf. »Wir schicken ihr eine Magd hin, die ihr sagt, daß sie sich beeilen soll.« Er griff nach dem Klingelzug und zog daran.

Janet war es, die auf sein Klingelzeichen herbeieilte; sie trug ihr Kleid sehr hoch geschlossen, um die Male zu bedecken, die die Geister auf ihrem Polymoffkörper hinterlassen hatten. Meine Mutter war von ihrer Dienerschaft tyrannisiert worden, und meine Tante Mary hatte ihre Bediensteten tyrannisiert. Ann verlangte wenig und das wenige mit ruhiger, leiser Stimme, aber man führte ihre Befehle aus, bevor sie sie noch ganz ausgesprochen hatte.
Janet nickte und ging. Als sie ein paar Minuten später zurückkam und in der offenen Tür stehenblieb, redete Peter gerade von taktischen Truppenbewegungen. Ohne aufzuschauen sagte er:
»Nun, hast du ihr ausgerichtet, daß wir auf sie warten? Es ist fast schon Abendessenszeit.«
Er hatte nicht, wie ich, ihr verstörtes, blutleeres Gesicht gesehen. Sie sagte:

»Herr...«

Ihre gebrochene, versagende Stimme bewirkte, daß er sich zu ihr umdrehte, dann aufsprang und zu ihr hinrannte und sie bei den Schultern packte. Ich sah seine Finger immer fester zugreifen, sah, wie sich ihr Gesicht vor Schmerz verzerrte.

»Was ist los?« fragte er schroff. »Raus mit der Sprache, Mädchen!«

Sie senkte den Kopf. Die Worte kamen sehr leise, aber man konnte sie verstehen.

»Sie ist tot, Herr.«

Ritt nach Norden

Kermit sagte: »Sie ist ertrunken, Herr. Das ist alles.«

Kermit war der Palastarzt und hatte dieses Amt schon in der Regierungszeit von Stephens Vater, dem Fürsten Egbert, innegehabt. Er war groß und dürr und hatte ein Gesicht wie ein Ei mit einem lockigen weißen Backenbart am unteren Rand des Ovals und ein paar dazu passenden, dünneren Locken obenauf. Er hatte zwei jüngere Ärzte, die ihm assistierten und seiner Verachtung sicher waren. Seine Äußerungen waren gewöhnlich kurz und stets endgültig. Mein Bruder fragte ihn: »Aber *wie* ertrunken?«

»Sie war in der Badewanne, und zwar allein. Man muß annehmen, daß sie ohnmächtig wurde und unter Wasser glitt.«

»Sie war jung, gesund. Warum sollte sie ohnmächtig werden? Kannst du ganz sicher sein, daß sie nicht irgendwie vergiftet worden ist?«

»Sie ist ertrunken«, wiederholte Kermit. »Wenn ihr übel geworden wäre oder wenn sie Schmerzen gehabt hätte – sie hatte doch eine Magd in Rufweite, im Zimmer nebenan. Die hätte im Nu bei ihr sein können.«

»Sie hätte die ganze Zeit bei ihr sein sollen«, sagte Peter bitter, »nicht in einem anderen Zimmer.«

»Richtig«, sagte Kermit, »aber das war ja nicht erlaubt. Man weiß, daß die Fürstin sonderbare Bedenken hatte.«

Er spielte damit auf die außerordentliche Sittsamkeit in körperlichen Dingen an, die den Christen eigen war. Die Frauen trugen lange, alles verhüllende Gewänder. Ann hatte nicht einmal, wenn sie sich ankleidete, ihre Mägde bei sich haben wollen.
Peter stöhnte, daß er am ganzen Leib zitterte. »Wenn ich das gewußt hätte...«
Kermit sagte: »Du hast gefragt: Warum sollte sie wohl ohnmächtig werden? Wenn eine Frau ein Kind erwartet, kann es immer mal zu Schwindelanfällen kommen; wenn sie der Länge nach im heißen Wasser liegt, noch eher als sonst.«
Peter sah ihn zornig an: »Warum hast du sie dann nicht davon abgehalten, wenn du's doch gewußt hast?«
»Sie davon abhalten? Ich habe ihr geraten, nicht soviel zu baden. Du warst dabei. Sie hat nicht auf mich gehört.«
»Du hast mir nicht gesagt, daß es gefährlich für sie sein könnte.«
Kermit zuckte die Achseln. »Es ist immer gefährlich, auf den Rat des Arztes nicht zu hören. Aber es wäre ihr nichts zugestoßen, wenn sie eine Magd bei sich gehabt hätte.«
Peter schwieg. Er sah aus, als kämpfe er gegen etwas in seinem Innern an: gegen den Drang etwa, diesen ächzenden alten Mann niederzuschlagen, der mehr Stolz als Mitgefühl bewies. Kermit fragte ihn schließlich:
»Kann ich noch etwas tun, Herr?«
»Kannst du sie wieder zum Leben erwecken?« Kermit sah ihn an, gab aber keine Antwort. »Dann geh!«
Er ging in steifer Haltung, um wenigstens so die Würde zu wahren, die unter der schroffen Verabschiedung arg gelitten hatte. Peter und ich blieben allein zurück. Er schüttelte immer nur den Kopf, der blanke Schmerz hatte tiefe Falten in sein Gesicht gegraben. Er sagte:
»Lukas, wie ist das passiert?«
»Ich kann den Mann auch nicht leiden«, sagte ich, »aber es muß wohl so gewesen sein, wie er's erklärt.«
»Falls jemand reingekommen ist – und sie dort wehrlos angetroffen hat und ohne Schutz. Ein Mörder hätte ihr den Kopf unter Wasser halten können – ganz leicht.«
»Von woher reingekommen?« fragte ich ihn. »Das Fenster liegt

fünfzig Fuß hoch, und unten geht ständig eine Wache auf und ab. Die Magd war im Zimmer nebenan, und dahinter liegt der Flur, wo ebenfalls eine Wache postiert ist. Da kann keiner rein. Und falls doch, wie sollte er wieder rauskommen?«
»Vielleicht war die Magd bestochen. Ich könnte sie foltern lassen.«
»Könntest du, ja«, sagte ich. »Aber die Magd war doch Gerda, die deiner Mutter jahrelang gedient und dich als Junge versorgt hat.«
Und, hätte ich hinzufügen können, die zu mir gekommen war, als man diese Mutter zum Tode verurteilt hatte, und mich bat, zu ihr hinzugehen, damit sie wiederum mich anflehen konnte, für ihren Sohn einzutreten.
Peter schlug sich mit der Faust gegen die Stirn. »Ich glaube, ich werde wahnsinnig! Von Foltern zu reden – was würde sie dazu sagen? Aber ich werde von Jammer und Haß gepeinigt. Fast hasse ich sie, die ich geliebt habe und noch liebe. Daß sie so leichtsinnig war: Das war nicht recht!«
Er hätte wohl gern gehabt, daß ich zu ihm hingegangen wäre und ihn umarmt hätte. Jedenfalls hatte ich das Gefühl; aber ich konnte mich nicht dazu bringen. Die Nachricht hatte mich ebenso hart getroffen wie ihn, aber doch auf andere Weise. Da waren gewisse Gedanken, die sich mir mit Macht aufdrängten, sosehr ich sie auch zu verscheuchen versuchte.
»Und ich habe noch einen Witz daraus gemacht. Es waren meine letzten Worte an sie.« Er kniff die Augen zusammen; Tränen rannen an der Nase entlang herab. »Ach, könnte ich sie nur zurücknehmen!«

Sie wurde nach christlichem Brauch beerdigt. Man murrte darüber, allerdings nicht in Peters Gegenwart. Bei ihrem Begräbnis waren keine Seher und keine Akoluthen zugegen, keine feierliche Prozession zur Beschwörungshalle fand statt, bei der der Sarg von purpurn geschmückten schwarzen Pferden auf einem Wagen gezogen wurde und jedermann, Adel und Gemeine, Zwerge und Polymoffs, zu Fuß hinterherging, um ihr die letzte Ehre zu erweisen; sondern ihr Sarg wurde auf einen einfachen Karren gestellt und von einem einzigen alten Schecken zum Nordtor gezogen und von dort aus weiter zu dem Fleck Erde, wo die Christen ihre Toten bestatten. Die Christen begleiteten sie, und Peter und ich, sonst aber wollte er niemand dabeihaben. Die Erde war hart gefroren; man hatte sie mit flachen Kohlenbecken Zoll um Zoll auftauen müssen, um überhaupt graben zu können. Wir standen am Grab, und der Priester sprach das Zeremoniell. Ein scharfer Wind wehte am Fuß der Mauer entlang und trieb den feinen Pulverschnee vor sich her, und sie hörten mit klappernden Zähnen zu. Nur wenige von ihnen, die sie ja alle sehr arm waren, hatten einen Mantel, der sie gegen die Kälte schützte. Ich stand da, selber auch durchgefroren, sogar in meinem dicken Hauptmannsmantel, und hörte zu, ohne aufzunehmen, was ich hörte. In meinem Kopf drehten und drehten sich die Gedanken; mir wurde schwindlig davon und sehr bange.

Es war schon das zweite Mal innerhalb weniger Jahre, daß die Gemahlin des Fürsten im Winter gestorben war, und obgleich die Schändlichkeit eines Mordes uns diesmal erspart geblieben war, spürte man eine kaum weniger drückende Düsternis im Palast und in der Stadt. Im Gegensatz zu meinem Vater suchte mein Bruder zu Anfang meine Gesellschaft. Stundenlang sprach er mit mir über Ann, wiederholte immer wieder all diese kleinen Begebenheiten, Anekdoten aus dem Leben, das sie gemeinsam verbracht hatten. Aber seltsam: daß mein Vater sich zurückgezogen und sich in seinem Schmerz ganz vor mir verschlossen hatte, hatte mich verletzt; jedoch behagten mir diese Unterhaltungen nun auch nicht, und ich war ein nur langsam und verlegen reagierender Zuhörer.
Manchmal war der Christenpriester dabei. Er war ein schwächlich wirkender Mann, klein von Statur und mit einer leicht gebeugten Haltung, die ihm manchmal das Aussehen von einem dieser Polymoffs gab, die auf dem Rücken noch einen zweiten Rücken tragen. Wie in Nachahmung der Seher war sein Kopf bis auf einen schmalen Haarkranz rund um den Schädel geschoren, und er trug auch Schwarz wie die Seher, nur daß sein Gewand mehr dem einer Frau glich.
Mochte sein Körper aber auch schwach sein, seine Stimme war kräftig. Sie dröhnte tief, und um Worte war er nie verlegen. Immerzu redete er von diesem Gott, den sie haben, und bei manchen

von seinen Geschichten schien sogar mir das Zuhören sich zu lohnen. Als Soldaten ausgeschickt wurden, um ihn zu verhaften, hat anscheinend einer von seinen Leuten sehr zu Recht sein Schwert gezückt und einem von den Wächtern ein Ohr abgehauen. Aber der Gottesmensch tadelte seinen Gefolgsmann mit den Worten: »Wer zum Schwerte greift, der soll durch das Schwert umkommen.« Was ich dabei nicht verstand: Was konnte man gegen einen Schwerttod haben? War das nicht besser, als in irgendeinem Erdloch zu verhungern, was vielen von diesen Christen offenbar widerfuhr? Ich wollte den Priester schon bitten, es mir zu erklären, dachte dann aber, daß sich nur noch ein Wortschwall über mich ergießen würde und unterließ es.
Er tröstete Peter, wie Ezzard meinen Vater getröstet hatte: indem er erklärte, daß er und Ann sich in einer besseren Welt als der unseren wiederbegegnen würden. Ezzard hatte die Täuschung noch weitertreiben können mittels einer Maschine, die die lebende Stimme meiner Mutter auf einem beweglichen Band eingefangen hatte, damit sie dann im Dunkel der Beschwörungshalle wiedergehört werden konnte. Dem Priester stand solche Hilfe nicht zu Gebote, aber er machte es nicht schlecht allein mit Worten.
Und ich für meinen Teil wurde ihrer überdrüssig, überdrüssig auch der düsteren Stimmung, die ich nicht vertreiben konnte und die beunruhigende Gefühle in mir weckte: sogar ein Gefühl – obwohl ich wußte, daß es widersinnig war – ein Gefühl der Schuld. Ich zog mich immer mehr von meinem Bruder zurück, und er, der ja dem Priester lauschte, schien nichts dagegen zu haben. Der Winter dauerte an mit Schneestürmen und beißender Kälte, die den Schnee in den Straßen zu Wehen gefrieren ließ, die die Polymoffs nicht wegräumen konnten. Es sah so aus, als wollte er ewig dauern, ein trüber, bitterkalter Tag folgte dem anderen.
Bis eines Nachts das Wetter umschlug. Ich wachte auf vom Regen, der an mein Fenster trommelte. Er fiel den ganzen Morgen, herangeweht von einem Wind aus West, der nach den nordöstlichen, die wir hatten erdulden müssen, beinahe warm wirkte, und lange, nachdem er aufgehört hatte, tropfte immer noch Wasser von den Traufen, wo die letzten Eiszapfen schmolzen.
Tage später schlugen die Bäume aus. Die kleinen grünen Spieße

sahen ungeduldig aus, als müßten sie nun endlich aus ihrer Zurückhaltung herausplatzen. Ich verspürte denselben Drang: frei zu sein von dem, was mich band. Ich traf Peter allein, ohne den Priester an und sagte zu ihm:

»Wir müssen über den Sommerfeldzug reden.«

Er schüttelte den Kopf. »Es wird keinen Sommerfeldzug geben.«

»Warum nicht?«

»Sie verabscheute Kriege, wie du weißt.«

»Sie war Christin. Du aber doch nicht.«

»Aber ich werde das Heer nicht ins Feld führen in dem Jahr, in dem sie gestorben ist. Vielleicht im nächsten.«

Ich merkte, daß er davon nicht abgehen würde. Aber es war mir unerträglich, daran zu denken, daß ich den ganzen Sommer mit diesem sich grämenden Mann in der Stadt eingesperrt sein sollte. Ich hatte gehofft, der Kampf werde Wandel in uns beiden schaffen. Falls nichts daraus wurde, mußte ich's anders versuchen. Ich sagte:

»Die Gesandtschaft, die nach Norden reiten soll, durchs Brennende Land – dabei bleibt es doch, oder?«

»Ich nehme an«, antwortete er gleichgültig.

»Ich habe dich schon einmal um die Erlaubnis gebeten, mitreiten zu dürfen. Ich wiederhole die Bitte jetzt noch einmal.«

»Du brennst darauf, von mir wegzukommen, Lukas.«

»Ich muß etwas *tun!*«

Er gab nicht sofort Antwort. Ich dachte, er würde es mir abschlagen, und überlegte mir schon Gründe, die dafür sprachen, daß ich an der Expedition teilnahm. Aber er sagte:

»Wenn du so sehr darauf erpicht bist, dann reite mit.«

»Kann Edmund auch mitkommen?«

Ich brauchte nicht hinzuzusetzen: falls er will. Ich wußte genau, wie er darüber dachte. Mein Bruder drehte sich zum Fenster um. Es regnete wieder, ein grauer Regen, vollgepackt mit Asche aus dem Brennenden Land. Er sagte:

»Nimm mit, wen du willst. Sprich mit Greene darüber.«

Die Zwergenstadt lag auf der anderen Flußseite, zum Osttor hin. Keines von den Häusern dort war hoch, aber sie waren gut gebaut und bunt angestrichen und mit viel blitzendem Messing verziert. Fast alle hatten Blumenkästen vor den Fenstern, und als ich an einem Sonntagmorgen vor Rudis Haus eintraf, war Rudi gerade mit seinen Kästen beschäftigt. Er pflanzte Hyazinthen aus, die er während des Winters im Haus gezogen hatte. Sie waren nun voll aufgeblüht – blau und rosa und weiß.

Er begrüßte mich und ging mit mir ins Haus. Die Zimmer hatten niedrige Decken; ich mußte auf meinen Kopf achtgeben. An den Wänden standen allerhand Schränke und Anrichten mit Schmuckgeschirr aus Porzellan und Messing, und die Wände selber waren in verschiedenen Farbtönen gestrichen. In dem Zimmer, in das ich geführt wurde, lagen zwei rote Wände zwei gelben gegenüber, und die Deckenbalken waren dunkelblau.

Rudi steuerte mich zu einem Sessel hin, der wohl für Menschenbesuch diente: Er war höher als die anderen in der Sitzfläche und auch im ganzen größer. Sehr viel größer – ich kam mir verloren darin vor. Ich eröffnete Rudi, daß ich gekommen sei, um mit seinem Sohn Hans zu sprechen, und er schickte eine Polymoffmagd, ihn zu holen. Obwohl die Häuser nicht hoch waren, waren sie doch recht weitläufig, und ich wußte, daß Rudis Haus sich nach hinten über eine beträchtliche Fläche erstreckte. Mehrere Minuten vergingen, bevor der Sohn erschien.

Wie Rudi war auch er groß für einen Zwerg. Wäre er menschlicher Herkunft gewesen, hätte ein nachsichtiger Seher ihn bei der Vorführung vielleicht durchgehen lassen. Er verbeugte sich ernst vor mir und blieb stumm und abwartend an der Tür stehen. Ich habe selber einen dunklen Teint und dunkles Haar; er war ein noch sehr viel dunklerer Typ mit seinem schwärzlichen Krausbart. Sein Gesicht war breit, aber seine Augen hatten nicht diesen gelassenen, ja, schläfrigen Ausdruck, den man bei seinesgleichen erwartete; sie waren hellwach und aufmerksam.

Ich sagte: »Hans, dein Vater hat mir erzählt, daß du gern mit dem Heer ins Feld ziehen würdest. Natürlich als Knecht beim Troß.«

»Ja, Hauptmann.«

»Ich habe versprochen, dafür zu sorgen.« Seine Augen ruhten auf mir, verrieten aber nichts. »Aber in diesem Jahr wird nicht zu Felde gezogen, weil mein Bruder um seine Fürstin trauert.«

Die Augen zitterten flüchtig vor Enttäuschung; dann verrieten sie wieder nichts. Er sagte:
»Ich verstehe, Hauptmann.«
Er hatte eine leise und rauhe, aber feste Stimme. Die Stimme gefiel mir; er gefiel mir überhaupt. Es war schon eine Weile her, daß ich ihn das Essen zu seinem Vater in die Schmiede hatte bringen sehen, den Topf in Handtücher gewickelt, damit die Hitze drin blieb; ich hatte ihm nicht mehr Beachtung geschenkt als irgendeinem anderen Zwergenjungen. Aber nun erkannte ich ihn wieder, und er schien sich tüchtig herausgemacht zu haben. Ich hatte mich, als ich kam, noch nicht entschieden gehabt und neigte wohl noch am ehesten dazu, ihm diese Nachricht zu überbringen und dann wieder zu gehen. Jetzt jedoch sagte ich:
»Ein Feldzug findet nicht statt. Aber ich selber reite nach Norden, mit dem Trupp, der das Brennende Land zu der Stadt hin durchqueren soll, aus der der Höker zu uns gekommen ist. Ich habe nicht das Kommando, aber als Hauptmann kann ich einen Reitknecht mitnehmen. Versprechen kann ich dir nichts – vielleicht kommen wir nicht durch –, aber wenn du willst, nehme ich dich mit.«
Er antwortete nicht gleich, und ich dachte schon: Ich habe mich in ihm getäuscht, er hat Angst davor. Da aber kam er mit raschen Schritten auf mich zu und kniete vor mir hin, und er sagte, während er mit großen Augen zu mir aufschaute:
»Ich danke dir für diese Ehre, Hauptmann. Und ich verspreche dir, ich werde dir auf jede Weise treu dienen, solange ich lebe und du mich brauchst.«
Es war die vorgeschriebene Wendung, die man von Polymoffs verlangte, wenn sie alt genug waren, um ihre Knechtschaft anzutreten; im Gegensatz zu ihnen jedoch hatte Hans sie mit Inbrunst und auch mit Stolz vorgetragen. Ich nahm ihn bei der Hand und hob ihn zu mir auf. Über seine Schulter hinweg sagte ich zu Rudi:
»Bist du damit zufrieden?«
Er lächelte. »Ja, Hauptmann.«
Ich sagte: »Er soll mein Reitknecht sein, und wir ziehen in unbekanntes Land, wo viele Gefahren lauern. Es wäre gut, wenn er ein Schwert mitnähme.«

Hans schaute mich mit vorgeschobenem Kinn sprachlos an, ein leichtes, ungläubiges Lächeln auf den Lippen. Rudi sagte:
»Ich schmiede es ihm.«

Festgelage hatte es seit Anns Tod keine gegeben, aber am Abend, bevor die Gesandtschaft aufbrechen sollte, wurden die Hauptleute in den Palast gerufen. Es gab reichlich Fleisch, und viel Bier wurde getrunken, aber man scherzte kaum, gesungen wurde überhaupt nicht. Als mein Bruder sich erhob, schaute alles schweigend zu ihm hin.
Er trank auf den Erfolg des Unternehmens. Dann sagte er in nüchternem Ton:
»Ich habe noch etwas zu sagen. Ich will nicht von meinem Verdienst sprechen, aber ihr wißt, daß er ein doppelter war. Als ihr das letzte Mal hier versammelt wart, habt ihr auf meinen Sohn, den zukünftigen Fürsten, getrunken. Es soll Geister geben, die nach dem Stolz beim Menschen fahnden, um ihn zu strafen, und vielleicht haben die mich gefunden.«
Er stand so lange schweigend da, daß die Hauptleute unruhig zu werden begannen. Ich fragte mich, ob er vielleicht vergessen hatte, was er sagen wollte, und ob ich ihn am Ärmel zupfen sollte, damit er daran dachte, sich hinzusetzen. Aber da begann er:
»Ich werde mir keine andere Frau nehmen und daher keinen Sohn haben. Also ist mein Bruder mein Erbe. Diesmal ernennen nicht die Geister, diesmal ernenne ich ihn zum Fürst von morgen. Ich heiße euch, darauf zu trinken.«

Als wir allein waren, sagte ich: »Das war nicht nötig.«
»Nötig genug. Es empfiehlt sich, diese Dinge klarzumachen.«
»Und es ist noch zu früh, um davon zu reden, daß du keine zweite Frau haben willst. Der Schmerz hat dich noch nicht zur Besinnung kommen lassen.«
»Ich glaube nicht, daß es zu früh ist. Lukas, du kannst schon früher an der Reihe sein, als du ahnst.«
Ich sah ihn an. Er war schmaler geworden, schaute jedoch ansonsten durchaus gesund aus. Und ich konnte nicht glauben, daß er die Absicht hatte, sich das Leben zu nehmen: Der Zeitpunkt, zu dem

das hätte geschehen können, war doch gewiß überschritten. Er sagte: »Falls ich Christ werde, muß ich aufs Schwert verzichten, und ohne Schwert kann kein Fürst regieren.«
»Das machst du doch nicht!«
»Ich weiß nicht.« Er schüttelte den Kopf. »Vielleicht würde es ihren Geist erfreuen.«

Martin kam an dem Abend zu mir in den Palast. Um mir Lebewohl zu sagen, nahm ich an, aber es war nicht nur das: Er überbrachte eine Nachricht von Ezzard. Ich hörte sie an und sagte: »Die Antwort bleibt dieselbe. Ich bin entschlossen zu reiten.«
Er sagte mit ernster Miene: »Die Lage ist aber anders, seit du wieder zum Fürsten von morgen ernannt worden bist. Und es geht das Gerücht um...«
»Ich kann mir schon denken, welches Gerücht. Also hören die Leute neuerdings auf das Geschwätz der Christen? Vielleicht brüsten die Christen sich aber zu früh. Schmerz vergeht, und dann wird er wieder zu sich kommen.«
»Ezzard weiß genauer darüber Bescheid. Und du weißt, was von deinem Erfolg abhängt.«
Ich hatte angenommen, daß er inzwischen genügend eingeweiht war, um die wirkliche Bedeutung von Sehern und Heiligtum zu verstehen, aber wir hatten nie darüber gesprochen. Es gab ältere Bande zwischen uns, und die zog ich diesen neuen vor. Ich sagte: »Ezzards Klugheit hat ihre Grenzen. Hat er sich gefragt, was die Hauptleute von einem halten würden, der sich zu solch einem Unternehmen meldet und dann einen Rückzieher macht? Sie würden wohl lieber einen schwertlosen Fürsten als einen Feigling haben.«
»Es muß ja nicht so aussehen. Eine Krankheit könnte dich daran hindern, mitzureiten.«
»Und wie wird Kermit diese Krankheit nennen? Herzschwäche?«
»Es wird ein echtes Fieber sein. Kermit und seine Gehilfen wären ja nicht zum ersten Mal getäuscht worden.«
Das stimmte. Die von Ezzard herbeigeführten Anzeichen von Krankheit bei einem von den vier zu Junghauptleuten Erwählten hatte mir zu meiner Chance beim Turnier verholfen, aus der sich soviel ergeben hatte. Ich sagte:

»Ich will nicht mehr als eben nötig mit Ezzards Kunstgriffen zu tun haben. Und ich reite morgen mit. Sag Ezzard, er soll nicht versuchen, mich daran zu hindern.«
Martin schüttelte den Kopf. »Das wird er auch nicht tun.« Er schwieg einen Augenblick. »Ich beneide dich und Edmund.«
Ich legte ihm die Hand auf seinen schwarzgewandeten Arm und drückte einmal fest zu. »Ich wollte, wir hätten dich dabei. Aber das sähe wohl seltsam aus, ein Akoluth bei einem Trupp Berittener. Und ich nehme an, Ezzard braucht dich auch hier.«
»Du bist nicht der einzige, der es leid ist, daß Ezzard ihn braucht.«
Er war immer von zarter Statur gewesen, verglichen mit mir. Zwar war er gewachsen und kam in der Größe an mich heran, aber er schien kaum zugenommen zu haben. Sein Brustkorb war schmal, seine braunen Augen blickten sehr groß aus seinem spitzen weißen Gesicht, das dazu neigte, sich in Falten zu legen. Womit man ja wohl rechnen mußte, wenn man den ganzen Tag lang über Büchern hockte. Ich sagte:
»Du könntest mitkommen. Falls du diese schwarze Kutte ablegst und sie Seher verläßt.«
»Wie soll ich denn? Ich habe ein Gelübde getan.«
»Ezzard kann dich davon befreien.«
»Tut er aber nicht.«
»Er muß, wenn ich es verlange. Vergiß nicht, daß ich in die Geheimnisse der Zunft eingeweiht bin. Er wird dich mir freigeben.«
Einen Augenblick lang schien er Hoffnung zu schöpfen, dann aber schüttelte er den Kopf.
»Es geht nicht, Lukas.«
Ich zuckte die Achseln. »Du hast recht, bis morgen ist nicht mehr viel Zeit. Und es könnte Gerede geben. Aber wir unterhalten uns noch einmal darüber, wenn ich zurückkomme.«
Er redete wohl mehr mit sich selber als mit mir, als er nun sagte: »Was ich gesucht habe, war Wissen. Wissen, das sauber und rein ist, hoch erhaben über all den Betrug und all die Täuschung, womit die allermeisten Menschen ihr Leben hinbringen.«
»Und du findest es nicht«, fragte ich ihn, »dieses Wissen, daß du so hoch schätzt?«

»Zum Teil«, antwortete er. »Aber ich finde auch anderes. Dinge, die ich nicht wünsche, aber doch hinnehmen muß. Immer noch Betrug und Täuschung.«

Ich nickte. »Und es überrascht mich nicht, daß du's leid bist. Ich würde auch nicht gern soviel Zeit damit zubringen, schwitzende Gemeine im Dunkeln an der Nase herumzuführen. Aber man kann dich nicht da festnageln.«

»Ich bin an mein Gelübde gebunden.«

Sein Stirnrunzeln verriet mehr Qual als sonst etwas. Ich drückte noch einmal seinen Arm.

»Bande kann man lockern. Wenn ich wieder da bin.«

Wir ritten nach Norden bei gutem Wetter; hin und wieder brach sogar die Sonne durch die Wolken. Insgesamt waren wir dreiundzwanzig: Greene mit seinem Reitknecht, ein Wachtmeister namens Bristow, sechzehn Kavalleristen, Edmund, Hans und ich. Und der Höker. Er hatte sein Packpferd gegen eins der Schlachtrösser meines Bruders vertauscht. Er behauptete, ihm damit einen Gefallen getan zu haben, und konnte das von ihm zurückgelassene Reittier nicht genug loben, aber ich glaube, er wußte sehr wohl, daß er bei dem Tausch sehr gut weggekommen war. Ich hatte mir seinen alten Gaul angeguckt, und der war mir nicht gerade großartig erschienen; er hatte auch schon zugegeben, daß das Land der Wällisen uns in der Tierzucht nicht das Wasser reichen könne.

Es taute auch weiterhin. Noch lag hier und da Schnee an besonders geschützten Stellen, aber fast überall sonst wuchs das Gras rasch und begannen die Weißdornsträucher zu grünen. Mancherorts hatten die Schäfer ihre Herde aus dem Stall geholt. Nahe der Grenze des Winchesterlandes verließ ein Junge seine Schafe am Berghang, rannte nach unten und stellte sich auf eine halb eingestürzte Mauer, um uns vorbeireiten zu sehen. Er schaute noch lange hinter uns her: bis die Biegung des Berges uns seinen Blicken entzog. Sicherlich würde er mit sehnsuchtschwerem Herzen zu seinen Tieren zurückkehren; gleichzeitig aber wurde mir das Herz leichter von dem Bewußtsein, daß wir nun unterwegs waren – daß Fremdes und Unerwartetes vor uns lag und Kummer und Elend mit jedem Schritt, den unsere Pferde taten, weiter zurückfielen.

Von Winchester bis zum Rand des Brennenden Landes waren es rund fünfzig Meilen Luftlinie. Aber der Weg, den wir nahmen, verlief natürlich weniger geradlinig, und Greene hatte es nicht eilig. Er war hochgewachsen, wachsam in der Haltung, neigte zu lärmender Fröhlichkeit beim Trinken, bewahrte aber im Kampf einen kühlen Kopf. Er wachste seinen Schnurrbart und zwirbelte die Enden zu kleinen festen Spießen. Unsere Pferde müßten ihr Bestes später zeigen, meinte er, darum habe es keinen Sinn, sie gleich zu Anfang schon anzutreiben. Auch waren sie den ganzen Winter über im Stall gewesen und mußten sich erst einmal wieder an die Felder gewöhnen.

Die erste Nacht verbrachten wir im Andoverland, in einem Dorf, wo man uns ängstlich und mißtrauisch betrachtete, bis Greene Silber für unsere Unterbringung vorzeigte. Da waren sie plötzlich alle um uns her und schenkten Bier ein. Wir tranken aus Höflichkeit jeder einen Becher, aber nicht mehr, obwohl sie uns nötigten. Wir seien im Dienst und daher militärischer Disziplin unterworfen, erklärte Greene den Leuten. Allerdings war auch bei den schweren Zechern unter den Männern das Bedauern nicht gerade groß: Das Bier war dünnes, kaum genießbares Zeug. Das Essen war nicht viel besser, und im Stroh wimmelte es von Flöhen. Wir wurden schon vor Tagesanbruch wach, und die Männer kratzten sich und fluchten.

Von dort aus ritten wir über die Berge und gelangten am Nachmittag nach Marlborough hinunter, das wie Salisbury in einem Tal liegt, aber in einem tieferen. Die Stadt gehörte zum Oxforder Hoheitsgebiet, lag aber so weit entfernt – über dreißig Meilen und lauter Bergland dazwischen –, daß man sie fast unabhängig nennen konnte. Sie erkannten den Fürsten von Oxford an, aber ihr eigener Generalhauptmann lebte in fürstlichem Stil, und sie entrichteten nur eine symbolische Steuer.

Mir kamen sie mürrisch und unfreundlich vor. Das gemeine Volk schaute schweigend zu, als wir durch die Straßen ritten, während doch in Winchester der Anblick irgendeines Trupps von Berittenen Hochrufe hervorgelockt hätte. Die Soldaten waren nicht weniger verdrießlich, und Stokes, der Generalhauptmann, erwies sich als ein finster dreinschauender, schweigsamer Mensch. Mit deutlich

mißbilligender Miene hörte er sich an, was Greene ihm von unserem Unternehmen erzählte. Selbst wenn es gelingen würde, was er bezweifelte, sehe er keinen Sinn darin.
Am Abend, als sie uns bewirteten, wirkten sie etwas aufgeknöpfter, aber auch nicht sehr. Sie guckten sich uns an und warfen einander Blicke zu. Jetzt glaubte ich sie schon besser zu verstehen, denn obgleich in der Großen Halle zahlreiche Lampen hingen, wurden sie doch eigentlich kaum benötigt: so hell war das Glühen, das zu den Fenstern hereinleuchtete. Hinter der Stadt erhoben sich die Berge, und über den Bergen war der Himmel rot, ein lebhaftes Karmesinrot, aus dem hin und wieder orangerote Flammen schossen. Als ich das sah, ging mir auf, daß Dunkelheit, die sie nie wirklich kennenlernten, etwas Tröstliches und Freundliches sein konnte. Sie lebten ihr Leben unter diesem unheildrohenden Licht – kein Wunder, daß sie davon verdrießlich geworden waren. Und dazu kamen auch noch bedrohliche Geräusche – ein fernes, böses Rumpeln, wenn die Erde vor Schmerz knurrte.

Nördlich von Marlborough gab es keine Wege mehr, und wir kamen nur langsam vorwärts. Es ging nun auch bergauf, und zwar manchmal so steil, daß wir absitzen und unsere Pferde führen mußten. Endlich jedoch erklommen wir einen Kamm und konnten nun sehen, was vor uns lag.
Die Vulkane umspannten den Horizont in einer gezackten Linie vom Nordosten bis zum Südwesten. Manche brannten, und manche lagen still. Vor und zwischen ihnen dehnte sich ödes, schreckliches Land, wo Ströme aus rauschendem, flüssigem Gestein durch eine von keinem Lebewesen bewohnte Wildnis aus Schwarz und Grau krochen. Vom bloßen Anblick schon konnte einem der Mut vergehen.
Der Höker hielt sein Pferd zwischen Greenes und meinem an und zeigte nach Nordwest.
»Die Gipfel dort sind erloschen – schon seit Jahren. Der Paß liegt dazwischen.«
»Wie weit?« fragte Greene.
»Zwei Meilen bis zu der Stelle, wo der Paß anfängt.«
»Und der Paß selber – noch mal drei?«

»So ungefähr.«
»Und auf einer von den drei Meilen ist der Boden heiß.«
Der Höker schüttelte den Kopf. »Heiß ist er auf der ganzen Strecke. Oder doch zumindest warm. Aber eine Meile lang dampft er, und man kann die Hand nicht drauflegen.«
Greene tätschelte den Wassersack vorn auf seinem Sattel. »Hoffen wir, daß diese Dinger funktionieren. Würde uns wenig nützen, wenn wir mit verkrüppelten Pferden drüben ankämen.« Er stellte sich in die Steigbügel und drehte sich im Sattel um. »Den ganzen Winter habt ihr nach Wärme gelechzt. Auf, und holt euch einen Bauch voll!«
Wir hielten uns in sicherem Abstand von den rauchenden Flüssen. Die Hufeisen der Pferde waren vor unserem Aufbruch aus der Stadt dick beschlagen worden, aber sie würden nicht weit zu gehen haben auf solchem harten schwarzen Gestein, bevor sie von neuem einen Hufschmied brauchten. Wir kamen an einigen Wassertümpeln vorbei, und auch diese dampften. Einer davon, der ein gutes Stück zu unserer Rechten lag, spritzte hoch auf und kreischte dabei wie tausend Kessel. Bisher hatten die Männer miteinander geredet und gescherzt; nun ritten sie schweigend.
Der Paß, zu dem das Gelände zwischen zwei dunklen Kegeln anstieg, schien leicht begehbar, wenn er auch genauso kahl und düster und öde wie alles ringsum war. Wir hielten an und zogen den Pferden die Lederstiefel über die Beine. Das war vorher geübt worden, und sie ließen es geduldig geschehen. Die Stiefel waren von den Zwergen sehr geschickt angefertigt worden, und sie hatten sie innen eingefettet, damit sie nicht so leicht scheuerten, aber sie mußten die Tiere natürlich behindern. Dünne Röhren führten von den Wasserbälgen oben zu den Stiefeln, wo Siebscheiben dann das Wasser langsam herabrieseln lassen würden. Alles dies war sorgfältig entworfen und ausgeführt worden, aber natürlich war noch niemand damit über schwelende Erde geritten.
Zu Anfang führten wir die Pferde, weil wir so am besten feststellen konnten, wie heiß der Boden war. Die Oberfläche bestand einmal aus hartem Gestein und war dann wieder locker und pulverig. Legte man die Hand darauf, konnte man die Wärme spüren. Der Staub war wie Sand, aber grobkörnig und schwarz.

Allmählich spürten wir's auch mit den Füßen. Zunächst war es nicht mehr als eine wohlige Wärme unter der Sohle, aber die Wärme nahm zu und wurde unbehaglich. Ich faßte an den Absatz meines Stiefels und zog die Finger schnell wieder zurück. Greene sagte:

»Ich glaube, von hier preschen wir am besten jetzt los. Aufsitzen, und dreht den Hahn am Wassersack auf. Bleibt in einer Reihe hintereinander und haltet Abstand, damit ihr euren Vordermann nicht behindert. Bleibt aber auch nicht zu weit zurück! Verzug bringt immer noch mehr Verzug, und Wachtmeister Bristow übernimmt die Nachhut. Es wird ihm nicht gefallen, wenn man ihn warten läßt.«

Greene ritt voran, ihm folgten sein Reitknecht und der Höker. Edmund und ich kamen als nächste, dann die Leute und zum Schluß der Wachtmeister. Greene gab mit einem Zeichen den Befehl zum Trab, dann zum Galoppieren, schließlich zu gestrecktem Galopp. Ein paar von den Pferden wieherten – hoffentlich vor Nervosität, dachte ich, und nicht vor Beschwerden! Mein Pferd, ein Brauner namens Garance, war ruhig bis auf den schnaubenden Atem und das gedämpfte Trappeln der Hufe.

Der Boden war locker und wurde immer noch lockerer. Er rauchte nur stellenweise, aber die Stellen rückten immer dichter zusammen. Wassertropfen, die von den Pferdebeinen wegspritzten, dampften, wo sie auf den schwarzen Sand trafen. Zu beiden Seiten ragten nun die schroffen schwarzen Gipfel auf, die dieses Gestein erbrochen hatten – und vielleicht neues ausspeien würden, denn Vulkane konnten nach langen Jahren des Schlafens plötzlich wieder aufwachen.

Ich spürte, wie Garance stolperte, sich aber wieder fing. Falls ein Pferd stürzte, würde es ein Durcheinander geben, das unheilvoll sein mußte für alle folgenden Reiter, da der Pfad so schmal war, daß einer nicht am anderen vorbeikam. Garance war zurückgefallen, und ich gab ihr die Sporen, damit sie wieder aufholte. Nicht, daß sie der Sporen wirklich bedurfte; sie spürte wohl inzwischen die Hitze.

Es war eine lange Meile. Der Paß blieb immer gleich und schien endlos. Das tröpfelnde Wassergeriesel würde gewiß nur wenig ausrichten können gegen diesen mächtigen Backofen, über den wir galoppieren mußten. Ich gab mir Mühe, solche Gedanken zu verscheuchen und mich nur auf mein Pferd und das Pferd vor mir zu konzentrieren. Ich ritt zu dicht auf, und Sand, den die gespenstisch in Leder gehüllten Beine des Pferdes hochschleuderten, brannte mir ins Gesicht.

Dann rief Greene von vorn: »Halt!« Ich ritt heran und hielt neben ihm; der Paß war nun breiter, so daß wir uns versammeln konnten. Der Boden rauchte nicht mehr, jedenfalls an dieser Stelle nicht – weiter oben sah man weiße Wölkchen aufsteigen. Greene saß ab, kniete hin und drückte die flache Hand in den Staub. Er richtete sich auf und fragte den Höker:

»Wird es weiter unten nicht noch einmal heiß?« Der Höker schüttelte den Kopf. Greene wandte sich an uns alle: »Dann zieht die Dinger runter, bevor unsere Pferde sich lahmtreten. Wir sind durch.«

Jetzt erst schaute ich nach vorn und sah, daß der Paß bergab in eine Wüstenebene führte, die der ähnelte, die wir hinter uns gelassen hatten. Hinter der Ebene jedoch erhob sich ein Wald. Noch waren die Bäume kahl, aber an den Ästen begann das erste Grün zu knospen.

Hinter dem Brennenden Land

Erleichtert und wie erlöst ritten wir weiter nach Norden. Das Stimmengeplapper machte erst so recht deutlich, welche Anspannung uns bis dahin die Kehle zugeschnürt und den Mund verschlossen hatte. Wir kamen an einen Fluß und ritten hindurch; das Wasser war seicht und lauwarm. Mitten in der Furt geriet eins von den Pferden mit dem Huf in ein Loch, stolperte und stürzte. Schallendes Gelächter erhob sich und wurde noch lauter, als der Reiter sich dann fluchend und triefend hochrappelte und sein Reittier ob dessen Dummheit schalt. Wir wußten, was ein solches Mißgeschick oben auf dem Paß hätte bedeuten können, und waren froh, daß wir's nun hier erlebten. Selbst der, der ins Wasser geplumpst war, lachte schließlich mit.

Die Wüste machte einem schütteren Bewuchs aus armseligen Büschen und Gestrüpp Platz und dieser wiederum dichterem Unterholz. Dann fing der Wald an. Die Bäume sahen auf den ersten Blick ganz normal aus, wenn auch ziemlich gekrümmt und verdreht; aber das konnte von dem sengenden Atem des Windes herrühren, der von den heißen Berghängen ganz in der Nähe herüberwehte.
Wir mußten durch wegloses Waldland reiten, bevor wir zu dem Pfad kamen, den der Höker kannte. Aber der Wald war nicht so dicht, daß er uns irgendwelche große Schwierigkeiten bereitet hätte, und stellenweise öffnete er sich zu Lichtungen, auf denen nur Pflanzen und niedrige Büsche wuchsen. Sie waren schon weiter im Wachstum als ähnliche im Süden. Ob vielleicht die unterirdischen Feuer, von denen das Brennende Land zehrte, auf dieser Seite dichter unter der Oberfläche lagen und den Winter milder machten? Ich fragte den Höker danach, und der meinte, das könne wohl so sein: sogar noch weiter nördlich gebe es warme Seen und Quellen, die dampfend aus der Erde sprudelten.
Unsere Unterhaltung wurde unterbrochen, weil einer von den Männern etwas rief. Er hatte ein Tier gesichtet, in dem wir sodann einen halb ausgewachsenen wilden Eber erkannten. Greene rief uns zur Jagd, und wir verfolgten ihn durchs Gebüsch, als er nun Deckung suchte. Geröstetes Wildschwein wäre ein schmackhafteres Abendessen als das Pökelfleisch, das wir in unseren Satteltaschen mitführten, aber ich machte mir keine allzu großen Hoffnungen, daß wir den Keiler erwischen würden, zumal wir keine Hunde hatten.
Aber er bewegte sich langsamer, als man erwartet hätte, und das Gelände blieb einigermaßen offen. Schon nach fünf Minuten hatten wir ihn gestellt; Greene persönlich beugte sich aus dem Sattel und stach mit dem Schwert hinter der Schulter ein. Der Keiler starb mit einem einzigen, ohrenzerreißenden Aufschrei; dann hatten wir anderen ihn eingeholt.
Der Höker war ziemlich weit zurückgefallen, und wir hatten Zeit, uns das tote Tier anzuschauen, bevor er eintraf und absaß. Er späte zwischen Bristow und einem von den Leuten hindurch und sagte: »Bravo, Hauptmann! Der sieht ganz so aus, als ob er uns gut schmecken würde.«

»Gut schmecken!« wiederholte Greene angeekelt. »Bist du denn blind, Mann?«
»Blind? Ich sehe ein fettes junges Schinkenschwein.«
»Dann guck dir mal die Hauer an. Und die Beine!«
An den Beinen konnte man sehen, warum er so leicht zu jagen gewesen war. Die hinteren waren ganz schmal, die Vorderbeine jedoch waren kurz und verdreht. Mir war schon aufgefallen, daß er irgendwie merkwürdig rannte; er war eher gehoppelt als gelaufen. Die Hauer waren doppelt; ein zweites Paar wuchs hinter dem ersten.
»Eßt ihr Hauer?« fragte der Höker. »An den Vorderbeinen hat er ja wirklich nicht viel Fleisch, aber doch überall sonst reichlich.«
Greene starrte ihn ungläubig an. »Es ist ein Polyschwein. Das ist doch überhaupt nicht zu bezweifeln!«
»Und?«
»Und das würdest du *essen*?«
»Warum nicht?« fragte der Höker. »Ah, jetzt erinnere ich mich – eure Seher verbieten es. Aber diesseits des Brennenden Landes gibt es keine Seher.«
»Man braucht keinen Seher, um sich sagen zu lassen, wovon einem übel wird. Eher würde ich Aas essen.«
»Hauptmann«, sagte der Höker, »du bist jetzt in Landen, wo dir so manches merkwürdig vorkommen wird. Und ich glaube, wenn du so zimperlich bleiben willst, könntest du Hunger leiden.«
»Heißt das, daß alle Tiere so sind?«
»Nicht alle, nein. Aber viele, vielleicht die meisten, sind auf die eine oder andere Art gezeichnet.«
Ich verstand schon, wie es dazu gekommen war. Bei uns zulande wurden Polyfaunen, wo immer man sie antraf, auf Geheiß der Seher ausgerottet. Da solche Auslese hier fehlte, hatten die Arten sich vermehrt und waren immer stärker verwildert. Die einzige Prüfung war die, der die Natur selber sie unterzog. Dieser Eber zum Beispiel wäre mit seinen Beinen wohl gar nicht erst groß geworden.
Schweigen war eingetreten nach den Worten des Hökers. Er brach es nun selber, indem er sagte: »Und ist es nicht auch Vorschrift,

daß das Tier vergraben werden muß? Wollt ihr jetzt eure Schwerter als Spaten benutzen?«
Greene strich sich mit den Fingerspitzen über die Spieße seines Schnurrbarts, als wollte er sich vergewissern, daß sie sich nicht verdoppelt oder in Hörner verwandelt hatten. Er sagte:
»Vergraben oder verbrannt. Wachtmeister, laß die Leute Reisig hacken für einen Scheiterhaufen.«
Die Leute machten sich an die Arbeit. Der Höker schaute zu und schüttelte immer mal wieder den Kopf. »Die werden noch umlernen...«, hörte ich ihn murmeln.
Der Holzstoß war aufgeschichtet, und nachdem man den toten Eber daraufgepackt hatte, wurde er angezündet. Wir setzten unsere Reise fort. Der Geruch röstenden Fleisches zog hinter uns her, und ich sah, wie der Höker bedauernd schnupperte.

Als es zu dämmern begann, sah Greene sich nach einem geschützten Platz für unser Nachtlager um. Wir ritten immer noch durch bewaldetes Gebiet und mußten öfter Umwege machen, wo die Bäume zu dicht wuchsen. Viele von den Bäumen waren so, daß wir sie bei uns zu Hause mit der Wurzel ausgegraben und vernichtet hätten, aber Greene machte nicht den Vorschlag, daß wir uns mit dieser unmöglich zu bewältigenden Aufgabe befassen sollten. Ich sah einen, dessen Blätter nicht grün waren, sondern von einem kupfrigen Rot; ansonsten jedoch sah er wie eine gewöhnliche Buche aus.
Edmund sagte: »Die Eichen hier...«
»Was ist damit?«
Sie sahen mir normal aus, wenn auch sehr alt. Er sagte:
»Die anderen Bäume wachsen aufs Geratewohl, aber die Zwischenräume bei den Eichen sind regelmäßig, als ob sie gepflanzt worden wären.«
Es stimmte. Wenn es einem einmal gelungen war, sie herauszufinden, konnte man feststellen, daß sie zwei Reihen bildeten, zwischen denen wir zufällig ritten. Die Allee führte einen Berg hinauf. Greene hielt sein Pferd an und sagte: »Da drüben.«
Wir guckten in die Richtung, in die er zeigte. Gebüsch wucherte, wo die Allee endete, und hinter dem Gebüsch erhoben sich die

Überreste eines Gebäudes, das groß genug war, um ein Palast gewesen zu sein. Ich sagte:
»Das könnte uns vielleicht als Unterkunft für die Nacht dienen.«
»Es wird etwas aus der alten Zeit sein – vor der Katastrophe. Ein großer Teil liegt in Trümmern.«
Er sagte es mit einem zweifelnden Unterton, worauf ich ihm antwortete:
»Ich glaube nicht, daß sich nach so langer Zeit noch irgendwelche Geister darin gehalten haben.« Ich schaute zum Himmel auf, wo Wolken, die sich schon den ganzen Tag über zusammengezogen hatten, nun noch bedrohlicher aussahen. »Und wenn das Dach auch nur noch an ein paar Stellen hält, werden wir vielleicht doch dankbar sein für den Schutz, den es uns gewährt.«
Greene schien froh zu sein, daß ich das gesagt hatte. Plötzlich hatte ich das Gefühl, daß er in ungewisser Lage vielleicht gern Rückendeckung suchte und sie sich sogar von jemandem wie mir geben ließ, der doch noch jung und unerfahren war. Das Selbstvertrauen, das er nach außen zeigte, saß nicht sehr tief. Ich nahm mir vor, es mir zu merken, um es Peter mitzuteilen. Wenn er es vorher gewußt hätte, würde er ihn bestimmt nicht mit der Leitung dieses Unternehmens betraut haben.
Wir ritten bis vor das Haus. Es war sehr groß, fast so groß wie der Palast in Winchester. Es war aus grauem Stein gebaut, der zwar verwittert, aber nicht geborsten war. Ein Ende war eingestürzt, alles andere jedoch schien intakt. Eine doppelte Treppe mit breiten Stufen führte zu einer dem Haus vorgelagerten Terrasse hinauf. Wir banden unsere Pferde unten an, ließen eine Wache bei ihnen zurück und stiegen hinauf.
Der Eingang war zwei Mannsgrößen hoch und entsprechend breit. Die Eingangstür lag noch da, wo sie hingestürzt war – aus gutem Holz und schön geschnitzt. In der Halle überraschten wir Vögel, die kreischend und mit wildem Flügelschlag flohen. Anzeichen deuteten darauf hin, daß sich auch größere Tiere hier aufgehalten hatten, aber wir sahen keine. Möbel, denen anzusehen war, daß vortreffliche Tischler sie gemacht hatten, waren vom Wetter aufgeworfen und angefault und von Ratten oder Mäusen angenagt. An den Wänden hingen Gemälde in reichverzierten Rahmen;

manche waren nicht zu erkennen, andere jedoch zeigten Männer und Frauen in eigenartiger Kleidung.
Wir gingen durch Zimmer, die groß und hoch waren und allesamt stark verfallen. In einem hingen Teppiche an der Wand, von denen jedoch mehrere heruntergefallen oder heruntergerissen worden waren. Auch diese waren sehr fein gearbeitet. Die meisten waren so sehr zerfallen und ausgebleicht, daß man nichts mehr darauf erkennen konnte, aber einer, der noch einigermaßen erhalten war, zeigte das Bild eines Kampfes. Edmund und ich schauten es uns verdutzt an. Er sagte:
»Also haben die Alten nicht *nur* mit Maschinen gekämpft. Die da haben Schwerter, die nicht viel anders als unsere aussehen.«
»Und Rüstungen. Aber schwere – in so einer möchte ich nicht kämpfen! Guck dir den Helm und den Brustharnisch an! Für das Gewicht braucht man kein Schlachtroß, sondern einen Ackergaul. Und falls man stürzte, würde einem der Kopf abgehackt, während man noch überlegte, wie man wieder hochkommen soll!«
Edmund schaute sich um. »Dies ist mal ein schönes Anwesen gewesen. Bestimmt hat ein Fürst hier gewohnt.«
Im Gegensatz zu mir war er in die Herrlichkeit eines Palastes hineingeboren worden. Es stimmte, was er sagte.
»Aber wie?« fragte ich ihn. »In der Nähe ist keine Stadt, nicht einmal ein Dorf. Wo haben seine Krieger gewohnt?«
»Vielleicht hatte er keine.«
»Wie hat er sich dann verteidigt?«
»Vielleicht mit Hilfe der Geister.«
Edmund sah mich an. Mit einem verächtlichen Unterton sagte er dann: »Vielleicht. Schließlich haben sie ihn dann offenbar im Stich gelassen, aber das ist ja ihre Art.«
Greene und Bristow erteilten Befehle für die Nacht. Hans suchte schon ein Nachtlager für mich. Ich sah ihn einen von den heruntergefallenen Wandteppichen wegschleifen, damit ich ein Bett hätte. Hoffentlich ist er nicht so feucht wie ein paar von denen, die ich gesehen habe, dachte ich. Aber es war ein unwürdiger Verdacht. Ich wußte schon, daß ich noch nie einen Diener gehabt hatte, der so intelligent war und so sehr darauf bedacht, jeden meiner Wünsche zu erfüllen.

Ich sagte: »Da wir nichts zu tun haben, können wir ja mal oben auf Erkundung ausgehen.«

Die Treppe war, wie der Boden in der Eingangshalle, aus Marmor. Zwischen zwei Stufen war ein breiter Riß, aber ansonsten schien sie, abgesehen von dem Schmutz, der hereingeweht worden war und aus dem hier und da Grashalme sprossen, unbeschädigt, wenn auch viele von den hölzernen Geländerpfosten eingeknickt oder ganz weggebrochen waren. Auf halber Höhe schwenkte die Treppe um und teilte sich, so daß sie dann in zwei Läufen nach oben führte. Wir kamen auf einen breiten hölzernen Treppenabsatz mit vielen Türen. Ein paar waren herausgefallen, und andere hingen schief in ihren zerbrochenen Angeln; ein paar waren geschlossen.

Hier gab es weniger Anzeichen für von Tieren angerichtete Schäden – nur kleine Nager konnten ja wohl die Treppe hinaufsteigen –, aber dafür reichlichen Witterungsschaden. In den ersten beiden Zimmern, die wir uns anschauten, war die Decke eingestürzt; Berge von aufgeplatztem und vermoderndem Putz bedeckten Fußboden und Möbel. In einem klaffte ein großes Loch, durch das man ein darüberliegendes Zimmer sehen konnte und weiter oben ein Stück zerborstenes Dach. Wir wandten uns anderen Zimmern zu, die in nicht ganz so verfallenem Zustand waren.

Der Tag näherte sich seinem Ende; das Licht schwand vom Himmel. Der Wind blies zu den nackten Fensterrahmen herein und zerrte an einem losen Streifen Papier an der Wand. Bald – wenn nicht noch in diesem Jahr, dann im nächsten – würde er ihn ganz abgerissen haben. Ich griff selber danach und riß ihn herunter; dann tat es mir leid. Einst hatte hier Pracht geherrscht. Die Elemente vollbrachten ihr Zerstörungswerk nach eigenem Gutdünken und brauchten keine Hilfe. Edmund rief: »Lukas!«

Er hatte eine von den geschlossenen Türen geöffnet und stand nun im Eingang zu dem Zimmer. Dieses Zimmer war wohl geschützter gewesen als die meisten anderen. Die Decke war fast noch ganz heil und beide Fenster hatten Scheiben.

Es war außerdem kleiner, und auch dies hatte vielleicht zu seiner Erhaltung beigetragen. Überall lag zwar Staub, aber die Möbel waren offensichtlich unbeschädigt, und der dicke rote Teppich hatte auch nur hier und da Mottenlöcher, war aber ansonsten trok-

ken und nicht ausgeblichen. An einer Wand stand ein Sofa, ebenfalls mit mottenzerfressenem Bezug, sonst jedoch unversehrt, und mehrere Sessel waren übers Zimmer verteilt. Edmund nahm, zunächst sehr vorsichtig, in einem davon Platz, der eine geschwungene Rückenlehne auf hölzernen Streben hatte. Ich sagte: »Der da sieht mir bequemer aus«, und ging auf einen mit hoher Rückenlehne und Seitenpolstern zu. Er stand verkehrt herum. Ich drehte ihn zu mir herum – und stand wie vom Schlag gerührt da.

Das, was da in dem Sessel saß, brach unter meiner ruckhaften Bewegung in sich zusammen und war im Nu nichts weiter mehr als ein Durcheinander von Knochen in einem verknüllten Kleiderhaufen, aber einen flüchtigen Augenblick lang hatte ich es so gesehen, wie es dort zahllose Jahre gesessen hatte: das straff aufgerichtete Skelett mit seinem grinsenden Totenkopf, der zum Fenster hinaus auf den Wald starrte, wo früher vielleicht einmal Rasen gewesen war.

Edmund und ich guckten es uns schweigend an. Edmund sagte:

»Meinst du, daß er bei der Katastrophe umgekommen ist?«

»Vielleicht. Ich halte es aber für wahrscheinlicher, daß er erst später gestorben ist. Dies Gebäude hier war zwar solide gebaut, aber von dem Stoß, der den anderen Teil zum Einsturz gebracht hat, wäre er doch bestimmt aus dem Sessel geschleudert worden. Vielleicht hat er hinterher hier gewohnt und darauf gewartet, daß jemand kam. Vielleicht jahrelang.«

Auf einem kleinen Tischchen neben dem Sessel stand eine feingeschliffene Glaskaraffe, die leer war. Daneben lag ein längliches Kästchen aus Gold. Ich klappte den Deckel auf und fand darin kleine Röhrchen aus einem brüchigen weißen Material, die mit getrocknetem Gras vollgestopft waren. So sah es jedenfalls aus, aber der Geruch war kein Grasgeruch; es hatte ein eigenartiges, würziges Aroma.

»Und das da«, sagte Edmund.

Es stand in einer Ecke, und ich hatte es noch gar nicht gesehen, weil es dort schon besonders dunkel war. Es war ein Kasten aus poliertem Holz mit einer Reihe von Metallknöpfen am oberen Rand und einer rechteckigen Glasscheibe mit dunklerem Glas dahinter. Ich wußte, was es war, weil ich ein Bild davon im Heiligtum gesehen hatte: die Vorrichtung, mit der unsere Vorfahren bewegliche Bilder durch die Luft empfangen hatten, quer über den ganzen Planeten und sogar vom fernen Mond. Ich starrte fasziniert darauf. Unter einem von den Knöpfen stand HELLIGKEIT, unter einem anderen KONTRAST.

Edmund sagte: »Eine Maschine.«

»Ja.«

»Aber du zeigst dich nicht entsetzt.«
Ich sagte rasch: »Ich war mir nicht im klaren darüber, was es war.«
»Du bist anders seit deiner Rückkehr vom Heiligtum. Wie Martin, seit er Akoluth ist.«
Ich spürte den Vorwurf. Wir waren die besten Freunde gewesen, und doch mußte ich so viel vor ihm verschweigen. In meinem Gesicht forschend, sagte er:
»Macht ja nichts, Lukas.«
Und ich wußte, daß es so war. Nicht er hatte mir einen Vorwurf machen wollen, sondern ich selber mußte mir einen machen. Ich wäre eifersüchtig geworden, wenn ich geglaubt hätte, Edmund stelle irgend etwas über unsere Freundschaft, er jedoch war's nicht. Seinem Lächeln war es anzusehen.
Wir hörten jemanden auf dem Treppenabsatz, und der Höker kam herein. Er schnüffelte in der Einrichtung des Zimmers herum. Weder das zusammengebrochene Skelett noch den Fernsehapparat bedachte er mit mehr als nur einem beiläufigen Blick, aber seine Augen hefteten sich auf das goldene Kästchen.
»Echt«, sagte er, »und schwer.«
Er machte Anstalten, es in die Tasche zu stecken. Ich sagte:
»Laß es stehen.«
Er sah mich an mit einem schlauen, abwägenden Blick. »Wir teilen uns den Erlös.« Er blickte flüchtig zu Edmund hin. »Durch drei. Aber überlaßt mir den Verkauf. Ich habe Verbindungen.«
»Stell es wieder hin«, sagte ich.
»Aber warum denn? Das ist doch dumm. Wem gehört es?«
Ich legte die Hand auf meinen Schwertknauf. Der Höker stellte das Kästchen hin, zuckte die Achseln und trollte sich. Wir hörten ihn auf dem Korridor davonstampfen. Edmund sagte:
»Er wird hinterher hier reinschleichen und es sich holen. Oder sich den Ort für seine nächste Reise nach Süden merken.«
»Höchstwahrscheinlich.«
Habgier und Gemeinheit und Beutemacherei wird es immer geben, und vielleicht wird alles Gute ihnen schließlich zum Opfer fallen; aber man brauchte zumindest selber nicht mitzumachen oder zuzuschauen. In der nun rasch zunehmenden Dunkelheit schaute ich mir angestrengt ein Bild an, das in einem Goldrahmen an der Wand

hing. Es war klein und düster und zeigte einen alten, häßlichen Mann, aber da war etwas in den gelassenen Augen in dem runzligen Gesicht, das mit seiner Schönheit das Herz ergriff. Ich las den Namen des Malers auf einem Messingschildchen unten am Rahmen. Sogar ich, der ich doch wenig von dieser Kunst verstehe, konnte sehen, daß er ein weit größerer Maler als unser Margry war, dieser Rembrandt.

Als wir gingen, machte ich sorgfältig die Tür hinter uns zu. Unsere Reise ging noch mehrere Tage fort. So gute Unterkunft für die Nacht fanden wir nicht noch einmal, aber wir waren's zufrieden. Die Tiere, die wir sahen, hielten zumeist auf Abstand. Einmal führte uns der Höker zu einem Dorf, wo man ihn kannte und wo wir uns etwas zu essen kaufen konnten. Die Leute nahmen unser Geld an, obwohl das Bildnis des Fürsten von Winchester ihnen wohl nichts bedeuten konnte; aber Silber kann man ja jederzeit einschmelzen. Der Höker feilschte für uns mit ihnen. Sie verkauften uns Brot und Rindfleisch, letzteres in bratengroßen Stücken. Ich hätte gern gewußt, wie die Tiere auf dem Huf ausgesehen hatten – ja, was für Hufe sie gehabt hatten, wenn überhaupt welche –, aber ich sagte nichts, und falls Greene Bedenken gehabt haben sollte, behielt er sie für sich. Wer konnte schließlich sagen, aus was für Getreide das Brot gebacken war?

Die Dorfbewohner waren ein rauhbeiniger und schmutziger Haufe, schlecht ernährt und in Felle gekleidet. Nicht einmal alle erfreuten sich dieses Schutzes. Ich sah ein fast nacktes, blaugefrorenes Kind, das vor Kälte zitterte, und schenkte ihm ein Wollhemd aus meiner Satteltasche. Fünf Minuten später trug es einer von den Männern. Ich hätte es ihm weggenommen und dem Kind zurückgegeben, aber Edmund hielt mich davon ab. Sobald wir weiterzögen, werde das Kind es doch wieder los sein. Ich war nicht davon überzeugt, und er sagte:

»Und außerdem noch Prügel dafür beziehen. Auf diese Weise fällt für den Jungen vielleicht etwas ab – eine Brotkruste vielleicht, aus schlechtem Gewissen.«

»Gewissen? Bei so einem Kerl?«

»Wer weiß? Die Prügel wären ihm jedenfalls so gut wie sicher. Sei vernünftig, Lukas.«

Es waren dies Leute jeglicher Art – Menschen und Polymoffs und auch ein paar Zwerge darunter –, und es empörte uns, daß sie gar keine Unterschiede kannten: Einer von den Führern des Stammes hatte ein purpurnes Mal, das sein halbes Gesicht bedeckte. Aber natürlich waren sie Wilde, und man konnte von ihnen nicht erwarten, daß sie zivilisierte Bräuche befolgten. Sie luden uns ein, bei ihnen zu übernachten, und ich war froh, daß Greene ablehnte, wenn wir dann schließlich auch unter Sträuchern schlafen mußten und frühmorgens vom Regen durchweicht aufwachten.

Fünf Tage nach der Durchquerung des Brennenden Landes wurden wir angegriffen.

Wir hatten inzwischen das Flußtal verlassen, durch das wir lange gezogen waren, und ritten in nordwestlicher Richtung durch hügeliges Land. Der Pfad führte durch eine Schlucht, die sich an ihrem Ende verengte. An dieser Stelle empfing uns plötzlich gräßliches Geschrei, und Wilde sprangen von einem überhängenden Felsvorsprung auf uns herab.

Wir waren vollkommen überrascht, und einer von dem ersten halben Dutzend zerrte einen Reiter vom Pferd, bevor der überhaupt wußte, was los war. Sie waren uns außerdem auch zahlenmäßig überlegen – mindestens dreifach, obwohl das nur grob zu schätzen war. Aber hier endete auch ihre Überlegenheit. Ich sah einen mich anspringen und hieb mit dem Schwert nach ihm, daß er aufheulend hinstürzte. Ein anderer, der sich zuerst einmal auf die Erde hatte fallen lassen, ging mich von der Seite an und hing einen Augenblick, unverständliches Zeug schnatternd, an meinem Sattel, bevor ich ihn weghackte. Garance bäumte sich auf und zertrümmerte beim Herunterkommen einem dritten mit dem Huf den Schädel.

Das Treffen, wenn man es denn so nennen konnte, dauerte sehr kurze Zeit – Minuten nur. Sobald ihnen klarwurde, daß wir ihnen gewachsen waren, ergriffen sie die Flucht. Die sich auf uns gestürzt hatten, rannten durch die Schlucht davon, und auch die anderen heulten uns nur kurz an und suchten dann das Weite, obwohl sie da oben vor jedem Gegenangriff sicher waren. Ein Dutzend von ihren Leuten ließen sie zurück, ein paar tot, ein paar so schwer verwundet, daß sie sich laut schreiend auf dem Boden wanden.

Daß ich selbst im Augenblick des Überfalls nicht im geringsten bange gewesen war, lag unter anderem auch daran, daß ich sie für Polymoffs gehalten hatte. Sie waren fast nackt, und ich sah, daß sie keine weiße, sondern eine fast blaue Haut hatten. Dieses Blau war nun rot gefleckt, und als wir sie uns etwas genauer ansahen, stellten wir fest, daß es nicht ihr natürlicher Hautton war, sondern Farbe, die sie von der Stirn bis unter die Fußsohlen bedeckte. Es waren echte Menschen. Falls auch Polymoffs bei ihnen waren, hatten die den Angriff entweder nicht mitgemacht oder waren unbehelligt entkommen.

Ihre Bewaffnung war jammervoll. Sie bestand aus kleinen Dolchen, deren längster weniger als einen Fuß maß. Einer von unseren Kavalleristen war verwundet worden. Es war jedoch nur eine oberflächliche Verletzung. Es war ihnen nicht einmal gelungen, eins von den Pferden lahmzustechen – wohl die größte Gefahr, der wir ausgesetzt gewesen waren. Ich glaube, die Pferde hatten ihnen nicht weniger Angst gemacht als wir selber.

Der Höker konnte sich überhaupt nicht beruhigen. Ich erfuhr hinterher, daß er während unseres Geplänkels den Kopf zwischen beide Hände genommen und sich an den Hals seines Pferdes gedrückt hatte und dadurch sehr leicht unser zweiter Verletzter hätte werden können, wenn sich der Reiter neben ihm nicht entschlossen seine Angreifer vorgenommen hätte. Nun sang er wahre Lobeshymnen auf unsere Tapferkeit und unsere Disziplin; man hätte meinen können, diese angepinselten Derwische in einem Dreiminutenscharmützel abzuschlagen sei eine Heldentat, vergleichbar der Erstürmung der Mauern von Petersfield unter mörderischem Kanonenfeuer. Wahrscheinlich hatte er ja noch nie Krieger im Kampf gesehen; dennoch verblüffte mich seine Begeisterung.

Wir ließen die Toten und Verwundeten liegen, wo sie lagen, weil wir annehmen konnten, daß sich ihre Genossen um sie kümmern würden, sobald wir weitergeritten waren. Edmund war mit Greene vorausgeritten, und Hans nahm nun seinen Platz an meiner Seite ein. Der Zwerg war so glücklich, wie ich ihn noch nie gesehen hatte; sein Gesicht glühte. Er hielt sein Schwert überm Sattelknauf hoch. Blut troff von der Klinge und verfärbte das Heft. Ich sagte:

»Da ist ein Lappen in meiner Satteltasche, falls du's abwischen möchtest.«

Hans schüttelte den Kopf. »Nein, Hauptmann.« Er guckte sich das Schwert noch einen Augenblick an, dann schob er es in die Scheide. »Ich lasse es so, wie es ist.«

Am Tag darauf kamen wir gegen Mittag an ein Dorf, das am Zusammenfluß zweier nach Osten fließender Flüsse lag. Die Leute dort waren keine Wilden, sondern trugen linnene Kleidung, die in Stil und Farbe so exotisch wie die des Hökers war. Sie kannten ihn, und alles drängte sich neugierig um uns und hieß uns willkommen. Sie bewirteten uns reichlich und wollten es sich nicht bezahlen lassen. Wir waren Gesandte auf dem Weg zum König, denen man die gehörige Gastfreundschaft angedeihen lassen mußte.

Wie der Höker uns erklärte, waren wir nun keine zehn Meilen mehr von der Stadt entfernt. Früh am Nachmittag brachen wir auf, um den letzten Rest des Weges hinter uns zu bringen, nachdem wir allen Anstrengungen der Dorfbewohner widerstanden hatten, uns mit noch mehr Kuchen zu traktieren und mit diesem süßen, klebrigen Getränk, von dem einem selbst dann, wenn man's aus nur daumenhohen Bechern trank, ein bißchen schwindelig im Kopf wurde.

Wir ritten ein Tal zwischen zwei Hügelketten entlang, hinter denen sich hohe Berggipfel türmten. Die Straße lief dicht am Fluß vorbei und war in gutem Zustand, und wir sahen Gehöfte und Häuser – die Häuser waren so bunt bemalt, daß sie wie die von Zwergen aussahen. Aber der Höker, als wir ihn danach fragten, sagte, Wällisen liebten Farben und benutzten soviel wie möglich davon.

Und allmählich wurden die Häuser zahlreicher und standen dichter beieinander. Ich ritt mit Greene an der Spitze, der Höker zwischen uns. Ich sah etwas, das zweifellos eine Schmiede sein mußte; durch die offene Tür konnte man das Feuer sehen.

Ich sagte: »Das ist aber doch merkwürdig, Yews – eine Schmiede außerhalb der Stadt?«

Er schüttelte den Kopf. »Nicht außerhalb, Hauptmann. Wir sind jetzt in der Stadt.«

Greene war nicht weniger erstaunt als ich und fragte: »Aber wo sind eure Mauern?«

»Es gibt keine.« Der Höker lächelte. »Wir brauchen keine Mauern.«

Straße und Fluß machten eine Biegung, und nun bestand kein Zweifel mehr, daß wir in eine Stadt eingezogen waren: zu beiden Seiten erhoben sich Gebäude, hochgebaut und dicht zusammengedrängt an den Hängen. Sie waren vollkommen anders als die, an die wir gewöhnt waren. Abgesehen von ihrer Höhe, die sie vielleicht der Enge des Tales und der dadurch bedingten Bodenknappheit verdankten, bildeten sie ein einziges Farbengefunkel und quollen über von Türmen und Türmchen und Kuppeln. Oben sahen sie wie Speere aus, die in farbenfreudigem Trotz zum tiefhängenden Grau des Himmels hochstießen. Alles war scharfkantig und spitz: die schlanken, vierkantigen Türme hatten Dorne an den Ekken, und die Kuppeln waren wie lauter bunte Zwiebeln gezinkt.
Und plötzlich wußte man, daß wir da waren, und hieß uns willkommen. Überall schauten Gesichter aus Fenstern und von schlanken Balkonen; Hochrufe erschallten, man winkte mit bunten Tüchern. Man hatte wohl Tauben aus dem Dorf geschickt, die die Nachricht von unserem Kommen überbracht hatten. Dies bestätigte sich über jeden Zweifel, als wir nun eine Straße entlangtrappelten, die aus dicht zusammengefügten Granitblöcken gebaut war: plötzlich fanden wir den Weg von anderen Reitern versperrt. Greene gab uns ein Zeichen, Schritt zu reiten, und ich sah, daß er mit der Hand, die das Zeichen gab, gleich anschließend ans Schwert griff, wo ich die meine sicherheitshalber schon hatte. Nicht, daß wir viel hätten ausrichten können gegen bewaffnete Krieger in ihrer eigenen Stadt.
Aber diese wollten uns nicht trotzen. Ihre schnaubenden Pferde bildeten zwei Reihen, auf jeder Straßenseite eine, mit einem einzelnen Reiter dazwischen. Als erstes fiel dessen prachtvolle Statur auf. Ich hielt ihn für einen Polymoff-Riesen, so groß war er; dann jedoch sah ich, daß ein gut Teil seiner Größe von dem Helm herrührte, der sich hoch über seinen Kopf erhob und in einem noch höheren weißen Federbusch endete, der bei jeder Bewegung seines Pferdes schwankte und rüttelte. Und das war noch nicht alles. Sein Brustharnisch schimmerte silbern über einem gelben Wams mit großen Puffärmeln, und die roten Lederstiefel, die ihm bis fast an

die Hüften reichten, waren an der Seite mit einer silbernen Verzierung abgesetzt und oben herum mit lauter großen Silberknöpfen geschmückt. Ich sah noch etwas, als wir nun näher herankamen, konnte es aber kaum glauben. Die Stiefel hatten falsche, wohl handspannenlange und vorn mit Silber besetzte Spitzen. Wie, bei allen Geistern, kam man mit solchen Ungeheuern in den Sattel? Und was geschah, wenn man mal ganz rasch absitzen mußte?
Die ihn begleitenden Krieger waren zwar längst nicht so prächtig anzusehen wie er, aber doch noch bunt genug. Wir hätten im Vergleich zu ihnen selbst bei unserem Aufbruch schäbig gewirkt und waren weit gereist und unter Bedingungen, die nicht viel Gelegenheit zu Putz und Herausschniegeln boten. Bestimmt waren wir in ihren Augen ein armseliger Haufe. Auch die Stiefel der anderen Reiter hatten diese Spitzen. Nicht ganz so lange wie die des Einzelreiters, aber ich hätte mit den Dingern nicht gern zu Pferde sitzen müssen.
Der Anführer hob die Hand, die offene Innenfläche uns zugekehrt. Ich bemerkte einen breiten Gürtel und ein langes Schwertheft, die beide dicht mit bunten Steinen besetzt waren, aber er bot einen friedlichen Anblick. Greene gab erneut ein Zeichen, und wir hielten an.
Der Mann sagte: »Zum Gruße! Ich bin Kluellan, Oberst der Königlichen Garde. König Cymru heißt euch in seiner Stadt und seinem Palast willkommen.«
Greene antwortete trotz seiner starr sich sträubenden Schnurrbartspitzen recht ungezwungen mit einer höflichen Wendung. Er hatte ein Talent für dergleichen. Ich sah mir Kluellan während dieses Austauschs von Förmlichkeiten an. Er war nicht groß, sondern eher klein und hatte ein dunkles und schmales Gesicht mit einem schütteren Bart. Und sein Pferd war zwar mit solch einer luxuriösen Schabracke bedeckt, wie ich sie selbst bei Reittieren für Damen noch nicht gesehen hatte, sonst jedoch konnte ich nichts Bemerkenswertes daran entdecken: ich hätte es gegen keines von unseren tauschen mögen.
Nach vollzogenem Begrüßungszeremoniell ritt der Oberst neben Greene an der Spitze unserer Kolonne, während seine Reiter uns flankierten. Die Zuschauer machten ein Fest daraus. Sie riefen und

schrien »Hurra!« und brachen immer wieder in Gesang aus, der, obwohl aus dem Stegreif angestimmt, überraschend harmonisch und melodisch klang. Die Herzlichkeit, mit der man uns hier empfing, lag so sehr über dem Üblichen, wie sie in Marlborough darunter gelegen hatte. Es war wie bei der Rückkehr von einem siegreichen Feldzug, und als ich mir ein paar von den geröteten Gesichtern ansah und die ungestümen Schreie hörte, drängte sich mir der Verdacht auf, daß die Leute vielleicht getrunken hatten. Aber das ist natürlich Unsinn, sagte ich mir dann: Es war ja erst früher Nachmittag.

Aus dem Aufleuchten im Auge des Hökers, als mein Bruder ihm Gold schenkte, und aus dem Flitterding, das er selber als Geschenk für Ann überreicht hatte, hatte ich geschlossen, daß es seinem Land vielleicht ebensosehr an Edelmetallen mangelte wie, seinem eigenen Eingeständnis zufolge, an tüchtigen Tieren. Seine Habgier angesichts des goldenen Kästchens hatte mich in meiner Vermutung bestärkt.
Daher war ich wie betäubt, als ich an dem Abend an der Tafel des Königs Platz nahm. Die Tafel selber, die sich volle siebzig Fuß lang durch einen noch um die Hälfte längeren Bankettsaal erstreckte, war mit einem weißen Tischtuch aus makellosem schweren Damast bedeckt, das, soweit ich sehen konnte, auf der ganzen Länge keine Naht hatte und auch nicht aneinandergelegt war. Darauf standen die verschiedensten Silbervasen, die – kaum zu glauben zu dieser Jahreszeit – mit roten und weißen Rosen gefüllt waren. Dann die Teller. In Winchester, wo wir uns auch nicht gerade für arme Schlucker hielten, speisten der Fürst und seine nächste Umgebung an der Spitze der Tafel von Silber, und der Fürst selber trank aus einem goldenen Pokal. Hier war der ganze Tisch in Gold gedeckt: Teller und Becher und sogar Gabeln.
Später wurde mir klar, daß hier kein Widerspruch zu der Habgier des Hökers bestand. In unseren Städten im Süden traf es zwar auch zu, daß manche Leute mehr an Gold und Gütern besaßen als andere, was wohl unvermeidlich ist. Aber von den Polymoffs einmal abgesehen, war der Unterschied zwischen Reichen und Armen wesentlich geringer als bei den Wällisen. Die Leute von Klan

Gothlen liebten allesamt Farben und Geglitzer, nur der Adel jedoch besaß Dinge von einigem Wert: das gemeine Volk schmückte sich mit Kupfer und buntem Glas.
Der Höker hatte seine Reise auch ohne das goldene Kästchen mit gutem Gewinn abgeschlossen – wenn auch nicht mit so gutem, daß er einen Adelstitel erwerben konnte. Das war nämlich auch noch etwas, das ich bei den Wällisen zu meinem Erstaunen erfahren sollte: In den Adelsstand wurde man nicht wegen Tapferkeit in der Schlacht erhoben, sondern man konnte sich hineinkaufen, so wie man sich einen Hund kaufte oder eine Spange für seine Frau. Yews hatte es mir ja erklärt, sie seien ein Händlervolk. Jemand wie er konnte vom Höker zum Kaufmann aufsteigen, und wenn er dann schließlich in der Lage war, sich in dem Stadtteil, in dem der Palast lag, ein Haus zu kaufen, würde man ihn aus diesem Grund als adlig betrachten.
Sosehr der zur Schau gestellte Reichtum mich erstaunte und beeindruckte – in meiner Unterhaltung mit König Cymru ließ ich mir nichts davon anmerken.
Im Aussehen hatte er eine gewisse Ähnlichkeit mit seinem Obersten; er war klein und wenig anziehend, hatte aber flinke, lebhafte Augen und einen Mund, der gern lächelte. Cymru hieß er, weil alle Könige der Wällisen bei der Thronbesteigung diesen Namen annahmen. Er war der fünfte Cymru seiner Linie.
Er trug einen dünnen Reif aus Gold auf dem Kopf, Zeichen seines Königtums, aber dieser sah, verglichen mit seinem anderen Schmuck, kahl und bescheiden aus. Sein Wams war aus grüner Seide. Die aufgebauschten Schultern und langen Ärmel waren mit Silberdrahtstickerei verziert, und jeder der goldenen Knöpfe trug eine Perle. Seine Hose aus dunkelgrünem Brokat endete knapp unterm Knie; darunter trug er seidene Frauenstrümpfe und Schuhe aus karmesinrotem Leder mit goldenen Schnallen.
Sein Bart und sein Schnurrbart waren mit einer Sorgfalt zurechtgestutzt und -gezupft, die mich an den dicken Jeremy von Romsey erinnerte, und wie Jeremy roch auch er nach Parfüm. Aber während dies bei Jeremy dazu geführt hatte, daß die Leute – sogar sein eigener Sohn – ihn verachteten, war es hier allgemeiner Brauch, wie ich bereits festgestellt hatte. Das erste Wölkchen Wohlgeruch

war mir in die Nase gedrungen, als der Oberst uns auf der Straße willkommen hieß, und seitdem hatten die Düfte kein Ende genommen. Parfümeriehändler waren allem Anschein nach wichtige Leute und wurden gut bezahlt für ihre Dienste, und der Königliche Parfumeur, ein weißhaariger, hagerer Mensch mit überraschend roten Lippen, saß mit uns am selben Tisch.
Cymru beugte sich zu mir hin, so daß sich bei seinem süßen Duft meine Nase vor leichter Übelkeit kräuselte. Er sagte:
»Ich weiß die Ehre zu schätzen, Lukas, die dein Bruder mir erweist, indem er dich, den Fürsten von morgen, mit dieser Gesandtschaft zu mir schickt. Und auch deine eigene Tapferkeit weiß ich zu schätzen – daß du einen solchen Auftrag und eine Reise in unbekannte und feindselige Lande auf dich genommen hast.«
Er hatte meinen Rang von Greene erfahren, der es jetzt wohl bedauerte, daß er davon erzählt hatte. Greene selber, obwohl er doch der Befehlshaber der Expedition war, war vom König zu meinen Gunsten verbannt worden. Ich saß rechts neben Cymru, Greene jedoch ein gutes Stück weiter unten an der Tafel.
Ich sagte: »Es war keine beschwerliche Reise, Herr, und eine ohne wirkliche Gefahren. Wir sind von unserem Kommandeur gut geführt worden.«
Cymru lächelte. »Du bist ein bescheidener junger Mann.«
Es wurde gerade eine Schüssel mit kleinen gebratenen Vögeln aufgetragen. Der König nahm sich ein halbes Dutzend und aß einen ganz. Ich zwang mich dazu, es ihm nachzutun, erstickte aber fast, als die zarten kleinen Knochen zwischen meinen Zähnen splitterten. Das Gefühl war mir so unangenehm, daß ich kaum wahrnahm, wie das schmeckte, was ich da aß. Ich spülte es hinunter, aber das Bier schien mir nicht nur gewürzt, sondern parfümiert zu sein; allerdings war es auch möglich, daß mir das Parfüm des Königs noch in der Nase hing. Cymru kaute mit sichtbarem Genuß, und ich griff widerstrebend, aber doch entschlossen nach einem zweiten Vogel.
Er ließ sich nicht anmerken, daß er meine Schwierigkeiten wahrnahm oder ob er sie wahrnahm. Während er aß, stellte er mir allerhand Fragen, die Lande im Süden betreffend, und ich antwortete ihm, so gut ich konnte. Trotz des freundlichen Empfangs hütete ich

mich, wirklich Wichtiges zu verraten, aber der König schien an militärischen Dingen nicht interessiert. Seine Fragen bezogen sich allesamt auf unsere Bräuche und unsere Art zu leben.
Ich selber versuchte, die Gewohnheiten der Wällisen zu begreifen. Ich war schockiert gewesen, als ich sah, daß Frauen zusammen mit den Männern an der Tafel des Königs Platz nahmen und ohne gebührende Rücksicht auf Schicklichkeit und Züchtigkeit mittranken und redeten und lachten und scherzten. Aber der Widerwille, der mich dabei überkam, war noch nichts verglichen damit, was ich bei dem empfand, was ich nun bemerkte. Der Braten war aufgetragen worden, und dazu wurde eine Schüssel voller kleiner gelber Stäbchen herumgereicht – Kartoffeln, wie sich herausstellte, höchst eigenartig zubereitet, nämlich in Streifen geschnitten und in kochendem Fett gebraten. Die Schüssel ging zu einem Mann, der ein paar Plätze weiter unten saß, der aber winkte ab. Dabei sah ich seine Hand: sie endete nicht in Fingern, sondern in zwei nagellosen Stummeln. Der Mann war kein Mensch, sondern ein Polymoff!
Der König sah, wohin ich schaute, konnte sich aber meinen Blick nicht deuten. Er sagte:
»Das ist Schlange, mein Kanzler. Ein fähiger Mann.«
»Schlange ist aber ein merkwürdiger Name.«
Cymru zuckte die Achseln. »Den hat er schon als Kind angehängt gekriegt, wegen seines Ganges. Seine Knie und Hüftgelenke sind anders als bei gewöhnlichen Menschen. Auch seine Hände sind anders.«
»Und er ist dein Kanzler?« fragte ich. Es fiel mir immer noch schwer, dies zu glauben.
»Ein vorzüglicher Ratgeber«, sagte der König. »Ich wüßte nicht, wie ich ohne ihn zurechtkommen sollte.«

Und das war noch nicht der letzte Schock an diesem Abend. Nach dem Mahl zogen wir uns in einen anderen Raum zurück, der kleiner war als der Bankettsaal, aber immer noch recht geräumig. Er hatte mehrere große Fenster, deren Glas nicht einfach durchsichtig, sondern bunt war und so angeordnet, daß es Figuren und Muster bildete. Ich sah Vögel und Tiere, Bäume und Berge und Flüsse

und Frauen und Männer. Weich gepolsterte Sessel standen in einem Halbkreis, und mir wurde einer in der Mitte gegeben, gleich neben dem König. Einige von den anderen Edelleuten hatten Sitzgelegenheiten, und die übrigen standen dahinter. Ich sah Greene stehen und auch Damen.
Diener, die nicht alle Polymoffs waren, stellten sich unter den von der Decke herabhängenden Lampen auf, an denen lange Ketten befestigt waren. Ein großes weißes Seidenlaken wurde an der gegenüberliegenden Wand herabgelassen, und die Diener zogen an den Ketten. Dadurch wurden die Lampen so weit heruntergedreht, daß sie nur noch ganz schwach leuchteten. Und plötzlich fiel helles Licht auf das weiße Tuch, und einen Augenblick später bewegten sich dort Gestalten.
Es ekelte mich nicht an, wie der Anblick eines Polymoffs bei Tisch mich angeekelt hatte, aber es nahm mich doch ziemlich mit. Ich wußte, was es war: eine einfache Form eines sogenannten Kinematographen, bestehend aus einem Linsensystem und einer Lichtquelle. Für letztere hatten unsere Vorfahren Elektrizität benutzt, wie auch die Hohen Seher im Heiligtum. Hier verriet mir ein entferntes Zischen, daß man das Licht wahrscheinlich mit einem Karbid-Wasser-Gemisch speiste. Der Film wurde mit der Hand weitergedreht, wie an einem gelegentlichen Rucken zu merken war. Es war anzunehmen, daß man so etwas in zivilisierten Landen zweifellos eine Maschine nennen und seine Benutzung bei Todesstrafe verbieten würde. Hier aber wurde es zur Unterhaltung des Königs im Königlichen Palast betrieben!
Gezeigt wurde etwas recht Widersinniges. Die Gestalten auf dem weißen Tuch waren Tiere, aber so lächerlich gezeichnet, daß man sie nicht einmal für Polyfaunen halten konnte. Da war eine Maus und eine Katze, und es ging alles um die Versuche der Katze, die Maus zu fangen, was ihr nie ganz gelang. Die Katze fiel immerzu in Fallen oder in Löcher oder wurde von schweren Gegenständen, die auf sie fielen, plattgequetscht, aber nichts davon konnte ihr etwas anhaben, und sie verfolgte die Maus immer noch weiter. Die flimmernden Bilder waren so zerkratzt und eingerissen, daß man sie stellenweise kaum erkennen konnte, aber der Hof schien fasziniert zuzuschauen und brach, obwohl er es doch schon sehr oft ge-

sehen haben mußte, hin und wieder in lautes Lachen aus. König Cymru an meiner Seite gluckste vor sich hin.

Edmund und ich gingen vor dem Palast spazieren. Die Terrasse war über hundert Fuß lang und halb so breit. Die rosa Granitblöcke, aus der sie bestand, waren so glatt geschliffen und so geschickt aneinandergefügt, daß sie wie eine einzige große Steinfläche aussahen. Eingefaßt war die Terrasse von einer Balustrade aus weißem Marmor. Hinter uns erhob sich der Palast mit seinen bunten Turmspitzen und Zwiebelkuppeln. Vor uns lag der Fluß, der sich hier verbreiterte und ein wie ein Hufeisen geformtes Wehr hinunterstürzte. Der Palast war einzig der Aussicht wegen an dieser bestimmten Stelle erbaut worden – aus keinem anderen Grund. Einer der Edelleute hatte es mir erzählt, und ich erwähnte es Edmund gegenüber voller Verachtung.
Er sagte: »Sie messen der Schönheit einen großen Wert bei.«
»Aber den Platz für einen Palast nach solchen Gesichtspunkten zu wählen!«
Edmund schmunzelte. »Du und ich, wir würden zuallererst daran denken, daß es eine Festung sein soll. Allerdings würdest du aber auch Mauern um deine Stadt haben.«
»Auch das ist Wahnsinn. Wenn ihre Krieger so mächtig wären, daß sie keine Mauern bräuchten, könnte ich es ja noch verstehen, aber wenn sie mit diesen spitzen Stiefeln reiten…«
»Bei festlichen Gelegenheiten.«
»Trotzdem! Und würdest du sie im Kampf fürchten?«
»Wohl nicht. Aber hier ist es nicht so, wie wir es gewöhnt sind. Welche Feinde haben sie denn? Es gibt keine andere Stadt, die sie herausfordern könnte. Und die Wilden draußen im Land hast du ja erlebt. Pöbel.«
»Der Pöbel kann gefährlich werden, wenn der Hunger ihn treibt. Oder Habgier. Hier gäbe es was zu plündern!«
»Aber die Stadt flößt ihnen auch Furcht ein, weil sie etwas Fremdes ist. Und sie ist ja auch nicht schutzlos. Sie liegt zwischen den Bergen versteckt. Und sie hat ihre Armbrüster.«
»Armbrüster?«
»Sie haben eine Art Schleuder zum Abschießen von Pfeilen, mit

der sie weiter und schneller und genauer als ein Bogenschütze schießen können.«
»Eine Maschine?«
Edmund zuckte die Achseln. »Solche Fragen stellen sie sich nicht. Aber die Zugänge zur Stadt sind von versteckten Schanzen gesäumt, die mit diesen Waffen bestückt sind. Man würde den Wilden wohl einen heißen Empfang bereiten.«
Dies gehörte zu den Dingen, die ich eigentlich hätte herausfinden sollen. Ärgerlicher im Augenblick mit mir selber als mit den Wällisen, sagte ich:
»Mag ja sein. Trotzdem glaube ich, daß unser Heer ihre Verteidigungsanlagen niedermähen würde wie eine Sichel das sonnentrokkene Korn. All dieses Parfüm und der Putz und Frauen, die mit Männern zusammen am Tisch trinken... Hast du gehört, worüber ihre Hauptleute sich unterhalten? Nicht über Waffen oder Pferde oder Angriffstaktik, sondern darüber, ob die neue Mode, die Gürtelschnalle an der Seite zu tragen, wohl den Sommer überdauern werde!«
»Sie haben eine noch neuere Mode«, sagte Edmund lächelnd. »Greenes Schnurrbart hat es ihnen so sehr angetan, daß sie die Spitzen ihrer eigenen nun auch einwachsen. Ist dir das nicht aufgefallen? Es überrascht mich, daß es ihnen noch nicht früher eingefallen ist, wo sie doch solch eine Schwäche für alles Spitze haben. Aber du bist zu schnell damit bei der Hand, sie zu verdammen, Lukas.«
Ich holte tief Luft. »Jedenfalls tut es gut, ein bißchen frische Luft zu schnappen. Dieses Geplapper und diese Düfte... Ich glaube, noch ein Festmahl könnte ich nicht ertragen.«
»Hast du vergessen, daß heute abend eins stattfinden soll?«
»Ich werde mich mit Krankheit entschuldigen.«
»Das wäre unklug. Denk daran, daß die Tochter des Königs dir vorgestellt werden soll.«
Ich stöhnte. »Das hatte ich ganz vergessen.«
Bei unserer Ankunft hatte sie mit Fieber zu Bett gelegen. Nun war sie wieder genesen und sollte sich am Abend zu uns gesellen.
Edmund schaute über die Brüstung hinweg auf den Fluß und den Wasserfall in der Ferne. Hier und da waren künstliche Inseln ange-

legt und mit Pflanzen besetzt worden, die voller Blüten hingen. Die Pflanzen waren echt, die Blüten jedoch waren aus Stoff, und jeden Morgen ruderten Gärtnerburschen hin, um sie sich anzusehen und die, die unansehnlich geworden waren, auszutauschen. Edmund zeigte an den Inseln vorbei auf ein Haus am anderen Ufer, das ganz aus Glas gebaut war.
»Da werden die Rosen des Königs gezüchtet«, sagte er, »lange bevor irgendwelche anderen Rosen blühen können. Das Glas verstärkt die Sonnenstrahlen, und außerdem heizen sie auch noch mit Kohlenbecken. Sie verstehen sich auf so manches.«
Ich hörte nur halb hin. »Blodwen«, sagte ich. »Stell dir mal vor, wie sie aussehen muß mit so einem Namen! Klein und dick, dunkel und lauter Haar.«
Edmund lachte. »Wie Maud von Basingstoke, die Jenny und ich dir mal als Frau ausgesucht haben, die du heiraten sollst?«
»Falls sie überhaupt Mensch ist!« fiel mir plötzlich ein. »Beim Großen! Vielleicht ist sie ein Polymoff!«
Der Abend begann gewöhnlich im Salon des Königs, einem großen, rechteckigen Raum, dessen Wände mit Bildern bemalt waren, auf denen leicht oder gar nicht bekleidete Frauen und Männer von wunderlichen Polymoffs gejagt wurden: von der Hüfte aufwärts waren sie Mensch, darunter jedoch glichen sie Ziegenböcken. Selbst für Polymoffs wirkten sie recht unwahrscheinlich, und ich fragte Cymru, in welchem Teil seines Königreiches sie anzutreffen seien. Nirgendwo, antwortete er mir; es seien nur Fantasiegebilde des Malers, die auf irgendeine alte Sage zurückgingen. Eine ungesunde Fantasie, dachte ich mir, ohne es laut zu sagen, und nicht das, womit ich gern leben möchte.
An diesem Abend jedoch versammelten wir uns im Thronsaal. Der war sehr viel größer und höher. Bronzetüren führten aus einem Vorraum hinein, und eine zwanzig Fuß breite Marmortreppe stieg zu dem darüberliegenden Stockwerk an. Die Wände waren golden angestrichen, und in der leuchtend blauen Decke schwebten realistisch gemalte Adler. Auf dem vor der einen Stirnwand stehenden Thron hätten drei Personen Platz nehmen können. Er war aus massiver Eiche, prachtvoll in Bauweise und Schnitzerei, aber durch die üblichen Kissenberge, wie mir schien, wieder mal verdorben.

Als König Cymru darauf Platz nahm, sah es mir so aus, als werde er nun ganz in bunter Seide versinken.
Er rief mich auf einen Schemel in der Nähe des Throns. Seine Vorliebe für mich schien unvermindert groß: Wahrscheinlich hatten sie nicht nur in der Kleidung, sondern auch in der Wahl ihrer Begleitung ihre Moden. Ich holte schnell noch einmal tief Luft, bevor ich zu ihm hinging. Zwar gewöhnte ich mich allmählich an den Duft, aber als angenehm empfand ich ihn noch lange nicht.
Er stellte mir neue Fragen, meine Heimatstadt betreffend, vor allem das Leben am Hof. Ob der Fürst jage, wollte er wissen, und falls ja, was? Meistens Wildschweine, erklärte ich ihm und schilderte ihm auf seine weiteren Fragen hin die Jagd.
»Wie?« fragte er, offensichtlich verblüfft. »Eure Edelleute – und euer Fürst reiten zu Pferde hinterher und erlegen die Sauen mit dem Speer? Sind eure Wildschweine denn so zahm?«
»Nein, Herr. Die können rennen, aber sie können auch kämpfen, wenn sie in die Enge getrieben sind.«
»Das ist aber doch mit unnötigen Gefahren verbunden, oder nicht?«
»Mit Gefahren, ja. Aber nicht mit unnötigen. Was nicht gefährlich ist, macht auch keinen Spaß.«
Er lächelte. »Ein wunderlicher Gedanke.«
Ich hatte ihm eigentlich erzählen wollen, daß ich selber einmal auf Gnade und Ungnade einem angreifenden Polykeiler ausgeliefert gewesen und nur durch die fixe Wachsamkeit meines eigenen Bruders, der mir zur Hilfe geeilt war, vor dem Tode bewahrt worden sei; aber nach der Bemerkung hielt ich es für besser, davon abzusehen. Der König fuhr fort: »Wir müssen mal eine von unseren Jagden veranstalten, während ihr hier seid.«
»Auf Wildschweine? Das ist aber doch jetzt nicht die Zeit.«
»Wie meinst du, nicht die Zeit?«
»Um diese Zeit haben sie Junge.«
»Wir jagen, wenn es uns gefällt«, antwortete König Cymru. »Schlange soll mal alles in die Wege leiten.« Es gab offenbar nichts, dachte ich voller Widerwillen, wobei der Polymoff nicht seine Hand im Spiel hat. »Erzähle mir vom Palast deines Bruder. Was für Röhren benutzt man bei euch für die Warmwasserleitung?«

Ich schüttelte den Kopf. »Wir haben nichts dergleichen, Herr.«
»Aber wie wird denn dann der Palast in den Wintermonaten geheizt?«
»Mit offenen Kaminfeuern.«
»Aber ist das denn warm genug?«
Ich dachte an die Große Halle, wenn ein Schneesturm an den Fenstern rüttelte und es überall zog, und sagte:
»Nicht immer.«
»Und eure Bäder? Wie versorgt ihr die mit heißem Wasser?«
In meinem Zimmer hier im Palast war ein Bad, ein Ding wie ein Steinsarg, in dem man lang ausgestreckt liegen konnte. An einem Ende hatte es zwei Messingmündungen, und wenn man die Griffe darüber drehte, sprudelte Wasser heraus, heißes oder kaltes, je nach Mündung. Nichts hätte weiter entfernt sein können von unseren Zubern zu Hause, in denen man mit angezogenen Knien kauerte. Ich sagte: »Die Diener bringen das Wasser, mit dem sie gefüllt werden.«
Er lächelte wieder ungläubig. »Und jeder, sagst du, der bei euch mit einer körperlichen Mißbildung geboren wird, muß Diener sein? Selbst wenn es nur eine Kleinigkeit ist wie ein Finger oder ein Zeh zuviel?«
»Ja.«
»Dann wäre Schlange also bei euch in der Stadt Diener und müßte Wasser für dein Bad heranschleppen?« Er lachte schallend. »Das muß ich ihm unbedingt erzählen. Es wird ihn amüsieren. Ich möchte deine Stadt gern mal sehen, Lukas. Ihr habt interessante Bräuche.«
Sein Ton, bisher ungewiß und mehrdeutig, war nun unverkennbar nachsichtig. Zorn wallte in mir auf, als mir plötzlich klarwurde, daß Cymru – dieser geschniegelte und parfümierte Monarch – sich mir gegenüber herablassend gab, daß er uns als *Barbaren* betrachtete. Der Gedanke erbitterte mich. Ich konnte nicht einfach aufstehen und gehen – die Höflichkeit, die man von mir als dem Abgesandten meines Fürsten erwarten konnte, verbot es mir –, aber ich beschloß, mit Greene darüber zu sprechen und zu überlegen, wie wir unseren Aufenthalt abkürzen konnten. Dieser König, diese ganze Stadt widerte mich an.

Meine Ohren hatten sich an das Geplapper und Lachen hinter mir im Thronsaal gewöhnt. Die Wällisen schwatzten und lachten immerzu über lauter Lappalien; trotz der Größe und Höhe des Saales war der Lärm gewaltig. Nun wurde er plötzlich leiser und verstummte dann ganz, und das Schweigen wirkte wie ein Seufzer. Ich drehte mich um, weil ich den Grund wissen wollte.
Sie war oben auf der Marmortreppe und hatte gerade begonnen, die Stufen hinabzuschreiten. Alle Gesichter waren ihr zugewandt. Diese Wällisen waren stolz auf ihr Hab und Gut und standen nicht an, sich laut damit zu brüsten, aber in der Stille nun spürte ich die Anerkennung, die sie ihrem größten und schönsten Gut zollten. Stolz war darin und Liebe.
Warum, war nicht schwer zu sehen. Sie war vollkommen anders als die Frauen am Hof. Zunächst einmal: Während diese schreiend bunte Gewänder mit schwerer Goldprägung und Broschen und Halsbänder und bis zu einem Dutzend Armspangen trugen, war ihr Kleid aus weißer Seide und von einfachem Schnitt. Sie trug keinen Schmuck außer einer goldenen Halskette, die zeigte, wie viel feiner und sanfter das Gold ihres Haares war. Die Wällisen waren ein dunkelhäutiges Volk mit nur ein paar Rothaarigen darunter und noch weniger Blonden. Aber auch letztere hätten, mit ihr verglichen, dunkel und unansehnlich gewirkt. Ihre Haut war so fein, so zart in ihrem Rosa und Weiß, wie ich es noch nie gesehen hatte, nicht einmal bei einem kleinen Kind. Erst als sie halb die Treppe herunter war, konnte ich ihre Züge genauer erkennen und war nun erst recht geblendet: so schön war sie.
Ich verstand, warum wir uns im Thronsaal und nicht im Salon des Königs versammelt hatten. Die Treppe war die ideale Kulisse für ihren Auftritt. Mit dem Stolz der Schönen würde sie darauf bestehen. Es machte sie mir nicht gerade liebenswert, aber ich mußte zugeben, daß es ihr angemessen war.
Sie kam von der Treppe herüber, und die Menge teilte sich, immer noch stumm, um ihr Platz zu machen. Sie traf vor dem Thron ein und machte einen Hofknicks vor ihrem Vater.
Dann wandte sie sich mir zu. Ich roch ihr Parfüm – kein aufdringlicher Duft wie die anderen, sondern frisch und wie von Blumen. Sie hielt mir ihre Hand hin, und ich beugte mich darüber, um sie zu

küssen, wobei ich mit den Lippen ganz leicht die zarte Haut streifte.
Als ich aufschaute, lächelte sie.
»Ich habe«, sagte sie – und sie sprach auch anders als die anderen, in einem wiegenderen, musikalischeren Tonfall –, »ich habe schon so viel von dir gehört, Lukas. Ich freue mich, dich endlich kennenzulernen.«
Ich antwortete irgend etwas; was, weiß ich nicht mehr genau. Sie sah mich unverwandt an mit diesem Lächeln. Das war nun doch nicht stolz, sondern herzlich und offen. Ihre Augen waren groß und rund und leuchtend blau.

Hinter uns hatte inzwischen das Geplapper wieder angefangen. Die Prinzessin sagte:
»Setz dich zu mir, Lukas, und erzähl mir was.«

Der Belemott

Nur zwei Straßen führten aus Klan Gothlen heraus; die nach Osten, auf der wir gekommen waren, und eine andere, die durchs Flußtal aufwärts nach Westen führte. Auf dieser ritten wir zur Jagd, die wegen des Wetters um einen Tag verschoben worden war. Es hatte ein bißchen geregnet und geweht, und es sei kalt für die Jahreszeit, sagte der König. An diesem Morgen kam hin und wieder die Sonne durch, und der Wind blies weniger rauh. Er wehte uns ins Gesicht, zerzauste dem sorgfältig frisierten König Haupthaar und Bart und brachte die Glöckchen am Zaumzeug der Ponies zum Klingeln.
Ja, richtig, Ponies. Nämlich bei den Wällisen nahmen die Frauen nicht nur beim Festmahl, sondern auch auf der Jagd an den Vergnügungen der Männer unmittelbar teil. Dies vergrößerte noch meine Verachtung für ihre Vorstellung von Vergnügen, bot aber auch einen Vorteil. Der König ritt hinter seinen Vorreitern voraus, im Gespräch mit seinem Kanzler Schlange vertieft. Zehn Längen hinter ihnen ritten Edmund und ich, und zwischen uns ritt Blodwen.
Nicht daß ich in ihrer Gegenwart irgendwie weniger befangen gewesen wäre als bei anderen Mädchen. Mir fiel nichts ein, was ich sagen konnte, und stotterte meine Antworten, wenn sie mich etwas fragte. Edmund hielt dann die Unterhaltung mit ihr eine Weile in Gang, während ich meistens schwieg. Und doch war ich durch und durch glücklich, in ihrer Nähe zu sein. Nicht nur wegen ihrer Schönheit, obwohl es mir fast den Atem verschlug, wenn ich sie verstohlen von der Seite anschaute. Aber da war noch etwas anderes – ein Wesenszug, der mir noch bei niemand anderem begegnet war: Wärme gehörte dazu und Lebhaftigkeit und sanfte Güte.

Sie trug die schwarze Tracht, in der die Wälliser Damen zur Jagd ritten – die Männer, auch der prunkliebende König, trugen alle den gleichen scharlachroten Rock –, aber ihr Pony war ein schneeweißer Schimmel. In der Hand hielt sie eine kleine Peitsche – wohl nur als Schmuck, nahm ich an. Diese Damen saßen nicht rittlings im Sattel, sondern seitwärts; beide Steigbügel hingen an der linken Flanke des Reittieres. Es sah nicht so aus, als ob man auf diese Weise auch nur ein Pony besonders gut beherrschen könnte, aber sie hatte mit ihrem keine Mühe. Fest und sicher hielt sie die Zügel mit ihren kleinen Händen.

Ich war so sehr damit beschäftigt, sie zu betrachten, daß ich erst merkte, daß sie etwas zu mir gesagt hatte, als sie mir lachend mit der Peitsche auf die Schulter tippte.

»Nicht bei der Sache, hm, Lukas?« Ich schaute sie voll an.

»Oder man könnte auch glauben, daß du über irgendein gewaltiges Vorhaben nachgrübelst, wenn man dein finsteres Gesicht sieht.«

»Verzeih mir, Herrin. Was hast du gesagt?«

Sie schalt mich sachte: »Nicht ›Herrin‹. So muß Edmund mich anreden, da er nicht von Geblüt ist, aber für dich bin ich Base. Oder Blodwen. Da du der Sohn eines Fürsten und sein Erbe bist.« Sie schaute von einem zum anderen. »Ihr unterscheidet euch sehr voneinander. Wie seid ihr Freunde geworden?«

»Durch Streit«, sagte Edmund.

Sie runzelte verwirrt die Stirn. »Streit?«

Edmund lachte. »Ja, Herrin. Ich habe ihn beleidigt, und dann haben wir uns in der Gosse gewälzt. Und er hat mich besiegt, und von da an waren wir Freunde. Ganz einfach.«

»Aber wie *konntest* du denn mit ihm kämpfen, wo er doch der Sohn deines Fürsten war? Und wie konntest du es wagen, ihn zu beleidigen?«

»Unsere Bräuche sind anders als eure. Rauher, würde ich sagen.«

»Stimmt«, warf ich ein. »Aber er hat dir nicht erzählt, daß er selber auch Sohn eines Fürsten war.«

Sie machte große Augen. »Ich weiß nicht, wie ich das verstehen soll.«

»Fürst über die Stadt, bevor mein Vater ihn im Zweikampf erschlagen und seinen Platz eingenommen hat.«

»Nicht doch! Geht es so im Süden zu? Gewiß wagt doch niemand, die Hand gegen einen Fürsten zu erheben!«
»Es ist nicht gerade üblich«, sagte Edmund, »aber es kommt vor.«
»Und trotz alledem seid ihr Freunde?«
»Wie du siehst.«
»Ich sehe es«, sagte sie, »aber ich verstehe es nicht. Bei uns gäb's das nicht. Wenn man sich jemandem zum Feind macht, dann bleibt das für immer und ewig so.«
Und Freundschaft in diesem Land, dachte ich bei mir, ob die auch ewig dauerte wie die Feindschaft? Sie hatte alles dies sehr ernst gesagt, und mir ging auf, daß sich so manch ein Abgrund hinter den lächelnden Masken der Gesichter verbergen mußte, die man an König Cymrus Hof überall um sich herum sah. Aber auch in dieser Hinsicht war sie anders. Ich war überzeugt, daß keine Falschheit in diesen strahlenden und freimütigen Augen Platz hatte.
Sie lachte plötzlich; es klang wunderschön.
»Aber ich bin froh, daß ihr Freunde seid! Und da dein Vater Fürst war, Edmund, ziemt es sich, daß auch du mich Base nennst.«
»Ich danke dir, Herrin.« Sie lachte wieder, und Edmund lachte mit. »Verzeihung – Base!«

Wir ritten zehn Meilen in gemächlichem Tempo; dann kamen wir an eine Stelle, wo das Tal sich durch den Zusammenfluß zweier Flüsse weitete. Von irgendwelcher Disziplin, wie wir sie bei unseren Jagden im Süden gewohnt waren, konnte keine Rede sein und von der Aufregung – dachte ich bei mir – auch nicht. Der König lud mal diesen, mal jenen ein, an seiner Seite zu reiten, und überhaupt schien der ganze Zug hauptsächlich daran interessiert, sich zu unterhalten. Ich wußte ja schon, wie gern die Wällisen redeten. Klatsch, mit dem man sich in Winchester vielleicht mal ein paar müßige Minuten vertrieben hätte, wurde hier immer noch einmal gedreht und gewendet, bis ihm überhaupt keine neuen Feinheiten mehr abzugewinnen waren.
An der Flußgabelung hielten wir. In gehörigem Abstand war uns eine ganze Karawane von Dienern gefolgt, und die rückte nun an, und die Leute errichteten ein Zelt und stellten Klapptische auf, auf denen Essen und Trinken bereitgestellt wurden. Das ganze bot ei-

nen prächtigen Anblick. Das Zelt war mit blauer und gelber Seide gefüttert, und darüber flatterte König Cymrus Wimpel mit einem goldenen Adler, der die Schwingen auf himmelblauem Feld ausbreitete. Auf den Tischen türmten sich gewaltige Mengen von Lekkerbissen oder was die Wällisen so Leckerbissen nannten. Ich ließ mich von Blodwen anleiten, scheute aber doch vor manchem zurück, besonders vor so kleinen Dingern, die, den Häusern nach zu urteilen, ganz offensichtlich gekochte oder gebackene Schnecken waren. Edmund probierte auf ihr Zureden hin ein paar; hinterher vertraute er mir an, daß sie eigentlich nach nichts schmeckten, aber ziemlich gründlich gekaut werden wollten.
Später spielten Musikanten auf. Sie hatten Lauten, die denen ähnelten, die wir kannten, aber auch Instrumente, die mir fremd waren: ein paar, bei denen man mit einem Stock über Saiten strich, die auf einen länglichen, vielfältig geschwungenen Kasten mit langem Hals gespannt waren, und andere, die geblasen wurden. Die Töne klangen fremdartig, aber recht lieblich; und die Sänger, das mußte ich zugeben, waren besser als unsere. Die Wällisen liebten die Musik, so wie sie Farben liebten und Gemälde und gern über alles und nichts redeten.
Ohne große Eile wurde dann die Jagd vorbereitet. Das Tal war bewaldet, auf einem Streifen Land neben dem Fluß jedoch wuchs nichts außer Gras – was so auffallend war, daß ich hier Menschenwerk vermutete. Von einem der Karren, die hinter der Jagdgesellschaft hergefahren waren, wurden Holzgestelle herbeigeschleppt und aufgestellt. Sie bildeten Gatter, etwas weniger als mannshoch, die Schutz von vorn und von den Seiten gewährten. Sie hatten Sehschlitze, durch die man auch die Pfeile mit der Armbrust abschießen konnte. Jede dieser Deckungen wurde mit zwei oder drei Armbrüsten bestückt.
Mir widerfuhr die Ehre, des Königs Schutzgatter mit ihm zu teilen. Zu meiner Verblüffung wurden Teppiche auf der Erde ausgebreitet und etwas Weiches, Federbettartiges darübergelegt, worauf wir uns ausstrecken sollten, wenn wir mit der Armbrust anlegten. Offenbar durften wir uns nicht die Knie schmutzig machen durch Berührung mit der Erde!
Nachdem diese Vorbereitungen abgeschlossen waren, begann die

Jagd, obwohl es mir nicht in den Kopf wollte, wie man dieses Wort benutzen konnte, um das zu beschreiben, was nun passierte. Treiber wurden in den Wald geschickt, einige weit nach links und andere nach rechts. Die beiden Ketten vereinigten sich schließlich außerhalb unseres Gesichtsfeldes zu einer einzigen, die dann zwischen den Bäumen hindurch auf uns zu rückte. Unterwegs machten die Männer einen gewaltigen Lärm, um die Wildschweine vor uns auf den freien Platz zu treiben.
Ein lauter Ruf ertönte, als dann das erste Tier mit noch ein paar anderen hinter sich aus der Deckung hervorbrach. *Patz!* machte die Schußwaffe des Königs neben mir, und ich hörte Pfeile durch die Luft schwirren. Ich selber hatte meine Armbrust auf einen Punkt dicht neben einem Dornengebüsch gerichtet und sah nun das Gebüsch heftig beben und ein Wildschwein daraus hervorbrechen. Ich hatte es im Visier und den Daumen druckbereit am Abzug, da sah ich, daß es eine trächtige Sau war.
Ich nahm die Hand weg, und das Tier stürmte weiter. König Cymru rief mir etwas zu. Seine eigene Armbrust schoß von neuem, und ich sah den Treffer. Die Muttersau rannte gerade vor unserer Schanze her, und der Pfeil traf sie in die Seite. Sie brach zusammen; Blut schoß aus ihr heraus. Einen Augenblick lang war mir, als wollte mir übel werden.
In fünf Minuten war alles vorbei. Ein halbes Dutzend Tiere lag tot da, und wohl ebenso viele hatten – zum Teil mit Pfeilen gespickt – an unseren Schutzgattern vorbei und am Fluß entlang entkommen können. Der König stand auf, um sich die Beine zu vertreten, und ich folgte seinem Beispiel. Er fragte mich:
»Hast du die gesehen, die ich erwischt habe?«
Ich nickte. »Ja, Herr.«
»Ich habe dich überhaupt nicht schießen sehen, Lukas.«
»Ich war – zu verblüfft.«
Er klopfte mir auf die Schulter. »Du siehst blaß aus. Man braucht eine Weile, um sich an den Anblick eines angreifenden Wildschweins zu gewöhnen.«
Besonders dann, dachte ich bei mir, wenn das angreifende Wildschwein eine tragende Muttersau ist, die verzweifelt irgendwo Deckung sucht.

»Die Treiber können sich glücklich preisen, daß sie so viele gefunden haben«, sagte ich, bemüht, ihn nicht zu beleidigen. »Bestimmt stehen sie doch oft mit leeren Händen da.«
»Nicht, wenn ich jage!« Er zwinkerte mir zu. »Es wird vorher eine Jagd veranstaltet. Die Tiere werden mit Netzen gefangen und hierhergeschafft. Besondere Leckerbissen sorgen dafür, daß sie ein paar Tage lang hier im Revier bleiben. Mein Jägermeister kümmert sich darum, aber die Idee stammt von Schlange. Das ist doch gut organisiert, nicht?«
»Ja«, sagte ich. »Sehr gut.«
Die Treiber schleppten unterdessen die Strecke herbei, als erstes die Beute des Königs. Die Sau war nicht nur trächtig, sondern auch poly. Ein paar zusätzlicher, verkümmerter Beine baumelte nutzlos an ihren Flanken.
»Ein Prachtexemplar«, sagte König Cymru.

Wir zogen flußaufwärts zu einem anderen Dickicht, wo wir noch weiteren Tieren auflauern konnten. Ich hatte kurz Gelegenheit, mit Edmund allein zu sprechen. Er war nicht weniger entsetzt als ich, ermahnte mich jedoch, vorsichtiger zu sein.
»Du zeigst deine Empfindungen zu sehr, Lukas. Wie immer.«
»Ich kann nichts dagegen machen.«
»Der König wird es merken.«
»Hat er schon. Und er glaubt, ich hätte Angst.«
»Hast du ihm nicht ...«
»Er soll denken, was er will«, sagte ich. »Er ist kein Jäger, sondern ein Schlächter.«
Blodwen ritt an uns heran, und ich schwieg. Der Weg war vom Fluß weggeschwenkt und stieg nun an. Wir erklommen einen Bergkamm und sahen ein paar hundert Schritte vor uns in einer Mulde ein Dorf liegen.
Es war sehr klein, knapp zwei Dutzend Hütten mochten es sein, die sich um die Straße drängten, und als wir näher kamen, fiel uns etwas Merkwürdiges auf. Viele von den Hütten waren eingestürzt. Ein Erdbeben? Aber das hätten wir doch auch spüren müssen. Es rührte sich nichts. Dann aber kam ganz in der Nähe ein Mann aus dem schützenden Wald herbeigestürzt. Er war in panischer Angst

und konnte nur noch stammeln. Und da mir auch seine Aussprache nicht vertraut war, verstand ich überhaupt nicht, was er meinte, bis andere wiederholten, was er immerzu schrie:
»Belemott – Belemott!«
Ich hatte von diesen Untieren gehört, die angeblich im Meer lebten, und wenn Männer so töricht waren und sich vom Ufer hinauswagten, verschlangen sie sie mitsamt ihrem Boot. Es hieß auch, daß sie hin und wieder an Land stiegen, und dann zermalmten und verschlangen sie alles Lebendige, das ihnen in den Weg kam, und hinterließen eine Spur aus stinkendem Schleim.
Ich war vorn beim König. Ich sagte:
»Das kann doch nicht stimmen. Du hast mir gesagt, daß die Küste dreißig Meilen entfernt ist. Der Mann muß sich das eingebildet haben.«
»Ich glaube nicht«, sagte König Cymru. »Das Meer ist zwar weit weg, aber knapp eine Meile flußaufwärts liegt ein See. Es ging immer schon das Gerücht, daß ein Belemott darin hause. Es scheint zuzutreffen.« Er wandte sich dem Mann zu, der zitternd vor ihm stand. »Wo ist das Untier?«
»Weg, Majestät.« Er bebte am ganzen Leib. »Es ist gekommen – und hat gemordet – und ist wieder verschwunden.«
Der König nickte. Zu Schlange, der sich in seiner Nähe befand, sagte er:
»Es wird interessant sein, mal festzustellen, was ein Belemott zurückläßt. Wollen wir doch mal nachschauen!«
Also rückten wir weiter vor. Es roch nach Schmutz und Verfall von dem zerstörten Dorf herüber, und dann war der Gestank überall um uns herum. Sonnenstrahlen, die vorübergehend durch die Wolken brachen, ließen die zermalmten Hütten deutlicher hervortreten, und ich sah jetzt, daß sie von Schleim überzogen waren, der zwar durchsichtig war, aber dennoch in der Sonne glänzte. Etwas Nasses tropfte glucksend von einer vorstehenden Planke. Nur gut, daß Blodwen und die anderen Damen oben auf dem Berg zurückgeblieben waren.
Aus der Nähe waren sowohl der Gestank als auch der Anblick noch gräßlicher. Alles war von diesem Schleim bedeckt, der stellenweise unter ekelerregendem Geblubber Blasen warf. Nichts rührte sich.

Die Dorfbewohner waren vermutlich in den Wald geflohen; wenigstens die, denen es noch gelungen war, zu fliehen. Wir hielten unsere Pferde an; sogar die wällisischen Edlen waren verstummt. Plötzlich rief jemand: »Da oben!«
Ich schaute über die Trümmer hinweg zur nächsten Anhöhe hinauf und sah den Belemott.
Von der Größe abgesehen, erinnerte er an diese gallerteartigen Blasen, aus denen Froschlaich besteht. Aber er war fast so groß wie drei Männer übereinander und noch breiter, da seine Kugelform durch die Erdanziehung abgeplattet war. Er bewegte sich nicht, aber zitterte in sich, obwohl der Wind sich gelegt hatte, und er war zwar fast durchsichtig, aber man konnte dunklere Stellen im Innern erkennen. Ob das Augen waren? Beobachtete er uns jetzt? Oder bewegte er sich blind und verschlang alles, was ihm in den Weg kam, wie es in der Sage behauptet wurde? Und die Wirklichkeit war schrecklicher als die Sage. Es war schwer vorstellbar, wie irgend etwas diesem Ungeheuer widerstehen konnte.
Er bewegte sich. Mit einem leichten Schwanken begann er, in Richtung auf uns zu den Berg herunterzurollen. Erst rollte er nur langsam, dann nahm das Tempo schnell zu. Rufe wurden laut, und ich gab wie alle anderen meinem Pferd die Sporen und sprengte zurück auf den Hügelkamm hinter uns. Dort oben hielten wir an und stellten nun fest, daß auch der Belemott inmitten der schleimüberzogenen Häusertrümmer haltgemacht hatte.
Schlange sagte: »Hier sind wir sicher. Bergab sind sie fix, wie ein Ball, aber bergauf kann ein Mensch ihnen mühelos davonrennen, von einem Pferd ganz zu schweigen.«
Der König sagte: »Nun guckt euch den Dummkopf an!«
Ein Mann, vermutlich ein Treiber, denn er war zu Fuß, war den Seitenhang des Tales hinaufgerannt. Auch er war dort sicher, falls es stimmte, was Schlange behauptete, aber er kam wieder herunter und schlug den Weg zu uns herauf ein, vielleicht, weil er Angst hatte, allein zu sein. Als er sich in Bewegung setzte, setzte sich auch der Belemott in Bewegung. Fühlerartige Dinger wuchsen ihm aus den Seiten, und mit denen zog er sich auf der Erde weiter. Nun bezweifelte ich nicht mehr, daß er sehen konnte und auf Beute aus war.

Dem Mann drohte dennoch keine Gefahr – bis er plötzlich hinfiel, als er sich im Laufen umguckte. Er mußte wohl mit dem Fuß in ein Schlagloch geraten sein, denn er stürzte heftig und blieb liegen. Jemand schrie ihm zu: »Steh auf, Mann!« Er versuchte es und schrie auf vor Schmerzen; offenbar hatte er sich das Bein verstaucht oder gar gebrochen. Er versuchte es noch einmal und dann nicht mehr. Der Belemott kam bei ihm an und überrollte ihn, und im gleichen Augenblick erstarb sein Angstschrei.

Einen Augenblick lang schwieg alles. Dann sagte ich:

»Wir müssen ihn retten!«

»Hat keinen Zweck«, sagte Schlange. »Der ist schon ein toter Mann.«

»Er bewegt sich noch!«

Ich sah, oder glaubte doch zu sehen, wie ein Arm sich gegen den Gallertegreuel stemmte, der ihn niederdrückte. Schlange sagte: »Das ist hoffnungslos.«

»Wir können ihn doch nicht einfach da liegenlassen!«

»Uns bleibt gar nichts anderes übrig«, sagte König Cymru. »Wir kennen ja den Mut von euch Kriegern aus dem Süden, auch den ganz jungen, aber das da ist der Belemott. Man kann ihn nicht töten.«

Mag sein, daß ich mich irrte, als ich Hohn aus seinem Ton herausgehört zu haben glaubte. Die Wällisen neigten zum Spötteln, und ich war an die Feinheiten noch nicht gewöhnt. Aber ich hatte ja angenommen, daß er aus meinem Blaßwerden bei der Sauhatz auf Angst geschlossen hatte, und witterte hier nun Sarkasmus. Zorn wallte in mir auf – ein Zorn, den ich nicht mehr beherrschen konnte. Eher deshalb als aus Mitleid mit dem Mann gab ich meinem Pferd plötzlich die Sporen und ritt los. Ich hörte Rufe, aber die konnten mich nicht zurückhalten, und niemand war so töricht, mir nachzureiten.

Obwohl ich mich impulsiv zum Eingreifen hatte hinreißen lassen, arbeitete doch zumindest ein Teil meines Verstandes angestrengt und klar. Mir war etwas aufgefallen an dem Belemott. Er ähnelte einem Froschei auch darin, daß sich in seinem Innern eine kleinere schwarze Kugel befand, und zwar nicht in der Mitte, sondern ziemlich weit oben. Bestimmt handelte es sich dabei um das

Gehirn, oder was bei so einem Ding eben als Gehirn diente. Von der Erde aus würde man nicht herankönnen. Ich erinnerte mich an ein Kunststück, daß wir als Knaben erlernt hatten, wenn die Pferde im Frühjahr auf die Weide getrieben wurden und wir sie ohne Sattel ritten. Ich schnallte meinen Schwertgurt ab und ließ ihn fallen, nahm die Füße aus den Steigbügeln und zog die Beine an, bis ich auf Garances Rücken kniete. Er bockte nicht, aber würde er sich dicht an den Belemott herantrauen? Ich lenkte ihn ein Stück weg und dann mit einem raschen Zug am Zügel wieder auf einen Kurs, der ihn in ein paar Fuß Entfernung an dem Untier vorbeiführen würde.

Ich zückte meinen Dolch und stand, mit den Armen balancierend, ganz auf. Da sah ich erst ganz, wie gräßlich das war, was mich da erwartete, und glaubte nicht, daß ich den Sprung schaffen würde. Die dunkleren Flecke tiefer unten waren Teile von Menschen, halb aufgelöste Glieder. Ich sah die runde Form eines Kopfes mit dem Haar noch darauf, aber das Gesicht war bis auf den weißen Schädelknochen weggeschmolzen. Angst und Ekel bezwangen meinen Zorn, und ich zauderte. Aber der Stolz war noch stärker: Eine Rückkehr, besiegt und unversehrt, zu denen, die dort warteten, kam nicht in Frage. Ich spannte die Beinmuskeln an und sprang.

Widerwärtig schon, wie es sich anfühlte – weich und gleichzeitig widerstandsfähig, klebrig naß: als würde mein Körper gegen eine Riesenwegschnecke gepreßt. Aber der Ekel machte rasch Schmerzen Platz. Wo mein nacktes Fleisch die Oberfläche der Kreatur berührte, brannte es wie flüssiges Feuer. Ich hatte nur einen Gedanken: loszukommen. Ich versuchte, mich abzustoßen; und wäre es mir gelungen, hätte ich Reißaus genommen, ohne auch nur einen Augenblick an Stolz oder Zorn oder an den armen Unglückseligen zu denken, den ich hatte retten wollen.

Aber ebendies gelang mir nicht. Die Oberfläche des Belemotts brannte nicht nur; ich klebte auch darauf fest. Kaum hatte ich ein Bein mit Mühe losgerissen, saß das andere um so fester drin. Wie auf Treibsand kam ich mir vor, aber auf einem Treibsand, der lebendig war und gefräßig.

Mein linker Arm saß fest, aber den rechten hatte ich frei, und in der rechten Hand hielt ich den Dolch. Ich suchte nach der kleinen schwarzen Kugel. Sie saß tiefer innen in dem Biest, als ich angenommen hatte. Das Brennen an meinem Bein und Arm breitete sich aus, und ich wollte aufschreien. Aber dazu hätte Kraft gehört, und ich hatte keine zu verschwenden.

Meine einzige Hoffnung bestand darin, mit dem Dolch zuzustechen. Mit nur einem einzigen Stoß würde ich das Ziel vielleicht nicht erreichen, und falls es mir mißlang, würde auch der Arm gepackt werden, und ich war hilflos. Also stach ich mit aller Macht zu, zog aber den Dolch sofort wieder zurück. Aber auch so war es noch so, als zöge man die Hand aus einem Topf Sirup, und zwar aus einem Sirup, der wie tausend Wespenstiche brannte. Das Fleisch des Belemotts teilte sich, schloß sich aber wieder, als der

Dolch heraus war. Nässe war jedoch aus der Wunde an der Seite des Ungeheuers heruntergelaufen, und die Haut hatte dort eine Delle. Ich stach noch einmal zu und noch einmal und stach und stach und stach.

Von dem Brennen am Bein und am Arm wurde mir schon leicht schwindlig. Die Delle war zu einem Loch geworden, aber das schwarze Ding schien mir so unerreichbar wie eh und je. Konnte es sein, daß es sich unter meinen Dolchstichen immer weiter ins Innere des Belemotts zurückzog? Dann war ich verloren: schon jetzt ein toter Mann, wie Schlange gesagt hatte.

Mir wurde schwarz vor Augen, und damit hörte auch der brennende Schmerz auf. Ich kämpfte mich durch die Finsternis zum Bewußtsein zurück und zurück zu den Flammen, die über mein Fleisch leckten. Es wäre doch ganz einfach, sich zurückfallen zu lassen, loszulassen. Was würde der Tod schon bedeuten, wenn nur diese Schmerzen endlich aufhörten?

Aber nicht einen Tod im Schlund dieser Kreatur aus Schleim und Dreck! Ich riß mich hoch und wußte, daß ich jetzt heftig und tief einstechen und alles auf diesen letzten Stoß setzen mußte. Ich stieß meine Faust mit dem Dolch darin mit all meiner Kraft in das Loch. Die Nässe gab nach, haftete aber auch. Ich kniff die Augen zusammen, um zu sehen, ob die Spitze meiner Klinge ihr Ziel erreicht hatte. Es war nicht leicht, in dieser klebrig-zähen Gallerte irgend etwas zu erkennen, und mit einer Verzweiflung, von der mir übel zu werden drohte, glaubte ich, daß es mir mißlungen sei. Die Dunkelheit senkte sich wieder über mich, und mir war klar, daß ich ihr nun keinen Widerstand mehr entgegensetzen konnte. Ich schloß die Augen, denn jetzt war es ohnehin gleichgültig.

Da aber hob unter mir und um mich herum ein gewaltiges Schütteln an, wovon ich wieder zu mir kam. Ich dachte wieder an Erdbeben und sah schon die Turmspitzen und Kuppeln von Klan Gothlen in Trümmern hinstürzen. Ich war froh, Blodwen im Freien zu wissen. Aus dem Schütteln wurde ein Zittern, ein Pochen. Was immer da vor sich ging, fand statt im Herzen des Ungeheuers, auf dem ich festklebte. Ich versuchte, meinen Dolcharm herauszuziehen, und gegen einen geringen saugenden Widerstand bekam ich ihn frei. Im gleichen Augenblick verflüssigte sich alles; eine gewaltige

Wasserblase zerrte mich im Ineinanderfallen mit sich zu Boden. Mühselig versuchte ich mich aufzurichten; dabei griff ich mit der Hand auf den halb aufgelösten Kopf. Aber ich hatte nun keine Kraft mehr, mich zu ekeln, nicht einmal mehr Kraft, erleichtert aufzuatmen. Es gelang mir gerade noch, mich zu erheben und ein paar Schritte bergauf zu wanken. Als ich dann wieder hinstürzte, sah ich Reiter den Hang herab auf mich zukommen.

Ich wachte auf in meinem Bett in König Cymrus Palast. Die Betten der Wällisen waren unnatürlich weich, und sie schliefen in seidenen Laken – zumindest der Adel. Nachdem ich mich in der ersten Nacht schlaflos von einer Seite auf die andere geworfen hatte, hatte ich mir von Hans ein Brett besorgen lassen, um es zwischen Rahmen und Matratze zu schieben. Ich merkte nun, daß es weggenommen worden war, und sagte laut irgend etwas darüber. Sofort kamen Schritte durchs Zimmer auf mich zu, und Hansens Gesicht erschien über mir.
Er fragte: »Wie geht es dir, Hauptmann?«
Jetzt erst spürte ich die Schmerzen an meinem Bein und an beiden Armen. Die brannten, wie sie in der Umarmung durch den Belemott gebrannt hatten, wenn auch nicht mehr ganz so heftig. Mir war benommen im Kopf. Ich bat um Wasser, und Hans holte einen Krug und stützte mich, damit ich trinken konnte.
»Wie lange...?«
»Seit gestern, Hauptmann. Es ist jetzt fast Mittag und Zeit, die Verbände auf deinen Wunden zu wechseln.«
Ich schaute ihm wie durch einen Nebel dabei zu. Die Verbrennungen waren mit festen Leinenbäuschen bedeckt, die man mit einer gelben Salbe bestrichen hatte. Er nahm sie ab und säuberte meine Haut, die wund und blutrot war und stellenweise eine dünne Flüssigkeit absonderte. Er machte es sehr sachte, aber es tat trotzdem weh. Als ich einmal einfach nicht anders konnte und zusammenzucken mußte, hörte er sofort auf.
Ich biß die Zähne aufeinander und sagte: »Mach nur weiter!«
»Die haben hier ein Getränk, das die Schmerzen lindert. Davon hat man dir schon etwas eingeflößt. Ich hol's sofort.«
»Ich glaube, es drückt auch auf den Verstand. Mir kommt es so vor,

als hätte ich ein Kissen im Kopf. Mach, was gemacht werden muß. Und dann hätte ich gern mein Brett wieder, bevor ich in diesem weichen Pfuhl ersticke.«
Das Betäubungsmittel wirkte stark. Bis zum Abend war ich benommen und schlief immer mal wieder ein. Ich bekam Besuch: Greene, Edmund, der König persönlich, zusammen mit Schlange, der schweigend im Hintergrund blieb und lächelte. Ich erinnere mich, daß sie da waren, aber sonst erinnere ich mich nur an wenig: an nichts von dem, was sie gesagt haben.
Auch Blodwen kam, und an ihre Worte erinnere ich mich. Sie trug nicht Weiß, sondern ein Kleid in sanftem Braun, der Farbe von Buchenblättern im Winter, und darauf lockte sich golden ihr Haar. Sie stand neben dem Bett und nahm meine Hand in dem ungefügen dicken Verband. Sie sagte: »Du bist ein Dummkopf, Lukas. Aber sehr tapfer.«
Ich schüttelte den Kopf, und das tat weh. Obwohl ich versucht hatte, den Kopf von dem Ungeheuer wegzuhalten, mußte ich es doch wohl mit der Haut gestreift haben. Gesicht und Hals waren stellenweise wund, wenn auch nicht so schlimm wie die Gliedmaßen.
Ich sagte: »Ein Dummkopf, ja. Sonst nichts.«
Sie schaute zu mir hinunter, und ihr großen blauen Augen blickten sehr ernst.
»Die ganze Stadt redet von dir. Die Dichter wetteifern miteinander, wer wohl als erstes sein Epos von Lukas dem Belemott-Töter fertig hat. Die Spielleute haben ihre Lieder sogar schon fertig, und die Leute laufen auf der Straße zusammen, um sie sich anzuhören. Es wird ein Bankett veranstaltet werden, das prachtvollste des Jahrhunderts, und bei der Gelegenheit wird mein Vater dir eine große Ehre erweisen.«
Ich stöhnte. »Was ich getan habe, war dumm, und dann habe ich Glück gehabt. Ich will keine Banketts und keine Ehren.«
Sie lächelte. »Es bleibt dir nichts anderes übrig. Man ist nicht ungestraft ein Held.«
»Ich bin schon genug gestraft. Man hat mir mein Brett aus dem Bett genommen und will es mir nicht wiedergeben.«
»Du mußt tun, was der Apotheker sagt. Jeder muß mal gehorchen.

Und wenn du wieder gesund bist, mußt du an dem Bankett teilnehmen und die Ehre höflich entgegennehmen.«
Ihre Hand war so klein auf meiner wie in einem Kokon steckenden Faust.
Ich fragte sie: »Bist du auch da?«
Sie nickte. »Ja, aber natürlich.«

Sie tranken auf meine Gesundheit, wobei sie mit ihren Goldbechern anstießen und Bier aufs Damasttuch verschütteten. Es ging sehr laut her, und durch die offenen Fenster – der Abend war milde, und die Versammlung erzeugte selber mehr Wärme, als sie brauchte – drang der entfernte, aber noch gewaltigere Lärm vom Palasthof herein, wo die ganze Stadt, so schien es, ebenfalls mit des Königs Bier auf meine Gesundheit trank. Dann setzten die anderen sich wieder hin, aber der König blieb stehen.
Er sagte: »Ich brauche mich nicht über die Tat zu verbreiten, die wir heute abend feiern. Ein paar von euch waren dabei, und den anderen wurde es berichtet. Noch nie zuvor hat ein Mensch einen Belemott erlegt. Noch nie hat ein Krieger auch nur gewagt, einen anzugreifen, außer aus sicherer Entfernung mit Pfeilen, und Pfeile können dem Untier nichts anhaben. Dieser Junge jedoch, und er ist doch wirklich fast noch ein Junge, trotzte dem Zugriff des Ungeheuers und hatte die Kraft und die Gewitztheit, es zu töten.
Ich habe überlegt, wie wir ihn ehren können, und es war nicht leicht, eine Antwort auf diese Frage zu finden. Gold wäre eine Beleidigung, und im Rang ist er bereits Sohn und Bruder eines Fürsten und selber zum zukünftigen Fürsten ausgerufen. Es war nicht leicht, aber ich glaube, ich habe etwas gefunden, das seiner wert ist, und das er nicht ausschlagen wird. Ich entbiete ihm als Geschenk aller Wällisen den größten Schatz, den wir besitzen. Er hat ihn verdient, und ich glaube, daß er ihn gut hüten wird.«
Er lächelte und hob seinen Pokal aus perlenbesetztem, schwerem Gold. »Ich schenke ihm meine Tochter, eure Prinzessin. Erhebt euch und trinkt auf Lukas' und Blodwens Verlobung!«

Ich weiß nicht, woraus die Salbe gemischt war, die der Apotheker auf meine Brandwunden strich, aber sie war überaus wirksam. Die Male verschwanden rasch an den folgenden Tagen, und eine Woche nach der Jagd war meine Haut nur noch ein bißchen rauh und gerötet.

Überall in der Stadt gafften die Leute mich an. Als ich ohne Unbehagen wieder im Sattel sitzen konnte, beredete ich Edmund, mit mir auszureiten. Wir folgten keiner der beiden Straßen, sondern wandten uns nach Norden, wo ein alter Pfad in die Berge hinaufführte. Die Stadt endete hier in einem Gewirr dicht aneinandergekauerter Handwerkerhäuschen, die weder Türmchen noch Kuppeln hatten, dann waren wir allein. Das Jahr reifte nun dem Sommer entgegen. Die Bäume waren dicht belaubt, und aus dem Gras sprossen Blumen. Aus den Gebüschen warfen die Singvögel einander Herausforderungen hin in Silben von kühler Schönheit. Am Morgen hatte es geregnet, und die Wolken sahen ganz so aus, als ob es noch mehr Regen geben werde, aber die Luft war frisch und der Himmel stellenweise blau. Ich atmete tief ein und sagte:

»Das tut gut. Und es tut gut, mal den Augen und Zungen zu entrinnen.«

»Ist Lob so schwer zu ertragen?«

»Wenn es verdient ist, vielleicht nicht.«

»Du hast den Belemott erschlagen«, sagte Edmund. »Eine Tat ohne Beispiel.«

»Und wenn aber der Belemott mich gefressen hätte? Was hätten die Wällisen dann gesagt?«

»Auf jeden Fall, daß du Mut gehabt hast.«

»Nicht Mut, Tollkühnheit hätten sie's genannt, wenn nicht Dummheit. Und recht hätten sie gehabt. Ich habe den Mann nicht gerettet. Ich habe den Belemott nicht einmal angegriffen, um den Mann zu retten. Ich bin gegen ihn angeritten in plötzlich aufwallendem Zorn, weil ich nämlich glaubte, der König wolle mich verspotten – und gesprungen bin ich dann, weil mein Stolz es mir nicht erlaubte, kehrtzumachen.« Wir ritten schweigend weiter. Schließlich sagte Edmund:

»Er soll klein gewesen sein für einen Belemott. Gewöhnlich sind die Viecher doppelt so groß oder sogar noch größer.«
»Wenn er auch nur eine Handbreit größer gewesen wäre, hätte ich nicht an sein Hirn oder Herz herangekonnt, oder was immer das war, das ich durchstoßen habe. Wie gesagt – Torheit.«
»Ich habe dich auf ihn zureiten sehen«, sagte Edmund. »Ich habe gerufen, aber du hast mich wohl nicht gehört. Als ich dich dann an seiner Seite kleben und mit dem Dolch zustechen sah, habe ich gedacht, daß ich nun eigentlich hin müsse, um dir zu helfen.«
»Du hättest nichts machen können.«
»Das habe ich mir auch gesagt, und wahrscheinlich stimmte es auch. Ich denke, bevor ich handele – und dann denke ich noch einmal und überlege es mir vielleicht anders. Ich bin nicht ganz und gar ein Feigling, aber ich verliere mich nicht im Handeln wie du.«
Ich schüttelte den Kopf. »Es war schiere Dummheit. Von Rechts wegen müßte ich jetzt tot sein, und es wäre meine eigene Schuld gewesen. Tot und von denselben Leuten verspottet, die jetzt Lieder auf mich dichten. Der Narr aus dem Süden, der den Belemott im Zweikampf mit einem Dolch bezwingen wollte. Nur ein glücklicher Zufall hat zwischen Leben und Tod, Triumph und Schande entschieden.«
»Und war es auch Zufall, daß du damals das Turnier gewonnen hast? Als du da auf mich gesprungen bist, da habe ich auch erst einmal überlegen wollen. Aber es war keine Zeit mehr, zu überlegen. Und als wir dann wieder aufsaßen und gegeneinander anritten, nur wir beiden, ohne Gehilfen, da war es der Gedanke, daß ich schon einmal unterlegen war, der mich unterliegen ließ.«
So viel nahm damals seinen Anfang: Tage später der Tod seines Vaters und der Sturz vom Palast in die Armut. Ich sagte:
»Den ersten Teil des Turniers hatte ich geplant. Aber am Ende hatte ich dann eben doch Glück.«
»Nein, Glück kann man das wohl nicht nennen, jedenfalls nicht im Sinne von Zufall. Ich verstehe nichts von den Geistern und habe auch nichts mit ihnen zu tun, aber ich glaube, du hast einen Dämon, der dir wohlgesinnt ist und dir hilft. Ich hoffe, er wird's immer tun.«
Wir kamen an einen Berg mit einer Ruine obenauf. Er war zu steil

für die Pferde, darum banden wir sie an einem Dornenbaum an und stiegen zu Fuß hinauf. Schafe weideten das Gras ab, ihre Glöckchen klingelten bei jeder Bewegung. Viele waren polyfaun, entweder in der Gestalt oder in der Farbe – ich sah mehrere, die nicht weiß waren, sondern schwarz. Ich stellte es nur beiläufig fest, nicht mit dem Entsetzen, das mich noch vor kurzem gepackt hätte, und auch nicht von kaltem Grausen überrieselt bei dem Gedanken, daß sie jeden Tag an der Tafel des Königs als Braten aufgetragen werden könnten.

»Sie werden's noch lernen«, hatte der Höker gesagt. Ich hatte schon einiges gelernt.

Die Ruine war sehr alt; an manchen Stellen bestand sie aus wenig mehr als den Fundamenten, die den Grundriß nachzogen. Sehenswert war nichts daran. Wir setzten uns auf die Überreste einer niedrigen Mauer und schauten ins Tal hinunter. Die Stadt lag klein und friedlich unter uns; nicht der leiseste Widerhall ihres Getöses drang zu uns herauf. Die Sonne fiel immer einmal wieder darauf, wenn sie kurz durch die Wolken brach, und entlockte den bemalten Spitztürmen und Kuppeln neue und kräftigere Farben.

»Sieht schön aus«, sagte Edmund.

»Ja.«

»Wann machen wir uns auf den Heimweg?«

»In einer Woche, sagt Greene.«

»Läßt du ihn immer noch glauben, daß er dergleichen entscheidet?«

»Er ist von meinem Bruder zum Befehlshaber ernannt worden.«

»Das mach mal Cymru klar.« Er schwieg eine Weile und wiederholte dann: »Ja, es sieht schön aus. Ob unser Winchester langweilig und grau auf jemanden wirken würde, der an diese Stadt hier gewöhnt ist?«

Ich nahm an, daß er an Blodwen dachte. Wir hatten noch nicht über die Verlobung gesprochen. Ich hatte darauf gewartet, daß er etwas dazu sagen würde, und er hatte vielleicht darauf gewartet, daß ich den Anfang machte. Dies wäre nun eine Gelegenheit gewesen, aber sie ging vorbei.

Ich stand auf.

»Wir gehen mal lieber wieder nach unten.«

Auf vielerlei Weise gewöhnte ich mich allmählich an die Wällisen und ihre verwirrende Hauptstadt. Ihre Düfte verblaßten in meiner Nase zu einer Vertrautheit, die mir gar nicht unangenehm war, ihre bunte Kleidung und ihr greller Schmuck, wie sie redeten und lachten und einander in aller Öffentlichkeit umarmten – all das konnte mich nicht mehr schockieren. Ich gewöhnte mich an den Anblick von Schlanges mißgestalteten Händen und an seinen eigenartigen, gekrümmten Gang und auch an die anderen Polymoffs am Hof. Ich zählte zehn Ringe an den Fingern eines dicken Edelmanns, und am selben Tag erfuhr ich, warum der Mund des Königlichen Parfumeurs so rot war: Er malte sich die Lippen an wie eine Frau. Beides amüsierte mich, mehr nicht.
Am Morgen des Tages vor unserem Aufbruch sollte Hans die Pferde zum Beschlagen bringen. Ich wußte, ich konnte mich darauf verlassen, daß Hans den Auftrag gewissenhaft ausführte; er würde darauf achten, daß der Hufschmied sorgfältig und gut arbeitete. Trotzdem ging ich selber auch hin. Die Hufschmiede befand sich hinter den Stallungen des Königs; fünf Schmiede waren hier bei der Arbeit. Hans hielt mein Pferd, das gerade fertig war. Wir guckten uns die Hufe zusammen noch einmal an, und ich sagte:
»Nicht schlecht.«
Hans sagte: »Er arbeitet ganz gut für einen, der kein Zwerg ist.«
Der Mann hatte sich gerade einen Hinterhuf von Hansens eigenem Pferd vorgenommen. Ich hörte es zischen, als das Hufeisen aufgedrückt wurde, und roch den vertrauten Gestank von brennendem Horn. Erst als der Hufschmied sich wieder aufrichtete, merkte ich, daß auch er ein Polymoff war; er hatte einen krummen Rücken. Er war noch recht jung, Anfang bis Mitte dreißig, schätzte ich. Daß ein Mann Pferde beschlagen sollte, hatte mich schon überrascht; dies jedoch war noch erstaunlicher. Wie Hans gesagt hatte: bei uns in der Stadt war es Zwergenarbeit, und die Zwerge wachten eifersüchtig darüber, daß keiner sie ihnen streitig machte.
Ich sagte: »Nach Hause werden wir wohl jedenfalls damit kommen.«
So leise, daß der Hufschmied es nicht hören konnte, fragte Hans mich:
»Dann reiten wir also morgen heim, Hauptmann?«

Ich schaute ihn an. »Ja, das weißt du doch.«
»In der Stadt geht ein Gerücht um.«
»Wahrscheinlich hundert und mehr. Welches meinst du?«
Er sah mich mit seinen dunklen Augen ernst und bedächtig, auch ein wenig beklommen an. »Es wird erzählt, daß die Gesandtschaft vielleicht ohne dich heimreitet – daß du hier bei den Wällisen bleibst, wo du Ruhm und die Tochter des Königs errungen hast.«
Ich lachte. »Die spinnen schön was zusammen!«
»Dann stimmt es also nicht, Hauptmann?«
»Nein, Hans. Es stimmt nicht.«
Der letzte Huf war beschlagen, und ich bot dem Polymoff Silber, aber er schlug es aus; alles werde vom König bezahlt. Ich ging mit Hans zu den Stallungen hinüber und guckte eine Weile beim Striegeln der Pferde zu. Danach gingen wir zusammen zum Palast hinauf. Er redete nie viel, aber nun fiel mir seine Schweigsamkeit ganz besonders auf. Irgend etwas schien ihn zu bedrücken. Ich sagte:
»Dieses Gerücht, daß ich hierbleiben würde, wenn die Gesandtschaft heimkehrt – hast du's geglaubt?«
»Ich wußte es ja nicht, Hauptmann.«
»Aber falls es wahr gewesen wäre – falls ich mich dazu entschlossen hätte, zu bleiben und dich bei mir zu behalten, wärst du froh darüber gewesen?«
Er schaute mich an. »Sehr froh.«
»Aber warum?«
»Weil ich hier Mensch bin.«
»Du bist trotzdem mein Diener, genau wie in Winchester.«
»Und das wäre ich überall. Es ist nicht das, was ich für dich bin, sondern was ich für die anderen bin. Hier in der Stadt spricht man nicht von Zwergen und Polymoffs und echten Menschen. Alle sind Menschen.«
»Krieger würden sie dich aber wohl nicht werden lassen. Cymrus Soldaten müssen eine bestimmte Mindestgröße haben.«
»Hier würde ich vielleicht nicht von unnützen Träumen geplagt werden. Nein, ich glaube wohl nicht.«
»Und deine Heimat, deine Familie – du würdest es auf dich nehmen, sie nicht wiederzusehen?«

Familienbande und Heimatliebe hatten tiefe und starke Wurzeln bei den Zwergen. Sie lebten in inniger Gemeinschaft miteinander und waren herzlich im Umgang. Hans antwortete nicht sofort, und ich sagte: »Dein Vater wird dich vermissen.«
»Ja«, sagte Hans, »aber er wird sich auch freuen. Ich glaube, daß meine Träume ihn an Träume erinnern, die er selber in seiner Jugend gehabt und dann weggepackt hat. Natürlich würde er mir auch fehlen, und meine Brüder und Schwestern auch; am allermeisten meine Mutter. Zu verlieren ist immer etwas. Aber vielleicht mehr zu gewinnen.«
Er sagte es mit großer Inbrunst. Ich hatte keine Ahnung gehabt von seinen Empfindungen.
»Hör zu«, sagte ich zu ihm, »falls du hier bleiben willst, könnte ich das wohl einrichten. Der König wird eine Stelle für dich finden.«
»Und du, Hauptmann?«
»Beim Großen, Zwerg, ich komme auch ohne Diener zurecht.«
Ich brach ab, als mir bewußt wurde, was ich gesagt hatte. Es war keine Beleidigung, jedenfalls hatte ich es nicht so gemeint, und in Winchester wäre weder ihm noch mir die Bezeichnung aufgefallen, die ich benutzt hatte. Aber wir waren nicht in Winchester.
»Entschuldige, Hans.«
Er lächelte. »Macht ja nichts, Hauptmann.«
»Aber es stimmt, daß ich auch allein zurechtkomme. Ich bin daran gewöhnt. Bleib hier, wenn das dein Wunsch ist.«
»Es ist nicht mein Wunsch, falls du heimkehrst.«
»Ich muß ja.«
»Warum, Hauptmann?«
Wir waren inzwischen in den Gärten hinterm Palast angekommen. Die Rasenflächen waren hier so glatt und so fein geschoren, daß sie aus einiger Entfernung wie Rechtecke und Kreise und Halbkreise aus grünem Tuch aussahen. Gärtner karrten Schneidevorrichtungen hin und her. Die rollten auf Rädern, und eine mit Klingen besetzte Walze drehte sich mit den Rädern und stutzte das Gras. In Winchester hätte man so etwas eine Maschine genannt. Dazwischen führten Wege aus feingesiebtem roten Kies zu beständig plätschernden Springbrunnen. In bunt angestrichenen Holzkä-

sten standen blühende Büsche, die man aus dem Glashaus auf der anderen Seite des Flusses herübergeschafft hatte.
Über uns ragte der Palast mit all seinen Kuppeln und Türmen auf.
Ich antwortete: »Um dem Fürsten, meinem Bruder, über die Gesandtschaft Bericht zu erstatten.«
»Das kann Hauptmann Greene auch.«
Auf dem Fluß schwammen Schwäne, und einer flog mit schwerem Flügelschlag niedrig über den Park. Bevor ich antworten konnte, redete Hans weiter, und nun schneller:
»Hier zu bleiben hätte Vorteile, Hauptmann. Der König will dir wohl.«
»Der Fürst von Winchester auch.«
»In Winchester gibt es Intrigen.«
Ich sah ihn verblüfft an. Für mich war er schließlich immer noch Zwerg und die Bemerkung daher unziemlich. Recht schroff erwiderte ich ihm:
»Intrigen gibt es in jeder Stadt. Hier auch.«
»Die sind aber anders. Keine Verschwörungen um Throne, keine Dolche bei Nacht. Dem König kann nichts geschehen und den Freunden des Königs auch nicht. Hier spinnt man Intrigen zum Vergnügen. In Winchester geht man mit tödlichem Ernst zu Werke.«
Ich dachte an die Blaines und die Hardings und sagte:
»Falls du etwas gehört hast, wodurch meinem Bruder Gefahr droht...«
Er schüttelte den Kopf. »Nein, Hauptmann. Aber es ist jederzeit möglich. Wie du weißt.«
Es konnte sein, daß er auf die Intrige anspielte, durch die Fürst Stephen gestürzt und mein Vater auf den Thron erhoben worden war. Ich sah ihn scharf an und war drauf und dran, zornig zu werden, konnte aber in seinem Gesicht nur Sorge um mich entdecken. Darum sagte ich: »Laß gut sein, Hans. Falls es daheim Verdruß geben sollte, muß ich erst recht zurück. Aber ich bleibe bei meinem Angebot. Bleib hier, falls du willst; ich bitte dann beim König für dich.«
»Nein«, sagte Hans. »Ich danke dir, Hauptmann, aber ich bleibe nicht hier.«

Was Hans mir als Stadtklatsch mitgeteilt hatte, nahm wenige Minuten, nachdem ich in mein Gemach zurückgekehrt war, feste Formen an. Ein Bote des Königs kam und teilte mir mit, daß Cymru mich zu sprechen wünsche. Ich wurde zu einem der kleineren Prunksäle geführt und traf ihn dort im Gespräch mit Schlange an. Es ging um Steuerangelegenheiten. Er entließ seinen Kanzler nicht, sondern hieß mich, mich zu ihnen zu setzen.
Er erging sich nicht in den bei den Wällisen sonst üblichen langen Vorreden, sondern kam ohne Umschweife zur Sache. Es sei nicht erforderlich, daß ich mit Greene in den Süden zurückkehre. Sein Volk wolle mich nicht verlieren. Und er auch nicht. Ebensowenig – fügte er lächelnd hinzu – seine Tochter, die Prinzessin.
Ich zögerte, bevor ich antwortete. Er muß es als Ermunterung verstanden haben, denn er fügte nun rasch hinzu, daß ich keine Bedenken zu haben brauchte, was Reichtum oder Rang betreffe. Gewiß, bei dem Festmahl habe er mir nur eins verliehen, allerdings seinen kostbarsten Besitz; aber es seien über den Eigenwert hinaus noch andere Vorteile damit verbunden. Ich würde in den Grafenstand erhoben werden – Haus und Dienerschaft würde man mir zur Verfügung stellen und auch die Mittel, ein Leben zu führen, wie es sich für eine dem Thron nahestehende Persönlichkeit geziemte.
Ich schüttelte den Kopf und antwortete, daß ich mir darum keine Gedanken gemacht habe.
»Aber du zögerst?«
»Falls es der Wunsch des Königs ist, daß ich bleibe, dann muß ich natürlich bleiben.«
»Nein, Lukas. Es bleibt dir überlassen. Du sollst frei entscheiden.«
»Dann werde ich mit deiner Erlaubnis, Herr, mit der Gesandtschaft heimreiten.«
»Hast du Heimweh nach deinem eigenen Land? Unsere Bräuche müssen dir fremdartig vorkommen, aber ich dachte, du habest dich schon ein wenig daran gewöhnt.«
Schlange kratzte sich im Nacken mit seiner zweizinkigen Hand, und mir ekelte so gut wie überhaupt nicht. Ich sagte: »Das ist es nicht.«
»Sondern?«
»Es könnte sein, daß mein Bruder mich braucht.«

»Das ist eine gute Antwort«, sagte Cymru. »Die beste, die du geben konntest. Aber du kommst doch wieder, Belemott-Töter, nicht wahr?«
»Ganz bestimmt.«
»Gut!« Er hieb mir auf die Schulter. »Und wir wollen hoffen, daß unsere Lande bis zu deiner Rückkehr von Belemotts verschont bleiben.«
Ich lächelte. »Und danach hoffentlich auch, Herr.«
Blodwen sagte: »Lukas, du mußt nicht hierher zurückkommen.«
Ich schaute sie unsicher und unbehaglich an und sagte:
»Ich habe es versprochen, Base.« Noch während ich es sagte, wußte ich, daß es blöde klang.
Sie machte ein bekümmertes Gesicht. Ihre Stirn war gerunzelt. Seit dem Festmahl hatte ich sie kaum gesehen. Ich dachte, daß sie mir aus dem Weg gegangen sei, und wußte nicht recht, was ich davon halten sollte. Ich war enttäuscht, verärgert, aber auch erleichtert, vor allem aber ganz und gar unschlüssig. Als ich nun die Treppe zum Thronsaal hinunterging, hatte ich sie rufen hören und war stehengeblieben, damit sie mich einholen konnte. Wir standen auf halber Treppe beieinander, und niemand war zu sehen außer drei Jungen, die von der dem Thron gegenüberliegenden Wand die Tapete herunterrissen, und die waren zu weit weg, um verstehen zu können, was wir sagten.
»Das Versprechen hat nichts zu bedeuten«, sagte sie.
»Für mich aber doch.«
»Hör mal zu«, sagte sie. »Du hast etwas Großes vollbracht, und mein Vater hat dich gern. Er hat dir etwas geschenkt, und wie konntest du es ablehnen? Oder *nicht* versprechen, zurückzukommen und dein Geschenk einzufordern? Aber niemand muß etwas annehmen, das er nicht haben will, und mag es auch vom König kommen. Und man kann von niemandem verlangen, daß er ein Versprechen hält, das auf solche Weise zustande gekommen ist.«
»Ich habe die Ehre mit Freuden entgegengenommen und mein Wort aus freien Stücken gegeben. Also werde ich mein Versprechen auch halten.«
Sie seufzte. Es klang erbittert.
»Lukas, du hilfst mir auch kein bißchen! Was ich nämlich sagen

will ... ich weiß, in deiner Heimat ist alles ganz anders. Edmund hat mir erzählt, daß eure Frauen gewöhnlich tun, was man ihnen sagt, und heiraten, wie der Vater es ihnen befiehlt. Wir Wällisen haben da mehr Freiheit. Die Frauen nehmen am Leben der Männer teil und wählen sich ihren Gatten selber. Ich bin die Tochter des Königs und dadurch in vielem gebunden, aber ich glaube wie alle Mädchen hier, daß Menschen Menschen sind und keine Puppen, die so tanzen müssen, wie es denen, die die Schnüre halten, gefällt.«
Ich fühlte mich immer noch unwohl in meiner Haut und war verwirrt. Es war nicht das erstemal, daß es mir mißlang, ihren schnellen Gedankensprüngen zu folgen, aber diesmal war es wichtiger, weil es ihr ernster war.
Ich fragte sie: »Wer nennt dich eine Puppe?«
Sie legte ihren schönen Kopf schräg und schaute mich mit großen Augen an.
»Ich sehe, ich muß deutlicher mit dir reden. Du sagst, du hast eine Ehre mit Freuden entgegengenommen. Ich bin aber keine Ehre: ich bin Blodwen! Und du wirst dein Versprechen, zurückzukehren, halten? Aber ich will nicht, daß du zurückkehrst, um deinen Preis einzufordern, nämlich ich bin kein Preis, sondern ein Mädchen mit meinen eigenen Gedanken und meinen eigenen Gefühlen. Ich lasse mich nicht als Trophäe verschenken, nicht einmal von meinem Vater. Falls man mich nicht um meiner selbst willen sucht, sucht man mich vergeblich.«
Ich sagte: »Wer immer dich sucht, muß dich selber suchen. Es hat nichts mit Belemotts zu tun oder mit Preisen.«
Es kam mir von Herzen. Sie schaute mich an, und nach einer Weile nickte sie und lächelte sachte.
»Das ist doch schon mal was, Vetter! Ich weiß zwar noch nicht, wie viel, aber es ist doch wenigstens schon mal ein Anfang.«
Ich kam wieder nicht mit, aber ich spürte doch, daß sie milder gestimmt war, und war froh darüber. Ich sagte:
»Du wolltest mir dein Gartenhaus auf der anderen Flußseite zeigen. Erlaubst du mir, daß ich dich hinüberrudere?«
Sie lächelte voller. »Natürlich, Lukas.«
Wir gingen zusammen die Treppe hinunter. Als wir unten ankamen, schoß mir etwas durch den Kopf.

»Wir haben davon gesprochen, was ich suche oder nicht suche, aber wie ist das bei dir?« Sie zog fragend die Augenbrauen hoch. »Du konntest auch nicht mitreden bei dem, was an dem Abend beim Festmahl gesagt worden ist. Und du hast gesagt, eine Puppe willst du nicht sein. Wäre es dir lieber, ich würde nicht mehr nach Klan Gothlen zurückkommen?«

Sie blieb stehen und drehte sich zu mir um. Ihre blauen Augen waren ein, zwei Zollbreit unter meinen.

»Ich habe schon überlegt, wann dir das wohl einfallen würde! Na, besser spät als überhaupt nicht!«

»Aber die Antwort?«

Es entstand eine Pause, bevor sie lächelte und sagte:

»Welches Mädchen würde nicht wollen, daß du zurückkämst – Lukas von Winchester, Bezwinger des Belemotts?«

Sie zeigte auf die drei, die an der Wand arbeiteten. »Siehst du, was die da machen?«

»Sie reißen die Tapete herunter.«

»Um die Wand herzurichten für das große Gemälde, das sie bedekken soll. Ein halbes Dutzend Maler wird unter dem großen Gwulum persönlich daran arbeiten. Es soll Lukas und der Belemott heißen, und sogar die sechs werden volle zwei Jahre brauchen, eh sie damit fertig sind.«

Sie lachte und hakte sich bei mir ein, und das nahm ich als Antwort. Als wir durch den Audienzsaal gingen, sagte sie:

»Aber ich werde ich selber sein. Immer. Vergiß das nicht, Lukas von Winchester.«

Cymru hatte uns mit großartigen Geschenken beladen wollen, welche jene weit übertrafen, die ihm von uns im Namen meines Bruders überreicht worden waren. Wir hatten uns dagegen gewehrt, und zwar mit dem Hinweis, daß wir keine Händlerkarawane seien, sondern ein Trupp Krieger und darum schwere Lasten nicht mitführen könnten. Die Dinge, die er uns schenkte, waren daher klein, aber kostbar. Ein Dolch, hübsch anzusehen und dicht mit Edelsteinen besetzt, aber ohne praktischen Wert; ein Schachspiel mit kunstvoll verzierten Figuren aus Gold und Silber; ein Buch, die Geschichte des Geschlechts der Cymru enthaltend, mit

Deckeln aus Perlen und Elfenbein und mit fein ausgemalten Bildern in leuchtenden Farben auf fast jeder Seite – und noch vieles mehr.
Die Königliche Garde, die uns empfangen hatte, begleitete uns auf dem ersten Teil unserer Heimreise. Ich bemerkte, daß die Männer gewöhnliche Stiefel trugen, nicht die spitzen Dinger mit Silberkappe, und ihre federbuschgeschmückten Helme zu Hause gelassen hatten. Ja, sie ritten auch gut und diszipliniert. An einer Stelle, wo zwei Straßen sich kreuzten, machten sie halt und stellten sich zum Spalier für uns auf. Als wir hindurchritten, ließen sie uns hochleben, indem sie einen wüsten Schrei in ihrer alten Sprache ausstießen, die sie sich zum Teil erhalten haben. Wir brachten unsererseits ein dreifaches Hoch aus und ritten weiter. Es war bewaldetes Gelände, so daß wir sie schon bald aus den Augen verloren hatten.
Es tat mir leid, daß ich von Blodwen fortritt, aber ich ritt doch mit beschwingtem Herzen. Ich hatte die Wällisen kennengelernt und konnte sie nun besser leiden, als ich es jemals für möglich gehalten hatte, und die Schönheit ihrer Stadt hatte mich in Staunen versetzt; aber Winchester war meine Heimatstadt. Mit jeder Meile rückte der Augenblick näher, wo ich die hohen Mauern mit den darüber flatternden Wimpeln sehen und die Hufe meines Pferdes über das Pflaster der Hochstraße klappern hören würde, wenn wir bergan zum Palast ritten – der nicht so prächtig war wie König Cymrus, aber mir teurer und lieber.
Während unseres Aufenthalts in Klan Gothlen war ich kaum mit Greene zusammen gewesen, und seine Haltung mir gegenüber war anfangs gezwungen und auf Abstand bedacht. Ich gewann ihn jedoch sofort für mich, als ich darauf hinwies, daß ich ihn ungeachtet der Situation am wällisischen Hof nach wie vor selbstverständlich als den Befehlshaber des Trupps betrachtete und mich als seinen sehr viel jüngeren, ihm untergeordneten Adjutanten. Er war im Grunde ein liebenswürdiger Mensch, und falls er irgendwelchen Groll gehegt haben sollte, war er doch schnell wieder verflogen.
Wir ritten und biwakierten und schliefen und ritten wieder. Vier Tage vergingen ohne besondere Vorkommnisse. Einmal beschimpfte uns eine Horde blau angemalter Wilder, denen gleich,

die wir auf dem Herritt getroffen hatten, aus einiger Entfernung von einem Bergkamm, machte jedoch keine Anstalten, näher heranzukommen. In Dörfern kauften wir Proviant zur Ergänzung unserer Rationen. In einem gab es Polyhühner, die größer als Truthähne waren, ja, manche waren so massig, daß sie nicht laufen konnten und man ihnen die Körner zum Aufpicken hinbringen mußte. Ihre Eier waren über zehn Zentimeter lang. Es belustigte mich, daß Greene sich kein Gewissen daraus machte, sie zu kaufen und auch die Hühner, die wir uns an dem Abend zum Nachtessen brieten.

Am vierten Tag machten wir um die Mittagszeit in einem Dorf halt, das von seinen Bewohnern verlassen worden war. Warum, ließ sich nicht erkennen, weil nichts Lebendiges und nichts Totes zu sehen

war, nur verrottende Hütten, die nach einem Regenschauer in der Sonne dampften.
Ein Mann namens Deevers, als Stöberer bekannt, wanderte zwischen den Hütten umher. Hinter einer rief er: »Hauptmann!« Greene und ich gingen hin, um zu sehen, was er gefunden hatte. Er zeigte auf etwas, das auf den ersten Blick wie ein Teil der Rückwand der Hütte aussah. Dann glaubte ich, ein Kind sei dort am Werk gewesen. Alles mögliche war zum Bauen benutzt worden: Zweige und kleine, von den Bäumen abgefallene Äste, aber auch in den Trümmern des Dorfes zusammengesuchte Holz- und Metallstücke. Das daraus errichtete Gebäude war höchst eigenartig und verriet keinen erkennbaren Plan, wenn mir an der Vorderseite auch eine Rampe auffiel, die vom Boden zu einem Loch hinaufführte, das Zugang ins Innere bot: eine schmale Rampe und ein nur wenige Zoll großes Loch.
Deevers sagte: »Ratten sind rausgerannt, Hauptmann.« Er sagte es voller Abscheu. »Große. Über ein Dutzend.« Er zeigte ins Gras. »Da sind sie hingerannt.«
»Die Bauratten«, sagte Greene. »Von denen habe ich schon gehört. So was bauen die also.«
Er guckte nicht lange hin, sondern trat wütend mit dem Stiefel dagegen, daß der Bau einstürzte und die Brocken, aus denen er aufgeschichtet war, nur so stoben. Unwillkürlich sagte ich:
»Warum denn das?«
»Polyfaunen«, sagte Greene. »Und was noch schlimmer ist: Ratten. Selbst deine wällisischen Freunde würden sie wohl umbringen.«
Ich wußte nicht, was ich sagen sollte oder was ich wirklich empfand. Mein Abscheu vor Ratten saß tief. Aber neben den Ekel schob sich noch etwas anderes: Es widerstrebte mir, irgend etwas Gebautes, und sei es etwas von Ratten Gebautes, so mutwillig zerstört zu sehen.
Schließlich habe ich dann nichts gesagt. Nicht alle Ratten waren bei Deevers Herannahen geflüchtet. Eine tauchte nun aus dem Schutt ihrer Heimstatt auf und stürzte sich auf diesen feindlichen Riesen, indem sie ihre Krallen in Greenes Stiefel schlug und an seinem Bein heraufzukrabbeln versuchte. Er stieß sie mühelos weg und zertrat

ihr das Rückgrat; und zermalmte dann unter seinem Absatz die hilflosen, noch unbehaarten Jungen, zu deren Verteidigung ihre Mutter zurückgeblieben war.

In der folgenden Nacht schlugen wir unser Lager in der Nähe eines anderen Dorfes auf, das bewohnt war. Die Häuser drängten sich um einen kleinen Berg, der auf ein paar nur fleckenweise bestellte Äcker hinunterschaute und auf den Fluß, dessen Tal wir folgten, und wir suchten uns einen ähnlichen Hügel eine halbe Meile weiter südlich. Obenauf standen ein paar Bäume wie auf dem Catherinen-Berg bei uns zu Hause; die boten einigen Schutz.
Ich wälzte mich auf meinem Lager und konnte nicht schlafen. Vielleicht hatte der Zwischenfall mit den Bauratten mich stärker aufgestört, als ich geglaubt hatte. Vielleicht brachte er mir die Verwirrungen zu Bewußtsein, die sich während meines Aufenthalts im Lande der Wällisen abzuzeichnen begonnen hatten, und dazu noch die tiefere Verwirrung, in die mich der Widerspruch stürzte zwischen meinem Leben, wie es war und wie die Seher es planten. Dinge, die einfach ausgesehen hatten im klar durchschaubaren Zusammenhang unseres Lebens im Süden, zeigten sich nun auf einmal als schwierig und vielschichtig. Die Seher hatten mich gelehrt, daß die Welt nicht nur aus dem Aufeinanderprallen von Kriegern und Städten bestand. Aber *wieviel* mehr es mit ihr auf sich haben konnte, das war mir nicht bewußt gewesen.
Als ich gar nicht einschlafen konnte, stand ich schließlich auf. Um mich herum schlief alles. Ein Dreiviertelmond segelte über den klaren Nachthimmel zwischen zwei Wolken. Einer von den beiden Wachtposten sah mich; ich sprach leise mit ihm und ging weiter. Mein Pferd wieherte; ich tätschelte ihm den Hals.
Die Reittiere waren an etwas weiter entfernten Bäumen angebunden worden, wo die Wache sie im Auge behalten konnte. Ich spürte, daß der Posten mir nachblickte, und da ich allein sein wollte, ging ich weiter bergab, wo sein Auge dann nicht mehr hinreichte. Die ganze Welt rundum schlief. Aus dem Dorf auf dem anderen Hügel kam kein Laut und schien kein Licht herüber, nicht einmal ein Hund bellte.
Ich kam auf den Weg, den wir entlanggeritten waren. Nach Norden

lag Klan Gothlen; nach Süden, hinter dem Brennenden Land, meine Heimatstadt. Beide kamen mir sehr weit weg vor, und nicht nur in der Entfernung. In diesem schweigenden Reich aus dünnem, silbrigem Licht und schwarzen Schatten fiel es schwer, sich die eine wie die andere als etwas vorzustellen, das es wirklich gab.
Bäume wölbten sich über den Weg. Ich hörte ein Geräusch über mir, ein sehr leises nur – vielleicht ein Vogel, der auf seinem Ast ein wenig zur Seite rückte. Trotzdem schaute ich auf. Aber die dunkle Gestalt ließ sich mir schon auf die Schultern fallen, und bevor ich schreien konnte, umklammerten starke Finger meine Kehle. Sie drückten auf eine bestimmte Stelle an meinem Hals; da verlor ich das Bewußtsein.

Im Horst der Himmelsleute

Als ich wieder zu mir kam, verspürte ich ein regelmäßiges Pochen, das ich zunächst für das Klopfen des Blutes in meinen Schläfen hielt. Als nächstes stellte ich fest, daß ich mich nicht bewegen konnte – und mich doch bewegte. Ich brauchte eine Weile, bevor ich begriff, daß man mir Arme und Beine gefesselt hatte und mich nun in schnellem Lauf forttrug. Das Pochen war das Stampfen der Füße derer, die mich trugen.
Mein Gesicht war der Erde zugekehrt und nicht weit darüber. Hin und wieder klatschte ich gegen ein größeres Unkraut, manchmal schmerzhaft. Im Mondschein konnte ich die im schwindelerregenden Tempo unter mir hindurchsausende Erde und die gleichmäßig trabenden Füße sehen: vier Paar, nackt, aber offensichtlich an steinigen Boden und Gestrüpp gewöhnt. Vier Männer also trugen mich zusammengeschnürt zwischen sich. Aber es gehörten noch mehr zu dem Trupp; andere Füße tappelten neben denen der Träger her. Ich versuchte zu schätzen, wie viele, aber das war ganz unmöglich.
Sie rannten schweigend; nur hin und wieder erklang ein schroffer Befehl. Und sie rannten, ohne sich anstrengen zu müssen und offenbar auch, ohne müde zu werden. Ich hatte keine Ahnung, wie

weit wir von der Stelle entfernt waren, wo man mich eingefangen hatte, aber ich wußte, daß ich mit einer Geschwindigkeit, die der eines trabenden Pferdes nur wenig nachstand, immer weiter weggetragen wurde. Ich überlegte, ob ich rufen sollte, sagte mir aber, daß es wohl keinen Zweck habe. Eine Brennessel klatschte mir gegen die Wange; ich biß mir stumm auf die Lippen.
Sie rannten mehrere Stunden, bevor sie Pause machten; jedenfalls kam es mir wie mehrere Stunden vor. Ich wurde fallen gelassen, wobei ich mir die Schulter an einem Stein prellte. Endlich konnte ich ein bißchen mehr sehen als immer nur das widerwärtige Dahinschießen der Erde. Sie waren alles in allem etwa zwanzig. Sie lagen da, ohne sich zu rühren, als wären auch sie gefesselt, und redeten immer noch nicht. Ich hörte sie tief und schwer atmen; das war alles.
Nach einer Weile ertönte wieder einer von diesen barschen Befehlen, und der Treck begann von neuem. Meine vier Träger, oder vielleicht vier neue, hoben mich ebenso beiläufig auf, wie sie mich hingeworfen hatten. Die Stricke, mit denen ich gefesselt war, hatten vier lose Enden, etwa eine halbe Armspanne lang, und die schlangen sie sich mit der Geschicklichkeit, die lange Übung mit sich bringt, um die Schulter. Mein Gesicht zeigte nun nach oben; entweder durch Zufall, oder weil wir inzwischen so weit vom Lager entfernt waren, daß es keine Rolle mehr spielte, ob ich mir die Gegend einprägte.
Nicht, daß ich sehr viel mehr gesehen hätte – nur vier Rücken, die sich in die Stricke stemmten, und den Himmel darüber. Aber ich war doch froh über den Wechsel, als sie dann einen Fluß durchwateten. Ich wurde dicht überm Wasser gehalten, so daß ich mit dem Hinterkopf immer mal wieder eintauchte. Auch so schon glaubte ich von den Wellen zu ersticken, die über mich hinwegplatschten und in die Nasenlöcher drangen.
Es gab dann noch einmal eine Rast, die genauso verlief wie die erste. Als sie danach wieder aufbrachen, begann im Osten blasses Morgengrauen das Mondlicht zu verdrängen. Ich hatte den Eindruck, daß das Gelände nun anstieg, war aber nicht sicher. Meine Gliedmaßen waren steif und wund von den Fesseln, und von hundert kleinen Schrammen brannte mir die Haut. Ich konnte nur

denken: Hoffentlich ist diese ungeheuerliche Reise bald zu Ende! Sie nahm dann ein Ende, das ich nicht hatte voraussehen können. Wir befanden uns in einem Wald, wo riesige Bäume das heller werdende Tageslicht auslöschten. Die Läufer stampften einen schmalen Pfad entlang, der sich zwischen den Stämmen hindurchschlängelte. Von vorn ertönte der Ruf, der bisher immer eine Rast angekündigt hatte. Ich rechnete damit, auf die Erde geworfen zu werden, und machte mich auf den Aufprall gefaßt. Zu meiner Überraschung merkte ich jedoch, daß ich statt dessen hochgezogen wurde. Die beiden Männer, die die an meinen Schultern befestigten Stricke hielten, kletterten an einem dicken Baumstamm hinauf, der eine auf der einen Seite, der andere auf der gegenüberliegenden. Sie kletterten mit einer Geschicklichkeit, die mich an Eichhörnchen erinnerte. Ein- oder zweimal stieß ich gegen den Stamm, aber zum Glück war der Baum glatt und hatte keine vorstehenden Äste. Über uns war vollkommene Finsternis – ich fragte mich vergeblich, wie Äste und Laub so dicht sein konnten – mit ein paar eigentümlich regelmäßigen Löchern darin. Eins wurde größer, und ich sah, daß wir da hindurch mußten. So war es auch, und oben wurde es wieder hell. Mit einem raschen Ruck warfen meine Entführer mich ab. Ich glaubte schon, daß ich jetzt so tief fallen würde, wie der Baum hoch war – mindestens dreißig Fuß –, aber ich fiel nicht mehr als ein oder zwei Handspannen tief und landete weich.
Man ließ mich da liegen. Ich befand mich auf einer ebenen Fläche, aus der die Stämme von Bäumen herausragten, wodurch der Eindruck von einem bizarren, zwergenhaft verkürzten Wald entstand. Durch diese Fläche schienen sie miteinander verbunden zu sein. Hütten waren darauf errichtet worden, ein ganzes Baumdorf. Was sich so weich anfühlte unter mir war dickes, elastisches Moos.
Ich konnte nicht sehen, wo die beiden hingegangen waren, die mich gebracht hatten: vielleicht in eine der Hütten. Ich sah auch sonst niemanden, und es kam auch keiner. Das goldene Licht, das nun durch die Baumgipfel brach, zeigte mir deutlich an, daß die Sonne aufgegangen war. Ich war zerschrammt und hatte überall blaue Flecken und alles tat mir weh, und das weiche Moos brachte mir meine Beschwerden nur noch mehr zu Bewußtsein. Trotzdem und obwohl es immer offensichtlicher tagte, schlief ich schließlich ein.

Ich wurde wach, weil mir jemand in die Rippen stupste; nicht grob, sondern eher abschätzend. Ich versuchte, wegzurucken, aber die Fesseln hinderten mich daran. Als ich dann die Augen aufschlug, sah ich, was vor sich ging. Eine ungeheuerlich dicke Frau in einem unförmigen braunen Kleid stieß mich mit dem dicken Zeh ihres großen und sehr schmutzigen Fußes. Als ich verwundert zu ihr aufschaute, warf sie einen gleichgültigen Blick auf mich, stupste mich noch einmal und watschelte dann davon. Sie verschwand in einer der näher gelegenen Hütten.
Etwa zehn Minuten später tauchte aus derselben Hütte eine Gestalt auf. Dies war ein Mann und möglicherweise einer von denen, die mich entführt hatten: Er war wettergebräunt und muskulös und ging wie ein Sportler. Er trug ein Messer. Der Anblick ließ mich erschauern, und ich versuchte, mich zu befreien. Vergeblich; ich wußte bereits, daß sie im Fesseln nicht weniger geschickt als im Laufen waren.
Er kam bei mir an, bückte sich und zerschnitt mit ein paar schnellen Bewegungen meine Stricke. Ich versuchte, meine Arme zu bewegen, aber es gelang mir nicht: sie waren vollkommen verkrampft. Der Mann rieb mir die Arme mit den Händen. Seine Finger griffen fest und geübt zu und kneteten Leben in die Muskeln. Er sagte:
»Wie heißt du, Fremder?«
Seine Aussprache war noch wesentlich barbarischer als die der Wällisen, der Tonfall jedoch klang überraschend freundlich. Ich antwortete mit Vorsicht:
»Mein Name ist Lukas.«
»Ich bin Jan.« Über sein Gesicht huschte ein deutliches Lächeln. »Willkommen, Lukas, im Horst der Himmelsleute.«
Ich fragte ihn: »Warum habt ihr mich hierher gebracht?«
Er rieb und knetete und lächelte weiter. »Das steife Gefühl verliert sich schon bald. Dann werden wir dir erst einmal etwas zu essen besorgen. Bestimmt hast du Hunger.«

Sie waren sehr eigenartig, diese Himmelsleute. Die Männer waren alle so liebenswürdig wie Jan, und sie waren so gesprächig, wie sie während des Dauerlaufs durch die Nacht stumm gewesen waren. Die Frauen im Dorf hingegen redeten kaum und nahmen nach je-

nem ersten Stups mit dem dicken Zeh überhaupt so gut wie keine Notiz von mir. Sie waren unendlich fett; sogar die kleinen Mädchen hatten schon Leiber wie Ballons und Mondgesichter. Sie aßen eine Menge, weil ihnen immer aufgetan wurde, bevor die Männer sich irgend etwas nahmen, und arbeiteten überhaupt nicht. Die Männer fegten die Hütten aus, holten frisches Moos, machten Teller aus immmergrünen Blättern, die sie zu flachen Schalen zusammennähten, und kochten sogar das Essen. Es wurde jedoch nicht im Baumdorf gekocht, sondern unten auf dem Waldboden und in großen Körben heraufgebracht.
Den Frauen wäre es ohnehin unmöglich gewesen zu klettern, und mit der Zeit wurde mir klar, daß sie von ihrer Geburt bis zu ihrem Tode das Dorf nie verließen. Die Männer waren kräftig und geschmeidig und geschickte Jäger und schafften Wildbret heran und dazu Getreide und Milch und Butter und Käse, die sie als Tribut bei Erdstämmen in der Umgebung eintrieben. Diese Erdbewohner verachteten sie, aber sie verhätschelten ihre dicken Frauen, ja, beteten sie geradezu an. Alle Entscheidungen wurden von ihnen gefällt, insbesondere von der einen, die ich als erste gesehen hatte; sie war ihr Häuptling. Die Männer wetteiferten miteinander, wer ihr die köstlichen Leckerbissen in den Rachen schob. Ihr Appetit entsprach ihrem Umfang und ihrem Gewicht. Einmal wurde ein Korb mit Kuchen heraufgebracht, und ich sah sie gut drei Dutzend Stück essen und mit gewaltigen Schlücken Bier hinunterspülen.
Die Männer hatten natürlich die Hütten gebaut und auch den Boden aus miteinander verflochtenen Ästen, auf dem das Dorf stand, und sie hielten alles immer instand. Das Moos war eine Polyflore, die unten im Wald im Überfluß wuchs. Es war nicht nur weich, sondern widerstand auch dem Regen und schützte vor Hitze und Kälte. Die Hütten waren damit gefüttert, und man benutzte es auch, um die Ritzen außen damit zu verstopfen. Es hielt die Hütten im Winter warm, wenn die Bäume keine Blätter hatten und Stürme von West und Nord darüber hinwegbrausten.
Sie waren geschickte Baumeister. Wenn es wehte, schwankten die Bäume alle hin und her, und der Boden ächzte dermaßen, daß mir angst und bange wurde, aber alles hielt. Sie hatten auch, wie ich gleich am ersten Abend herausfand, einen starken Holzkäfig ge-

baut; in den sperrten sie mich und verschlossen die Tür mit einem Vorhängeschloß. (Schloß und Schlüssel gehörten zu den ganz wenigen Gegenständen aus Metall, die sie außer ihren Dolchen besaßen, und ich glaube nicht, daß sie selber überhaupt Metall verarbeiteten.) Ich hatte ein Bett aus Moos, das nicht unbequem war, und sie gaben mir Decken. Aber die Aussicht, daß ich mich würde befreien können, schien gering. Die Stangen waren aus dickem Holz und fest zusammengeknüpft. Nur falls ich ein Messer in die Hand kriegen könnte, aber sie paßten scharf auf mich auf.
Jedoch auf freundliche Art. Wenn ich meine Frage wiederholte, warum man mich überfallen und zu dem Dorf gebracht habe, lachten sie und zuckten die Achseln und stellten mir ihrerseits Fragen. Es schien mir wenig Sinn zu haben, die Antwort darauf zu verweigern, und sie hörten mit großem Interesse zu. Sie hatten schon gehört von der Stadt im Norden und waren beeindruckt, als ich ihnen erzählte, daß ich dort gewesen sei und daß der König persönlich mein Freund sei und mir den Siegelring geschenkt habe, den ich am kleinen Finger trug.
Sie schauten sich den Goldreifen mit dem Adlersiegel auf blauem Stein an und reichten ihn herum. Bestimmt nehmen sie ihn mir jetzt ab, dachte ich, und schenken ihn einer von ihren dicken Frauen, und ich wollte mich schon damit abfinden. Da aber kam mir ein Gedanke.
»Der König hat viele solche Schätze. Und noch andere, die euch und euren Damen gefallen würden. Silberspiegel, in denen sie sich betrachten können, kostbare Kämme für ihr Haar. Falls ihr einen Boten zu ihm hinschickt, der diesen Ring überbringt und eine Nachricht von mir darüber, was ihr benötigt, wird er alles das als Lösegeld für meine Freilassung schicken.«
Der Gedanke fesselte sie ganz so, wie ich gehofft hatte, und sie redeten lang und breit darüber. Einen Ring für jede Frau des Stammes? Ich sagte zu in Cymrus Namen. Und kleinere für die Mädchen? Geht in Ordnung. Und diese Spiegel und Kämme, von denen ich gesprochen hätte – wie die denn wohl aussähen? Ich beschrieb sie, und sie hingen an meinen Lippen. Schließlich fragte ich sie: »Abgemacht?«
Jan sagte: »Wir müssen erst mit dem Häuptling sprechen.«

Ich kannte ihn besser als die anderen und hatte anfangs angenommen, daß er eine wichtige Stellung bekleide. Inzwischen wußte ich jedoch, daß alle Männer – zumindest dann, wenn sie sich im Dorf aufhielten – gleich waren und alle auf die gleiche Weise den Frauen untertan. Ich sagte:
»Aber du wirst doch mit ihr sprechen, ja?«
»Selbstverständlich! Zwei Ringe für jede, ja?«
Daß er sich aufs Feilschen verlegte, machte mir noch mehr Mut.
»Zwei, aber gewiß. Sprichst du jetzt gleich mit ihr?«
Er sah mich entsetzt an. »Sie ruht jetzt und darf nicht gestört werden. Ich frage sie später.« Er nahm einem seiner Genossen den Ring ab und gab ihn mir zurück. Dann winkte er den anderen, näher heranzurücken, und fuhr fort: »Ich habe ein neues Gedicht gemacht. Hört zu.«
Es war ein weiterer eigenartiger Zug dieser eigenartigen Männer, die sowohl schweigend rennende Jäger als auch plappernde Hausfrauen waren, daß sie leidenschaftlich gern Verse schmiedeten. Jan trug sein Gedicht vor, während die anderen lauschten und dann laut Beifall klatschten. Ich verstand nur wenig von Gedichten, aber dies erschien mir ganz besonders schlecht. Ich hielt es jedoch für angebracht, in den Beifall einzustimmen.

Abends sprach ich wieder mit Jan. Er sagte:
»Das Lösegeld? Ach ja. Der Häuptling ist einverstanden.«
»Dann schickt ihr also einen Boten zum König?«
»Selbstverständlich. Hör dir das mal an, Lukas.

Unsere Hütten schwanken
In Stürmen aus fernen Landen,
Doch wie unsere Herzen kommen sie nicht los
Von unserer Heimstatt hoch im Geäst.«

»Sehr gut«, sagte ich. »Kann ich mit ihm sprechen?«
»Mit wem?«
»Mit dem, den ihr als Boten schickt.«
»Das wird geregelt. Der Häuptling sorgt dafür.«
»Aber der Ring?«

»Ich gebe ihn ihr, damit sie ihn weitergibt.«
»Und die Nachricht?«
»Sag sie mir.«
»Es wäre besser, ich würde es aufschreiben.«
»Wir schreiben nichts auf«, sagte er verächtlich. »Wir können dergleichem im Kopf behalten.«
Sie hatten tatsächlich alle ein vorzügliches Gedächtnis. Manche von ihren Gedichten waren außerordentlich und schmerzlich lang, aber keiner stolperte mal über ein Wort. Ich sagte:
»Nun gut. Sag: an König Cymru, ein Gruß von Lukas von Winchester. Es geht mir gut, aber ich brauche deine Hilfe. Gewähre dem Überbringer dieses Ringes und dieser Nachricht freies Geleit. Schicke ihn mit...« Ich brach ab und sah Jan an. »Wie viele Frauen habt ihr?«
»Über hundert. Der Häuptling weiß es genau.«
»Die Zahl dann mal zwei.« Er sah mich fragend an. »Zwei Ringe für jede, hast du gesagt.« Er nickte lächelnd. »Schicke ihn mit so vielen Ringen zurück; man wird mich dann freilassen. Ich werde dir meine Schulden zurückerstatten. Ist das klar?«
Er wiederholte, was ich gesagt hatte, ohne ein einziges Mal zu stokken. Ich gab ihm den Ring und sagte:
»Die Spiegel und Kämme...«
»Ach ja.«
»Die wären eine Last für einen Mann, der rennt.« Jan nickte zustimmend. »Aber du kannst dich darauf verlassen, daß ich sie später schicke.«
»Selbstverständlich.« Er lachte. »Wir können uns auf dich verlassen! In meinem Gedicht, sollte es da ›Stürme‹ heißen, oder klingt ›Winde‹ besser – was meinst du? ›In Winden aus weiten Landen‹ vielleicht?«

Ich begriff immer noch nicht, warum sie mich überhaupt eingefangen hatten, falls sie nicht einfach nur einen Zuhörer mehr für ihre erbärmlichen Verse haben wollten, aber da sie sich nun bereit erklärt hatten, Lösegeld anzunehmen, und ein Bote zu Cymru unterwegs war, zerbrach ich mir nicht mehr den Kopf darüber. Das Leben in dem Baumdorf war eintönig, aber ansonsten nicht unangenehm. Sie bewachten mich scharf, sorgten aber auch für mich. Ich bekam gutes Essen, ja, man gab mir sogar besondere Leckerbissen, wie sie sonst nur den Frauen vorbehalten waren. Da ich keine Bewegung hatte, sah ich mich schon in Kürze genauso fett werden wie sie. Während die Frauen auch weiterhin keine Notiz von mir nahmen, waren die Männer sehr nett, Jan ganz besonders.

Sie hatten noch einen anderen Zeitvertreib, der wohl mit dem Verseschmieden zusammenhing und den sie »Hochdenken« nannten. In ihren Augen war es ein weiteres Anzeichen für ihre Überlegenheit gegenüber den an die Erde gebundenen Sterblichen. Das »Hoch« bezog sich nicht nur darauf, daß sie zwischen den Baumwipfeln saßen, sondern auch auf die Qualität ihrer Gedanken. Einer von ihnen fing zum Beispiel damit an, daß er sagte: »Ein Mann ist wie ein Baum«, und schon ging's los; jeder gab reihum zum besten, was er an vermeintlich Klugem dazu zu sagen hatte. Die meisten der Bemerkungen waren platt und viele von den übrigen lachhaft, alle jedoch wurden mit entzückten und ermunternden Ausrufen aufgenommen.

Aber es war zu ertragen und manchmal (wenn ich mein Vergnügen auch für mich behielt) sogar belustigend. Und weit, weit weg von all den Ängsten, die mich während jenes langen, schweigenden Dauerlaufs durch die mondhelle Nacht bedrängt hatten.

Ich schätzte, daß der Bote nicht mehr als sechs Tage bis nach Klan Gothlen brauchen werde. Zwei Tage Aufenthalt und noch einmal sechs für den Rückweg, machte vierzehn. Ich hakte sie in Gedanken ab. Als ich eines Abends in einer von den Hütten saß, während der Regen von dem überhängenden Dach tropfte und im Moos versickerte, sagte ich zu Jan:

»Jetzt wird er da sein.«

»Wer, Lukas? Und wo?«

»Euer Bote. Er wird jetzt in der Stadt angekommen sein.«

»Ja, ja.« Er lächelte. »Und dann wird er mit den Ringen zurückkommen, und du wirst uns verlassen. Aber hoffentlich doch nicht vor der Sommerfeier.«

»Was ist das?«

»Wir feiern zwei große Feste, eines im Winter an der Jahreswende und eins im Sommer. Es wird getafelt und gesungen, und wir sprechen sehr hohe Hochgedanken und sparen uns für die Gelegenheit unsere besten Gedichte auf.«

Ich versuchte tapfer, Begeisterung zu heucheln. »Wirklich ein großartiges Fest. Wann findet es denn statt?«

»In ein paar Tagen.« Er drückte mir beruhigend den Arm. »Du wirst bestimmt nicht dabei fehlen, Lukas.«

Zwei Tage später entstand plötzlich Aufregung, die sich offensichtlich um etwas drehte, das auf der Erde unterm Dorf passiert war, denn ihr Mittelpunkt war ein Mann, der aus einem der Löcher auftauchte und in die Häuptlingshütte rannte. Als er wieder herauskam, schwatzte und plapperte alles durcheinander. Ich hielt es für möglich, daß der Bote zurückgekehrt war, und sagte es zu den beiden, die bei mir waren, und ging mit ihnen hinüber.

Es war tatsächlich jemand aus der Welt draußen eingetroffen, aber nicht der Bote, sondern ein Höker, der Stoff feilbot. Die Himmelsleute webten nicht selber, aber die Männer schneiderten alle Kleidung für sich und die Frauen. Sie kauften den Stoff bei reisenden Kaufleuten, und dies war ein solcher. Der Häuptling hatte befohlen, ihn mit seiner Ware heraufzubringen. Ich sah sie aus ihrer Hütte watscheln und schwerfällig auf dem eigens für sie angefertigten Sessel davor Platz nehmen. Ich glaubte, den ganzen Boden dabei vor Protest knarren zu hören, aber das bildete ich mir vielleicht auch nur ein.

An dem Loch zogen Männer Leinen hoch. Bündel wurden heraufgehievt und dann der Höker. Ein gewöhnlicher dunkelbärtiger Mann im Hökermantel – aber jung, schien mir, dafür, daß er schon sein eigener Herr war. Er wurde heraufgehoben und stand dann dort auf dem Moosboden. Zu meiner Überraschung sah ich, daß er ein Zwerg war. Und im nächsten Augenblick erkannte ich ihn: Es war Hans.

Er entdecke mich eine ganze Weile nicht, obwohl er den Blick verstohlen durchs Dorf schweifen ließ, während er Bahnen von Tuch ausbreitete. Der Käfig vor Jans Hütte erregte ganz offenbar seine Aufmerksamkeit. Als er mich dann schließlich bemerkte, schüttelte er nur ganz rasch mal den Kopf. Das war nicht nötig: Ich hatte nicht die Absicht zu verraten, daß wir einander kannten.

Ich hätte gern gewußt, wie er mir eine Nachricht zukommen lassen wollte, aber er versuchte es gar nicht. Als er sein Geschäft getätigt hatte – die Himmelsleute kauften mehrere Längen Stoff in stumpfen Blau- und Brauntönen –, wurden die Bündel wieder zugeschnürt und zusammen mit Hans durchs Loch abgeseilt.
Ich war sehr enttäuscht, als ich ihn verschwinden sah. Dann jedoch sagte ich mir, daß es wohl ein Erkundungsbesuch gewesen sein mußte. Gewiß hielten Greene und die anderen sich in der Nähe versteckt, um im richtigen Augenblick anzugreifen.
Jan kam lächelnd zu mir. »Ich bin froh, daß der Höker gerade jetzt gekommen ist. Nun werden unsere Frauen zur Sommerfeier neue Kleider haben.«
Ich sagte: »Sie werden gewiß wunderschön darin aussehen.«
Er nickte beifällig. »Du sagst schöne Dinge, Lukas. Deine Anwesenheit bei der Feier wird uns eine große Ehre sein.«
»Falls ich dann noch hier bin.«
Er lachte. »Selbstverständlich! Falls du dann noch hier bist.«

Ich wurde wach, weil jemand durch die Stäbe des Käfigs hindurch nach meiner Hand griff. Als ich mit einem Ruck hochfuhr, hörte ich beschwörendes Flüstern:
»Hauptmann! Ich bin's. Hans.«
Es war sehr dunkel; der abnehmende Mond hatte sich hinter Wolken versteckt. Ich spähte scharf hin und sah verschwommen seine Umrisse.
»Wo sind die anderen?« fragte ich ihn, ebenfalls flüsternd.
»Es ist sonst keiner hier.«
»Aber Greene – Edmund…«
»Sie sind weitergeritten, weil sie dich verloren glaubten. Hauptmann, ich habe hier zwei Messer. Nimm eins davon. Wir müssen die Stricke durchschneiden und dich rausholen.« Er gab mir eins von den Messern, und wir machten uns an die Arbeit. Es war schwieriger, als man geglaubt hätte. Die Stricke lagen tief in den Winkeln des Käfigs. Man konnte nur sehr umständlich daran herumsäbeln, und die Finsternis machte es auch nicht gerade einfacher. Ebensowenig der Umstand, daß ich mit dem Messer ausrutschte und mir in den Daumenballen schnitt. Das tat weh, noch

ärgerlicher aber war, daß meine Hände vom Blut glitschig wurden.
Aus Jans Hütte kam ein Husten; sofort kauerten wir uns regungslos hin. Als sich weiter nichts tat, schnitt Hans von neuem drauflos. Ich rüttelte vorsichtig an einer der Stangen; sie schien so fest zu sitzen wie eh und je. Ich flüsterte:
»So schaffen wir's nicht.«
»Geduld, Hauptmann. Wir schaffen's schon.«
»Hör mal zu«, sagte ich. »Ich weiß nicht, ob's überhaupt notwendig ist.«
Durch die Käfigstäbe erzählte ich ihm leise von dem Boten, der an Cymrus Hof geschickt worden war, um Lösegeld zu holen. Er werde bald zurück sein. Falls man uns bei diesem Ausbruchsversuch ertappte, werde man die Vereinbarung vielleicht rückgängig machen. Und vielleicht würden sie ihn umbringen – sie seien unberechenbar.
Er ließ mich ausreden und sagte dann: »Sie werden dich nicht gegen Lösegeld freilassen.«
»Aber sie haben es mir zugesichert.«
»Da haben sie dich getäuscht. Ich habe mich mit den Leuten in den Dörfern der Umgebung unterhalten. In ein, zwei Tagen feiern diese Leute hier ein Fest...«
»Davon haben sie mir erzählt.«
»Aber wohl nicht alles. Die Frauen herrschen hier. Es gibt einen alten Stammesbrauch. Zweimal jährlich opfern sie. Früher mal war es einer von ihren eigenen jungen Männern gewesen. Der wurde im Wald losgelassen, mit zusammengebundenen Beinen, damit er nicht schnell rennen konnte, und die Frauen haben dann Jagd auf ihn gemacht. Wenn sie ihn hatten, wurde er an einen Pfahl gebunden und wie am Spieß überm Feuer gebraten. Dann gegessen. Der Brauch hat sich gewandelt. Die Frauen sind mit der Zeit sogar für die Jagd auf einen gefesselten Mann zu fett und zu faul geworden. Sie lassen sich von ihren Männern ein Opfer von draußen bringen. Also rennen die zweimal im Jahr los und machen ihren Fang. Sie setzen ihre Ehre darein, möglichst weit zu rennen – damit nämlich die Dörfer in der Nähe keine Angst vor ihnen bekommen. Zu diesem Zweck haben sie dich mitgenommen.«

Ich konnte es ihm nicht glauben. Ich dachte an Jan und die anderen, wie sie mir ihre Gedichte vorgelesen hatten und meinen Beifall haben wollten für ihre Hochgedanken. Ich sagte:
»Sie waren aber nett zu mir...«
»Ein Bauer ist nett zu seinem Vieh, wenn er will, daß es fett unters Messer kommt.«
»Aber das Lösegeld?«
»Sie tragen keine Juwelen und überhaupt keinen Schmuck. Sie verachten Schmuck. Das ist bekannt. Es trifft auch auf ihre Frauen zu. Man hat mir geraten, Stoffe in leuchtenden, bunten Farben gar nicht erst anzubieten; das sei bloß Zeitverschwendung.«
Er hatte recht in diesem Punkt; und als mir das aufging, wurde mir klar, daß er überhaupt recht hatte. Ich mußte ein Narr gewesen sein, daß ich das nicht gesehen hatte. Sie hatten nur zu ihrer Belustigung mit mir gefeilscht, und ihre scheinbar freundschaftliche Haltung mir gegenüber war nichts als Lug und Trug. Mir fiel ein, daß ich zu Jan gesagt hatte, er könne sich darauf verlassen, daß ich ihnen das restliche Lösegeld später schicken würde. Er hatte gelacht, als er sagte, daß er das glaube. Ein wilder Zorn stieg in mir auf. In diesem Augenblick hätte ich mein Leben riskiert, nur um ihm mit beiden Händen an die Kehle zu gehen.
Hans sagte: »Ein Strang ist schon durch. Weiter schneiden!«
Also lenkte ich meinen Zorn in einen erneuten heftigen Angriff auf die Stricke. Ich schnitt mich noch einmal, aber darauf achtete ich nicht. Wir schnitten und säbelten, und allmählich, Strang um Strang, gaben die Stricke nach.
Hans flüsterte: »So, Hauptmann! Du drückst, und ich ziehe!«
Ich stemmte mich gegen die Stangen. Sie gaben ein Stück nach, saßen dann aber wieder fest. Ich stemmte mich mit aller Macht dagegen, und plötzlich kippte unter lautem Krachen die ganze Seite des Käfigs heraus und brach zusammen mit Hans unter sich und mir obenauf.
Als wir uns nun hochrappelten, hörten wir Bewegung in der Hütte. Meine Augen hatten sich schon mehr an die Dunkelheit gewöhnt, und ich sah eine Gestalt herauskommen und glaubte Jan zu erkennen. Mein Zorn war zum größten Teil verraucht; der Gedanke an Flucht war stärker als der Wunsch nach Rache. Wir mußten zu dem

Loch hin und vom Baum runter. Aber er hatte schon gesehen, was vor sich ging. Er rief laut um Hilfe und rannte – nicht auf uns zu, sondern zum Loch.

Wir hörten andere sich regen auf das Alarmgeschrei hin. In wenigen Augenblicken würden wir von denen umzingelt sein. Selbst falls es Jan nicht gelang, uns so lange aufzuhalten, daß sie uns hier oben fangen konnten, würden sie fast augenblicklich vom Baum runter und hinter uns her sein. Und sie kannten die Wege durch

den Wald, wie ich die Gassen von Winchester kannte, und waren geübte und erfahrene Läufer.
Aber so gering unsere Chance auch war, wir mußten es versuchen. Ich rannte los, merkte dann aber, daß Hans nicht hinterherkam. Ich rief ihm zu: »Hier 'rüber!« Aber er bückte sich über etwas: ein kleines Bündel. Ich wußte nicht, was er da machte, nur, daß wir dadurch Zeit verloren. Ich lief zurück und packte ihn beim Arm. »Nun komm!«
Er riß sich los. Es roch nach Öl, und er hatte etwas in der Hand: ein Feuerzeug mit Stahl und Stein und Zunder. Der Stein schlug Funken unterm Stahl, und der Zunder glühte auf. Er warf einen ölgetränkten Lappen darauf. Der Lappen stand sofort in Flammen, und er warf ihn so weit er konnte auf eine der Hütten zu. Während dieser noch brennend durch die Luft flog, zündete er schon den nächsten Lappen an und warf den in die entgegengesetzte Richtung. Ein neues und anders klingendes Alarmgeschrei erhob sich von Jan und den Gestalten, die nun aus den Hütten stürzten. Feuer schoß hoch, wo das erste Wurfgeschoß gelandet war. Sie rannten darauf zu, machten aber halt und gerieten durcheinander, als dann das zweite Feuer hinter ihnen aufloderte.
Hans sagte: »Jetzt, Hauptmann!«
Wir rannten zu dem Loch hin, das nun nicht mehr bewacht war. Ich hörte Rufe, drehte mich aber nicht mehr danach um. Hans war an den in den Stamm getriebenen Pflöcken, die von den Männern der Himmelsleute benutzt wurden, den Baum hinaufgeklettert, aber er hatte ein Seil mitgebracht, das er nun oben festknotete. Er wollte, daß ich mich als erster runterließ, gehorchte aber, als ich ihm befahl, sich abzuseilen. Während er sich an dem Seil herunterrutschen ließ, bekam ich noch einen Eindruck von dem, was sich oben tat. Das Moos hatte im weiten Umkreis um die beiden Stellen herum, wo die brennenden Lappen gelandet waren, Feuer gefangen. Gestalten sausten herum und versuchten, die Flammen mit Decken zu ersticken. Da ruckte Hans an dem Seil, und ich packte es mit beiden Händen und ließ mich 'runter.
Über uns glühte ein roter Kreis auf und brach durch, dann noch einer. Fetzen von brennendem Moos sausten wie Sternschnuppen herab. In ihrem Lichtschein konnte ich einiges auf der Erde erken-

nen: die Küchen, in denen die Männer das Essen zubereitet hatten, und den von einer Quelle gespeisten Teich, aus dem sie das Wasser entnahmen. Und eine Grube, ein bißchen länger als ein Mann, hoch mit Holzkohle gefüllt und mit einem Holzklotz an beiden Enden, der in der Längsrichtung eine ausgerundete Rille hatte. Eine Rille, in der ein Pfahl ruhen und wie ein Bratspieß gedreht werden konnte. Übelkeit und Zorn stiegen von neuem in mir auf. Ich schaute nach oben und erfreute mich von Herzen an dem rasch um sich greifenden Feuer. Die Rufe klangen nun leiser, aber angstvoller. Auch das erfreute mich von Herzen.
Das gesamte Waldinnere schien von einer Feuersbrunst verschlungen zu werden, die den Himmel hochrot färbte wie die flammenden Berge im Brennenden Land. Und erst, als wir aus dem Wald heraus waren, fielen mir die Kinder ein, die zusammen mit allen anderen darin gefangen waren. Da empfand ich keinen Zorn mehr. Da war mir nur noch übel.

Aus Hansens stückweisem Bericht machte ich mir allmählich ein Bild davon, wie er vorgegangen war, um mich zu befreien. Man hatte mich erst am nächsten Morgen im Lager vermißt, weil die Wache abgelöst worden war, kurz nachdem ich mit dem Posten gesprochen hatte. Greene begann dann sofort mit der Suche nach mir und unterzog die Leute im Dorf einer scharfen Vernehmung. Die behaupteten, nichts zu wissen, und nachdem man den ganzen Ort durchstöbert und auf den Kopf gestellt hatte, stand fest, daß ich dort nicht war. Greene ließ noch zwei Tage lang nach mir suchen, bevor er mich verlorengab und mit dem Trupp in Richtung aufs Brennende Land weiterritt.
Hans konnte, da er nur ein Knecht war und dazu noch Zwerg, keinen Einspruch gegen die Entscheidung erheben, aber in der nächsten Nacht schlich er sich davon, nicht ohne Gold aus meinem Gepäck mitzunehmen, das ich zusammen mit meiner übrigen Ausrüstung und meinem Schwertgurt zurückgelassen hatte. Sein einziger Gedanke in dem Augenblick war, von sich aus nach mir zu suchen – wie das vor sich gehen sollte, davon hatte er noch kaum eine Vorstellung. In einem Dorf jedoch begegnete er einem Höker und bot ihm einen guten Preis für sein Maultier, seine Ware und

seinen Mantel. Ein Höker konnte überall herumziehen und die Ohren spitzen.
Es dauerte auch gar nicht lange, da hörte er von den Himmelsleuten und ihren halbjährigen Streifzügen auf der Suche nach einem Opfer. Sehr wahrscheinlich hätten die Leute im ersten Dorf Greene darüber aufklären können, hatten es aber aus Angst vor Vergeltungsmaßnahmen von der einen oder anderen Seite unterlassen. Es war sicherer, nichts zu wissen. Hans erfuhr, wo das Dorf ungefähr lag, und machte sich unverzüglich auf den Weg dorthin. Je näher er herankam, desto genauer wurden die Auskünfte, die er erhielt. In einem Dorf am Rande des Waldes erfuhr er, daß die Himmelsleute alles auf der Erde kochten, da das Moos, das sie verwendeten, schnell trocknete und dann sehr leicht brannte: die Leute in diesem Dorf benutzten es selber als Zunder. In dem Baumdorf war keine Flamme erlaubt: Das Moos hielt sie auch im Winter so warm, daß sie kein Feuer brauchten. Darum hatte er das Feuerzeug und die ölgetränkten Lumpen mitgebracht.
Ich sagte: »Du hast mir das Leben gerettet, Hans.«
»Ich bin dein Diener, Hauptmann.«
Ich schüttelte den Kopf. »Nicht mehr. Von nun an bist du ein Krieger.«
»Ein Zwerg.«
»Das macht keinen Unterschied.«
»Im Süden doch, in Winchester.«
»Das überlasse mal mir«, sagte ich. »Ich regele das.«

Wir gingen zu Fuß, da wir nicht mehr genügend Gold hatten, um Pferde zu kaufen; auch das Maultier verkauften wir, um Proviant dafür zu erwerben. Und zusätzliche Stiefel. Denn so überquerten wir den Paß durchs Brennende Land: Indem wir uns jeder drei Paar voll Wasser gesogene Stiefel an Schnüren um den Hals hängten und frische anzogen, wenn die, die wir trugen, unsere Füße zu rösten begannen. Wir rannten so schnell wir konnten über den rauchenden schwarzen Sand, die Stiefel unverschnürt, damit wir sie in möglichst kurzer Zeit wechseln konnten. Auch so noch schafften wir es nur mit knapper Not. Die Sohlen unseres letzten Paares waren knusprig gebraten und jeder Schritt eine Qual, als wir sie

schließlich wegwerfen und humpelnd und barfuß den Hang hinunter in das Tal aus schwarzem Stein absteigen konnten.
Neue Stiefel kauften wir uns nicht in Marlborough, sondern in einem Dorf außerhalb der Mauern. Ich mied die Städte und gab mich auch nicht zu erkennen auf unserem Weg nach Süden. Die Tauben wären mir mit der Nachricht von meiner Rückkehr vorausgeflogen, und vielleicht war es kindisch, aber ich wollte, daß es eine Überraschung würde. Zum Glück sah unserer zerlumpten Kleidung wegen niemand etwas anderes als Landstreicher in uns.
So gelangten wir schließlich ins Itchen-Tal und sahen unseren von Büschen und Bäumen gekrönten Catherinen-Berg und ein Dutzend weiterer vertrauter Wahrzeichen vor uns. Und dann die Stadt selber, nicht voller Türme und Kuppeln wie Cymrus Stadt, aber stark und schön hinter ihren Mauern. Wir kamen ans Westtor, und der Wachtposten hielt uns an mit seinem »Halt, wer da?« Ich sah seinen Kommandanten auf den Stufen über ihm: einen Hauptmann namens Barnes, den ich gut kannte.
Ich rief ihm zu: »Zum Gruße, John!«
Er schaute mich mit offenem Mund an.
»Erkennst du mich nicht? Ich bin Lukas. Von den Toten zurückgeholt durch meinen Kriegerzwerg, den du hier neben mir siehst.«
Er trat einen Schritt auf mich zu, sagte aber nichts. Ob ich mich denn so sehr verändert hatte, daß er mich nicht wiedererkannte? Nicht einmal meine Stimme? Ich sagte:
»Wirst du mich hereinlassen, damit ich zu meinem Bruder kann?«
»Mehr als das«, sagte er. Er hob die Hand.
»Wache, nimm diesen Verräter fest!«

Das Schwert der Geister

Als man mich in die Verliese des Palastes hinunterbrachte, war ein Betrunkener in der Zelle nebenan. Wenn er gerade nicht sang oder die Kerkermeister beschimpfte, wollte er wissen, wie ich hieß und warum ich festgesetzt worden sei. Ich gab ihm keine Antwort. Die zweite Frage hätte ich ihm auch gar nicht beantworten können. Als ich sie Barnes gestellt hatte, hatte der nur geantwortet, man werde mir schon das Nötige erklären, wenn es dem Fürsten angebracht erscheine.

Später wurde der Betrunkene dann, während er zum letztenmal mit Flüchen und Beschwerden um sich warf, weggebracht, so daß ich von da an allein war: Meine Zelle gehörte zu einem Block von vieren, und die anderen drei waren leer. Ob sie das so eingerichtet hatten aus Angst, ich würde sogar ein solch höchst ungeeignetes Werkzeug benutzen, um meine angeblich verräterische Tätigkeit fortzusetzen? Ich empfand es als Erleichterung, den Lärm nicht mehr anhören zu müssen, aber die Stille, die nur von dem an der Zellenwand abtropfenden Wasser unterbrochen wurde, war bald noch bedrückender.

Die Zelle war ungefähr neun mal neun Fuß groß, hatte einen Boden aus Steinplatten, einen Eisenrost und einen Eimer in einer Ecke und einen Haufen Stroh in der anderen. Ketten waren an eisernen Pflöcken festgeschmiedet, die man zwischen die Granitblöcke getrieben hatte, aus denen die Wände bestanden. Es war schon ein Trost, daß ich mich wenigstens frei bewegen konnte. Die Wände hatten nicht gerade eine Oberfläche, die sich dazu eignete, Nachrichten darauf zu hinterlassen, aber vorherige Bewohner hatten ihr möglichstes getan. Ich las »Jesus erlöst«, wahrscheinlich von einem Christen geschrieben, denn das war der Name ihres Gottes, und den Namen eines Mannes, Roger Anderson. Die Buchstaben waren ungelenk, aber so tief, daß man den kleinen Finger ganz hineinlegen konnte. Viele Monate geduldigen Kratzens mußten dazu notwendig gewesen sein.

Mir fiel ein, wie wenig ich mir früher dabei gedacht hatte, wenn davon die Rede war, daß man diesen oder jenen in den Kerker geworfen habe. Während ich turnierte oder mich mit Edmund und Martin unterhielt oder einfach nur in der Sonne faulenzte, hatte Roger Anderson in diesem naßkalten Verlies gekauert und mit einem Stück Metall, vielleicht einem Nagel, Buchstaben in den harten Stein geritzt. Und draußen ging in diesem Augenblick die Welt weiter – Leute schwatzten und lachten, liebten einander und kämpften –, so gleichgültig gegenüber meinem Schicksal, wie ich gegenüber dem seinen gewesen war.

Durch ein Eisengitter über der Tür fiel Licht ein, das in erster Linie von einem kleinen, ebenfalls vergitterten Fenster hoch oben im Gang herrührte. Es war wenig genug und verfinsterte sich schon bei Anbruch der Dämmerung ganz. Ich konnte nicht feststellen, wie spät es war. Die Eintönigkeit wurde nur unterbrochen, als ein Kerkermeister mit einer Laterne kam und einen Krug Wasser und einen halben Laib altbackenen Brotes brachte. Ich fragte ihn, wie spät es sei, aber er gab mir keine Antwort. Er knallte die Tür hinter sich zu und schloß sie ab, und der Lichtschimmer entfernte sich mit seinen Schritten, bis er hinter der nächsten Tür ganz verschwand. Ich trank aus dem Krug, aber Hunger verspürte ich nicht. Ratten fielen während der Nacht über das Brot her und verschlangen alles bis auf eine Kruste.
Meine Gedanken kreisten nutzlos um mögliche Erklärungen und Gründe. Es hat irgend etwas mit König Cymru zu tun, sagte ich mir, konnte mir aber nicht vorstellen, was. Aber was immer man auch über mich behauptet haben mochte, ich war zuversichtlich, daß ich nur mit Peter zu sprechen brauchte, und alles würde wieder im Lot sein. Ich wußte, daß ich kein Verräter war, und konnte jedem gegenübertreten, der mich beschuldigte.
Die Zeit schleppte sich hin, und ich konnte nicht schlafen. Aber als ich mich schon damit abgefunden hatte, die ganze Nacht wach zu liegen, überkam mich plötzlich der Schlaf. Und als ich aufwachte, war es so hell, daß ich meine Umgebung wieder – wenn auch nur undeutlich – erkennen konnte, und ein Schlüssel drehte sich knirschend im Schloß. Ich rappelte mich von dem Winkel im Stroh hoch, wo ich verkrampft und kalt gelegen hatte, und erwartete den Kerkermeister mit neuem Brot und Wasser. Er war es dann auch, der die Tür öffnete, aber dann trat er beiseite, um jemand anders durchzulassen. Mein Bruder Peter schaute zu mir herein.
Er sagte: »Tja, Lukas, wie ich sehe, bist du ziemlich erbärmlich untergebracht, und das Bett ist auch nicht das beste. Aber du bist doch wenigstens wieder da. Ich kann dir gar nicht sagen, wie bitter ich enttäuscht war, als Greene zurückkam und mir berichtete, man habe dich verloren.«
Er sprach ruhig, ja, geradezu mit beiläufigem Unterton. Ich sagte: »Ich wüßte gern, wessen man mich beschuldigt und wer mich be-

schuldigt. Man hat mir etwas von Hochverrat erzählt, und das ist doch Unsinn!«

Peter nickte, als pflichtete er mir bei. »Ich merke schon, die eine Nacht in der Zelle hat deinen feurigen Mut nicht abkühlen können. Das freut mich. Was das Vergehen angeht, dessen man dich bezichtigt – es fällt unter Hochverrat, ja, aber es hat auch noch einen Namen, der nicht weniger häßlich klingt. Die Anklage lautet auf Mord, und ich klage dich an.«

»Mord?« Wenn ich nicht so schlimm gezittert hätte, hätte ich vielleicht zu lachen angefangen. »Wen habe ich ermordet?«

»Jemand, der dir nichts zuleide getan, der dich sogar geliebt hat. Die Frau deines Fürsten. Und mit ihr den Erben deines Fürsten.«

Sein Tonfall hatte sich nicht geändert, war immer noch ruhig, aber da ich mich nun allmählich an das Licht gewöhnte, konnte ich sein Gesicht deutlicher sehen. Ein Ausdruck war darin, zumal in den Augen, den ich schon einmal gesehen hatte. Seine Mutter, meine Tante Mary, hatte so ausgesehen, als sie wütend war auf mich, weil ich ihn von seinem Platz verdrängt hatte, und später dann, als sie in einer Zelle, die dieser hier ähnelte, auf die Hinrichtung auf dem Scheiterhaufen wartete, zu der sie verurteilt worden war.

Also war er wahnsinnig: anders war es nicht möglich. Der Schmerz über Anns Tod hatte sich weitergefressen; aus dem Schmerz war dieser düstere Wahnsinn geworden. Ich spürte, wie es mir eiskalt wurde vor Furcht.

»Wird diese Anklage vor Gericht erhoben?« fragte ich ihn.

»Sie ist bereits erhoben worden in deiner Abwesenheit. Man hat dich für schuldig befunden und verurteilt. Es fehlt nun nur noch die Hinrichtung.«

War es möglich, daß er in öffentlicher Gerichtsverhandlung seinen Wahnsinn zur Schau gestellt und dennoch die Hauptleute zu einem Urteilsspruch bewegt hatte? Man hatte schon von Fürsten gehört, die die Launen, die ihnen ihre geistige Verwirrung eingab, mit Gewalt durchsetzten, aber nicht in Winchester. Unsere Hauptleute waren doch gewiß aus härterem Holz geschnitzt. Das eiskalte Gefühl in meinen Eingeweiden wurde noch stärker. So gefaßt, wie es mir möglich war, sagte ich:

»Ich war doch bei dir, als die Fürstin uns verlassen hat, um ein Bad zu nehmen; und immer noch bei dir, als uns die Magd die Nachricht von ihrem Tod überbrachte. In der Zwischenzeit bin ich nicht von dir weggegangen. Wie kann ich da schuld an ihrer Ermordung sein?«
»Du hast deine Spuren gut verwischt.« Ein flüchtiges, kaltes Lächeln erschien auf seinem Gesicht. »Das muß ich dir lassen. Aber ein Mörder muß nicht anwesend sein, wenn sein Opfer stirbt.«
»Gift, meinst du? Aber Kermit hat dir doch gesagt, daß sie ertrunken ist. Willst du behaupten, daß er gelogen hat?«
Peter sah mich einen Augenblick schweigend an. »Du fichst besser noch, als ich geglaubt habe, aber das war vorauszusehen«, sagte er dann. »Soll ich dir mal was erzählen? Nachdem du mit Greenes Gesandtschaft davongeritten warst, wurde meine Unruhe immer noch schlimmer. Deine Gesellschaft fehlte mir: Freut es dich, daß ich dir das sage? Dir, der du mein Bruder warst? Und der Schmerz über den Tod meiner Frau wurde auch noch immer schlimmer. Ich konnte es einfach nicht mehr ertragen, den Teil des Palastes zu sehen, den sie bewohnt hatte. Also gab ich Befehl, ihn abzureißen.«
Er machte eine Pause, und ich wartete. Falls er nicht wahnsinnig war, dann irrte er sich doch, und wenn man mir Gelegenheit dazu gab, konnte ich es ihm beweisen. Ich wußte, daß ich unschuldig war.
»Massy, der Baumeisterzwerg, hat die Arbeit übernommen. Einer von seinen Leuten entdeckte etwas Seltsames und zeigte es ihm, und er zeigte es mir. Eine Leine führte unter den Fußbodenbrettern hindurch zu einem etwa fünfzig Fuß entfernten kleinen Raum, der als Brennholzkammer benutzt wurde. Diese Leine war aus einem schwarzen Zeug, aber mit Metalldraht innen drin. Und der Draht war mit dem Metallfuß der Badewanne, in der sie gestorben ist, verbunden.«
Nun war alles in mir in wildem Aufruhr; halb begriff ich, halb weigerte ich mich zu glauben, was er mir erzählte. Aber er konnte es nicht einfach erfunden haben. Er sagte:
»Ich habe Strohan kommen lassen und ihn gefragt, was er davon wisse.«

Strohan war der Hofmeister, dem die Polymoffs unterstanden; er selber jedoch war ein echter Mensch, schwer und ernst und kahlköpfig.
»Er erzählte mir alles, nachdem er den Draht gesehen hatte und gesehen hatte, wohin er führte. Im vergangenen Jahr ist sein einziges Enkelkind, ein Mädchen von sechs Jahren, unterhalb der Mühle im Fluß ertrunken. Seine Frau ging zum Seher, wie Frauen das ja tun, und bekam Nachrichten, die das Kind dem Seher zufolge aus der Geisterwelt geschickt hatte. Die Frau glaubte das, und sie glaubte es auch, als dann die Nachricht kam, daß der Seher und seine Gehilfen geheime Dinge im Palast zu verrichten hätten und dazu einen nur ihnen vorbehaltenen Raum bräuchten. Die arme Torin glaubte, es werde dazu beitragen, daß der Geist des Kindes zu ihr zurückkehrte, und Strohan erfüllte ihr den Wunsch. Also wurde die Arbeit vorgenommen an einem Tag, als die Fürstin abwesend war, weil sie ihrem Christengott danken wollte für das Kind, das sie gebären sollte. Und dann haben sie sie ermordet, von weitem! Mit einer Maschine!«
Er schwieg, und ich sagte auch jetzt nichts. Er fuhr fort:
»Überrascht dich das? Wohl nicht. Aber es ist doch wohl unglaublich, nicht? – daß ein Seher mit Hilfe einer Maschine tötet! Die Hauptleute hätten es wohl nicht geglaubt. Nur, als wir ohne vorherige Anmeldung Leute zu Ezzard ins Haus geschickt haben, fanden sie die Maschine, mit einer Beschreibung dabei, wie man sie benutzt. Sie frißt eine Art Öl und speit etwas aus, das Elektrizität heißt und unsichtbar ist. Es scheint sich um ein Gift dabei zu handeln, das stärker wirkt, wenn es durch Wasser geleitet wird. Darum führte der Draht zu der Badewanne. Die Maschine hat nur einen Augenblick lang zugeschlagen und keine Spur hinterlassen. Sie wurde davon betäubt, und der Kopf sank ihr unter Wasser, und also ertrank sie, wie Kermit festgestellt hat. Es war ein schlauer Plan und schlau ausgeführt.«
Ich sagte mit trockenem Mund: »Ich habe nichts davon gewußt.«
»Das hat Ezzard auch gesagt, bis wir ihm die Maschinen zeigten, die wir gefunden hatten. Es waren viele. Ich konnte sie nicht alle verstehen und will sie auch nicht verstehen« – seine Stimme klang gepreßt vor Widerwillen –, »aber wahrscheinlich war so mancher-

lei damit zu bewirken. Vielleicht konnte man Stimmen in einer Beschwörung damit herstellen? Und vielleicht Kronen aus Licht, die einem Fürsten von morgen eine große Zukunft voraussagten? Ezzard hat dich ins Heiligtum mitgenommen und wieder mit zurückgebracht. Und du sagst, du hast nichts davon gewußt?«

»Nicht von dem Mord.«

»Lügen retten dich nicht«, sagte er verächtlich. »Du steckst mit den Sehern unter einer Decke – immer schon. Sie haben dich weggeholt, als unser Vater ermordet und ich Fürst wurde. Als sie dann wußten, daß meine Frau mir einen Sohn gebären würde, haben sie sie umgebracht. Alles dies geschah deinetwegen, damit du, wenn auch ich erschlagen worden war, an meiner Stelle regieren würdest.«

»Das ist nicht wahr.« Er sah mich an und lachte. Ich mußte an dies und das denken, das ich gedacht hatte, als Ann gestorben war; auch daran, daß ich gehofft hatte, er werde Christ werden. »Ich hatte nichts damit zu tun.«

»Du lügst, aber das nützt dir nichts. Wirst du als nächstes um Gnade betteln?«

Ich schaute ihm geradewegs in die Augen. »Nein, ich werde nicht um Gnade betteln.«

Er lachte; lauter nun, und es klang wirklich irre.

»Dann sparst du dir ein bißchen von dem Atem auf, der dir noch bleibt! Und den brauchst du auch zum Schreien, wenn du und deine Freunde in Ketten auf dem Palasthof hängen und Feuer unter euch angezündet werden.«

»Meine Freunde?«

»Ich habe sie bis zu deiner Rückkehr noch leben lassen. Als Greene ohne dich zurückkam, hätte ich ihn am liebsten dafür umgebracht, daß er dich verloren hatte. Du warst schließlich mein Bruder und bedeutest mir mehr als die anderen. Aber nur du und deine Seher, ihr tötet Unschuldige, also habe ich mich zurückgehalten. Dann habe ich den Tag für die Hinrichtung festgesetzt. Ich habe den Mittsommertag gewählt, den die Seher stets einen den Geistern heiligen Tag genannt haben. In diesem Jahr werde ich ihnen ein feines Opfer bereiten. Und genau am Vorabend des Mittsommertages kehrst du zurück von jenseits des Brennenden Landes, damit

das Opfer vollständig sei! Falls auch das das Werk der Geister sein sollte, bin ich ihnen dankbar dafür.«
»Martin...«
»Dein Freund, der Akoluth? Du wirst ihn sehen. Ich tu dir den Gefallen und hänge ihn neben dich.«
»Er hat nichts damit zu tun gehabt. Das schwöre ich.«
»Sowenig wie du damit zu tun gehabt hast?« Er warf es höhnisch hin, und ich fand keine Antwort darauf. Er würde mir nun ohnehin nicht mehr zuhören. »Macht auch nichts. Die Zeit ist vorbei für Schwüre und Lügen, für Worte überhaupt. Es muß nur noch Schluß gemacht werden, und heute ist es soweit. Du kannst dich glücklich preisen, daß du nur so kurze Zeit unterm Urteilsspruch leben mußt. Da bist du deinen Freunden gegenüber im Vorteil. Aber ich werde dem Scharfrichter sagen, er soll es wieder wettmachen, indem er dich langsamer sterben läßt.«
Er schaute mich an, die Hand am Schwertgriff.
»Ich dachte, es würde mir Freude machen, dir diese Nachricht zu überbringen, aber du ekelst mich zu sehr an... Pläne zu schmieden, um sie zu ermorden, die mich gebeten hatte, dich aus der Verbannung zurückzurufen!« Er schüttelte den Kopf. »Ich darf nicht daran denken, sonst bringe ich dich gleich hier um. Und soviel Gnade hast du nicht verdient.«
Er drehte sich um und ging. Der Kerkermeister knallte die Tür zu, und ihre Schritte hallten auf dem Gang wider, wurden leiser und verklangen schließlich ganz.

Es war ein grauer und warmer Tag, schwer von Regen, der noch nicht gefallen war, aber offenbar bald fallen mußte. Aber selbst wenn er als Wolkenbruch herabstürzen sollte, würde er die ölgetränkten Scheiterhaufen aus Holz und Stroh zu Füßen der Brandpfähle im Palasthof nicht löschen. Es waren neun, und an acht von ihnen hingen Gestalten in Ketten vom Querbalken: Ezzard und seine Akoluthen. Der neunte war leer.
Davor war freier Raum geschaffen worden, den Soldaten bewachten. Der übrige Platz jedoch war mit Menschen vollgestopft – die Hauptleute mit ihren Damen vorn auf Stühlen, andere Bürger von Rang hinter ihnen. Dahinter dann der Pöbel. Die verhöhnten und

verlachten die, die schon der Hinrichtung harrten, aber als ich dann unter Bewachung auf den Hof gebracht wurde, schwollen das Hohngelächter und das Geschrei noch lauter an. Die Gesichter waren weißer Schaum auf einem Meer des Hasses, aber als ich daran entlanggeführt wurde, sah ich einen, den ich kannte. Es war der alte Paar, der den Bonbonladen in der Ledergasse hatte. Mit Halbpfennigen, die meine Mutter mir geschenkt hatte, war ich schon in seinen Laden gegangen, als ich gerade erst laufen und sprechen konnte; und als ich im Turnier das juwelenbesetzte Schwert gewonnen hatte, hatte er mich auf der Straße angehalten und endlos über die alten Zeiten geschwatzt. Nun war sein Gesicht anders: von Abscheu verzerrt.
Ich wurde vor meinen Bruder geführt, der inmitten seiner Hauptleute saß. Ein leerer Sessel neben ihm deutete auf die tote Fürstin hin. Mit kalter, fester Stimme sagte er:
»Lukas Perry, du bist von Volk, Hauptleuten und vom Fürsten dieser Stadt des Mordes und des Hochverrats schuldig gesprochen. Das Urteil lautet auf Tod durch Verbrennen.«
Er hatte in vollkommene Stille hinein gesprochen. Bei diesen Worten erhob sich ein Schrei, der sich wie Protest anhörte. Ich erfuhr später, daß er von den Christen kam, die solch eine Bestrafung ablehnten, obwohl die ums Leben gekommene eine der ihren gewesen war. Aber der Pöbel übertönte den leisen Widerspruch in seinem gewaltig aufbrandenden Beifallsgebrüll und versperrte ihnen den Weg, als sie zum Fürsten durchzudringen versuchten.
Ich sagte: »Ich bin unschuldig.«
Sie brüllten wieder, nun vor Zorn. Ich sah Edmund hinter seinem Bruder Charles stehen. Sein Gesicht war verzerrt und blaß. Selbst in diesem Augenblick noch spürte ich, daß er mir leid tat. Er hatte mir gesagt, daß er mir gegen den Belemott habe helfen wollen, es aber doch nicht getan habe. Er hatte geglaubt, er könne doch nichts ausrichten. Und das konnte er jetzt auch nicht. Vielleicht glaubte er, daß ich zu Recht beschuldigt würde.
Er konnte mir nicht helfen; niemand konnte mir helfen. Ezzard und Martin hingen in ihren Ketten zu beiden Seiten des Brandpfahls in der Mitte, der für mich freigelassen worden war. Er war höher als die anderen, des schlimmeren Todes wegen, den Peter

mir versprochen hatte. Mir fielen Edmunds Worte auf dem Berg über Klan Gothlen ein. »Du hast einen Dämon, der es gut mit dir meint.« Nun brauchte ich ihn wie nie zuvor.
Peter hob die Hand, und der Aufruhr verstummte. Er sagte: »Die Stadt erkennt dich schuldig. Ich, dein Fürst, bestätige das Urteil. Scharfrichter, tu das Deine.«
Das war die feststehende Formel. Der Scharfrichter trat vor und griff nach meinem Arm. Ich riß mich los und rief laut:
»Kein Fürst, sondern ein Usurpator, ein Thronräuber! *Ich* bin zum Nachfolger meines Vaters ernannt worden.«
Falls ich noch mehr hätte sagen wollen, hätte ich mich nicht verständlich machen können, so ungeheuerlich war der Lärm. Wenn sie an mich heran gekonnt hätten, ich glaube, sie hätten mich in Stücke gerissen, wie Hunde einen Hasen zerreißen. Aber sie gehorchten wieder Peters erhobener Hand.
Er sagte: »Der Seher hat dich ernannt. Frag ihn noch mal, über den knisternden Flammen. Vielleicht wirst du doch noch Fürst – im Land der Geister.«
Der Pöbel johlte vor Vergnügen. Ich rief:
»Ich nenne dich einen Feigling!«
»Verbrenne ihn!« sagte Peter. »Verbrenne diesen Verräter, der meine Frau ermordet hat.«
Der Scharfrichter packte nun fester zu, und einer von den Wachsoldaten hielt mich am anderen Arm fest. Die Menge schrie und tobte, aber Peter und die Hauptleute konnten mich hören. Ich sagte:
»Als Stephen meinen Vater herausforderte, nachdem man ihn zum Fürsten ausgerufen hatte, nahm er die Herausforderung an und focht mit ihm und tötete ihn. Allerdings war er ein wahrer Fürst.«
Ich beobachtete sein Gesicht. Er brauchte von meinen Worten keine Notiz zu nehmen. Eine Herausforderung eines abgesetzten Fürsten war etwas anderes als die eines des Mordes schuldig gesprochenen Missetäters. Niemand würde es ihm zum Vorwurf machen, wenn er die Herausforderung nicht annahm, ja, man würde es nicht einmal für unedel halten. Aber ich sah ihn die Augen zusammenkneifen, und da wußte ich, daß mein Pfeil, mochte er noch so kraftlos sein, getroffen hatte. Er erhob sich.

In der erneut eintretenden Stille sagte er: »Vielleicht glaubst du, dir auf diese Weise einen leichteren und schnelleren Tod zu verschaffen. Täusche dich nicht! Ich nehme die Herausforderung an, aber ich werde dich nicht töten. Du wirst mit einem blutigen Arm nicht weniger schmoren. Man bringe ihm ein Schwert!«

Er stand vor mir, jeder Zoll ein Fürst. Er war ein gutes Stück größer als ich, breit in den Schultern, aber schmal in der Taille und um die Hüften. Sein langes blondes Haar war dicht, Bart und dunklerer Schnurrbart sträubten sich grimmig. Er trug kein Prunkgewand wie König Cymru, sondern das stahlknopfbewehrte Lederwams eines Hauptmanns mit einer einfachen blauen Leinenbluse darunter. Das Fürstenschwert, von Rudis Großvater geschmiedet und oft im Kampf erprobt, hing an seinem Gürtel.
Im Vergleich zu ihm war ich ein Lumpenkerl – meine Kleider in Fetzen, beide Stiefel abgelaufen, schmutzig von der Reise und der Nacht, die ich ungewaschen im Kerker zugebracht hatte. Ich war müde und schwach vor Hunger. Es habe keinen Sinn, selbst altbackenes Brot in einen Magen zu stopfen, der schon so bald in den Flammen verschrumpeln werde, hatte der Kerkermeister am Morgen gesagt; und seine Frau halte Hühner, die es gut gebrauchen könnten. Und das Schwert, das man mir gegeben hatte, war – ob durch Zufall oder absichtlich – eher ein Knaben- als ein Männerschwert: kaum länger als das, welches ich vor drei langen Jahren im Turnier gewonnen hatte.
Wir umkreisten einander, und die Eisenbeschläge seiner Stiefel schlugen Funken aus den Pflastersteinen. Ich hatte darauf gehofft, daß der Zorn ihn aus dem Gleichgewicht bringen werde, aber nichts deutete darauf hin. Er lächelte und sagte mit ruhiger Stimme: »Es heißt, du seist als großer Krieger zurückgekehrt. Greene hat mir von deinen Abenteuern erzählt, bevor er etwas von deinem Verbrechen wußte. Lukas, der Belemott-Töter, der die Tochter eines Königs gewann im Lande der Wällisen! Es ist mir eine Ehre, mich deinem Schwert zu stellen.«
Ich schlug los, während er noch redete. Er parierte meinen Schlag mit der Rückhand, ohne den Rhythmus seiner Rede zu unterbrechen. Stahl traf auf Stahl, und der Stoß fuhr mir bebend den Arm

herauf. Ich sprang zurück, weil ich seinen raschen Gegenschlag erwartete, aber er blieb stehen, wo er stand, und lachte.
»Ist das der Belemott-Töter? Ist Belemott vielleicht der Name, den die Wällisen den Karnickeln geben?«
Ich stieß wieder zu und wurde zurückgeschlagen und stieß wieder zu. Im Geiste rief ich meinen Dämon um Hilfe an; er möge mir die Kraft und den rasenden Zorn verleihen, die ich nun ebensosehr brauchte wie an dem Tag, als ich gegen die unerbittliche Umarmung des Ungeheuers ankämpfte. Aber er wollte nicht kommen. Statt dessen sah ich Anns sanftes Anlitz vor mir und das schmerzensstarre Gesicht meines Bruders. Ich war unschuldig an ihrer Ermordung, aber sie war meinetwegen gestorben. Soviel war wohl wahr daran.
Wieder stürzte ich mich auf ihn, aber meine Hiebe waren wie der Flügelschlag einer Fliege gegen eine Hornisse. Die Menge feuerte ihn an, aber er brauchte keine Ermunterung. Einmal rutschte ich mit einem Fuß aus, und er gestattete mir, immer noch lächelnd, daß ich mich wieder fing.
Er verspottete mich. »Du schwitzt ja. Ist dir warm, Karnickeltöter? Bald wird dir noch wärmer werden.«
Als ich nun wieder angriff, nahm er den Schlag nicht nur an, sondern schlug selber zu. Erschöpft und elend, wie ich war, mußte ich doch seine Parade bewundern: Mit einer vollkommenen Drehung schlug er sein Schwert krachend über meins. Heftiger Schmerz schoß mir in die Nervenenden. Ich taumelte und stürzte hin, und das Schwert fiel mir aus den gefühllosen Fingern. Er trat einen Schritt vor und stellte den Fuß darauf.
»So«, sagte er, »und wirst du jetzt wie ein Mann zum Scheiterhaufen gehen, oder soll ich dich mit meiner Schwertspitze hinkitzeln?«
Der Pöbel kreischte vor Vergnügen. Ich schaute zu ihm auf, wie er da vor Haß lächelnd über mir stand. Ich glaubte, meinen Namen zu hören, aber das konnte wohl nur Hohn sein. Dann hörte ich trotz des Gebrülls: »Lukas!«
Ich drehte mich um. Edmund hatte sich an seinem Bruder vorbeigeschoben. Er hielt etwas in der Hand: ein anderes Schwert. Das Schwert, das ich im Lager zurückgelassen hatte, als ich zu meinem

Spaziergang im Mondschein aufgebrochen war – das Schwert, das die Hohen Seher mir im Heiligtum geschmiedet hatten.
Er gab ihm einen Stoß, so daß es über das Pflaster zu mir hinschlitterte. Peter hätte zuschlagen können, als ich danach griff, aber er tat's nicht. Er sagte:
»Jetzt bist du wohl am Ende mit Freunden und Schwertern. Auf eins mehr soll's mir nicht ankommen.«
Ich nahm das Heft fest in die Hand. Einen Freund hatte ich in der Menge, da hatte Peter recht, und großer Mut war nötig gewesen, um das zu tun, was er getan hatte. Mut in einer Sache, von der er wissen mußte, daß sie eigentlich verloren war. Und noch einen Freund, der in Ketten hing und darauf wartete, daß die Fackel an das Stroh zu seinen Füßen gehalten wurde. Da endlich erhob sich der Dämon in mir, und mit einem Zornesschrei aus voller Kehle sprang ich meinen Peiniger an. Sollten sie mich zu Tode bringen, wie immer es in ihrer Macht stand; daß ich es zahm hinnahm, dazu würden sie mich nicht zwingen!
Mit dem Instinkt eines Kriegers spürte Peter den Unterschied. Vorbei die sorglose Leichtigkeit und der Spott. Er kämpfte geschickt und kühl und schweigend. Die Menge, der die veränderte Lage nicht entging, verstummte ebenfalls. Ich hörte nur noch das Stampfen unserer Füße und das klirrende Aufeinanderprallen unserer Schwerter. Einmal ertönte ein gewaltiger Seufzer; tausend Kehlen zogen gleichzeitig scharf die Luft ein. Erst als mir Blut am Arm herunterrann und in schweren Tropfen aufs Pflaster fiel, wurde mir bewußt, was der Anlaß dazu gewesen war – und daß ich einen Schlag abbekommen hatte. Gespürt hatte ich nichts.
Seine Kraft zwang mich immerzu zurück. Ich kämpfte gegen eine bewegliche Wand aus Stahl an und gegen Muskeln, die nicht weniger hart zu sein schienen. Ich rutschte noch einmal aus, und diesmal blieb er nicht abwartend stehen, sondern stieß nach. Ich wand mich unter dem Schlag weg, der mir, wäre er an sein Ziel gelangt, den Arm an der Schulter abgehauen hätte, wie bei einem Brathähnchen, das man bei Tisch zerlegt, und ging mit schnellem Sprung auf Abstand. Schon war er wieder da und schwang sein Schwert in hell blinkendem Bogen durch die trübe Luft. Da stellte ich mich ihm mit all der Kraft, die ich aufbringen konnte, in einem abwärts ge-

führten Schmetterschlag, der dem seinen in nichts nachstand. Metall kreischte im Aufprall, und der Stoß war so qualvoll, daß ich fast hingefallen wäre. Aber ich behielt mein Gleichgewicht und mein Schwert. Und sah seins, knapp eine Handbreit vom Heft zu einem Stumpf abgebrochen, die Klinge zerschellt und nutzlos zu seinen Füßen.

Einen Augenblick lang starrten wir einander keuchend an. Ich bekam kaum genügend Luft zum Sprechen. Schließlich sagte ich: »Ich bin unschuldig an ihrem Tod, und Martin auch. Behalte deine Stadt und deinen Titel. Wir gehen anderswohin, meine Freunde und ich.«

Seine Antwort war ein Aufheulen, kein nur schmerzhaftes oder nur zorniges. Beides war darin, Schmerz und Zorn, aber auch noch mehr: Wahnsinn und Verzweiflung. Er stürzte sich auf mich, sein zerbrochenes Schwert schwingend, und hätte mich verwunden, ja, sogar töten können, wenn ich nicht zur Seite gesprungen wäre. Er machte kehrt und ging mich von neuem an. Ich stieß nach seiner rechten Schulter, um ihn zu entwaffnen, aber er sprang, unbekümmert um jede Deckung und nur darauf aus, mit seiner zerschmetterten Waffe an meinen Schädel heranzukommen, und die Spitze meines Schwertes traf ihn zwischen den Rippen. Sein Gewicht und die Wucht seines Angriffs wanden es mir aus der Hand.

Aber er lag regungslos auf dem Kopfsteinpflaster; die Schwertspitze ragte ihm aus dem Rücken, und sein Blut schoß unter ihm hervor. Einen Augenblick lang herrschte Stille, während die Menge zu begreifen versuchte, was sich zugetragen hatte. Über seinen Leichnam hinweg schaute ich zu den Leuten hin, in das weiße Meer des Hasses, das plötzlich ruhig geworden war. Ich hatte nicht nur seinem, sondern auch ihrem Zorn getrotzt, und sobald der erste Schreck sich gelegt hatte, konnte er sehr leicht von neuem aufflammen, um mich zu vernichten. Es war mir ziemlich gleichgültig.

Ein unbestimmbarer Laut, das Stöhnen eines Riesen, erhob sich aus den tausend Kehlen. Ich stand da und wartete. Der Laut nahm Gestalt an und Bedeutung – schwoll an zu einem Ruf, einem Zujubeln. Sie schrien meinen Namen im Triumph.

Das Blut meines Bruder färbte noch die uralten Steine, aber nicht mehr lange. Ich spürte die ersten Regentropfen auf meinem schwitzenden Gesicht. Dann stürzte der Regen wie ein Gießbach herab und wusch sein Blut weg.

Meine erste Amtshandlung als Fürst war die Ernennung Edmunds Zum Hauptmann.
Er saß zusammen mit den anderen in der Großen Halle, als Ezzard mir hereingebracht wurde. Ich sagte:
»Vor Fürst Peter, meinem Bruder, bist du der Benutzung von Maschinen, des Verrats und des Mordes bezichtigt worden. Auf jedes dieser Verbrechen steht die Todesstrafe. Sein Gerichtshof hat dich schuldig gesprochen. Hast du etwas gegen das Urteil, das gefällt wurde, vorzubringen?«
Er stand da, sehr groß in seiner schwarzen Kutte, die am Ärmel eingerissen und rostverschmiert von den Ketten war. Die dunkelblauen Augen über der Hakennase schauten mich ausdruckslos an.
Er sagte: »Nein, Herr.«
»Und die Akoluthen?«
»Sie haben nur auf meine Anweisung gehandelt.«
»Alle?«
»Nicht alle. Einige wußten nichts davon.«
»Nenne sie mir.«
Er nannte drei Namen, und der dritte war Martins. Ich spürte, wie mir vor Erleichterung die Beine zu zittern begannen. Ich sagte:
»Schwörst du es, der du im Schatten des Todes stehst?«
Er sagte mit kalter, ausdrucksleerer Stimme: »Ich schwöre es beim Großen Geist.«
»Damit ist die Strafe für diese drei aufgehoben. Für dich und deine Helfershelfer bleibt sie bestehen. Der Verbrechen wegen, die du gestehst, müßt ihr im Hof des Palastes sterben. Aber mit dem Verbrennen ist Schluß. Die Axt wird euch das Leben nehmen.«
Die hohe, dürre Gestalt verbeugte sich vor mir.
»Ich danke dir für diese Gnade, Herr.«
Die Beine zitterten mir immer noch, und ich verlagerte mein Gewicht von einem Fuß auf den anderen, um es zu verbergen. Ich sagte:
»Bringt ihn weg.«

Als die Hohen Seher eintrafen, empfing ich sie in aller Feierlichkeit. Hinterher saßen wir dann privat in dem kleinem Zimmer hinter dem Spiegelsaal zusammen. Lanark sagte:
»Du hast gut abgeschnitten, Lukas.«
»Ihr aber auch«, sagte ich. »Ezzard wurde nicht nur vom Fürsten von Winchester verurteilt, sondern auch von den Hohen Sehern. Ihr bringt uns einen neuen Seher, der den alten ersetzen soll, den falsche Geister zum Wahnsinn getrieben haben. Und die wahren Geister sprechen wieder in der Beschwörungshalle.«
Lanark betrachtete mich aufmerksam. Er war sehr alt; braune Greisenflecke waren überall an seinen Händen und im Gesicht. Er sagte: »Ezzard hat auch seine Rolle gespielt.«
»Ich bin dies Rollenspielen satt«, sagte ich. »Wir sprechen doch von Menschen, nicht von Schauspielern. Ich habe ihn sterben sehen. Der Henker wird wohl nervös gewesen sein, weil er noch nie zuvor einem Seher den Kopf abgeschlagen hatte. Er hat dreimal zuschlagen müssen, um ihm den Garaus zu machen.«
»Du hast ihn wenigstens vor dem Feuer bewahrt.«
»Und die anderen vier, die nur getan haben, was man ihnen befohlen hatte, und ihm geholfen haben, das Kabel zu legen und den Generator in Betrieb zu setzen? Sie haben Befehle befolgt und sind dafür gestorben. Aber wessen Befehle hat Ezzard befolgt?«
»Niemandes Befehle«, antwortete Lanark. Seine Stimme klang müde. »Und er hat uns auch nicht gesagt, was er vorhatte.«
»Kann ich das glauben?«
»Es ist wahr. Er hat manches getan, ohne sich mit uns zu beraten. Auf seine Veranlassung hin ist dein Vater zum Fürsten ausgerufen worden. Er war ein Mann von Entschlußkraft, aber seine Entschlüsse waren nicht immer wohlbegründet. Hierfür bestand keine Notwendigkeit, und er hat alles damit in Gefahr gebracht.«
»Sein Leben und das seiner Gehilfen eingeschlossen. Aber falls es notwendig gewesen wäre und die Gefahr annehmbar – hättet ihr sie dann umbringen lassen?«
Auch seine Augen waren alt und müde, weil sie zu lange in eine in Trümmern liegende Vergangenheit geschaut hatten und in eine goldene Zukunft, die zu seinen Lebzeiten nicht kommen würde. Er sagte:

»Wir wollen eine Welt, die besser ist als diese, Lukas. Wissenschaft und menschliche Erkenntnis sind nicht Selbstzweck. Wir benutzen Tricks und Kunstgriffe, aber wir ermorden nicht Unschuldige.«
Er hatte meine Frage beantwortet, und ich wußte, daß er die Wahrheit sagte. Es war eine gute Antwort, dennoch vernahm ich sie mit Bedauern. Ich war willens gewesen, mich von ihnen loszusagen und sie zurückzuweisen und zu verwerfen, alle Träume von einem neuen Zeitalter des Friedens und der Ordnung zu vergessen und nur an diese Stadt, die ich gewonnen hatte, und an jene andere hinter dem Brennenden Land zu denken. Es wäre sehr viel einfacher gewesen.
»Also geht es weiter.«
»Es muß weitergehen«, antwortete Lanark. »Du hast schon viel für uns getan, aber noch mehr bleibt zu tun. Noch viel mehr.«

Als sie gegangen waren, blieb ich noch allein in dem kleinen Zimmer sitzen. Durchs offene Fenster drang der Lärm vom Platz vorm Palast herein: Die Menge jubelte und rief meinen Namen. Noch keine Woche war es her, da hatten dieselben Leute mich als Mörder und Hochverräter verhöhnt, und einer hatte den anderen gerempelt und geschubst, um besser sehen zu können, wie ich verbrannte. Nun war ich ihr Held und ihr Fürst, am Nachmittag von den Hohen Sehern persönlich gekrönt – eine Ehre, die noch keinem Fürsten widerfahren war. In ein, zwei Stunden würden die Hauptleute beim Krönungsmahl auf mich trinken. Und bald mußte ich nun auf den Balkon hinaustreten, um mich meinem Volk zu zeigen.
Es war ein Triumph, aber er machte mir keine Freude. Ich saß in dem alten Sessel, in dem schon mein Vater gesessen hatte und nach ihm Peter. An der Wand hing Margrys Porträt meiner Mutter. Künstlerisch war es nicht zu vergleichen mit den Gemälden in der hochgetürmten Stadt im Norden oder mit dem Porträt eines alten Mannes in dem verfallenen Palast im Wald; aber es rührte mir ans Herz.
Es hatte so viele Tode gegeben seit ihrem Tod. Damals war ich noch ein Junge gewesen und war nun Fürst von Winchester. Und

der Regen hatte das Kopfsteinpflaster vom Blut meines Bruders reingewaschen.
Die fernen Stimmen brüllten:
»Lukas! Lukas!«
Ich wußte, daß ich hinaustreten und mich ihnen zeigen mußte. Und danach gab es zu tun: Die wichtigen und notwendigen Pflichten eines Fürsten warteten auf mich.
Aber ich blieb noch lange sitzen, während die Dämmerung über die Stadt hereinfiel, und dachte an die unabänderliche Vergangenheit. Und an alle meine Toten.

Das Schwert des Geistes

Ein Verräter stirbt

Knapp eine Woche, nachdem ich zum Fürsten von Winchester ausgerufen worden war, brachten die Tauben eine Trutzbotschaft aus Petersfield.

Die Botschaft, die man mir schickte, war kurz und unverschämt. Michael, Fürst von Petersfield, entbiete dem Fürsten von Winchester seine Grüße. Er werde ihm nichts zuleide tun, solange er hinter seinen eigenen Mauern bleibe. Und er schicke ein Geschenk mit, damit er sich derweil besser die Zeit vertreiben könne. Auch sende er etwas zurück, das von seinem Vorgänger geliehen worden sei, wofür Petersfield aber nun keine Verwendung mehr habe.

Das Geschenk ließ nicht lange auf sich warten. Am nächsten Morgen wurde ich ans Nordtor gerufen. Während der Nacht hatte die Wache Reiter gehört, die aber kehrtmachten, als man sie anrief. Sie hatten etwas vor dem Tor zurückgelassen. Ein Holzschwert und einen Holzschild, wie Jungen sie führen, wenn sie Krieger spielen, und eins von diesen hölzernen Steckenpferden, die Kinder zwischen die Beine nehmen und dann damit herumgaloppieren, als säßen sie hoch zu Roß. Und den Leichnam Hauptmann Markhams, des Statthalters meines Bruders.

Eine Menschenmenge war zusammengelaufen, die stand stumm da. Die Leute guckten sich das Spielzeug und den Toten an. Sie guckten auch mich an. Ich entdeckte Blaine und Harding, die das Knie vor meinem Vater und meinem Bruder gebeugt hatten und dennoch ihre Feinde gewesen waren. Auch mir hatten sie Treue gelobt, aber mit derselben falschen Zunge. Sie würden mich stürzen, wenn sie konnten.

Greene war ebenfalls da. Ich wandte mich an ihn, aber so laut, daß

auch andere es hörten: »Laß den Leichnam hereinholen. Sage dem Seher, er wird mit allen Ehren auf dem Hauptmannsfriedhof bestattet.«
Greene nickte. »Ich werde es veranlassen, Herr.«
»Sammelt auch die anderen Sachen ein. Hebt sie sorgfältig auf.«
Er schwieg. Alle guckten nun zu mir hin. Ich machte eine Pause, bevor ich fortfuhr:
»Die binden wir Michael um den Hals, bevor wir ihn hängen.«
Da schrien sie »Bravo!« und »Hurra!« Ein Grinsen breitete sich über Greenes Gesicht, und er zwirbelte seine gewachsten Schnurrbartspitzen. Wie ich während der Expedition herausgefunden hatte, fehlte es ihm an innerer Sicherheit, aber er gehorchte Befehlen und kämpfte gut und tapfer. Ich fragte ihn:
»Wie lange wird es dauern, bis das Heer marschbereit ist?«
»Drei Tage«, antwortete er zuversichtlich.
Ich schüttelte den Kopf. »Nein.« Alle Augen ruhten auf mir. »Das schafft ihr schneller. Wir reiten morgen nach Nord!«
Wieder gab es ein Hurra, so laut diesmal, daß es von den Stadtmauern widerhallte. Ich drehte mich um und ging.

Ich unterhielt mich mit Edmund in dem kleinen Salon hinterm Spiegelsaal. Ich saß in meines Vaters altem, hölzernen Lehnstuhl, und mir gegenüber an der Wand hing Margrys Porträt meiner Mutter. Es war ein grauer Morgen gewesen, aber der Nebel lichtete sich nun allmählich. Von Zeit zu Zeit brach die Sonne durch. Am Nachmittag würde es heiß werden.
»Rudi hat fleißig an einem neuen Schwert für Hans geschmiedet. Sein Sohn soll ebenso gut ausgerüstet wie jeder Krieger von Winchester in den Kampf ziehen – und besser als die meisten.«
Edmund drehte sich zu mir um und sagte:
»In den Kampf? Du läßt ihn doch wohl nicht mit dem Heer reiten?«
»Doch. Er wird an meiner Seite reiten.«
»Aber das geht doch nicht«, sagte Edmund. »Ein Zwerg kann nicht Krieger sein.«
»Er ist auch mit uns in den Norden geritten.«
»Als dein Diener.«

»Und hat mir das Leben gerettet, als ich bei den Himmelsleuten war.«
»Das war sehr brav von ihm«, sagte Edmund, »und du tust recht daran, ihn zu belohnen. Aber doch nicht auf diese Weise!«
»Wie denn sonst?«
»Mit Gold. Kein Zwerg kann jemals genug davon kriegen.«
»Dieser aber doch. Gold bedeutet ihm überhaupt nichts. Er will nur eins: Krieger sein. Und er hat es verdient.«
»Den Hauptleuten wird das nicht gefallen.«
»Sie werden sich daran gewöhnen müssen. Oder sich doch jedenfalls damit abfinden. Auf die gleiche Weise, wie Greene sich daran gewöhnt hat, Fleisch von Polyfaunen zu essen, obwohl es ihn doch anfangs davor geekelt hat. Auf die gleiche Weise, wie er sich daran gewöhnt hat, einen Polymoff an König Cymrus Hof als ebenbürtig zu betrachten.«
»Wir sind jetzt wieder in einem zivilisierten Land, Lukas! Alles das war auf der anderen Seite des Brennenden Landes. Wir haben unsere Sitten und Gebräuche, und die müssen bewahrt werden.«
Ich sagte: »Ich habe es ihm versprochen. Ich will meine Regierungszeit nicht mit einem gebrochenen Versprechen anfangen.«
»Schieb es wenigstens noch auf. Nimm ihn nicht gleich schon auf diesen Feldzug mit. Warte, bis sich alles mehr beruhigt hat.«
Er meinte: Warte, bis du sicherer im Sattel sitzt. Ich hatte meinen Fürstentitel zwar rechtmäßig erworben, und die Menge hatte mich dafür hochleben lassen. Aber das Volk war wankelmütig, und keinem meiner Hauptleute konnte ich trauen. Und ich war jung und unerfahren. Ich konnte es mir nicht leisten, Fehler zu machen, die man bei einem älteren Mann verziehen oder übersehen hätte.
Alles dies wußte ich, und ich war mir im klaren darüber, daß er seine Einwände machte, weil er mir wohlwollte. Er war größer als ich und sah wesentlich besser aus; aber das lange, schmale Gesicht war sorgenvoll zerfurcht, die blauen Augen blickten bekümmert.
Ich legte ihm den Arm um die Schulter.
»Gräm dich nicht. Sie werden alles tun, was ich von ihnen verlange, solange ich ihnen einen Sieg über Petersfield erringe. Und falls mir das nicht gelingt, werden sie mich stürzen, ob nun ein Zwerg beim Heer mitreitet oder nicht.«

Später sprach ich dann noch mit dem neuen Seher, den man als Ezzards Nachfolger geschickt hatte. Er hieß Grimm, aber der Name paßte eigentlich gar nicht zu ihm. Er war dick und behäbig, füllte prall seinen schwarzen Sehermantel und hatte überhaupt nichts Grimmig-Verschlossenes. In der Öffentlichkeit gab er sich schweigsam, wie es einem Seher geziemte; sprach er jedoch, dann klang seine Stimme nicht schroff wie Ezzards, sondern ruhig und ungezwungen.
Wie Edmund hatte auch Grimm Kummer, allerdings nicht Hansens wegen. Davon wußte er gar nichts. Was ihm Kummer machte, war der Feldzug. Er sagte:
»Lukas, es ist töricht, alles in diesem Augenblick wieder aufs Spiel zu setzen. Alles ist so schnell geschehen. Jetzt wäre eine Atempause vonnöten.«
»Ich antwortete ihm: »Das sage mal Michael von Petersfield. Oder dem Geist Markhams, den wir heute morgen bestattet haben.«
»Er hat dich geködert, und du hast nach dem Köder geschnappt. Genau das hat er gewollt.«
Ich zuckte die Achseln. »Mag sein. Das bleibt sich gleich. Ich konnte nicht anders handeln.«
»Du hättest mit einem Lachen darüber weggehen können: Es war ein schlapper Witz.«
»Und der Tote? Geht man auch über einen Leichnam mit einem Lachen hinweg?«
»Er stammte nicht hier aus der Stadt. Man hätte nicht behaupten können, sein Geist habe dich aufgefordert zu handeln.«
»Nicht hier aus der Stadt, aber er hat ihr gedient. Er war der Statthalter meines Vaters, meines Bruders und ein paar kurze Tage lang auch meiner. Meine Ehre verlangt von mir, daß ich ihn räche.«
Grimm kratzte sich an seinem breiten weißen Schädel – er war kahlgeschoren, wie es sich für sein Amt ziemte. Er sagte:
»Diese Sache mit der Ehre hängt mir zum Hals heraus. Du nimmst das hoffentlich alles nicht zu ernst, Lukas.«
Wieder einmal wurde ich mir der Gespaltenheit in meinem Wesen und in meinem Verstand bewußt. Ich wußte, was Grimm meinte, und verstand es auch. Für ihn und die anderen Seher bedeuteten solche Dinge wie Ehre und Ruhm in sich überhaupt nichts.

Ich sagte zu Grimm: »Wir können es ja auch so betrachten. Ihr wollt, daß ich über alle Städte des Südens herrsche, in eurem Interesse. Mein Vater hat Petersfield erobert. Kann es angehen, daß sich die Stadt unserer Gewalt entzieht?«
»Wir holen dir Petersfield schon wieder zurück«, antwortete Grimm. »Laß uns nur ein bißchen Zeit. Trevelyan wird das besorgen.« Trevelyan war der Seher von Petersfield. »Auf kurze Sicht mag Michael die Stadt halten und dir trotzen. Auf lange Sicht jedoch kriegen wir ihn. Wir haben deinem Vater die Mauern von Petersfield geöffnet; das können wir noch einmal machen.«
»Und werden Blaine und Harding hier in Winchester stillsitzen, während ihr eure Pläne schmiedet? Sie erkennen mich als Fürst an, aber sobald ich mich schwach oder feige zeige, habe ich sie an der Kehle. Sei nicht unvernünftig!«
Er war nur halb überzeugt. »Mit Blaine und Harding könnten wir wohl fertigwerden«, sagte er.
»Ich auch«, antwortete ich ihm. »Auf meine Art.«

Bei dichtem Nebel ritten wir am nächsten Morgen aus. In keiner Richtung konnte man weiter als ein paar Schritte sehen. Wir kamen nur langsam voran, die Späher blieben immer dicht in Fühlung. Wir folgten der am Fluß entlangführenden Landstraße nach Westen. Es war der längere Weg, weil er ums Hügelland der Downs herumführte, aber der bequemere.
Am Tag zuvor hatte die Sonne sich ein paar Stunden lang einen Weg gebrannt, heute jedoch war der Nebel zu dicht für sie. Wir sahen nur eine blasse runde Scheibe von ihr gegen Mittag, sonst nichts. Als wir abends unser Lager aufschlugen, war der Nebel dichter denn je und klamm und grau.
Da war es nicht leicht, das Lager aufzuschlagen. Die Leute stolperten übereinander, und jeder verfluchte die Ungeschicklichkeit und mangelnde Vorsicht des anderen. Und da der Troß in aller Eile zusammengepackt worden war, fehlte so manches. Wir hatten damit gerechnet, daß wir uns unser Fleisch auf den zu Petersfield gehörenden Bauernhöfen holen würden, aber bisher war noch kein Vieh aufzutreiben gewesen. Die Rationen waren karg: nichts weiter als Pökelfleisch und Brot.

Dies und der kalt am Leib haftende Nebel machte die Männer mutlos. Ich machte eine Runde durchs Lager und fand sie schweigsam und mürrisch. Ich versuchte sie aufzuheitern, aber es gelang mir nur schlecht. Das hatte mir noch nie gelegen: zu versuchen, meine Mitmenschen für mich zu gewinnen.

Ihre Mürrischkeit weckte ähnliche Gefühle in mir. Ich versuchte,

sie niederzukämpfen und die Leute anzulachen und aufzuziehen. Aber mein Lachen und meine Worte klangen sogar mir falsch. Bei Hardings Zelten fragte ich, ob irgend etwas gebraucht würde. Das war die übliche Frage – eine Antwort wurde nicht erwartet und war bis dahin auch nicht gegeben worden. Hier jedoch antwortete in rauhem Ton ein im Nebel nicht zu erkennender Mann:
»Wenn du uns schon nichts Anständiges zu essen geben kannst, dann besorge uns wenigstens fürstliches Wetter.«
Ich wußte nicht, was ich darauf antworten sollte. Ja, ich hätte auch nicht sagen können, wem ich antworten sollte. Auch aus anderen Kehlen murrte es jetzt. Da sagte Harding, der neben mir stand:
»Wachtmeister! Finde den Mann und bring ihn her!«
Er sagte es kalt und schroff. So war er auch: kalt, mit scharfen Gesichtszügen, eher schmächtig von Statur, aber stark und zäh. Er hielt straffe Ordnung in seinem Trupp. Der Mann wurde uns augenblicklich vorgeführt.
Er hieß Morgan. Er war so massig, wie Harding schmächtig war. Sicherlich maß er gut sechs Fuß. Er hätte leicht Gefahr laufen können, als Polymoff-Riese eingestuft zu werden, wenn sein Körper nicht wohlproportioniert gewesen wäre. Er stand da mit dem Wachtmeister neben sich und guckte auf uns beide runter.
Harding sagte: »Wenn der Fürst spricht, hört man zu. Man gibt keine Widerworte. In meinem Trupp gibt es solche Freiheiten nicht. Zehn Peitschenhiebe, Wachtmeister.«
Der Wachtmeister grüßte. »Sofort oder morgen früh, Hauptmann?«
»Nein«, antwortete Harding. »Hier und jetzt. Vor den Augen seines Fürsten, den er beleidigt hat. Und achte darauf, daß die Hiebe sitzen.«
Morgan schaute mit stummem Haß – nicht auf Harding, sondern auf mich. Ich überlegte, ob ich um Gnade für ihn bitten sollte, wußte jedoch, daß dadurch alles nur noch schlimmer werden würde. Hardings Untergebener hatte Widerworte riskiert, also besaß Harding das Recht, ihn strafen zu lassen.
Er mußte den Oberkörper freimachen und dann vor uns hinknien. Ein anderer Soldat trat hinter ihn und peitschte ihn aus. Ich weiß nicht, ob die Hiebe »saßen«, wie Harding befohlen hatte, weil ich

nicht auf seinen Rücken schaute. Ich beobachtete sein Gesicht, das er zur Erde geneigt hielt. Er ertrug seine Strafe, ohne eine Empfindung zu verraten, nur bei den letzten paar Hieben konnte er es nicht vermeiden, daß er zusammenzuckte.
Harding sagte: »Daß mir nicht noch jemand aus diesem Trupp Schande auf sich und ihn lädt, indem er es an der Hochachtung fehlen läßt, die er seinem Fürsten schuldet! Das nächstemal gibt's fünfzig Hiebe.«
Ich sah mir Morgans Rücken an, als sie ihm sein Hemd wiedergaben. Die Haut war nicht geplatzt unter den Schlägen der Lederpeitsche, aber dunkelrote Striemen lagen auf dem Rücken, säuberlich einer neben dem anderen. Er zog das Hemd nicht an – erst brauchte er Salbe vom Feldscher –, sondern grüßte und ging.
Bevor er im Nebel verschwand, schaute er mir noch einmal in die Augen. Harding hatte das Auspeitschen befohlen, aber wer sich einen Feind eingehandelt hatte, das war ich. Harding, das sah ich sehr wohl, kam gut dabei weg. Er hatte seine eigene Autorität gewahrt und gleichzeitig an meiner gesägt. Sie würden mich jetzt als einen Knaben sehen, Harding als meinen Beschützer: einen Beschützer, der im richtigen Augenblick einen Schwächling vom Platz verdrängen könnte.
Der Nebel war nicht ganz so dicht am nächsten Tag, und wir kamen daher schneller voran. Wir befanden uns jetzt in Petersfielder Gebiet und mußten uns deshalb vorsichtiger bewegen. Grimm hatte mir vor unserem Aufbruch mitgeteilt, daß das Petersfielder Heer die Stadt nicht verlassen habe – das war ihm von deren Seher über Funk gemeldet worden –, aber inzwischen konnten sie sehr wohl ausgerückt sein. Ich trug Greene auf, eine doppelte Späherreihe zu postieren.
Am späten Nachmittag kamen wir auf Sichtweite an die Stadt heran. Wir zeigten uns, näherten uns aber den Mauern nicht. Wir zogen uns in den Nebel zurück, der nun wieder dichter wurde, und schlugen auf einer nach Norden gelegenen Anhöhe unser Lager auf.
Die Männer waren in besserer Stimmung. Wir hatten Vieh aufgetrieben, das wir nun schlachteten und brieten. Auch ein Landgasthaus hatten wir gefunden, und die Männer spülten ihren Proviant

mit Petersfielder Bier hinunter. Sie behaupteten, es sei labberiges Zeug, verglichen mit unserem eigenen, dennoch ließ ich durch Greene die Wachtmeister ermahnen, darauf zu achten, daß nicht zu unbedenklich getrunken werde. Ich wollte kein Heer mit Brummschädeln haben, falls die Petersfielder Krieger am nächsten Tag herauskommen sollten.

Sie kamen jedoch nicht heraus. Das Wetter war umgeschlagen. Der Nebel hatte sich verzogen, und ein frischer Wind blies aus Nord. Der Himmel war bedeckt, die Sicht jedoch gut. Wir ritten im Bogen um ihre Mauern. Ein paar Pfeile zischten durch die Luft in unsere Richtung, erreichten uns jedoch nicht. Sonst tat sich nichts.

Am Nachmittag schickte ich einen Herold zu ihnen. So war es der Brauch, wenn das Heer noch nicht im Feld stand. Meine Botschaft ging an Hauptmann Michael Smith. Der Fürst von Winchester entbiete ihm seinen Gruß. Falls er sich ergebe und seinem rechtmäßigen Fürsten die Tore der Stadt öffne, könne er mit einem gerechten Prozeß vor den Hauptleuten wegen der Ermordung des Statthalters des Fürsten rechnen. Falls nicht, so stünden die Schwerter von Winchester bereit, ihn zu erschlagen – und mit ihm alle anderen Rebellen, die so unbesonnen waren und sich ihm anschlossen.

Der Herold war jener Hauptmann Barnes, der mich auf Befehl meines Bruders bei meiner Rückkehr vom Ritt in das Gebiet hinter dem Brennenden Land festgenommen hatte. Er war ein großer, schmaler grauhaariger Mann, wortkarg, aber mir treu ergeben. Er hatte meinem Bruder gedient und diente nun mir. Ich konnte ihm vertrauen, wie ich nicht all meinen Hauptleuten vertrauen konnte.

Als er zurückkam, saß er ab, und sein Pferd mit dem am Sattel flatternden weißen Tuch des Waffenstillstands wurde weggeführt. Ich sah ihn an und sagte:

»Nun, John?«

Die anderen Hauptleute waren anwesend. Barnes antwortete verlegen: »Man hat mir eine Botschaft mitgegeben.«

»Heraus damit.«

Ich hätte ihn beiseitenehmen und mir die Botschaft unter vier Augen anhören können; aber das wollte ich nicht. Ganz offenbar handelte es sich um eine Beleidigung. Die wollte ich in aller Öffentlichkeit entgegennehmen.

Barnes begann hölzern: »Die Botschaft, die man mir mitgegeben hat, Herr, lautet folgendermaßen: ›Der Fürst von Petersfield rät Klein-Lukas, nach Hause zu gehen und mit den Spielsachen zu spielen, die er ihm geschickt hat. Er zieht nicht in die Schlacht gegen Kinder oder solche, die einem Kind folgen.‹«
Meine Hauptleute beobachteten mich, von Wilson, dem ältesten, bis zu Edmund, der nur wenig älter war als ich. Blaine beobachtete mich mit seinem fetten Gesicht und Harding mit seinem mageren. Greene nahm die Hand hoch und zwirbelte seinen Schnurrbart.
Ich sagte: »Ich habe es vernommen. Vielen Dank für deine Dienste.«

Später sprach ich mit Edmund. Er sagte:
»Er zeigt sich dir unterlegen, indem er auf die Herausforderung nicht eingeht. Das muß doch jeder sehen.«
»Wirklich? Und wie wird denn wohl in den Schenken geredet werden, falls wir nach Winchester zurückkehren, das Schwert noch in der Scheide? Daß die Petersfielder sie verhöhnt hätten, weil sie sich von einem Knaben regieren ließen. Daß sie uns einer Schlacht nicht für würdig erachtet hätten.
»Niemand, der Verstand hat, wird dergleichen sagen.«
»Ich habe von Männern in Schenken geredet, nicht von Männern mit Verstand. Und kommen Männer von Verstand gegen die Meinung des Pöbels an? Das waren keine Männer von Verstand, die vor einer Woche laut schreiend meinen Tod gefordert haben.«
»Es bleibt dir aber sowieso nichts anderes übrig, Lukas. Sie kommen nicht raus aus ihrer Stadt, und du kannst sie nicht dazu zwingen. Und die Stadt stürmen kannst du auch nicht. Dein Vater hat's geschafft, aber nur, weil sie so töricht waren und eine Maschine benutzt haben, die von den Sehern zur Explosion gebracht wurde, wobei sie dann eine Bresche in die Mauer sprengte. Die Mauer ist kräftig wieder aufgebaut worden, und sie mit Leitern zu erstürmen ist so gut wie aussichtslos.«
»Er kommt raus«, sagte ich. »Ich zwinge ihn raus.«
Edmund schüttelte den Kopf. »Wie?«

Ich erklärte es ihm. Er hörte ungläubig zu. »Das schaffst du nicht.«
»Du wirst sehen, was ich schaffe.«

Ich stand mit den Hauptleuten auf einem kleinen Hügel. Etwas unter uns und eine halbe Meile entfernt lagen die Mauern von Petersfield. Dazwischen erstreckte sich freies Feld: Viehweide und Getreideäcker. Das Korn wiegte sich im Wind. Ich sagte zu Greene:
»Schicke einen Trupp Männer mit Fackeln los, die sollen das Korn anzünden.«
Greene guckte mich völlig fassungslos an. Blaine antwortete an seiner Stelle:
»Das kannst du nicht machen! Das geht gegen jeglichen Brauch!«
Korn bedeutete Brot für den langen harten Winter. Es bedeutete Leben. Niemand ritt oder kämpfte auf wachsendem Korn, und falls ein Feldzug überhaupt einmal den ganzen Sommer hindurch andauerte, setzte spätestens die Ernte ihm ein Ende.
Ich sagte zu Greene: »Du hast mich gehört. Als erstes das Feld hier unter uns.«
Wenn Greene auch jetzt noch gezögert hätte, hätten die anderen sich vielleicht zusammengetan und mich davon abgehalten. So aber schauten sie mit grimmig verschlossener Miene zu. Es hatte schon seit Tagen nicht mehr geregnet, und die Feuchtigkeit des Nebels war im Wind weggetrocknet. Die Halme fingen Feuer, und schon wälzte sich Rauch auf die Stadt zu.
Heraus kamen sie, nachdem wir Fackeln an das zweite Feld gehalten hatten. Ich ließ ihnen keine Gelegenheit, sich in Schlachtordnung aufzustellen, sondern ritt sie im Schatten ihrer eigenen Mauern nieder. Wir verloren ein paar Leute durch Pfeile, aber als wir einmal dicht heran waren, konnten die Bogenschützen Freund nicht mehr von Feind unterscheiden.
Jetzt war ich glücklich. Ich spürte, wie mir vom Kampf das Herz höher schlug. Hans ritt dicht neben mir, fast von menschlichem Maß im Sattel; seine tiefe Stimme klang mir laut ins Ohr. Ich sah den dicken Blaine sich in den Steigbügeln aufrichten und einem Petersfielder einen solchen Schwerthieb versetzen, daß er ihm fast

den Kopf vom Rumpf trennte. Bei all seiner Fettleibigkeit war er ungeheuer stark. Ein Reiter, Hauptmann nach seinem Panier, holte nach mir aus. Ich parierte den Schlag mit meinem Schwert, wobei es von seinem abglitt und ihm den Arm schürfte. Mit einem Stoß unter die Schulter hieb ich einen Soldaten aus dem Sattel. Dann stoben sie vor uns auseinander, und die Schlacht, falls man sie so nennen konnte, war vorbei.
Sie ritten, was das Zeug hielt, auf ihre Tore zu, aber wir ritten mit. Wir sicherten uns das Nordtor, da waren sie nur noch ein lärmender, geschlagener Haufen.

Michael Smith war ein prunkliebender Mann gewesen, der sich auffallend kleidete, ein unterhaltender Mensch, stolz auf seine Stimme – bei Festmahlen sang er gern lustige Liedchen. Er sang sogar noch gut, wenn er betrunken war. Aber nun sang er nicht, und er redete auch nicht. Er zitterte am ganzen Leib, als Greene ihm die Spielsachen um den Hals hängte, die er mir im Spott geschickt hatte.
Mir selber war auch schlecht. Ich hatte nicht den Magen, den man braucht, um kaltblütig zuzuschauen, wie ein Mensch stirbt. Aber ich wurde ebenfalls beobachtet, von meinem eigenen Heer und von den Leuten von Petersfield.
Ich hatte mich dazu hinreißen lassen, die Kornfelder niederzubrennen, und die List hatte Erfolg gehabt. Es war nicht so schlimm, gegen die Regeln zu verstoßen, solange man gewann. Und Unbarmherzigkeit folgte hier auf Unbarmherzigkeit. Er hatte gegen seinen Fürsten rebelliert und den Statthalter seines Fürsten erschlagen. Er hatte seinen Tod verdient. Ich wünschte nur, ich hätte dabei nicht zusehen müssen.
Der Tag ging zu Ende, ohne daß die Sonne sich hatte sehen lassen. Der Wind war kalt, und ich hätte auch zittern können, riß mich aber mit aller Macht zusammen.
Greene sagte laut: »Alle mögen Zeuge sein, wie ein Verräter das ihm zustehende Ende findet!«
Er sah zu mir hin. Ich hob die Hand und senkte sie wieder. Starke Arme zogen an dem Strick, der vom Flaschenzug des Galgens herabhing, und Michael Smith japste nur einmal kurz und schon halb

erstickt, als er nun hochgezogen wurde. Seine Beine zuckten, als er dann dort hing. Sie zuckten noch lange, bevor sie endlich still hingen.

Fürst der drei Städte

Am Tag nach unserer Rückkehr aus Petersfield besuchte ich Edmunds Mutter. Ich ging ohne Begleitung und ließ mich auch von ihrem Diener nicht anmelden. Der war bis auf einen verdorrten Arm normal gewachsen und schon über zwanzig Jahre in ihren Diensten. Als ihr Mann getötet wurde und mein Vater in den Palast einzog, hätte er dort bleiben können, was eine hohe Stellung für einen Polymoff gewesen wäre, aber er hatte es vorgezogen, mit ihr in das kleine Haus in der Salzstraße zu gehen, in das sie umziehen mußte. Sie war eine Frau, die man einfach lieben mußte.

Ich traf sie in der Küche an, wo sie gerade Brot buk. Wie zu der Zeit nur noch wenige, hielt sie sich an die Regel, daß dies zu den Dingen gehörte, die eine Hausfrau nicht Polymoffs überließ. Und sie hatte ihre Tochter in derselben Tradition erzogen. Jenny stand neben ihr an dem blankgescheuerten Tisch, die Arme wie die ihrer Mutter von Mehl bestäubt.

Jenny schreckte hoch und schaute mich verwirrt an, als ich eintrat. Sie wurde rot, und das stand ihr gut.

Ich sagte: »Du hast Mehl auf der Nase, Jenny.«

Das stimmte nicht, aber sie griff unwillkürlich ins Gesicht, und jetzt war die Nase tatsächlich mehlig. Ich lachte. Sie fuhr empört auf: »Ach, du...!« und flüchtete aus der Küche.

Ihre Mutter lächelte mir zu. »Guten Tag, Lukas. Du bist ohne Aufhebens hergekommen, also machen wir auch keins, obwohl du als Eroberer zurückkehrst.«

Ich nahm einen Stuhl und setzte mich rittlings darauf. »Ich bin froh, daß ich wieder hier bin.«

Das stimmte. Ich fühlte mich in ihrem Haus zu Hause, viel mehr als im Palast. Es war etwas Wichtiges, Tiefgreifendes für mich. Ich hatte keine glücklichen Kindheitserinnerungen an mein eigenes

Zuhause. Meine Mutter war schön, und ich liebte sie, aber obwohl sie kleine Tiere gern hatte, besaß sie nicht die Gabe, ein Kind, und nicht einmal das eigene, dahin zu bringen, daß es sich in ihrer Gegenwart wohl fühlte.
Edmunds Mutter sagte: »Vielen Dank für die Rosen, Lukas.«
Ich hatte sie ihr früh am Morgen schicken lassen, die schönsten Blüten aus dem Rosengarten am Palast. Früher hatte sie große Freude daran gehabt, und von allem, was sie dort besessen, war der Rosengarten vielleicht das einzige, was sie nun wirklich vermißte.
Ich antwortete:
»Alles in dem Garten gehört dir, das weißt du. Du kannst jederzeit gern kommen und Rosen pflücken oder dem alten Garnet Anweisungen fürs Pflanzen und Veredeln und Säen geben.«
Garnet war der Palastgärtner, und er war es schon seit vielen Regierungen. Er war ein Polymoff-Riese, fast zwei Meter groß, und litt wie die meisten seinesgleichen unter einem schwachen Rücken. Er konnte sich nicht mehr bücken, sondern hatte einen Jungen – einen Zwerg, wenn er nicht auch noch auf einem Auge geschielt hätte –, der sich für ihn bückte.
Edmunds Mutter lächelte. »Dem alten Garnet Anweisungen geben! Schon der Gedanke! Aber ich freue mich über die Rosen. Sie sind sehr schön in diesem Jahr.«
Wir redeten über dies und das in der Stadt: freundlicher Klatsch ohne jede Boshaftigkeit. Sie war keiner Boshaftigkeit fähig. Sie brachte mir einen Krug Apfelwein, kühl vom Faß gezapft, und heiße Lebkuchen frisch aus dem Backofen. Nach einer Weile sagte ich:
»Jenny braucht aber lange, um sich das Mehl aus dem Gesicht zu wischen!«
»Du hast sie verwirrt, Lukas.« Sie sah mich an und lächelte.
»Sie achtet auf das, was du sagst.«
Ich schüttelte den Kopf. »Das kann ich überhaupt nicht glauben. Ich war ihren Worten noch nie gewachsen – und auch dem kühlen, scharfen Verstand dahinter nicht.«
»Sie ist nicht so kühl, wie es den Anschein hat«, sagte ihre Mutter. »Gerade weil ihre Gefühle so stark sind, verbirgt sie sie. Als Kind hat sie ihren Empfindungen freien Lauf gelassen. Hinterher hat sie

sich dann bitterlich geschämt. Ich habe sie nie bestraft wegen ihrer Wutanfälle und schlechten Laune – sie hat sich selber viel härter bestraft, als ich es jemals gekonnt hätte.«
Wir hörten Schritte auf dem Gang, Jenny kam zurück. Sie hatte sich das Mehl von Gesicht und Händen abgewaschen und das Haar in Ordnung gebracht und mit einem Kamm aufgesteckt. Ich sagte: »Bravo! Sieht schon viel besser aus.«
Ihr Gesicht glühte, aber sie war gefaßt. Sie machte einen spöttischen Hofknicks und sagte:
»Ich danke dir, Herr. Ein Wort des Beifalls vom Fürsten der zwei Städte ist nicht wenig.«
Ich schaute sie an. Ja, sie war recht hübsch. Ich dachte an ein anderes Mädchen, ein Mädchen in einer Stadt mit buntbemalten Kuppeln und Turmspitzen auf der anderen Seite des Brennenden Landes. Jenny war recht hübsch, aber Blodwen war schön. Und Blodwen würde eines Tages meine Frau und Fürstin von Winchester sein.

An dem Abend feierten wir den Sieg über Petersfield. Der lange Tisch war aufgestellt in der Großen Halle des Palastes, und ich saß am Kopfende. Meine Hauptleute folgten als erste zu beiden Seiten, führende Kaufleute und andere Männer von Rang und Namen schlossen sich an. Hinter ihnen kamen Zwerge, die, wie Rudi der Waffenschmied, ein Anrecht auf einen Platz an der Festtafel des Fürsten hatten.
Sie tranken auf meine Gesundheit, und ich erwiderte ihren Trinkspruch und trank dazu das süße Starkbier aus dem vor mir stehenden Goldpokal des Fürsten. Ich fühlte mich nicht wohl an diesem Abend. Ich hatte einen notwendigen Sieg errungen, aber er verschaffte mir keine Freude. Ich trank nur wenig und verließ unter einem Vorwand die Tafel, sobald es der Anstand erlaubte.
Ich trat auf einen Balkon hinaus, der auf den Palasthof hinunterschaute. Der Lärm des Festmahls drang nun von hinten an mein Ohr und von vorn und weiter weg noch ein anderes Getöse. Das kam aus der Kaserne, wo die Soldaten ebenfalls feierten. Die waren nun wohl lauter und betrunkener als die Hauptleute – den Anblick hätte ich mir gern erspart. Viel lieber wäre ich allein über die

Mauer gegangen und hätte das ferne Glühen des Brennenden Landes beobachtet und an die Stadt Klan Gothlen hoch im Norden gedacht. Aber ein Fürst hatte Pflichten, wie ich bereits sehr wohl wußte. Ich beschloß, in die Kaserne hinunterzugehen und meine Krieger zu begrüßen.

Da es ein schöner Abend war, hatten sie Tische und Bänke auf den Kasernenhof getragen und feierten nun dort im Freien. Die Wache am Tor grüßte mich – nüchtern, wie ich zu meiner Freude feststellte. Der Lärm vom Platz klang nun sehr viel lauter. Und ich hörte einen anderen Ton heraus – eher Zorn als Jubel.

Sie waren so davon in Anspruch genommen, daß sie mich nicht sahen. Sie waren von den Tischen aufgestanden und drängten sich in einer Ecke des Platzes. Da ging irgend etwas vor. Ich hörte Rufen und das Aufeinanderprallen von Schwertern. Ich rief: »Halt, ihr Dummköpfe!«

Ein paar hörten mich und drehten sich zu mir um; andere wurden aufmerksam. Sie traten zurück, um mich durchzulassen. Das waren die Zuschauer. Im Innern der Menge stand ein halbes Dutzend mit gezücktem Schwert. Und mit dem Rücken in die äußerste Ecke des Platzes gedrängt ein siebter, ebenfalls mit gezogener Klinge. Hans.

Ich sagte: »Steckt eure Schwerter ein – alle!«

Ein paar von den sechs gehorchten sofort, zwei jedoch zögerten. Hans schaute mich an und schob sein Schwert in die Scheide. Einer von den beiden, die noch zögerten, sagte: »Herr, er hat einen von unseren Kameraden verwundet – vielleicht sogar getötet.«

Jetzt erst entdeckte ich noch eine Gestalt, die stöhnend auf der Erde lag. Ich kannte den Mann: Foster, einer von Blaines Leuten. Ich sagte zu dem Mann, der das Wort an mich gerichtet hatte: »Steck dein Schwert in die Scheide, oder ich lasse dich auspeitschen.«

Jetzt gehorchte er und der andere ebenfalls. Beide gehörten zu Blaines Trupp. Dieser hieß Sheppy. Er war betrunken, konnte aber doch noch deutlich sprechen. Er sagte:

»Wenn wir ihn schon nicht erschlagen dürfen, Herr, dann muß er gehängt werden. Er hat sowieso nichts hier zu suchen – ein Zwerg! Dies hier ist ein Ort für Krieger.«

Der wachhabende Unteroffizier war unterdessen herangetreten. Ich zeigte auf Sheppy und die anderen und sagte zu dem Unteroffizier:
»Nimm diese Leute fest wegen Rauferei. Sperre sie in die Zellen, damit sie abkühlen können.«
Der Unteroffizier sagte: »Jawohl, Herr. Und der Zwerg?«
Hans schaute zu mir hin, sagte aber nichts. Falls er mit ihnen zusammen ins Verlies geworfen würde, würde er den Morgen nicht mehr erleben. Nach geltendem Brauch hatte er nichts hier verloren, da hatte Sheppy recht. Der Ort gehörte den Kriegern und nur ihnen, und sie hatten das Recht, einen jeden zu töten, der sich unberechtigterweise dort aufhielt.
Ich sagte: »Ich werde ihn persönlich in Gewahrsam nehmen.«
Als wir vom Kasernengelände weg waren, fragte ich dann Hans, was vorgefallen sei.
Er war hingegangen, um am Fest teilzunehmen, da er schließlich vor Petersfield mitgekämpft und seinen Gegner erschlagen hatte. Er war mit Spott empfangen worden. Mit gutmütigem Spott zunächst, und den hatte er sich lachend gefallen lassen. Foster jedoch, ein roher und grausamer Bursche im Suff, war weitergegangen. Es gab einen besonderen Tanz, den die Zwerge auf ihren Hochzeiten und bei anderen festlichen Anlässen tanzten. Foster hatte von Hans verlangt, er solle auf den Tisch steigen und den Tanz vorführen. Hans weigerte sich. Foster zog sein Schwert und sagte, er werde ihn so lange kitzeln, bis er zu tanzen anfange. Da hatte auch Hans sein Schwert gezogen. Sie kämpften, und Hans durchbohrte ihn. Hans hatte gerade versucht, sich gegen sechs von ihnen zur Wehr zu setzen, als ich ankam.
Ich hörte schweigend zu und schwieg auch noch weiter. Hans sagte:
»Es tut mir leid, Herr.« Ich sagte nichts. »Ich hätte nicht hingehen dürfen. Aber – im Feld haben sie mich anerkannt, jedenfalls manche. Auf harte Worte war ich gefaßt, aber ich sagte mir, das beste ist, ich gewöhne mich möglichst schnell daran.«
Wir waren unterdessen vorm Palast angekommen. Ich sagte:
»Die Sache will überlegt sein. Ich spreche morgen früh mit dir. Du

stehst unter Arrest wegen Rauferei, wie die anderen auch. Muß ich dich einsperren lassen, oder wirst du auf meinen Befehl zu mir kommen?«
»Ich werde immer auf deinen Befehl zu dir kommen, Herr.«
»Dann sieh zu, daß du im Palast ein Bett für die Nacht findest.«

Ich berief eine Zusammenkunft für zehn Uhr ein. Vorher besprach ich mich mit Edmund. Er hatte einiges von dem Vorfall gehört, und ich berichtete ihm den Rest. Er schüttelte den Kopf und sah mich mit sehr ernstem Gesicht an.
»Wenn ich dir einen Vorschlag machen darf…«
Ich faßte ihn beim Arm. »Ich höre mir immer an, was du mir zu sagen hast. Das weißt du.«
»Es nützt nichts, zu sagen, ich hab's ja gesagt, daß es Ärger geben würde. Du willst sein Leben retten, das sie fordern können, auch dann noch, falls Foster nicht stirbt. Ein Zwerg in der Kaserne…«
»Ich habe ihn zum Krieger ernannt.«
»Nicht in ihren Augen. Er ist im Kampf neben dir geritten. Er trug ein Schwert und hat Gebrauch davon gemacht. Dadurch wird er noch kein Krieger. Aber ich glaube, es wird genügen, wenn du ihm jetzt sein Schwert wegnimmst. Schicke ihn in die Zwergenstadt zurück, das wird sie wohl zufriedenstellen.«
»Ich kann nicht widerrufen, was ich verfügt habe.«
»Lukas«, sagte er, »es verstößt gegen den Brauch!«
»Wie das Niedersengen der Kornfelder. Wie die Eroberung und Besitznahme von Petersfield durch meinen Vater. Es gibt Bräuche, gegen die muß man verstoßen.«
»Aber nicht gegen diesen. Ein Fürst ist nichts ohne sein Heer.«
»Ein Fürst regiert sein Heer. Das Heer regiert nicht den Fürsten.«
»Zu zeigen, wie stark man ist, hat seinen Nutzen, aber man kann auch zu dickköpfig sein. Lukas, schicke ihn in die Zwergenstadt zurück!«
Ich lächelte. »Ich höre mir an, Edmund, was du zu sagen hast. Aber meine Entscheidungen fälle ich selber.«

Sie waren auf dem Kasernenhof angetreten, jeder Trupp hinter seinem Hauptmann und seinen Wachtmeistern. Die Männer von

Blaines Trupp, die Hans hatten erschlagen wollen, waren aus dem Verlies geführt worden und standen ebenfalls dort, getrennt von den anderen. Über Nacht war es kalt geworden. Ein Ostwind wirbelte Staub vom Boden hoch und hob sogar die steifen Lederjakken der Hauptleute an.
Sie standen stramm und stumm. Ich sagte:
»Gestern nacht während des Festes ist gerauft worden. Schwerter wurden gezückt. Einer von euren Kameraden ist verwundet.«
Ich machte eine Pause. In der Ferne bellte ein Hund – ein leiser, aber sehr deutlich zu vernehmender Laut.
»Ich bin selber zum Teil dafür verantwortlich«, sagte ich. »Es war einer anwesend, der als Zwerg geboren ist. Ihr werdet gehört haben, daß er mir während der Expedition in den Norden einen großen Dienst erwiesen hat. Ihr habt gesehen, daß er vor Petersfield an meiner Seite gekämpft hat. Aber man könnte vielleicht sagen, daß einer nicht schon deshalb ein Krieger ist, nur weil er einem Fürsten das Leben gerettet und in einer seiner Schlachten mitgekämpft hat.«
Ich ließ sie wieder warten. Ich sah die Gesichter meiner Hauptleute: Zustimmung in Edmunds, das erste Zucken eines schiefgezogenen Lächelns in Blaines. Ich sagte:
»Krieger müssen ihrem Prinzen gehorchen, aber auch er hat eine Pflicht: seinen Willen deutlich zu machen. Das werde ich nun tun.«
Ich erhob die Stimme: »Hans, Rudis Sohn!«
Er trat aus dem Schatten des Tores vor, wo ich ihn postiert hatte, und kam Schritt für Schritt näher. Er war groß für einen Zwerg, hatte aber den wiegenden Gang des Zwergs. Man konnte nicht übersehen, was er war. Er stand nun vor mir und grüßte.
Ich fragte ihn: »Willst mir und unserer Stadt als Krieger dienen?«
»Ja, Herr.«
»Willst du alle Pflichten und Gefahren auf dich nehmen, und gelobst du, alle Befehle deiner Offiziere auszuführen?«
»Ja, Herr.«
»Dann tue ich hiermit kund, daß dieser Mann durch meinen Befehl zum Krieger ernannt wurde. Von diesem Augenblick an ist er euer Kamerad. Hauptmann Greene!«
Greene trat einen Schritt vor und grüßte mich.

»Herr!«
»Willst du diesen Mann in deinen Trupp aufnehmen?«
Sein Gesicht verriet nichts. Er sagte:
»Ich nehme ihn auf, Herr.«
»Was die Rauferei betrifft... Ich bin zu einem Teil dafür verantwortlich, dennoch ist eine Bestrafung vonnöten. Wir ziehen das Schwert gegen die Feinde der Stadt, nicht gegeneinander. Bis auf Foster erhalten alle Beteiligten eine Woche Kasernenarrest. Du kannst wegtreten lassen, Hauptmann.«
Ich wartete, bis sie sich zerstreut hatten. Die sechs von Blaines Trupp und Hans wurden vom wachhabenden Unteroffizier zum Arbeitsdienst abgeführt, der einen Teil ihrer Strafe bildete. Ich sah die Wut in Sheppys Gesicht, als Hans sich nun zu ihnen gesellte. Seine Lippen bewegten sich, wohl zu einem Fluch. Es würde in der nun kommenden Woche noch viel geflucht und gehöhnt werden. Aber Hans war jetzt einer von ihnen, und sie würden ihm nichts zuleide tun. Denn dann wäre ihr eigenes Leben verwirkt.
Es würde bitter sein für Hans und schwer; aber er hatte Krieger werden wollen, und ein Krieger mußte lernen, Mühsal und Strapazen zu ertragen.
Endlich kam Edmund zu mir. Er sagte:
»Na, es ist vollbracht.« Widerstrebende Bewunderung klang aus seiner Stimme. »Ich meine aber immer noch, daß du unklug gehandelt hast.«
»Das weiß ich.« Ich lachte. »Kalt heute morgen. Komm mit in die Turnhalle, da ringen wir uns ein bißchen warm.«

Der Winter brach früh herein, mit einem Schneesturm, der mannshohe Verwehungen in der Hochstraße zurückließ. Es taute dann noch einmal, aber ein paar Wochen darauf kam der Schnee zurück, und jetzt blieb er.
Das Leben war nun beschränkter, aber es hatte seine Freuden und Vergnügungen. Für die Jungen kam jetzt das Schlittschuhlaufen unten am Fluß bei den Weiden, die Schneeballschlachten, die durch die ganze Stadt hin und her tobten und nicht immer die Würde älterer Leute respektierten, und Schlittenwettfahrten auf dem hartgetrampelten, gefrorenen Schnee die Hochstraße hinun-

ter. Für alle anderen gab es Vorstellungen von Gauklern und wandernden Spielleuten, Tanz und Feste und Schwatz. Winchester war wohlhabend, seine Silos und Kornspeicher waren gut gefüllt, auf seinen Bauernhöfen stand fettes Vieh. Wir waren wohlversehen für die harten Monate.
Aber es wurde nicht nur gefeiert, sondern auch gearbeitet. Rudi und seine Zwerge werkten in der Waffenschmiede. Zusammen mit Greene inspizierte ich Schwerter und Rüstung und wies alles zurück, was abgenutzt oder beschädigt war. Und ich ließ die Hauptleute mit ihren Trupps täglich viele Stunden exerzieren. Zum Ausgleich dafür erhöhte ich ihre Fleisch- und Bierrationen. Hier und da wurde gemurrt, aber die meisten waren mit Eifer dabei.
Ich war voll in Anspruch genommen vom Heer und vom Hof. Hin und wieder jedoch zog ich mich zurück, um allein zu sein. Eines Tages ging ich auf der Stadtmauer spazieren. Niemand war in meiner Nähe. Der Himmel war zur Abwechslung einmal fast klar, leuchtend blau mit weißen Wolken und jener dunkleren, die immer über dem Horizont im Norden lag, wo das Brennende Land rauchte und schwelte. Ich dachte an unseren Ritt über den Paß, und ich dachte an König Cymru der Wällisen und seine Tochter Blodwen. Ich war weit weg vom Nordtor. In der Nacht war Schnee gefallen, und meine Fußabdrücke waren hier bisher die einzigen. Als ich mich einmal umdrehte, sah ich jemand aus einiger Entfernung näher kommen. In der Nähe war eine Treppe, und ich wollte schon von der Mauer in die Stadt hinuntersteigen, um dem Näherkommenden nicht begegnen zu müssen. Da sah ich, daß es ein Akoluth in schwarzer Kutte war, und erkannte Martin.
Ich begrüßte ihn, als er nun dicht vor mir war und sagte:
»Was führt dich her?«
»Wahrscheinlich dasselbe wie dich, Herr: der dringende Wunsch, allein zu sein.«
»Ich faßte ihn beim Arm. »Kein ›Herr‹, Martin. Wir sind immer noch Freunde, hoffe ich.«
Er lächelte, und sein Gesicht verlor diesen angespannten, bekümmerten Ausdruck, den es oft trug.
»Das hoffe ich auch, Lukas.«
Wir schauten über die schneebedeckten Dächer der Stadt. In der

Ferne sah ich die Beschwörungshalle und dahinter die Ruine. Ich zeigte darauf und sagte: »Wußtest du schon, daß die Christen unser altes Spielgelände haben möchten?«
»Wofür?«
»Peter hat ihnen Geld für eine neue Kirche geschenkt, als er ihren Geheimtunnel benutzte, um in die Stadt zurückzugelangen und die Krieger von Romsey zu überraschen, die sie eingenommen hatten. Sie haben die Kirche noch nicht gebaut. Sie bitten um dieses Land dort als Baugrund. Sie behaupten, dort habe früher einmal eine große Christenkirche gestanden.«
»Was hast du ihnen geantwortet?«
»Ich habe dem Priester gesagt, ich würde es mir überlegen.«
»Wirst du ja sagen?«
»Ich glaube ja. Ann, die Frau meines Bruders, war Christin. Es würde ihren Geist freuen. Und der Grund hat nur geringen Wert. Niemand sonst wird da bauen wollen, aus Aberglauben.«
Martin zuckte die Schultern. »Die sind verrückt, aber sie richten keinen großen Schaden an.«
»Es geht nicht nur ums Bauen. Sie wollen ihren Bischof von Oxford hierherbringen.«
Jede Gruppe von Christen hatte ihren Priester als Anführer, aber es gab nur einen Bischof in den zivilisierten Landen, der sie alle regierte. Ich sagte: »Das wird wohl ein Kompliment sein. Sie erkennen die Vorherrschaft unserer Stadt an. Es ist jedoch merkwürdig, daß sie ihn an den Sitz der Macht und des Reichtums bringen, wo sie derlei Dinge doch angeblich verachten.«
»Sie würden wahrscheinlich sagen, daß Macht und Reichtum gut sind, wenn sie einem guten Zweck dienen: den Menschen zu dem hinzuführen, was sie für die Wahrheit halten.«
»Du bist großzügig«, sagte ich. »Es ist schließlich eine gewaltig andere Wahrheit als die, die du suchst. Sie interessieren sich nicht für die Wissenschaft. Was sie als Wahrheit bezeichnen, ist ein Gott, der als Mensch auf Erden gewandelt ist, der einen schlimmen Tod gestorben und danach von den Toten wiederauferstanden ist.«
Sein Lächeln kehrte zurück. »Mit solchen Geschichten werden sie nur solche überzeugen können, die genauso verrückt sind wie sie selber.«

»Und Polymoffs«, sagte ich, »denen sie dadurch schmeicheln, daß sie ihnen erlauben, sich als ebenbürtig zu ihnen zu gesellen.«
Martin nickte. »Richtig schockierend. So schockierend wie die Verwandlung eines Zwerges in einen Krieger.«
Er lächelte wieder, und ich war froh darüber. Ich boxte im Spaß nach ihm, wie wir es als Jungen gemacht hatten.
»Das war der Wille des Fürsten«, sagte ich. »Vergiß das nicht, Akoluth!«

Der Winter ging endlich zu Ende, und es wurde wieder Frühling. Das Turnier der Junghauptleute fand statt. In diesem Jahr verlief es sehr einseitig. Isak, Hardings jüngster Sohn, war der Sieger, und er errang seinen Sieg, ohne einen einzigen Mann zu verlieren.

Frühling ging über zu Sommer, und ich zog mit dem Heer ins Feld. Diesmal ritten wir im Tal des Itchen nach Süden. Wir hatten noch eine Rechnung zu begleichen mit James von Romsey, dessen Vater, der dicke Jeremy, heimtückisch meinen Vater ermordet hatte.
Ich erwartete eher List als Mut bei ihm und sollte mich nicht getäuscht haben. Er kam mit dem Heer aus der Stadt heraus, als wir anrückten, aber auf der anderen Seite des Flusses, der hindurchfließt. Von dort maulfocht er mit uns, um uns dazu zu bringen, daß wir übersetzten, und sich dann auf uns zu stürzen.
Dies ging zwei Tage lang so bei warmem, bewölktem Wetter. Als dann der zweite Tage zur Neige ging, rollten die Wolken weg. Und in der Nacht, da kein Lüftchen ging, stieg Nebel vom Fluß auf und breitete sich über die Wiesen, auf denen wir unser Lager aufgeschlagen hatten.
Am nächsten Morgen blieb der Nebel dicht und weiß liegen und verhüllte alles. Ein heller Fleck im Osten deutete auf den Stand der Sonne hin, aber nichts deutete darauf hin, daß sie durchbrechen würde. Die Stunden schleppten sich hin, und uns blieb nichts anderes übrig, als an Ort und Stelle auszuharren. Erst am Nachmittag nahmen die Gegenstände um uns herum allmählich Gestalt an, und nun wurde aus dem hellen Schein über uns erst die silberne und dann die goldene Scheibe der Sonne. Der Nebel lichtete sich, und während er noch dabei war, fiel das Romseyer Heer über uns her.
James, obwohl nicht sehr viel älter als ich, war für seine listige Schläue bekannt, und den Angriff hatte er gut geplant. Er hatte den Vorteil genutzt, der sich ihm dadurch bot, daß er sich auf vertrautem Gelände befand. Er hatte das Heer in aller Stille nördlich von uns an einer Furt über den Fluß geführt und es dann ebenso leise auf Angriffsnähe an uns herangebracht. Dadurch konnte er angreifen, sobald der Nebel sich hob, und uns überraschen.
So geschah es, und vorübergehend waren unsere Leute verwirrt und wichen zurück. Aber sie hatten großes Selbstvertrauen nach den Erfahrungen früherer Feldzüge, und das winterliche Training hatte sie abgehärtet und diszipliniert. Die Hauptleute scharten sie schnell wieder um sich, und nun kämpften sie ingrimmig.
Die Schlacht wurde zu Fuß ausgefochten. Die anderen hatten ihre

Pferde auf der anderen Flußseite gelassen, und unsere waren natürlich noch angepflockt. Das ganze dauerte nicht sehr lange. James hatte das Treffen mit List herbeigeführt und hätte sich gewiß auch in der Verfolgung eines geschlagenen Haufens ausgezeichnet, aber einem Gegner, der den Angriff über sich ergehen ließ und zurückschlug, war er einfach nicht gewachsen. Er flüchtete, und seine Leute, nun führerlos, flüchteten ebenfalls. Der Nebel lichtete sich nun immer mehr. Sie rissen am Flußufer entlang nach Norden aus, deutlich sichtbar. Wir banden unsere Pferde los und saßen auf und umzingelten sie. Da waren sie uns auf Gnade und Ungnade ausgeliefert und ergaben sich. Wäre ihnen auch kaum etwas anderes übriggeblieben.

Wir nahmen alle gefangen, außer denen, die als erste geflüchtet und über den Fluß entkommen waren. James hatte sich unter denen befunden. Als ihre Hauptleute sich ergaben, machte sich ein Grauhaariger zu ihrem Sprecher. Er sagte:

»Das Lösegeld wird nicht so leicht aufzubringen sein. Wirst du uns Zeit lassen, Herr?«

Ich antwortete: »Lösegeld wird nicht gezahlt.«

Mein eigenes Heer und meine Hauptleute standen hinter mir. Der Romseyer Hauptmann sagte:

»Kein Lösegeld?«

Ich sagte: »Mein Vater hat Petersfield erobert und behalten, und ich behalte Romsey. Ihr gehört von nun an zum Reich Winchester. Dient ihm getreu, dann wird euch nichts geschehen.«

Stille trat ein, bevor der Romseyer Hauptmann antwortete:

»Vielleicht haben die Männer von Petersfield ihren alten Freiheiten keinen großen Wert beigemessen. Wir aber doch. Fürst, das kannst du nicht fordern. Wir haben die Schlacht verloren und werden dir Lösegeld zahlen. Aber wir werden weder dir noch deinem Reich dienen.«

Wieder wurde es still. Und gerade eben noch hatte Metall geklirrt, war geflucht worden, hatten Männer gerufen und geschrien und waren gestorben. Die letzten Nebelfetzen verdampften überm Fluß. Meine Männer hörten ebenso aufmerksam zu wie ihre. Ich sagte:

»Du sprichst wie ein aufrichter, ehrlicher Mann. Du hättest mir ja

auch Honig ums Maul schmieren und mir hinterher trotzen können. Und dann wäre ich gezwungen gewesen, noch einmal gegen eure Stadt anzurücken, diesmal im Zorn. Aber da ihr uns gleich hier trotzt, werdet ihr waffenlos in eure Stadt zurückkehren. Und wir werden eine Garnison dort unterhalten, so lange, wie sie uns nötig erscheint.«
Er sah mich an. »Noch seid ihr nicht in der Stadt.«
»Nein.« Ich nickte. »Aber wird man die Tore vor uns geschlossen halten bei solch fabelhaften Geiseln?«
Er gab sich geschlagen und senkte den Kopf. Alle schwiegen nun, und ihre Niederlage sprach lauter als unser Sieg. Ich sagte zu Greene: »Übernimm du das«, und ritt davon.

Wir ließen unsere Besatzung in Romsey und ritten durchs Itchental heimwärts. Bürger strömten uns aus dem Südtor entgegen, ließen uns hochleben und hießen uns daheim willkommen. Man rief meinen Namen: »Lukas!« Ich hörte sie rufen: »Fürst der drei Städte!«
Ich ritt an der Spitze meines Heeres in Winchester ein. Drinnen stand die Menge noch dichter und lärmte noch lauter. Dann schien sie sich zu verkrümeln und still zu werden. Ich sah Reiter mit fremdländischem, aber mir doch vertrautem Pferdeschmuck. Und noch jemand.
Sie saß in weißem Gewand auf einem Schimmel. Von ihrer Schönheit schien die Luft still zu werden. Sie neigte den blonden Kopf, ihre blauen Augen lächelten.
Sie sagte: »Ich bin das Warten leid geworden, Lukas. Darum bin ich hergekommen, um mir die Stadt anzusehen, die du mir versprochen hast.«

Blodwens Sommer

Es ist merkwürdig, welche Macht Schönheit über die Menschen ausübt. Blodwen war erst seit drei Tagen in der Stadt, und schon hatte sie die Leute samt und sonders erobert.

Sie ließen uns hochleben, als wir nun zusammen durch die Straßen zum Palast ritten. Dann versammelten sie sich draußen. Das war das übliche nach einem Sieg. Der Fürst mußte sich auf dem Hauptbalkon zeigen, damit man ihn noch einmal hochleben lassen und er seinen Bürgern Freibier für das nun folgende Siegesfest versprechen konnte.
Sie jubelten nicht übel, als ich hinaustrat, und riefen laut meinen Namen. Aber als ich dann Blodwen zu mir herauszog und sie neben mir stand, glaubte ich, sie würden wahnsinnig. Solch einen Jubel hatte ich noch nirgendwo gehört. Und als sie ihnen eine Kußhand zuwarf, glaubte ich, daß sie schon wahnsinnig seien: Der Lärm drohte einem das Trommelfell zu zerreißen.
Und ihre Macht, das sah ich, lag nicht nur in ihrer Schönheit, sondern auch in der Wärme und der ungezwungenen Art, die dazu gehörten. Die Kußhand zeigte dies. In dem Gedränge unmittelbar unter dem Balkon entdeckte ich einen alten Polymoff-Straßenfeger namens Dirk. Er war kein besonders guter Besenmann, da er den Besen mit Ärmchen halten mußte, die kaum größer als Babyarme waren, aber andere Arbeit konnte er nicht tun: Sein Verstand war auch nicht viel größer als der eines Kindes. Er stand da und streckte seine winzigen Arme zu ihr hinauf, und die Tränen kullerten ihm nur so übers Gesicht. Er betrachtete die Kußhand so, als hätte sie ihm gegolten. Alle betrachteten sie so.
Ich schaute sie an, von ganz nahe, wo sie weit weg waren, und konnte doch keinen Makel entdecken. Das Rosa und Weiß ihrer Haut, das zarte Gold ihres Haares waren ohne Fehl, desgleichen der Freimut ihrer großen Augen und das Strahlen ihres Blicks. Ich wurde mir meiner eigenen Unansehnlichkeit an ihrer Seite bewußt: Niemand hätte mich meines Aussehens wegen preisen können. Aber zumindest diese Schönheit hier sollte mir gehören, und ich besaß einen rechten Arm, der stark genug war, um sie gegen alle Drohungen und Gefahren zu verteidigen.
Einfach war es nicht, aber endlich konten wir dann doch der Menge entrinnen. Und endlich waren wir dann allein, in meinem Empfangszimmer. Sie sagte:
»Deine Stadt gefällt mir, Lukas. Dein Volk auch.«
»Es ist nicht zu übersehen, daß die Leute dich mögen.«

Nun, da wir zusammen waren und allein, spürte ich meine alte Verlegenheit wieder, die ich immer in ihrer Gegenwart empfunden hatte. Sie war Teil der Verlegenheit, die ich allen Mädchen gegenüber verspürte, verschlimmert jedoch noch durch die Macht, die ihre Schönheit über mich hatte. Ja, ich hatte einen starken Arm, mit dem ich sie verteidigen konnte, aber ich wünschte mir verzweifelt eine beweglichere Zunge, um mit ihr reden zu können.
Sie lächelte.
»Richtig begrüßt hast du mich eigentlich noch gar nicht. Freust du dich nicht, mich zu sehen?«
Sie hielt mir ihre Wange hin, und ich küßte sie tolpatschig. Dann wollte ich sie in meine Arme nehmen und noch einmal küssen, aber sie entwand sich mir. Ich sagte:
»Ich freue mich sehr, dich wiederzusehen. Das weißt du doch. Aber ich bin auch erstaunt. Wie kommt es, daß du hier bist?«
Sie zuckte die Achseln. »Wie du in meine Stadt gekommen bist – durchs Land der Wilden und über den Paß, der durchs Brennende Land führt.« Sie schüttelte sich. »Der Teil der Reise hat mir überhaupt nicht gefallen. Diese schwelenden schwarzen Felsen und der rauchende Sand, und nirgendwo Leben.«
»Aber wieso hat dein Vater es dir erlaubt?« entfuhr es mir. »Solch eine Reise zu unternehmen, solchen Gefahren sich auszusetzen...«
Blodwen lächelte. »Wie ich dir schon in Klan Gothlen erklärt habe, sind wir wällisischen Frauen unser eigener Herr. Wir lassen uns nicht so leicht kommandieren wie eure Damen hier im Süden. Mein Vater wollte nicht, daß ich die Reise machte, aber er hat auch nicht versucht, mich daran zu hindern. Allerdings hat er mir fünfzig von seinen besten Soldaten zu meinem Schutz mitgegeben. Vor den Wilden konnte ich mich ziemlich sicher fühlen.«
Das wollte ich gern glauben: Jeder einzelne von den fünfzig hätte sein Leben für ihrs hingegeben, und obwohl ich anfangs nichts als Geringschätzung für die Soldaten der Wällisen übrig gehabt hatte, war ich bei meiner Abreise aus der Stadt gründlich anderer Meinung. Dennoch verblüffte es mich, daß sie gekommen war. Nicht nur wegen der Gefährlichkeit der Reise. Es wollte mir auch unschicklich erscheinen. Es gehörte sich nicht für ein Mädchen, und

mochte es auch verlobt sein, daß es sich aufmachte und einen Mann besuchte.
Sie sah mich wieder lächelnd an, und mir fiel ein, daß solche Überlegungen mit unseren südlichen Bräuchen zusammenhingen. Und mir wurde klar, daß selbst anderenfalls, selbst dann also, wenn auch im Land der Wällisen die Mädchen an solche Verhaltensregeln gebunden gewesen wären, Blodwen sich durch sie nicht hätte binden lassen. Nichts konnte sie binden. Sie lebte nicht nach den Gesetzen der anderen, sondern machte sich ihre eigenen.
Sie sagte: »Ich will dir sagen, warum ich gekommen bin, Lukas – abgesehen davon, natürlich, daß ich dich wiedersehen wollte.«
Sie lachte nach den letzten Worten, wendete sie ins Scherzhafte und nahm ihnen dadurch, wenn auch sanft, etwas von der Freude wieder weg, die sie mir damit bereitet hatte. Sie legte ihre Hand auf meine, und ich spürte die zarte Wärme.
»Erinnerst du dich noch«, fragte sie mich, »an unsere Unterhaltung auf der Treppe überm Thronsaal im Palast meines Vaters?«
»Ja.«
»Und daß du mich gefragt hast, nachdem du mir getreulich gelobt hattest, eines Tages zurückzukommen und deinen Preis abzuholen« – auch hierüber lachte sie wieder –, »daß du mich gefragt hast, ob es mir lieber wäre, du kämest nicht?«
Ich nickte, und sie fuhr fort:
»Ich habe viel an dich gedacht, als du weg warst, Lukas. Du bist als Fremder in unser Land gekommen und als Held geblieben. Die Maler arbeiten fleißig an dem Bild von Lukas und dem Belemott. Der große Gwulum persönlich malt den Lukas, weil er keinem seiner Schüler zutraut, daß sie's gut genug machen. Es war eine seltsame, sinnenverwirrende Zeit, Lukas, dein Besuch bei uns.«
Seltsam und sinnenverwirrend auch für mich, aber ich sagte nichts.
»Du hattest gesagt, du werdest zurückkommen, und ich glaube, daß du ein Mann bist, der Wort hält. Aber deine Rückkehr kann nur einen Zweck haben: unsere Heirat. Darauf muß ein Leben zu zweit folgen, wo jeder am anderen Anteil nimmt, etwas Wirkliches – kein Traum. Und für mich ein Leben in einem unbekannten Land

und einer unbekannten Stadt, da eine Frau ins Land des Mannes ziehen muß.
Darum habe ich beschlossen, zuerst einmal herzukommen und mir dieses Land anzusehen und dich darin zu erleben. Nicht Lukas von jenseits des Brennenden Landes, Lukas, den Belemott-Töter, sondern Lukas von Winchester und in Winchester. Mein Vater hat mich dir versprochen, und auch er hält Wort. Aber ich weiß, daß du selber mich nicht zwingen würdest, ein Versprechen zu halten, das mein Herz nicht billigt. Also bin ich gekommen – bevor irgendein unwiderruflicher Schritt getan wird –, um den Ort zu sehen, wo ich vielleicht leben und wohl schließlich auch sterben werde. Und den Mann, mit dem zusammen ich dieses Leben vielleicht verbringe.«
Sie hatte diese letzten Worte mit ernstem Gesicht gesagt und in vollem Ernst, nicht im Scherz. Ich wußte, daß sie es genauso meinte, wie sie es sagte. Mit einem schmerzenden Stich, fast wie von einem Schwerthieb, und mit derselben beißenden Kälte wurde mir bewußt, daß ich ihrer nicht sicher war. Daß sie gekommen war, bewies es: nicht erneute Versicherung, beruhigende Bestätigung war es, sondern das genaue Gegenteil davon.
Mein Gesicht wird wohl einiges von meinen Empfindungen verraten haben. Sie sagte:
»Kopf hoch, Lukas! Fürs erste sterben wir wohl beide noch nicht. Und du hast dadurch Gelegenheit, es dir auch noch einmal zu überlegen. Ich würde dich auch nicht zwingen, Wort zu halten.«
Ich erwiderte stammelnd: »Das – brauchst du auch nicht.«
»Nein?« Sie sah mich belustigt an. »Du würdest einen jammervollen Hofmann abgeben, Lukas. Aber als Fürst hast du es ja nicht nötig, diese Rolle zu spielen. Und ich bin froh darüber. Wir haben glattzüngige Hofschranzen genug in Klan Gothlen. Du bist ein Krieger. So, nun erzähl mir mal von deinen Schlachten und Siegen.«

Als Edmund sich zu uns gesellte, nahm er sie bei beiden Händen und küßte sie auf die Wange, wie ich es getan hatte. Es freute mich, daß sie sich so darüber freuten, einander wiederzusehen. Sofort fingen sie an zu schwatzen über Leute, die wir am Hofe König

Cymrus kennengelernt hatten. Ich erinnerte mich auch ziemlich gut an alle, fand aber nichts über sie zu sagen.
Ihn brauchte sie natürlich nicht zu warnen, darum warf kein Ernst hier seinen Schatten, und alles war sehr viel ungezwungener. Ja, seine Gegenwart machte es auch mir leichter. Ich konnte mich ein bißchen zurücksetzen und ihnen zuhören. Viel beizutragen hatte ich ja ohnehin nicht, aber es genügte mir, ihnen zu lauschen.
Edmund sprach von dem Festmahl, mit dem ihre Ankunft gefeiert werden sollte. Sie versicherte ihm gleich, daß sie eine große Schwäche für Festmähler habe; sie wünsche, daß es heute schon und nicht erst am Tag darauf stattfinde. Edmund neckte sie: da sehe man es mal wieder, das sei ihre Eitelkeit, die sie dergleichen wünschen lasse; am Kopf der Tafel wolle sie sitzen und die Augen aller Winchester Hauptleute von ihrer Schönheit gefesselt sehen.
Sie warf den Kopf zurück. »So eitel bin ich nicht, daß ich glaube, eure Hauptleute müßten zu mir lieber hinschauen als zu ihren eigenen Damen.«
»Vielleicht würden sie's auch nicht, wenn sie die Wahl hätten. Aber da du die einzige Dame sein wirst, wen sollen sie da angucken? Einer den anderen?«
»Die einzige Dame?« Sie sah mich an. »Aber doch bestimmt nicht! Eure Damen werden sich doch nicht weigern, mich zu begrüßen?«
»Nein«, antwortete ich, »aber bei uns ist es nicht Brauch, daß Damen bei einem Festmahl zugegen sind. Das gehörte zu den Dingen, die uns bei euch merkwürdig anmuteten.«
»Könnt ihr den Brauch nicht ändern?«
»Das wäre nicht ganz einfach.«
Edmund lachte; wir schauten beide zu ihm hin. Er sagte:
»Ich mußte gerade an einen anderen Brauch denken, von dem man auch nicht angenommen hätte, daß er so ohne weiteres zu ändern sei – an den Fürsten, der einen Zwerg in einen Krieger verwandelt hat.«
»Wie verstehe ich das?«
Er erzählte ihr von Hans. Sie hörte zu und drehte sich dann zu mir um.

»Siehst du, Lukas! Wenn du einen Brauch ändern kannst, kannst du auch noch einen ändern.«
»Es ist nicht dasselbe.«
»Wo liegt der Unterschied?«
Ich versuchte, es ihr zu erklären, stolperte aber dabei über meine Worte. In dem einen Fall sei es darum gegangen, ein Versprechen einzulösen, um eine Frage der Ehre also. Ehre stehe in dem anderen Fall nicht zur Debatte. Ein Brauch müsse gewahrt bleiben, falls nicht ein starker Zwang dagegenspreche.
Sie widersprachen mir lebhaft, wobei sie nicht über ihre eigenen Worte stolperten, sondern jeder über die des anderen, so sehr waren sie darauf aus, mir zu beweisen, daß ich im Unrecht sei. Sie hatten beide eine sehr viel flinkere Zunge als ich, und ihr vereinigter Angriff – Edmund brachte mit seinen Argumenten Verstärkung für Blodwen, und Blodwen trug dann Edmunds Gründe noch einmal vor, nur in noch schärferer Form –, ihrem vereinigten Angriff war ich nicht gewachsen. Störrisch tat ich mein Bestes, um meinen Standpunkt zu behaupten.
Edmund meinte lachend: »Er hält eigentlich nur eins für wichtig: den Willen des Fürsten. Jedenfalls den Willen dieses Fürsten! Er wird gegen die Bräuche verstoßen, gegen die er verstoßen will, und die übrigen edelmütig aufrechterhalten.«
»Der Wille des Fürsten, ach ja!« sagte Blodwen. »Und der Wille der Fürstin? Zählt mein Wille überhaupt nicht?«
»Nicht bei diesem Tyrannen«, sagte Edmund. »Aber falls du ihn recht hübsch darum bittest, wird er es dir vielleicht als eine Gunst gewähren. Es wäre einen Versuch wert.«
Beide lachten dabei. In gespielter Demut kniete Blodwen nieder und neigte den Kopf.
»Mein Herr«, sagte sie in herzzerreißendem Ton, »würdest du deiner Magd in deiner Größe und deinem Edelmut diese demütige Bitte gewähren?«
Ich hob sie auf, nun selber lachend. »Du machst dir dein Kleid schmutzig.«
»Nicht in Winchester«, entgegnete sie. »Eure Fußböden hier mögen ja aus nacktem Holz sein, aber mir fällt auf, daß sie sehr sauber gescheuert sind. Nun, Lukas?«

»Du sollst deinen Willen haben«, sagte ich. »Allerdings wird Strohan, meinen Oberhofmeister, wohl der Schlag rühren, wenn er hört, daß die Damen zum Festmahl erscheinen werden.«
»Gut!« sagte sie. »Ich freue mich jetzt schon darauf, sie kennenzulernen. Meiner Meinung nach kann man einen Mann recht gut nach seiner Frau beurteilen. Ich brenne darauf, Edmunds kennenzulernen.«
»Ich habe keine«, sagte der.
Ihre Augen wurden ganz groß. »Nicht einmal eine zukünftige?«
»Lukas hat mich zu sehr in Trab gehalten mit seinen Expeditionen in den Barbarennorden und Kämpfen gegen die Feinde der Stadt.«
»Aber du mußt eine mitbringen, wo der große Fürst uns jetzt nachgegeben hat!«
»Ich könnte ja meine Schwester mitbringen.«
»Ich bitte darum! Eine Schwester kann einem auch etwas über einen Mann mitteilen. Vielleicht noch mehr als seine Frau.«
Ich guckte und hörte ihnen zu und war glücklich. Es machte mir nichts, daß ich übervorteilt worden war in dieser Sache und von solch einem Paar: meiner mir anverlobten Braut und meinem besten Freund.

Sie konnte jeden bezaubern, wenn sie es sich einmal in den Kopf setzte. Ich hätte mir Strohans wegen keine Sorgen zu machen brauchen; der war bereits betört von ihr und ganz und gar ihr Sklave. Das Festmahl war ein großer Erfolg, desgleichen alle anderen Gesellschaften und Empfänge, ob im Palast oder in den Häusern des Stadtadels. Die Menschen öffneten sich ihr, wie Blumen der sie besuchenden Sonne.
Und da sie ohne jede Allüren war, weder auf Förmlichkeit achtete noch die Gnädige spielte, war sie bei privaten Zusammenkünften in kleinem Kreis ebenso gewinnend wie bei den mehr öffentlichen und feierlichen Anlässen. Sie interessierte sich für die Unterschiedlichkeit der Menschen und hörte gern zu, wenn Männer von ihren Ideen und ihren Überzeugungen sprachen. Und da Blodwen es war, die sie zum Reden brachte, redeten sie nur zu gern.
Eines Tages sagte sie etwas von jemandem, den sie zum Essen in

ihre Gemächer einladen wollte, und ich nickte etwas abwesend. Ich war zu der Zeit gerade mit einer Hauptmannschaft befaßt, die verwaist war, und mußte die Vorzüge und Schwächen derer, die für die Nachfolge in Frage kamen, gegeneinander abwägen. Sie sagte:

»Ich muß mich erkundigen, ob es vielleicht gewisse Speisen gibt, die er nicht essen kann. Bei uns zu Hause essen die Christen an einem Tag der Woche kein Fleisch. Vielleicht gibt es hier auch so eine Vorschrift für sie.«

»Kein Fleisch essen? Aber wenn sie Christen sind, spielt's ja auch wohl keine Rolle: Sie brauchen kein Schwert zu schwingen.« Jetzt erst wurde mir klar, was sie gesagt hatte. »Aber du willst doch nicht Christen hierher zum Essen einladen?«

»Du hast überhaupt nicht zugehört, was ich gesagt habe!« schalt sie mich. »Nicht irgendwelche Christen. Ihren Bischof.«

»Aber das kannst du nicht machen, Blodwen«, sagte ich. »Ich weiß nicht sehr genau, wie das mit den Christen bei euch ist, aber hier werden sie verachtet, und zu Recht. Sie sind ein verrückter Haufen; reden immerzu von ihrem toten Gott. Einmal waren sie nützlich für die Stadt, als nämlich Peter das Heer durch ihren Geheimtunnel geführt hat, aber dafür ist reichlich gezahlt worden. Nicht nur mit Gold und jetzt mit Land, sondern auch mit Langeweile zu der Zeit, als mein Bruder Fürst war und sie Zutritt zum Palast hatten.«

»Er ist nicht in den Palast eingeladen worden«, sagte sie, »sondern in meine Gemächer, als mein Gast.« Ich zuckte ergeben die Achseln, weil mir klar war, daß für sie schon alles beschlossene Sache war, und sie sah mich an und lächelte. »Du kommst doch auch, nicht, Lukas? Ich habe auch deinen Freund Martin eingeladen, damit du dich mit dem unterhalten kannst, falls du dich allzu sehr langweilen solltest.«

»Martin! Aber der ist Akoluth! Den kannst du doch nicht mit einem Christen zusammenbringen!«

Sie lächelte wieder, sehr süß. »Ich habe ihn aber schon eingeladen. Und er hat gesagt, ja, er kommt.«

Ich hatte den Bischof ein- oder zweimal in der Stadt gesehen. Auch abgesehen von der schwarzen Robe, die er trug, und dem Holzkreuz, das er um den Hals hängen hatte, war er eine eindrucksvolle Erscheinung. Der Priester, der Ann beraten und Peter nach ihrem Tod getröstet hatte, war ein kleines, schwächlich aussehendes Kerlchen mit krummem Rücken gewesen. Der Bischof war groß und breit, hatte kräftige Arme und Hände und ein kräftiges breites Gesicht. Wie bei dem Priester, war auch sein Kopf bis auf einen dünnen Haarkranz über den Ohren glattrasiert, aber sein gewaltiger Schädel war so blitzblank, daß man seine Zweifel haben konnte, ob da überhaupt noch Haar wuchs.

Seine Stimme paßte zu seiner Statur – ein tiefes Dröhnen. Er sprach wie jemand, der sich seiner selbst sicher war, und lachte gern. Und wie immer er auch mit seinen verrückten Anhängern geredet haben mochte, mit uns unterhielt er sich überaus vernünftig. Er sprach von der Stadt, die er schon lange einmal habe besuchen wollen, und erzählte uns Dinge aus der Vergangenheit von Winchester, aus der Zeit vor der Katastrophe, die mir neu waren. Ich hatte von den Sehern erfahren, daß es früher einmal in der großen Stadt mit Namen London Könige und Königinnen gegeben habe, die ganz England regierten und Gebiete jenseits der Meere noch dazu. Der Bischof erzählte uns, daß in noch früherer Zeit die englischen Könige nicht von London aus regiert hätten, sondern von unserer Stadt Winchester aus. Vielleicht war es nur eine mit viel Fantasie erfundene Geschichte, aber es klang doch ganz überzeugend.

Er erwähnte nichts von seinem Christengott, bevor Blodwen ihn danach fragte, aber dann erzählte er uns auch die Geschichte und erzählte sie gut. Es war das verrückteste Hirngespinst, diese Fabel vom Schöpfer der ganzen Welt, der in einem Stall geboren wurde, als Mensch lebte und einen qualvollen und erniedrigenden Tod starb, aber er schilderte alles so lebhaft, daß man es vorübergehend fast glauben konnte.

Martin sagte jedoch: »Du hast uns nicht alles erzählt, Bischof.« Es klang zornig. »Du hast nichts davon gesagt, daß seine Mutter eine Jungfrau war, und auch von dem Stern hast du uns nichts erzählt, der am Himmel entlangwanderte, um Königen den Weg zu zeigen, die ihn anbeten wollten.«

Der Bischof sagte: »Diese Dinge sind weniger wichtig.«

»Ach ja? Deine Christen sind da aber anderer Ansicht. Ich übrigens auch. Die Wahrheit umgibt sich nicht mit Lügen.«
»Du sprichst mit Leidenschaft, Akoluth«, sagte der Bischof. Bist du ein Verehrer der Wahrheit?«
»Ich weiß nichts Besseres, das ich suchen könnte.«
»Und findest du sie im Dunkel deiner Beschwörungshalle, wenn die Geister mit Menschenzungen sprechen?« Er sagte es leicht belustigt, und ich sah Martin rot anlaufen. »Aber wir wollen uns lieber an Abstraktes halten. In alter Zeit lebte ein Dichter, der ein Gedicht über die Wahrheit geschrieben hat. Darin hieß es: ›Schönheit ist Wahrheit, Wahrheit Schönheit. Das ist alles was du auf Erden weißt, und alles, was du wissen mußt.‹«
Martin sah ihn an. »Das ist gut ausgedrückt.«
»Gut ausgedrückt, aber er straft sich selber Lügen. Seine Worte sind schön, aber sie sind nicht wahr. Die Wahrheit kann auch häßlich sein.«
»Das bestreite ich!«
»Ach ja? Dann höre zu. Eine brave Frau liegt im Sterben. Sie fragt nach ihrem Sohn. Die Wahrheit ist, daß er gerade als Verbrecher zum Tode verurteilt wurde und am nächsten Morgen gehenkt werden soll. Wirst du ihr das sagen? Wahrheit ohne Mitleid ist etwas Grausames, und wo Grausamkeit ist, kann es keine Schönheit geben.«
Martin erwiderte: »Der Dichter hat von der Natur der Dinge gesprochen, nicht davon, was Menschen sagen.«
»Gehört denn das, was Menschen sagen, gehört es nicht auch zur Natur der Dinge? Was Menschen tun, ist entscheidender als das, was sie wissen. Unsere Vorfahren hatten wundervolle Maschinen.«
Ich zuckte zusammen bei dem Wort; die bloße Anwendung ziemte sich nicht. »Die Menschen haben sich gegen sie gewandt, weil es Maschinen waren, die auf Geheiß von bösen Geistern die Katastrophe verursacht haben.«
Der Bischof lächelte. »So erklären es uns jedenfalls die Seher. Ich bin selber auch froh darüber, daß es keine Maschinen mehr gibt, aber aus einem anderen Grund. Maschinen haben die Menschen voneinander getrennt. Ein Mann konnte auf der einen Seite der

Erde einen Befehl geben, dem auf der anderen Seite gehorcht wurde. Unser Fürst hier muß sich Gehorsam verdienen von Menschen, die er sieht und die ihn sehen. In jener Zeit konnte ein Mann auf einen Knopf drücken und damit in tausend Meilen Entfernung tausend Menschen töten. Wir Christen sind, wie ihr wißt, gegen jegliches Töten, aber wenn schon getötet werden muß, dann ist mir schon lieber, es geschieht durch einen Krieger, der mit eigener Hand tötet und weiß, welch blutige Leichname er hinterläßt.«
Mir gefiel dieses Gespräch über verbotene Dinge nicht. Ich hätte ihm zu schweigen befohlen, obwohl er Blodwens Gast war, aber sie kam mir zuvor.
»Die alten Zeiten sind für immer vorbei«, sagte sie, »und es hat keinen Sinn, darüber zu reden. Und du hast natürlich recht, Bischof, wenn du sagst, daß man schlimme Wahrheiten nicht dem sagen soll, der nicht stark genug ist, sie zu ertragen. Aber es ist besser immer dann, wenn Menschen diese Kraft besitzen.«
»Es mag besser sein«, sagte der Bischof, »aber es ist nicht weit verbreitet.«
»Vielleicht nicht unter euch Christen«, sagte ich.
Er schüttelte den Kopf. »Nicht einmal unter Kriegern.«

Es waren schöne Tage, die leicht und schnell vergingen. Ich vergaß die Zweifel, die Blodwen an jenem ersten Abend im Palast bei mir wachgerufen hatte. Und sie redete nicht wieder so. Wenn sie mir unglücklich vorgekommen wäre, hätte ich mir vielleicht Gedanken gemacht. Aber sie war zufrieden, und so war auch ich's zufrieden.
Ich erinnere mich an einen Hochsommertag, an dem wir mit Booten den Fluß entlangfuhren. Wir waren nur etwa ein Dutzend, alles junge Leute. Wir fuhren flußabwärts, so daß wir kaum zu rudern brauchten; die Strömung nahm uns mit. Es war ein schöner Morgen, der Himmel blau und weiß, die Sonne sehr warm, wenn sie die Wolken durchbrach. Wir fuhren ein gutes Stück, an Twyford vorbei und weiter zu der Stelle, wo der Fluß sich durch ein weites Wiesental schlängelt.
Dort picknickten wir und lagerten dann faul im Gras an der Uferböschung. Die angebundenen Boote schaukelten neben uns, und wir unterhielten uns und lachten und taten auf angenehmste Weise

nichts. Wir waren unter uns, nicht einmal Diener hatten wir mitgenommen, und ich konnte Miene und Sorgen des Fürsten mal beiseite legen. Außer Blodwen waren noch drei Mädchen mit von der Partie, darunter Jenny. Sie sahen recht hübsch aus in ihren Sommerkleidern. Aber verglichen mit Blodwen, waren sie wie Gänseblümchen neben einer Rose.

Sie trug ein grünes Kleid mit langen, bauschigen Ärmeln. Es war wällisischer Stoff, leuchtender gefärbt als irgend etwas bei uns im Süden. Neben diesem Leuchten wirkte das Gras stumpf, wie neben ihrer Schönheit die anderen Mädchen fast häßlich aussahen.

Wir hatten auch keine Spielleute dabei, aber Edmund und Matthew Grant hatten ihre Lauten mitgebracht. Sie spielten sie zu unserer Unterhaltung, und Edmund sang. Er hatte eine gute Stimme, hoch zwar, aber wohlklingend und sicher. Eins von seinen Liedern hieß »Der Müller vom Dee«, und Blodwen, während sie Beifall klatschte, sagte: »Das Lied kennen wir auch bei uns zu Hause! Ja, es heißt sogar, daß er an dem Fluß weiter oben in dem Tal, in dem Klan Gothlen liegt, gelebt hat. Der heißt Dee.«

Edmund lachte: »Und kennt ihr dieses Lied auch?«

Seine Finger zupften eine langsame, herzbewegende Melodie. Er sang:

»Ach, Grünärmel war all meine Lust,
Grünärmel, die hat mich entzückt,
Grünärmel war mein golden Herz,
Wer denn sonst, wenn nicht Grünärmel?«

Sie klatschte in die Hände und sagte: »Ich habe es schon mal gehört, aber noch nie so gut, glaube ich. Du solltest Spielmann werden, Edmund.«

Ich lachte: »Ich kann ihn allerdings nicht entbehren. Ich benötige ihn dringender als Krieger.«

Kurz darauf passierte es dann, daß die Staatsgeschäfte mich schon wieder einholten. Reiter kamen am Flußufer entlang auf uns zu. Es war Greene mit einem kleinen Trupp. Die Tauben hatten Nachricht aus Romsey gebracht: Es rumorte dort. Die Unruhe war niedergeschlagen worden und die Garnison nicht in Gefahr, aber

Greene hatte es für das beste gehalten, mich unverzüglich zu benachrichtigen.
Klug und vorausschauend wie er war, hatte er auch noch ein zusätzliches Pferd mitgebracht. Wir waren fast so nah an Romsey heran, wie wir von Winchester entfernt waren. Ich sagte:
»Wir reiten am besten hin und überzeugen uns persönlich.«
Blodwen protestierte: »Verdirb uns doch diesen schönen Tag nicht, Lukas! Er hat dir doch gesagt, daß keine Gefahr besteht.«
Ich zauderte, antwortete dann aber: »Nein, ich muß hin, Liebste. Es kommen auch noch andere schöne Tage. Edmund wird dich an meiner Stelle zurückrudern. Nicht, Edmund?«
»Wie mein Fürst befiehlt«, sagte er. »Allerdings möchte ich darauf hinweisen, daß ich gegen die Strömung rudern muß. Ich erwarte eine tüchtige Belohnung für solch schwere Arbeit.«
Wir lachten, und ich sagte zu Blodwen: »Gib ihm was zu essen und einen Krug Bier zum Abkühlen.«
»Du kommst heute abend nicht zurück?«
Ich schüttelte den Kopf. »Ich glaube nicht. Aber morgen bestimmt.«
Ich schaute mich noch einmal um, als wir dann davonritten. Blodwen saß da mit angezogenen Knien, die sie mit ihren schmalen Händen umschlugen hielt. Edmund stand neben ihr und sang und begleitete sich dazu auf der Laute. Es war ein schöner Anblick, und ich konnte mich nur schwer davon losreißen. Aber, wie gesagt, es würden ja noch mehr schöne Tage kommen.

Ein paar Wochen darauf kam eines Abends Martin zu mir in den Palast. Ohne lange Umschweife sagte er:
»Ich bin gekommen, um mich zu verabschieden.«
»Verabschieden!« Ich war verdutzt. »Du willst uns doch nicht verlassen?«
Er nickte. Er wirkte so widersinnig, lachhaft geradezu, mit seiner Tonsur und der Brille über der schwarzen Akoluthenkutte. Kaum zu glauben, daß er einmal an meiner Seite im Turnier gekämpft hatte. Aber trotz dieser Lachhaftigkeit, ja, vielleicht gerade deswegen, verspürte ich eine plötzlich aufwallende, ganz besondere Zuneigung zu ihm.

Ich fragte ihn: »Und wo willst du hin?«
»Zum Heiligtum.«
»Aber für wie lange?«
»Ich weiß es nicht. Vielleicht für immer.«
»Das kannst du nicht machen, Martin«, sagte ich. »Besuche deine Hohen Seher, wenn es denn sein muß, und gucke dir ihre Wunder an. Aber dann komme zu uns zurück. Sie können einem nichts dafür bieten, daß man wie ein Maulwurf unter der Erde leben muß, ohne Sonne und frische Luft.« Mein eigener Aufenthalt im Heiligtum fiel mir ein, und wie ich mich an der Enge und den Beschränkungen wundgerieben hatte. »Du *könntest* es da überhaupt nicht aushalten. Für die Hohen Seher ist es etwas anderes. Das sind alte Männer, du aber bist jung!«
»Ich kann nicht hier bleiben. Ich kann nicht weitermachen mit dem Betrug und der Täuschung und den Lügen in der Beschwörungshalle. Der Zweck mag gut sein, aber ich kann diese Mittel nicht gutheißen. Dieser Christenbischof hat mich damit gehänselt, und ich konnte ihm nichts darauf antworten.«
Ich sagte: »Den wird man im Auge behalten müssen. Er weiß zu viel und spricht allzu freimütig. Ich habe Grimm davon unterrichtet. Aber wenn dies dein ganzes Problem ist, ist es leicht gelöst. Ich habe dir ja schon einmal gesagt, ich kann dich von diesem schwarzen Gewand befreien, falls du willst. Jetzt geht das noch einfacher. Ich brauche Grimm nur ein Wort zu sagen, und du wirst von deinem Gelübde entbunden.«
Er lächelte, aber es war keine Freude in seinem Lächeln. »Und was mache ich dann? Ich bin kein Krieger und würde einen kläglichen Höfling abgeben.«
»Du kannst mein Freund und Ratgeber sein, wie früher, als wir beide noch Knaben waren. Wenn du ein Amt haben möchtest, kann ich dich Kanzler nennen, wie Cymru Schlange nennt, den Polymoff, der ihn berät.«
»Und wenn ich dir raten würde, Petersfield und Romsey ihren Einwohnern zurückzugeben? Du brauchst keinen Ratgeber, Lukas.«
»Ich brauche Freunde.«
»Es hat keinen Zweck. Vor wenig mehr als einem Jahr hing ich in Ketten, mit Scheiten um mich und Männern mit Fackeln, die be-

reitstanden, um die Scheite anzuzünden. Du hast mir das Leben gerettet, aber man ist gezeichnet, wenn man einen harten und häßlichen Tod hat herannahen sehen. Ich muß etwas anfangen mit dem Leben, das du mir wiedergeschenkt hast, und es genügt nicht, daß ich am Hof herumsitze und dein Freund bin.«
Ich konnte seinen Gedanken nicht folgen. Man sah dem Tod ins Angesicht, aber falls der Tod sich noch einmal zurückzog, vergaß man ihn bis zum nächstenmal. Aber in seinem Gesicht stand Verzweiflung geschrieben. Mir wurde plötzlich kalt. Ich hatte Freunde, und ich hatte Blodwen, aber ich wollte ihn nicht verlieren. Und doch wollte ich ihn nicht bitten zu bleiben. Ich sagte:
»So sei es. Die Geister mögen dich beschützen.«

Der Schauspielerkönig

Zur Zeit des Herbstjahrmarktes, als die Feldzüge beendet und die Äcker abgeerntet waren, veranstalteten wir zu Ehren Blodwens einen großen Ball. Ich schickte die Tauben weit und fern und bekam reichlich Antwort. Die Fürsten von Guildford und Basingstoke, von Alton und Andover und Salisbury kamen zu uns als unsere Gäste. Strohan war verzweifelt, weil er Platz für sie alle im Palast finden mußte. Und der Fürst von Oxford schickte seinen Sohn.
Oxford war eine Stadt von Macht und großem Einfluß, die über ein großes Gebiet herrschte. So abgelegene Städte wie das fast fünfzig Kilometer entfernte, im Bergland versteckte Marlborough, unterstanden seiner Oberhoheit. Die Seher mußten an diese Stadt gedacht haben, bevor sie Winchester zum Angelpunkt ihres Planes erkoren. Der Grund dafür, daß sie es fallenließen, wird wohl der gewesen sein, daß es abseits lag, ganz am Rand der zivilisierten Lande, während wir im Herzen lagen. Ihre Nordgrenze war das Brennende Land. Unter dem rauchenden Himmel, der des Nachts vom Widerschein der Flammen fahl leuchtete, wirkten sie auch noch in einem anderen Sinne entlegen: Sie waren ein mürrisches Volk und blieben am liebsten unter sich. Das war wahrscheinlich

ein weiterer Grund, warum die Seher sich anderswo umgesehen hatten.
Unser Heer war dem ihren nie im Felde begegnet, und einen Staatsbesuch hatte es auch noch nie zuvor gegeben. Ich wußte, warum diese Einladung nun angenommen worden war. Ich herrschte nun von Winchester aus über drei Städte. Selbst in der Oxforder Abgeschiedenheit war das genügend Grund für nüchterne Überlegungen. Der Fürst hatte seinen Sohn geschickt, damit er sich mich und meine Stadt einmal genau ansähe.
Ich war darauf vorbereitet, daß man sich mir wachsam nähern werde, und hielt es für geraten, auch selber auf der Hut zu sein. Er war ein paar Jahre älter als ich und von Geburt an Erbe und Anwärter auf den Thron seines Vaters. Ich rechnete mit einem hochmütigen, unfreundlichen Mann, der sich der Macht wohl bewußt war, die ich errungen hatte, mich aber gleichzeitig als Emporkömmling verachtete. Als der Seher von Oxford ihn zum Fürst von morgen ernannte, war mein Vater einfacher Wachtmeister gewesen und noch nicht in den Adelsstand erhoben.
Aber ich sollte mich gehörig getäuscht haben. Er hieß Eric, und durch seine Art strafte er den Ruf seines Stadtvolkes Lügen. Er hatte eine dunkle, olivene Gesichtsfarbe, sah gut aus, bis auf eine gebrochene Nase und die Narbe eines Schwerthiebs am Hals, und lächelte ungezwungen. Er sprach auch ganz ungezwungen, mit dem leicht schleppenden Tonfall seiner Stadt.
Ich merkte sogleich, daß er sich vorgenommen hatte, mir zu gefallen, und daher war ich zu Anfang um so mehr auf der Hut. Aber dann stellte ich fest, daß mehr in ihm steckte, als nur eine reizende Art im Umgang: viel mehr. Als wir allein in meinem Salon zusammen saßen, sprach er sich mit Umsicht und Offenheit aus.
Er sagte: »Du wirst wissen, warum ich gekommen bin, Lukas. Dein Ruhm ist weit gereist und auf der Reise gewachsen. Man erinnert sich alter Geschichten. Von einer Beschwörung, zum Beispiel, wo dir verheißen wurde, daß du einmal Fürst über Fürsten sein werdest. Man fürchtet dich, weil du erreicht hast, was du erreicht hast – und vielleicht noch mehr erreichen wirst.«
Ich sah ihn nur an und antwortete nichts darauf.
Er sagte:

»Ich war vorbereitet auf einen, den Macht und Ruhmsucht um den Verstand gebracht haben. Dessen Schwächen wollte ich herausfinden, um sie bei einer zukünftigen kriegerischen Auseinandersetzung zu nutzen. Ich stelle aber fest, daß du ein vernünftiger Mann bist. Ich könnte mir vorstellen, daß wir uns in unseren Ansichten nicht allzusehr voneinander unterscheiden. Wir sind beide jung. Beide wollen wir alte und blödsinnige Bräuche ändern.«
Er lächelte. »Es ist viel schlimmer in Oxford als in Winchester, glaube ich. Da kann man überhaupt nichts machen, was nicht auch schon im Jahr zuvor gemacht worden ist. Als Kind habe ich mir verschiedentlich eine Tracht Prügel eingehandelt, weil ich die Gesetze nicht beachtet hatte. Danach habe ich gelernt, ihnen Lippendienst zu erweisen und mir mein Teil dabei zu denken.
Aber es ist Zeit, daß sich etwas ändert. Wie gesagt, die Geschichten von Lukas von Winchester machen fix die Runde durch die Städte und dringen auch zu uns. Geschichten von deinem Ritt nach Norden, wo du den Belemott erschlagen hast, und Geschichten von deinen Eroberungen. Aber da ist eine, die habe ich erst gehört, als ich hier angekommen bin: wie du verfügt hast, daß ein Zwerg Krieger sein soll. Die gefällt mir. Dadurch kriegen auch all die übrigen Geschichten einen anderen Klang.«
Ich wollte ihn nicht enttäuschen und habe ihm daher nicht anvertraut, daß ich es getan hatte, um ein Versprechen zu halten, und nicht so sehr, um eine Änderung um der Änderung willen zu bewirken. Und obwohl ich ihn für aufrichtig hielt, konnte ich ihm nichts von den Geheimnissen der Seher erzählen. Aber ich hatte da jemanden vor mir, der vielleicht ein starker Bundesgenosse sein konnte, wenn die Zeit reif war. Er selber faßte es in Worte:
»Ich habe mit unserem Heer gekämpft und werde auch wieder kämpfen, falls es nötig sein sollte. Aber diese Schlachten führen zu nichts, dienen keinem nützlichen Zweck. Die Zeit für Kleinherrscher ist vorbei. Wir brauchen eine einzige Regierung, die Gesetze für das ganze Land erläßt. Ich glaube, ich habe dein Ziel begriffen, und falls ja, halte ich es für richtig. Ich kann nichts unternehmen, solange mein Vater noch lebt, aber er ist ein alter Mann und krank. Wenn ich helfen kann, helfe ich dir.«
Ich sagte: »Ich glaube es dir, Eric. Und es freut mich zu hören.«

»Noch eins. Du wirst sehen, daß ich dir deinen Ruhm nicht neide. Ich möchte nur dein Statthalter sein. Wenn es soweit ist, werde ich gern mein Knie vor dem Fürst der Fürsten beugen.«

Es war nicht meine Art, irgend jemandem außer einem lange erprobten Freund zu trauen, und ich hatte genug vom Fürstenamt und von den Lügen und Ränken, von denen es umgeben ist, gelernt, um mich nicht durch schöne Worte und ein Lächeln täuschen zu lassen. Ich würde in meiner Wachsamkeit gegenüber Eric von Oxford nicht nachlassen, wie mein Vater zu seinem Verderben in seiner Wachsamkeit gegenüber dem dicken Jeremy nachgelassen hatte. Aber obwohl ich auch weiterhin auf der Hut sein würde, hielt ich ihn für aufrichtig. Und ich mochte ihn auch.

Es würde allen meinen Zwecken dienen, wenn ich ihn enger an uns band. Es traf sich, daß da etwas war, das möglicherweise dazu führen konnte. Er lernte meine Hauptleute und deren Damen kennen, darunter auch Edmunds Schwester Jenny. Und es war nicht zu übersehen, daß sie es ihm angetan hatte.

Als soviel feststand, sorgte ich dafür, daß sie möglichst oft zusammen waren. Ich wußte, daß er nicht verheiratet und nicht verlobt war, wie sie auch. Es machte ihn glücklich, in Winchester zu sein, frei von der Düsternis und Strenge Oxfords. In dieser Stimmung würde er vielleicht nur zu gern ein Mädchen aus unserer Stadt als Braut heimbringen. Und es würde mir sehr gut passen.

Und gegen Jenny als künftige Fürstin seines Sohnes konnte nicht einmal der Fürst von Oxford etwas einzuwenden haben.

Ich sprach mit Blodwen über meine Hoffnungen. Sie sah die Vorteile, meinte jedoch: »Er wird wohl mehr als einverstanden damit sein. Bei ihr bin ich aber nicht so sicher.«

»Aber sie mag ihn gern. Das sieht doch jeder. Hast du nicht gesehen, wie sie heute morgen noch miteinander gelacht haben?«

Blondwen lächelte. »Gernhaben ist nicht Lieben.«

»Er sieht doch gut aus. Er ist ein erprobter Krieger. Er ist vergnügt und geistreich im Gespräch. Und er ist der Sohn eines Fürsten, Fürst von morgen in einer großen Stadt. Was will sie mehr?«

»Armer Lukas! Du kannst Krieg führen und einen Vertrag schließen, aber in dem höchst alltäglichen kleinen Labyrinth der weibli-

chen Seele irrst du absolut verloren herum. Alles das braucht man Jenny nicht zu sagen; das sieht sie, bevor du es siehst. Aber falls ihr Herz nicht dabei ist, nützt es alles nichts.«
»Aber sie ist doch nicht verlobt!«
»Nein«, sagte Blodwen, »sie ist nicht verlobt.« Sie seufzte. »Ich will mich nicht mit dir streiten. Vielleicht kommt ja auch alles so, wie du es dir erhoffst. Lukas, ich muß gehen. Die letzte Anprobe für mein Kleid für heute abend. Ich möchte dir keine Schande machen auf dem Ball.«
Ich stand gerade bei Jenny, als Blodwen den Spiegelsaal betrat. Plötzlich verstummte jede Unterhaltung. Ich erinnerte mich an eine ganz ähnliche plötzliche Stille in Cymrus Thronsaal, an dem Abend, als ich sie zum erstenmal sah und drehte mich um.
Ihre anderen Kleider hatte sie mitgebracht, dies jedoch war von unseren Winchesterer Schneidern genäht worden. Es war aus Seide, nicht so fein und nicht so leuchtend gefärbt wie die der Wällisen: ein stumpfes Ziegelrot. Aber dafür hatten sie es an Hals und Saum und an den breiten Stulpen mit schwerer Goldborte besetzt. Und es war raffiniert geschnitten, so daß es eng anlag und doch um sie herum in wirbelnde Bewegung geriet, wenn sie ging.
»Beim Großen!« entfuhr es mir unwillkürlich. »Hast du schon einmal so etwas Schönes gesehen?«
»Nein«, sagte Jenny betreten. »Niemals.«
»Ich muß zu ihr«, sagte ich. »Und ich glaube, Eric sucht dich, Jenny.«
»Dann werde ich wohl hier warten müssen, bis er mich findet.«
Sie wandte sich ab, und ich ging zu Blodwen. Ich hatte beinahe Angst, sie anzurühren, als wir uns zu unserem ersten gemeinsamen Tanz erhoben, aber sie faßte mich fest bei der Hand mit ihrer kleinen warmen Hand und riß mich energisch in die Reihe zurück, wenn ich einen falschen Schritt machte. Ich war noch nie sehr geschickt in diesen Dingen gewesen.
Ansonsten verlief alles zum besten. Ich sah Eric mit Jenny tanzen, und das freute mich. Später sah ich ihn mit ihr durch die offenen Türen in den Garten hinausgehen, und das freute mich noch mehr. Kurz vorm Essen traf ich dann Eric allein an.
Ich sagte: »Suchst du Jenny? Ich glaube, ich habe sie...«

Er schnitt mir das Wort ab, eine höchst ungewöhnliche Taktlosigkeit.

»Nein.« Er schaute unglücklich drein. »Tut mir leid, Lukas.« Er versuchte zu lächeln, aber das Lächeln wirkte eher zerknirscht als vergnügt. »Ich habe einen Rückschlag erlitten.«

»Einen Rückschlag?«

Er erkärte es mir. Er hatte ihr einen Heiratsantrag gemacht, und sie hatte ihm einen Korb gegeben. Und obwohl er ihr das nicht vorwarf, war die abschlägige Antwort wohl eher schroff als zartfühlend erteilt worden.

Zorn packte mich. Ich kannte Jennys schroffe Art. Früher hatte ich oft genug darunter zu leiden gehabt. Sie hatte das Recht, sich selber zu entscheiden, aber nicht das Recht, unhöflich zu sein zu einem Freund von mir, einem Fürsten, den ich mir als Verbündeten wünschte.

Ich empfahl mich unter einem Vorwand, suchte Jenny und hatte sie bald gefunden. Ich sagte zu ihr: »Ein Wort unter vier Augen.« Sie lächelte, aber mit fest aufeinandergepreßten Lippen. »Wie du befiehlst, Herr.«

Der Garten lag am nächsten. Hinter der Sonnenuhr war eine Laube, die hatten wir für uns. Wir konnten die Musik der Spielleute im Spiegelsaal hören und Menschen sich bewegen sehen, aber an diesem Ort war es still, und man konnte allein sein.

Jenny sagte: »Das ist schon das zweite Mal heute abend, daß man mich hierher bringt.«

Es klang herausfordernd und trotzig. Mein Zorn schwoll an. Ich sagte ihr, was ich von ihrem Benehmen hielt. Eric sei ein guter Mensch. Er habe es nicht verdient, daß man ihm mit Verachtung begegne.

»Und hat er gesagt, ich sei ihm so begegnet?«

»Nein. Aber er war verletzt. Wenn eine Frau einen Mann abweisen muß, kann sie es mit Anstand tun, ohne ihn zu verletzen.«

Sie schwieg eine Weile, dann sagte sie: »Ich wollte ihn nicht verletzen. Ich stimme dir zu, er ist ein guter Mensch. Aber es kam so überraschend, und ich – bin an so etwas nicht gewöhnt.«

Ich sah, daß sie mich im Dunkeln anschaute. »Falls du es für richtig hältst, Lukas, sage ich ihm, daß es mir leid tut.«

Sie hatte die Zurechtweisung geschluckt und wollte es nun wiedergutmachen. Wäre ich ruhiger gewesen, hätte ich es so gesehen, und die Sache wäre erledigt gewesen. Aber ich war nicht nur Erics wegen zornig, sondern auch, weil meine Pläne fehlgeschlagen waren. Wütend sagte ich:
»Dumm bist du auch noch! Ein besseres Angebot kriegst du nie! Keins, das auch nur ein Zehntel so gut ist!«
Sie sah mich fassungslos an. Dann aber sprühte wieder Feuer aus ihrer Stimme, als sie sagte:
»Ein Fürst mag sein Volk kommandieren. Aber mit welchem Recht befiehlt er den Leuten, wie sie leben sollen?«
»Zu deinem eigenen Nutzen! Weil du blind bist, Mädchen, in deinem eigenen Interesse!«
»Blind?« Sie lachte. »So blind wie der Fürst von Winchester?«
»Voller Bitterkeit und Zorn schauten wir einander an. Ich sah, wie ihre Brust sich heftig hob und senkte, und mein eigener Puls raste nur so. Aus der Ferne drang leises Stimmengemurmel herüber, untermalt von den Klängen eines Menuetts. Ich sagte:
»Ich habe Augen, die einen Dummkopf erkennen können und einen Freund.«
»Tatsächlich? Und eine versprochene Braut, die mit einem Freund turtelt? Sehen die das auch?«
Jetzt lachte ich. »Du bist nicht nur dumm, sondern auch verrückt.«
Sie senkte die Stimme, aber es loderte immer noch darin.
»Deine Augen sind die einzigen, die es nicht sehen.«
Ich packte sie grob beim Arm. Meine Finger gruben sich in ihr Fleisch. Sie zuckte zusammen, und ich sagte:
»Das lügst du über Blodwen. Dafür könnte ich dich auspeitschen lassen, so adlig du bist. Aber welchen Mann verleumdest du? Welchen Freund nennst du falsch?«
»Das weißt du doch. Das braucht man dir nicht zu sagen.«
Das stimmte. In solchen Lügenkatalog paßte nur ein Name.
»Edmund?« fragte ich.
Sie sah mich schweigend an, und das Schweigen war das Ja auf meine Frage. Ich ließ ihren Arm los.

»Du bezichtigst also deinen eigenen Bruder. Du widerst mich an. Ohne auch nur den Fetzen eines Beweises!«
Meine Verachtung brachte sie von neuem auf.
»Hör zu«, sagte sie, »hör zu, blinder Lukas. Erinnerst du dich noch an unser Picknick am Fluß? Als du dann fortmußtest nach Romsey? Edmund hat sie an deiner Statt zurückgebracht. Nicht nur in die Stadt, sondern auch in ihre Gemächer. Und ist dann noch geblieben.«
»Auf meine Anweisung. Ich habe Blodwen gesagt, sie soll ihm etwas zu essen geben fürs Rudern.«
Jenny sagte: »Sie müssen spät gegessen haben an dem Abend. Ich bin nach elf Uhr in seinem Zimmer gewesen, da war er noch nicht zu Hause.«
»Aus dir spricht Engherzigkeit und Unwissenheit. Die Wällisen reden gern bis in die Nacht hinein. In Klan Gothlen haben Edmund und ich bis zwei Uhr in der Frühe mit Cymru auf gesessen. Elf ist nach unseren Begriffen spät, nach ihren aber nicht.«
Sie sagte nichts. In der Ferne verstummte die Musik, und das Stimmengemurmel wurde lauter. Ich sagte: »Verbannung wäre besser als Auspeitschen. Am liebsten möchte ich dein Gesicht nicht mehr sehen. Aber jedes Vorgehen würde Edmund weh tun. Darum geh deiner Wege, Jenny, und bleibe mir aus dem Weg.«
Sie ging ohne ein weiteres Wort und schlug den Weg ein, der sie vom Palast wegführen würde. Ich zwang mich zur Ruhe und ging zum Spiegelsaal zurück. Ein anderer Tanz hatte gerade begonnen, als ich eintrat. Edmund stand vor Blodwen. Sie sahen, daß ich zu ihnen hinschaute, und lächelten.

Eine Schauspielertruppe kam zu uns in dem Winter. Es waren nicht die gewöhnlichen Wanderkomödianten, die ihre Rollen in irgendeinem genügend großen Raum im Freien spielten und einen aus ihrer Mitte mit einer speckigen Mütze beim Publikum sammeln ließen. Sie wollten höher hinaus. In Salisbury hatten sie ein sogenanntes Theater, und sie mieteten ein unbenutztes Malzlager bei uns in der Stadt, um etwas Ähnliches daraus zu machen. Das Haus lag an der Flußstraße, nicht weit vom Haus meiner Tante Mary entfernt.

Es war dies ein weiteres Zeichen dafür, wie sehr Winchester in den Augen der Leute an Bedeutung zunahm. Komödianten zieht es, wie Diebe und Betrüger, stets dahin, wo es volle Taschen zu leeren gibt, und sie hatten von unserem Reichtum und unserem Wohlstand gehört. Aber es ging nicht nur ums Geld. Ihr Hauptdarsteller und Prinzipal, ein magerer, hochmütiger Mann Anfang dreißig mit schwarzem Spitzbart und auffallender Kleidung, ließ jedermann wissen, daß die größte Stadt die größte Schauspielertruppe in ihren Mauern beherberge.
Solche Angeberei war typisch für ihn. Als er mir und meinen Hauptleuten seine Aufwartung machte, schwenkte er seinen Hut in solch einer tiefen Verbeugung, daß die Feder daran über den Boden strich, aber es war eine leere Geste. Er ließ uns nicht im unklaren darüber, daß er in Wahrheit sehr wenig von Kriegern oder Edelleuten hielt – oder überhaupt von jedem, der nicht seinem eigenen schäbigen Berufsstand angehörte. Und daß er davon überzeugt war: In diesem Beruf konnte kein anderer ihm das Wasser reichen. Ich kannte niemanden, nicht einmal einen Fürsten, der solch anmaßenden Stolz an den Tag legte.
Ich hätte gute Lust gehabt, ihn auf der Stelle nach Salisbury zurückzuschicken. Aber sein Ruf war ihm vorausgeeilt. Die Leute brannten darauf, diese Komödianten zu sehen, und falls sie wirklich etwas taugten, würden sie ja auch mithelfen, die winterliche Langweile etwas erträglicher zu machen. Blodwen setzte sich auch für sie ein. Sie war zu Hause an Schauspiele und Theater gewöhnt gewesen, und nun fehlte ihr diese Zerstreuung.
Also machten sie sich an die Arbeit, um das Malzlager für ihre Zwecke umzubauen, und die Zwerge werkten fleißig unter der Anleitung dieses Mannes, der sich, um seine Bescheidenheit noch deutlicher unter Beweis zu stellen, der Schauspielerkönig nannte. Schließlich war das sogenannte Theater fertig, und das erste Stück wurde auf den Straßen ausgerufen. Der Bote des Schauspielerkönigs kam in den Palast, um mich und meinen Hof untertänigst zu bitten, bei der Eröffnung zugegen zu sein.
Wir trafen ein, als gerade ein grauer Abend in eine unfreundliche schwarze Nacht überging. Schnee, der den ganzen Tag über gedroht hatte, war immer noch nicht gefallen, aber es fror klirrend.

Ein schneidender Wind wehte aus Ost.
Im Innern hatte man Kohlenbecken aufgestellt, wodurch es weniger kalt war, aber wir brauchten unsere Mäntel trotzdem noch. Die Zwerge hatten gut gearbeitet, und ich mußte zugeben, daß sie vortrefflich angeleitet worden waren. Die Wände hatte man hell gestrichen, die Decke ebenfalls. Und der Fußboden war so gebaut worden, daß er in Stufen anstieg. Am höchsten war er hinten, wo man Bänke fürs gemeine Volk aufgestellt hatte, die nun jedoch leer waren. Dann kam der Abschnitt, wo man Sessel für uns aneinandergereiht hatte. Noch eine Stufe tiefer lag der Teil, den sie die Bühne nannten. Er war mit einem schweren, von der Decke bis auf die Bretter reichenden Vorhang verschlossen.
Als wir Platz genommen hatten, kam der Schauspielerkönig. Er sagte zu mir:
»Sitzt du bequem, Herr?«
Sein Ton wollte andeuten, daß unser Unbehagen ihn beleidigen würde. Ich sagte:
»Nicht übel. Und es ist ein schönes Theater. Obwohl es manch einem seltsam erscheinen mag, daß ihr das niedere Volk über seine Höheren setzt.«
Er lächelte. »Wäre es dir lieber, sie säßen zwischen dir und der Bühne? Wie es nun mal ist, würden sie wenig von dem Stück sehen, wenn man sie nicht erhöht setzen würde. Und du darfst auch nicht vergessen, Herr, daß im Reich des Traumes und der Fantasie alle Menschen gleich sind.« Er verneigte sich. »Es ist unser Vorrecht, einen Ort zu bieten, an dem auch ein Fürst als Entgelt für das flüchtige Gespinst der Fantasie eine Stunde lang Sorgen und Krone beiseite legen kann.«
Es ging ihm glatt von der Zunge. Was er nicht sagte, weil es sich von selber verstand, war, daß in Wirklichkeit nicht alle Anwesenden gleich waren: Die anderen mußten sich der Macht des Schauspielerkönigs beugen. Ich fragte ihn kurz:
»Welches Schauspiel wirst du uns vorführen?«
»Es heißt ›Tristan und Isolde‹«, sagte er. »Ich habe es selber geschrieben – die Geschichte ist allerdings schon uralt.« Er verneigte sich wieder. »Und falls du bereit bist, Herr, wollen wir keine weitere Zeit mehr verschwenden.«

Er schlang seinen Mantel um sich und schlüpfte zwischen den Vorhanghälften auf die Bühne. Wenig später öffnete der Vorhang sich nach beiden Seiten. Einige von den Damen äußerten laut ihr Entzücken. Vor uns war ein Thronsaal aufgebaut. Zwei Throne standen darin, so angemalt, daß sie wie aus Gold wirkten, und mit allerhand buntem Zierat geschmückt. Obwohl der Raum nur klein, wurde dem Auge großartige Pracht vorgetäuscht. Die Seitenwände hatten raffiniert aufgemalte Pfeiler, und hinten gab ein gemaltes Fenster den Blick frei auf gezackte Felsen in einem leuchtend blauen Meer. Es war der Palast eines mächtigen Königs, hoch oben auf einem meerumgürteten Kliff. Und in den Thronsaal schritt durch eine seitlich angebrachte Tür, nun ohne Mantel, so daß man ein Gewand von grellbunter Großartigkeit sah, und mit einer goldenen Krone auf dem Kopf, der Schauspielerkönig.

Er spielte die Rolle des Mark, des Königs dieses Fantasielandes. Die Geschichte handelte davon, daß Mark einen Statthalter und Freund namens Tristan hatte, den er ausschickte, damit er in seinem Namen um die Hand der Tochter des Königs in einem Land mit Namen Ire bäte. Der Ehevertrag wurde auch geschlossen, und Tristan brachte Isolde, die Tochter, mit zurück an Marks Hof. Isoldes Mutter, besorgt um das Glück ihrer Tochter, gab der Zofe, die mit ihr reisen sollte, einen Liebestrank mit. Dieser sollte Mark vor der Hochzeit zu trinken gegeben werden und bewirken, daß er sie sein Leben lang liebte. Aber Tristan und Isolde, ohne zu wissen, was es war, fanden die Flasche mit dem Zaubertrank und tranken sie gemeinsam aus. Also mußten sie einander lieben, solange sie lebten.

Ein seltsames Unbehagen regte sich in mir. Ich hatte damit gerechnet, daß ich mich langweilen würde, da ich nie sehr viel für Spielleute und Komödianten übrig gehabt hatte, aber Langweile war es nicht. Ich verspürte Übelkeit im Magen, und in meiner Brust krampfte sich etwas zusammen, als packe die Hand eines Riesen mein Herz.

Es kam eine Szene vor, in der Tristan und Isolde in langen poetischen Reden einander ihre Liebe erklärten, aber schworen, dagegen anzukämpfen. Tristan war Marks Freund, Isolde seine anverlobte Braut. Sie wußten, daß sie einander liebten, aber sie würden

ihn nicht betrügen. Und während sie auf der Bühne redeten, kamen sie einander immer näher, und dann, immer noch gelobend, daß sie sich nie und nimmer ihrer Liebe ergeben würden, umarmten und küßten sie einander.
Es war ein hochdramatischer Augenblick. Aller Augen, so schien es, waren auf die Schauspielerin und den Schauspieler geheftet. Meine jedoch suchten Blodwen. Ich sah sie nicht zur Bühne, sondern zu Edmund hinschauen; und als habe Herz stumm zu Herz gesprochen, wandte er den Kopf und sah sie an. Lange, lange schauten sie einander in die Augen und schauten dann wieder weg.
Die Übelkeit und das beklommene Gefühl wurden noch schlimmer; nun befiel mich dazu auch noch Kälte. Meine Beine zitterten. Ich mußte die Zähne fest aufeinanderbeißen, damit sie nicht zu klappern anfingen.
Ich hatte versucht, alles wieder zu vergessen, was Jenny mir im Garten erzählt hatte. Falls sich zufällig doch wieder eine Erinnerung daran bei mir einstellte, schickte ich sie gleich wieder fort. Nun jedoch flutetete alles zurück. Ich hörte wieder die leise Musik im Hintergrund und ihre vor Verachtung schroffe Stimme: »Hör zu... Hör zu, blinder Lukas...«
Das Stück auf der Bühne nahm seinen Lauf. Ich sah nur noch Ähnlichkeiten darin. Tristan war ein geübter Harfenspieler und sang Isolde ein Liebeslied. Ich dachte an Edmund, wie er am Fluß seine Laute spielte und dazu sang: »Grünärmel war all meine Lust, Grünärmel, die hat mich entzückt...« Der Schauspielerkönig machte aus Mark einen König, der bis zur Torheit blind war für das, was vorging, und sich nur mit Staatsdingen befaßte – ein stumpfer, schwerfälliger Mensch. Ich sah mich selber nach Romsey davonreiten, weg von dem lieblichen Bild.
Und hier fegte der Zorn das Gefühl der Übelkeit hinweg. Jenny hatte gesagt: »Nur deine Augen bemerken nichts« – oder so ähnlich doch. Konnte das wahr sein? War es möglich, daß der Betrug an mir so offen zutage lag wie der an Mark? War er bereits Stadtgespräch in Winchester? Der Schauspielerkönig hatte gesagt, daß er das Stück selber verfaßt habe. Waren dies am Ende vielleicht alles Sticheleien gegen mich? Ich verspürte den Drang, auf die Bühne

hinunterzuspringen, das Holzschwert, das der Schauspielerkönig trug, mit meinem stählernen beiseitezuschlagen und ihn zu durchbohren. Aber wie immer, blieb auch nun mein Verstand hinter meinem rasenden Zorn kühl. Vielleicht würde noch getötet werden müssen, aber dies war nun nicht der Zeitpunkt dazu.
Das Stück ging irgendwie zu Ende. Mark tötete Tristan, glaube ich, und Isolde erstach sich selber. Mir ging es nun nur noch darum, daß Schluß war. Die Schauspieler zeigten sich, damit wir ihnen Beifall klatschen konnten, und dann kam der Schauspielerkönig wieder zu mir und fragte, ob ihre Bemühungen meinen Beifall gefunden hätten.
»Es war unterhaltsam«, sagte ich, »alles in allem.«
Er verbeugte sich steif, ziemlich aus der Fassung. Blodwen sagte: »Oh, es war gut! Wir haben in Klan Gothlen keine besseren Schauspieler. Und ein vorzüglich geschriebenes Stück. Lukas, du mußt ihn gut belohnen.«
Ich sah ihr freimütiges, eifriges Gesicht und konnte nicht glauben, daß sie falsch war. Hinter ihr stand Edmund und lächelte, wie schon so oft, über ihre Begeisterung, lächelte zu mir hin. Falls sie nicht aufrichtig waren, dann war die ganze Welt eine einzige stinkende Ruine, in Trümmern und mit Schleim überzogen wie das Dorf, das der Belemott niedergewalzt hatte. Und ich hatte den Belemott getötet. Ich sagte zum Schauspielerkönig:
»Ihr habt gut gespielt. Gold wird euch morgen früh geschickt.«

Aber mitten in der Nacht wurde ich wach, und als ich einmal wach war, schlief ich nicht wieder ein. Szenen aus dem Stück stellten sich wieder ein; die Worte der beiden Liebenden klangen mir im Ohr und dahinter Jennys spöttische Stimme: »Hör zu ... Hör zu, blinder Lukas ...« Ich wälzte mich hin und her, stand früh auf, nahm mir ein Pferd und ritt an der verdutzten Wache vorbei zum Nordtor hinaus.
Ich ritt scharf und weit, wie ein Feigling, der vom Schlachtfeld flüchtet. Aber diesem Kampf war nicht zu entrinnen; seine blinden und gehässigen Krieger verfolgten mich ohne Gnade und wohl hundert Schwerter durchbohrten mich. Und ich wußte, daß es keine Medizin gab, die diese Wunden heilte.

Müde und krank im Innern kehrte ich in die Stadt zurück, die ich regierte. Ich war der Sklave meiner eigenen Augen und Ohren geworden. Ich mußte sie beide beobachten, auf jedes Wort lauschen, das zwischen ihnen gesprochen wurde, jede Geste deuten. Und derweil mein Elend vor jedermann verbergen.

Und in meinem Sklavendasein wurde ich hin- und hergeschleudert. Ich sah sie ihn anschauen, und der Zorn wallte in mir auf. Dann aber sah sie mich an, mit großen Augen und lächelnd, und der Zorn wurde zu Liebe und Abscheu vor mir selber. Nichts anderes fand mehr mein Interesse. Meine Hauptleute kamen zu mir mit Meldungen oder Fragen, und ich hörte zu und sagte etwas und wußte einen Augenblick später schon nicht mehr, was sie gesagt hatten oder was ich geantwortet hatte.

Die Tage vergingen. Ich hatte keinen Appetit, zwang mich aber zum Essen und saß dann da und kaute und schluckte lustlos meine Nahrung, die wie alles andere bis auf eins jede Bedeutung verloren hatte. Mein ganzes Leben war nur noch Beobachten, Raten, Vermuten. Eines Abends dann, als wir beide Gast im Haus seiner Mutter gewesen waren, reichte er ihr beim Aufbruch ihren Mantel, und ich sah seine Hand noch einen weiteren langen Augenblick auf ihrer Schulter liegen.

Wir gingen zu Fuß durch die Straßen zum Palast; für solch kurzen Weg hatten wir keine Pferde mitgebracht. Die Straßen waren nicht mehr so dunkel wie früher; im Winter zuvor hatte ich Öllampen anbringen lassen, wie man sie in Salisbury hatte. Blodwen summte ein Liedchen. Ich sagte: »Bist du glücklich?«

»Ja!«

»Denkst du noch nicht daran, nach Klan Gothlen zurückzukehren?«

Sie sah mich überrascht an. »Aber nein.«

»Du bist schon lange hier.«

Sie lachte: »Bin ich länger geblieben, als ich willkommen war?«

»Wenn du nicht bald aufbrichst, wirst du vom Winter überrascht.«

»Wäre das so schrecklich?«

Ich sagte langsam: »Ich habe mich gefragt – was dich wohl hier hält.«

»Das habe ich dir doch schon gesagt. Ich liebe deine Stadt. Wohl mehr noch als meine eigene.«
Ich sagte: »Und welchen Mann?«
»Welchen Mann? Wen denn anders als Lukas, Fürst der drei Städte?«
Sie sagte es leichthin, scherzend, aber es hatte einen falschen Klang. Ich fragte sie:
»Wie ist es mit Edmund?«
»Ich mag Edmund gern – und all deine Freunde.«
»Nur gern?«
Sie blieb stehen. Wir standen gerade unter einer Öllampe. In einiger Entfernung huschte ein Polymoff in eine Seitengasse – die Schatten um ihn her ließen seine Gestalt noch verkrümmter erscheinen. Wir waren allein. Blodwen sagte:
»Sprich offen mit mir, Lukas, und aufrichtig.«
Die Kehle schwoll mir. Ich mußte die Worte hervorzwängen.
»Folgendes«, sagte ich. »Hast du mich mit Edmund betrogen?«
Sie schaute mir voll in die Augen. »Ich habe dich nicht mit Edmund betrogen und auch mit sonst niemandem.«
Mein Elend zerstob. Ich konnte wieder als freier Mann leben und nicht als Flüchtling, der vor Alpträumen floh. Ich sagte:
»Schwörst du das?«
»Falls geschworen werden muß, schwöre ich es.«
Ich wollte nur noch eins hören. Ich nahm ihre beiden Hände.
»Und du liebst ihn nicht? Wirst du auch das schwören?«
Sie lächelte, und einen Augenblick lang war alles gut. Dann schüttelte sie den Kopf.
»Nein«, sagte sie leise. »Das schwöre ich nicht.«

Der Rat der Hauptleute

Ich schickte Edmund sehr früh am Morgen Nachricht, er möge mit mir ausreiten. Es war noch dunkel, als wir die Hochstraße entlangklippklappten und Gefluche in einer Oberstube auslösten, wo unser Vorbeiritt einen wackeren Bürgersmann aus dem Schlaf ge-

weckt hatte. Wir überquerten dann den Fluß und ritten in Richtung Osttor.
Er fragte mich, als wir uns trafen, was der Grund sei für unseren Ritt zu solch früher Stunde. Ich entgegnete ihm, daß er es zu gegebener Zeit erfahren werde. Mir war eingefallen, daß auch Blodwen ihm vielleicht eine Nachricht geschickt und ihn von dem unterrichtet hatte, was zwischen uns vorgefallen war, und forschte nun in seinem Gesicht nach Anzeichen dafür. Aber die Verwirrung war echt; er wußte wirklich nicht, warum ich ihn abgeholt hatte. Er zuckte die Schultern, sich dem Befehl seines Fürsten fügend, wie es Pflicht eines Hauptmanns war, saß auf und ritt mit.
Die Wache grüßte uns, als wir dann zur Stadt hinausritten. Ich schlug keinen wilden Galopp an wie bei meinem einsamen Ritt vor kurzem. Da waren meine Widersacher Wahngebilde meiner eigenen Fantasie gewesen. Nun war da einer, der hatte ein Gesicht und ritt an meiner Seite. Der Himmel über uns wurde blasser, der Morgen nahte. Ich drehte mich zum Tor um und erinnerte mich an den Tag, an dem der Kopf meines Vaters an einem Speer darüber aufgespießt war. Damals hatte ich geglaubt, daß das Leben mir keine größere Qual würde bereiten können. Nun kam mir das wie eine Kleinigkeit vor. Wir ritten schweigend. Es war nichts Ungewohntes für Edmund. Ich hatte schon oft Anfälle von Schweigsamkeit gehabt, wenn ich in Gedanken an irgendeinem Vorhaben arbeitete und eine Unterhaltung nicht für notwendig hielt, und er hatte sich darauf eingestellt. Die Stadt schlief hinter uns. Man hörte nur das Klappern der Hufe und das Knirschen des Zaumzeugs und den schnaubenden Atem unserer Pferde in der frostigen Luft.
Wir kamen am Erlenteich an, der schwarz und von Eis gesäumt dalag, und ich schlug an der Gabelung den Weg ein, der zum Turnierplatz führte. Als wir dort anlagten, hielt ich mein Pferd an. Das Feld lag kahl und leer vor uns, dahinter erhob sich der dunkle Rücken des Catherinen-Hügels. Oben auf dem Hügel standen die paar Bäume wie Trauernde vor dem aschgrauen Himmel. Ich sah den Platz so vor mir, wie ich ihn einmal erlebt hatte. Die Sonne schien nach Regen an einem Frühlingstag, und die ganze Stadt, so sah es aus, ließ die Junghauptleute hochleben, als sie ihre Trupps zum Turnier heranführten. Und es war auch etwas zu gewinnen gewe-

sen, bei sehr schlecht stehenden Chancen. Ich erinnerte mich an mein jüngstes Ich. Hatte ich so hart gekämpft um nichts weiter als ein edelsteinbesetztes Schwert?

Edmund schwieg. Ich sagte schließlich:

»Weißt du noch, wie wir hier gekämpft haben?«

»Natürlich.«

»Und wie ich dich besiegt habe?«

Er lächelte. »Ja, das weiß ich auch noch.«

»Du hast einmal gesagt, als wir bei einem anderen Turnier zugeschaut haben, daß du bei einer zweiten Chance gewonnen hättest.«

»Ach ja?« Er schüttelte den Kopf. »Daran erinnere ich mich nicht.«

»Glaubst du das immer noch?«

»Daß ich dich besiegt hätte. Nein. Das wußte ich, nachdem du den Belemott getötet hattest. Ich besitze einigen Mut, aber wenn etwas aussichtslos ist, gebe ich auf. Du würdest mich immer wieder besiegen. Nicht so sehr, weil du ein besserer Kämpfer bist, sondern weil du dich einfach nicht geschlagen gibst.«

Ich schwieg und sagte dann: »Es hat zumindest zu etwas Gutem geführt.«

»Ja. Du herrschst über drei Städte und wirst über noch mehr herrschen.«

Ich sagte: »Unsere Freundschaft.«

»Ja. Etwas noch Besseres.«

»Sie hat mir viel bedeutet. Ich habe Hauptleute, die mir treu dienen, einen Kriegerzwerg, der für mich sterben würde, aber das hat nichts mit Freundschaft zu tun. Wir waren unser drei: du, Martin und ich. Martin ist Akoluth geworden und hat uns jetzt ganz verlassen, um ins Heiligtum zu ziehen. Nur du und ich bleiben zurück.«

Ein Schrei ertönte von fern, und hoch oben zogen kleine Punkte übers Grau. Wildgänse, auf ihrem Flug in Länder, die wir nie kennenlernen würden. Ich sagte:

»Wir wollen uns über Blodwen unterhalten, Edmund.«

Wir sahen einander an. Er sagte langsam: »Wieso?«

»Das weißt du wohl.« Er leugnete es nicht, sagte aber:

»Es ist nichts zwischen uns gewesen.«
»Nichts?« Es kam bitter. »Keine Blicke, kein Händedruck?«
»Nicht mehr als das.«
»Hör zu«, sagte ich, »sie gehört mir. Cymru hat sie mir geschenkt auf dem Festmahl, an dem wir beide teilgenommen haben, nach der Vernichtung des Belemott. Stimmt's?«
»Ja«, sagte Edmund. »Aber sie ist ein Mädchen und nicht etwas, das man wegschenkt.«
Ich sah Blodwen vor mir, wie sie mit mir auf der Treppe überm Thronsaal ihres Vaters stand, und hörte sie sagen: »Ich bin keine Ehre – ich bin Blodwen! Ich werde immer ich selber sein und selber über mich bestimmen. Vergiß das nicht, Lukas von Winchester.«
Ich sagte zu Edmund: »Ist es das Amt eines Freundes, sich zwischen einen Mann und dessen anverlobte Braut zu drängen, und sei es nur mit einem einzigen Blick?«
Da sah er mich beschämt an und sagte leise:
»Es war keine Absicht. Ich verspreche es dir.«
»Du konntest nichts dagegen machen?«
»Nein.«
»Vielleicht nicht. Ich kann dir wohl keinen Vorwurf daraus machen. Aber du bist ein freier Mensch. Du kannst jetzt Schluß damit machen.«
Er schwieg. Ich sagte:
»Ich fordere es um unserer Freundschaft willen.«
Der Wind wehte kalt vom Catherinen-Hügel herab, und unsere Pferde stampften mit den Hufen. Endlich antwortete Edmund.
»Ich mache Schluß damit«, sagte er.
Ich griff nach seinem Arm und drückte ihn. »Das vergesse ich dir nicht. Und nun habe ich einen Auftrag für dich. Eine Gesandtschaft.«
Er schaute mich erschrocken an. »Eine Gesandtschaft?«
»Nach Oxford. Wo du öffentlich mit dem Fürsten sprechen sollst und privat mit seinem Fürsten von morgen. Ich bin auf zwei Bündnisse aus, ein offenes und ein geheimes.«
Edmund fragte mich: »Wie lange wird der Auftrag dauern?«
»Ich erwarte dich im Frühling zurück. Wir werden zusammen beim Turnier der Junghauptleute zuschauen.«

»Und wann soll ich aufbrechen?«
»Heute.«
»Sprich offen mit mir«, sagte er. »Schickst du mich wegen Blodwen weg? Solche Mission würde doch besser älteren Händen als meinen anvertraut.«
»Du bist zu weit gegangen bei ihr. Das gibst du zu. Du hast gesagt, du konntest nichts dagegen machen, und das will ich glauben. Alles verwelkt ohne Nahrung. Es ist besser, daß du sie eine Weile nicht siehst.«
Ich zog am Zügel und wendete mein Pferd stadtwärts. Edmund sagte: »Warte noch, Lukas!«
»Ja?«
»Hast du mit Blodwen darüber gesprochen?«
Es wäre vielleicht besser gewesen zu lügen, aber ich schaffte es nicht.
»Ja.«
»Was hast du zu ihr gesagt?«
»Ich habe sie gefragt, ob sie mich mit dir betrogen habe. Sie hat nein gesagt und es beschworen. Ich habe gewußt, daß sie die Wahrheit sagte.«
»Und was noch?«
»Was noch?« wiederholte ich.
Sein Ton war kühner geworden.
»Du hast sie etwas gefragt, und sie hat dir Antwort darauf gegeben«, sagte er. »Dennoch mußt du mich nach Oxford wegschicken. Fürchtest du nur meine Schwäche? Welche Versicherung hast du von Blodwen zu erlangen versucht und nicht bekommen?«
Ich entgegnete:
»Was zwischen Blodwen und mir vor sich geht, ist unsere Sache, nicht deine.«
»Du irrst dich, Lukas! Ich mache mich nicht auf den Weg, um deinen Auftrag auszuführen, bevor ich sie etwas gefragt habe. Und falls ihre Antwort so ausfällt, wie ich glaube, daß sie ausfallen wird, mußt du dir einen anderen Mann für Oxford suchen.«
Mir wurde wieder kalt. Es war eine schärfere Kälte und tiefer drinnen als die, die der Wind vom häßlichen Himmel schürfte.
»Du würdest nicht versuchen, sie mir wegzunehmen.«

»Nicht, falls nicht sie mir die Hand entgegenstreckt. Tut sie's jedoch, dann wird mich nichts davon abhalten, zuzugreifen.«
»Auch Freundschaft nicht?«
»Nichts.«
Er sagte es jubelnd. Ich sagte:
»Und wenn ich dich bitte?«
Ich zitterte am ganzen Leib. Ich merkte, daß mir Tränen in die Augen treten wollten, und drückte sie weg.
Er sagte: »Bitte nicht um etwas, das ich dir nicht gewähren kann.«
»Nicht kann oder nicht will?«
»Was ist da für ein Unterschied? Es gibt Kräfte, die sind größer als unsere eigenen.«
Nachdenklich, fast zu mir selber, sagte ich: »Ich habe nie an deiner Treue gezweifelt. Eher hätte ich an meiner eigenen gezweifelt. Ich kenne meine Schwäche, und ich habe immer versucht, ein guter Freund zu sein. Aber so etwas könnte ich einem Freund nicht antun. Eher würde ich sterben.«
Es war inzwischen heller geworden, und ich sah ihn rot werden. Er sagte: »Du bist mein Freund, aber Blodwen liebe ich. Wir unterscheiden uns in unserem Wesen. Ich glaube nicht, daß du jemals wirklich geliebt hast. Oder jemals wirklich lieben könntest.«
»Ich habe dich geliebt«, sagte ich, »als meinen Freund.«
Er schüttelte den Kopf. »Reden nützt nichts.«
»Hör zu«, sagte ich. »Vergiß die Freundschaft, wenn sie dir so wenig bedeutet. Aber hast du an den Schaden gedacht, der daraus erwachsen kann? Nicht nur uns, sondern der ganzen Stadt.«
»Du hast deine Stadt«, sagte er. »Behalte sie. Wir wollen sie nicht haben.«
Er verknüpfte ihre Wünsche mit seinen, als hätte er ein Recht dazu. Schmerz riß an mir mit seinen Klauen. Ich sagte:
»Selbst wenn ich es wollte, könnte ich sie dir nicht lassen. Ich bin Fürst der Stadt, und sie, Tochter des Königs der Wällisen, soll meine Frau werden. Wenn sich daran nicht gehalten wird, bin ich nicht Fürst, und Chaos ist die Folge.«
»Dann soll das Chaos kommen. Du kannst uns nicht zurückhalten, Lukas.«
»Ich bin Fürst«, sagte ich. »Ich habe einige Macht.«

Wir ritten schweigend in die Stadt zurück. Der wachhabende Soldat am Osttor grüßte uns wieder, und ich befahl ihm, den Wachtmeister zu holen. Der erschien im Nu aus dem Schilderhaus. Sein Name war Tunney, einer von Hardings Leuten, alt für einen Krieger, aber doch noch kräftig. Ich zeigte auf Edmund.
»Nimm ihn fest!«

Blodwen sagte: »Lukas, was hast du gemacht?«
Ihr Gesicht war weiß, und sie wirkte in Eile. Unangemeldet war sie zu mir in meinen Salon gekommen. Es war noch früh. Draußen vorm Fenster segelten ein paar kleine Schneeflocken langsam abwärts.
Ich sagte: »In welcher Hinsicht, meine Dame?«
»Edmund soll unter Arrest stehen. Was ich gestern abend gesagt habe – ist es deswegen? Ich verspreche dir…«
Ich dachte, sie würde nun vielleicht lügen, um ihn zu retten, und das wollte ich nicht hören. Ich schnitt ihr das Wort ab.
»Ich habe einem Hauptmann einen Befehl erteilt, und er hat sich geweigert, ihn auszuführen. Das ist alles, und das genügt.«
»Welchen Befehl?«
Ich erzählte ihr von der Gesandtschaft nach Oxford. Sie ließ mich nicht aus den Augen, während ich sprach, und ich beobachtete, wie sie mich beobachtete. Zum Schluß sagte sie nur:
»Was wirst du mit ihm machen?«
»Ein Fürst muß auf dem Gehorsam seiner Hauptleute bestehen, im Frieden nicht weniger als im Krieg. Das weißt du. Ungehorsam bringt die Stadt in Gefahr, und der Ungehorsame hat den Tod verdient. Aber ich werde ihm nichts zuleide tun. Ich verbanne ihn nur.«
»Das kannst du nicht machen, Lukas.«
»Ich muß es tun«, sagte ich, »oder einen Mann in Winchester herumgehen sehen, der sich meiner Autorität widersetzt hat. Hättest du lieber, ich würde ihn in ewiger Gefangenschaft halten? Selbst das wäre ein zu großes Risiko.«
»Der Befehl hätte nicht erteilt werden dürfen«, sagte sie. »Er ist nicht zum Nutzen der Stadt ergangen, sondern du hast einen persönlichen Zweck dabei verfolgt.«

Ich schüttelte den Kopf. »Da besteht kein Unterschied.«
»Glaubst du das wirklich?«
»Ein Fürst muß es glauben, oder er ist kein Fürst.«
Ich antwortete ihr mit möglichst kraftvoller Stimme, aber in Wirklichkeit fühlte ich mich müde, und dumpfe Übelkeit stieg immer wieder in mir auf.
Blodwen sagte: »Was bin ich hierbei? Eine Sache? Ein Geschöpf, das jeden Wunsch seines Herrn erfüllt und zur Belohnung ein Lächeln oder vielleicht ein bißchen Flitter und Tand empfängt? Sind wir alle nur *Sachen* für den Fürst von Winchester?«
»Ich tu, was getan werden muß.«
»Und müssen wir nach der Melodie tanzen, die du zu hören glaubst? Gestern abend hast du von mir verlangt, ich soll schwören, daß ich Edmund nicht liebe, und das habe ich nicht getan. Darum hast du ihn nach Oxford schicken wollen. Hast du mir so wenig vertraut?«
Ich gab ihr keine Antwort. Sie fuhr fort:
»Wir sind keine Marionetten, wenn du uns auch gern zu welchen machen möchtest. Ich weiß nicht, was geschehen wäre, wenn du nicht daran gerührt hättest. Es ist mir nicht neu, daß Edmund mich liebt, und es überrascht mich nicht, daß er um meinetwillen seinem Fürsten trotzt. Aber ich habe seine Empfindungen besser gekannt als meine eigenen. Ich wollte nicht deshalb nicht schwören, weil es nicht stimmte, sondern weil ich nicht wußte, ob es stimmte oder nicht. Mein Vater hat unsere Verlobung öffentlich verkündet, und ich würde mich nicht willentlich seinen Wünschen widersetzen. Aber eins sage ich dir, Lukas: Falls Edmund verbannt wird, gehe ich mit ihm und bleibe bei ihm in der Verbannung.«
Ihre Worte peitschten mich. Aber sie schmerzten nicht nur, sie machten mir auch Angst. Im Schwerterkampf hatte ich solches Entsetzen nie gekannt. Ich schaute sie an. Sie lächelte nicht; jegliche Zärtlichkeit war aus ihrem Gesicht verschwunden. Ich wollte mich geschlagen geben und gleichzeitig um Erbarmen bitten und um Gnade. So hätte ich sie vielleicht auch jetzt noch gewinnen können. Mochte sich in ihrem Gesicht auch kein Mitgefühl zeigen, in ihrem Herzen wohnte es immer. In der Niederlage hätte ich vielleicht gesiegt.

Aber ich konnte sie nicht in die Falle ihres Mitgefühls locken. Ich sagte:
»Das darfst du nicht. Noch bin ich der Fürst hier, und ich verbiete es dir.«
Nun lächelte sie, aber es lag nichts Sanftes darin.
»Ich bin dir nicht untertan, Lukas von Winchester.«
»Du bist in meiner Stadt.«
»Mein Vater ist Cymru, König der Wällisen. Seinem Willen gehorche ich, weil ich es will. Kein anderer Herrscher kann mir befehlen.«
Ich spürte die Angst wieder, die Schwäche, die schlimmer war als jeder Schmerz. Durch diesen Kampf mußte ich alles auf der Welt verlieren, das zu besitzen sich lohnte, und nichts gewinnen. Aber ich konnte nicht mehr zurück. Quer durch den kleinen Raum schauten wir einander an. Hinter Blodwen hing das Bild meiner Mutter. Auch dort war Schönheit; eine Schönheit, die ich angebetet hatte, die mir jedoch nur wenig Trost geboten hatte.
Ich erhob die Stimme: »Wache!«
Er stampfte herein von seinem Posten im Spiegelsaal. Blodwen schaute mich immer noch an. Ich sagte zur Wache:
»Das Fräulein Blodwen ist unter Arrest.«
Er antwortete ausdruckslos: »Jawohl, Herr.«
Blodwen sagte: »Wirfst du mich jetzt in deinen Kerker?«
Es klang zornig und ungläubig. Ich sagte: »Führe sie in ihre Gemächer. Sorge dafür, daß sie dort streng bewacht wird.«

Am späten Vormittag kam Grimm, der Seher, zu mir. Er wirkte so massig und sorglos wie eh und je, aber er sagte:
»Es sieht ziemlich schlimm aus, Lukas.«
»Ja, es hat schon besser ausgesehen«, sagte ich.
»Dabei klappte alles so gut.« Er schüttelte den Kopf. »Es darf keinen Rückschlag für unsere Pläne in diesem Stadium geben.«
Er meinte die Pläne der Hohen Seher: die Pläne, die darauf abzielten, zur Wissenschaft und zu Maschinen zurückzukehren und das Leben der Menschen zu verändern. Kinderstimmen klangen von draußen herein; sie spielten dort irgendein Spiel. Die Hoffnung und Unternehmungen der Seher bedeuteten mir genausowenig.

»Was hast du mit ihnen vor?« fragte Grimm. Ich schwieg.
»Wirst du dir meinen Rat anhören?«
Ich hörte mich antworten und war überrascht, wie ruhig meine Stimme klang:
»Ich werde mir immer deinen Rat anhören, Grimm.«
»Schicke sie sofort an den Hof ihres Vaters zurück.«
»Sie wird ohne Edmund nicht gehen.«
»Dann schicke ihn mit. Klan Gothlen ist weit genug weg. Von dort droht uns keine Gefahr.«
»Und er wird sie haben.«
Mit der Ruhe muß es wohl vorbei gewesen sein. Grimm streckte sich in seiner ganzen Fülle im Sessel und sagte:
»Bevor ich Akoluth wurde, kannte ich ein Mädchen, um dessentwegen ich schlimm gelitten habe. Manche in unserem Orden finden es hart, daß sie der Frauen beraubt sind in ihrem Leben. Ich war immer froh darum. Es gibt andere Freuden.«
Sein Bauch bewies es. Ich sagte:
»Es freut mich, deinetwegen.«
»Sie hieß Lucy«, sagte Grimm. »Es hat zu der Zeit sehr weh getan: Ich meinte, davon sterben zu müssen. Ich bin aber nicht gestorben, wie du siehst. Und obwohl ich mich an ihren Namen noch erinnere, erinnere ich mich nicht mehr an ihr Gesicht. Alles geht vorbei.«
Er wartete, aber ich sagte nichts. Er sagte:
»Sieh dich vor, Lukas. Tu nichts unbesonnen. Von dir hängt viel ab.«

Noch jemand kam mich besuchen: der Christenbischof. Als mir sein Name gebracht wurde als der eines um Audienz Bittenden, dachte ich daran, nein zu sagen. Aber jede Gesellschaft war besser als die Gesellschaft meiner Gedanken. Ich ließ ihn also eintreten und sah ihn gleichgültig an.
»Was willst du von mir?« fragte ich ihn. »Noch mehr von meiner Beute? Hast du noch nicht Gold und Land genug?«
Er sagte: »Die Leute laufen auf der Straße zusammen. Bisher sind's nur wenige, aber es könnten leicht mehr werden. Sie rufen einen Namen, Fürst, aber es ist nicht deiner. Sie rufen: ›Blodwen!‹ Dein Volk liebt sie sehr.«

Ich lachte. »Der Seher war schon da, um mir zu sagen, was ich machen soll, aber daß die Christen ihren Bischof schicken würden, daran habe ich wahrhaftig nicht gedacht! Ich wußte nicht, daß Staatssachen euch dermaßen interessieren.«
»Sie interessieren uns auch nicht. Ich spreche nicht von Politik, sondern von Menschen. Von einem Menschen insbesondere. Sie ist ein guter Mensch.«
Ich schaute ihn halb zornig, halb belustigt an.
»Das stimmt, Bischof.«
»Und ehrlich.«
»Stimmt auch.«
»Sie hat dir nichts getan.« Darauf sagte ich nichts. »Und falls du ihr Unrecht tust, tust du dir selber ein noch viel größeres Unrecht an.«
»Ich bin Fürst«, sagte ich. »Denk daran.«
Er zog die breiten, massigen Schultern hoch und schüttelte den kahlen Kopf.
»So nennt man dich. Aber zuerst bist du einmal ein Mann, und sie ist eine Frau.«
»Was weißt du von Männern und Frauen? Lebst du nicht ehelos, deinem Gott zu Gefallen?«
»Ich weiß eins«, sagte er. »Ich weiß, daß das, was dich bewegt, nicht Liebe ist, sondern Stolz.«
»Ja, natürlich«, sagte ich, »dein Gott hat den Stolz eine Sünde genannt. Und du kannst es also gar nicht richtig verstehen. Du bist kein Krieger.«
»Ob Sünde oder nicht«, sagte er, »dein Stolz könnte noch dein Verderben sein. All deine Krieger und auch dein eigener rechter Arm können dich dann nicht mehr retten.«
»Du ermüdest mich, Bischof«, sagte ich. »Geh nach Hause und bete zu deinem Gott, der keinen Stolz hatte.«

Als letzte kam Jenny. Sie hatte geweint, und ihre Augen waren immer noch gerötet. Ich sagte:
»Fräulein, welchen Dienst willst du mir nun erweisen?«
»Nur ein Unrecht wiedergutmachen.«
»Von Unrecht kann keine Rede sein. Du hast mich blind genannt,

und das stimmt. Meine Augen sind nun geöffnet, und ich danke dir dafür.«
»Es war überhaupt nicht wahr! Edmund hat dich nicht betrogen. Ich habe im Zorn gelogen.« Sie sah mich an, zutiefst beschämt. »Und aus Eifersucht. Ich konnte es nicht ertragen, wie du sie angeschaut hast. Vergib mir, Lukas. Und laß Edmund nicht meine Lügen entgelten.« Sie holte schluchzend Atem. »Und auch sie nicht.«
Wenn ich noch Mitleid übrig gehabt hätte, hätte sie mir leid getan. Alles, was sie sagte, war wahr – und änderte nichts. Ich sagte müde: »Sie lieben sich. Was hieraus folgt, muß kommen. Bedauern bringt nichts ein.«
Sie wandte sich von mir ab, nun wieder in Tränen, und ging.
Ich hörte den Aufruhr und rannte mit gezücktem Schwert hinaus. Der Lärm kam aus dem Nordflügel, wo Blodwens Gemächer lagen. Als ich dort ankam, fand ich zitternde Polymoffs, zersplitternde Türen, einen sterbenden und einen toten Wächter vor. Der Sterbende konnte nicht mehr sprechen, und die Polymoffs redeten solch ein Durcheinander, daß man kein Wort verstehen konnte. Es sei gekämpft worden, sagten sie, was deutlich zu sehen war. Ebenso offensichtlich war, daß sie nichts gesehen hatten – sie hatten sich tunlichst versteckt gehalten.
Aber die Tür zu Blodwens Zimmer war eingeschlagen, und sie war weg.
Ich stand auch fünf Minuten darauf noch da und guckte mir die zerborstene Tür an, als Greene mit einem Dutzend seiner Leute die Sackstraße entlanggeritten kam. Er saß ab. An seinem Ärmel war Blut, aber er schien nicht ernstlich verwundet zu sein. Ich riß mich von der Betrachtung der Tür los und sagte: »Wer hat sie rausgeholt?«
»Charles.«
»*Charles?* Wie? Allein?«
Weil er Edmunds Bruder war, hatte ich zur Vorsicht seinen Trupp am Morgen unter die anderen Hauptleute verteilt.
Greene antwortete: »Er hat sich ein halbes Dutzend von seinen Leuten genommen. Sie haben die Wache überrascht. Wir haben sie sofort verfolgt, aber...«

»Sie sind euch entwischt? Macht nichts. Ein halbes Dutzend Leute? Er muß verrückt geworden sein. Und was soll es nützen, sie herauszuholen? Will er etwa mit ihr als Pfand um Edmunds Freilassung handeln?«
»Er hat Edmund bereits freigelassen.« Ich sah ihn verständnislos an. »Sie haben die Zitadelle besetzt. Darum sind wir zurückgekommen.«
»Dann ist Blaine...« Blaines Leute hatten morgens die Wache auf der Zitadelle übernommen. »Blaine macht also mit.«
Greene nickte. »Sieht so aus.«
»Rebellion also. Und Blaine glaubt, daß er mit seinem Trupp und den Leuten, die er von Charles' Trupp zusammenkriegt, die Stadt an sich reißen kann?«
»Das ist noch nicht alles. Er hat den Wällisen ihre Schwerter zurückgegeben. Ich habe sie auf dem Wall der Zitadelle gesehen.«
Die Entwaffnung von Blodwens Leibwache war eine weitere von meinen Vorsichtsmaßnahmen gewesen. Selbst bei einem Mann wie Blaine fiel es mir schwer zu glauben, daß er dazu fähig war, ausländische Soldaten innerhalb der Stadt zu bewaffnen. Aber nun war nicht die Zeit, sich darüber, was zu glauben war und was nicht, den Kopf zu zerbrechen. Der Aufstand hatte bedrohliche Ausmaße und mußte niedergeschlagen werden. Ich sagte zu Greene:
»Er wird nach anderen Umschau halten, die vielleicht zu ihm übertreten würden, falls sie glauben, daß er stark genug ist, um zu gewinnen. Wir müssen so schnell wie möglich klarmachen, wie stark wir selber sind. Wir müssen alle Hauptleute zusammenrufen, auf die wir uns verlassen können – Wilson und Ripon, Nicoll, Barnes, Becket, Stuart.«
Greene nickte.
Ich sagte: »Hol du Nicoll und Barnes. Ich schaffe die anderen herbei. Wir versammeln uns hier, im Palasthof.«

Als der Abend hereinbrach, standen die Fronten fest. Stuart hatte ich nicht für mich gewinnen können; er war mit seinen Leuten zu Blaine übergetreten. Und Turners Trupp war ebenfalls in der Zitadelle; aber damit hatte ich gerechnet. Hingegen war Grant, bei dem ich meine Zweifel gehabt hatte, mir treu geblieben. Wir hielten den

Palast und die Stadt im allgemeinen, sie die Zitadelle.
Viel hing davon ab, wie Harding sich entscheiden würde. Sein Trupp war vielleicht der stärkste von allen. Stieß er zu uns,mußten wir mühelos siegen: Die Zitadelle bot zwar den Verteidigern starken Schutz, aber uneinnehmbar hatte sie nie sein sollen. Die Mauern der Stadt und deren Krieger waren immer unser Hauptschutz gewesen. Trat er aber zu Blaine über, so vertraute ich immer noch auf einen für uns günstigen Ausgang – allerdings würde es dann zu härteren und blutigeren Kämpfen kommen.
Harding war kein Dummkopf; er wußte das ebenfalls. Und obgleich er kein Freund meines Vaters oder meines Bruders gewesen war und auch mein Freund nicht war, hatte der Haß zwischen seiner Familie und den Blaines sehr viel ältere Wurzeln. Und ich konnte mir auch nicht vorstellen, daß er zu einem Rebellen stoßen würde, der Barbaren Waffen in die Hände gegeben hatte. Er mochte treulos und verräterisch sein, aber er liebte die Stadt.
Die Tatsache, daß er sich bisher nicht festgelegt hatte und seinen Trupp in seinem großen Haus versammelt hielt, das nicht viel kleiner war als der Palast, bedeutete wohl nur, daß er die Bedeutung seiner Stellung genoß. Alle mußten sehen, daß wir auf ihn warteten. Aber er würde seine Entscheidung nicht zu lange hinausschieben, damit ich nicht am Ende vor Ungeduld ohne ihn angriff. Wir könnten vielleicht auch ohne seine Hilfe gewinnen, und damit wäre er dann so klein, wie er jetzt groß war.
Er kam tatsächlich zu der Stunde, zu der ich ihn erwartet hatte, und wurde in den Saal geführt, wo ich mit den mir treu gebliebenen Hauptleuten saß. Er grüßte mich, wie ein Hauptmann seinen Fürst zu grüßen hatte, mit einer kurzen, aber unmißverständlichen Verbeugung. Ich sagte: »Willkommen, Hauptmann! Wir freuen uns, daß du zu unserer Besprechung kommst. Dein Rat wird uns sehr dienlich sein.«
Er sagte: »Das ist eine schlimme Geschichte, Herr.«
»In der Tat. Aber sie kann bald beendet werden.«
»Vielleicht bald, ja, aber es wird ein bitteres Ende. Der Haß wird nicht sterben, wenn die Köpfe von fünf Winchester Hauptleuten über dem Palasttor aufgespießt sind. Die Fehden, die heute beginnen, werden über Generationen hin andauern.«

Ich sagte: »Das mag wohl sein. Aber wir haben nicht damit angefangen. Was meinst du, was ich machen soll?«
»Es wird behauptet, du habest Edmund in die Verbannung schikken wollen.«
»Er hat einen Befehl verweigert, den ich ihm erteilt habe. Ist es nicht mein Recht?«
Harding nickte. »Sicherlich. Und Verbannung ist besser als Blutvergießen. Auch für andere wäre es so vielleicht besser.«
»Ich bin bereit, sie mit Verbannung zu bestrafen statt mit dem Tod. Du kannst ihnen diese Nachricht überbringen, wenn du willst.«
»Es gibt eine bessere Lösung. Falls solch eine Nachricht geschickt wird, müssen alle einwilligen oder alle ablehnen. Darum werden sie also ablehnen. Laden wir sie jedoch unter Zusicherung freien Geleits zu einer geheimen Hauptleutesitzung ein, besteht die Möglichkeit, daß wir sie einzeln und einen nach dem anderen zur Annahme unserer Bedingungen gewinnen.«
Er sprach mit beträchtlicher Überzeugungskraft, und ich sah auch einen oder zwei in der Runde nicken. Sie waren treu, aber keinen drängte es danach, alte Kameraden zu erschlagen, die in vielen Fällen sogar Verwandte waren. Auch ich selber war nicht darauf versessen. Falls die Sache ohne Blutvergießen bereinigt werden konnte, um so besser. Und selbst falls Charles und Edmund und Blaine sich als halsstarrig erweisen sollten – Turner und Stuart vielleicht nicht.
Ich sagte: »Meinst du, sie würden zu solch einem Treffen in den Palast kommen? Zu ihnen hin gehe ich nicht.«
Harding erwiderte: »Mein Haus steht zur Verfügung. Es liegt in der Mitte.«

Wir saßen in der großen Halle in Hardings Haus, um seinen Ratstisch. Der war großartiger als alles, was ich im Palast besaß: sehr lang, oval, aus Eiche, die Generationen von Polymoffhausknechten zu dunklem, sattem Glanz gewienert hatten.
Ich saß am Kopfende mit Greene zu meiner Rechten und den anderen mir treuen Hauptleuten in der Nähe. Blaine und seine Rebellen, darunter Edmund, hatten am anderen Ende des Tisches Platz genommen. Harding saß zwischen den beiden Gruppen.

Wir hatten unsere Schwerter, aber waren auf Ehre dazu verpflichtet, sie nicht zu gebrauchen. Ich fürchtete keinen Verrat. Auf jeden Fall waren wir ihnen zahlenmäßig überlegen und hatten weitere Leute auf Rufnähe bereitstehen.
Ich sprach als erster und faßte mich kurz. Sie stünden in Rebellion gegen ihren Fürsten. Es sei dies eine Tat, die nach dem Gesetz und nach uraltem Brauch den Tod verdiene. Diese Strafe werde sie ereilen, sobald wir sie besiegt hätten, und daß wir unserer Stärke nach dazu imstande seien, sei offensichtlich.
Ich sei bereit, fuhr ich fort, ihnen das Leben zu schenken, nicht aus Schwäche, sondern weil ich ein Blutvergießen vermeiden möchte. Falls sie sich ergäben, würden ihre Leute straffrei ausgehen. Sie selber würden alle bewegliche Habe, die sie mitzunehmen wünschten, ins Exil mitnehmen können.
Blaine antwortete mir. In Winchester nähmen die Leute die Herrschaft eines Fürsten hin, nicht aber die eines Tyrannen. Ein Fürst dürfe seinen Hauptleuten alles befehlen, jedoch nur solange sein Befehl dem Allgemeinwohl diene. In diesem Fall könne davon nicht die Rede sein. Eine Art von Verbannung sei mit abgekarteten Gründen gegen einen verhängt worden, der sich nichts habe zuschulden kommen lassen, und als dieser sich zu Recht dagegen gesträubt habe, sei seine Verbannung ausgesprochen worden. Das aber sei Tyrannei, und es sei die Pflicht eines jeden Bürgers, dagegen aufzustehen.
Er sprach auf seine übliche, hochtönende Art. Die kannten wir schon alle, und ich nahm nicht an, daß irgend jemand stark davon beeindruckt war. Beim Lichtschein der Öllampen, die von der Decke herabhingen, glaubte ich Unbehagen in den kleinen Augen zu erkennen, die tief in dem feisten Gesicht lagen.
Sie würden meinem Angebot ein anderes Angebot entgegensetzen, fuhr er fort. Auch sie wollten kein Blutvergießen, sondern Frieden. Falls ich Edmunds Verbannung aufhöbe, desgleichen Fräulein Blodwens Arrest, und Charles seinen Trupp wiedergäbe und allen volle Straffreiheit zusicherte, würden sie aus der Zitadelle herauskommen und nach Hause gehen.
Das war natürlich lächerlich. Nach solchem Aufeinanderprall der Gegensätze konnte es kein Vertrauen mehr geben. Zwei Heere

würden die Stadt durchstreifen, bewaffnet und bereit, bei der allerersten Provokation loszuschlagen. Und die würde nicht lange auf sich warten lassen. Und nachdem ich einmal nachgegeben hatte, über wieviel Macht verfügte ich dann noch? Ich lehnte das Angebot rundweg ab, ohne jede Erläuterung.

Andere Hauptleute meldeten sich zu Wort. Sie redeten, wie es ihrem Platz am Tisch und ihrem Temperament entsprach. Manche redeten hitziger und manche kühler, aber der tote Punkt wurde nicht überwunden. Dann, nachdem alle gesagt hatten, was sie zu sagen hatten, erhob Harding sich.

Darauf hatte ich gewartet. Der Adel seiner Familie war so alt wie der Blaines. Er persönlich hatte sich nicht nur um die Stadt verdient gemacht, sondern stand auch, im Gegensatz zu Blaine, in dem Ruf, ein kluger und nüchtern denkender Mensch zu sein. Als mein Vater ermordet worden war, war Harding es gewesen, der die Hauptleute um sich geschart und ihnen Mut gemacht hatte. Hätte Peter nicht die Stadt zurückerobert, wäre mit ziemlicher Sicherheit er zum Fürsten ausgerufen worden. Seine Stimme auf unserer Seite zählte mehr als alle anderen zusammen.

Und da war noch etwas. Ich hatte auf dem Weg zu seinem Haus unter vier Augen mit ihm gesprochen. Edmund und Charles müßten die Stadt verlassen und Blaine mit ihnen, hatte ich ihm erklärt; aber falls er um Gnade für Stuart und Turner bäte, würde ich sie gewähren. Sie könnten ihre Trupps behalten, ja, sogar ihren Platz in meinem Rat. Falls er es ihnen als eine Pflicht gegenüber der Stadt hinstellte, würden sie gewiß darauf eingehen. Auf diese Weise spalteten wir Blaines Streitmacht, und er selber werde nun die Aussichtslosigkeit seiner Lage erkennen und wahrscheinlich die Verbannung dem sicheren Tod vorziehen. Harding hatte mir zugehört und genickt.

Nun sprach er mit ruhiger, leiser Stimme. Er sprach von der Stadt und von den Männern, die ihr seit vielen Generationen gedient hatten. Er suchte nicht die Taten seiner eigenen Familie heraus: das hatte er nicht nötig. Er sprach von früheren Kämpfen. Siege hätten die Männer von Winchester geeint, Niederlagen jedoch kaum weniger. Triumph und Katastrophe seien gemeinsam erlebt, gemeinsam genossen oder ertragen worden.

Sie hingen an seinen Worten. Ich beobachtete Stuart und Turner und sah, daß sie bewegt waren. Er führte sie listig dorthin, wo er sie haben wollte. Sie würden schon hinter ihm stehen, bevor er noch um ihre Begnadigung gebeten und ich sie gewährt hatte. Aber er hatte es nicht eilig. Er sprach von der zunehmenden Macht und dem zunehmenden Wohlstand der Stadt in den jüngst vergangenen Jahren. Diese Entwicklung sei eingetreten unter der Herrschaft der Perrys. Obwohl nicht dem Uradel angehörig, habe diese Familie sich um die Stadt verdient gemacht: nicht am wenigsten – er verbeugte sich leicht zu mir hin – Fürst Lukas. Wenn man an eine Stadt denke, an ihre große Vergangenheit und noch größere Zukunft, was verschlüge es da, wem ein Mädchen, und sei es die Tochter eines Königs, ihre Zuneigung schenkte? Die Wällisen seien ein weit entfernt lebendes Volk und gingen uns nichts an. Ich sah Stuart auf den Tisch schlagen und dachte: Die hätten wir! Harding machte eine Pause, bevor er fortfuhr:
»Das ist die Habenseite, aber wir müssen auch die Schuldposten in Betracht ziehen. Macht und Wohlstand sind gewachsen, aber auch Zwietracht und Intrigen haben zugenommen. Es ist zu Verrat und Verschwörungen und Mord gekommen – in einem nie gekannten Umfang. Bis schließlich hin zu diesem Augenblick, wo die Hauptleute in Waffen gegeneinanderstehen und die Stadt geteilt ist.
Ich habe gesagt, die Zuneigung eines Mädchens spiele keine Rolle, und das stimmt. Aber es betrifft den Fürsten, und was den Fürsten betrifft, betrifft uns alle. Kann der Fürst die begnadigen, die, aus welchem Grunde auch immer, das Schwert gegen ihn erhoben haben? Und falls er es tut, wird es dann nicht erneut Zwist in der Stadt geben, da man nun einen Fürsten hat, den keiner achtet?«
Er machte wieder eine Pause. »Lukas hat als Fürst unserer Stadt Ehre gemacht. Er ist, obwohl noch jung, ein großer Krieger und regiert nicht nur hier, sondern außerdem auch noch in Petersfield und Romsey. Aber da er noch jung ist, sind ihm Fehler unterlaufen. Er hat Kornfelder vor Petersfield niedergebrannt, was die Geister als schlimmen Frevel betrachten. Er hat, jeglichem Brauch zuwider, einen Zwerg zum Krieger gemacht. Und nun hat er uns einer Leidenschaft wegen an den Rand eines Bürgerkrieges gebracht.«

Zorn stieg in mir auf. Der Wechsel im Tonfall war nicht zu überhören. Ich sah mich erneut verraten und stand auf. Mit der Hand am Schwertknauf sagte ich:
»Heißt das, daß du mich herausforderst, Harding? Fordert irgend jemand hier mich heraus?«
Harding schüttelte den Kopf. »Ich fordere dich nicht heraus, Lukas. Es ist genügend herausgefordert worden, genügend Fürsten wurden erhoben und gestürzt. Ich fordere dich auf, unserer Stadt einen noch größeren Dienst zu erweisen, als du ihr bisher erwiesen hast. Ich fordere dich auf, abzudanken.«
Ich lachte. »Damit du in aller Seelenruhe meinen Platz einnehmen kannst?«
»Nein.« Er sah nicht mich an, sondern schaute zu den Hauptleuten hin, die um den Tisch saßen. »Die Zeiten ändern sich. Das Amt des Fürsten war früher einmal nötig, weil es die Bürger aneinanderband. Aber die Stadt ist gewachsen und wird noch weiter wachsen, und es eint uns nun nicht mehr. Wir sind die Stadt, meine Herren, wir paar Männer. Wir sind es, die die Macht besitzen, sie zu regieren, und die Verantwortung, die dazu gehört, um diese Macht auszuüben. Wir haben heute etwas gelernt: Was uns entzweit, entzweit die Stadt. Wir brauchen nicht mehr einen einzelnen, der uns sagt was wir tun sollen. Unsere Klugheit zusammengenommen ist größer als die eines jeden Fürsten.
Falls einer von uns Lukas herausforderte und seinen Platz einnähme, was würde es nützen? Würden Intrigen und Zwietracht enden? Ich glaube, es könnte sogar noch schlimmer damit werden. Aber falls wir uns die Macht teilen, könnte mit Neid und Mißgunst Schluß sein. Was haltet ihr davon?«
Der laute Beifall von Blaines Tischende kam kaum überraschend. Aber ich hörte andere mitrufen: Nicoll und Ripon, Becket und Barnes.
Harding wartete, bis alle wieder ruhig waren, dann sagte er:
»Ich fordere dich noch einmal auf, Lukas, zu diesem Dienst. Danke in Frieden ab. Geselle dich zu uns als freier und gleicher Hauptmann. Du wirst willkommen sein in unserem Rat.«
Ihre Gesichter verschwammen vor mir; ich war halb blind vor Zorn. Ich sagte: »Du kennst die Antwort.«

»Dann muß ich der Versammlung einen anderen Vorschlag machen«, sagte Harding, »daß wir den Fürsten entlassen, ohne ihm etwas anzutun, und ihn aus unserer Stadt verbannen. Wer dafür ist, hebe die Hand.«
Ihre Hände gingen hoch: Blaines, Edmunds, Charles', Grants, Stuarts und Turners. Und gleichzeitig Nicolls, Ripons, Beckets, Barnes'. Zum Schluß hob langsam und ohne mich anzuschauen auch Greene die Hand. Nur der alte Wilson saß da und rührte sich nicht.
»Die Mehrheit ist dafür«, sagte Harding. »Die Regierungsgewalt in Winchester geht hiermit auf den Rat der Hauptleute über.«
Ich sagte: »Ich bestehe auf dem Recht eines jeden Fürsten, den Thronräuber zum Zweikampf zu fordern! Oder wollt ihr Schluß mit der Ehre machen?«
»Von einem Thronräuber kann nicht die Rede sein«, entgegnete Harding. »Und das Wort Fürst hat seine Bedeutung verloren. Verlaß uns und geh in Frieden ins Exil.«
Ich zückte mein Schwert zur Hälfte. Sie beobachteten mich, meine Feinde und meine falschen Freunde. Da waren genug, die nur auf einen Vorwand warteten, um mich niederzustechen. Ich ließ das Schwert zurückgleiten.
»Dies ist nicht das Ende«, sagte ich. »Ich bin noch euer Fürst, und der Tag wird kommen, da werdet ihr's merken. Vergeßt nicht, was ihr heute getan habt. Diese Saat bringt euch eine blutige Ernte ein.«
Harding lächelte. »Geh hin in Frieden, solange es dir noch möglich ist.«
Ich drehte mich um und ging.

Eine Waffe von damals

Ich sah auch am nächsten Tag wieder den Morgen grauen, denn ich ritt aus der Stadt, als es noch dunkel war. Ich wollte nicht bis zum Tagesanbruch bleiben und die Schmach erleben, daß der Pöbel mit Fingern auf mich zeigte und mich verhöhnte. Und Rachedurst spornte mich noch ebensosehr an wie die Schmach. Je früher ich mich davonmachte, desto früher konnte ich zurückkommen. Hardings Kopf, das schwor ich mir, würde über den anderen thronen. Während ich im Stall mein Pferd sattelte, hörte ich hinter mir im Schatten ein Geräusch. Ich drehte mich mit einem Ruck um, Hand am Schwert. Unmöglich war es nicht, nicht einmal unwahrscheinlich, daß trotz allen Geredes, man wolle mir nichts zuleide tun, ein Mörder oder auch mehrere gedungen worden waren, die mich suchen und umbringen sollten. Sowohl Blaine als auch Harding war es zuzutrauen.

Aber der da stand, sagte, als er nun vortrat: »Ich bin's, Herr.« Ich erkannte die Zwerggestalt. Es war Hans.
Ich fragte ihn:
»Woher hast du gewußt, daß ich hier sein würde?«
»Ich wußte es nicht«, antwortete Hans, »aber ich habe gewußt, daß du dein Pferd brauchen würdest. Ich habe gewartet, bis du kamst.«
»Die ganze Nacht?«
Er zuckte die Achseln. »Ich bin zwischendurch eingedöst. Wir Zwerge haben einen leichten Schlaf.«
Ich gab ihm die Hand. »Es war ein freundlicher Gedanke, mir Lebewohl zu sagen. Ich bin froh darüber.«
»Nein, nein, Herr. Ich bin gekommen, um mit dir zu reiten.«
»Nein. Auch davon wird mir warm ums Herz. Aber die Reise, die ich nun antrete, muß ich allein machen. Geh du wieder nach Hause, Hans.«
Er sagte mit seiner tiefen, rauhen Stimme, aber ganz ruhig:
»Ich habe nun hier kein Zuhause mehr.«
Mir fiel ein, was er einen Augenblick zuvor gesagt hatte: »Wir Zwerge.« Er hatte die Zwergenstadt verlassen, um mir als Krieger zu dienen. Das konnte nach meinem Weggang nicht andauern. Er hatte alles verloren, wie ich, und es bedeutete ihm ganz genausoviel wie mir.
»Dann komm mit«, sagte ich. Ich lachte. »Die Hohen Seher werden uns beide zusammen aufnehmen müssen.«
»Die Hohen Seher?« Er machte ein erschrockenes Gesicht.
»Du gehst ins Heiligtum, Herr?«
Zwerge kümmerten sich nicht sonderlich um die Geister, aber die Vorstellung, an den Ort zu gehen, von dem die Menschen sagten, daß er ihr Bollwerk sei, flößte ihnen Angst ein.
»Du brauchst nicht hinzugehen, falls du dich davor fürchtest. Wir werden eine Unterkunft für dich finden, wo du auf mich warten kannst. Vielleicht in Salisbury.«
»Ich will hingehen, wo du hingehst, Herr. Ich fürchte mich nicht.«
»Fein!« sagte ich. »Aber bitte kein ›Herr‹, Hans. ›Herr‹ ist für Fürsten, und ich bin nun kein Fürst mehr. Hauptmann kannst du zu mir sagen: das haben sie mir gelassen.«

Hans schüttelte den Kopf. »Für mich bist du Fürst, Herr. Und wirst es immer bleiben.«
Seltsam, daß die Treue eines einzigen Mannes, eines Zwerges, mehr bedeuten konnte als der jauchzende Beifall einer ganzen Stadt. Ich wandte mein Gesicht von ihm ab.
»Sattle dir ein Pferd, Hans«, sagte ich. »Nimm dir irgendeins. Es sind alles tüchtige Tiere. Dies war der Stall des Fürsten.«

Die Nacht brachten wir am Hofe Fürst Matthews von Andover zu. Das letztemal war ich sein Gast gewesen auf meiner Reise nach Süden mit Ezzard, nachdem Peter mich aus dem Heiligtum zurückgerufen hatte. Aber wir waren uns auch vor kürzerer Zeit noch einmal begegnet, als er nämlich nach Winchester kam, um an dem Ball zu Blodwens Ehre teilzunehmen. Bei der Gelegenheit hatte er mir sehr geschmeichelt.
Er war ein dummer, liebenswürdiger Mann, groß, mit hagerem, stumpfem Gesicht und schütterem rötlichem Haar. Soweit man sehen konnte, interessierte er sich hauptsächlich für äußeres Gepränge und höfische Formen. Das Heer von Andover mochte sich in der Schlacht nicht besonders hervortun, aber die Truppen keiner anderen Stadt konnten sich mit ihm messen, was die Pracht der Uniformen und das Exerzieren anging. Der wachhabende Soldat, der uns am Tor grüßte, trug einen Brustpanzer, den mußte er die ganze Nacht poliert haben, so blank war der.
Ich wußte, daß die Tauben bereits Nachricht von den Ereignissen in Winchester gebracht haben würden. Menschen standen in kleinen Gruppen beieinander, als wir nun durch die Straßen ritten. Stumm und neugierig betrachteten sie uns. Vorm Palast – kein großes Gebäude, aber frisch gestrichen mit schwarzen und weißen Streifen – saßen wir ab, und ich ließ Hans bei den Pferden. Ich wurde in Matthews Ratssaal vorgelassen, und er machte mir ohne Umschweife klar, wie es stand.
Er blieb sitzen, als ich durch den Raum auf ihn zuging. Ich verbeugte mich und sagte:
»Zum Gruße, Herr.«
Er erwiderte die Verbeugung nicht. Mit unbewegtem Gesicht sagte er:

»Zum Gruße, Hauptmann Perry.«
Nachdem er jedoch einmal klargemacht hatte, wer wir beide waren – er selber ein Fürst und ich ein heimatloser Wanderer –, konnte er es sich gestatten, wieder etwas Liebenswürdigkeit walten zu lassen. Er befahl, daß mir ein Zimmer im Palast bereitet werde, und bat mich, am Abend sein Gast an der Tafel zu sein. Und ich brachte irgendwie den Anstand auf, ihm für seine Gastfreundlichkeit zu danken.
Ich sagte mir, daß ich keinen möglichen Verbündeten verschmähen durfte, nicht einmal diesen Trottel mit seinem Tick, alles säuberlich in Reihen aufzustellen. Beim Abendessen erzählte ich ihm, was vorgefallen war. Es war ihm peinlich, aber er versicherte mich doch seines – wenn auch recht kühlen – Mitgefühls. Ich führte ihn zu dem springenden Punkt hin, auf den es mir ankam. Dazu mußte ich mich recht deutlich ausdrücken, damit es ihm auch in den beschränkten Schädel ging, und doch zurückhaltend genug, wie es sich für einen ziemte, der kein fürstlicher Vetter mehr war, sondern ein Landstreicher. Was ich ihm klarzumachen versuchte, war dies: Falls eine Stadt ihren Fürsten stürzen und durch einen Rat der Hauptleute ersetzen konnte, dann machten andere es vielleicht demnächst ebenso.
Er hörte mir zu, war aber nicht beeindruckt. Wieder einmal aus Dummheit, dachte ich, und aus Mangel an Vorstellungskraft, aber da beurteilte ich ihn falsch. Mit einer Schlauheit, die ich ihm nicht zugetraut hätte, sagte er:
»Wer hat deine Absetzung bei der Ratsversammlung vorgeschlagen? Harding. Er spricht also gleich zu Beginn schon im Namen der anderen. Es ist ein Rat der Hauptleute, aber ein einzelner ist seine Stimme. Wie lange wird es dauern, bis er die Macht eines Fürsten hat, und wenn er sie einmal hat, wird er sich dann nicht auch den Titel zulegen?«
Es war mir auch bereits durch den Kopf gegangen. Blaine würde unentwegt gegen ihn kämpfen, aber Blaine war ihm nicht gewachsen, wo es um List und Tücke ging. Auch würde man Blaine nicht so bald vergessen, daß er die Wällisen bewaffnet hatte.
Ich entgegnete: »Das mag wohl sein. Aber wenn solch ein Vorwand einmal benutzt werden kann, kann er immer wieder benutzt

werden. Die Macht der Hauptleute wird damit größer als die des Fürsten.«
»Das glaube ich nicht, Perry.« Mein Name war zu einer Beleidigung geworden. Er lächelte selbstgefällig. »Ich habe eine Herausforderung von seiten meiner Hauptleute nicht zu befürchten.«
»Noch gestern morgen habe ich dasselbe gedacht.«
Vor Ungeduld und Zorn klang meine Stimme schroff. Er zog darob die Augenbrauen hoch. Es gab einen bestimmten Tonfall, in dem man mit Fürsten sprach, und dies war er nicht. Er selber sagte nun mit hartem Unterton:
»Aber es ist unwahrscheinlich, daß ich eines Mädchens wegen den Kopf verliere.«
Er sah mich an, die kraftlosen blauen Augen zusammengekniffen in boshaftem Groll, der sich immer schon hinter der Schmeichelei, mit der er mir am Hofe begegnet war, verborgen gehalten haben mußte.
»Oder erntereife Kornfelder niederbrenne. Oder einen Zwerg Krieger nenne und damit Krieger echter Menschenabkunft beleidige. Oder mir die Stadt eines anderen Fürsten aneigne.«
Er beobachtete mich. Der Zorn brachte mich nahezu um den Verstand und schmiedete bittere Worte, die ich ihm an den Kopf werfen wollte. Aber ich hielt sie zurück. Ich hatte ihn ja schon beleidigt. Durch erneute Beleidigung und schlimmere konnte ich mir leicht einen Platz in seinem Kerker einhandeln. Und saß ich dort einmal fest, wußte nur der Große, wann ich jemals wieder herauskommen würde.
Also antwortete ich: »Du hast recht, Herr. Ich bin für meine Fehler gestraft worden.«
Sein Lächeln kehrte zurück. Er klatschte in die Hände, und ein Polymoff trug den nächsten Gang auf.
»Koste von dem Fleisch, Perry. Die Wildschweinjagd war vorzüglich in diesem Jahr.«
Ich fröstelte. »Ich habe keinen Hunger, Herr.«
Matthew beugte sich über den Tisch vor. »Aber ich will, daß du ißt!«
Da saß kein Verbündeter, sondern ein Fürst, dem ich gehorchen mußte. Ich nahm von dem Fleisch und zwang mich zum Essen.

Obwohl ich müde war, schlief ich nur wenig in der Nacht. Meine Gedanken waren bellende Hunde, die um mich, die in die Enge getriebene Beute, herumsprangen – wild und grausam und ohne Erbarmen. Ich versuchte sie zu töten, aber nach jedem Schlag erhoben sie sich von neuem und bellten nur noch lauter. Und sie waren höhnische Gesichter, diese Hetzhunde: Harding, Blaine, Greene. Vor allem aber Edmund und Blodwen. Sie lachten über mich und lachten einander an: erst ein verächtliches Lachen, dann eins der Freude und der Begierde.
Und dabei schwitzte und zitterte ich. Am Morgen waren meine Glieder schwer wie Blei, und der Kopf brummte mir von einem klopfenden Schmerz hinter den Augen. Das Zittern wollte überhaupt nicht aufhören. Matthew bemerkte es, als ich zu ihm ging, um ihm meine Aufwartung zu machen und mich von ihm zu verabschieden. Er fragte mich: »Ist dir nicht gut, Perry?«
»Doch, doch, Herr.«
»Du siehst krank aus. Du kannst gern noch bleiben, und ich kann dir meinen Arzt schicken. Oder doch wenigstens einen von seinen Gehilfen.«
Ich biß die Zähne aufeinander. Ich mußte weg von diesem Mann und seinem Hof, und darum schob ich fürs erste jeden Gedanken an Haß und Rache entschlossen beiseite. Ich antwortete:
»Ich fühle mich durchaus wohl, Herr. Ich möchte deine Freundlichkeit nicht über Gebühr in Anspruch nehmen.«
Hans, als er mich sah, bekam einen Schreck. Auch er drängte mich, in Andover zu bleiben, in einem Gasthof, wenn schon nicht im Palast. Wir hätten genügend Gold, die Unterkunft zu bezahlen. Aber ich wollte nicht auf ihn hören. Ich mußte raus ins Freie.
Er sagte: »Reiten wir jetzt in Richtung Salisbury, Herr?«
Wir waren nach Norden geritten, weg von der kürzesten Strecke, um nicht durch Romseyer Gebiet zu müssen. Ich wußte nicht, welchen Groll man dort hegte und wie man mit einem verfahren würde, der sie als Fürst besiegt und vereinnahmt hatte, nun aber machtlos war.
»Wir reiten in Richtung Salisbury, ja«, sagte ich, »aber wir reiten nicht in die Stadt hinein.« Er sah mich an. »Solange ich keine Macht habe, gehe ich Städten aus dem Weg.«

»Und im Heiligtum geben die Geister dir Macht?«
Mein Kopf war mir leicht und schwer zugleich. Ich lachte.
»Wenn nicht sie, dann weiß ich nicht, wer!«
Wir ritten gerade die Hauptstraße entlang, die vom Palast wegführte. Drei Gestalten in Schwarz kamen uns zu Fuß entgegen: der Seher von Andover mit zwei Akoluthen. Er sah mich, tat aber so, als kenne er mich nicht, und ich ritt ohne Gruß vorbei. Die Seher konnten im Augenblick nichts für mich tun, und Umgang mit mir zu haben, würde für sie eine unnötige Gefährdung bedeuten. Ezzards Schicksal war noch nicht vergessen. Darum hatte ich auch Winchester verlassen, ohne vorher noch einmal mit Grimm zu sprechen. Ich ritt zum Westtor weiter. Der Kopf dröhnte mir vor Schmerzen und Zorn. Die Seher konnten mir nicht helfen. Die Hohen Seher im Heiligtum aber wohl doch.
Es war windstill, aber die Kälte war grausam und biß sich tief in die Knochen ein. Der Himmel war dunkelgrau mit einem rosa Schimmer darin: voller Schnee. Ein Teil davon fiel im Laufe des Vormittags. Kleine Flocken, kaum mehr als weißer Staub, schwebten langsam, langsam herab und sprenkelten den gefrorenen Boden. Gegen Mittag hörte es auf zu schneien, aber der Himmel über uns sah aus, als müßte der Schnee jeden Augenblick aus ihm hervorbrechen.
Bei einem Gasthof hoch oben in den Bergen machten wir halt, um etwas zu essen. Ich hatte keinen Hunger, zwang mich jedoch, etwas zu mir zu nehmen – diesmal nicht, um die Laune eines anderen zufriedenzustellen, sondern um bei Kräften zu bleiben. Ich wußte nun, daß ich Fieber hatte. Meine Stirn brannte, als ich mit der Hand darüberwischte. Ich sah meine Tante Mary vor mir und hörte sie sagen: »Ein Fieber muß man aushungern, Kind...«
Ja, das paßte vielleicht für ein Kind zu Hause, das warm eingemummelt in seinem Bettchen lag. Ein Ritt bei diesem Wetter war eine andere Sache. Hans sagte: »Herr?«, und mir wurde klar, daß ich wohl Worte laut vor mich hin gemurmelt haben mußte. »Nichts«, antwortete ich und wandte mich wieder meinem Teller zu. Es war ein Wildragout, was man uns da vorgesetzt hatte; sah abscheulich aus und schmeckte auch grauenhaft. Mir war übel, aber ich kaute und schluckte, so gut es ging.

Wir ritten weiter, und nun kam der Schnee dichter herunter. Die Flocken waren größer und tanzten wirbelnd, als dann Wind aufkam.
Hans zeigte voraus. »Ist das nicht Amesbury, Herr?« Ich nickte. »Vielleicht ist es das beste, wenn wir da Schutz suchen. Das wird bald noch schlimmer.«
»Nein.« Ich hörte meine Stimme dröhnen und widerhallen. »Wir reiten gegen Süden daran vorbei. Vor Einbruch der Nacht können wir im Heiligtum sein.«
Wir kamen an den Fluß und mußten wieder nach Süden reiten, ein gutes Stück nach Süden, um eine Furt zu finden. Der Schnee trieb sein Spiel mit uns: mal hörte er fast auf, dann wehte er uns schneidend ins Gesicht. Mir war schwindlig. Mein Kopf war abwechselnd eine Blase, so leicht, daß ich Angst hatte, er könnte mit den Schneeflocken davonschweben, und dann wieder ein Klumpen schmerzenden Bleis.
Es war töricht von mir gewesen, nicht auf Hans' Rat zu hören. Der Schnee bedeckte alles um uns her und löschte alle Orientierungsmarken aus. Ja, töricht hier und in so vielen anderen Dingen. Vor zwei Tagen noch Fürst der drei Städte, und jetzt...
Die Zähne klapperten mir in meinem glühenden Kopf. Dann kam es mir so vor, als wichen das Klappern und das Glühen und sogar die Schmerzen weit von mir weg, hinaus ins zuckende Weiß des Himmels.
Hans rief: »Herr, was ist dir?«
Ich konnte ihm keine Antwort geben. Ich merkte, daß ich aus dem Sattel glitt, und wollte nach dem Zügel greifen, aber meine Hand gehorchte mir nicht. Das Weiß um mich herum wurde schwarz.

Der Alptraum hatte viele Teile mit vielen Personen. Harding war da, und ich verfluchte ihn. Ich schwor Rache und sah die Rache vollzogen. Sein Kopf glotzte vom Palasttor herunter, und eine Krähe pickte ihm die Augen aus. Dann wechselte das Bild, und es war nicht das Palasttor, sondern das Osttor, und der Kopf war der meines Vaters. Ich weinte, und Harding lachte neben mir. In rasendem Zorn erschlug ich ihn noch einmal und zerfleischte seinen

Leib mit meinem Stahl. Und der blutende Leichnam stand auf und verhöhnte mich immer noch.
Auch Edmund war da. Ich ritt mit ihm am Turnierplatz entlang und beschwor ihn, mich um der Freundschaft willen nicht zu betrügen. Er gab mir gute Worte, schaute mir aber dabei über die Schulter und lächelte jemand anderem zu. Ich wußte, wer es war, die ihm ein Lächeln abgewann, das er mir nie gewährt hatte.
Blodwen kam allein zu mir. Sie stand auf der Treppe überm Thronsaal ihres Vaters und sagte: »Ich werde immer meinen eigenen Willen haben. Vergiß das nicht, Lukas von Winchester. Ich werde immer ich selber sein.«
»Sei, was du willst!« rief ich. »Solange du nur mir gehörst!« – »Ich will mir selber gehören, Lukas von Winchester...« – »Kannst du ja, kannst du ja, aber nicht ihm, nicht ihm...« Sie lächelte, und ich rief: »Schwöre, daß du ihn nicht liebst!« Sie schüttelte ihren lieblichen Kopf. »Nein. Das schwöre ich nicht.« – »Du bist mein! Mein, und du wirst mir noch gehören.« Sie schüttelte wieder den Kopf. »Nein. Niemals. Aber das macht auch nichts. Es macht nichts, weil du nämlich im Schnee stirbst, Lukas. Ich gehöre Edmund, und du stirbst, stirbst...«
Dann war es vorbei. Mein Geist schwebte in der Luft, ohne Substanz, ohne Organe, aber ich sah und hörte. Sie und Edmund gingen zusammen im Palastgarten spazieren, die Finger ineinandergehakt. Sie flüsterten, und ich hörte, was sie flüsterten: »Armer Lukas, tot im Schnee. Armer Lukas.« Sie lachten, und während sie noch lachten, küßten sie sich.
Mein Geist schwang sich wie ein Vogel hoch über die Stadtmauern und quer übers blinde weiße Land. Ich suchte nach meinem Körper, mit nur einem Ziel im Sinn. Ein Körper hatte einen Arm, und ein Arm konnte ein Schwert halten, und mit dem Schwert würde ich sie niederstechen...
Alles das und noch mehr dergleichen. Die Zeit hatte keine Bedeutung mehr, ebensowenig wie Ort oder Person. Es ging endlos fort, dieses Erleiden und Zufügen von Schmerzen. Endlich jedoch wurde es still, und dann hörte ich ruhige Stimmen, die weder höhnten noch heulten, sondern nüchtern und vernünftig sprachen. Die Stimmen kannte ich, und ich wußte, daß es kein Traum war. Ich

schlug die Augen auf, und da war es auch weiß um mich, aber es war das Weiß von Laken und Kopfkissen. Und ich sah Murphys, des Hohen Sehers, breites, zerfurchtes Gesicht deutlich im elektrischen Licht.

Er lächelte: »Wie geht's denn, Lukas?«
»Einigermaßen.« Ich fühlte mich schlapp, aber das Fieber war weg.
»Wie bin ich hierhergekommen?«
»Das hast du deinem Zwerg zu verdanken.«
»Hans? Wie geht's ihm? Gut?«
»Ja. Seit deinem letzten Besuch hier bei uns haben wir eine Fernsehkamera oben auf einem der aufrecht stehenden Steine installiert. Die Wilden drängen immer heftiger von Westen heran, und wir können nicht sicher sein, daß sie vor heiligem Boden haltmachen – die wissen vielleicht gar nicht, daß es so etwas gibt. Wir müssen Ausschau halten, um zu sehen, wer uns besuchen will. Aber kaum in einem Schneesturm. Robb hat das Gerät eingeschaltet, um es zu überprüfen, wie wir das jeden Tag machen. Und zu seiner Verblüffung sah er zwei Pferde den Berg heraufkommen – auf dem einen saß ein Zwerg, und auf dem anderen war jemand festgeschnallt, der überm Sattel hing. Und als sie sich dem Steinring näherten, lichtete sich der Schnee, und da sah er, daß dieser Jemand ein Gesicht hatte, das er kannte.«
»Hans hat mich hergebracht? Dazu gehörte Mut.«
»Das will ich meinen.« Murphy lachte vor sich hin. »Du hättest mal sein Gesicht sehen sollen, als die Erde sich vor ihm auftat!«
Ich versuchte es mir vorzustellen. Mit mir zum Heiligtum zu reiten wäre schon etwas sehr, sehr Tapferes gewesen. Ich erinnerte mich meiner eigenen Furcht, als ich zum erstenmal die Steine sah, riesenhaft auf dem sonst öden Hügel, und das war an einem schönen Tag gewesen, und der Seher Ezzard hatte mich begleitet. Durch einen Schneesturm zu dem furchteinflößenden Steinring hinaufzureiten, mein Pferd am Zügel mit mir überm Sattel, bewußtlos oder vielleicht sogar tot... Ich hatte recht getan, ihn zum Krieger zu ernennen. Es war wohl kein zweiter in meinem Heer, der das fertiggebracht hätte.

In meinem Heer... Ich sagte:
»Hat er dir erzählt, was sich zugetragen hat – oder jedenfalls, was er davon weiß?«
»Wir wußten's schon«, sagte Murphy. »Von Grimm.«
Natürlich. Tauben mochten in einem Schneesturm nicht fliegen, nichts jedoch behinderte jemals die unsichtbaren Radiowellen, mit denen die Seher in den Städten mit den Hohen Sehern im Heiligtum Verbindung hielten.
»Ich habe euch und eurer Sache gedient«, sagte ich. »Nun komme ich, um euch um Hilfe zu bitten.«
»Daran hast du recht getan.«
»Ich brauche...«
Ich wollte mich vom Bett erheben, sank aber vor Schwäche wieder zurück. Murphy sagte:
»Wir werden noch viel Zeit haben, um darüber zu reden, was du brauchst. Nun komm du erst einmal wieder zu Kräften.«
»Ist Hans...«
»Wir hatten Mühe, ihn von deinem Bett wegzukriegen, aber schließlich hat ihn doch die Müdigkeit überwältigt. Er schläft gerade. Und das mußt du jetzt auch.«

Es war zwei Tage später – Tage, die durch elektrische Uhren markiert wurden, nicht vom Aufgehen und Untergehen der Sonne –, als ich dann mit den versammelten Hohen Sehern sprach.
Sie stellten mir Fragen, die ich so geduldig, wie es mir möglich war, beantwortete. Murphy sagte:
»Es ist ein Rückschlag. Das läßt sich nicht leugnen. Aber ich sehe günstige Möglichkeiten. Dieser Eric von Oxford, der für Veränderung ist. Er ist nur Fürst von morgen, aber da können wir vielleicht nachhelfen. Lukis ist Seher in Oxford...«
Ich unterbrach ihn. »Gewiß können Intrigen gesponnen werden. Aber nicht deshalb bin ich gekommen.«
Murphy wollte fortfahren, aber der alte Lanark hob die Hand und sagte:
»Laß Lukas reden.«
Ich faßte kurz an das Schwert in meinem Gürtel. Nötig war es hier nicht, aber ich trug es trotzdem.

»Ihr habt mir dies geschenkt«, sagte ich, »das Schwert der Geister. Ich habe meinen Bruder damit getötet und mir die Stadt genommen, die ich nach eurem Plan haben sollte. Aber die Stadt ist nun für uns verloren, und kein Schwert wird sie zurückerobern. Ich brauche eine andere Waffe.«

Sie schwiegen und guckten mich an.

»Unsere Vorfahren hatten Waffen, die aus der Ferne töteten. Feuerwaffen haben sie die genannt. Ihr kennt sie und könnt sie mir machen.«

Robb sagte: »Du würdest auch dann noch ein Heer brauchen. Ein Mann allein kann auch mit Feuerwaffen keine Stadt erobern.«

»Ein Heer kriege ich schon.«

»Von Oxford?« fragte Murphy. Er schüttelte den Kopf.

»Selbst wenn Eric Fürst wäre, könnte er sein Heer nicht mit Gewehren ausrüsten. Dort ist man noch mehr als anderswo diesen Dingen gegenüber verschlossen. Aber eine Stadt, wo die Leute sie bejahen würden, gibt es nirgendwo in den zivilisierten Landen.«

»Nicht in den zivilisierten Landen«, sagte ich, »aber ich denke an eine Stadt, die ich kenne. Der Fürst guckt sich abends kinematographische Filme an. Man schneidet dort das Gras mit Maschinen und hat Armbrüste zum Abschießen der Pfeile. Der Kanzler des Fürsten ist Polymoff.«

»Klan Gothlen? Das liegt sehr weit weg. Und wie kommst du darauf, daß der Fürst dort dir helfen würde? Seine Tochter ist in Winchester – und deine Feindin.«

»Er steht in meiner Schuld.«

»Nicht jede Schuld wird beglichen.«

»Man kann auf Zahlung drängen.«

Murphy zuckte die Achseln. Er hatte seine Zweifel. Aber Lanark sagte:

»Es könnte sich was daraus entwickeln. Schaden kann es jedenfalls nicht, wenn man es außer in Oxford auch dort versucht. Wir könnten im Frühling jemanden in den Norden schicken, der mal die Lage erforscht.«

»Die Waffe«, sagte ich. »Könntet ihr mir so etwas geben?«

Lanark sagte zu Robb: »Hast du einen Film, den du uns zeigen kannst?«

»Ich glaube, ich finde, was du haben willst.«
Während er den Film holte und andere Leinwand und Projektor aufbauten, sagte ich zu Lanark:
»Ich dachte Martin hier wiederzutreffen. Ist er wohlbehalten angekommen?«
Lanark nickte. »Und weitergezogen.«
»Weitergezogen? Wohin?«
»Zum anderen Heiligtum. In den Ruinen von London.«
»Habt ihr ihn dorthin geschickt?«
»Nein. Er wollte es.«
»Was ist es denn, was er sucht?«
»Ich weiß es nicht«, sagte Lanark, »aber hier hat er es nicht gefunden.«
Robb ließ den Film laufen. Der war nicht wie dieser zerkratzte und holprige Streifen von komischen Tieren, den ich an Cymrus Hof gesehen hatte. Was man dort sah, wirkte fast so wirklich, daß man glaubte, es anfassen zu können. Männer gingen über ein Feld, fünfzig oder noch mehr in einer Reihe nebeneinander. Sie spazierten unbekümmert daher, redeten miteinander und lachten. Dann sah man andere Männer, wenige nur, die am anderen Ende des Feldes in einem Gebüsch warteten. Sie hatten lange Metallrohre bei sich mit einem Dreieck am Ende, und unten drunter ragte etwas heraus. Sie nahmen dies Dreieck an die Schulter und legten die Hände um das Unterteil. Schroffer und wütender Lärm brach los, das Stottern von Riesen ohne Zunge. Und die Reihe der Männer sank hin wie Korn unterm Schwung der Sichel.
Robb schaltete den Projektor aus und knipste die Beleuchtung im Raum wieder an. Er sagte:
»Ist das ungefähr das, was du haben willst?«
Ich war erstaunt und entsetzt, aber ich sagte: »Ja. Und die Dinger kann man herstellen? Nicht nur eins, sondern viele?«
Robb war klein und dürr, seine Haut noch blasser als die der anderen Hohen Seher. Er trug eine Brille mit dicken Gläsern. Er sagte:
»Viele Waffen unserer Vorfahren waren sehr kompliziert, diese hier aber nicht. Es war eine besonders einfache Maschinenpistole, die sogenannte Sten-Pistole. Die ist recht einfach herzustellen.«
»Kann man sie beritten verwenden?«

»Wahrscheinlich. Aber ein Mann zu Fuß dürfte sicherer damit umgehen können.«
Lanark sagte: »Du sagst, das Schwert, das wir dir geschmiedet haben, genüge nun nicht mehr, Lukas; du bräuchtest eine sehr viel wirksamere Waffe. Da magst du recht haben. Aber du mußt dir klarmachen, daß eine Waffe andere Neuerungen und Veränderungen nach sich zieht. Pferde sind ein größeres Ziel für Feuerwaffen als Männer zu Fuß. Wenn die Sten-Pistole wiederkommt, wird man nicht mehr in die Schlacht reiten.«
Ich nickte, hörte aber kaum zu, weil ich schon meine Feinde – Harding, Blaine, Edmund und alle übrigen – mitten in ihrem Triumph und ihrem Hohngelächter niedergemäht vor mir sah.
»Und noch eins«, sagte Lanark. »Du bist Winchesterer. Du wolltest es kaum glauben, daß Blaine es fertiggebracht hatte, den Wällisen zum Kampf gegen sein eigenes Volk Waffen in die Hand zu drücken. Willst du ein ganzes Heer von Wällisen gegen deine Stadt führen, und dazu noch mit Waffen wie diesen ausgerüstet? Meinst du, das kannst du?«
Ich sah den Rat der Hauptleute, die Hände erhoben gegen mich. Und Edmund und Blodwen in dem Traum fielen mir ein, wie sie flüsterten und lachten und sich küßten.
Ich sagte: »Keine Angst, Lanark. Ich mache das.«

Die Klingelleute

Hans lebte sich nach dem ersten Schock gut im Heiligtum ein und gewöhnte sich rasch an die Wunder, die die Hohen Seher ihm vorführten. Er schaute ihnen bei der Arbeit in den Laboratorien zu und stellte Fragen, die sie ihm beantworteten. Abgesehen von der Macht, die damit verbunden sein konnte, war ihre Wissenschaft von nur geringem Interesse für mich. Anders bei Hans. Obwohl es sein größter Wunsch gewesen war, als Krieger zu dienen, anstatt wie sein Vater Waffenschmied zu werden, entstammte er immerhin einer Familie, die seit Generationen im Metallhandwerk tätig war. Nachdem er Maschinen erst einmal als etwas Gegebenes hingenommen hatte, begriff er mühelos, wie sie funktionierten. Die Hohen Seher waren bereit, ihn zu unterweisen, und er lernte im Nu. Robb und ein Mann namens Kinnell befaßten sich hauptsächlich mit den Sten-Pistolen. Ich hörte zu, wenn Hans sich mit ihnen unterhielt, aber ich kann nicht behaupten, daß ich viel mitkriegte. Sie redeten von rauchschwachem Schießpulver, Zündhütchen, von Flammenrückschlag bei offener Gewehrkammer – und noch einem Dutzend weiterer Dinge, die mir allesamt nichts sagten. Ich sah nur, daß die Maschinenpistole allmählich Gestalt annahm. Ich guckte sie an, wie einer, der Hunger hat, ein überm Feuer schmorendes Kaninchen anguckt – mit schon fast schmerzhafter Ungeduld.

Endlich war sie fertig, und wir versammelten uns in einem der Vorratsräume, um zuzusehen, wie sie ausprobiert wurde. Am anderen Ende wurde eine Zielscheibe aufgestellt. Robb zeigte mir, wie man die Maschinenpistole hielt und auf den Abzug drückte. Ich legte an und feuerte. Die Maschinenpistole zuckte in meinen Händen, wie etwas Lebendiges geradezu, und der Lärm des stotternden Riesen ohne Zunge hallte im Raum wider. Und auf der Zielscheibe war eine gezackte Linie aus Löchern zu sehen. Bis zu diesem Augenblick hatte ich trotz des Films, der mir gezeigt worden war, nicht ganz an die Macht dieser Waffe geglaubt. Aber nun war ein Zweifel nicht mehr möglich. Ich nahm die Maschinenpistole herunter und sagte:

»Das hast du gut gemacht, Robb.«

»Sie ist nicht exakt wie andere Waffen von früher«, sagte er. »Und die Reichweite beträgt nur ungefähr zweihundert Meter.«

»Zweihundert Meter ist genug. Hundert davon, oder auch nur fünfzig, und kein Heer kann es mit mir aufnehmen!«

Robb lachte. »Wir haben uns für diese Maschinenpistole entschieden, weil sie am einfachsten herzustellen ist, aber hergestellt werden muß sie trotzdem! Und wir haben jeder nur zwei Hände. Fünfzig, sagst du? Vielleicht bis zum nächsten Herbst, aber fest versprechen kann ich das nicht.«

»Bis zum Herbst! Ich brauche sie lange vorher.«

»Du bist ungeduldig, Lukas«, sagte Lanark, »und wir verstehen auch, warum. Aber es braucht alles seine Zeit. Es geht ja nicht nur

um Maschinenpistolen. Du mußt auch noch ein Heer finden. Wir müssen warten, bis der Winter vorbei ist, bevor wir bei dem König der Wällisen anfragen können. Und dann muß unser Bote sehr vorsichtig zu Werke gehen.«
»Ich selber muß Cymru darum bitten.«
»Und riskieren, daß man dich mit hinterm Rücken zusammengebundenen Händen nach Winchester zurückschickt? Oder wegen des seiner Tochter angetanen Schimpfs vielleicht sogar auf der Stelle hinrichtet? Es wäre Unfug, sich in diese Gefahr zu begeben. Nein, Lukas, das mußt du uns überlassen.«

Ich sprach mit Hans darüber, als er kam, um mein Zimmer sauberzumachen.
Die Hohen Seher hatten keine Dienerschaft, nur die von unseren Vorfahren zur Erleichterung der Hausarbeit erfundenen Maschinen. Jeder war sein eigener Diener, sogar der alte Lanark. Aber davon wollte Hans nichts wissen. Für einen Fürsten, sagte er, zieme es sich nicht, solche Arbeit zu verrichten. Die Hohen Seher lachten darüber, aber er kümmerte sich nicht darum und bediente mich weiter. Und ich ließ mich von ihm bedienen, weil ich wußte, daß ich ihn beleidigt hätte, wenn ich auf sein Anerbieten nicht eingegangen wäre.
Ich guckte also zu, während er mit der Maschine hantierte, die den Boden säuberte, indem sie Schmutz und Staub aufsaugte. Sie jaulte und heulte und winselte dabei – ein Protestschrei, wie man ihn von einem Polymoff niemals zu hören gekriegt hätte. Endlich schaltete er sie aus, und nun konnte man sich unterhalten. Und zur Abwechslung waren wir auch mal allein, so daß niemand hören konnte, worüber wir sprachen.
Ich sagte: »Diese Sten-Pistole, Hans – du hast bei der Anfertigung zugeschaut und zugehört, was Robb und Kinnell darüber gesagt haben?«
»Ja, Herr.«
»Und alles verstanden?« Er nickte. »Du könntest so ein Ding selber machen? Die Patronen auch? Und es anderen beibringen?«
»Ja. Das wäre nicht schwierig, vorausgesetzt, man hat das Material.

Für das rauchschwache Schießpulver, das sogenannte Kordit, braucht man Schießbaumwolle und Nitroglyzerin. Für Schießbaumwolle selber sind Schwefelsäure und Salpetersäure nötig...«
Ich fiel ihm ins Wort.
»Das verstehe ich alles nicht. Hauptsache, du verstehst es. Die Wällisen haben diese Sachen? Oder könnten sie beschaffen?«
»Ja. Es wäre nicht schwieriger als die Herstellung von Asbesttuch aus Chrysotil, wie der Höker es für die Durchquerung des Brennenden Landes benutzt hat.«
»Und also könnten ihre Handwerker diese Sten-Maschinenpistolen herstellen?«
»Ja.« Er nickte. »Obwohl die meisten von ihnen keine Zwerge sind, fehlt es ihnen doch nicht an handwerklichem Geschick.«
»Fein! Genau das habe ich zu hören gehofft. Hans, ich glaube, es wird Zeit, daß wir von neuem auf Reisen gehen.«
»Nach Klan Gothlen? Aber die Hohen Seher verbieten es doch.«
»Sie haben mich schon einmal hier eingesperrt«, sagte ich, »fast einen ganzen Winter lang. Aber damals war ich noch ein Junge. Ich bin nicht hergekommen, um mich wieder wie einen Jungen behandeln zu lassen.«
»Herr«, sagte er mit ernster Miene, »hör mich an. Was sie sagen, hat Sinn und Verstand. Falls du zu Cymru gehst, wirft er dich vielleicht ins Gefängnis oder tötet dich sogar. Sie sind ein merkwürdiges Volk, die Wällisen. Sie lächeln leicht, aber sie können auch hassen. Und das Fräulein Blodwen bedeutete ihnen viel.«
»Ich will's wagen.«
»Und es ist kalter Winter. Und wir haben keine Pferde. Die, mit denen wir gekommen sind, wurden nach Amesbury in den Stall des Sehers geschickt.«
Das stimmte alles und war richtig. Wenige nur reisten im Winter, und dann höchstens bis zur nächsten Stadt. Früh am Morgen hatte ich noch einen Blick auf den Fernsehsucher geworfen und nichts weiter als eine weiß wirbelnde Wildnis gesehen. Das änderte aber nichts. Ich sagte zu ihm:
»Kommst du mit, Hans, falls ich dich darum bitte?«
Er sah mich an. »Das weißt du doch, Herr.«

Der Schneesturm tobte noch zwei volle Tage. Am Morgen, nachdem es zu schneien aufgehört hatte, verließen wir das Heiligtum, bevor sonst noch jemand wach war. Ich drückte auf den Knopf oben auf dem obersten Treppenabsatz, und die Falltür über uns öffnete sich, wobei sie unter dem Gewicht des Schnees lauter knirschte als sonst. Ein bißchen von dem Schnee rieselte auf uns herab. Er brachte den kalten Anhauch frischer Luft mit, und ich holte tief Atem, um meine Lungen ganz damit zu füllen.

Während der vergangenen beiden Tage hatte Hans in aller Heimlichkeit Rucksäcke für uns gepackt – Proviant und andere Dinge, die wir auf der Reise brauchen würden. Außerdem hatte er uns Schneeschuhe angefertigt, wie sie die Bauern tragen, um im Winter ihre Felder überqueren zu können. Statt der üblichen Lederriemen spannte er Plastikstreifen in die Holzrahmen. Die Holzrahmen waren oval in der Form und gut einen Fuß lang und wurden mit Riemen an unseren Stiefeln festgeschnallt.

Trotzdem war es ein beschwerlicher Marsch. Ich war nicht gewohnt, zu Fuß zu gehen. Selbst für den Weg zum Palast zur Flußstraße hatte ich immer ein Pferd genommen. Und wenn die Schneeschuhe auch verhinderten, daß man mit den Füßen einsackte, so zerrte der Schnee doch daran. Nicht lange, und die Muskeln hinten an den Beinen taten mir weh von der ständigen Anspannung, und eine Stunde war noch nicht ganz um, da mußte ich Rast machen. Hans erging es besser: Ein Zwerg hat kräftigere Beinmuskeln, und er hatte sie auch mehr benutzt.

Ich hatte auch vergessen, wieviel größer die Welt für einen Mann zu Fuß ist als für einen Reiter. Man sah ein Merkzeichen in einiger Entfernung und schätzte, daß man ungefähr zehn Minuten brauchen werde, um hinzugelangen. Eine halbe Stunde später war es dann kaum näher gekommen. Die Eintönigkeit bei diesem Sichhinschleppen war schlimmer als die Ermüdung; meine Muskeln gewöhnten sich schneller an die Anstrengung als mein Kopf.

Wir brauchten fast drei Tage bis zu dem Paß, der durchs Brennende Land führte. Wir machten einen Bogen um Landstädte und Dörfer, wo Reisende zu dieser Jahreszeit Neugierde wecken würden, übernachteten jedoch einmal auf einem abgelegenen Bauerngehöft. Ich erzählte den Leuten, daß ich mich auf einer Wallfahrt befände, die mir der Seher wegen unwillentlichen Mangels an Ehrfurcht gegenüber den Geistern auferlegt habe. Sie glaubten es mir, zeigten sich aber erstaunt, daß ein Zwerg mein Diener sein sollte. Hans erklärte ihnen daraufhin, daß er kein Zwerg sei, sondern Polymoff – mit Malen an seinem Leib, die durch die Kleidung verdeckt seien. Es muß seinem Stolz hart angekommen sein!

Am zweiten Abend fanden wir eine verlassene Hütte, in der wir schliefen. Und am Nachmittag des dritten Tages kamen wir in die Einöde vor den Bergen des Brennenden Landes, wo der Schnee schwarzem Felsgestein und dampfenden Pfützen Platz machte. Wir schnallten unsere Schneeschuhe ab und machten uns ans letzte Stück des zum Paß hinaufführenden Weges.

Ich hatte geglaubt, der Winter habe vielleicht den schwarzen Sand unter unseren Füßen abgekühlt und uns dadurch das Überschreiten erleichtert, aber er schien sich überhaupt nicht ausgewirkt zu haben. Wir hatten jeder drei Paar Stiefel zusätzlich mitgebracht, so daß wir sie wechseln konnten, sobald sie zu heiß wurden; dennoch sengten wir uns die Füße an. Aber wir kamen rüber und badeten die Füße in einer lauwarmen Pfütze, während unser letztes Paar Stiefel abkühlte. Die Stiefel hatten schwer gelitten; und wir hatten noch gut zweihundert Meilen rauhes und winterliches Land vor uns.

Wenigstens spielte es aber jetzt keine Rolle mehr, ob man uns sah oder wer uns sah. Vor Einbruch der Dunkelheit kamen wir in ein Dorf, das war ein ziemlich primitiver Ort, aber er hatte einen Flickschuster, der für Gold die ganze Nacht durcharbeitete und am nächsten Morgen für jeden von uns ein neues Paar Stiefel fertig hatte. Hans schüttelte den Kopf über die Qualität der Arbeit – es waren armselige Dinger nach unserem Winchesterer Maßstab –, aber sie würden's wohl tun.

Wir brachen also nach Norden auf und schlugen ziemlich den gleichen Weg ein, den wir unter Greenes Kommando gezogen waren, als der Höker uns führte. Aber das war im Frühling gewesen, und wir waren geritten. Nun schleppten wir uns über Schneefelder hin, müde durch eine öde Welt. Wir sahen nur wenige Tiere: Kaninchen oder hin und wieder einen Hasen, dessen gespitzte Ohren sich vor dem weißen Horizont abzeichneten, schleichende Füchse, Herme-

line, einmal auch einen wilden Eber. Ich hätte nur zu gern etwas Abwechslung in unsere aus mitgebrachtem Pökelfleisch bestehende Verpflegung gebracht. Mit einem Pferd und einem Speer hätte ich ihn leicht zur Strecke bringen können. Ich dachte an die Maschinenpistole, mit der er noch leichter zu töten gewesen wäre, und griff danach – sie hing an meinem Gürtel. Aber obwohl wir mehrere Magazine mit Patronen dabei hatten, wollte ich keinen Gebrauch davon machen. Wir mußten uns mit unserem mitgeführten Proviant begnügen.
Schließlich kamen wir an den Fluß. Ein neuer Schneesturm fing wenig später an zu toben, aber wir fanden Unterschlupf in einem Dorf. Zwei Tage blieben wir dort, in einer stinkenden Hütte bei stinkenden Wilden, wo wir des Nachts immer nur abwechselnd schliefen, falls es jemandem einfallen sollte, die Gelegenheit zu ergreifen und uns die Kehle durchzuschneiden. Obwohl ich eigentlich nicht glaube, daß die Gefahr wirklich bestand. Sie waren ein geduckter Haufe, unterernährt und von schwächlichem Körperbau, und sie schienen uns eher furchtsam zu betrachten. Trotzdem war ich froh, als wir weiterziehen konnten.
Der Fluß war zugefroren, und Spuren im frischen Schnee, der das Eis bedeckte, zeigten uns an, wo Tiere ihn überquert hatten. Manche von den Abdrücken waren sehr groß, viel größer als die Fußstapfen eines Menschen, und stammten, wie ich bei näherer Untersuchung feststellte, von einem Lebewesen, das aufrecht ging wie der Mensch. Was immer es jedoch gewesen sein mochte, wir sahen es nicht.
Obgleich es zu schneien aufgehört hatte, blies der Wind weiterhin heftig aus Nordnordwest. Er wehte uns ins Gesicht auf der Talsohle, und wir stiegen deshalb etwas höher den Hang hinauf, wo die den Bergrücken bedeckenden Kiefern uns einigen Schutz boten. Aus diesen Bäumen kam am späten Nachmittag der Angriff.
Ich guckte gerade nicht in die Richtung und wurde erst aufmerksam durch Hans' Warnruf. Wir waren gut zehn Schritte voneinander entfernt – er war stehengeblieben, um einen Riemen an seinen Schneeschuhen festzuziehen, während ich weiterstapfte –, und als ich mich nun umdrehte, sah ich lange, dunkle Umrisse hangabwärts auf ihn zustürzen. Ich hatte kaum Zeit zu bemerken, daß es riesige

Hunde waren, ein Dutzend oder noch mehr, da waren sie auch schon bei ihm. Der Leithund machte einen gewaltigen Satz. Hans hielt abwehrend die Hände hoch, aber das Tier schmetterte ihn mit seinem schieren Gewicht zu Boden.
Während er noch stürzte, fielen noch andere über ihn her. Sie waren stumm aus dem Wald heruntergefegt, nun aber gaben sie wüst Laut. Die Hälfte von ihnen richtete Hans übel zu, die übrigen kamen auf mich zu. Ich hob die Maschinenpistole, hielt mich nicht lange mit Zielen auf und schoß auf sie. Einer brach zusammen; sofort rissen die anderen aus.
Die, die über Hans hergefallen waren, zogen sich ebenfalls zurück. Ich ging zu ihm hin und half ihm hoch. Er blutete heftig aus Bißwunden an den Armen, mit denen er Gesicht und Hals vor ihren Zähnen geschützt hatte. Als ich ihn nur kurz losließ, stöhnte er und fiel hin. Da sah ich, daß Blut auch aus seinem rechten Bein schoß.
Ich riß ein Leinenhemd aus meinem Gepäck in Streifen und machte mich daran, die Wunden zu verbinden. Die im Bein war die schlimmste, ein langer Riß, durch den blutige Muskeln und Sehnen bloßgelegt waren. Bei all seiner Zähigkeit konnte er damit nicht stehen, geschweige denn gehen.
Ich schaute den verschneiten Hang zum Waldsaum hinauf. Gestalten lauerten dort und beobachteten uns. Eine von den Bestien heulte, sofort fielen andere ein. Da sie nun doch einmal bemerkt worden waren, bestand keine Notwendigkeit mehr, sich still zu verhalten.
Der Höker hatte uns von diesen Tieren erzählt. Es waren Polyhunde, die in Meuten jagten und ähnlich wie die Bauratten größere Intelligenz verrieten, als einem Tier zukam. Ein berittener Trupp wie derzeit der unsere werde ihnen wohl kaum begegnen, hatte der Höker gesagt. Sie lauerten Leuten auf, die allein oder in kleinen Gruppen reisten.
Wahrscheinlich waren sie uns bereits seit einer ganzen Weile lautlos nachgeschlichen und hatten angegriffen, als sie uns voneinander getrennt überraschen konnten. Und ein weiteres Anzeichen für ihre Schlauheit und ihre Grausamkeit war darin zu erkennen, daß sie vor der Maschinenpistole zwar sofort den Rückzug angetreten, sich aber nicht sehr weit zurückgezogen hatten.

Sie waren noch viel zu nahe, als daß einem nicht unbehaglich hätte werden müssen. Ich brachte Hans dazu, daß er die Arme um meinen Hals legte, und trug ihn taumelnd auf dem Rücken talwärts. Wir hatten zwanzig oder dreißig Meter zurückgelegt, da sagte er:
»Sie kommen hinter uns her.«
Ich setzte ihn ab und schoß wieder auf sie, und wieder zogen sie sich an den Waldsaum zurück. Dies wiederholte sich noch einige Male, und ich traf mindestens einen von ihnen; der humpelte jaulend davon, und sein Blut tropfte in den Schnee. Aber dann wichen sie auf einmal nicht mehr bis zu den Bäumen zurück. Statt dessen strichen sie in einem großen Kreis um uns herum. Ich schmeckte Angst hinten in der Kehle, als ich begriff, was hier vorging: durch Ausprobieren hatten sie festgestellt, wie weit die Maschinenpistole schießen konnte, und bezogen nun Stellung außerhalb der Reichweite.
Das Tal war weiß und leer, bis auf uns und die uns umzingelnden Polyhunde. Hin und wieder brachen sie in wildes Geheul aus; aber wenn sie schwiegen, konnte es einem noch kälter überlaufen. Mir fiel noch etwas anderes ein, das der Höker gesagt hatte: obgleich der Hunger sie zuweilen dazu treiben könne, bei Tag anzugreifen, seien sie bei Nacht noch weitaus gefährlicher. Es begann bereits zu dämmern.
Ich trug Hans und ruhte mich aus und trug ihn weiter. Die Polyhunde hielten Schritt und Abstand – sie rückten vor, wenn wir vorruckten, und blieben stehen, wenn wir stehenblieben. Wir kamen nur mühsam und unendlich langsam vorwärts. Hans sagte schließlich:
»Herr, du mußt mich hierlassen und allein weitergehen.«
Wir hatten kaum eine Viertelmeile zurückgelegt. Keuchend sagte ich zu ihm: »Ja, es stimmt, vielleicht finde ich Hilfe. Wo der Fluß sich gabelt, lag ein Dorf – erinnerst du dich? Das kann nur noch ein paar Meilen von hier sein. Ich könnte mit ein paar Männern zurückkommen.«
Hans, der im Schnee kauerte, schaute zu mir auf.
»Ja. Bis dahin kann ich mir helfen.«
Ich reichte ihm die Maschinenpistole. Er wollte sie nicht nehmen, aber ich sagte:

»Die wissen, daß wir sie schon von weitem verwunden oder töten können. Darum trauen sie sich an uns beide nicht ran, solange es hell ist. Aber dann wirst du sie dir vielleicht eine Weile vom Leib halten müssen. Ich komme so schnell zurück, wie ich kann.«
Ich machte mich auf den Weg, bevor er noch mehr einwenden konnte. Die Polyhunde gerieten ebenfalls in Bewegung. Die Hälfte folgte mir, die übrigen blieben im Kreis um Hans auf Posten. Ich ging hundert Meter, hundertundfünfzig. Da hörte ich Hans rufen:
»Zurück, Herr! Komm zurück!«
Ich hatte es bereits bemerkt: die, die mir gefolgt waren, rückten gegen mich an. Sie wollten mir jetzt den Weg abschneiden, als ich zurücklief. Ich sah eine von den Bestien in langen Sätzen auf mich zukommen und verfluchte die Schneeschuhe, die mich behinderten, obwohl ich ohne sie kaum besser daran gewesen wäre. Er mußte mich abfangen. Aber die Maschinenpistole ratterte, und er brach mit einem Schmerzensschrei zusammen. Die anderen wichen zurück, und ich gelangte bei Hans an.
Ich brauchte eine kleine Weile, um Atem zu schöpfen, bevor ich sprechen konnte.
»Ja, die sind wahrhaftig schlau«, sagte ich. »Sie wissen, daß wir nur eine Maschinenpistole haben, und haben gesehen, daß ich sie dir gegeben habe.«
»Du mußt sie nehmen«, sagte Hans. »Und du mußt weitergehen. Die Maschinenpistole nützt nur etwas, solange es hell ist. Danach hält sie nichts zurück.«
Die Polyhunde hatten wieder wie vorher Stellung bezogen, im Kreis um uns herum, eine kleines Stück weiter weg, als unsere Waffe reichte. Ich sagte:
»Ein paar erwischen wir auf jeden Fall, auch im Dunkeln.«
»Aber das hat keinen Zweck, Herr. Denk daran, du hast einen Auftrag.«
Auftrag? Er meinte natürlich die Aufgabe, die die Hohen Seher mir zugedacht hatten. Als ob das nun wichtig war, verglichen mit dem Leben eines, der mir meins zweimal gerettet hatte! Aber da war noch etwas, tief im innersten Dunkel meiner Gedanken. Hans hatte recht, wenn er sagte, daß ich ihn nicht dadurch retten konnte, daß ich bei ihm blieb: Ich würde nur mit ihm zusammen ums Leben

kommen. Aber das war es nicht, was mich mit Verzweiflung und Bitterkeit erfüllte, sondern der Gedanke, sterben zu müssen, bevor ich Rache geübt hatte.
Er wird Unentschlossenheit in meinem Gesicht gelesen haben. Er sagte:
»Geh, Herr. Du mußt deine Pflicht als Fürst erfüllen. Nichts sonst ist wichtig.«
Zuvor hatte ich ihn in der Hoffnung zurückgelassen, daß ich Hilfe bringen würde. Davon konnte nun keine Rede sein; sie würden über ihn herfallen und ihn in Stücke reißen, sobald ich weg war. Ich schüttelte den Kopf, um dem schwarz sich andrängenden Wahnsinn zu wehren. Schroff sagte ich:
»Ich bleibe hier, Hans. Das ist die Pflicht eines Fürsten – und eines Freundes.«
Ich schaute an ihm vorbei zu den Polyhunden hin. Sie hatten zu heulen aufgehört und waren still. Sie schienen auf etwas zu horchen. Es war nichts zu hören außer unserem Atem und das Seufzen des Windes oben am Hang in den Kiefern. Oder war da doch etwas, leise und weit weg? Ich horchte angestrengt, und da hörte ich es. Der böige Wind wehte es in Stößen heran, sehr leise, dann wieder kaum hörbar: das helle, dünne Klingeln kleiner Glöckchen.
Die Polyhunde hatten es ebenfalls gehört. Sie bellten, einer bellte dem anderen zu, wie Männer, die sich berieten. Dann löste sich der Kreis auf – sie rannten im Bogen um uns herum und sammelten sich wieder zur Meute über uns am Hang. Sie liefen, nun wieder lautlos, in den schützenden Wald und verschwanden.

Ich sah Gestalten auftauchen, die jetzt unterhalb des Waldrandes von Norden her den Hang entlang näher kamen. Es waren Männer, aber sie flitzten dermaßen schnell über den Schnee, daß ich schon glaubte, sie würden von irgendeiner Maschine befördert. Als sie dann aber näher kamen, sah ich, daß sie auf langen dünnen Brettern einherglitten. Ich winkte und rief, und sie schlugen einen Haken und schossen talwärts auf uns zu.
Es waren über zwanzig. Sie trugen Kleidung aus Fellen und sahen stark und gesund und wohlgenährt aus. Sie begrüßten uns freundlich und fragten, wie sie uns helfen könnten.

Wir erzählten ihnen von den Polyhunden, und sie nickten. Sie zogen oft gegen diese Bestien zu Felde und kannten sich daher mit ihnen aus. Einer von ihnen klopfte lächelnd auf ein gefährlich aussehendes Messer an seinem Gürtel und zeigte uns eine Pelzmütze, an der ein Dutzend Polyhundschwänze baumelte.
Sie hatten Stricke bei sich, aus denen sie eine Tragbahre knüpften, um Hans darauf mitzunehmen. Ein paar von ihnen setzten ihren Weg im Tal entlang fort – schnell flitzten sie auf diesen dünnen Brettern dahin, die sie Skier nannten –, die übrigen jedoch schlugen mit uns unser langsameres Tempo an.
Wir stapften zwei oder drei Meilen weiter in Richtung Süden, bogen dann nach Westen in ein Seitental ein. Dort lag ihr Dorf. Die Hütten waren aus kräftigem Holz. Blauer Rauch stieg aus Schornsteinen auf, und appetitmachender Essensduft wehte uns entgegen.
Leute kamen aus den Hütten, um uns zu begrüßen. Auch sie sahen gesund aus und lächelten übers ganze Gesicht. Die Frauen kümmerten sich um Hans und versorgten seine Wunden. Sie vertauschten meine behelfsmäßigen Verbände gegen neue aus sauberem Linnen, die sie mit einer Heilsalbe bestrichen. Andere schenkten den zurückgekehrten Jägern und auch mir heißes, gewürztes Bier ein.
Im Gegensatz zu dem anderen Dorf, in dem wir uns aufgehalten hatten, war dieses hier freundlich und angenehm, und angenehm und freundlich waren auch seine Bewohner. So manches fiel einem auf: die solide Bauweise und Sauberkeit der Hütten, allerlei Anzeichen für gutes Wirtschaften und Wohlstand – Fässer, randvoll von dickem Korn, an den Dachbalken Räucherschinken und geräucherte Lachshälften –, die Schönheit und Anmut von Männern und Frauen und die Lebhaftigkeit und Fröhlichkeit der Kinder. Aber ich empfand deutlich, daß es noch mehr war als das, mehr als nur die Summe dieser Teile. Aus allem sprach ein Gefühl der Wärme und des Wohlbefindens, das tief gründete. So etwas hatte ich überhaupt noch nie erlebt.
Anfangs machte ich mir Gedanken, wie sie wohl auf die Maschinenpistole reagieren würden. Möglich war, daß sie sie – wie es im Süden der Fall gewesen wäre – als etwas Böses betrachteten und

Hans und mich als todeswürdig, weil wir sie besaßen; oder aber es konnte sie danach gelüsten, wegen der Macht, die sie versprach. Aber weder das eine noch das andere begab sich. Sie guckten das Ding an, nicht einmal besonders neugierig und ganz ohne den Wunsch, es zu besitzen.

Sie zeigten überhaupt merkwürdig wenig Neugierde. Ich erzählte ihnen – um ihnen zu erklären, wie wir dort hingekommen waren –, daß wir aus dem Süden stammten und an den Hof König Cymrus in Klan Gothlen unterwegs seien. Sie nickten, womit sie andeuteten, daß sie von der Stadt und dem König gehört hatten, stellten aber keine weiteren Fragen.

Es war offensichtlich, daß wir ein paar Tage bei ihnen würden bleiben müssen, während Hans' Wunden heilten. Ich bot ihnen Gold an für unsere Unterkunft. Sie betrachteten die Münzen mit ebensowenig Interesse, wie sie der Maschinenpistole entgegengebracht hatten, und gaben sie mir zurück. Gastfreundschaft erforderte keine Bezahlung. Sie hätten noch hinzufügen können – taten es aber nicht –, daß sie ohnehin mit Gold nichts anfangen konnten.

Während der nun folgenden Tage lernte ich sie und ihre Art zu leben noch besser kennen. Ein Mann war da, älter und größer als alle anderen, dem – so schien es mir – eine gewisse Ehrerbietung erwiesen wurde. Ich vermutete, daß er ihr Häuptling sei, und sprach ihn als solchen an. Er verneinte lächelnd. Sein Name sei Jok, und einen Titel besitze er nicht. Keiner von ihnen haben einen. Sie hätten wohl von Königen und Häuptlingen und dergleichen gehört, aber bei ihnen gebe es so etwas nicht.

Ich glaubte es ihm zuerst nicht und hielt es für gespielte Bescheidenheit. Ich fragte ihn, wer denn dann bei ihnen die Entscheidungen fälle. Er sagte, der Stamm. Aber, fragte ich ihn, wenn der Stamm nun mal geteilter Meinung sei? Jok lachte. Das könne nicht vorkommen! Genausogut könne man behaupten, daß der linke Arm eines Menschen von seinem rechten geteilt sei.

Das überzeugte mich nicht. Ich konnte mir nicht vorstellen, wie irgendeine Gruppe von Menschen ohne voneinander abweichende Meinungen leben konnte, immer nur im vollen Einverständnis miteinander. Das konnte es doch überhaupt nicht geben! Aber obwohl ich dann sehr genau nach Zwietracht unter ihnen Ausschau

hielt, konnte ich doch die ganze Zeit hindurch nichts dergleichen entdecken.
Es gab bei ihnen keine eigentliche Ehe und keine eigentliche Vaterschaft und Mutterschaft. Die Kinder gehörten dem Stamm, nicht einem bestimmten Paar. Sie nannten alle Frauen Mutter und alle Männer Vater. Auf ähnliche Weise nannten die Erwachsenen, wenn sie den Namen nicht benutzten, einander Bruder und Schwester.
Zu dem meisten, was sie taten, schien einer von ihnen den Anstoß zu geben; alle übrigen pflichteten dem jeweiligen Vorschlag bei. Es war aber durchaus nicht immer derselbe oder dieselbe Gruppe, die Vorschläge machten. Fast schien es so, als dächten sie mit einem einzigen, gemeinsamen Verstand, so daß es ziemlich gleichgültig war, mit wessen Stimme ein bestimmtes Vorhaben zuerst angeregt wurde.
Die Männer waren Jäger; die Frauen kochten für sie und machten sauber und versorgten die Kranken und Alten und natürlich die Kinder. Im Sommer arbeiteten Männer und Frauen gemeinsam auf dem Feld, wo sie sich die Arbeit des Säens und Pflanzens und Erntens teilten. Ich sah, daß es unter ihnen keine Polymoffs oder Zwerge gab, und fragte danach. Mir wurde erklärt, daß man sie bei der Geburt ersticke. Dies nicht etwa, weil sie sich von ihnen abgestoßen fühlten, und auch nicht aus Ungehorsam gegenüber dem Befehl der Geister, sondern aus Güte. Ihrer Meinung nach wäre es grausam, ein verkrüppeltes Kind leben zu lassen, das anders war als seine Brüder und Schwestern und an den Spielen, die sie genossen, nicht voll teilnehmen konnte.
Und falls ein Mann oder eine Frau später im Leben verkrüppelt würde? Zum Beispiel auf der Jagd? Es war wieder Jok, dem ich diese Frage stellte, und er schüttelte den Kopf. Man würde den Verletzten pflegen und auf völlige Genesung hoffen. Sollte jedoch der Zeitpunkt kommen, wo ihm selber aufging, daß er nie wieder seine volle Kraft wiedergewinnen würde, nahm er Abschied vom Stamm und verließ das Dorf. In den Wäldern wuchs ein Kraut, das auf stille Art den Tod herbeiführte.
Das ganze Dorf hallte wider von fröhlichem Lärm. Die Leute redeten und lachten viel, und außerdem hörte man immer Geklingel.

Die Leute liebten Glöckchen. Sie trugen kleine Glöckchen an ihrer Kleidung, und größere hingen draußen an den Hütten, wo sie bei jedem kleinen Windstoß zu klingeln begannen, und in den Hütten an einer kniffligen Kordelvorrichtung, die bei leichter Berührung mit der Hand oder auch schon durch den zufälligen Druck eines Schrittes in Schwingung versetzt werden konnte. Sie waren so fein ausgewogen, daß sie noch lange nachklangen.
Hans' Wunden heilten schnell; vielleicht dank der Salben, mit der die Frauen sie behandelten, vielleicht aber auch in gewissem Maße dank dem Glück und der Zufriedenheit, die wir hier antrafen. Ich hatte oft sagen hören, daß eine Wunde zornig bleibe, wo ein Krieger eine zornige Frau hat. Vielleicht ist auch das Gegenteil wahr.
Die Tage vergingen wie im Fluge. Ich übte mich im Laufen auf diesen sogenannten Skiern und zog schon bald mit ihnen auf die Jagd. Allerdings fiel ich ziemlich oft in den Schnee; alles in allem jedoch gelang es mir, mitzuhalten. Wir erlegten Hirsch und Eber, die wir mit langen scharfen Messern totstachen – sogar im Winter lohnte es sich in diesem Land, auf die Jagd zu gehen. (Auf der Pirsch brachten sie die Glöckchen, die sie an der Kleidung trugen, zum Verstummen, indem sie sie mit Tuchstreifen umwickelten.) Wir sahen auch die Fährten von Polyhunden, aber sie waren schon alt.
Eines Abends, nachdem ich zugesehen hatte, wie die Frauen Hans' Bein neu verbanden, sagte ich zu Jok:
»Es ist wieder soweit, daß er marschieren kann. Es wird Zeit, daß wir Abschied nehmen von euch.«
Er schwieg, und ich glaubte, er habe mich nicht gehört; das Klingelingeling der Glöckchen war ziemlich laut. Ich wollte gerade wiederholen, was ich gesagt hatte, da sagte er:
»Ich bin nicht im Stamm geboren.«
Es schien nicht das geringste mit meiner Bemerkung zu tun zu haben, aber ich hörte höflich zu. Er fuhr fort:
»Manchmal werden Fremde von uns aufgenommen. Ich war auch einmal solch ein Fremder.«
Ich wußte immer noch nicht, worauf er hinauswollte, und schwieg. Er sah mich lächelnd an:
»Bleib bei uns, Lukas.«

Ich war verdutzt und antwortete: »Ich danke dir für die Güte und die Ehre. Aber müßten nicht auch all die anderen gefragt werden?«
Er lachte. »Kennst du uns denn immer noch erst so wenig? Jeder spricht für alle.«
Ich sagte verlegen: »Dann bedanke ich mich für das Angebot. Aber ich kann nicht bleiben.«
»Warum nicht? Du bist doch glücklich hier.«
Er sagte es ruhig und mit Bestimmtheit. Und es lag mehr darin, als den Worten selber vielleicht zu entnehmen ist. Er meinte auch, daß man bei ihnen Glück von einer Art finden würde, die sonst nirgendwo zu finden war; und so fantastisch diese Behauptung auch klingen mochte: leugnen konnte ich es nicht.
Ich sagte: »Und Hans?«
»Er auch.«
»Ein Zwerg?«
»Einen Säugling, der so verkümmert wäre, würden wir nicht behalten, aber er ist erwachsen. Seine Beine sind kurz, aber er hat einen kräftigen Körper. Hans heißen wir ebenfalls willkommen.«
Ich schüttelte den Kopf. »Es hat keinen Zweck. Ich muß weiter.«
»Aber warum denn?«
Endlich war er doch neugierig. Er wollte wissen, wieso jemand das Geschenk ihrer Gemeinschaft ausschlug. Ich zögerte. Die Hoffnungen und Pläne der Hohen Seher würden ihm nichts sagen – sie bedeuteten mir im Augenblick gerade wenig genug. Darum erwähnte ich sie gar nicht, sondern sprach nur von dem Unrecht, das mir widerfahren war: von betrogener Freundschaft und betrogenem Vertrauen, von der Stadt, die Rechtens mein war und die ich verloren hatte. Jok hörte aufmerksam zu. Zum Schluß sagte er:
»Von dieser Krankheit können wir dich heilen, Lukas.«
»Krankheit? Ich bin nicht krank.«
»Sehr krank sogar. Diejenigen, die im Stamm geboren sind, würden dich nicht verstehen, aber ich verstehe dich. Ich erinnere mich an solche Dinge wie Eifersucht und Stolz und Haß auf den Mitmenschen. Haß auf einen Mann – oder auf eine Frau. Es sind alte, fast vergessene Erinnerungen, aber nicht ganz vergessen. Der Stamm hat mich geheilt und kann auch dich heilen. Schon jetzt ist

dieses Unrecht, das du glaubst erlitten zu haben, nicht mehr ganz so wichtig. Habe ich recht?«

Ich konnte es nicht leugnen. In den letzten Tagen hatte ich kaum noch an Edmund und Blodwen und Harding gedacht. Ich hatte nachts durchgeschlafen und Schönes geträumt.

»Bleibe bei uns«, sagte Jok. »Vergiß deinen Ehrgeiz und deinen Zorn. Wir haben dir viel zu geben: Erlösung von Einsamkeit und Elend, einen Frieden der Seele, wie du ihn jetzt nur erahnen kannst.«

Auch das war wahr. Schon nach dieser kurzen Zeit bei ihnen wußte ich, daß es stimmte. Auf den ersten Blick war es blanker Widersinn, daß ich, der ich Fürst über drei Städte gewesen war, den Gedanken verlockend fand, ohne Rang und Ruhm bei einem primitiven Hüttenbewohnerstamm zu leben; aber ich fand ihn verlockend. Alles Elend und allen Verdruß zu vergessen, zum erstenmal in meinem Leben Ruhe und Frieden zu finden...

Aber ich rief mir zwei Gesichter vor Augen, ihrs und seins, und darüber fand ich meine Entschlossenheit wieder. Ich sagte schroff:

»Du meinst es gut, und ich danke dir dafür. Aber es dient nicht meinem Zweck.«

»Nein?« Er legte seine Hand auf meine – in der Berührung allein lag schon ein Unterpfand für alles, was er verheißen hatte. »Dann bleibe wenigstens noch ein paar Tage länger. Deine Rache wird warten.«

Sie würde warten, ja – aber überm Warten könnte sie hinsterben, verdorrt von dieser Wärme des Schenkens und Anteilnehmens. Und ich wußte, daß in meinem tiefsten Innern nichts – kein Friede, kein Glück, keine Güte, keine Freundlichkeit – für mich so viel zählte wie dies.

Ich sagte: »Wir brechen morgen auf.«

»So sei es denn.« Er schüttelte leicht den Kopf. »Wir hätten dich heilen können. Geh hin in Frieden, soweit du Frieden finden kannst. Vielleicht heilst du dich schließlich selber; aber du wirst dafür leiden müssen.«

Da Klan Gothlen eine Stadt ohne Mauern war, brauchten wir auch an keinem Torwächter vorbei, der uns hätte anhalten und ausfragen können. Wir gingen durch die Straßen mit den von Kuppeln und Türmen und Türmchen gekrönten Häusern, deren Farben vor den verschneiten Bergen im Hintergrund noch greller und bunter wirkten. Die Leute betrachteten uns mit Interesse, aber das hatte nichts zu bedeuten. Wällisen waren nun einmal neugierig: neue Gesichter, wie überhaupt alles Neue, weckten ihre Wißbegier. So schmutzig und von der Reise mitgenommen, wie wir aussahen, war kaum damit zu rechnen, daß jemand in uns Lukas den Belemott-Töter und seinen Knappen Hans erkennen würde.

Der Wächter vorm Palast erkannte mich auch erst, als ich ihn ansprach. Da senkte er seinen Speer und ließ mich passieren. Ich fragte einen Lakaien, wo der König zu finden sei, und er wies mich zum Roten Zimmer. Er wollte mich anmelden, aber ich sagte ihm, ich würde schon hinfinden. Daraufhin verbeugte er sich und trat zur Seite: Mein Ruf galt noch als Paß in diesem Palast. Aber wie lange noch?

Es war warm nach der Kälte draußen: zu warm. Ich erinnerte mich, daß Cymru mir erzählt hatte, im Winter würden die Fußböden mit Feuern, die die Luft unter ihnen anwärmte, geheizt. Schon nach kürzester Zeit begann ich zu schwitzen. Vor der Tür zum Roten Zimmer wurde ich abermals angehalten und abermals durchgelassen. Ich ging hindurch in lautes Stimmengewirr, das bei meinem Erscheinen sofort verstummte.

Cymru lag zwischen vielen Kissen auf einem Ruhebett aus scharlachrotem Samt, der zum Scharlachrot der Wandbespannung paßte. Ich sah noch viele andere, die ich kannte: Kluellan, Oberst der Leibwache, Schlange, Cymrus Polymoff-Kanzler mit Fühlern statt Fingern und eigenartig gefügten Gliedern, Bevili, Königlicher Parfumeur, mit seinen scharlachroten Lippen – ein Dutzend oder noch mehr Edle der Stadt. Schlange wandte sich als erster an mich:

»Lukas von Winchester! Unser Held kehrt also zurück! Aber du siehst aus, als ob du eine beschwerliche Reise hinter dir hättest!«

Ich wußte, daß ich gegen wällisische Etikette verstoßen hatte, indem ich schmutzig und zerzaust vor dem König erschienen war. Aber es schien mir nicht der rechte Augenblick für Etikette. Ich streifte meinen Rucksack von den Schultern und ließ ihn fallen.

Cymru sagte: »Was führt dich mitten im Winter zu uns? Und in diesem Aufzug?«
Er richtete sich in seinen Kissen auf und sah mich verwundert an. Kein willkommen heißendes Lächeln ging über sein dunkles Gesicht. »Wo ist Blodwen?«
»In Winchester, Herr.«
Er runzelte die Stirn. »Du hast sie dort zurückgelassen, ohne Schutz?«
»Ich hatte keine andere Wahl.«

Er kniff die Augen zusammen. »Was soll das heißen? Wir haben sie deinem Schutz überantwortet.«
»Darf ich es dir erklären, Herr?«
»Du darfst«, antwortete Cymru schroff.
Ich erzählte ihm, was sich zugetragen hatte. Alles. Cymru und die wällisischen Edelleute schauten mich aufmerksam an, während ich sprach. Erschrecken und Verwunderung zeichneten sich auf ihren Gesichtern ab – was sonst noch, blieb mir verborgen. Als ich geendet hatte, entstand eine Pause, bevor Cymru sagte:
»Du hast deine Stadt verloren, und du hast Blodwen an einen von diesen Hauptleuten verloren, die dich abgesetzt haben. Was führt dich her? Suchst du Publikum für deine Tränen? Oder vielleicht eine Pension?«
»Weder das eine noch das andere, Herr. Ich suche ein Heer.«
Seine kalten Augen betrachteten mich, und er zupfte an seinem halb ergrauten Bart.
»Du bittest um unsere Hilfe?«
Ich schüttelte den Kopf. »Ich bitte um nichts, Herr. Ich fordere es.«
»Du forderst?« Es klang ungläubig. »Von mir?«
»Sie war dein Geschenk«, sagte ich, »zur Belohnung dafür, daß ich den Belemott erstochen habe. Ich habe mich dafür bedankt. Ich habe sie in gutem Glauben entgegengenommen. Sie hat mich hintergangen, und durch sie haben Feinde mir meine Stadt geraubt. Dadurch, daß sie mein Vertrauen verraten hat, beleidigt sie dich und dein ganzes Volk. Sie ist deine Tochter, Cymru. Ich fordere Hilfe von dir, damit ich sie und ihren Liebhaber töten kann.«
Sein Gesichtsausdruck hatte sich verändert, während ich dies sagte. Kälte und Verblüffung machten hitzigem Zorn Platz. Als ich endete, war er ganz von rasender Wut erfüllt. Jetzt läßt er mich töten, durchfuhr es mich. Und ich gelobte mir, daß ich mich nicht so ohne weiteres vom Leben zum Tod würde befördern lassen. Ein paar von ihnen würde ich mitnehmen, vielleicht Cymru selber auch, bevor sie mich erschlugen.
Aber Zorn und Wut richteten sich nicht gegen mich. Er sagte:
»Alles, was du sagst, ist wahr. Du bekommst dein Heer. Und ich reite mit, wenn du ausziehst, um Rache zu nehmen.«

Von dem Augenblick an wurde Blodwen an Cymrus Hof nie wieder erwähnt.

Ja, sie konnten hassen, die Wällisen. Mir fiel ein, was Blodwen selber mir erklärt hatte, als sie zwischen Edmund und mir ritt am Tag der Jagd, dem Tag, an dem der Belemott von mir getötet wurde:

»Wenn man sich bei uns jemanden zum Feind macht, dann bleibt das für immer und ewig so.« Sie war Cymrus einziges Kind. Er hatte sie geliebt und sehr verwöhnt. Aber sie hatte ihm Schande gemacht, und das genügte. Ich glaube, er hätte mit einem Lächeln auf den Lippen zugesehen, wie sie starb.

Schlange versicherte mir – und ich glaubte es ihm –, daß mein eigenes Leben an dem Nachmittag im Roten Zimmer an einem seidenen Faden gehangen habe. Hätte ich Schwäche gezeigt, hätte Cymru wegen der Nachricht, die ich ihm brachte, meinen Tod befohlen. Ich wäre derjenige gewesen, der ihn an seine Schmach erinnerte, und hätte daher mitleidlos beseitigt werden müssen.

Aber dadurch, daß er meinen Racheschwur gelten ließ und sich mir darin sogar angeschlossen hatte, stand ich jetzt noch höher in seiner Achtung als bei meinem ersten Aufenthalt in Klan Gothlen. Auch das erklärte Schlange mir, bevor es mir selber ganz aufgegangen war.

»Sie war seine Tochter«, sagte er, »aber er würde sich nun die Hände in ihrem Blut waschen. Er hätte dich töten lassen, falls du gebettelt oder gewankt hättest; nun aber bist du sein Sohn. Das sage ich nicht nur so hin. Mochte er sie auch sehr geliebt haben, so hat ihn das Fehlen eines Sohnes doch immer geschmerzt; und nun füllst du diesen Platz aus. Keiner, der bei Sinnen ist, wird von nun an in dieser Stadt gegen Lukas von Winchester aufstehen.« Er lächelte. »Wäre fast so schlimm, wie dem König selber zu trotzen.«

Er sagte es ohne Groll. Er war ein unaufrichtiger Mensch, was man bei einem Kanzler kaum anders erwartet, aber ich hatte mit der Zeit gelernt, ihn zu achten. In seinem Verhalten war keine Verstimmung, aber auch keine falsche Schmeichelei. Hinter der Maske

von listiger Schlauheit, die er der Welt zuwandte, verbarg sich eine gewisse Ehrlichkeit.
Und seine Vorhersage, daß ich in der Gunst des Königs noch um einige Stufen höher gestiegen sei, sollte sich gleich am nächsten Tag bestätigen. Ich sprach gerade über die neue Taktik, die bei der Verwendung von Maschinenpistolen angewandt werden müsse, da unterbrach mich Kluellan. Etwas, das ich gesagt hatte, faßte er so auf, als hätte ich mangelnde Kenntnis der Qualität des wällisischen Heeres an den Tag gelegt, und er verwahrte sich entrüstet gegen den vermeintlichen Tadel. Als Oberst der Leibwache befehlige er das Heer im Felde, unmittelbar unter dem König, und betrachte sich als dessen Sprecher. Ich bewahrte Ruhe, aber Cymru sagte: »Genug davon, Kluellan! Du bist zwar älter als Lukas, kannst aber von ihm lernen.« Es waren noch andere dabei: Hauptleute und adlige Zivilisten. Er erhob die Stimme: »Lukas ist mein Stellvertreter bei diesem Unternehmen. Denkt daran – alle.«
Wie ich es vorausgesehen hatte, waren die Wällisen von der Waffe, die ich ihnen mitgebracht hatte, nicht schockiert, sondern fasziniert. Als ich sie ihnen vorführte, klatschten sie Beifall und brachen in Freudenrufe aus. Ich hatte eine hölzerne Zielscheibe aufstellen lassen, aber damit war Cymru nicht zufrieden. Schlange, stets um die zukünftigen Vergnügungen seines Monarchen besorgt, hatte Wildschweine einfangen und innerhalb der Stadt in Zwinger sperren lassen, damit für den Fall, daß das Wetter schön genug war, um Cymru zur Jagd zu verlocken, jederzeit genügend Beute freigelassen werden konnte. Cymru ordnete nun an, daß eins von diesen Tieren am Ende des engen Hofes, in dem wir standen, losgelassen werde.
Es war ein halb ausgewachsener Eber, kein Polyfaun, soweit ich sehen konnte. Er stand unentschlossen vor der Falle, aus der man ihn herausgelassen hatte; vermutlich erschreckte ihn das laute Geschnatter der wällisischen Edlen.
»So, Lukas«, rief Cymru, »nun zeig uns mal, was dein Gewehr da diesem jungen Keiler antun kann.«
Wenn schon nicht zur Ernährung, so tötete man wilde Tiere als Sport, und Kugeln in ein wehrloses und höchstwahrscheinlich geängstigtes Tier zu feuern, war kein Sport. Das Wildschwein rührte

sich nicht einmal. Aber ich erinnerte mich, daß Cymrus Vorstellung von einer Jagd darin bestand, daß man hinter hölzernen Schutzschilden in Deckung ging und dahinter hervor mit der Armbrust schoß. Und Cymru war es, von dem ich erwartete, daß er mir half, meine Stadt und meinen Stolz wiederzugewinnen. Also zauderte ich nicht lange, sondern hob die Maschinenpistole in Hüfthöhe und gab einen Feuerstoß ab. Der Keiler schrie nur einmal durchdringend auf, als die Kugeln ihn zu Boden schmetterten, dann lag er still in seinem Blut.
Die wällisischen Edlen brachen in lauten Beifall aus. Viele, auch Damen, stürzten vor, um sich das tote Tier genauer anzuschauen, und ich sah eine Dame ihre zarten Finger in sein Blut stippen. Ich verbarg meinen Ekel. Dies war mein Volk, bis ich meine eigene Stadt zurückerobert hatte.
Cymru sagte: »Laßt es zu Lewin bringen.« Das war der Oberküchenmeister. »Heute abend gibt es Wildschweinbraten. Und ich erwarte, daß er eine von seinen besten Soßen dazu serviert.«

Hans wurde zum Waffenschmied; und ich hätte gern gewußt, was der alte Rudi wohl dazu gesagt hätte, fiel mir doch ein, wie sehr es von ihm bedauert worden war, als Hans, sein letzter Sohn, beschlossen hatte, ihm nicht an der Esse nachzufolgen. Allerdings war es eine sehr viel andere Waffenschmiede. Im Namen des Königs hatte ich Hans die gesamte Oberleitung bei der Herstellung der Maschinenpistolen übertragen. Er war ohnehin der einzige, der etwas davon verstand. Ich konnte mit der Waffe umgehen, aber ich hätte ebensogut zum Gipfel eines der wällisischen Berge hinauffliegen können wie eigenhändig eine davon machen.
Er fand hier gute und anstellige Handwerker: nicht nur Zwerge, sondern auch Polymoffs und echte Menschen. Wenn ich einen Besuch in der Schmiede machte, herrschte dort immer die allergrößte Geschäftigkeit – die Flammen tosten, Hämmer klirrten auf Stahl, und dazu kam noch der Lärm der Stimmen. Anders als unsere Winchesterer Zwerge, die größtenteils schweigsame Arbeiter waren, konnten die Wällisen nicht einmal Stahl schmieden, ohne dabei zu schwatzen; und nicht selten kam es vor, daß einer ein Lied anstimmte, worauf dann alle anderen einfielen.

Ich fragte ihn eines Tages, wie die Arbeit fortschreite. Er antwortete:
»Sehr gut, Herr. Sie lernen schnell.«
»Bis zum Frühling...«
»Im Frühling haben wir zweihundertfünfzig Maschinenpistolen für dich fertig. Und genug, mehr als genug Munition. Genügt das?«
»Das genügt, Hans, ohne dich könnte ich nichts ausrichten. Diese wällisischen Soldaten sind besser, als ich früher einmal geglaubt habe, aber mit gleichen Waffen hätten sie einen sehr, sehr schweren Stand gegen unsere Krieger aus Winchester, und vorher müssen auch noch andere Gebiete durchquert werden. Ich glaube, daß alle Städte gegen ein Heer kämpfen werden, das von jenseits des Brennenden Landes kommt, ob es nun Trotz bietet oder nicht.«
Hans sah mich an. »Ja, das glaube ich auch, Herr.«
»Ich habe dich zum Krieger ernannt«, sagte ich, »und nun hilfst du mir als mein Rüstmeister. Aber nur vorübergehend. Wenn im Frühling die Maschinenpistolen fertig sind, kannst du wieder Krieger werden. Und diesmal einer von meinen Hauptleuten.«
Ich hatte geglaubt, daß er vor Freude außer sich sein werde. Krieger zu sein war schon etwas Wunderbares für einen Zwerg; hierdurch jedoch würde er sogar adlig werden.
Er sagte langsam und bedächtig: »Es ist eine große Ehre, Herr. Aber...«
»Aber was?« fragte ich verdutzt.
»Ich bin nicht sicher, ob ich es will.«
Seine Zweifel konnten nicht aus mangelndem Mut herrühren, wie ich sehr wohl wußte. Ein Herz, tapferer als seins, hatte keiner, den ich kannte.
Ich fragte ihn: »Wieso denn, Hans? Weil du Wällisen befehligen würdest, gegen unser eigenes Volk?«
»Nein. Ich diene dir gegen jeden. Und ich schmiede ja auch Waffen, mit denen sie getötet werden sollen.«
»Warum aber dann?«
Er nahm eine von den Maschinenpistolen in die Hand und betrachtete sie: »Ich kann mich nicht erinnern, daß ich jemals nicht Krieger werden wollte. Ich hatte eine Stelle, wo ich an der Zitadellenmauer hochklettern und gut versteckt beim Exerzieren und

Turnieren und Schwertfechten zugucken konnte. Mein sehnlicher Wunsch wuchs noch dadurch, daß das dort für mich unerreichbar war.«
Er legte die Maschinenpistole hin und sah mich an.
»Durch deine Hand, Herr, wurde das Unmögliche Wirklichkeit. Ich habe mit dir vor Petersfield und vor Romsey gekämpft. Aber auf die alte Art, zu Pferde, mit Schwert und Schild. Es wird nicht dasselbe sein, eine Waffe an der Hüfte zu halten und einen Mann in hundert Meter Entfernung zu töten – einen Mann, der einen vielleicht noch nicht einmal gesehen hat. Ich mache die Maschinenpistolen, aber ich glaube nicht, daß ich sie benutzen möchte.«
»Du wirst dich aber nicht weigern, mit uns nach Süden zu reiten, Hans?«
»Nein, Herr.« Er lächelte. »Bestimmt nicht. Im Frühjahr nicht und überhaupt nie. Ich folge dir überallhin.«

Ich habe hart gearbeitet in dem Winter. Das Heer mußte gedrillt und organisiert, Pläne entworfen und Vorbereitungen für den bevorstehenden Feldzug getroffen werden. Ich stand früh auf und ruhte mich tagsüber kaum aus. Aber das war nicht Mühsal. Bei der Arbeit konnte ich meine Schmach vergessen und jene Gespenster in Schach halten, die in jeder freien Minute über mich herfielen, um mich zu verhöhnen und zu verspotten. Stundenlang dachte ich nicht an Blodwen, und wenn ich abends zu Bett ging, war ich manchmal so müde, daß ich nicht träumte.
Cymru machte mir Vorhaltungen wegen meiner nie endenden Schufterei, obwohl er, glaube ich, davon beeindruckt war. Er bat mich, etwas mehr Gelassenheit zu üben, bat immer dringlicher und befahl es mir schließlich – letzteres vorm Weihnachtsfest, das bei den Wällisen noch sehr viel üppiger gefeiert wurde als bei uns in Winchester. Zwölf Tage lang gab es Gelage und Bälle, Maskenspiele und Konzerte und Besuche, eine einzige gewaltige Schlemmerei und Trinkerei. Lewin und seine Gehilfen bereiteten ganze Berge von köstlichen Gerichten zu. Auf einem großen Tisch bauten sie aus gebratenem und in seltsamen Mustern und Tönungen tranchiertem Fleisch eine wohl zehn Fuß hohe Pyramide auf, und das Ganze wurde gekrönt vom Kopf des größten wilden Ebers, der

mir jemals zu Gesicht gekommen war. Ein Polyfaun, versteht sich, aber das hatte in dem Land nichts zu bedeuten.
Am Hauptfesttag veranstalteten die Christen eine Prozession durch die Straßen der Stadt, die in ihrer Kirche endete, einem gewaltigen Gebäude mit nicht weniger als sieben großen, zwiebelförmigen Kuppeln, das sie die Kathedrale nannten. Cymru und sein Hofstaat reihten sich in die Prozession ein, als sie am Palast vorbeikam, und zogen die letzten hundert Meter mit, bevor sie unmittelbar hinter dem Bischof tatsächlich die Kirche betraten.
Als Cymru mit mir darüber sprach – er hielt es für ausgemacht, daß ich ebenfalls mitgehen würde –, sagte ich verdutzt zu ihm:
»Du bist aber doch kein Christ!«
»Ich bin auch keine Weiße Hexe, aber zu deren großer Hexenversammlung in der Mittsommernacht gehe ich auch immer. Und führe den Vorsitz bei dem Fest, das die Bauern zur Erntezeit feiern, obwohl ich kein Bauer bin. Bei uns ist der König der Vater des Volkes, solange die Leute die Gesetze beachten. Und das tun die Christen, wie alle anderen auch.«
»In unserem Land machen sie Ärger, indem sie gegen Krieg und Hinrichtungen protestieren.« Ich mußte an einen bitterkalten Morgen in Salisbury denken und an mich als Akoluth, der das Sehergewand entweiht hatte. »Sogar dagegen, daß Menschen in den Zwangstock getan werden.«
»Hier protestieren sie nicht«, sagte Cymru. »Und ihr Weihnachtsgottesdienst lohnt sich wegen der Musik.«
Also ging ich neben ihm vom Palast zur Kathedrale. Es schneite leicht und war kalt im Freien, nachdem man sich an die geheizten Fußböden im Palast gewöhnt hatte, aber wir waren alle warm in Pelze eingehüllt. Die Christen übrigens auch. Sie sahen wohlgenährt und wohlhabend aus, sehr viel anders als die zerlumpten Hungerleider, die ich im Süden gekannt hatte. Es waren weniger als hundert. Ich fragte Cymru:
»Sind das alle, die es hier gibt?«
»Wer eben kann, nimmt am Weihnachtsgottesdienst teil«, antwortete er. »Ihre Zahl schrumpft. Vor vierzig Jahren, als ich hier neben meinem Vater einherschritt, waren es noch dreimal soviel. Aber ihre Musik ist immer noch vortrefflich.«

Wird wohl, dachte ich bei mir, als ich ihr dann lauschte. Mir kam alles ziemlich gesucht vor, solch ein Kontrast zwischen Knabentenören und tief dröhnenden Bässen: im Chor sangen fast so viele, wie es Zuhörer gab. Aber ich verstand ja nichts von Musik. Ich guckte mir unterdessen die anderen in der Kirche an. Wie sie dort auf ihren Bänken mit den hohen Rückenlehnen saßen, sahen sie noch fetter und reicher als vorher aus. Ich hätte gern gewußt, was unser Bischof in Winchester wohl von ihnen gehalten hätte. Mir sahen sie nach sehr viel angeseheneren Bürgern aus als die in seinem kläglichen Haufen. Und doch schrumpfte ihre Zahl, hatte Cymru gesagt. Das konnte man sich so leicht nicht erklären.
Ich fragte ihren Bischof danach, als er zum Festmahl im Palast erschien. Er hieß Griffis, und ich hatte ihn schon öfter am Hof gesehen. Für solche Besuche legte er sein Christengewand ab, und mit seiner Eleganz übertraf er die meisten von Cymrus Edelleuten, was etwas heißen wollte. Er wußte auch elegant zu reden; langsamer, als es bei den Wällisen üblich war, und, wie es hieß, außerordentlich witzig. Ich selber sah nicht immer, was so komisch sein sollte, aber die wällisischen Edlen um ihn herum waren schnell mit einem Lachen zur Hand.
Er sagte: »Zahlen an sich bedeuten noch keine Auszeichnung.« Von einem Tablett, das ein Page ihm hinhielt, nahm er einen kleinen gebratenen Vogel und schnabulierte ihn mit Genießermiene. »Manchmal ist es eine Ehre, einer Minderheit anzugehören.« Er sah mich von der Seite an und lächelte. »Befandest du dich nicht in dieser Lage gegenüber den Hauptleuten deiner Stadt?«
Jemand kicherte unterdrückt. Ich hatte diesen Bischof auch bei anderer Gelegenheit schon Boshaftigkeiten mit leicht schiefgezogenem Mund unter die Leute bringen sehen. Die wällisischen Edlen waren fast alle große Klatschbasen, aber er übertraf sie auch hier.
Ich entgegnete kalt:
»Du hast eine geistreiche Art zu reden, Bischof.« Er neigte den Kopf, immer noch lächelnd. »Ich muß dem König erzählen, daß du Verrat für ein Thema hältst, über das sich gut scherzen läßt. Vielleicht lacht er mit.«
Er guckte rasch zu mir hin, um zu sehen, ob nun auch ich im Scherz redete. Als ich ihn aber nur unbeweglich anschaute, wechselte er

sehr fix die Tonart. Ich hätte ihn mißverstanden, sagte er, aber es sei an ihm, sich für dieses Mißverständnis zu entschuldigen. Und dann ging er aufs ekelhafteste daran, mir zu schmeicheln. Überdick trug er auf; wie das Fett kam es mir vor, das immer noch seine Lippen kränzte von dem Vogel, den er verspeist hatte, glatt und ölig. Nach wenigen Augenblicken nickte ich und drehte ihm den Rükken zu. Das war unhöflich, ich weiß, aber ich konnte den Kerl nicht mehr ertragen.

Ich dachte an den Bischof von Winchester, der kühn über Verbotenes geredet und in Gegenwart seines Fürsten einem Akoluthen widersprochen hatte. Und als ich daran dachte, fiel mir auch ein, wer an dem Abend noch dabeigewesen war. Ich sah sie mich schelten und dann auf ihre liebreizende Art mich bitten, als sie mir eröffnete, wen sie eingeladen hatte, mit uns zu Abend zu essen. Das Herz krampfte sich mir zusammen, während die wällisischen Edlen um mich herum schwatzten und lachten und sich vollstopften. Ich verließ den Saal und ging in mein Zimmer hinauf, wo es still war. Die bis auf den Boden reichenden Doppelfenster waren geschlossen. Ich öffnete eins und trat auf den Balkon hinaus. Der Fluß war zugefroren, bis auf die Stelle, wo er sich über das hufeisenförmige Wehr stürzte, das nun im Dunkeln kaum zu sehen war. Dahinter flimmerten die Lichter von Hunderten von Klan Gothlener Türmen, und leise Musik wehte mit der Nachtluft heran. Die Kälte schnitt mir in die Haut, und die Erinnerung stieß scharf wie ein Messer zu. Ich umklammerte die eiskalt gefrorene Brüstung mit den Fingern. Bald – dem Großen sei Dank! – würden die Festtage vorbei sein, und dann wurde weitergearbeitet!

Endlich nahm der Winter ein Ende, und das Heer konnte nach Süden reiten. Wir brachen auf unter Bannern und Wimpeln, die in einer steifen Brise wehten. Der Wind blies von den Bergen herab und war auch jetzt noch eisig. Klan Gothlens Bürger jubelten uns von ihren Türmen und Balkonen zu und drängten sich in den Straßen, um uns vorbeiziehen zu sehen. Gleich hinter den Spähern ritt Cymru an der Spitze der Vorhut, und ich ritt neben ihm.

Es war ein gemächlicher Zug. Wir konnten kein großes Tempo vorlegen wegen des Trosses, der gewaltig war. Ich war dafür gewe-

sen, ihn aufs Allernötigste zu beschränken, aber in diesem Punkt hatte Cymru sich über meine Vorstellungen hinweggesetzt. Wir führten also jede Menge Gepäck mit – Zelte für die Edelleute, ein ganzes Zelthaus für Cymru persönlich – und reichlich Vorräte an Essen und Trinken. Diese verbrauchten wir wenigstens auf unserem Zug nach Süden. Trotzdem schleppten wir immer noch viel mehr mit, als ein Heer im Feld benötigte – und sehr viel mehr, wie ich Cymru klarzumachen versuchte, als wir über den Paß durchs Brennende Land würden mitführen können.
Wir saßen in seinem Zelthaus, das dicht am Fluß aufgeschlagen worden war. Unser Lager erstreckte sich fast einen Kilometer lang durchs Tal. Wäre mit irgendeinem Feind zu rechnen gewesen, hätte ich es lieber dichter zusammengezogen, aber diesseits des Brennenden Landes gab es niemanden, der gegen die Macht von Cymrus Heer angetreten wäre.
Cymru lachte. »Wir werden mit leichtem Gepäck reiten, sobald es sich als nötig erweist, Lukas, aber bis dahin bestehen wir Wällisen auf unserer Bequemlichkeit. Könnte Lewin etwa solch ein Essen, wie wir es heute abend zu uns genommen haben, ohne seine Berge von Töpfen und Pfannen und sein eigenes Heer von Küchenjungen zubereiten?«
Ich sagte: »Der Gegensatz könnte euch hart ankommen.«
Er sah mich mit einem seltsamen Lächeln an. »Du verstehst uns noch nicht. Wir sind ein Volk der Gegensätze.« Er schaute über den Fluß. »Ein Volk, das gern lächelt und viel redet, aber unsere Herzen gehen bis zum Äußersten.«
In der Liebe und im Haß, fiel mir ein, aber ich sagte es nicht. Wir sprachen nicht von ihr, aber ihre Anwesenheit war deutlich zu spüren.
»Du verstehst uns nicht, Lukas«, sagte Cymru, »aber vielleicht ähnelst du uns mehr, als du glaubst.«
Fledermäuse huschten im Dämmerlicht über das eilig gurgelnde Wasser dahin. Wir saßen schweigend beisammen, während die Nacht nun einfiel.

Wir kamen an der Stelle vorbei, wo die Polyhunde Hans und mich umzingelt hatten, und auch am Tal des Stammes. Ob Jok und die anderen unseren Vorbeiritt aus einem Versteck beobachteten? Es war nichts von ihnen zu sehen. Wir zogen am Dorf der Bauratten vorbei, das immer noch verlassen und nun fast ganz von Unkraut und Schößlingen überwachsen war, und auch an dem anderen Dorf, aus dem man mich als Schlachtopfer in den Horst der Himmelsleute verschleppt hatte. Wir ritten um den Wald herum, in dem Edmund und ich in einem Zimmer im Obergeschoß eines verfallenen Palastes ein Skelett in der verschimmelten Kleidung von dazumal gefunden hatten und ein goldenes Kästchen und das Gemälde eines alten Mannes, das mit solch großer Kunst gemalt war, wie sie keinem Maler unserer Zeit zu Gebote steht. Und so kamen wir schließlich in die schwarze Einöde, wo Bäume und Pflanzen in der Hitze verdorrten, wo es nur Fels und dampfende Pfützen gab und die Luft zum Ersticken voll war von dem Staub aus den Rauchwolken, die über den schroffen Gipfeln des Brennenden Landes hingen.

Hier ließen wir den Troß zurück, nebst Lewin und seinen Küchenjungen. Die Hufe und Beine der Pferde wurden mit Asbesttuch umwickelt, und wir nahmen unsere Waffen mit. Auch Cymru ließ seine Samtmäntel zurück und trug nun statt dessen ein mit Stahlplättchen bewehrtes Lederwams. Ich war überrascht von der Verwandlung, die das bewirkte: er sah nun wie ein Krieger aus.

Ich ritt als erster über den Paß und führte die Späher. Ich hatte beschlossen, das Heer in Einheiten zu je zwanzig hinüberzuschaffen, um ein Durcheinander zu vermeiden. Das zog die Sache sehr in die Länge. Wir hatten am frühen Morgen begonnen, aber als die Nacht hereinbrach, war ein Viertel des Heeres noch auf der anderen Seite.

Falls jemand uns während dieses Manövers angegriffen hätte, wären wir hingeschlachtet worden; aber ein Überfall war nicht zu befürchten. Auf fünf Meilen vom Paß gab es keine Wohnstätten, kein Hälmchen Gras, von dem ein herumziehender Schäfer seine Herde hätte weiden lassen können, nur öde Wüste mit dem Brennenden Land dazwischen. Am nächsten Tag kam der Rest des Heeres herüber. Wir verloren ein Pferd, das stürzte und seinen Reiter abwarf und getötet werden mußte, weil es sich ein Bein gebrochen hatte. Aber ein anderer Krieger packte sich den Reiter

und schaffte ihn hinüber. Er kam mit ein paar kleinen Verbrennungen davon.
Nachdem wir unsere Streitmacht versammelt hatten, ritten wir nach Süden. Kluellan war dafür gewesen, die nächste Stadt zu erobern und als Stützpunkt zu benutzen, aber ich hatte mich dagegen ausgesprochen. Diese Stadt war Marlborough. Sie gehörte zu Oxford, und aus mehr als einem Grund wollte ich mich auf keinen Streit mit Oxford einlassen. Wir umgingen also Marlborough und ritten auf Salisbury zu.
Wir hatten nur wenig Proviant mitgenommen, da wir zuvorderst an Munition für unsere Maschinenpistolen denken mußten, und daher mußten wir uns aus dem Land versorgen. Die Dörfer, durch die wir ritten, wurden gezwungen, uns Essen und Trinken zu liefern. Dafür wurden sie von uns verschont. In einem Ort kam es zu einer Balgerei zwischen einem wällisischen Soldaten und einem Mädchen. Ich weiß nicht, was der Grund war – der Soldat beteuerte seine Unschuld –, aber Kluellan ließ ihn auf der Stelle auspeitschen.
Gleich nach unserem Auftauchen im allerersten Dorf hatten natürlich Tauben die Kunde weitergetragen, und inzwischen war die Nachricht von unserem Herannahen weit und fern übers ganze Land verbreitet. Ich wußte, daß man inzwischen in Winchester davon gehört haben würde, und hätte gern gewußt, was Blodwen dazu sagte, daß ich nun an der Spitze des Heeres ihres Vaters zurückkehrte. Sie und ihr Liebhaber mochten den Winter hindurch so manches Mal über den armen verbannten Lukas gelacht haben. Bei dieser Nachricht würde es für sie nicht viel zu lachen geben!
Wir ritten durch das Avontal und kamen also bis auf wenige Meilen ans Heiligtum heran. Ich versuchte jedoch nicht, Verbindung zu den Hohen Sehern aufzunehmen. Sie hatten mir eine Waffe in die Hand gegeben, ein Heer aber hatte ich mir selber beschafft. Jetzt brauchte ich sie nicht mehr und ihre Wissenschaft auch nicht.

Als wir unser Lager zwischen dem Heiligtum und Amesbury aufgeschlagen hatten, meldeten die Späher einen Feind. Das Heer von Salisbury ritt nach Norden, um uns zum Kampf herauszufordern. Wir rüsteten uns also zur Schlacht und fochten sie am nächsten Morgen aus.

Unser Heer umfaßte über dreitausend Mann, von denen dreihundert mit Maschinenpistolen bewaffnet waren. Diese dreihundert ließen ihre Pferde angepflockt und rückten zu Fuß vor. Ich verfolgte den Aufmarsch von einer Anhöhe auf der Westseite des Flusses. Sie sahen wie Bauern aus, als sie dort über die grünen, von Butterblumen und Gänseblümchen gelb und weiß gesprenkelten Wiesen gingen. Vor ihnen auf einer leichten Erhebung hatten die Salisburyer Stellung bezogen. Da saßen sie dicht an dicht auf ihren Pferden, deren Schnauben und Wiehern hin und wieder leise herüberwehte. Ihre schwarz-roten Banner flatterten tapfer im Nordwind. Es war ein schöner Anblick; er ließ mein Herz jauchzen. Die Männer zu Fuß sahen im Vergleich dazu winzig aus.
Die Reiter machten sich nun zum Angriff fertig. Ich sah den Trompeter sein Instrument an die Lippen setzen und hörte die schmetternden Klänge. Mein Pferd zuckte unter mir bei dem fernen Laut. Bei allem, was ich von der Waffe wußte, mit der ich die wällisischen Fußtruppen ausgerüstet hatte, konnte ich einen Augenblick lang nicht glauben, daß sie diesem Anprall gewachsen sein würden.
Die Reiter setzten sich in Bewegung, langsam erst, dann gewannen sie immer mehr an Tempo. Ich beobachtete meine eigenen Truppen und wartete bange. Die Hauptleute hatten Anweisung, sie auf fünfzig Meter herankommen zu lassen und dann auf das Kommando eines einzigen Hauptmanns aus allen Rohren gleichzeitig zu feuern. Das war im Manöver gegen die eigene Reiterei geübt worden; da hatten sie vor ihnen in die Erde geschossen. Aber ein Manöver war, wie jeder Soldat weiß, nicht dasselbe wie eine Schlacht. Falls sie zu früh und zu undiszipliniert schossen, konnte alles verloren sein.
Aber der monatelang Drill trug nun seine Früchte. Sie standen wie Felsen da, als nun die Kette der Reiter herandonnerte. Ich schätzte die Entfernung, die sie voneinander trennte, so gut ich konnte. Zweihundert Meter, hundert, fünfundsiebzig...
Dann ein einziger Ruf: »Feuer!« – und dann nicht nur ein stotternder Riese ohne Zunge, sondern Hunderte. Das Tal erbebte und wankte von dem Krach.
Und als wären sie in eine vor ihrer Front gespannte Stahltrosse ge-

ritten, stolperten die Reiter und stürzten. Vielleicht zwanzig ritten noch ein Stück weiter, zehn Meter, sogar dreißig, und wurden einer nach dem anderen niedergestreckt. Keiner gelangte bis zu den Soldaten mit den Maschinenpistolen.

Ich hob den Arm. Aus dem hinteren Feld ritten nun die wällisischen Reiter ihre Attacke. Die Fußsoldaten traten beiseite, um sie durchzulassen. Mit blitzenden Schwertern ritten sie diejenigen von den Salisburyern nieder, die sich von ihren toten oder sterbenden Pferden erhoben hatten. Ein paar wehrten sich wacker, aber ihre Lage war aussichtslos. Sie wurden mit kaum mehr Mühe zu Boden gestreckt, als es ein Mädchen kostet, eine Blume zu pflücken. Schon bald warfen sie ihre Schwerter weg und ergaben sich. Vom Trompetensignal bis zu diesem Augenblick waren nicht mehr als zehn Minuten vergangen.

Noch keine Stunde war vergangen, da bekam ich Besuch. Der Mann kam vom Norden mit einem kleinen berittenen Trupp, nicht

mehr als dreißig Reiter. Sein Standartenträger trug die weiße Waffenstillstandsflagge. Es war Eric von Oxford.
Er saß ab und begrüßte mich, und ich erwiderte den Gruß.
Er sagte: »Ich habe gehört, daß du unterwegs warst, Lukas. Und vorher habe ich auch erfahren, was in Winchester geschehen ist. Warum bist du nicht zu mir gekommen? Ich hätte dir geholfen.«
»Dein Vater wäre vielleicht von meinem Kommen nicht erfreut gewesen.«
»Er hätte nichts davon gemerkt.« Ich sah ihn fragend an. »Er war damals schon schwer krank und ans Bett gefesselt. Er ist im November gestorben.«
»Und du bist Fürst von Oxford? Ich habe es an meiner Pflicht fehlen lassen.«
Ich machte die förmliche Verbeugung, die ein Herrscher von einem Hauptmann erwarten darf. Er lachte.
»Schluß damit! Falls es stimmt, was ich gehört habe, befehligst du ein größeres Heer als meins. Trotzdem kannst du vielleicht noch Hilfe gebrauchen, um deine Stadt zurückzuerobern. Ich habe dir ja gesagt: Wenn ich helfen kann, helfe ich. Jetzt kann ich.«
»Es ist ein Heer von Barbaren, von jenseits des Brennenden Landes«, sagte ich. »Hast du das auch gehört?«
»Um so mehr brauchst du Unterstützung von Freunden! Dann kann man nicht behaupten, du habest Wilde nötig gehabt, um dein Eigen zurückzugewinnen. Es sieht besser aus, wenn du einen Verbündeten in der Nähe hast. Ich kann in einer Woche mit meinem Heer hier sein. Kannst du dich bis dahin vom Kampf zurückhalten?«
»Du kommst zu spät, Eric. Die Schlacht ist schon geschlagen.«
»Schon geschlagen?«
Er sah sich um, sah die lebhafte Geschäftigkeit im Lager der Wällisen. Ich sagte:
»Und gewonnen. Möchtest du das Schlachtfeld sehen?«
Er ritt schweigend mit. Ich hörte ihn scharf die Luft einziehen, als vor uns der häßliche Wall auftauchte, der den Schauplatz des Gemetzels bezeichnete. Der Wall bestand aus den Kadavern von Hunderten von Pferden, vermischt mit toten Reitern. Und zwischen ihnen gingen die Wällisen umher, die ich dazu abkomman-

diert hatte, daß sie dem Leiden der Pferde, die vielleicht noch lebten, ein Ende bereiteten. Vermutlich waren sie bereits fertig mit ihrer Arbeit, denn es bewegte sich kein Pferd mehr, und keins schrie. Sie gingen einer sympathischeren Beschäftigung nach, die darin bestand, daß sie den toten Kriegern von Salisbury Ringe und anderen Schmuck abnahmen.

Einige zehn Meter vor dem Wall des Entsetzens hielt Eric sein Pferd an.

»So eine Schlachterei habe ich noch nie gesehen«, sagte er.

»Und die Verluste bei deinen Wällisen?«

»Keine. Wenigstens nichts Ernstliches. Ein paar sind leicht verwundet.«

Er schüttelte den Kopf. »Nicht zu glauben. Es heißt, daß die Geister dich beschützen. Aber lassen sie den Tod aus dem Himmel auf Heere regnen, die gegen dich zu Felde ziehen?«

Ich erzählte ihm von den Maschinenpistolen. Allerdings sagte ich ihm nicht, wo sie herkamen, so daß er wohl annehmen mußte, sie seien eine Erfindung der Wällisen. Er sagte:

»Das sind also Maschinen.«

Ich sagte: »Ist das so etwas Unerhörtes für jemanden, der mir erklärt hat, daß er alte und törichte Bräuche ändern will?«

»Ich wollte Veränderung, nicht einen verwesenden Berg toter Pferde. Deine Feinde sind Männer. War es nötig, daß deine Soldaten diese armen Tiere so unbarmherzig hingeschlachtet haben?«

»Die Pferde bieten ein größeres Ziel, und ihre Reiter sind hilflos, wenn man ihnen das Tier zusammengeschossen hat. Die Soldaten haben auf meinen Befehl auf sie gefeuert. Dies ist die richtige Taktik, wenn man eine Schlacht mit solch einer Waffe gewinnen will.«

»Das glaube ich dir. Aber bringt solch ein Sieg Ehre?«

»Was ist Ehre?« fragte ich ihn. »Mir haben sie meine genommen, als sie in Hardings Haus um einen Eichentisch saßen. Aber ich lebe noch und kann mich rächen.«

Eric schwieg und betrachtete lange das Blutbad. Unmittelbar vor uns reckte ein Hengst, ein herrlicher Brauner, den Kopf zum Himmel, das Maul weit offen in stummem Schrei.

Ich sagte: »Mit den alten Schlachten wurde nichts erreicht: Du

selbst hast mir das in Winchester erklärt. Die hatten ihre Pferde und ihre Ehre, aber sie brachten keine Lösung. Von nun an wird das anders. Bei den Schlachten, die wir kämpfen, ist kein Platz für Pferde und Ehre, aber wir werden Siege erringen, wie man sie bisher nicht gekannt hat.«
Eric wendete sein Pferd. Er sagte:
»Das mag alles wohl wahr sein. Dann also lebe wohl, Lukas.«
»Du bringst dein Heer nicht zu uns nach Süden?«
Er lächelte. »Ich habe mich geirrt. Du brauchst keine Hilfe.«
»Und das Bündnis, das du mir angeboten hast?«
»Lebe wohl, Lukas.«
Ich ritt noch ein Stück neben ihm her. »Wirst du gegen mich kämpfen?«
»Bin ich ein Narr?« sagte er. »Ich habe deinen Sieg gesehen.«

Die Mauern von Winchester

Salisbury öffnete uns vor Entsetzen hilflos die Tore. Ich legte eine Besatzung in die Stadt und zog weiter. Vierzig Mann blieben zurück, und das waren eher schon mehr als nötig, weil ich ihnen zwanzig Maschinenpistolen gab. Ich hatte keinerlei Befürchtungen, daß es zu einem Aufstand kommen werde, wenn das Heer nicht mehr da war.
Wir nahmen die Straßen nach Osten. Ich hatte eigentlich nicht vorgehabt, Romsey anzugreifen, aber sein Heer überfiel uns, als wir das Testtal durchquerten. Sie hatten einen Überraschungsangriff geplant: Als wir uns dem Fluß näherten, ritten sie aus dem schützenden Wald hervor, offenkundig in der Hoffnung, uns in den Fluß drücken zu können.
Zu Beginn schienen sie auch einigen Erfolg zu haben. Ihre Attacke durchbrach unsere Flanke, und schon hörte ich ihr Triumphgeschrei: »Romsey! Romsey!«
Aber die Flanke war auf meinen Befehl zurückgegangen. Die Maschinenpistolentrupps befanden sich in der Mitte. Die Leute hatten keine Zeit abzusitzen, aber auch aus dem Sattel richteten sie ein

wüstes Gemetzel an. Der Angriff blieb stecken und brach zusammen. Die nicht hinsanken, stoben auseinander und flüchteten in den Wald, aus dem sie gekommen waren.
Unsere eigenen Reiter verfolgten sie und erschlugen viele, aber ich ließ sie durch Trompetensignal zurückrufen. Der Sieg war deutlich genug; und ein geschlagener Haufe, der zur Stadt zurückfloh, diente unseren Zwecken besser als unnötige Schlachterei. Es würde nun kaum noch Mühe machen, Romsey einzunehmen, und anderes ging vor. Der Weg nach Winchester war frei.
Die Banner des Heeres, das aus dem Wald ritt, waren alle gelb und schwarz gewesen, und unter den Gefallenen befand sich kein Winchesterer. Das bedeutete, daß Romsey sich befreit hatte oder von Harding und den anderen freigegeben worden war. Aber obwohl sie inzwischen vernommen haben mußten, wie wir das Salisburyer Heer vernichtet hatten, waren sie dennoch allein gegen uns angeritten, anstatt zu warten und sich mit Winchester zusammenzutun.
Cymru sprach mit mir darüber. »Merkwürdiges Volk. Aus Groll, oder was meinst du? Aber wir sind doch Ausländer und rücken in ihre Länder ein. Geböte denn nicht die Vernunft, sich vereint zu wehren, wenn alle bedroht sind?«
Ich versuchte ihm zu erklären, wie die Dinge lagen, aber es wollte mir nicht recht gelingen. Er konnte sich nicht vorstellen, wie das war, wenn man als Bürger einer freien Stadt unter vielen lebte, wo Rivalitäten durch Generationen hindurch ausgefochten wurden. Schließlich kam er aus einer Einzelstadt, einer Oase der Kultur und des Wohlstandes, umgeben von Landen, die zwar wild und unzivilisiert waren, von denen aber keine Gefahr drohte. Es gab keine Zwistigkeiten unter den Wällisen, jedenfalls keine nennenswerten.
Cymru zuckte die Achseln. »Nun, uns kann es nur recht sein. Obwohl es kaum sehr viel anders ausginge, glaube ich, falls alle ihre Städte uns ihre Heere gleichzeitig entgegenschicken würden. Das ist eine mächtige Waffe, die du uns da geschenkt hast, Lukas.«
Ich schaute zu dem Totenberg am Fluß hinüber.
»Ja, sehr mächtig. Nichts kann ihr standhalten.«
»Eins bedaure ich.«

»Was?«
»Daß wir dich verlieren, wenn du deine Stadt wiedergewinnst.«
Er war mir schon oft mit dick aufgetragener Schmeichelei gekommen; dies jedoch kam ihm vom Herzen.
Ich sagte: »Wir werden alle Umgang miteinander pflegen. Ich werde dich in Klan Gothlen besuchen.«
Cymru schüttelte den Kopf. »Das ist eine lange Reise. Und du wirst hier mehr als genug zu tun haben. Aber niemand kann über das Schicksal eines anderen gebieten. Es genügt, daß dies hier unser gemeinsames Werk ist. Wir werden dir deine Stadt zurückerobern und die Beleidigung rächen, die uns beiden angetan wurde.«

Es regnete, als wir ins Itchental abstiegen, ein federweich treibender Regen, der uns langsam bis auf die Haut durchnäßte. Wir ritten an den Flußwiesen entlang, wo an einem Sommertag – so lange schon her und doch noch kein ganzes Jahr – Edmund die Laute gespielt und ein Lied für Blodwen gesungen hatte, während ich davonritt und sie, zufrieden und glücklich in meiner Dummheit, allein zurückließ.
Unsere Späher meldeten das Winchesterer Heer. Sie hatten sich in gewöhnlicher Schlachtordnung auf dem Westufer des Flusses aufgestellt. Ich sagte zu dem Späher, der es mir berichtete:
»Bist du ganz sicher? Ihr ganzes Heer?«
»Wir haben das Gelände abgesucht, Herr. Falls sich auch nur ein einziger Mann irgendwo versteckt hätte, wäre er von uns entdeckt worden.«
Ich zweifelte nicht daran: Die Wällisen waren schlaue Späher. Es war trotzdem schwer zu glauben. Sie mußten doch gehört haben, wie es den Kriegern aus Salisbury und Romsey ergangen war. Sie konnten doch nicht so töricht sein, daß sie sich im Freien aufstellten und auf unseren Angriff warteten?
Und doch – als wir dann auf Sichtweite heran waren, rührte der Anblick mir das Herz. Die Trupps waren auf die klassische Art aufmarschiert, ein jeder mit seinem blaugoldenen Banner: Hauptleute, Standartenträger, Lanzenreiter mit eingelegtem Speer und dahinter die mit dem Schwert. Es war eine tapfere Herausforderung an die, die ihnen entgegentraten – eine Herausforderung, auf

die alte Art zu kämpfen, rechter Arm gegen rechten Arm, Stahl gegen Stahl: Ehre ein dem Sieg ebenbürtiger Preis.
Einen Augenblick lang war ich versucht, die Herausforderung anzunehmen und an der Spitze meiner wällisischen Reiter anzugreifen. Aber zu viel war geschehen, und zu viel stand auf dem Spiel. Ich hielt die Reiter zurück. Die Männer mit den Maschinenpistolen bezogen bereits in aller Stille Stellung auf einer Anhöhe nach Osten. Eine von den Hochstraßen unserer Vorfahren verlief dort. Es war einmal eine Bahnlinie gewesen, auf der Dampfmaschinen Wagen entlanggezogen hatten, in denen Leute mit vielfacher Pferdegeschwindigkeit nach fernen Orten fahren konnten. Nun war sie von Büschen und Bäumen überwachsen und bot gute Deckung.
Sie hätten uns immer noch angreifen können, während die Maschinenpistolenschützen ihre Plätze einnahmen. Am Ausgang hätte es nichts geändert, aber ebenso wie die Männer aus Romsey hätten sie zu Beginn einen Vorteil erringen können. Sie rührten sich jedoch nicht. Sie warteten, bis auch wir Aufstellung genommen hatten. Nach altem Brauch mußten wir durch ein Trompetensignal anzeigen, daß wir bereit waren. Dann erst würden sie angreifen.
Warum taten sie das? Aus Torheit? Vielleicht, aber es waren doch Männer, die ich kannte, und zwar als nüchterne Leute kannte. Und ich konnte auch nicht glauben, daß sie wirklich annahmen, ich würde die Herausforderung, mit gleichen Waffen zu kämpfen, annehmen. Wenn ich Salisbury und Romsey nicht geschont hatte, von denen mir im Grunde nichts angetan worden war, warum sollte ich dann sie verschonen?
Ich glaube, es geschah wohl eher aus Ergebung und Verzweiflung. Sie sahen sich der sicheren Niederlage gegenüber, aber dann wollten sie doch wenigstens auf die alte Art untergehen, so kämpfend, wie die Heere von Winchester seit Generationen gekämpft hatten. Vielleicht war es Torheit, aber es lag Größe darin.
Meine Maschinenpistolenschützen waren bereit. Ich gab dem Trompeter das Zeichen. Er blies das Signal, und gleich kam auch die Antwort. Eine Viertelmeile entfernt setzte sich die Kette der Reiter in Bewegung und kam auf uns zu.
Diesmal hatte ich den Maschinenpistolenschützen befohlen, erst zu schießen, wenn ich das Kommando dazu gab, was ihnen durch ein

zweites Trompetensignal angezeigt werden sollte. Der Trompeter ritt neben mir, um auf mein Wort hin sofort das Signal zu blasen. Vor uns rückte die Kette nun im Nieselregen näher. Die Pferde fielen aus dem Schritt in kurzen, dann in gestreckten Galopp.
Wenn sie hundert Meter von uns entfernt waren, waren sie nicht mehr als fünfzig Meter von den Maschinenpistolenschützen weg, bevor sie sich beim Angriff gegen uns von ihnen wieder entfernten. Das war der Augenblick, auf den ich wartete. Ich sah den Abstand schrumpfen; das Kommandowort lag im Mund bereit. Wenn die Kette der Reiter an dem verkrüppelten Baum ankam... Den kannte ich gut: war als Junge darauf herumgeklettert. Die Reiter donnerten weiter. Sie näherten sich dem Baum, erreichten ihn. Ich wollte mein Kommando rufen. Eis schloß mir die Kehle und wollte das Wort nicht rauslassen.
Sie ritten in rasendem Zorn, und ihre Kampfrufe zerrissen den Himmel. Ich versuchte wieder zu sprechen, und wieder gelang es mir nicht. Falls sie mit dieser Wucht gegen uns prallten, würden die Wällisen ihnen nicht standhalten, das wußte ich: Keine Reiterei konnte das. Selbst in diesem Augenblick war ich noch stolz auf sie.
Sie waren nun nicht mehr als fünfzig Meter entfernt. Ich konnte die Gesichter von Männer erkennen, die ich kannte: Blaine, Nicoll, Stuart. Und in der Mitte, den Mund zu einem Schrei weit offen, Edmund, der einmal mein Freund gewesen war. In dem Augenblick brach das Eis. Ich sprach, und der Trompeter blies, und beim ersten wütenden Ton des Signals stotterten meine zungenlosen Riesen ihren Haß hinaus.
Dutzende brachen zusammen, aber die übrigen ritten weiter. Die Maschinenpistolen konnten nur ein paar Augenblicke lang feuern, sonst würden sie auch uns unter Beschuß nehmen. Die Kette der Reiter hatte viele Lücken, aber sie kam bei uns an. Dann war alles vergessen im Aufeinanderprallen von Schwert auf Schwert.
An den Kampf selber habe ich nur ungenaue Erinnerungen. Ich weiß nicht, wen ich niedergestreckt habe, auch nicht, wie viele, und nicht, wer mir den Stoß gegen die Schulter versetzte, der mich fast aus dem Sattel geworfen hätte. Ich weiß nicht, wie lange es gedauert hat. Zeit bedeutet nichts in der Schlacht, und dies war eine Schlacht von der alten Art, die letzte, die geschlagen werden sollte.

Alles war Hieb und Gegenhieb, Männerschreie in Schmerzen oder Triumph, das Schnauben und Wiehern der Pferde, nervenzerrendes Kratzen und Klirren von Stahl, die Nässe von Regen und Schweiß und Blut...
Sie wichen schließlich zurück. Obwohl das Kommando erst spät ergangen war, hatten die Maschinenpistolen schrecklichen Tribut gefordert, bevor sie heran gewesen waren. Nur verzweifelter Mut hatte es vermocht, daß sie danach doch noch mit unseren Reitern ins Handgemenge kamen. Sie brachen auseinander und stoben davon und flüchteten am Catherinen-Hügel vorbei aufs ferne Osttor zu.
Ich ritt nicht hinterher mit meinen Leuten, sondern ließ sie ziehen.

Der Feldscher kam, um sich meine Wunde anzusehen. Ich sagte ihm, die könne warten, und schickte ihn zornig weg, als er auf einer Untersuchung bestand. Ich ging zwischen den Gefallenen umher. Ein paar von den Wällisen waren mir fremd, aber unter den Toten aus Winchester war kein Gesicht, das ich nicht kannte. Barnes sah ich und den Unteroffizier, der mich beim Arm gepackt hatte, als er mich im Namen meines Bruders verhaftete. Foster, den Hans am Abend des Siegesfestes beinahe erschlagen hätte, lag mit ausgestreckten Armen und Beinen auf dem Rücken – nun wirklich tot. Ich sah Edmunds Bruder Charles, den Kopf in einer Blutlache, die Augen starr, wie erstaunt.
Und ich sah Harding. Eine Wunde war an ihm nicht zu sehen, weder vom Schwert noch von einer Kugel, aber sein Pferd lag mit Schußwunden tot neben ihm. Hardings Kopf hing unnatürlich schief. Er wird abgeworfen worden sein, als sein Pferd stürzte – vermutete ich –, und sich dabei den Hals gebrochen haben. Ich betrachtete ihn lange. Er war immer schmal und schmächtig gewesen, nun wirkte er sehr klein, wie ein alt gewordenes Kind. Ich empfand kein Mitleid, aber Freude auch nicht.
Noch ein anderer Toter lag in der Nähe. Eine Kugel hatte den Mann oben in die Stirn getroffen; durch das schwarz umrandete, kleine Loch war sein Leben verebbt. Es war Wilson, der älteste Kamerad meines Vaters. Er hatte es abgelehnt, sich von ihm zum Hauptmann machen zu lassen, hatte aber von mir die Hauptmann-

schaft angenommen – nicht um der Ehre willen, sondern um mich besser beschützen zu können. Wilson, der einzige von allen Hauptleuten, der gegen die anderen gestimmt hatte, als sie mich in die Verbannung schickten.
Ich schaute ihn an und wandte mich ab. Ich hätte heulen können wie ein Hund, aber das Eis saß mir wieder in der Kehle. Ich stolperte durch den Regen zu Cymru und dem Feldscher, die schon auf mich warteten.

Greene und Ripon waren zwei von den drei Unterhändlern, die zu mir kamen: der dritte war Edmund.
Ich empfing sie, neben Cymru sitzend, und auch Schlange war zugegen. Ich bot ihnen Bier und Gebäck an.
»Es ist ein gutes Gebräu«, sagte ich. »Auf dem Bauernhof meines Vaters gebraut, knapp eine halbe Meile von hier. Ich kann euch aber auch Bier von euren eigenen Höfen vorsetzen, falls euch das lieber ist.«
»Wir wollen kein Bier«, sagte Greene. »Wir möchten deine Bedingungen hören.«
»Das ist leicht getan. Ich will weiter nichts als das, was mir gehört: meine Stadt und meine Braut, die mir von ihrem Vater hier gegeben wurde.«
»Eine Stadt kann man nicht jemandem geben«, sagte Greene, »es sei denn, es geschähe durch den Willen ihrer Bürger. Das weiß jeder in zivilisierten Landen. Dein Vater hat uns als erster von diesem geraden Weg verführt, als er Petersfield eroberte und einfach behielt, und unter deiner Herrschaft haben wir uns noch weiter in Unrecht verirrt. Jetzt zahlen wir dafür und wissen, daß wir teuer zahlen müssen. Aber unsere Freiheit, die geben wir nicht auf.«
Cymru sagte: »Und meine Tochter? Gebt ihr die ihrem Vater zurück?«
Darauf antwortete Edmund: »Ein freies junges Mädchen gibt man nicht heraus, genausowenig wie eine Stadt. Falls sie zu dir kommen will – gut. Niemand wird sie zwingen.«
Cymru wurde dunkelrot vor Zorn. »Dein Kamerad redet von Verführen, aber wie ist das denn mit dir? Du, der du mein Brot geges-

sen hast, hast meine Tochter deinem Fürsten und Freund weggenommen. Und nun schwatzt du von Freiheit?«
Greene sagte: »Das führt zu nichts. Wir geben uns geschlagen, wenn wir auch nicht davon reden wollen, wie der Sieg errungen wurde. Wir zahlen euch Gold – alles Gold, was wir in der Stadt haben. Unsere Frauen werden sich die Ringe von den Fingern streifen, damit wir sie euch ausliefern können. Nehmt euer Lösegeld und laßt uns in Frieden.«
Ich schüttelte den Kopf. »Wir wollen kein Geld. Auch nicht die Tore der Stadt. Ein Tor genügt. Und das Fräulein Blodwen muß ihrem Vater zurückgegeben werden.«
»Ihrem Vater«, fragte Edmund, »oder dem Mann, den sie haßt?«
Es war nur das, was ich längst schon wußte, aber der Pfeil saß. Die Wunde an meiner Schulter war nichts, verglichen damit.
Greene sagte: »Du kriegst beides nicht. Und unsere Mauern sind hoch. Fürst Stephen, Edmunds Vater, hat dafür gesorgt.«
»Zum Schluß werdet ihr nachgeben«, sagte ich. »Ob früher oder später, ist uns gleichgültig. *Ihr* müßt darunter leiden.«
»Du willst uns also aushungern?« fragte Greene. »Wir haben Getreide und Vieh. Wenn das aufgebraucht ist, schlachten wir unsere Pferde und essen die. Und danach jagen wir uns Ratten zum Abendessen. Und wenn wir danach hungern und verhungern müssen, nun, dann müssen wir hungern und verhungern. Aber solange noch irgendwelche Kraft in unseren Armen ist, kommst du nicht in die Stadt.«
»Wackere Worte«, sagte ich. »Aber das Versprechen ist leichter gemacht als gehalten.«
Sie schickten sich zum Aufbruch an. Cymru sagte zu Edmund: »Eine Nachricht an meine Tochter.«
»Ja, Herr?«
»Sage ihr, ihr Vater verflucht sie.«
Edmund verneigte sich.
»Sie ist zu sanft, um gleicherart zu antworten. Aber ich tu's hiermit für sie.«

Sie schickten uns die wällisischen Soldaten heraus, die Blodwens Leibwache gewesen waren. Die Belagerung dauerte den ganzen

Sommer hindurch an. Kluellan erwies sich unter Schlanges Anleitung als vorzüglicher Quartiermeister. Zuerst mußten die zur Stadt gehörenden Gehöfte für unsere Verpflegung sorgen, dann schickten wir unsere Trupps zum Furagieren weit über Land. Leicht war das Leben dennoch nicht, gewiß nicht im Vergleich zum Luxus von Klan Gothlen, und es überraschte mich, wie gut Cymru und die wällisischen Edelleute damit fertig wurden. Ich hatte damit gerechnet, daß gemurrt würde – vielleicht sogar davon geredet würde, daß man's aufgeben solle; aber nichts dergleichen.
Viel hing natürlich von Cymru persönlich ab, und der blieb fest. Als wir einmal darüber sprachen, sagte er:
»Wir sind weit gekommen, Lukas. Zu weit, um so kurz vorm Ziel aufzustecken.«
Wenn meine Kehle nicht wie gelähmt gewesen wäre, als das Kommando zum Feuern hätte kommen müssen, oder wenn ich sie verfolgt hätte, als sie zum Osttor hin flohen, wäre unser Sieg bereits besiegelt gewesen. Das wußten wir beide, aber er machte mir nie einen Vorwurf. Ich sagte:
»Sie sind ein störrisches Volk, Herr.«
Cymru lachte. »Wir Wällisen können auch störrisch sein. Und dieses harte Leben tut uns gut. Uns ist oft viel zu wohl gewesen.«
Dennoch grübelte ich unglücklich über das, was nun werden sollte, nach. Wir konnten das Heer im Winter nicht im Feld stehenlassen. Gewiß, wir hatten unseren Stützpunkt in Salisbury, auf den wir uns zurückziehen konnten; aber das wäre dann in der Tat ein Rückzug, und der Gedanke daran wollte mir überhaupt nicht schmecken. Und ich war auch nicht überzeugt, daß die Wällisen – wie hoch ihre Kampfmoral im Augenblick auch sein mochte – freudig einen Winter in einer Stadt im Ausland erdulden würden; und das auch noch mit der Gewißheit, daß im Frühjahr die Belagerung einer anderen Stadt im Ausland wiederaufgenommen werden sollte. Ein Soldat muß Heimat und Familie verlassen, wenn sein Monarch es verlangt; aber das heißt nicht, daß er sie vergißt. Und seine Sehnsucht danach wird nicht schwächer durch Abwesenheit, sondern heftiger.
Im Spätsommer kam dann eines Tages ein Mann in schwarzem

Umhang auf einem Schimmel ins Lager geritten. Es war der Hohe Seher Murphy.

Er begrüßte mich und sagte: »Du siehst gut aus, Lukas. Älter und härter im Gesicht, aber gut. Und das ist also das Heer – um dieses Heer zu beschaffen, hast du uns verlassen. Wir haben Großes davon gehört. Ich hatte daran gezweifelt, daß du ein wällisisches Heer gegen deine eigene Stadt führen würdest, dazu noch mit den Waffen, die wir dir gegeben haben. Es freut mich festzustellen, daß ich mich geirrt habe.«

Ich zuckte die Achseln. »Wir sind bis hierher gekommen, aber nun stecken wir fest. Männer im Feld kann man mit Maschinenpistolen töten, aber den Steinmauern einer Stadt können sie wenig anhaben.«

»Dann hättest du uns um eine andere Waffe bitten sollen.«

Ich sah ihn scharf an. »Gibt es da was? Du denkst an große Kanonen? Aber können die hergestellt werden mit dem Material, das wir haben?«

»Nein«, antwortete Murphy, »jedenfalls nicht so ohne weiteres. Aber es gibt da einen sogenannten Mörser. Er ist als Waffe gegen Befestigungsanlagen entwickelt worden, eine Belagerungswaffe. Er schleudert Geschosse in steilem Winkel – die explodieren dann an den Mauern.«

Ich sagte zweifelnd: »Die Mauern von Winchester sind nicht nur hoch, sondern auch stark.«

»Hast du schon einmal eine Drossel mit einer Schnecke beobachtet?« fragte mich Murphy. »Sie nimmt das Schneckenhaus mit der Schnecke in den Schnabel und schleudert es gegen einen Stein. Bei dem ersten Anprall zerbricht das Schneckenhaus nicht. Aber der Vogel nimmt es erneut in den Schnabel und schleudert es zum zweitenmal gegen den Stein. Er schleudert es zwanzigmal, ja auch fünfzigmal, falls nötig. Es zerbricht schließlich, und die Drossel sieht sich belohnt. Wir haben weit mehr als fünfzig Geschosse, sogenannte Granaten, für dich. Ich verspreche dir: die Mauern der Stadt werden bersten wie das Schneckenhaus.«

»Wo ist dieser Mörser, Murphy?« fragte ich ihn.

Er lächelte. »Du brauchst nicht lange darauf zu warten. Morgen ist er hier. Ich bin vorausgeritten, um ihn anzumelden.«

»Gebt mir diese Stadt«, sagte ich, »und ihr kriegt eure Wissenschaft zurück. Das verspreche ich euch.«
»In zwei Tagen gehört sie dir.«

Der Mörser kam am Tag darauf gegen Mittag an. Er wurde von zwei Pferden auf einem Karren gezogen und ähnelte in nichts den Kanonen, mit denen der Fürst von Petersfield das Heer meines Vaters unter Feuer genommen hatte. Die hatten lange, schlanke Rohre gehabt. Der Mörser war ein gedrungenes Ding mit großer Mündung, fast so breit querüber wie lang. Schwer zu glauben, daß mit diesem kläglichen Gerät Mauern zermalmt werden sollten, zu deren Bau Stephen fünf Jahre benötigt hatte!
Und die erste Granate, die der Mörser schleuderte, lag zu kurz; sie plumpste in sumpfiges Gelände unterhalb der Stadtmauer, ließ Schlamm hochspritzen und richtete außer bei den Fröschen, die dort hausten, keinen Schaden an. Robb und Gunter hatten den Mörser gebracht. Sie berieten sich nun mit Murphy und verstellten den Winkel des Rohres. Die zweite Granate explodierte in halber Mauerhöhe, und die Wällisen, die zuguckten, schrien hurra bei dem Anblick. Das Hurrageschrei verstummte, als der Rauch sich verzog und die Mauer dahinter unbeschädigt zum Vorschein kam.
Die Hohen Seher stellten die Mündung wieder neu ein. Die dritte Granate traf hoch oben auf, unmittelbar unter der Brüstung. Robb sagte befriedigt:
»Jetzt haben wir's wohl.«
Murphy hatte einen Feldstecher mitgebracht. Der hatte Linsen wie eine Brille, aber immer zwei, und sie waren sehr viel stärker. Weit entfernte kleine Gegenstände wirkten groß und dichtbei. Ich guckte gerade hindurch und sagte:
»Ist aber kein Schaden zu sehen.«
»Noch nicht«, antwortete Murphy. »Die Drossel könnte von Glück sagen, die ihre Schnecke gleich mit dem ersten Schlag kriegt. Aber wir haben uns jetzt eingeschossen, und nun ist es nur noch eine Frage der Zeit.«
Der Mörser dröhnte wieder – und wieder und wieder und wieder. Nach ungefähr einer Stunde waren mit dem Feldstecher Risse und Narben in der Mauer zu erkennen. Nach zwei Stunden brach die

Brüstung über dieser Stelle zusammen, und da schrien die Wällisen wieder hurra.
Es war warm geworden im Laufe des Nachmittags, und der Mörser selber strömte auch Hitze aus. Murphy wischte sich den Schweiß von der Stirn.

»Du hast recht gehabt. Die Mauern sind tatsächlich stark. Aber eine Bresche haben wir schon. Da müssen wir jetzt immer reinhämmern.«
»Wie lange dauert das, glaubst du?«
»Heute nicht mehr. Aber bis morgen mittag ist da ein Loch, so groß, daß du mit deinem Heer durch kannst.«
»So lange kann ich warten«, sagte ich.
Der Schußwinkel des Mörsers mußte immer wieder nachgestellt werden, weil die Bresche in der Mauer nun immer breiter und tiefer wurde. Der Beschuß wurde so lange fortgesetzt, bis bei Beginn der Dämmerung das Licht nicht mehr ausreichte. Die obere Hälfte der Mauer war inzwischen eingestürzt, die untere jedoch hielt noch.

Am nächsten Morgen kam Hans an mein Zelt, um mich, wie immer, zu wecken. Aber ich war schon wach. Er stand in der Öffnung, dunkel vorm blassen Licht der Morgendämmerung. Ich sagte:
»Ein guter Tag, Hans. Heute werden wir unsere Heimstätten wiedersehen.«
»Ja, Herr«, sagte er. »Herr, hier ist jemand, der mit dir sprechen möchte. Aus der Stadt.«
»Noch eine Abordnung?« Ich stand gähnend auf. »Lauter Frühaufsteher. Aber dafür kriegen sie von mir keine besseren Bedingungen.«
»Nur ein einzelner Mann. Der, der mal Akoluth war.«
»Der...«
Ich trat vors Zelt. Dort stand Martin und wartete. Er hatte sich das Haar wachsen lassen, und er trug gewöhnliche Kleidung statt der schwarzen Akoluthenkutte. Davon abgesehen wirkte er kaum verändert. Dünn war er, aber er hatte noch nie viel Fleisch auf den Knochen gehabt.
Ich ergriff seine Hand und sagte:
»Martin! Ich freue mich, dich zu sehen. Wie bist du denn hergekommen?«
»Durch den Tunnel der Christen unter der Mauer hindurch.«
Das war der Tunnel, den mein Bruder Peter benutzt hatte, um die Stadt vom Romseyer Heer zurückzuerobern. Ich hatte gar nicht erst versucht, Gebrauch davon zu machen, da er nun bekannt war

und man mir meine Leute beim Herauskommen einzeln hätte abfangen können. Aber ich hatte ihn auch nicht zugemacht.
Ich sagte: »Warst du denn in der Stadt? Ich dachte, du bist zu den Hohen Sehern im Heiligtum unter den Ruinen von London gegangen?«
»Bin ich auch, aber ich bin nicht dort geblieben.«
»Hast du da auch nicht gefunden, was du gesucht hast?«
»Nein.« Er lächelte. »Ich habe eine lange Reise hinter mir, und was ich gesucht habe, habe ich an dem Ort gefunden, von dem ich aufgebrochen war. Aber vielleicht war die Reise trotz allem notwendig.«
»Was hast du denn gefunden?«
»Wahrheit. Die Wahrheit, die meine Wahrheit ist. Ich bin Christ, Lukas.«
Ich guckte ihn verdutzt an und lachte. »Du machst einen Witz! Die Wahrheit, nach der du gesucht hast, war die Wahrheit der Wissenschaft. Weißt du noch, wie du mir unten in der Ruine dieses alte Buch gezeigt hast, mit den Bildern von Maschinen darin, und wie erbittert du dich gegen Aberglauben und Lügen geäußert hast? Weißt du noch, wie du mich beschworen hast, mit Ezzard aus der Stadt zu fliehen, damit die Sendung der Hohen Seher gerettet und die Wissenschaft endlich zurückgebracht werden könne? Willst du mir jetzt erzählen, daß du an diese Geschichte von einem Gott glaubst, der in einem Stall geboren wurde, aus dem Leib einer Jungfrau; der auf Erden wandelte und Wunder vollbrachte, wie die Seher sie in der Beschwörungshalle vorführen; der an einem Kreuz starb und drei Tage später wieder umherging; und der schließlich zum Himmel auffuhr, um dort zwischen den Sternen zu sitzen und Gericht zu halten über alle Menschen? Willst du mir *das* erzählen?«
»Alles das und noch mehr. Weil nämlich die Wissenschaft meinem Leben keinen Sinn gegeben hat. Dies aber gibt ihm einen Sinn. Aber ich bin nicht gekommen, um mit dir über den christlichen Glauben zu sprechen, Lukas. Ich bin gekommen, um für die Stadt zu bitten, die uns beide geboren hat.«
»Ach ja? Wer hat dich geschickt? Edmund, der mir mein Mädchen gestohlen hat und dann auch noch die Stadt?«

Martin schüttelte den Kopf.
»Ich habe sie gar nicht gesehen, nur aus der Ferne. Würde ein Edelmann einen Christen schicken, damit er in seinem Namen bitte? Ich kann dir sagen, daß sie dünn sind vor Hunger. Alle in der Stadt sind's, ohne Ausnahme. Es ist viel gelitten worden, Lukas.«
»Falls gelitten wurde, dann aus freiem Entschluß. Ein Tor zu öffnen ist nicht schwierig.«
»Doch – wenn die Tyrannei darauf wartet, eingelassen zu werden.«
»Nennst du mich einen Tyrannen?«
»Wer sich nimmt, was man ihm freiwillig nicht geben will, ist ein Tyrann. Oder ein Dieb.«
»Das sind harte Worte, alter Freund«, sagte ich. »Dieser Dieb, dieser Tyrann hat dich einmal gerettet, als du in Ketten hingst und der Tod durch Feuer dir drohte.«
»Ja. Dafür kannst du alles von mir fordern. Aber nicht von der Stadt.«
Die Luft ging rauh und frisch, fast schon frostig. Der Sommer machte dem Herbst Platz. Bald würde es dann Winter werden.
Ich sagte: »Die Leidenszeit ist fast zu Ende. Jetzt ist es nicht mehr nötig, daß man mir ein Tor öffnet. Bevor noch der heutige Tag endet, rücken meine Soldaten durch die zerschmetterte Mauer in Winchester ein. Oder wird dein Stallgott, der solche Wunder tut, auch hier eins tun?«
»Es könnte sein. Durch die schwachen Leiber seiner Diener.«
Ich lachte. »Die Christen wollen die Mauer neu aufbauen? Ich glaube nicht, daß sie so schnell bauen können, wie mein Mörser sie wieder zusammenschießt.«
Martin nahm seine Brille ab und wischte sich die Augen. Ich sah, daß seine Hand zitterte.
»Du bist kein grausamer Mensch, Lukas«, sagte er. »Nur blind. Wenn du sie hungern sehen könntest, alle, die du gekannt hast – Männer und Frauen, Zwerg und Mensch und Polymoff –, würdest du Mitleid haben. Nein, sag's nicht. Sie brauchen nur ein Tor zu öffnen. Sie können Brot kriegen für ihre Freiheit. Und bis dahin

sind sie hinter Mauern, und du siehst sie nicht. Aber wir werden dich sehen machen.«
»Alles nur Zeitverschwendung«, sagte ich. »Es ist fast vorbei. Und ich habe gewonnen.«
»Noch nicht.« Er setzte die Brille wieder auf. »Ich habe gesagt, daß die Wahrheit, die ich gefunden habe, dem Leben einen Sinn gebe. Dem Tod auch. Ich gehe jetzt. Wenn ich in die Stadt zurückkehre, stelle ich mich in die Bresche in der Mauer. Mir ist ebenso bange bei dem Gedanken, wie jedem anderen dabei sein würde, vielleicht mehr noch als den meisten, aber ich glaube, daß Gott mir Kraft geben wird. Deine Granaten werden nicht nur Stein, sondern auch Fleisch und Knochen zerschmettern.« Er lächelte. »Du hast mich daran erinnert, daß ich dir einen Tod schulde. Ich bin froh, daß ich meine Schuld auf diese Weise begleichen kann.«
»Tapfer gesprochen«, sagte ich, »und ich glaube auch, daß du's tun würdest, mit oder ohne Hilfe deines Gottes. Aber auch hier gewinne ich. Ich kann die Wache rufen. Du wirst nicht in die Stadt zurückkehren, bevor ich ihr Herr bin.«
»Nimm mich gefangen, wenn du willst«, sagte Martin. »Damit richtest du nichts aus. Man hat mich zu dir geschickt, weil ich dein Freund war. Es sind noch andere da, die diese Aufgabe übernehmen werden, viele andere. Wie ich sehe, haben die Hohen Seher dir nicht nur einen Mörser, sondern auch einen Feldstecher mitgebracht. Gucke dir damit mal gut die Mauer an.«
Es war immer noch fast dunkel. Mit bloßem Auge sah man nur den grauen Umriß der Mauer, darin das gezackte V, wo sie unterm Beschuß weggebrochen war. Aber durchs Glas erkannte ich noch mehr. Kleine Gestalten standen in der Scharte oder hielten sich an den zerbröckelten Kanten der Mauer fest. Ich zählte zwanzig, dann noch mehr. Ich glaubte den kahlen Kopf des Bischofs zu erkennen. Mir fiel ein, was er in Blodwens Gemach gesagt hatte:
»Wenn schon getötet werden muß, dann ist es mir lieber, es geschieht durch einen Krieger, der mit eigener Hand tötet und weiß, welch blutige Leichname er hinterläßt.«
Während ich noch hinschaute, fingen sie an zu singen. Eins von ihren grabgesangähnlichen Liedern; der kalte Frühwind wehte es leise herüber.

»Du kannst den Befehl zum Schießen geben, sobald es dir gefällt«, sagte Martin. »Diesmal jedoch bist du nicht blind. Diesmal siehst du, was du anrichtest.«

Männer kamen aus ihren Zelten, von dem Gesang angelockt. Cymru und Schlange und Kluellan fanden sich bei mir ein, die Hohen Seher auch. Sie betrachteten aufmerksam die singenden Christen in der Bresche und betrachteten aufmerksam mich. Noch mehr Gestalten erschienen oben auf der Mauer. Sie säumten die Brustwehr zu Dutzenden, zu Hunderten. So viele Christen gab es überhaupt nicht in Winchester. Es waren die Bürger der Stadt, Mensch und Zwerg und Polymoff, die ihren Leib als Bollwerk darboten.
Ich sagte zu Martin: »Geh zu ihnen zurück. Sag ihnen, sie können ihre Freiheit behalten.«

Das Schwert der Geister

Im Schlaf war ich heute nacht in Winchester. Ich träumte von einem Nachmittag, an dem Edmund und Martin und ich zusammen auf den Catherinen-Hügel stiegen. Die Sonne brannte aus einer blauen Himmelsbucht herab, und die riesenhaften weißen Wolken segelten langsam dahin. Wir hatten Netze mitgenommen, um Schmetterlinge zu fangen, aber wir sahen nur Kohlweißlinge, und um die lohnte es sich nicht. Also lagen wir im Schatten der Bäume, die den Hügelrücken krönen, im Gras und redeten über allerlei, worüber Jungen eben reden an heißen Sommertagen: über Träume und Hoffnungen und lauter Unsinn. Und als es Zeit wurde, daß wir uns auf den Heimweg machten, rief Edmund: »Wer als erster unten ist!«, und wir rannten los. Edmund und ich ließen Martin weit zurück, und dann hängte Edmund mich auch allmählich ab. Also rannte ich immer schneller, mit riesigen Schritten, und als der Hang dann steiler wurde, hüpfte ich nur noch so übers Gras, nicht mehr fähig zu bremsen oder anzuhalten, bis meine Füße sich schließlich ganz vom Boden lösten und ich einen Purzelbaum durch die Luft

schoß und die ganze Erde sich mir entgegenzuheben schien und gegen mich prallte.
Alles dies war so, wie es sich zugetragen hatte. Ich erinnerte mich, wie ich benommen auf der Erde lag, rasende Schmerzen im Kopf, und wie Edmund und Martin kamen, um mich aufzuheben. Ich erinnerte mich an ihre besorgten Gesichter, ja sogar an das Hemd, das Edmund trug – blau mit einem Flicken am Ellenbogen.
Aber hier ging der Traum in einen anderen über. Ich lag im Bett und spürte andere Wunden – die Verbrennungen, die ich mir bei meinem Kampf mit dem Belemott geholt hatte. Und Blodwen stand neben mir in diesem Kleid, das die Farbe von Buchenlaub im Winter hatte. »Du bist ein Dummkopf, Lukas. Aber sehr tapfer…« Sie sagte: »Ein Bankett wird veranstaltet werden, und bei der Gelegenheit wird mein Vater dir eine große Ehre erweisen. Du bekommst einen Preis. Möchtest du wissen, was der Preis ist, tapferer dummer Lukas?« Sie beugte sich lachend vor, ihr goldenes Haar fiel so, daß es mir fast das Gesicht berührte. »Einen Preis…«, flüsterte sie.
Mein Herz war offen und ungezwungen. In meinem Traum sagte ich, was ich im Leben nie hatte sagen können:
»Ich liebe dich, Blodwen.«
Während ich die Worte noch aussprach, entschwebte sie. Ich rief sie, und sie lächelte und schüttelte den Kopf. Ich wollte aufstehen und hinter ihr hergehen, aber ich konnte es nicht. Ihre Gestalt entschwand in der Ferne, und ich wachte auf und fand mein Kopfkissen von Tränen naß und die hohen Türme von Klan Gothlen im Fenster gegenüber von meinem Bett.

Drei Jahre sind es nun her, seit ich das Heer der Wällisen durchs Brennende Land zurückgeführt habe. Cymru nennt mich seinen Sohn. Er regiert dem Namen nach, überläßt jedoch die Ausübung der Herrschaft mir. Ich soll Cymru nach ihm werden, und das Volk stimmt zu. Obwohl Ausländer, bin ich sein Held. Das große Gemälde von Lukas und dem Belemott bedeckt eine ganze Wand des Thronsaales, und Gwulum und seine Gehilfen sind fast mit dem anderen fertig, das die gegenüberliegende Wand schmücken soll. Es heißt: »Die Eroberung des Südens« und zeigt mich an Cymrus

Seite in der Schlacht am Itchen, das Schwert erhoben, um einen Hauptmann niederzustrecken, der ihn bedroht.
Die Hohen Seher sind mit uns nach Klan Gothlen gezogen. Sie nennen sich nun nicht mehr Hohe Seher und praktizieren keinen Hokuspokus mehr und vermitteln keine Botschaften von Geistern in abgedunkelten Hallen. Sie sind Wissenschaftler. Sie haben Schulen und eine Universität gegründet, an denen das alte Wissen frei und offen gelehrt wird.
Die Wällisen fühlen sich freudig hingezogen zum Lernen. Fast jeden Tag, so scheint es, sieht man neue Maschinen und Erfindungen, die unser Leben ändern. Vorige Woche tuckerte unter den Hochrufen der Zuschauer ein Motorwagen noch etwas unsicher die Hauptstraße der Stadt entlang. Man plant den Bau einer Eisenbahnlinie, die die Eroberung und Erschließung der Barbarenlande erleichtern soll. Sobald die Ingenieure sich einigen können, ob die Bahn auf zwei Schienen oder nur auf einer fahren soll, wird das Unternehmen in Angriff genommen.
Mein Volk ist glücklich und zufrieden. Schlange ist ein guter Kanzler, und Kluellan sorgt dafür, daß das Heer tüchtig exerziert, um bei Paraden zu glänzen: Mehr ist wirklich nicht vonnöten.
Hans hat alle Hände voll zu tun mit der Planung dieser Eisenbahn. Er hat ein Mädchen von Menschenabkunft geheiratet, das allerdings nicht sehr viel größer ist als er, und sie haben ein Menschenkind, eine Tochter.
Unsere Christen am Ort singen immer noch gut, und ihre Zahl geht weiter zurück. Der Bischof, der oft in den Palast kommt und den zu ertragen mir nun nicht mehr so schwerfällt – er ist wirklich ein geistreicher Mann –, spricht begeistert von der Wissenschaft. Er hat sogar ein Buch geschrieben, in dem er ihren geistigen Wert in den Himmel hebt.
Unsere Macht reicht mit zunehmender Sicherheit bis an den Rand des Brennenden Landes. Zu den Gebieten dahinter haben wir keine Verbindung. Kurze Zeit nach unserer Rückkehr hat ein kleiner Ausbruch den Paß verschüttet. Das ist nur vorübergehend so – die Wissenschaftler sagen, daß die Vulkane allmählich erlöschen–, aber dadurch sind wir vom Süden abgeschnitten.
Ich bin froh darüber, obwohl die Abgeschlossenheit nicht von

Dauer sein kann. Selbst falls der Paß geschlossen bleiben sollte, gibt es andere Möglichkeiten der Begegnung. Eine Stadt am Meer wird zur Zeit gebaut, an der Mündung der Mawddach, im Schatten von Cader Idris, und von dort werden Schiffe auslaufen, die so groß sind, daß kein Belemott ihnen etwas anhaben kann. In ein paar Jahren werden wir auch Flugmaschinen haben. Dann ist das Brennende Land keine Schranke mehr.

Also werden wir mit den Städten im Süden wieder zusammentreffen, und wenn wir mit ihnen zusammentreffen, werden wir sie erobern. Es wird ihnen nichts nützen, ihre Mauern mit den Leibern ihrer Bürger zu bewehren, denn wir kommen mit dem Schwert des Geistes. Wir kommen mit Waffen, die feiner sind und mächtiger als Maschinenpistolen und Mörser: den Waffen der Sorgenfreiheit und des Neuen und des Wohlstandes. Wir werden sie bezwingen, weil wir die Kraft der Zukunft sind und sie die Vergangenheit, die sich ihr immer beugen muß. Es wird so kommen, weil es so kommen muß, aber möglichst schnell erleben möchte ich es nicht.

Meistens bin ich hier zufrieden. Arbeit und die Regierungsgeschäfte halten mich beschäftigt. Die Mußestunden sind es, die weh tun können. Cymru hätte gern, daß ich heirate, und die wällisischen Edelleute versuchen mich mit ihren Töchtern. Die sind recht

hübsch, manche von ihnen sogar schön, aber sie rühren mich nicht.
Das Schwert der Geister liegt in einem goldenen Kasten im Thronsaal. Schwerter aus Stahl sind nicht mehr von Nutzen, obwohl im vergangenen Winter die Mode aufkam, Zierdolche zu tragen, aber dieses Schwert wird seiner Geschichte wegen hochgeschätzt und wird hochgeschätzt werden, solange die Türme von Klan Gothlen stehen und Cymru dort regiert. Es ist eine Trophäe, ein Vermächtnis, das ein Mann gern seinem Sohn hinterlassen würde.
Aber ich werde keinen Sohn haben.

Ravensburger Taschenbücher

Die große und vielseitige Kinder- und Jugendtaschenbuch-Reihe mit insgesamt über 320 lieferbaren Titeln. International bekannte Autoren und Grafiker schreiben und gestalten die Ravensburger Taschenbücher, von denen über ein Drittel in- oder ausländische Auszeichnungen erhielt.

Fast alle Bände sind illustriert, viele farbig.
Die meisten Bände kosten DM 3,80 – einige DM 4,80 und mehr.

Sonderreihen
Mein erstes Taschenbuch
Farbiges Wissen

Buchgruppen
Geschichten von heute
Märchenhafte und fantastische Geschichten
Märchen, Sagen, Fabeln
Abenteuer und Spannung
Tierbücher
Comics und Bildergeschichten
Detektivgeschichten
Science Fiction
Aus Geschichte und Zeitgeschichte
Nacherzählungen biblischer Geschichten
Jeans-Bücher
Schmökerbacks
Mein Hobby

Schmökerbacks

in den Ravensburger Taschenbüchern

Charles Dickens
Unser gemeinsamer Freund

Voller Grauen vernimmt Lizzie die Geräusche eines Kampfes: Schläge, Stöhnen – dann, Aufklatschen im Wasser. Im Dämmerlicht sieht sie in den trüben Fluten der Themse etwas treiben: Es ist ein Mensch! Von Kindheit an mit Booten und Rudern vertraut, versucht das junge Mädchen die Rettung. Noch weiß es nicht, wer dort um sein Leben kämpft . . .
Immer wieder wird die Themse zum Schauplatz und Mitspieler in diesem handlungsreichen und eindrucksvollen Roman aus dem England des 19. Jahrhunderts. Mit vielen Bildern. Band 376

Leon Garfield
Wie war das denn mit Adelaide Harris?

Eigentlich war Lehrer Brett an dem ganzen Durcheinander schuld! In der Geschichtsstunde erzählte er von Romulus und Remus. Dadurch kam Harris auf die Idee, seine kleine Schwester auszusetzen und von einer Füchsin säugen zu lassen. Statt der Füchsin erscheint dann aber . . .
Mehr soll vom Inhalt dieser komischen, verblüffenden und spannenden Geschichte nicht verraten werden! Mit vielen Bildern. Band 378

Weitere Bände in Vorbereitung.

Jeans-
BÜCHER

Was sind Jeansbücher?

Eine neue Buchgruppe in den Ravensburger Taschenbüchern. Zum Nachdenken, kritisch Betrachten, Nachvollziehen, aber auch als anspruchsvolle Unterhaltung. Sie behandeln die Probleme von Jugendlichen, die beginnen, über sich und ihre Umwelt nachzudenken.
Jeansbücher sind eine Auswahl spannender Erzählungen, bei denen junge Leute selbst im Mittelpunkt der Handlung stehen.
Es geht nicht um irgendwelche Geschichten – Jeans sind ja auch nicht irgendwelche Hosen!

Eveline Hasler: Adieu Paris, Adieu Catherine — Band 388

Catherine hat gerade ihre Schulzeit hinter sich. Ihre Eltern besorgen ihr eine Stelle als Au-pair-Mädchen in Paris. Dort lernt sie etwas über Haushaltsführung und findet vor allem Zugang zu einer anderen Lebensweise und zu Menschen, die ihr zu denken geben.

Otto Steiger: Einen Dieb fangen — Band 395

Eine Schulklasse fährt ins Ferienlager in die Alpen. Plötzlich fehlt Geld aus der Reisekasse. Ist ein Dieb in der Klasse? Oder ist ein entlaufener Einbrecher für die Tat verantwortlich zu machen, wie der herbeigerufene Polizist sicher zu wissen glaubt?
Es geht um Vorurteile gegenüber Außenseitern, und inmitten aller Spannung steht der Leser vor der Frage: Wie würde ich mich in einer solchen Situation verhalten?

Jeans-Bücher

in den Ravensburger Taschenbüchern

Abenteuer und Spannung in den Ravensburger Taschenbüchern

Nacht über dem Moor
Hrsg. von Hanna Bautze. Angenehmes Gruseln – mit garantiert echten Gespenstern. Band 347

Das hat der Kopf sich ausgedacht
Von John D. Fitzgerald. Niemand hat so viele und so gute Einfälle wie Tom, genannt »der Kopf«. Band 353

Zwölf Uhr Mitternacht
Von Cecil Bødker. Der 13jährige Dimma Gole aus Äthiopien lernt sonderbare Fremde kennen. Band 364

Auch du wirst Indianer werden
Wer hat schon das Glück, in einer Großstadt einem richtigen Indianer zu begegnen. Band 372

Geheimnisse – noch immer ungelöst
Von Bob Hoare. Die Suche nach dem Schatz des Käpten Kidd und andere wahre rätselhafte Geschichten. Band 375

Perlen und harte Männer
Von A. R. Channel. Zwei Perlentaucher im harten Kampf gegen Haie und skrupellose Gegner. Band 383

Freitag und Robinson im Bann der wilden Insel
Von Michel Tournier. Robinson bleibt nicht lange Herr und Meister. Bald wird Freitag sein Lehrer . . . Band 393